PASSA-ESPELHOS

LIVRO 2

Christelle Dabos

DESAPARECIDOS EM LUZ DA LUA

MORROBRANCO
EDITORA

Copyright © *Gallimard Jeunesse*, 2015
Copyright © *Christelle Dabos*, 2015
Publicado em comum acordo com Gallimard Jeunesse, representada por Patrícia Natalia Seibel.
Título original em francês: *La Passe-miroir. Livre 2. Les disparus du Clairedelune*

DIREÇÃO EDITORIAL
Victor Gomes

COORDENAÇÃO EDITORIAL
Giovana Bomentre

TRADUÇÃO
Sofia Soter

PREPARAÇÃO
Leonardo Ortiz

REVISÃO
Sol Coelho

DESIGN DE CAPA: © GALLIMARD JEUNESSE
ILUSTRAÇÕES: © LAURENT GAPAILLARD
IMAGENS INTERNAS: © SHUTTERSTOCK

ADAPTAÇÃO DE CAPA
Julianne Vituri

DIAGRAMAÇÃO
Elis Nunes

Esta é uma obra de ficção. Nomes, personagens, lugares, organizações e situações são produtos da imaginação do autor ou usados como ficção. Qualquer semelhança com fatos reais é mera coincidência.

Todos os direitos reservados. Proibida a reprodução, no todo ou em partes, através de quaisquer meios. Os direitos morais do autor foram contemplados.

Dados Internacionais de Catalogação na Publicação (CIP)

D115d Dabos, Christelle
Desaparecidos em Luz da Lua / Christelle Dabos; Tradução Sofia Soter. - São Paulo: Editora Morro Branco, 2019.
p. 480; 14x21cm.
ISBN: 978-85-92795-68-9
1. Literatura francesa. 2. Fantasia. I. Soter, Sofia. II. Título.
CDD 843

Impresso no Brasil / 2022

Todos os direitos desta edição reservados à
EDITORA MORRO BRANCO
Alameda Santos, 1357, 8º andar
01419-908 – São Paulo, SP – Brasil
Telefone (11) 3373-8168
www.editoramorrobranco.com.br

A BORDO DA CIDADE CELESTE

7. Aposentos Farouk
6. Gineceu
5. Passeio
4. Ópera Familiar
3. Termas
2. Jardins suspensos
1. Sala do conselho ministral
0. Embaixada do Luz da Lua

a. Intendência
b. Delegacia
c. Manufatura Hildegarde & Cia

LEMBRANÇAS DO PRIMEIRO VOLUME

OS NOIVOS DO INVERNO

Ophélie morava na arca flutuante de Anima, um dos raros territórios que sobreviveram ao Rasgo do velho mundo. Antes de noivar, tudo corria às mil maravilhas no melhor dos mundos destroçados. Ophélie até podia ser uma das Animistas mais desajeitadas, por causa de um acidente com um espelho, mas suas mãos sempre fizeram excelentes *leituras* de objetos e ela se sentia em casa no museu. No entanto, no dia em que Thorn a arrancou de sua família e de sua arca para arrastá-la ao Polo, foi a vez do seu mundo ser estilhaçado. Ophélie descobriu a Cidade Celeste, uma cidade flutuante construída de ilusões. Os nobres têm poderes perigosos e estão sempre a postos para qualquer traição para ganhar o favor de Farouk, seu espírito familiar. Farouk é a figura meio humana e meio divina que governa o Polo, e um personagem no mínimo inquietante.

Para piorar, Thorn é o filho de uma mulher destituída e o intendente do Polo, o que garante que seja odiado por todos. Com a cumplicidade de sua tia, Berenilde, ele esconde a noiva até o casamento. Seja trancafiada em uma mansão ou disfarçada de criado, Ophélie explora os bastidores desse mundo que a rejeita sem sequer conhecê-la. É assim que ela acaba conhecendo o Livro de Farouk, um documento muito antigo e enigmático pelo qual o espírito familiar é verdadeiramente obcecado. A verdade terrível explode finalmente na cara de Ophélie. Desde o começo, Thorn a escolheu por suas mãos de *leitora*: mãos que ele herdará com o casamento e que o permitirão decifrar o Livro! Desiludida, Ophélie promete a si mesma nunca mais confiar em Thorn. Quando as circunstâncias obrigam Thorn a trazer sua noiva à luz e apresentá-la oficialmente à corte, Ophélie está decidida a encontrar seu lugar por conta própria.

FRAGMENTO: LEMBRANÇA

No princípio, éramos um.
    Mas Deus não nos achava suficientes para satisfazê-lo, então Ele começou a nos dividir. Deus se divertia muito conosco, mas logo se cansava e nos esquecia. Deus podia ser tão cruel e indiferente que me apavorava. Deus também sabia ser carinhoso e eu o amei como nunca amei ninguém.
    Acho que todos poderíamos ter vivido felizes, de certa forma, Deus, eu e os outros, sem este livro maldito. Ele me enojava. Eu conhecia o vínculo que me ligava a ele da forma mais repugnante, mas esse horror só veio depois, muito depois. Eu não entendi na época, era ignorante demais.
    Eu amava Deus, sim, mas detestava esse livro que ele abria para dizer sim e não. Deus, por sua vez, se divertia demais. Quando Deus ficava contente, ele escrevia. Quando Deus ficava com raiva, ele escrevia. E um dia, quando Deus estava em um péssimo humor, ele fez uma besteira enorme.
    Deus quebrou o mundo em pedaços.

    Eu lembro, Deus foi punido. Naquele dia, entendi que Deus não era todo-poderoso. Nunca mais o vi.

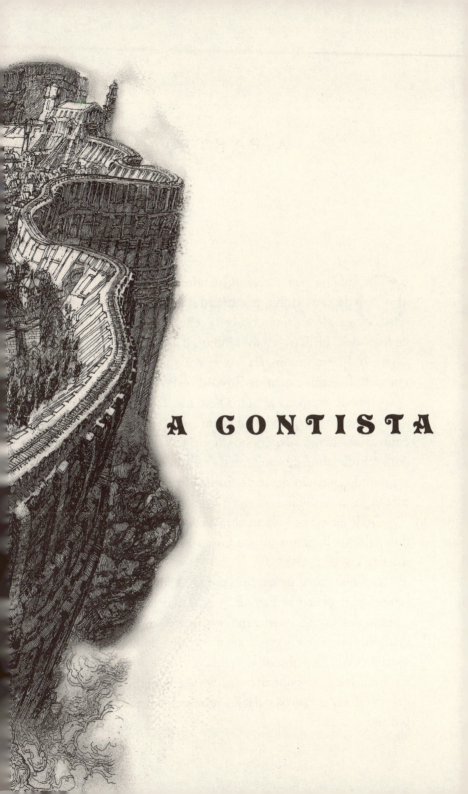

A CONTISTA

A PARTIDA

Ophélie estava cega. Quando arriscava olhar por baixo da sombrinha, era atacada de todos os lados pelo sol: caía com força do céu, refletia no deque de madeira envernizada, brilhava no mar inteiro e iluminava as joias de cada cortesão. Mesmo assim, ela enxergava o suficiente para constatar que nem Berenilde nem tia Roseline estavam ao seu lado.

Ophélie precisava aceitar a verdade: estava perdida.

Para alguém que viera à corte com intenções claras de encontrar seu lugar, não era boa notícia. Ela tinha hora marcada para ser oficialmente apresentada a Farouk. Se havia uma pessoa no mundo que não devia de forma alguma ficar esperando, era esse espírito familiar.

Onde ele estava? Na sombra das enormes palmeiras? Em um dos palácios luxuosos alinhados ao longo da costa? Dentro de uma cabine de praia?

Ophélie bateu de cara no céu. Ela tinha se apoiado no parapeito para procurar Farouk, mas o mar era só um muro. Um imenso afresco em movimento em que o som das ondas era tão artificial quanto o cheiro da areia e a linha do horizonte. Ophélie ajeitou os óculos e observou a paisagem ao seu redor. Quase tudo aqui era falso: as palmeiras, as fontes, o mar, o sol, o céu e o calor ambiente. Até os palácios provavelmente eram só fachadas bidimensionais.

Ilusões.

O que mais seria, no quinto andar de uma torre no alto de uma cidade que gravitava sobre uma arca polar cuja verdadeira temperatura não ultrapassava os quinze graus negativos? O povo daqui deformava o espaço e colava ilusões em tudo quanto era canto, mas, mesmo assim, a criatividade tinha seus limites.

Ophélie desconfiava de fingimentos, mas ainda mais dos indivíduos que os usavam para manipular os outros. Por esse motivo, sentia-se particularmente desconfortável em meio aos cortesãos que esbarravam nela.

Eram todos Miragens, mestres do ilusionismo.

Com sua estatura imponente, seus cabelos loiros, seus olhos claros e suas tatuagens de clã, Ophélie, entre eles, sentia-se ainda menor, mais bronzeada, mais míope e mais estrangeira. Às vezes, eles a encaravam com as sobrancelhas erguidas. Sem dúvida, se perguntavam quem era essa senhorita que tentava a todo custo esconder-se sob a sombrinha, mas Ophélie se impedia de responder. Ela estava sozinha e desprotegida: se descobrissem que era a noiva de Thorn, o homem mais odiado de toda a instituição, não ia ter como salvar a pele. Ou o espírito. Já tinha uma costela quebrada, um olho roxo e uma bochecha rasgada por causa das últimas desventuras, era melhor não piorar.

Pelo menos, esses Miragens ensinaram algo útil a Ophélie: todos se dirigiam a um deque sobre pilotis que, por uma ilusão de ótica bastante caprichada, pareciam se erguer sobre o mar falso. Apertando bem os olhos, Ophélie entendeu que o brilho que via ao fim do Passeio se devia ao reflexo da luz em uma imensa estrutura de vidro e metal. Esse Passeio não era uma nova ilusão; era um verdadeiro palácio imperial.

Se Ophélie tinha alguma chance de encontrar Farouk, Berenilde e tia Roseline, era lá.

Ela seguiu o cortejo de cortesãos. Queria ser o mais discreta possível, o que não era possível com seu cachecol. Enrolado no tornozelo e se mexendo no chão, parecia uma serpente em pleno ritual de acasalamento. Ophélie não conseguira convencê-lo a se soltar.

Apesar de ter ficado muito feliz por vê-lo bem, depois de semanas de separação, queria evitar gritar aos quatro ventos que era Animista. Pelo menos até encontrar Berenilde.

Ophélie inclinou a sombrinha para cobrir o rosto quando passou por uma banca de jornal. A manchete, em letras garrafais, dizia:

FIM DOS DRAGÕES:
QUEM VAI CAÇAR PERDE O LUGAR

Ophélie achava isso de um mau gosto completo. Os Dragões eram sua família por casamento e tinham acabado de morrer na floresta em circunstâncias dramáticas. Aos olhos da corte, no entanto, era só um clã rival a menos.

Ophélie subiu no deque. O que começava como um brilho indefinido logo se transformou em fogos de artifício arquitetônicos. O palácio era ainda mais gigantesco do que ela imaginava. A abóbada de ouro, cujo cume se lançava ao céu como um relâmpago, rivalizando com o sol: mesmo assim, era só o ápice de um edifício muito mais extenso, todo de vidro e ferro, salpicado de torres orientais.

E isso tudo, pensou Ophélie, admirando o palácio, o mar e a multidão de cortesões, *isso tudo é só o quinto andar da torre de Farouk*.

Ela estava começando a sentir uma verdadeira ansiedade.

A ansiedade se transformou em pânico quando viu dois cães, tão brancos e enormes quanto ursos-polares, virem na sua direção. Eles a encaravam com uma intensidade insistente, mas não eram os cães que apavoravam Ophélie. Era seu mestre.

— Bom dia, senhorita. Passeia sozinha?

Ophélie não acreditou no que via ao reconhecer os cachos loiros, os óculos de fundo de garrafa e o rosto rechonchudo de querubim.

O Cavaleiro. O Miragem sem o qual os Dragões ainda estariam vivos.

Ele podia ter a aparência de um garotinho como qualquer outro – ainda mais desajeitado do que a maioria –, mas era um desastre que não podia ser controlado por nenhum adulto, temido pela própria família. Os Miragens em geral se contentavam com criar ilusões ao seu redor; o Cavaleiro, por sua vez, as formava diretamente dentro dos outros. Esse desvio de poder era sua obsessão. Ele o usara para deixar uma criada histérica, prender tia Roseline em uma bolha de memórias, voltar contra os Dragões as Bestas selvagens que caçavam, sem nunca ser pego.

Ophélie achava incrível que ninguém, na corte toda, o impedisse de aparecer em público.

— A senhorita parece perdida — constatou o Cavaleiro com educação exagerada. — Quer que eu seja seu guia?

Ophélie não respondeu. Ela era incapaz de determinar qual resposta, se "sim" ou se "não", determinaria sua morte.

— Finalmente! Onde você foi parar?

Para o enorme alívio de Ophélie, era Berenilde. Ela atravessava a multidão de cortesãos com um movimento gracioso do vestido, com tanta tranquilidade quanto um cisne flutuando no lago. Entretanto, quando passou o braço pelo de Ophélie, a apertou com todas as forças.

— Bom dia, sra. Berenilde — murmurou o Cavaleiro.

Seu rosto se tornou cor-de-rosa. Ele limpou as mãos na camisa listrada com uma falta de jeito quase tímida.

— Vamos logo, querida — disse Berenilde, sem dirigir seu olhar ou sua voz ao Cavaleiro. — A partida quase acabou. Sua tia está guardando nosso lugar.

Era difícil decifrar a expressão do Cavaleiro, os óculos de fundo de garrafa deixavam seus olhos especialmente estranhos, mas Ophélie tinha quase certeza que ele estava decepcionado. Ela achava essa criança incompreensível. Ele não esperava agradecimentos por ter causado a morte de um clã inteiro, né?

— A senhora não fala mais comigo? — perguntou ele, com uma voz inquieta. — Não tem nem uma palavra para mim?

Berenilde hesitou antes de voltar para ele seu melhor sorriso.

— Melhor ainda, Cavaleiro, eu tenho até oito: você não será eternamente protegido por sua idade.

Após essa previsão, dita com um tom quase inofensivo, Berenilde tomou a direção do palácio. Quando Ophélie olhou para trás, o que viu a fez estremecer. O Cavaleiro a devorava com o olhar, ela, não Berenilde, com o rosto deformado pelo ciúme. Será que mandaria seus cães atrás delas?

— Entre todas as pessoas com quem você não deve nunca se encontrar sozinha, o Cavaleiro é o primeiro da lista — murmurou Berenilde, apertando com mais força o braço de Ophélie. — Você nunca escuta meus conselhos? Vamos lá — acrescentou, apertando o passo. — A partida está chegando ao final, não podemos deixar o senhor Farouk esperando.

— Que partida? — ofegou Ophélie.

A costela quebrada doía cada vez mais.

— Você vai causar uma ótima impressão no nosso senhor — ordenou Berenilde, sem parar de sorrir. — Agora temos muito mais inimigos do que aliados: a proteção dele será um peso decisivo na balança. Se você não o agradar à primeira vista, estará nos condenando à morte.

Berenilde apoiou uma mão sobre a barriga, incluindo na sentença o bebê que carregava.

Com dificuldade de andar, Ophélie não parava de sacudir o cachecol, que se enroscava nos pés. As palavras de Berenilde não ajudavam em nada com seu nervosismo. A apreensão era tão grande que ela ainda tinha o telegrama da família no bolso do vestido. Preocupados com seu silêncio, seus pais, tios, tias, irmão, irmãs e primos tinham decidido adiantar em muitos meses a chegada ao Polo. Claro que ignoravam completamente que sua segurança também dependia da boa vontade de Farouk.

Ophélie e Berenilde adentraram na rotunda principal do palácio, ainda mais espetacular vista por dentro. Cinco galerias irradiavam dali, cada uma tão imponente quanto uma nave de catedral. Cada sussurro, cada farfalhar adquiria, sob os enormes vitrais, uma intensidade incrível. Só gente importante circulava ali: ministros, cônsules, artistas e suas musas do momento.

Um mordomo de uniforme dourado se aproximou de Berenilde.

— As senhoras podem, por favor, me acompanhar ao Jardim do Ganso. O senhor Farouk as receberá logo após o fim de sua partida.

Ele as conduziu a uma das cinco galerias, tomando a sombrinha de Ophélie.

— Eu prefiro ficar com ele — ela recusou educadamente quando o mordomo tentou pegar também o cachecol, perplexo ao encontrar esse acessório em um local tão inapropriado quanto um tornozelo. — Acredite, ele não me dá muita escolha.

Suspirando, Berenilde garantiu que o véu de Ophélie escondesse bem seu rosto atrás de uma barreira de renda.

— Não mostre seus machucados, é de um mau gosto terrível. Se jogar direitinho, poderá considerar o Passeio como sua segunda casa.

Por dentro, Ophélie se perguntou qual seria sua primeira casa. Desde que chegara ao Polo, já havia visitado a mansão de Berenilde, a embaixada do Luz da Lua, o escritório de seu noivo, e não havia se sentido à vontade em lugar algum.

O mordomo as levou a um espaço vasto, ladeado por vitrais, no preciso instante em que soaram aplausos, pontuados por "Bravo!" e "Que jogada, meu senhor!". Incomodada pela renda branca do véu, Ophélie tentou entender o que acontecia entre as palmeiras do jardim de inverno. Um grupo de nobres emperucados se amontoava na grama, ao redor do que parecia ser um pequeno labirinto. Ophélie era baixa demais para olhar por cima do ombro das pessoas à sua frente, mas Berenilde não teve dificuldade em abrir um caminho até a primeira fileira: assim que a reconheciam, os nobres se afastavam sozinhos, menos pela beleza do gesto e mais para manter uma distância prudente. Eles aguardariam o veredito de Farouk antes de alinhar seu comportamento.

Ao ver Berenilde retornar com Ophélie, tia Roseline escondeu o alívio por trás de uma careta irritada.

— Um dia você precisa me explicar — ela murmurou — como devo cuidar de uma garota que foge da minha vigilância sem parar.

Ophélie agora tinha uma visão desimpedida da partida. O labirinto era composto de uma série de ladrilhos numerados. Em alguns deles, gansos estavam amarrados em estacas. Dois empregados estavam em locais precisos do caminho em espiral, parecendo aguardar ordens.

Ophélie se virou para onde todos os olhares convergiam nesse instante: um pequeno estrado redondo que dominava o labirinto. Ali, instalado em uma bela mesa pintada do mesmo branco que o estrado, um jogador sacudia o punho, claramente satisfeito em deixar o público impaciente. Ophélie o reconheceu pela cartola amarrotada e pelo sorriso impertinente que cruzava seu rosto: era Archibald, o embaixador de Farouk.

Quando ele finalmente abriu o punho, um tilintar de dados ressoou em meio ao silêncio.

— Sete! — anunciou o mestre de cerimônias.

Imediatamente, um dos empregados avançou por sete ladrilhos e, para a surpresa de Ophélie, desapareceu em um buraco.

— Nosso embaixador não tem mesmo nenhuma sorte no jogo — brincou alguém atrás de Ophélie. — É a terceira partida e ele *sempre* cai em poços.

De certa forma, a presença de Archibald tranquilizava Ophélie. Não era um homem sem defeitos, mas era o mais próximo que tinha de um amigo, e tinha ao menos o mérito de pertencer ao clã da Teia. A corte era só de Miragens, com poucas exceções, e eles emanavam tamanha hostilidade que tornava o ar irrespirável. Se fossem todos tão tortuosos quanto o Cavaleiro, Ophélie podia esperar belos dias no futuro.

Como o resto da plateia, Ophélie dessa vez se concentrou na mesa do outro jogador, em cima do estrado. No começo, por conta de seu véu, ela teve a impressão de só enxergar uma constelação de diamantes. Ela acabou entendendo que pertenciam às muitas favoritas que cercavam Farouk em braços entrelaçados, uma penteando seu longo cabelo branco, a outra apertada contra seu tronco, mais uma ajoelhada a seus pés, e assim por diante. Com o cotovelo apoiado na mesa, pequena demais para seu tamanho, Farouk parecia tão indiferente às carícias que recebia quanto à partida que jogava. Pelo menos era o que Ophélie deduzia pelo bocejo barulhento que ele deu ao jogar os dados. Dali onde ela estava, não conseguia distinguir bem seu rosto.

— Cinco! — trinou o mestre de cerimônias, em meio a aplausos e gritos de alegria.

O segundo empregado pulou de casa em casa. A cada passo, passava por uma casa ocupada por um ganso, que grasnava furiosamente e tentava morder seu tornozelo, mas ele partia rapidamente, indo de cinco em cinco, até chegar exatamente na última casa, ao centro da espiral, aclamado pelos nobres como um campeão olímpico. Farouk ganhara a partida. Ophélie, por sua vez, achava o espetáculo irreal. Ela esperava que alguém se preocupasse logo em tirar o outro empregado do buraco.

No estrado, um homenzinho de terno branco aproveitou o fim da partida para avançar na direção de Farouk com o que parecia ser um estojo. Ele abriu um sorriso enorme e cochichava no ouvido de Farouk. Desconcertada, Ophélie viu Farouk carimbar distraidamente um papel que o homem apresentou, sem ler uma única linha.

— Siga o exemplo do conde Boris — sussurrou Berenilde. — Ele esperou o momento certo para conseguir novas terras. Prepare-se, será nossa vez.

Ophélie não escutou. Ela acabara de notar a presença de outro homem no estrado que a distraíra completamente. Ele se mantinha afastado, tão sério e imóvel que passaria desapercebido se não tivesse fechado o relógio de bolso com um clique. Ao vê-lo, Ophélie sentiu um calor subir pelo corpo até queimar suas orelhas.

Thorn.

Seu uniforme preto de gola alta e douradas ombreiras pesadas não era adaptado ao calor sufocante – ilusório, mas muito realista – do jardim de inverno. Desconfortável da cabeça aos pés, rígido como a justiça, silencioso como uma sombra, ele parecia deslocado no universo extravagante da corte.

Ophélie daria tudo para não encontrá-lo ali. Como de costume, ele controlaria a situação e ditaria seu papel.

— Sra. Berenilde e as senhoras de Anima! — anunciou o mestre de cerimônias.

Quando todas as cabeças se viraram para Ophélie em um silêncio ensurdecedor, só perturbado pelo grasnar dos gansos, ela respirou profundamente. Chegara finalmente seu momento de entrar no jogo.

Ela encontraria seu lugar, diante de Thorn e contra ele.

A CRIANÇA

Ophélie avançou até o estrado, sentindo sobre ela olhares de curiosidade tão quentes que ela temia queimar. Ignorou o melhor que pode a piscadela travessa de Archibald em sua mesa de jogo, e subiu os degraus brancos do estrado se concentrando em um único pensamento: *Meu destino vai depender do que acontecer aqui e agora.*

Talvez tenha sido por causa do nervosismo inspirado por Thorn, do véu de renda que atrapalhava sua visão, do cachecol enrolado no tornozelo ou da sua patológica falta de jeito, mas o que importa é que Ophélie tropeçou no último degrau da escada. Ela teria caído de cara no chão se não fosse por Thorn, que a segurou pelo braço e a ajudou a ficar de pé. O acidente não passou despercebido por ninguém: nem por Berenilde, cujo sorriso ficou congelado; nem por tia Roseline, que escondeu o rosto nas mãos; nem pela costela quebrada de Ophélie, que latejou furiosamente.

Risos se espalharam pelo Jardim do Ganso, mas foram rapidamente reprimidos quando se notou que Farouk não parecia achar a situação nada engraçada. Ele não se movera um milímetro desde o fim da partida, o cotovelo ainda na mesa, feições profundamente irritadas, suas favoritas cobertas de diamantes grudadas no seu corpo como se fossem uma extensão natural.

Ophélie até esqueceu Thorn no instante em que o espírito familiar voltou para ela seu olhar indecifrável, de um azul-claro quase branco. Na verdade, tudo era branco em Farouk – seus longos cabelos lisos, sua pele eternamente jovem, suas vestes imperiais –, mas Ophélie só reparou em seus olhos. Os espíritos familiares eram naturalmente impressionantes. Cada arca, exceto uma, tinha o seu espírito familiar. Poderosos e imortais, eram as raízes da grande árvore genealógica mundial, os pais comuns de todas as grandes linhagens. Nas raras vezes em que Ophélie encontrou sua própria ancestral em Anima, Ártemis, ela se sentira minúscula. Entretanto, isso não era nada se comparado com o que sentia com Farouk nesse instante. Ophélie estava afastada pela distância protocolar, mas, mesmo assim, o poder psíquico dele a esmagava conforme a encarava com uma insistência de estátua, sem piscar, sem hesitar.

— Quem é? — perguntou Farouk.

Ophélie não podia criticá-lo por não se lembrar dela. Na única vez em que tinham se cruzado, estavam distantes, ela estava disfarçada de pajem e eles nem tinham se olhado. Ela ficou desconcertada ao notar que a pergunta se dirigia igualmente a Thorn e Berenilde, aos quais Farouk dirigira seu olhar inexpressivo. Ophélie sabia que os espíritos familiares tinham péssimas memórias, mas mesmo assim! Thorn era o superintendente da Cidade Celeste e de todas as províncias do Polo; portanto, era responsável pelas finanças e por boa parte da administração judicial. Quanto a Berenilde, ela estava grávida de Farouk e passara a noite anterior com ele.

— Cadê meu ajudante de memória? — gritou Farouk.

— Aqui, meu senhor!

Um homem jovem, que devia ter aproximadamente a idade de Ophélie, surgiu de trás da poltrona de Farouk. Ele tinha a tatuagem frontal e a beleza loira do clã da Teia. Provavelmente era primo de Archibald.

— O senhor embaixador solicitou uma audiência para se atualizar da situação do intendente sr. Thorn, de sua tia sra. Berenilde e de sua noiva, srta. Ophélie.

O ajudante memória falou com uma voz calma e paciente, apontando cada pessoa que nomeava. Archibald se apresentou primeiro, com a cartola apoiada de lado nos cabelos despenteados. Ophélie tinha certeza que ele não se barbeara de propósito: quanto mais solene a ocasião, mais o embaixador desafiava as convenções.

— Qual é o assunto? — perguntou Farouk, já mortalmente entediado.

— O assunto é o desaparecimento do clã dos Dragões, meu senhor — lembrou o ajudante de memória com uma doçura angelical. — O acidente funesto que custou a vida de seus caçadores. O sr. Archibald explicou-lhe tudo hoje de manhã. Leia, meu senhor, o que anotou em seu diário.

O ajudante de memória entregou a Farouk um caderno de páginas amarrotadas pelo intenso uso. Com uma lentidão infinita, Farouk ergueu o cotovelo da mesa de jogo e folheou-o. As favoritas se adaptavam aos mínimos movimentos do seu corpo, soltando os braços de um lado para encaixá-los do outro. Ophélie observava a cena com uma mistura de fascínio e repulsa. Sob diademas de diamantes, colares de diamantes e anéis de diamantes, elas já não pareciam tanto com mulheres.

— Os Dragões morreram? — disse Farouk.

— Isso, meu senhor — respondeu o ajudante de memória. — O senhor escreveu por último.

— "Os Dragões morreram" — repetiu Farouk, dessa vez ao reler. Ele fez uma longa pausa, imóvel como uma pedra de mármore, e virou outra página do diário. — Berenilde pertence ao clã dos Dragões. Escrevi aqui.

Farouk declarou isso destacando cada sílaba. O sotaque do Norte tomava uma dimensão de tempestade em sua boca. Uma tempestade distante, quase inaudível, mas forte e ameaçadora. Quando ele ergueu o olhar de seu diário, Ophélie notou um brilho preocupante que não estava ali antes.

— Onde está Berenilde?

Sem uma palavra, sem uma reverência, Berenilde se aproximou dele para acariciar seu rosto com a ternura de uma verdadeira esposa. Dessa vez, Farouk pareceu reconhecê-la imediatamente. Ele a encarou sem dizer nada, e ela fez o mesmo; mas Ophélie sentiu que aquele silêncio dizia mais do que todos os discursos do mundo.

Foi Thorn quem, ao fechar impacientemente seu relógio de bolso, quebrou a magia. Farouk voltou a se mover com a lentidão de um iceberg à deriva, pegou a caneta-tinteiro oferecida pelo ajudante de memória e fez mais uma anotação no diário. Ophélie se perguntou se ele escrevia "Berenilde está viva" para não esquecer.

— Então, senhora — continuou Farouk —, acaba de perder toda sua família. Apresento meus pêsames.

A voz cavernosa dele não mostrava nenhuma emoção, como se não fosse um ramo inteiro de sua própria descendência que acabara de desaparecer em um massacre sangrento.

— Por sorte, não sou a única sobrevivente — corrigiu rapidamente Berenilde. — Minha mãe está descansando no campo e não sabe dos acontecimentos recentes. Quanto ao meu sobrinho, aqui presente, ele está prestes a se casar. O futuro dos Dragões está garantido.

Ophélie quase sentiu pena. Um dia, tentaria contar a Berenilde que o casamento seria de fachada, sem qualquer possibilidade de filhos.

Quando sussurros de protesto surgiram entre os nobres, reunidos ao redor do estrado dos jogadores, a palavra "bastardo" foi pronunciada claramente. Thorn nem tentou defender sua honra. Com a testa pingando de suor, ele estava grudado no relógio de bolso, como se estivesse consideravelmente atrasado na agenda de afazeres.

— É aqui que entra o motivo de eu ter pedido esta audiência — interveio Archibald, com um enorme sorriso. — Quer você queira ou não, minha cara Berenilde, o seu sobrinho nunca foi reconhecido pelos Dragões e a sua mãe já não é tão jovem. Em breve, você será a única representante do clã. Isso coloca em questão sua posição na corte, há de concordar.

A declaração foi recebida por pequenos aplausos. Como bom representante da embaixada, Archibald tinha expressado em voz alta o que todos pensavam em silêncio. Ophélie se virou ao escutar atrás de si o som de uma máquina de escrever: um datilógrafo se instalara em uma mesa e registrava tudo que era dito.

— Por essa razão — continuou Archibald, com uma voz retumbante —, ofereci à sra. Berenilde e à srta. Ophélie a amizade oficial de minha família.

A notícia espalhou um frio terrível no Jardim do Ganso e os aplausos pararam imediatamente. Os Miragens ignoravam até esse instante que uma aliança fora formada entre Berenilde e o clã da Teia.

— Se trata de uma amizade diplomática, não de uma aliança militar — explicou Archibald com a expressão hilária de quem conta uma boa piada. — A Teia quer garantir que nada de preocupante aconteça com essas senhoras, mas preservará a neutralidade política e ficará de fora dos seus atentadozinhos de corredor. Prometemos, então, não ameaçar formalmente a vida de ninguém, nem utilizar outrem para fazê-lo em nosso lugar.

Ophélie ficou impressionada com a desenvoltura com que Archibald abordava um assunto tão grave. Ela notou também que ele havia dissimulado a motivação principal da suposta amizade: Berenilde o tornara padrinho oficial de seu futuro filho. A descendência direta de um espírito familiar não era um detalhe qualquer.

— A amizade da minha família tem seus próprios limites, meu senhor — declarou Archibald, chamando a atenção de Farouk. — Aceitaria, portanto, proteger essas senhoras aqui na corte?

Farouk mal escutava. Seu corpo era dominado pelo tédio, com cotovelos no joelho, e tudo que lhe restava de concentração parecia estar dedicada ao diário que folheava lentamente.

Ophélie se perguntou de onde vinha o desconforto que sentia nos braços, até compreender que era a mão de Thorn. Ele não a soltara desde o tropeço e pressionava os longos dedos ossudos em sua pele. Ele a apertou com mais força quando Farouk parou no meio do diário, erguendo as sobrancelhas brancas em um movimento sem fim.

— A *leitora*. Escrevi aqui que Berenilde traria uma *leitora*. Onde está ela?

— Está aqui, meu senhor — disse o ajudante de memória, apontando para Ophélie. — Ao lado do sr. seu noivo.

Lá vamos nós, pensou Ophélie, apertando as mãos para acalmar os tremores.

— Ah — disse Farouk, fechando o caderno. — É ela, então.

Um silêncio dominou o jardim de inverno quando ele chegou mais perto de Ophélie e se ajoelhou à sua frente, como um adulto que se coloca na altura de uma criança. Ela não estava preparada para um cara a cara.

Farouk ergueu o véu de renda para examinar o rosto de Ophélie sem nenhum constrangimento. Enquanto a encarava longamente, com atenção, Ophélie lutou com todas as forças para não se encolher. O poder mental de Farouk embaçava sua vista, rasgava sua mente, afogava-a de corpo e alma.

— Ela está amassada — constatou ele com decepção, como se recebesse uma mercadoria falsificada.

O datilógrafo digitou essas palavras com cuidado na máquina de escrever.

— Além disso — continuou Farouk —, não gosto de crianças.

Ophélie entendeu melhor por que ninguém mencionava a gravidez de Berenilde na frente dele. Respirou profundamente. Se não falasse ali e agora, todo o seu destino estava em risco. Ela trocou um olhar rápido com tia Roseline, o que a encorajou a se expressar sinceramente, e olhou diretamente para o rosto de Farouk, sua beleza desumana, obrigando-se a sustentar o olhar.

— Talvez eu não seja o que se possa chamar de gente grande, mas não sou mais criança.

Ophélie tinha uma voz fraquinha, que não ia longe e frequentemente a obrigava a repetir o que dizia; por isso, juntou nos pulmões o ar necessário para ser ouvida por todos no estrado. Ela não se dirigia somente a Farouk, mas também a Thorn, a Berenilde, a Archibald, a todos que tinham o hábito irritante de tratá-la como uma garotinha.

Farouk tocou o lábio, pensativo, e abriu de novo o diário nas primeiras páginas. Ophélie estava perto o suficiente para enxergar, de ponta-cabeça, uma escrita desajeitada e uma quantidade impressionante de desenhos. Farouk se demorou na imagem de um boneco com braços de palito, cachos coloridos marrom-alaranjados e óculos enormes.

— É Ártemis — explicou ele, arrastando a voz. — Como ela é minha irmã e seu espírito familiar, suponho que você é uma espécie de sobrinha tatatataraneta? É — confirmou, se curvando sobre o desenho —, acho que você parece um pouco com ela. Especialmente por causa dos óculos.

Ophélie se perguntou quando Farouk teria visto a irmã pela última vez, porque Ártemis não parecia nem um pouco com o rabisco nem usava óculos. Os espíritos familiares nunca abandonavam as arcas. Talvez eles tivessem passado uma infância juntos antigamente, antes do Rasgo, mas não pareciam ter memórias muito vivas. Eles não se lembravam de nada, provavelmente um efeito colateral da longevidade prodigiosa, o que cobria seu passado de mistério – o passado da humanidade inteira, na verdade. Até Ophélie, por mais *leitora* que fosse, não fazia ideia da história pessoal deles. Às vezes, ela se perguntava se eles chegaram a ter pais, em uma época muito distante.

— Então, filhinha de Ártemis — continuou Farouk —, você sabe *ler* o passado dos objetos?

— Infelizmente — suspirou Ophélie —, é a única coisa que sei fazer direito com as mãos.

Isso e fugir através dos espelhos, mas isso era mais difícil de encaixar no currículo.

— Não é infeliz.

Um brilho se acendeu sob as pálpebras pesadas de Farouk. Com um gesto de lentidão interminável, ele mergulhou uma mão em seu enorme casaco imperial e tirou um caderno cuja capa era incrustada de pedras preciosas. Proporcionalmente ao tamanho de Farouk, era um livro de bolso; na escala de Ophélie, equivalia a uma enciclopédia.

— Você poderia, por exemplo, *ler* meu Livro.

A apreensão sentida por Ophélie ao ver esse objeto foi tão forte quanto sua curiosidade. Um Livro como esse merecia mesmo a letra maiúscula. Por muito tempo, Ophélie acreditava que só existia um desse tipo, em Anima, nos arquivos particulares de Ártemis: um documento tão singular e antigo que nem os melhores *leitores*, dentre eles Ophélie, conseguiriam decifrar. Ao chegar ao Polo, Ophélie não só ficou sabendo que existiam outros nas arcas, como que o Livro de Farouk era a razão principal de seu casamento.

Por isso, quando finalmente viu com os próprios olhos esse Livro ao qual seu destino estava ligado, Ophélie sentiu suas mãos coçarem e se estenderem instintivamente. Se descobrisse o segredo, poderia se libertar?

— Ela não.

A voz lúgubre ressoou como um gongo funerário. Era a primeira vez que Thorn falava desde o início da entrevista. Ele parecia ter aguardado esse instante específico para puxar o braço de Ophélie com força, até que ela recuasse e ficasse atrás dele, escondida por sua sombra.

— Eu.

Ainda agachado, com o Livro nas mãos, Farouk piscou os olhos ao erguê-los para Thorn, atordoado, como se tivesse sido acordado de repente.

— Sou eu quem *lerá* seu Livro — repetiu Thorn, em tom categórico. — Quando eu herdar o poder de minha esposa, daqui a quatro meses e nove dias, e aprender a utilizá-lo. Está em nosso contrato.

Thorn guardou o relógio, enfiou os dedos em um bolso externo do uniforme e tirou de lá, em um golpe seco, um documento administrativo. Sua outra mão não soltara a noiva. Ophélie sabia que o gesto não era afetuoso nem protetor. Era um aviso lançado a Farouk e à corte: só ele, Thorn, tinha a propriedade exclusiva sobre seu dom de *leitora*.

Ophélie se contraiu da cabeça aos pés. De todas as descobertas que fizera no Polo, era essa a mais repugnante. A Cerimônia da Dádiva era um ritual nupcial em que os noivos transmitiam uns aos outros seus poderes familiares. Thorn tentara esconder de Ophélie que organizara o casamento com a única intenção de herdar seu animismo e de fazer seus próprios serviços como *leitor*. Ele herdara da mãe uma memória impressionante e parecia acreditar que a união dos poderes permitiria que ele chegasse suficientemente longe no passado para decifrar o Livro de Farouk.

Thorn não se interessava pela descoberta histórica em si, só pensava em sua própria ambição.

— Aceitará minha noiva e minha tia como suas protegidas até meu casamento? — insistiu Thorn. — Assim como qualquer Animista que venha ao Polo, para manter com eles bons laços diplomáticos?

O sotaque do Norte era particularmente marcado nele, endurecendo cada sílaba, mas ainda assim parecia que pedir esse favor a Farouk queimava seus lábios. Berenilde, por sua vez, observava tudo em um silêncio tranquilo; era preciso conhecê-la bem para saber que a doçura de seu sorriso escondia certa preocupação.

Ophélie sabia que interpretavam no palco de um teatro, na frente de um público que esperava um deslize para vaiá-los. Cada palavra, cada entonação, cada expressão corporal tinha sua própria importância. Nesse palco, Thorn continuava a ser seu maior adversário. Por sua causa, só lembrariam dela como uma mulher escondida às sombras do marido.

Farouk releu o contrato apresentado por Thorn com um ar irritado, então guardou o Livro no casaco e se levantou, músculo por músculo, articulação por articulação, até ficar inteiramente de pé. Thorn era alto; Farouk era gigante.

— Se ela só presta para *ler* e eu não posso mandá-la *ler* — disse ele lentamente —, o que vou fazer com ela? Só aceito na minha comitiva quem é capaz de me distrair.

Era agora ou nunca. Ophélie saiu da sombra de Thorn, obrigando-o a soltar seu braço, e ergueu o olhar para Farouk para vê-lo de frente, independentemente da dor que lhe causasse.

— Não sou boa distração, mas posso ser útil. Eu administrava um museu em Anima, posso abrir um aqui. Um museu é como uma memória — enfatizou, escolhendo bem as palavras. — É como o seu diário.

Ophélie não enxergava a expressão de Thorn atrás dela, mas viu que Berenilde não sorria mais. Certamente não era nisso que pensava quando pedira que ela causasse uma boa impressão. Ophélie ignorou como pôde os murmúrios chocados que vinham da plateia ao redor do estrado. Com esse pedido, ela provavelmente transgredira metade das regras de etiqueta.

— Que tipo de museu você administrava? — perguntou Farouk.

— História primitiva — respondeu Ophélie imediatamente, aliviada por ter acendido sua curiosidade. — Tudo que trata do mundo antigo. Claro, sou capaz de me adaptar aos seus recursos históricos.

Farouk pareceu realmente se interessar e, por um instante, Ophélie acreditou ter conseguido seu museu, sua independência e sua liberdade. Portanto, ficou incrédula ao escutar a resposta, fielmente transcrita pela máquina de escrever do datilógrafo:

— História, então. Perfeito, filhinha de Ártemis, você me contará histórias. Será o preço da proteção que ofereço a você e à sua família. Eu lhe nomeio vice-contista.

OS CONTRATOS

Ophélie mal descera do estrado, desequilibrada pelo cachecol e atordoada pelo que acontecera, quando um flash luminoso e violento a cegou. Era a primeira vez que era fotografada, no momento em que mais se sentia desencorajada. Com a câmera obscura sob o braço, envolvido por fumaça de magnésio, o fotógrafo correu ao seu encontro. Era um Miragem, calvo como um ovo e agitado como uma panela de pressão.

— Srta. Animista! Sou o sr. Tchekhov, o editor do *Nibelungo*, o jornal mais lido de toda a Cidade Celeste. Poderia responder algumas perguntas? Nosso sr. Farouk acabou de nomeá-la vice-contista — continuou, sem deixar tempo para Ophélie aceitar. — Você tem a força para competir com o excelentíssimo Eric, nosso contista principal? Será necessário muito talento para dividir a função com suas pantomimas estonteantes. Ninguém, em quarenta anos de espetáculo, foi capaz de concorrer com ele! Qual é sua estratégia para defender seu lugar no palco?

Ophélie não sabia como o editor aguentava, mas ela tinha encharcado o vestido de suor só de escutar. Um palco? Além do mais, ela deveria se apresentar em um palco?

Para piorar o constrangimento, os cortesãos a encaravam friamente, esperando sua resposta. Para seu alívio, todo mundo perdeu o interesse quando, no estrado, Farouk pousou um diadema na cabeça de Berenilde. Os Miragens aplaudiram essa coroação educadamente.

Ao ver Berenilde coberta de diamantes, com o rosto rosado e os olhos brilhantes, intensificados pela luz cintilante do jardim de inverno, em frente a um fundo de palmeiras e primaveras, Ophélie acreditou estar vendo uma rainha exótica. Rainha? Não. Uma cortesã.

— Sinto pena dela — declarou tia Roseline, que, a cotoveladas, finalmente chegara perto de Ophélie. — Não deve ser fácil amar um homem que precisa de diamantes para lembrar com que mulheres dividiu sua intimidade.

— Ela a aceitou por mim — murmurou Ophélie. — O sr. Farouk me protege da corte, mas Berenilde me protege do sr. Farouk.

— No fundo, sinto ainda mais pena de você. Sabia que o sr. Thorn era pouco sentimental, mas mesmo assim, ele deve ter engrenagens no lugar do coração para só te ver como um par de mãos. Você está branca que nem um fantasma — se preocupou tia Roseline. — Está com dor na costela?

Ophélie acabara de tirar o véu do chapéu, cansada de ver o mundo através da renda.

— É minha própria burrice que dói. Nossa família vai chegar da noite pro dia e a segurança de todos dependerá da minha apresentação. Você me vê como contista?

Tia Roseline abriu e fechou a boca, visivelmente constrangida pela pergunta, e segurou os ombros de Ophélie.

— Vamos fugir desses cortesãos enquanto eles estão distraídos. Podemos esperar Berenilde lá fora. E fique atenta aonde pisa: seu cachecol não ajuda nada.

Ophélie olhou uma última vez para o estrado de jogo onde os nobres corriam para parabenizar Berenilde. Thorn continuava ali, mas era a única pessoa que não prestava nenhuma atenção à tia, inteiramente absorvido na leitura da ata entregue pelo datilógrafo. Ophélie desviou o olhar assim que Thorn ergueu seus olhos, brilhantes como metal, para encontrá-la para além da folha datilografada.

— Não é muito romântico, não é?

A mulher que arrulhara essas palavras avançou entre as palmeiras do jardim. De uma estatura impressionante, ela estava vestindo um véu coberto de pingentes de ouro, que devia ser absurdamente pesado. Ophélie não se sentiu muito tranquilizada ao ver as tatuagens dos Miragens em suas pálpebras. Foi ainda pior quando a mulher segurou seu rosto e examinou os machucados com uma intimidade desconcertante.

— Foi o sr. Thorn que fez isso, minha pombinha?

Ophélie queria responder que talvez fosse a única coisa no mundo que não era culpa do Thorn, mas só conseguiu espirrar. A mulher emanava um perfume forte e inebriante que a deixava tonta.

— A quem temos a honra de conhecer? — perguntou tia Roseline.

— Sou Cunégonde — respondeu a Miragem, sem afastar o olhar de Ophélie. — Adorei o que você tentou fazer nesse estrado, minha pombinha. Somos parecidas.

Os pingentes de ouro de Cunégonde tilintaram como sinos quando ela ergueu o braço. Ela apontou para um Miragem no cortejo de cortesãos; era tão gordo, majestoso e elegante que quase só se via ele. Uma ilusão muito bem-feita listrava sua sobrecasaca de todas as cores do arco-íris. Ophélie reconheceu imediatamente o barão Melchior. Ela cruzara com ele mais de uma vez nos corredores do Luz da Lua, quando ainda trabalhava secretamente como pajem.

— O chato de galocha da sua vida é o sr. Thorn — sussurrou Cunégonde no ouvido de Ophélie. — Na minha vida é o meu irmão. O barão dos dedos de ouro! O grande ilusionista-costureiro! O ministro das Elegâncias! Ele até recebeu uma Ordem Nacional do Mérito pelos serviços prestados à família. Melchior sempre teve direito às maiores honrarias enquanto eu sou condenada à arte das sombras. Sabe por que, minha pombinha? Porque esses senhores acham que só eles são capazes de girar as engrenagens aqui em cima.

— O que devemos fazer para escapar das sombras? — perguntou Ophélie, tocada pelo discurso de Cunégonde.

— Aliar nossas forças, minha pombinha. Por que devemos ser rivais por histórias ridículas de clã? Somos mulheres acima de tudo. Mulheres de espírito empreendedor, ainda por cima!

— Finalmente uma opinião sensata — interrompeu a tia Roseline. — Concordo inteiramente, cara senhora. Voltaria tranquila para Anima se soubesse que minha sobrinha é capaz de se virar sozinha. Que arte a senhora pratica?

Cunégonde esticou os lábios vermelhos em um sorriso.

— Sou dona de imagineiros. Estabelecimentos de ilusões safadinhas. Chamo os meus de "delícias eróticas" e, acreditem, não as destino só a esses senhores.

Pela forma como tia Roseline arregalou os olhos, Ophélie soube que Cunégonde já deixara de ser uma "cara senhora".

— Só há duas categorias de mulheres na comitiva do nosso senhor Farouk. As que oferecem seus charmes e as que oferecem seus serviços. Se não participar de seu prazer, não durará muito tempo por aqui. Posso ver suas mãos, minha pombinha?

Após uma hesitação perplexa, Ophélie desabotoou as luvas de *leitora*. Com as unhas vermelhas e afiadas como facas, Cunégonde traçou as linhas de suas palmas com uma expressão de fascínio.

— Tão pequenas e ordinárias... Mesmo assim, possui as mãos mais temidas de toda a Cidade Celeste.

— Por causa do Livro do sr. Farouk? — se espantou Ophélie.

Cunégonde deu uma piscadela que mostrou rapidamente a tatuagem na pálpebra.

— Os objetos não escondem segredos de você. Em outras palavras, você é capaz de desmascarar todos os segredinhos da corte e, acredite — sussurrou —, são inúmeros.

Ophélie olhou com mais atenção para os nobres agrupados ao redor do jogo do ganso e notou que olhavam para ela de longe, com hostilidade. As damas, especialmente, conferiam com nervosismo os acessórios, como se o simples fato de perder um grampo de cabelo as comprometesse.

— Proponho um negócio, pombinha — continuou Cunégonde, apertando as mãos de Ophélie. — Colocarei minhas melhores ilusões à sua disposição, garantindo um espetáculo muito melhor do que o contista vigente. Em troca — continuou, falando ainda mais baixo —, você usará esses dedinhos para mim de vez em quando.

Cunégonde estava tão perto que seu perfume sufocava Ophélie como a fumaça de um vulcão.

— Agradeço a oferta — respondeu, se esforçando para não tossir —, mas devo recusar. Não *leio* nenhum objeto sem o consentimento do proprietário.

O sorriso de Cunégonde se acentuou. As unhas se afundaram nas mãos de Ophélie.

— Recusa?

— Recuso, senhora.

— Parece que me enganei. Achei ter visto neste estrado uma jovem ambiciosa. Posso oferecer um conselho, minha pombinha? — Cunégonde enfiou as unhas com mais força nas mãos de Ophélie e tia Roseline não conseguiu reprimir um gesto de preocupação. — Nunca diga "não" a um Miragem.

— Isso foi uma ameaça?

Quem fez a pergunta foi Archibald. Com as mãos nos bolsos furados do fraque, a cartola velha e torta, ele se aproximara tranquilamente. Duas velhas o acompanhavam; elas usavam anáguas tão largas e escuras que pareciam sinos fúnebres.

Cunégonde largou as mãos de Ophélie imediatamente.

— Uma sugestão, sr. embaixador — respondeu ela, dirigindo-se mais às senhoras do que a Archibald. — Foi uma simples sugestão.

Com essas palavras, Cunégonde partiu, em um tilintar de pingentes, olhando uma última vez para Ophélie.

— A senhorita não perde um segundo, noiva de Thorn! — gargalhou Archibald. — Mal foi apresentada à corte e já fez uma inimiga. E não uma qualquer. Não há nada mais perigoso do que uma artista desesperada.

Ophélie abotoou de novo as luvas, com uma careta de dor. Cunégonde não pegara leve com as unhas.

— Desesperada? — perguntou.

Archibald tirou do bolso do fraque uma bela ampulheta azul. Ophélie conhecia a reputação do objeto, mesmo que nunca o tivesse usado. Bastava romper o lacre para ativar o mecanismo e ser transportado, enquanto a areia corresse, para um local paradisíaco. "Tente imaginar as cores mais vivas, os perfumes mais atordoantes, as carícias mais enlouquecedoras. Mesmo assim é menos do que essa ilusão pode trazer", explicara Raposa.

— Os negócios da dama Cunégonde não andam muito bem — disse Archibald. — Seus imagineiros têm falido, um a um, desde que Hildegarde colocou as ampulhetas azuis em circulação. Que aristocrata iria publicamente a um lugar vergonhoso, quando basta usar uma dessas discretamente? Permita-me apresentar sua escolha — continuou ele imediatamente. — Prometi uma proteção à querida Berenilde. Cá está!

Com um gesto teatral, Archibald indicou as duas velhas silenciosas atrás dele. Seus olhos claros, entre os quais a tatuagem familiar parecia desenhar uma pontuação misteriosa, se voltaram para Ophélie com frieza profissional.

— São essas mulheres que vão nos proteger? — disse tia Roseline, indignada. — Guardas não seriam mais apropriados?

— Vocês ficarão hospedadas no Gineceu, como todas as favoritas de Farouk — explicou Archibald. — Os homens não podem entrar. Não se preocupem, as Valquírias são as melhores protetoras de sua segurança.

Ophélie ergueu as sobrancelhas, impressionada. Ela já estava no Luz da Lua há tempo suficiente para ter ouvido falar das Valquírias. Eram mulheres especializadas em escolta diplomática: elas observavam cada detalhe, escutavam cada conversa com uma atenção dedicada. Eram telepaticamente conectadas aos outros membros da Teia e alguns deles tinham como trabalho registrar dia e noite tudo que as Valquírias viam e ouviam. As pessoas confiadas a seus cuidados estavam sob boa vigilância. Não eram serviços oferecidos a qualquer aristocrata.

Ophélie ajeitou os óculos para encarar os olhos de Archibald. Era como admirar o céu através das janelas.

— Fui vítima de um engano terrível. Não sou competente para contar histórias. Embaixador, o senhor me ofereceu sua amizade: poderia me ajudar a desatar esse mal-entendido?

Archibald sacudiu a cabeça em sinal negativo com um sorriso meio triste, meio irônico. Apesar dos cabelos despenteados, da barba por fazer e das roupas remendadas, era de uma beleza insolente.

— Perdoe a expressão, noiva de Thorn, mas quem faz a fama deita na cama. Especialmente com Farouk.

— Não tive tempo para argumentar bem. Se eu pudesse demonstrar o fundamento do meu projeto...

— Seu projeto? — riu Archibald. — Essa história ridícula de museu? Esqueça imediatamente, ninguém se interessará por algo tão entediante.

— O senhor... — engasgou tia Roseline. — O senhor é mais grosso que uma tábua mal cortada!

Archibald se virou para ela, parecendo se divertir muito com a ofensa.

— Não, tia — disse Ophélie. — Ele está certo.

A luz intensa do ambiente destacava toda a poeira acumulada em seus óculos. Ela os tirou para limpá-los no belo vestido branco que Berenilde lhe dera, sem se preocupar com a sujeira, e começou a pensar furiosamente. Ela tivera semanas inteiras para explorar novas ideias, novas possibilidades, mas, em vez disso, se prendera à vida antiga.

— Gostaria que você visse algo, com atenção — interrompeu Archibald. — Eu os "peguei emprestados" do mestre de cerimônias.

Ele pegou dois lindos dados, com os quais disputara a partida do jogo do ganso, e os estendeu a Ophélie, mas foi tia Roseline que os tomou para entregá-lo à sobrinha. Ela assistira a escândalos o suficiente sob o teto de Archibald para não tolerar nem um toque entre eles.

Ophélie viu que todos os lados dos dados estavam vazios.

— Entende, noiva de Thorn? Eles são viciados. O mestre de cerimônias é um Miragem, é ele quem decide os números quando lança os dados.

— É por isso que você sempre cai nos buracos? — murmurou Ophélie, chocada pela revelação.

— Farouk *sempre* ganha. Você poderia propor uma loja de queijos que ele decidiria transformá-la em loja de chocolate.

No mesmo instante, um clamor alegre se ergueu no Jardim do Ganso. Ophélie não via mais o estrado de jogadores, com a vista obstruída por palmeiras e fontes, mas supôs que o jogo recomeçara. Uma nova partida, com novos dados viciados.

— É preciso ser mais hábil — disse ela, pensando no conde Boris, que aguardara a vitória de Farouk para obter suas terras. — Eu deveria ter proposto *ler* seu Livro em vez de falar do museu. Fui manipulada pelo jogo de Thorn.

Os olhos e o sorriso de Archibald cresceram com surpresa.

— Ora, ora, não te contaram o que aconteceu com os *leitores* que estiveram aqui antes?

— Me disseram que todos falharam e que o sr. Farouk não aceitou bem. Eu poderia arriscar. Não confio em mim mesma para muitas coisas, mas tenho uma excelente habilidade.

— Desista disso — disse Archibald, sem hesitar. — Eu a observava ainda há pouco, no estrado: você quase desmaiou porque Farouk te *olhava*. Imagine um pouco que efeito a raiva dele causaria. Vi homens chorarem sangue e enlouquecerem por decepcioná-lo. Nosso espírito familiar não é capaz de se controlar.

Ophélie sacudiu o pé, ainda enrolado no cachecol. Se Archibald queria assustá-la, tinha conseguido.

— Desista do Livro — insistiu ele. — Minha família quase se arruinou para encontrar os maiores especialistas para decifrá-lo: filólogos, *leitores* e companhia. Eu aprendi uma lição: esse livrinho é uma equação sem solução. Impossível datar porque não se altera com o tempo. Impossível traduzir pois não há equivalência de sua língua.

— Ártemis, nosso espírito familiar, tem um Livro parecido na sua coleção particular — observou Ophélie. — Todos os espíritos familiares têm seus próprios Livros?

— É difícil responder, pois cada arca tem seus segredinhos — disse Archibald com um sorriso enigmático. — Mas deixe Thorn quebrar a cara no seu lugar. Você será uma viuvinha adorável.

Apesar do falso sol, Ophélie estremeceu de corpo inteiro. Ela olhou para as duas Valquírias que os escutavam em silêncio, com indiferença profissional, e perguntou em voz baixa:

— Por que o sr. Farouk é tão obcecado pelo Livro?

Archibald gargalhou tão alto que derrubou a cartola na grama.

— Essa pergunta, noiva de Thorn — respondeu quando recuperou o fôlego —, é provavelmente a única coisa em comum entre todos os habitantes do Polo. O Livro é a única obsessão de Farouk. Digo e repito para seu próprio bem: nunca, mas nunca mesmo, aborde o assunto com ele novamente.

Archibald recuperou a cartola, a fez girar no ar e a apoiou na cabeça com um gesto de palhaço. Ophélie o encarou com seriedade mesmo assim. Talvez fosse um egocêntrico provocador, mas pelo menos não era falso.

— Não encontrei muita gente aqui preocupada com meu bem. Obrigada, sr. embaixador.

— Ah, não agradeça. Quanto mais a aconselho, mais sua dívida comigo cresce. Um dia, cobrarei a conta.

— Que dívida, que conta? — chocou-se Ophélie. — Você me ofereceu amizade.

— Exato. Boas contas fazem bons amigos. Não se preocupe, será tão prazeroso que você correrá para se endividar de novo.

Ophélie ficava desolada pelo único apoio valioso com que podia contar na corte vir de um homem de tanta luxúria. Seu passatempo preferido era levar mulheres ao adultério; se Ophélie não fosse prometida a Thorn, ele nunca teria se interessado por ela.

— Eu te disse para não andar com más companhias! — exclamou tia Roseline, cuja indignação a deixava ainda mais amarelada do que de costume. — Sr. embaixador, eu garantirei pessoalmente que o senhor mantenha distância de minha sobrinha!

O sorriso de Archibald, extensível como um elástico, não parava de crescer.

— Sinto muito por contradizê-la, sra. Roseline, pois já a aprecio muito. A senhora não pode ficar de olho nessa senhorita para sempre. Nem você, sr. intendente.

Ophélie se virou tão impulsivamente que a dor provocada pela costela quebrada a deixou sem ar. Acima de todos, lá estava Thorn, logo atrás dela. Ele se erguia como um monolito no meio da grama, segurando uma folha datilografada. Ophélie nunca o vira confortável, em nenhum assento, a nenhuma mesa, entre nenhum grupo, mas deveria admitir que ele parecia particularmente incomodado nesse jardim exótico. A luz crua destacava as duas cicatrizes de seu rosto e o suor escorria em abundância de seus cabelos claros. O uniforme deveria ser um verdadeiro forno. Longe de se enfraquecer, ele parecia tenso da cabeça aos pés.

Thorn entregou a folha de papel a Ophélie, sem dar mais atenção a Archibald do que daria a um tapete.

— Vim trazer seu contrato.

— Por favor, não faça comentários — se irritou Ophélie, arrancando o papel de sua mão.

Ela lutara com Thorn e perdera lamentavelmente. Bastava uma crítica, um sarcasmo, para que ela cedesse finalmente à raiva.

Thorn não se deixou afetar nem um pouco.

— Venho também informar que estabeleci contato radiotelegráfico com sua família. Pude tranquilizá-los sobre seu estado e atrasar a chegada deles.

Era provavelmente a melhor notícia do dia. Entretanto, Ophélie recebeu esse anúncio como uma afronta a mais.

— Nem te ocorreu que eu gostaria de participar dessa ligação? Depois de nossa partida, meus pais não receberam nenhuma das nossas cartas e nós não recebemos nenhuma das deles. Você faz alguma ideia do isolamento em que eu e minha tia fomos mergulhadas?

— Resolvi a prioridade mais urgente — respondeu Thorn, sem olhar para Archibald, que parecia se deliciar com a situação. — A presença de membros da sua família aqui, neste momento atual, seria perigosa tanto para eles como para nós. Cuidarei para que suas próximas cartas cheguem a eles.

— E o seu contrato? — perguntou Ophélie. — Tenho direito de saber o que diz, ou não é mais da minha conta?

Thorn já franzia as sobrancelhas, mas o comentário de Ophélie o fez franzi-las ainda mais. Ele tirou um envelope de um bolso interno do uniforme.

— Eu lhe fiz esta cópia. Nunca se separe dela e a apresente a Farouk sempre que necessário.

Ophélie abriu o envelope. Deixou cair o papel que continha, o pegou na grama e o leu com atenção. Era a cópia do contrato de Thorn. Tudo estava lá: o arranjo do noivado com uma *leitora* de Anima (o nome de Ophélie não era explicitamente mencionado), a data do casamento em três de agosto e até, já programada para novembro, a data de *leitura* do Livro. O contrato dizia claramente que a noiva escolhida por Thorn seria liberada de qualquer implicação no presente contrato. Os óculos de Ophélie se escureceram quando ela chegou à contrapartida da *leitura* do Livro:

> "Em caso de sucesso, o sr. Thorn receberá um título de nobreza oficial e sua condição de bastardo será considerada como nula e inexistente".

Ophélie sentiu um nó na garganta. Toda a ambição de Thorn cabia em três linhas. Ele a arrancara de sua família e a colocara em perigo para brincar de aristocrata. Berenilde não era mencionada em lugar nenhum; ele nem pensara na própria tia, apesar dos riscos pessoais que ela assumira para ajudá-lo no empreendimento.

Thorn não se preocupava com ninguém; Ophélie decidiu não se preocupar com ele.

— Um dia, pagarei a dívida — prometeu ela a Archibald. — Deixe que eu escolha a maneira e garanto que será justa.

Archibald possuía uma coleção completa de sorrisos, mas Ophélie nunca o vira fazer uma careta como aquela, como se estivesse constrangido. Só durou um piscar de olhos, pois ele rapidamente bateu com exagero na cartola.

— Mal posso esperar para receber a conta, noiva de Thorn! Enquanto espero, peço licença. Deixei o Luz da Lua por tempo demais — disse ele, com um tapinha na tatuagem da testa. — Quando o gato sai, os ratos fazem a festa.

Os ratos eram as irmãs que ele protegia, cheio de ciúmes. Ao dar uma pirueta, quase caiu sobre a tia Roseline, que tinha se colocado no meio do caminho. Com o queixo erguido, o perfil equino e severo, o coque minúsculo apontado para o céu e as mãos juntas sobre o vestido austero, era a personificação da dignidade feminina.

— Sr. embaixador, o senhor é mais promíscuo que um saleiro. Mentiria se fingisse nutrir uma profunda simpatia pelo sr. Thorn — disse ela, olhando de relance para o dito-cujo, que prestava mais atenção no relógio do que em qualquer outra coisa —, mas é ele o noivo legítimo. Dê-me um único bom motivo para eu permitir que você continue a encontrar minha sobrinha.

— A senhora me dará essa autorização — afirmou Archibald com segurança —, pois será a primeira a buscar minha companhia.

Com essas palavras, enquanto tia Roseline abria a boca em ultraje, ele deu um beijinho no rosto dela. Ophélie prendeu a respiração. Sua tia achava até o beijar de mãos uma prática obscena, nunca aceitaria tal familiaridade sem responder com um tapa majestoso.

O tapa nunca veio. Ophélie não acreditou no que via quando a pele amarelada de tia Roseline se cobriu de rosa e sua figura seca relaxou sob o efeito de uma emoção violenta. Ela encarava Archibald como se tivesse acabado de voar no céu de seu olhar.

Archibald se despediu de tia Roseline, das Valquírias e de Ophélie com um último gesto de chapéu e desapareceu entre as palmeiras, girando alegremente a corrente da ampulheta azul.

— Tia? — preocupou-se Ophélie. — Está tudo bem?

Na verdade, ela parecia ter rejuvenescido vinte anos.

— Quê? — balbuciou a tia Roseline. — Claro que está tudo bem, que pergunta! Estou sufocando nesta estufa — acrescentou, se abanando, nervosa. — Vamos embora.

Ophélie a viu se afastar, completamente perdida. Uma coisa era ver todas as damas da corte caírem no charme de Archibald, mas ver sua própria tia sucumbir era diferente.

— Acho que se aliar a Archibald foi uma má ideia — comentou Thorn, fechando o relógio de bolso.

Ophélie ergueu o rosto para ele com toda a força que lhe restava.

— Certo. É tudo que tem a dizer?

— Não.

O aço no olhar de Thorn se tornara mais firme agora que estavam sozinhos. Ophélie suspeitava. Depois de tentar frustrá-lo publicamente na frente de Farouk, ela não podia esperar fugir do que vinha a seguir.

— Conte logo o que pensa — disse ela, impaciente. — Vamos acabar com isso.

— O que você fez, ali no estrado — disse Thorn, a voz pesada como chumbo. — Foi corajoso.

Ele guardou o relógio no bolso do uniforme e partiu, sem olhar para trás.

FRAGMENTO: PRIMEIRA REPRISE

No princípio, éramos um. Mas Deus não nos achava suficientes para satisfazê-lo, então Ele começou a nos dividir.

Um muro. A luz vacilante de uma lanterna. Os rabiscos de crianças pregados em cada pedaço de papel de parede.

O grau de precisão da lembrança é relativamente alto. Ele deve ter passado horas encarando esta parede. Por outro lado, não lembra mais a aparência do resto do cômodo. Neste momento, não há nada além do muro, da lanterna e dos rabiscos infantis.

O ângulo da luz muda e para. Ele deve ter apoiado a lanterna na mesa, para continuar iluminando a parede. Não, o ângulo da luz é baixo demais para uma mesa. Provavelmente uma cadeira, ou uma cama. Provavelmente é um quarto. Seu quarto?

A sombra de seu corpo, inicialmente vaga e imensa, refina-se conforme se aproxima da parede. O que há de tão interessante nesses rabiscos para que fique tão obcecado? Um desenho em especial detém sua atenção: um rascunho multicolorido que os representa juntos, ele e os outros. Com cuidado, tira as quatro tachinhas, uma a uma.

Sob o desenho, um buraco. Neste lugar preciso da parede, não há papel de parede, nem argamassa, nem tijolo. Um esconderijo?

Ele olha no fundo do buraco. Tudo escuro. Ele não enxerga o que se encontra do outro lado do muro.

— Ártemis? — Escuta seu sussurro.

Ele demora muito para reconhecer a voz fraca, o sotaque bizarro, saindo de sua garganta. É assim que ele falava na época?

— Ártemis! — Escuta seu sussurro novamente, com um tapinha na parede.

Um barulho leve de passos, o som de um tijolo removido e, finalmente, um olho que pisca no fundo do buraco. O olho de Ártemis?

— Estava vendo as estrelas pela claraboia. É interessante — diz Ártemis com uma voz calma, sem expressão, abafada pela espessura da parede. — Você devia colocar o tijolo no lugar, que nem eu fiz. Não temos mais permissão para conversar, lembra?

Na verdade, ele gostaria de lembrar. Ele se lembra perfeitamente do olho de Ártemis, da voz de Ártemis, das palavras de Ártemis no buraco da parede, mas não se lembra do porquê de terem sido separados.

— Os outros, — Escuta o sussurro novamente. — Sabe se eles estão bem?

— São mais obedientes do que você — diz o olho de Ártemis. — Faz dias que não falo com a parede de Janus. Ele estava um pouco entediado, mas bem. Ele me deu notícias da parede de Perséphone, que também ia bem. E você? A parede de Hélène?

— Ela nunca responde.

— Hélène escuta tudo — diz o olho de Ártemis. — Ela escutaria um piscar de olhos do outro lado da casa. Se ela não responde, é porque obedece. Vamos fazer o mesmo. Volte a dormir.

Ele não se escuta responder desta vez. Será a lembrança que acaba? Não, outra coisa. Ele não responde ao olho de Ártemis porque um imprevisto o impede.

A sombra de Deus.

Ele a vê distintamente na parede, sobreposta à sua. Deus está em seu quarto, logo atrás dele. O olho de Ártemis desaparece no fundo do buraco, quando ela rapidamente coloca o tijolo no lugar.

Ele lembra, agora. Foi Deus quem os separou, ele, Ártemis, Hélène, Janus, Perséphone e todos os outros. Ele quase pode sentir o medo e a raiva que o dominaram nesse momento ao ver a sombra de Deus no muro. Ele precisa se virar, parar de encarar a parede, olhar para a cara de Deus.

Ele finalmente se vira, mas sua memória se recusa obstinadamente a dar um rosto, uma forma, uma voz a Deus, que se aproxima lentamente.

A lembrança acaba aqui.

Nota bene: "Guarde seus encantos". Quem pronunciou essas palavras? O que elas significam?

A CARTA

As primeiras semanas de Ophélie na corte não foram exatamente o que ela imaginava. Certamente porque ela não pisou na corte.

Depois que Farouk a nomeara vice-contista, Ophélie se instalara com Berenilde no Gineceu, no sexto andar da torre, logo acima daquele atribuído ao Passeio, e não saíra de lá. Todo dia, o grão-camareiro atravessava a grade dourada do elevador, desenrolava uma folha de papel e chamava uma a uma as cortesãs escolhidas para escoltar Farouk. O nome de Berenilde estava sempre na lista e o de Ophélie nunca era mencionado.

Se havia um lugar onde não era bom ser esquecida por Farouk, era o Gineceu.

Esse mundo suave parecia saído de um livro ilustrado exótico. O sol nunca se punha. Cada cortesã dispunha de seu próprio aposento e o de Berenilde era uma verdadeira ode à sensualidade, com banquinhos, almofadas, tapetes e divãs banhados pelos feixes de luz das claraboias.

A doçura era enganadora. As cortesãs que viviam no Gineceu eram quase todas Miragens e viam com maus olhos a intromissão de novas rivais em seu ninho. Era só a grade do elevador fechar atrás de Berenilde que as hostilidades começavam. Um dia, Ophélie foi coberta de furúnculos da cabeça aos pés. No dia seguinte, começou a soltar um fedor nojento de estrume. No outro dia, cada gesto feito emitia sons trovejantes de flatulência. Felizmente, eram só ilusões efêmeras jogadas sobre ela quando estava distraída, que se dissipavam em algumas horas, mas a criatividade com que as cortesãs a humilhavam era ilimitada.

— É intolerável! — acabou explodindo tia Roseline quando Berenilde voltou do Passeio certa noite. — De que servem essas Valquírias se todo mundo aqui pode fazer essa garota de gato e sapato?

Ela apontou um dedo acusador para as velhas, que nem se prestaram a piscar. As Valquírias seguiam Ophélie e Berenilde para todos os lados, dormiam com elas, comiam com elas, discretas e silenciosas como sombras, mas nunca se metiam nos seus assuntos cotidianos.

— No momento, são só brincadeiras infantis — garantiu Berenilde, voltando-se para Ophélie, que estava com um focinho de porco no rosto dessa vez. — Contudo, esta situação não deve continuar. Conheço essas moças e suas tentativas de intimidação ficarão cada vez mais ousadas, sendo que nosso senhor nem te olhou ainda. Se ele se afastar demais, você não poderá honrar seu contrato e, se não honrar o contrato, sua proteção não valerá. Tentei falar de você, mas como espera que o grão-camareiro inscreva você na lista, sendo que se apresenta tão mal?

Instalada à mesa de chá da sala, Ophélie não respondeu, concentrada na carta que tentava escrever para os pais. Thorn se oferecera para proteger a correspondência, mas era um verdadeiro quebra-cabeça contar sua vida ali sem aterrorizá-los.

No que lhe dizia respeito, Ophélie estava muito menos preocupada com as ilusões que a desfiguravam do que com esse cargo de vice-contista que, cedo ou tarde, precisaria assumir. Ela não havia encontrado nenhum livro no Gineceu para ajudá-la a ter ideias e, sem outra escolha, usava seu tempo livre para melhorar sua dicção com exercícios de pronúncia. Ela queria ao menos saber que tipo de história Farouk gostaria de ouvir. Ela nem sabia quais gostaria de contar.

O espírito familiar do Polo me pediu para contar histórias animistas, acabou escrevendo para o tio-avô. *Você teria ideias para sugerir?*

O tio-avô era arquivista e o membro da família de quem Ophélie mais era próxima; entretanto, nem a ele ousou contar o que realmente acontecia ali.

A cada dia sentia mais saudade de Raposa e de Gaelle. Eram os únicos amigos de verdade que Ophélie fizera no Polo, mas circulavam em um mundo diferente do seu e já viviam uma vida dolorosa assim. Ela fazia suas necessidades em banheiros de ouro, enquanto eles esfregavam os banheiros do Luz da Lua.

Às vezes, Ophélie sentia falta da fantasia de Mime, que garantira seu anonimato por muito tempo. Por exemplo, quando ela cruzava com Cunégonde no Gineceu. A Miragem fornecia ilusões safadinhas para as outras cortesãs e tinha seus contatos por todos os lados. Ophélie estremecia sempre que escutava o farfalhar de seu véu com pingentes ou quando inspirava seu perfume potente ao virar uma curva. Cunégonde nunca lhe dirigia a palavra, mas não perdia uma ocasião de fazê-la sentir, com um olhar eloquente, que não esquecera a afronta no Jardim do Ganso.

Se Cunégonde deixava Ophélie desconfortável, isso era pouco comparado ao que o Cavaleiro despertava nela quando se encontravam. E se encontravam muito mais do que ela gostaria.

O Gineceu tinha horas de visitação especialmente para crianças. Nunca eram filhos diretos de Farouk – o que Berenilde carregava era a exceção que confirmava a regra –, mas algumas cortesãs já tinham sido mulheres casadas, mães de família. O Cavaleiro aproveitava para trazer presentes para Berenilde. Ele criava para ela belíssimas ilusões de flores e perfumes, mas ela recusava insistentemente cada um de seus presentes.

— Nunca abra a porta para ele em minha ausência — recomendou ela a Ophélie e à tia Roseline. — É a primeira vez que alguém diz não a essa criança, suas reações podem ser imprevisíveis.

Berenilde não sabia o quanto estava certa. O Cavaleiro estava tão obcecado por ela, tão desamparado por seu desdém, tão doente em seu ciúme que um dia atacou outra criança para a qual ela infelizmente sorrira. A criança começou a correr pelo pátio e a rolar, pelo chão, gritando por socorro, como se consumida por chamas invisíveis. Não tivera nenhuma sequela, pelo menos aparente, e o Cavaleiro garantira que era "brincadeira", mas Ophélie ficara horrorizada com a cena. Ela acordava toda noite em um sobressalto, achando ter visto óculos de fundo de garrafa no pé da cama.

— Não sei como você faz para se conter desse jeito — resmungou a tia Roseline, com um olhar nervoso entre as persianas. — Essa criança Miragem me faz tremer inteira. Um dia é preciso que me expliquem por que todos o chamam de "Cavaleiro". É um verdadeiro perigo público, isso sim!

— Foi ele quem se nomeou — suspirou Berenilde. — E você não sabe o melhor. Ele o fez em minha homenagem. Ele se considera meu nobre cavaleiro cortês.

— Não tem nenhum adulto responsável por ele? Não podemos passar o tempo todo escondidas dele.

— O conde Harold é tio e tutor dele. É um homem velho, um pouco surdo. Ele raramente aparece em público e se preocupa mais com o treinamento de cães do que com a educação do sobrinho. Suponho que contribuí para fazer dessa criança o que ela se tornou — murmurou Berenilde, acariciando o ventre redondo. — Uma vontade sem nenhum limite.

— Por que diz isso? — perguntou Ophélie.

Berenilde não respondeu. Em seus belos olhos, um brilho de tristeza pouco habitual deixou Ophélie profundamente pensativa. Essa história provavelmente tinha conexão com o solar de Berenilde, que ela herdara dos pais do Cavaleiro. Ophélie ainda recordava a surpresa que sentiu ao conhecer aquele terreno estranho, seu outono artificial e o misterioso quarto de criança que parecia aguardar o retorno de quem o ocupara. Berenilde tinha todos os motivos do mundo para odiar o Cavaleiro, mas, no fundo, não o rejeitava com tanto ardor.

Foi assim, pelo menos, até a noite em que o Cavaleiro se aproximou um pouco demais de Ophélie.

Ele entrou no Gineceu na hora de visitação e, aproveitando que a porta não estava trancada, se esgueirou silenciosamente para o apartamento de Berenilde. Assustada, Ophélie o viu entrar no banheiro, onde a menina tomava banho, e começar a conversar da forma mais natural do mundo.

Por sorte, Berenilde voltou da corte no mesmo instante. Ao surpreender o Cavaleiro apoiado na banheira de Ophélie, ela ficou lívida e, incapaz de conter seu poder, o arremessou para o outro lado do corredor. Quando ele se levantou, muito chocado, seus óculos grossos estavam quebrados.

— Se você atacar essa garota — sibilou Berenilde —, eu te matarei com minhas próprias garras. Vá embora e nunca mais apareça na minha frente.

O Cavaleiro fugiu então do Ginecendo, desmoronando sob a raiva e a tristeza, e não voltou no dia seguinte, nem depois. Ophélie, por sua vez, nunca mais viu Berenilde da mesma forma. Aquela mulher difícil, que a tratara de forma dura muitas vezes, a defendera como se fosse sua própria filha.

— O que a senhora fez foi admirável — parabenizou tia Roseline. — Finalmente teremos um pouco de paz!

A sequência dos acontecimentos não confirmou sua esperança.

Em uma manhã de abril, o estalo da caixa de correio ecoou pelo apartamento. O coração de Ophélie saltou ao ver o nome no envelope. No entanto, rapidamente notou que não era a resposta dos pais que tanto esperava:

Srta. vice-contista,
Seu casamento com o sr. Thorn está programado para o dia 3 de agosto. Sinto informar que será assassinada antes, a não ser que siga meu conselho. Parta do Polo assim que possível e nunca mais retorne.
DEUS NÃO A QUER AQUI.

— O que era? — perguntou tia Roseline, atrás dela.

— Engano — mentiu Ophélie, escondendo a carta. — Que frase você acha que devo treinar no meu exercício de dicção? "Num ninho de mafagafos há sete mafagafinhos" ou "Três pratos de trigo para três tigres tristes"?

Ophélie esperou estar na cama para reler várias vezes a correspondência.

DEUS NÃO A QUER AQUI.

Ophélie havia recebido ameaças no passado, mas nunca nesse tom. Seria uma piada? A religião e a teologia eram um folclore antiquado em Anima, como em muitas arcas onde os espíritos familiares encarnavam o poder absoluto em si. O "Deus" da carta se referia a Farouk?

A mensagem evidentemente não estava assinada e o envelope não indicava remetente. Ophélie tirou as luvas de *leitora* que usava para dormir e apalpou cada centímetro de papel. Não era um uso desonesto de seu poder se a carta lhe era destinada, né? Especialmente no caso de uma ameaça de morte.

Ela ficou ainda mais confusa por não sentir nada de especial: nenhuma impressão forte, nenhuma visão em particular. A carta tinha sido datilografada em uma máquina de escrever, mas o autor certamente a tocara de alguma forma. Após um exame mais atencioso, Ophélie notou marcas na folha, assim como no envelope, como se tivessem sido manuseados com a ajuda de uma pinça.

Apesar do falso sol que penetrava pelos intervalos da persiana, que cobria de luz o mosquiteiro da cama e que pesava sobre seu corpo com o calor forte de um edredom, Ophélie sentiu seu corpo gelar. Era impossível *ler* objetos manuseados à distância. Esse mensageiro anônimo parecia ter pesquisado bem o que ela podia ou não fazer com suas mãos.

Não era o que a carta dizia que mais preocupava Ophélie, mas sim o que ela não dizia. Por que queriam, custe o que custar, impedir o casamento de Thorn? Seria uma simples rivalidade de clã, nessa guerra de influência interminável que se jogava ao redor de Farouk?

Ophélie pulou para fora da cama e revirou sua bagunça até encontrar a cópia do contrato que Thorn entregara para ela.

Em caso de sucesso, o sr. Thorn receberá um título de nobreza oficial e sua condição de bastardo será considerada como nula e inexistente.

Se Ophélie pensasse bem, o que estava em jogo era insignificante. Thorn já era um funcionário respeitado de alto escalão, um título de nobreza não mudaria fundamentalmente nada para seus inimigos. Isso só poderia significar uma coisa. O que preocupava o adversário não era o avanço de Thorn: era a *leitura* do Livro de Farouk em si.

Mas, de novo, por quê?

— Thorn, em que confusão você me meteu?

Sua raiva atingiu o ápice na semana seguinte, em uma tarde interminável de "o rato roeu a rica roupa do rei, a rainha raivosa rasgou o resto e resolveu remendar" enquanto Ophélie e tia Roseline tentavam secar suas próprias roupas na varanda.

O telefone do quarto começou a tocar.

— Tenho um recado para a srta. Ophélie — anunciou uma voz feminina assim que a menina atendeu.

— Hum... sou eu.

— É a srta. Ophélie?

— Sim. Com quem eu falo?

— A senhorita está convidada a se comunicar com a Intendência, aguarde um instante, por favor.

Ophélie estava prestes a protestar, sem querer se comunicar com quem quer que fosse na Intendência, mas se distraiu por um som de granizo. Tinha derrubado a caixa de pregadores de roupa no chão de madeira. Estava catando os pregadores, com o telefone preso entre o ombro e o pescoço, quando uma voz irritada soou em seu ouvido.

— Alô?

Escutar Thorn despertou em Ophélie tal nervosismo que ela considerou seriamente desligar na cara dele.

— Alô? — repetiu Thorn.

— Você demitiu seu secretário? — perguntou Ophélie, sentada no chão, em meio a pregadores de roupa.

— Não. Por que pergunta?

Só de escutar a pergunta carrancuda, Ophélie imaginava o franzir de sobrancelhas que a acompanhava.

— Acabei de falar com uma mulher no telefone.

— Uma telefonista — explicou Thorn, como se fosse o fato mais óbvio. — A torre de Farouk e a Intendência não estão ligadas à mesma central telefônica e não temos sistemas automáticos.

Ophélie não entendia nada do jargão. Em Anima, os telefones se viravam muito bem entre si e era isso.

— O que queria me dizer?

— Parece que é você que deveria dizer algo — retrucou a voz monótona de Thorn. — Não tive nenhuma notícia sua depois de sua mudança.

O último pregador que Ophélie guardava na caixa se animou bruscamente para morder seu dedo, contaminado pela raiva. Por um instante, ela pensou em contar da carta datilografada, esfregar na cara dele o perigo ao qual a expunha por conta de sua maldita ambição, mas que diferença faria? Thorn já estava ciente dos riscos e não anulara o noivado.

— Não há nada que você precise saber.

— Você continua chateada comigo — constatou Thorn, em tom neutro. — Entretanto, achei que tínhamos nos acertado. Concordamos que nós dois tínhamos tomado o caminho errado.

Ophélie fechou os olhos de tanta emoção. O pregador, furioso, se agitava em seu dedo como um caranguejo transloucado.

— Não, Thorn. Você concordou sozinho.

— Você devia considerar...

— Escute bem — cortou Ophélie. — Eu sinceramente sentia pena de você, pois acreditava que Berenilde o obrigava a se casar comigo, que nós dois éramos marionetes. Agora sei que desde o começo só havia uma marionete: eu. Posso aceitar que você quis casar comigo pelas minhas mãos, pois vi o mundo no qual você cresceu. Mas descobrir esse fato por outra boca que não a sua — concluiu ela em um murmúrio abafado —, por isso nunca te perdoarei.

Um silêncio sepucral encheu de repente o telefone. Por botar a raiva para fora, Ophélie botara para fora também seu fôlego; os exercícios de dicção serviram para alguma coisa, pelo menos. Ela se concentrou no papel de parede florido do quarto, tentando ignorar o pregador de roupa que rasgava raivosamente a costura de sua luva.

— Escutou o que eu disse, Thorn, ou quer que eu repita?

— Não repita.

O sotaque do Norte naturalmente endurecia tanto a voz de Thorn que era difícil saber quando ele estava mesmo irritado.

— Bom. Mais alguma coisa antes de desligar?

Ophélie esperava que não. Sua mão tremia tanto que ela não sabia se aguentaria segurar o pesado aparelho de nácar contra a orelha por muito mais tempo.

— Acho que você deveria vir — respondeu Thorn, após um instante de reflexão. — Sozinha, de preferência.

— Perdão?

A qualidade da ligação era medíocre, com chiados na linha, e Ophélie não descartava a possibilidade de ter escutado mal.

— Eu a convido para um encontro. Um encontro oficial, de futuro marido com futura esposa. Você ainda me aceita?

— Tá, tá, aceito — resmungou Ophélie. — Mas, assim, por que nos encontrarmos? Acabo de dizer...

— Não podemos simplesmente nos permitir sermos inimigos — interrompeu Thorn. — Você complica minha vida com seu rancor, precisamos imperativamente nos reconciliar. Não tenho o direito de entrar no Gineceu: me encontre na Intendência, me ofenda, me estapeie, quebre um prato na minha cabeça se quiser, e depois deixemos isso para trás. Seu dia será o meu. Essa quinta seria bom. Digamos... — Um som de páginas reviradas com pressa ressoou no telefone. — Entre onze e meia e meio-dia. Posso marcar na minha agenda?

Sem ar, Ophélie desligou o telefone com toda a raiva com a qual o bateria na cabeça de Thorn.

— Esse sol não vale de nada! — declarou tia Roseline, ao vê-la voltar. — Os lençóis são mais inteligentes que nós, eles entenderam perfeitamente que o sol é falsificado. Assim nem os ratos vão querer roer as roupas úmidas do rei.

A raiva ardente que tomara Ophélie desde a conversa com Thorn se dissipou em uma noite, quando um empregado deixou duas cartas e três pacotes no apartamento. Ophélie inicialmente temera novas ameaças de morte, mas desta vez os envelopes vinham com "ANIMA" escrito.

— E aí, quais são as novidades? — perguntou impaciente tia Roseline enquanto Ophélie rasgava, desajeitada, o envelope da primeira carta.

— Mamãe está furiosa, mas aliviada — explicou Ophélie enquanto lia. — Ela me acusa de ter provocado nela violentas palpitações com meu silêncio. Gostaria que eu mandasse fotografias da próxima vez, pois não entendeu minhas descrições. Ela está muito chocada por saber que temos sol em pleno inverno polar e me pergunta se não me confundi de arca. Ah, ela me oferece um casaco novo, mas parece que tem uma personalidade tão ruim quanto a da costureira... deve ser aquele pacotão que se remexe no canto. Ela espera que eu cause uma boa impressão na minha nova família.

— Ela deveria esperar que sua nova família cause uma boa impressão em você — resmungou tia Roseline entre os dentes cerrados. — E depois?

— Depois, é Agathe que continua. Ela vai ter outro filho.

— Já? Sua irmã não perde tempo mesmo.

— Ela diz que isso não a impedirá de vir ao casamento. Ela fez um vestido que combina com seus olhos, que planeja usar especialmente para a ocasião. Ela já o adaptou ao tamanho de uma gravidez de seis meses. Também prevê belos vestidinhos brancos para nossas irmãzinhas.

— É só isso?

— Não. Ela me dá uma bronca por não ter enviado uma lista de casamento. Ela gostaria de trocar meu cachecol por um xale, mas tem dúvidas quanto à cor.

— Casacos, vestidos, xales... — listou tia Roseline, revirando os olhos. — E depois?

— Agora é o papai. Ele quer saber se me dou bem com meu noivo e com a família, quer muito me ver no casamento e me...

— E o quê? Não escutei bem o final da frase.

Ophélie não leu o final em voz alta. "Eu te peço perdão." Ela sentiu um nó na garganta, o nariz coçando e os olhos ainda mais úmidos do que de costume. Precisou respirar fundo para prosseguir com a leitura em uma voz mais ou menos recomposta.

— Hector acaba a carta. Ele pergunta por que faz ao mesmo tempo sol e noite no Polo, por que escrevi "Cidade Celeste", em vez de só "Cidade", e por que falo de tudo, menos de Thorn. Ele me enviou um pião que animou por conta própria e que nunca para de rodar. Deve ser o pacotinho que ronrona.

— Seu irmão é o mais inteligente de todos — decretou tia Roseline.

Ela aproveitou que Ophélie abria o segundo envelope para assoar em um lenço o mais discretamente possível. Por sua vez, Ophélie esperava que a tia não notasse o quanto seu próprio queixo tremia.

— É meu padrinho — disse ela, com um sorriso irresistível. — É só eu pedir que ele pega o primeiro dirigível a caminho do Polo.

Ophélie não pediria, é claro. Ela colocava tia Roseline em perigo suficiente para não comprometer outro membro da família. Entretanto, essas palavras a encheram de um conforto inédito.

— O último pacote é dele. Ele não diz mais para não estragar a surpresa.

Ophélie rasgou o papel reforçado do pacote. Continha um livro ilustrado, bastante grosso, que cheirava um pouco à adega e tinha o título:

Contos de objetos e outras histórias animistas:
Adaptação livre das fábulas do velho mundo

"Espero que seja útil, menina", dizia uma inscrição no alto da primeira página. "Ártemis tem um exemplar em sua coleção particular, talvez agrade seu irmão?"

Se o tio-avô estivesse ali, na frente dela, Ophélie o abraçaria com força.

— Seu padrinho sempre sabe o momento ideal para cada coisa.

Berenilde havia esperado que Ophélie acabasse de ler a correspondência para se aproximar dela, em um farfalhar de vestido. Os dois dedos cobertos de anéis seguravam um cartão de convite: quando Ophélie o pegou, a ilusão de um fogo de artifício em miniatura explodiu.

VIGÍLIA SURPRESA!
o senhor farouk convida a corte inteira a se juntar a ele
no teatro ótico do Esplendor, esta noite, meia-noite em ponto.

— A corte inteira — leu Ophélie. — Será que estou na lista?
— Você deve ler o convite inteiro — sugeriu Berenilde.

Os óculos de Ophélie empalideceram quando ela descobriu o programa da noite:

pantomimas luminosas do contista seguidas
de histórias inéditas da vice-contista

— É brincadeira?
— É daqui a uma hora — confirmou Berenilde, na maior seriedade. — E eu acabei de voltar do Passeio! Mal tenho tempo para trocar de roupa.

O TEATRO

Ophélie releu pela vigésima vez a primeira frase de *Contos de objetos e outras histórias animistas* sem conseguir entendê-la. As conversas e os risos ao seu redor não ajudavam. O elevador que descia do sexto ao quinto andar da torre estava lotado: esmagada entre as anáguas das velhas Valquírias, sentadas ao seu lado em um banquinho, severas e silenciosas como nunca, Ophélie folheava enlouquecidamente o livro do tio-avô. Que conto devia escolher? Talvez aquele outro? Era continuamente interrompida pelas favoritas que vinham desejar boa sorte com ironia mal dissimulada. Berenilde precisou recorrer ao melhor de sua diplomacia e adulação para afastá-las.

— Perucas mal penteadas! — xingou tia Roseline. — Elas não nos dirigiram a palavra nenhuma vez desde que chegamos e agora, que precisamos de silêncio, elas não conseguem ficar de boca fechada. Pare de virar as páginas — disse ela, batendo na mão de Ophélie —, não adianta em nada. Escolha um único conto e o releia inteiro várias vezes.

Ophélie seguiu o conselho à risca. Escolheu uma história ao acaso, "A boneca", percorreu-a do início ao fim sem guardar nenhuma frase e começou de novo. Não tirou o olhar do livro quando a grade do elevador se abriu para o sol deslumbrante do pátio, nem quando foi arrastada por uma multidão de nobres por uma galeria do Passeio, nem quando o cadarço da sua botina desamarrou, ameaçando desequilibrá-la, nem quando subiu uma escada coberta de tapete vermelho e corrimão dourado.

Ela só tirou a cara do livro quando um mordomo tossiu em seu ouvido.

— Srta. vice-contista, o caminho é por aqui.

Ophélie piscou, cega. Ela se encontrava no saguão de entrada do teatro, onde os ladrilhos brancos, as colunas brancas e as estátuas brancas refletiam, como neve, a luz das janelas. Com uma taça de champanhe na mão e uma ampulheta azul na outra, toda a alta sociedade da Cidade Celeste estava ali. As mulheres estavam envoltas em vestidos estreitos de lantejoulas, com longos colares de pérola; os homens vestiam ternos brancos, gravatas-borboletas pretas e chapéus-palhetas com fita azul. Até a música ambiente era diferente: um castrato improvisava um jazz no cravo. Ophélie nunca se sentira tão fora de moda quanto agora, no vestidinho lilás abotoado até o queixo, com o cachecol mal tricotado e os cabelos sem corte que esquecera de pentear.

— Por aqui, srta. vice-contista — repetiu pacientemente o mordomo, tossindo no punho fechado, e apontado para uma porta escondida atrás do balcão da recepção. — Normalmente, a srta. vice-contista deveria entrar pela porta dos artistas, atrás do teatro.

— O sr. Farouk está aqui?

— Sim, o senhor já está instalado em seu lugar. Ele mal pode esperar para escutar as histórias da senhorita. Sinto muito, senhora — acrescentou o mordomo quando tia Roseline seguiu Ophélie para trás do balcão. — Este espaço é proibido ao público.

— Quê? — indignou-se a tia Roseline. — Mas é minha sobrinha!

— Não no Esplendor, senhora. Aqui, a senhorita é a vice-contista do senhor Farouk. O acesso ao palco é rigorosamente controlado por motivos de segurança.

— Ora, eu não tenho bombas escondidas no vestido!

— Não se preocupe, tia, vai dar tudo certo — prometeu Ophélie, sem acreditar. — Tente encontrar um lugar perto do palco. Se puder te ver, terei mais coragem.

— Tome — sussurrou tia Roseline, entregando um pente. — Quando tiver um segundo, tente desembaraçar o cabelo.

— Um último conselho, senhora? — pediu Ophélie, se virando para Berenilde.

Pela primeira vez, o sorriso que lhe dirigiu a bela viúva não parecia uma das expressões sob medida que ela compunha com o talento de uma atriz. Era um sorriso um pouco frágil, que tremia nas bordas. Um sorriso de mãe preocupada.

— Seja impressionante — disse Berenilde, tocando o rosto de Ophélie com suas luvas de veludo. — Não digo isso para te angustiar. Digo porque você é capaz, já vi mais de uma vez.

Ophélie não se sentiu nada impressionante quando se dirigiu para a porta em passos cambaleantes, menos ainda quando Cunégonde passou no meio do seu caminho, apontando uma unha vermelha comprida para ela.

— Ora, ora, minha pombinha, é só esse seu material? — perguntou ela, apontando para o livro. — Saiba que minha oferta continua de pé: suas mãos pelas minhas ilusões. Aceite — murmurou em um arrulho — e eu ainda hoje fornecerei efeitos especiais tão grandiosos que bastarão para torná-la a nova contista principal.

— Não estou interessada — recusou Ophélie.

Cunégonde balançou a cabeça, parecendo decepcionada; os pingentes dourados de seu véu tilintavam como sinos.

— Teimosa como uma mula — disse, se curvando até tocar a orelha de Ophélie com os lábios. — Não ouviu a fofoca? — murmurou baixinho. — O seu querido Archibald perdeu um convidado em circunstâncias muito misteriosas. Talvez devesse rever suas amizades, pombinha.

Supondo que a conversa chegara ao fim, Ophélie se esgueirou pela porta e entrou nas coxias do teatro. Ela não fazia ideia do que Cunégonde queria dizer e, no momento, era a menor de suas preocupações.

Com o coração batendo forte, morta de ansiedade, ela se sentou na primeira cadeira que encontrou. Depois de um instante, notou que estava sentada ao lado de um homem velho que passava meticulosamente um pano em uma plaquinha de vidro colorido. Ele tinha a marca dos Miragens nas pálpebras.

— Boa noite — sussurrou ela. — Sou Ophélie. O senhor é Eric, o contista principal?

Com gestos lentos, o velho se virou na cadeira para encarar Ophélie. Ele era musculoso para a idade. A cabeleira e a barba, pintadas de azul, se misturavam no peito em uma única trança que quase tocava o chão. Durante um breve momento, ele arregalou os olhos, talvez perturbado pela massa de cabelos despenteados de Ophélie, depois franziu as sobrancelhas, também pintadas de azul.

— Espero que esteja muito inspirada, srta. vice-contista — disse, sibilando os "s" exageradamente. — Porque, se depender de mim, farei de tudo para que nossos nomes nunca estejam juntos em um convite.

Com essas palavras, ele pegou a caixa de placas com uma mão e uma lanterna de projeção com a outra, e partiu para outro canto das coxias.

Agora sozinha, com o cachecol agitado como única companhia, Ophélie sentiu os joelhos tremerem. Ela não estava pronta. Já esquecera metade da história da boneca, mas se a lesse mais uma vez ficaria enjoada. Lembrou a dor que sentira quando Farouk simplesmente a olhara no estrado do jogo do ganso: o que aconteceria se decepcionasse uma criatura desse tipo? Caso falhasse, Ophélie teria direito a uma segunda oportunidade? Ou seu destino seria completamente comprometido?

Ela passou o pente de tia Roseline nos cabelos grossos em uma tentativa de se ocupar, mas quebrou um dente no primeiro nó.

— Beba isso.

Ophélie olhou para o copo que surgira à sua frente. Do outro lado se encontrava Archibald, com seu sorriso irredutível.

— De jeito nenhum — murmurou Ophélie, desviando o olhar imediatamente.

Ela estava com sede, mas Berenilde listara por tanto tempo os venenos que circulavam na corte que Ophélie aprendera o essencial: nunca aceitar presentes de um desconhecido. Apesar do tempo passado na embaixada, Ophélie conhecia Archibald muito pouco.

— Prometo que é só água — disse ele, com um tom bajulador. — Olhe só, vou beber um gole.

Ele fez o que disse com um gesto caricatural, e estendeu novamente o copo para Ophélie. Dessa vez ela aceitou, mas continuou se recusando a olhar nos olhos de Archibald.

— O que está fazendo aqui? — perguntou ela, na defensiva. — Os bastidores são proibidos para o público.

Archibald virou a cadeira onde o velho Eric estava sentado antes e se sentou ao contrário, apoiando tranquilamente o cotovelo no encosto.

— Não sou embaixador à toa. Tenho contatos em quase todo canto. Além disso, achei que deveria ficar a par.

— A par do quê?

Archibald pegou um espelho apoiado na parede, espanou a poeira com a manga e o apresentou com um gesto teatral. Ophélie não atravessava um único espelho desde que havia sido mandada ao Gineceu, mas ficou muito tentada a mergulhar no que Archibald segurava e nunca mais voltar.

Duas orelhas de asno saíam de sua cabeça.

Ophélie queria arrancá-las, mas sua mão as atravessou como se fossem fumaça. Ilusões, é claro. Cunégonde a comparara a uma mula teimosa. Só Miragens mesmo, para levar expressões ao pé da letra.

Archibald observou Ophélie, que agora segurava o copo com força.

— Você me inspira uma certa curiosidade, noiva de Thorn. O que é novidade para mim, não estou acostumado.

Ele inclinou a cadeira para a frente e virou o pescoço para encontrar o olhar de Ophélie. Ela notou, à luz da vela, seu sorriso perplexo, seus olhos arregalados da cor do céu e seus cabelos loiros e desgrenhados, e rapidamente virou o rosto e cobriu os óculos com a mão, como se usasse antolhos.

— É impressão minha ou você foge do meu olhar? — gargalhou Archibald.

— Não sei como você faz para seduzir as mulheres, mas não tenho vontade nenhuma de cair nessa armadilha. Muito menos hoje.

Desde o que ocorrera no Jardim do Ganso, tia Roseline corava furiosamente sempre que Archibald era mencionado. Ophélie tentara conversar com ela para entender o que ele fizera, mas ela sempre escapava, mudando de assunto.

— Não é muito prático para conversar — observou calmamente Archibald.

— Não quero conversar. Você está me distraindo.

Com um reflexo de acrobata, Archibald pegou no ar o copo que Ophélie deixou cair.

— Exatamente. Estou te distraindo do medo. Bem, só tem um jeito de te deixar confortável... — suspirou Archibald, apoiando o copo na mesinha ao lado. Ele segurou a aba da cartola e, com um só gesto, a puxou para baixo até cobrir o nariz. — Pronto, não precisa mais temer meu olhar.

Estava tão ridículo assim, com a voz nasalada e os tufos de cabelo que escapavam pela tampa solta do chapéu, que Ophélie sorriu, surpresa.

— Fale sério por um momento, sr. embaixador. Por que está aqui? Não queria só me oferecer um copo d'água, não é?

Archibald apoiou o queixo nos braços, que cruzara no encosto da cadeira. Por causa da cartola enfiada, Ophélie não via nada de seu perfil além da enorme fenda do sorriso.

— Já disse, noiva de Thorn. Por curiosidade. Devo lembrar que você me aceitou oficialmente como amigo? Eu a observo já faz um tempo. No começo, era só uma espiada de vez em quando, para verificar que não estava correndo grande perigo, mas passei a gostar. Seus exercícios de dicção, sua falta de jeito, suas expressões animistas, sua insistência constante, sua tia também: gosto da matéria que compõe seu dia a dia. A leitura da correspondência, agora há pouco, quase me fez chorar.

Ophélie estava estupefata, não por causa do que Archibald dizia, mas por sua própria distração. As Valquírias! Como pudera esquecer que essas avós estavam conectadas a todos os membros da Teia, incluindo Archibald? Durante esse tempo todo, Ophélie havia falado, comido e dormido em frente a toda uma multidão. Pensou em quantas vezes escolhera o que ler no banheiro, bem na cara das senhoras. Ela quase esqueceu o burburinho que crescia atrás das cortinas do teatro, conforme os cortesãos tomavam seus lugares.

— É muito constrangedor.

— Por quê? — perguntou Archibald, surpreso, por trás do chapéu.

— Não te incomoda não ter privacidade? Compartilhar tudo que vê, tudo que faz, com toda a família?

Balançando na cadeira, sem enxergar, Archibald deu de ombros com desenvoltura.

— A gente economiza na conta de telefone. Mas não se engane, noiva de Thorn. Você parece acreditar que neste preciso instante, toda a Teia escuta nossas palavras. Não é exatamente assim... como explicar? — Sob a cartola, a boca de Archibald se contorceu em uma expressão pensativa, antes de voltar a sorrir. — Já sei! Imagine que você e sua família estão todos em um cômodo. Cada um faz sua própria tarefa: o ambiente está misturado, confuso e barulhento o tempo inteiro. Imaginou? Se quiser saber o que a sua irmã ou a sua mãe estão fazendo, neste instante, é preciso virar para elas e prestar atenção. Seria, é claro, impossível saber o que todos os outros fazem no mesmo momento. Enfim, é mais ou menos assim conosco!

— Mas o sr. Farouk... — murmurou Ophélie, entendendo de repente. — Ele não tem todos os poderes de seus descendentes? Quer dizer... e se ele estivesse escutando todas as suas conversas? Se estiver nos escutando agora?

— Ele tem a concentração de um caroço de cereja — retrucou Archibald, desenvolto. — Ele nem é capaz de acompanhar uma conversa normal. Sério, já viajei para várias outras arcas e nunca vi um espírito familiar tão pouco digno do próprio poder.

Era um pequeno consolo para Ophélie saber que, se aquela noite acabasse em desastre, ela pelo menos havia aprendido alguma coisa.

— Recebi uma carta anônima — declarou ela, sem pensar.

— Que tipo de carta?

— Do tipo dissuasivo. Acho que está conectada ao Livro do sr. Farouk.

— As ameaças estão na moda por aqui. Fique perto das Valquírias.

Ophélie não via o olhar de Archibald, por causa do chapéu, mas jurava que ele se contraíra na cadeira, apesar do sorriso. Ela se lembrou de repente das palavras sussurradas por Cunégonde.

— É verdade o que dizem? Que você... hum... *perdeu* um convidado?

— Sou incapaz de mentir — disse Archibald. — Permita que eu não responda à pergunta.

Três batidas ressoaram na atmosfera, atrás das enormes cortinas pretas, interrompendo o murmúrio da plateia.

— Senhor, senhoritas, senhoras e senhores, é meia-noite! — proclamou uma voz alegre. — Que comece a vigília!

Pela escuridão, que caiu como uma noite brutal, Ophélie entendeu que todas as luzes do teatro tinham sido apagadas. Só a vela na mesinha ao lado de Archibald permitia que distinguisse os contornos das escadas e dos móveis nos bastidores.

Ophélie prendeu a respiração, escutando a voz do velho Eric sobre um fundo de acordeão:

— Meu senhor, esta noite ouvirá a história de como um vagabundo caolho mudou o destino de três heróis!

Ele continuava a sibilar os "s", mas seu timbre era completamente diferente do que usara para ameaçar Ophélie. O velho Eric usava agora uma voz grave, ampla, enfeitiçante, que capturava a atenção nas primeiras palavras. Uma verdadeira voz de contista. Ao escutá-la, Ophélie queria ter bebido mais um copo d'água para melhorar a própria voz. Ela se levantou da cadeira, andou na ponta dos pés e enxergou, entre as cortinas pretas e pesadas, um pedacinho do palco.

O que Ophélie viu a fez entender a que ponto o velho Eric estava certo. Associar seus nomes em um mesmo espetáculo era um insulto à profissão.

Uma enorme tela branca havia sido estendida no proscênio, escondendo dela uma boa parte do público. O velho Eric se escondia no fundo do palco, os dedos dançando virtuosamente nos teclados da sanfona; perto dele, o mecanismo da lanterna projetava na tela branca, em um enorme feixe de luz, a ilusão animada da placa de vidro. Um personagem encapuzado adentrava uma gruta onde um anão forjava uma espada. Contemplada das coxias, a ilusão acontecia ao contrário da vista pelo público, e voltava ao começo depois de alguns segundos, mas não mudava em nada a beleza da cena. Ophélie descobria toda vez novos detalhes no realismo incrível: as faíscas produzidas pelo martelo do anão ferreiro, os brilhos iridescentes nas pedras geladas da gruta, o movimento da capa do vagabundo caolho. Era difícil acreditar que era um espetáculo bidimensional, sem relevo ou profundidade.

Ophélie tentou entrever o público do outro lado a tela. O que percebeu a deixou pensativa. Nenhum nobre assistia à pantomima. Os espectadores das fileiras de trás só aplaudiam, exclamavam e riam se os espectadores das fileiras da frente aplaudissem, exclamassem e rissem. Eram como as ondas causadas por uma pedrinha jogada na água. O epicentro desse estranho terremoto era obviamente Farouk, sentado na primeira fileira. Ophélie sabia, mesmo que a tela obstruísse sua visão. Era exatamente como a noite da Ópera da Primavera. Bocejavam se Farouk bocejasse, elogiavam se Farouk elogiasse.

Ophélie passou um bom tempo observando o velho Eric trocar as placas de ilusão, sem interromper a música da sanfona nem a epopeia heroica, cheia de monstros e gigantes, onde os mortos e os vivos conviviam em uma fantasia macabra. Os diversos episódios do conto eram cada vez mais horripilantes; só honras a conquistar, amores incestuosos e assassinatos sangrentos.

Ophélie se sentiu um pouco boba com sua história de boneca e orelhas de asno.

— Ele é bom — murmurou, ao voltar para a cadeira. — Muito bom.

— É o contista oficial da corte — disse Archibald, rindo. — O que você esperava?

Ainda sentado ao contrário na cadeira, ele continuava com a cabeça enfiada na cartola, mas Ophélie não o achava mais engraçado. Ela contemplou a capa de *Contos de objetos e outras histórias animistas* como se um milagre pudesse surgir.

— Nunca tive tanto medo na vida — confessou ela. — Nunca poderei me igualar ao sr. Eric.

— É verdade — respondeu Archibald, com a sinceridade costumeira.

— Me deixe em paz, sr. embaixador — suplicou Ophélie. — Por favor.

Archibald se levantou sem tirar a cartola e inclinou sua meia cabeça para perto de Ophélie, a boca revelando uma fileira de dentes como um sorriso de espantalho.

— Você não pode se igualar a ele — insistiu, em um sussurro. — É melhor se diferenciar.

Ophélie viu Archibald se afastar tateando, com os braços estendidos, como um estranho chapéu com um corpo.

A BONECA

Me diferenciar, pensou Ophélie, acariciando o bilhete do seu tio-avô na primeira página do livro. *"Espero que seja útil, menina."* Desde a partida de Archibald, Ophélie havia listado todas as diferenças entre ela e o velho Eric, mas nenhuma estava a seu favor. Seu conto era menos impressionante, sua voz era menos carismática, ela não sabia tocar um instrumento musical nem usar um projetor de ilusões.

Graças a Cunégonde, tinha também orelhas de asno.

Ophélie sentiu seu estômago se revirar quando os aplausos ovacionavam o fim de mais um conto. Quantas placas o velho Eric tinha para mostrar? Como se em resposta, o mordomo apareceu furtivamente nos bastidores.

— A senhorita entra em cena em dez minutos. Fique a postos, senhorita.

Ophélie olhou assustada ao seu redor, buscando algo para dar novas ideias. Na mesinha ao lado, só havia a vela, o copo vazio e páginas de jornal que o velho Eric provavelmente usava para embrulhar as placas. Ophélie abriu uma delas, desesperada. Era um exemplar antigo do *Nibelungo*, datado de algumas semanas antes.

CUIDADO: BARATAS!
Estão por todos os lados. Elas se infiltram em nossas casas, nossas vidas, no coração do poder. São a decadência personificada. Nos-

so intendente? Um nobre bastardo. Sua tia? Uma raça sinistra em vias de extinção. Agora ainda apresentam à corte, acreditem só, uma Animista sem educação! Não confiem na sua aparência ingênua, essa intrigueira espera que estejam distraídos para apalpar seus objetos com mãos intrometidas. Os estrangeiros, caros leitores, são como baratas. Deixem que eles entrem em casa e eles logo se proliferam. Como se essa invasão de nojentos não bastasse, os indignos hoje pedem para voltar para nós! Será que esses clãs degenerados já esqueceram os erros cometidos por seus próprios pais? Eu imploro, nos reforcemos para manter todas essas baratas longe de nossa preciosa Cidade Celeste!

O artigo era ilustrado por uma gravura representando Thorn. O desenhista exagerara a magreza das pernas, o comprimento do nariz e o franzido da boca na caricatura.

Lembremos que a mãe do sr. intendente, hoje deserdada, ainda ontem era a mais infame das futriqueiras, como dizem as más línguas. Tal mãe, tal filho?

Ophélie rasgou o jornal. Estava tão revoltada que esquecera completamente do medo. Decadentes, bastardos, estrangeiros, nojentos, degenerados: de onde esse diretor de jornal tirava o direito de tratar seres humanos com tanto desprezo? Ophélie não sabia nada dos indignos, nunca os encontrara, mas guardava na alma as palavras de Berenilde quando ela havia lhe explicado a mecânica desse mundo: "Há famílias que têm o favor do nosso espírito Farouk, as que não têm mais e as que nunca tiveram". Ophélie havia visto por conta própria como era fácil perder e ganhar esse favor.

Farouk queria ouvir uma história animista? Bom, que ouvisse.

— Srta. vice-contista? *Hem, hem,* srta. vice-contista? — repetiu o mordomo.

Ophélie notou de repente que o chão e a cadeira vibravam pelos aplausos do público. A apresentação do velho Eric havia acabado.

— É minha vez? Já vou.

Com o livro do tio-avô debaixo do braço, Ophélie passou pela coxia e esbarrou no velho Eric, carregando sua sanfona e lanterna. A longa trança azul, que misturava cabelo e barba, pingava suor.

— Agora é mesmo a sua vez — disse ele com tom de desafio, sibilando.

Quando Ophélie avançou nas tábuas do palco, seu medo tinha sumido. Na verdade, tinha a impressão estranha de não sentir mais nada, como se tivesse esquecido as emoções nos bastidores. O mecanismo de projeção havia sido retirado. Agora que a tela branca não estava mais lá, Ophélie tinha uma visão panorâmica das fileiras de espectadores que se espalhavam da plateia aos balcões. Será que o autor da carta de ameaça estava entre eles?

A entrada de Ophélie foi acompanhada por murmúrios chocados. As orelhas de asno certamente continuavam ali. Só um aplauso a acolheu: Ophélie não enxergava, mas sabia que era tia Roseline batendo palmas, apesar das tosses constrangidas da plateia. Ninguém mais ousaria expressar qualquer sinal de simpatia enquanto Farouk não o fizesse.

Todos querem fazê-lo acreditar que ele tem o poder, pensou Ophélie. *Ele é só o fantoche.*

Ophélie avançou até a beira do palco, com os olhos apertados por trás dos óculos. Como supunha, Farouk estava sentado na primeira fila. Apesar de "sentado" não ser a melhor palavra: ele estava deitado ao longo de seis poltronas. Apoiava a cabeça no vestido de Berenilde, que acariciava seus longos cabelos brancos com um gesto maternal. Ele tinha as pálpebras fechadas, como se adormecido; a enorme mão branca segurava por pouco um copo de leite, que a cada instante ameaçava derramar. Transformadas pela cobertura de diamantes, as outras favoritas estavam enroscadas onde conseguiam, ao longo do corpo gigantesco. Exceto por Berenilde, que encorajava Ophélie com um movimento silencioso dos lábios, todos os olhos brilhavam de desprezo.

Me diferenciar.

Ophélie se ajoelhou, soprou várias velas para apagá-las e, sob murmúrios chocados, sentou-se desajeitada na beira do palco, com as pernas penduradas como se estivesse em um balanço. Farouk era seu único público e ela queria estar o mais perto possível dele.

— Boa noite — disse Ophélie, com a força que sua vozinha permitia.

Ophélie aguardou as pancadas tradicionais que anunciariam o início da apresentação, como havia escutado no caso do velho Eric, mas, como nada veio, decidiu seguir sozinha. Ela mesma bateu com o calcanhar na madeira do palco até Farouk entreabrir uma pálpebra.

— Boa noite — repetiu, segurando o livro com as duas mãos. — Tenho aqui uma coletânea de contos animistas que acabo de receber pelo correio. Só tive tempo de ler um deles, então minha apresentação será curta e talvez pouco fiel ao original. Peço desde já que me perdoem.

Ophélie se concentrou inteiramente na primeira fileira, no colo de Berenilde, no rosto sonolento, na pálpebra entreaberta, na única faísca que traía a presença de um olhar. Farouk estava longe demais, ou adormecido demais, para que Ophélie sentisse sua presença psíquica: ela precisaria forçar as cordas vocais.

— Era uma vez a boneca de uma menininha — começou Ophélie. — Era uma boneca comum, como vemos muito em Anima: piscava os olhos, erguia os braços ou sacudia a cabeça de acordo com o humor da proprietária.

Nas fileiras de trás, onde a escuridão era mais densa, uma espectadora gritou:

— Mais alto!

— Como muitos brinquedos animistas, a boneca acabou desenvolvendo uma personalidade própria. Ela fechava os olhos se quisesse ficar tranquila. Agitava os braços quando o vestido estava sujo. Sacudia a cabeça para expressar discordância. Começou até a andar com as pernas articuladas.

— Mais alto! — gritou outra voz na sala.

— Chegou o momento em que a boneca não aguentou mais ser uma boneca. Ela não se sentia mais à vontade na prateleira. Não queria mais ser o brinquedo de uma menininha. Tinha um sonho. Seu próprio sonho. Ela queria ser atriz.

— Mais alto! — gritaram várias vozes em uníssono, encorajadas pelo silêncio de Farouk.

— Uma noite, a boneca abandonou sua prateleira, seu quarto e sua casa. Partiu sozinha no mundo com as pernas articuladas. Só pensava em realizar seu sonho. A boneca acabou cruzando o caminho de uma trupe de marionetistas.

Eram tantos gritos de "mais alto!" na sala que até Ophélie tinha dificuldade em se escutar. Como se o ambiente não estivesse suficientemente confuso, tia Roseline havia se erguido no meio das fileiras centrais para aplaudir com força.

Ophélie estava decidida a não se deixar distrair. Ela ainda não tinha dado o recado à faísca de atenção sob a pálpebra.

— Os marionetistas já imaginavam o espetáculo que faria uma boneca dessas e o quanto lucrariam. Eles elogiaram a boneca. Disseram que ela era feita para atuar e que eles poderiam ajudá-la a realizar seu sonho. A boneca acreditou, sem notar que nunca tinha sido tão feita de boneca.

Ophélie se calou. Ela raramente falava tantas palavras de uma vez e, como se não fosse cansativo o bastante, os gritos de "mais alto!" ecoavam na sala inteira até cobrir sua voz.

Esmagadas contra o corpo de Farouk, as favoritas gritavam em coro com os outros. Berenilde não conseguia mais esconder sua angústia por trás do sorriso. Quando Ophélie viu a pálpebra de Farouk cair como uma cortina sobre a faísca, soube que perdera a batalha.

— Mais alto! Mais alto! Mais alto!

Aconteceram então dois eventos inesperados. Primeiro, as favoritas da primeira fileira começaram a cair, uma após a outra, como uma chuva de diamantes. Em seguida, o copo de leite voou pela sala e salpicou de branco os rostos boquiabertos nas fileiras de trás. Tudo foi tão rápido que Ophélie demorou a entender o que acontecia.

Farouk estava de pé, destacando-se acima dos espectadores, em sua altura completa. Do palco, Ophélie só via um imenso casaco imperial, a pele se misturando à brancura do cabelo. Ela nunca imaginaria que Farouk seria capaz de se mover com tanto vigor. Quando escutou o trovão da sua voz, ela ficou feliz por não estar na plateia:

— Se a interromperem mais uma vez...

Farouk não precisou continuar. O silêncio de estupor que caiu sobre o teatro chegava a doer. Aqueles que tinham sido cobertos de leite nem ousaram se secar.

Com extrema lentidão, a cabeça de Farouk se afastou dos espectadores. Ela virou no pescoço, sem que o resto do corpo se mexesse um milímetro, até chegar a um ângulo inteiramente preocupante. Só um espírito familiar poderia se contorcer de tal forma sem quebrar os ossos. Quando a cabeça de Farouk se virou completamente para o palco, se mostrou tão inexpressiva quanto de costume. Entretanto, esse olhar bastou para fazer Ophélie sentir que tinha levado um choque.

— O que aconteceu com a boneca?

Ophélie havia sido tão surpreendida pela reação de Farouk que esquecera a história. Todas as emoções que deixara nos bastidores voltaram de uma vez, em uma mistura indescritível de choque, pavor e loucura. Seu cachecol, igualmente intimidado, quase a estrangulava de tão forte que se enroscava no pescoço.

— Contarei da próxima vez, senhor.

As sobrancelhas de Farouk se remexeram um pouco. Ophélie não soube determinar se era um sinal de contrariedade ou reflexão, mas teve tempo para escutar seu próprio coração bater no longo silêncio que seguiu. Se conseguisse essa "próxima vez", teria levado sua primeira vitória.

— Sua história — disse Farouk enfim, destacando cada sílaba —, não sei o quanto gosto dela.

— Mas quer saber o final. Quer saber se a boneca continuará como brinquedo dos marionetistas, não quer?

Ophélie esperava que sua voz não parecesse estremecer. Ela podia quase sentir a hostilidade do público em sua pele, mas dessa vez ninguém ousou gritar "mais alto!".

O corpo de Farouk se virou tranquilamente até alinhar-se normalmente com a cabeça. Ele avançou até o palco em passos tão lentos que o tempo parecia parar no caminho. Quanto mais ele se aproximava, mais a enxaqueca tomava proporções drásticas; ele parou bem a tempo, quando a dor se propagava pelo corpo de Ophélie em neuralgias insuportáveis.

— Não, não quero saber o final. Não gostei dessa história. Mas você — acrescentou, com um ar pensativo —, você soa bem.

Pelos sussurros estupefatos que percorreram a sala, Ophélie supôs que era uma espécie de elogio.

— Eu lhe nomeio vice-contista — declarou Farouk.

— Já sou vice-contista.

— É? Perfeito, assim podemos evitar a papelada inútil.

Ophélie se agarrou com as duas mãos ao livro de contos. Farouk causava tanta dor que ela queria implorar para que ele falasse um pouco mais rápido e se afastasse. Ele esticou o braço, um gesto negligente cujo significado Ophélie compreendeu ao ver o jovem ajudante de memória vir correndo para entregar seu diário. Farouk mergulhou uma pena no tinteiro que o ajudante oferecia, esticado na ponta dos pés, e começou a escrever cuidadosamente.

— Você vai me contar outra história amanhã, srta. vice-contista.

Ophélie e seu cachecol pularam ao mesmo tempo quando um trovão de aplausos irrompeu da sala. Aqueles que gritavam "mais alto!" um pouco antes tinham se levantado das poltronas para assobiar e mandar beijos com a ponta dos dedos.

Quando as luminárias se acenderam lentamente, Ophélie não viu Farouk fechar debilmente seu diário, Berenilde vir a seu encontro com um vestido que ondulava graciosamente, nem tia Roseline, que dirigia a ela amplos gestos de sombrinha.

Ela só viu Thorn, em seu enorme uniforme preto, lá no fundo da sala, bem escondido dos olhares. Ele não aplaudia.

OS CONTOS

A mudança entrou na vida de Ophélie pela caixa de correio. De um dia para o outro, ampulhetas de todas as cores vieram endereçadas à "srta. vice-contista". Baile à fantasia de ilusões, chá nos jardins suspensos, assento no balcão da ópera, salão literário nos banhos termais: a tampa da caixa de correio não parava de estalar.

Ophélie admirava profundamente a Madre Hildegarde, mas não gostava dessas ampulhetas-convite que ela inventara.

Era um meio de locomoção bastante engenhoso: bastava romper o lacre para ativar o mecanismo e ser transportado ao destino previsto, até a areia parar de correr. A quantidade de areia e o tamanho da passagem eram proporcionais à importância do convidado, então o convite podia variar de poucos minutos a muitos dias.

Talvez Ophélie tivesse se acostumado, se não fosse pelas ampulhetas azuis. De tanto recebê-las, ela quase as abria sem querer. Se havia uma categoria de ampulheta que ela prometeu nunca utilizar, era essa. Estavam em todos os cantos da corte, nas bandejas dos empregados, nos carrinhos de champanhe, nas máquinas automáticas. Quantos nobres Ophélie não vira desaparecer por alguns minutos e reaparecer no mesmo lugar em um estado de extrema euforia? Quando perguntava aonde as ampulhetas levavam, a resposta era "Ao paraíso, claro!", o que não a tranquilizava em nada.

— Não responderei mais aos convites — decidiu certa manhã, instalada na cama para trabalhar. — Essas festas me deixam exausta e preciso preparar meus contos.

Ela mal abrira o livro do tio-avô quando Berenilde o fechou sobre seus dedos e a obrigou a ficar de pé.

— Eu aconselho o contrário: aceite todos.

— Por quê? Não me sinto confortável lá. Acredito que só sou obrigada a obedecer ao sr. Farouk.

— Concordo com a menina — acrescentou tia Roseline. — Cada ampulheta transporta um único passageiro e só ela as recebe. Como podemos fazer para acompanhá-la?

— Eu sei — suspirou Berenilde. — A questão é que Ophélie veio ao Polo como parte de uma aliança diplomática. Ao recusar os convites desses senhores e senhoras, ela fará uma afronta horrível, e cada afronta é paga, cedo ou tarde. Mas não se preocupe — tranquilizou Berenilde com a bela voz aveludada —, é só moda, não durará muito. E enquanto nosso senhor gostar de suas histórias, ninguém ousará te atacar.

Ophélie devia reconhecer que encontrara em Farouk um público indulgente muito além de suas esperanças. Toda noite, ela acreditava que seria a última, que ele repentinamente notaria que ela não tinha talento algum. Toda noite, contra qualquer expectativa, ele pedia novos contos na noite seguinte.

Seu rosto de mármore nunca mostrava emoção: nem um sorriso quando a história era engraçada, nem uma careta quando era triste. Quando Ophélie fechava o livro para acabar a apresentação, Farouk não fazia nenhum comentário, nem nenhuma pergunta. Ele simplesmente estendia os membros de seu corpo gigantesco e, antes de partir, declarava em uma voz lenta:

— Você vai me contar outra história amanhã, srta. vice-contista.

Só então vinham os aplausos, como uma máquina bem calibrada.

— Eu me pergunto se o sr. Farouk gosta mesmo de me escutar — confessou ela à tia. — Na verdade, me pergunto se ele escuta.

— Não sei se ele escuta — respondeu ela —, mas no mínimo ele te olha.

Era exatamente o que constrangia Ophélie. Ela sentia que Farouk a devorava com o olhar na beira do palco. Não era nada parecido com o olhar de desejo ciumento que dirigia a Berenilde, nem com o olhar de tédio pesado que destinava ao resto do mundo. Não, o olhar que usava com Ophélie era ao mesmo tempo vago e preciso, como se ele tentasse atravessá-la, descobrir outra pessoa ali dentro. Ela queria tanto que ele entendesse tudo que andava mal em sua família! Do que adiantava se esforçar se ele não escutava? Uma noite, Ophélie contou duas vezes seguidas a mesma história, na esperança de fazê-lo reagir, mas ele não se dera conta de nada.

A única história que causou uma impressão foi a da boneca, mas ele nunca mais quis ouvir falar.

O que Farouk espera de mim, exatamente?, perguntava-se Ophélie toda noite, acariciando o cachecol embolado ao lado do travesseiro.

Talvez ela estivesse imaginando coisas, mas parecia que ele procurava nela o mesmo que procurava no Livro. O fato é que ele nunca mais aludira ao objeto em sua presença, como se, por enquanto, tivesse esquecido completamente.

Ophélie não podia dizer o mesmo.

Um mês depois de receber a estranha carta ameaçadora, ela continuava a se perguntar por que alguns temiam tanto a *leitura* do Livro por Thorn. Ártemis também tinha um Livro e, até onde Ophélie sabia, ninguém em Anima havia sido assassinado por tentar decifrá-lo. O que tornava o Livro de Farouk tão único e preocupante? Será que continha, no meio do alfabeto estranho, um segredo comprometedor? Será que o próprio Farouk sabia, sem conseguir lembrar?

Bastaria que eu propusesse meus serviços uma vez, pensou Ophélie, tamborilando com os dedos na cama. *Só uma vez...*

Como *leitora*, ela era consumida por curiosidade profissional e, enquanto noiva, ardia de vontade de se vingar de Thorn.

— Sou vice-contista — declarou Ophélie finalmente ao cachecol. — Vou me concentrar no trabalho e tentar continuar viva. Já é um bom começo.

Infelizmente para ela, sr. Tchekhov, diretor editorial do *Nibelungo*, nunca deixava passar a oportunidade de incluí-la em destaque nas manchetes da gazeta.

Aquela manhã de maio não foi exceção à regra:

Uma vice-contista bem vigarista

— Esse jogo é perigoso, querida — comentou Berenilde, depois de ler o artigo inteiro. — A sua brincadeira não passa despercebida. Você anda usando os contos para criticar a corte e os cortesãos detestam.

— Não estou me dirigindo à corte — disse Ophélie, escrevendo novas ideias em um caderninho. — Só ao sr. Farouk.

Era seu único meio de expressão, sua única forma de dar sentido ao que fazia.

— Você pretende educar nosso espírito familiar?

Embrulhada em um penhoar de seda rosa, Berenilde parecia mais divertida do que irritada. Como todas as manhãs, ela estava instalada no sofá, folheando o jornal enquanto tia Roseline penteava seus magníficos cabelos loiros. Grávida de seis meses, a barriga de Berenilde aparecia tanto sob os vestidos que não podia mais escondê-la do mundo, então tia Roseline passou a cuidar dela quase tanto quanto da sobrinha: jogava todos os cigarros no lixo, confiscava os copos de bebida e a proibia de praticar as novas danças da moda, turbulentas demais para ela. Especialmente, ela desaprovava a forma como Farouk convidava Berenilde a se juntar a ele no quarto, no último andar da torre, toda noite.

— Se fosse realmente corajosa — continuou Berenilde —, se dirigiria ao meu sobrinho. Você sempre arranja desculpas para não falar com ele ao telefone: ontem era dor de garganta, anteontem dor de ouvido... não acha que o coitado tem preocupações o bastante sem ter que correr atrás de você?

Ophélie se contraiu sobre o caderno. Sua última conversa com Thorn não lhe dera vontade de repetir a experiência.

— Exatamente. Ele tem outros problemas no momento, melhor deixá-lo em paz.

Não era mentira. A Cidade Celeste passava por uma verdadeira crise alimentar desde o massacre dos Dragões. Sem os caçadores oficiais, a corte não tinha mais caça e os armazéns se esvaziavam com uma rapidez preocupante. Os Miragens chegaram a tentar praticar caça, mas a experiência foi catastrófica: acostumados às ilusões acolhedoras, longe das duras realidades externas, tinham acabado decapitados. Ophélie só havia visto Bestas selvagens em desenhos. Só isso bastava para entender que o talento hipnótico dos Miragens não era adaptado à fauna monstruosa do Polo. Eles só conseguiam deixar as Bestas ainda mais furiosas. Moral da história: enquanto se buscava uma solução, a Intendência convidava todo mundo a apertar os cintos.

— Aviso logo — disse Berenilde, olhando tranquilamente para Ophélie por cima do jornal. — Se quebrar o que meu sobrinho tem no lugar do coração, eu te cortarei em pedacinhos.

Ophélie serviu café fora da xícara. Ela a conhecia o suficiente para saber que não era um exagero retórico, pois Berenilde já a atacara com as garras por muito menos.

— Ah, não faça essa cara — declarou Berenilde. — Viver com Animistas também não é nada relaxante para uma mulher grávida. Portas que batem à toa, relógios que indicam horas completamente aleatórias, torneiras que pingam só de chegar perto e esse casaco, pelos meus antepassados, esse casaco! — suspirou com um olhar de desaprovação para a silhueta que se sacudia furiosamente no cabideiro. — Parece que moro numa mansão mal-assombrada.

Ophélie devia admitir que sua mãe mandara um casaco de personalidade terrível. Assim que o tirara da embalagem, ele se debatera como um lunático e tia Roseline precisou segurá-lo por trás para pendurá-lo no cabideiro. Todas as ocupantes do apartamento, incluindo as Valquírias, tinham se habituado a contornar cuidadosamente esse canto da sala para evitar as mangas pesadas e abotoadas que balançavam com raiva.

Ophélie recuperou o *Nibelungo* e passou pelas inúmeras caricaturas que ridicularizavam ela e Thorn. Era difícil encontrar no jornal qualquer informação interessante. Tchekhov se contentava com artigos odiosos sobre a nobreza indigna, as arrivistas estrangeiras e, de forma geral, todos que não eram Miragens. Seu alvo privilegiado continuava a ser a Madre Hildegarde: em cada página, convidava os leitores a parar de comprar com ela as ampulhetas azuis, as frutas, as especiarias e as novas casas.

Ophélie acabou parando em um artigo que não era uma caricatura nem uma antipropaganda:

CAÇA CLANDESTINA: AINDA E SEMPRE OS INDIGNOS!

— "Enquanto a fome bate às portas de nossa bela Cidade Celeste, os indignos se atrevem alegremente a caçar clandestinamente — leu Ophélie, em voz baixa. — Eles roubam a carne destinada aos nossos pratos e a redistribuem ao povo destituído. Essa manipulação grosseira tem o óbvio objetivo de dourar seu brasão. Os indignos pretendem ocupar o vácuo deixado por nossos antigos caçadores, mas não deixaremos que isso aconteça!" É maldade mesmo — irritou-se Ophélie, fechando o *Nibelungo*.
— Eles simplesmente fizeram o que os caçadores da corte não conseguiram fazer. Gostaria de saber outra opinião sobre os indignos, além do que diz o jornal.

— Por que você se preocupa com essa gente? — perguntou Berenilde, com desprezo. — Eles são o passado, nós somos o futuro.

— São um pouco meu futuro, na verdade — retrucou Ophélie. — Alguns deles serão membros da minha família em breve. Uma vez você disse que a mãe de Thorn era uma Cronista e ainda não sei nada sobre esse clã.

Berenilde olhou nervosa para as Valquírias sentadas em um banquinho da sala, sempre atentas e silenciosas, como se achasse constrangedor ter uma conversa dessas em frente a testemunhas.

— Os indignos são nobres que cometeram erros particularmente graves, querida. Tão graves que foram condenados, com todos seus descendentes, ao banimento total da corte. Perderam seus privilégios, suas propriedades e seu direito de entrar nas cidades.

— Em outras palavras — disse Ophélie, franzindo as sobrancelhas —, devem viver como selvagens, entre as Bestas, sem o direito de caçar? É uma pena de morte.

— Não lamente por eles — ironizou Berenilde, levando uma xícara de chá à boca. — Eles se viram perfeitamente bem.

— Inclusive minha futura sogra?

O sorriso de Berenilde se retorceu e ela colocou a xícara no pires, como se o chá se tornasse amargo demais.

— Sua futura sogra é um assunto proibido. Simplesmente mencioná-la em público pode prejudicar seriamente a reputação de Thorn.

— Por quê? — insistiu Ophélie. — Os descendentes não podem pagar eternamente pelos erros de seus ancestrais. O que ela fez de tão horrível?

— Thorn será seu marido em breve — decretou Berenilde, sem dar margem para discussão. — É a ele que você deve perguntar.

Ophélie não sentia saudades de Thorn, mas sentia dos espelhos.

Um belo dia, decidiu ignorar as ampulhetas da caixa de correio. Ela havia frequentado os ambientes sociais o suficiente para conhecer bem seus espelhos. Logo retomou o hábito de usar seu poder como meio de locomoção, assustando os elegantes e vaidosos que a viam surgir do reflexo que admiravam.

Voltar a se movimentar livremente dava uma satisfação intensa a Ophélie, mas lhe faltou prudêcia. Ir de um espelho a outro implicava estar ao mesmo tempo bem concentrada e em harmonia consigo. A falta de sono, as festas incessantes, o medo de não se encontrar, tudo deveria ter incitado Ophélie a usar o poder de passa-espelhos com parcimônia, em vez de pular de um lugar a outro.

Por isso, em uma tarde dos primeiros dias de junho, Ophélie encalhou.

A cabeça estava enfiada até os ombros bem no meio do espelho de um fumódromo, mas o resto do corpo se recusava a seguir. Ela tentou dar meia-volta para o espelho de partida, onde o pé continuava, na ponta dos dedos, mas sua outra perna e seus dois braços pareciam se debater no vazio. Ophélie demorou para entender que cada um tinha se metido em um espelho diferente. Por mais que forçasse os ombros para jogar o peso para a frente, ela não se moveu nem um centímetro. Estava em lugares demais ao mesmo tempo, não conseguia coordenar os movimentos.

— Por favor? — chamou Ophélie do espelho que prendia sua cabeça.

Essa parte do seu corpo emergira em um dos inúmeros fumódromos do Passeio, que, como de propósito, estava deserto.

Apoiada em um equilíbrio desconfortável das pernas, Ophélie pediu ajuda por uma eternidade quando, finalmente, alguém decidiu puxar uma de suas mãos. Ela se jogou com todo o corpo nesse impulso brutal, com a impressão dolorosa de estar sendo arrancada de vários mundos, e caiu de costas em um chão de madeira.

Tonta, Ophélie só via ao seu redor silhuetas embaçadas que soltavam exclamações enlouquecidas e uivos furiosos. Ela procurou os óculos, tateando no chão, mas uma boa alma os estendeu e a ajudou a se levantar. Os "desculpa" e "obrigada" que Ophélie balbuciava, confusa, morreram em seus lábios quando ela reconheceu Thorn como seu benfeitor.

— O que você está fazendo aqui?

Foi a primeira pergunta que ocorreu a Ophélie. Muito mais alto do que ela, Thorn franziu as sobrancelhas intermináveis, o que não mudou nada na contração natural de seus traços. Ele carregava sob o braço um monte de formulários, indicando com clareza que estava em pleno exercício de suas funções.

— Seria mais apropriado que eu perguntasse o que sua mão fazia nesse espelho — resmungou ele. — Essas senhoras estão habituadas às extravagâncias, mas quase tiveram um derrame.

Ophélie notou que tinha caído bem no meio de uma exposição canina. Uma multidão de velhas aristocratas com binóculos de teatro e de enormes cadelas de lacinho a encarava com indignação.

Quando ergueu o olhar, entendeu que se encontrava nos jardins suspensos... ou, na verdade, *sob* os jardins suspensos. O segundo andar da torre seria só uma sala de exposição clássica, com belos tacos encerados no chão e enormes espelhos nas paredes, se o teto não fosse completamente coberto por uma selva tropical. Bastava erguer o nariz para mergulhar em um mundo vegetal de cedro, acaju, flores carnívoras e papagaios multicoloridos. Um dia, Ophélie achou mesmo ter visto a pelugem rajada de um felino entre as samambaias.

— Perdão, senhoras, fiquei completamente encalhada — disse ela, afastando as mechas de cabelo que se soltaram do coque. — Não acontecia há muito tempo.

Aos doze anos, tentando passar pelo primeiro espelho na vida, ela tinha ficado presa em dois lugares ao mesmo tempo. Tinha saído completamente torta, incapaz de controlar direita e esquerda. Não lembrava por que tentara uma experiência tão absurda no meio da noite; porém, se lembrava perfeitamente das longas sessões de reeducação que se seguiram. Ela já devia sua falta de jeito incurável a um acidente de espelho; esperava que esse erro não a deixasse ainda mais atrapalhada.

Thorn se virou para as velhas aristocratas com a rigidez de um robô.

— Peço licença — disse ele, em um tom que não pedia nada. — Preencham os formulários, voltarei para buscá-los em cinco minutos.

Sem pedir a opinião de Ophélie, Thorn segurou seu ombro e a arrastou para uma antessala vazia, onde falsos pássaros exóticos voavam entre o lindo chão revestido de lambril e os cipós do teto.

— Bem — disse Thorn, com seu tom neutro de contador. — Quando a srta. vice-contista tiver honrado seus compromissos com todos os habitantes do Polo, aceitará me dedicar finalmente um pouco de seu tempo?

Parecia a Ophélie que os cabelos de Thorn, sempre cuidadosamente penteados para trás, pendiam cada vez mais para o prateado. Até o aço de seus olhos havia perdido o brilho. Seria a crise alimentar que o deixava em tal estado?

— Você me ajudou a desencalhar. Suponho que posso lhe oferecer um instante.

— Não aqui, nem agora — disse Thorn, olhando com desconfiança para a porta da antessala. — Vá amanhã à Intendência. Qualquer hora, eu cancelarei todos os meus compromissos.

— Vou falar com Berenilde — suspirou Ophélie. — Tentaremos...

— Não quero saber da minha tia, nem da sua — interrompeu Thorn com um gesto categórico. — Você irá sozinha. Esta situação não pode continuar, exijo que se reconcilie comigo.

Ophélie não gostava nada do tom autoritário. Se Thorn não carregasse sobre os ombros feições tão espantosas, ela recusaria imediatamente.

— O que você está fazendo, exatamente? — perguntou ela, pegando os formulários.

— Estou fazendo o censo de todas as Bestas domesticadas.

Ophélie quase gargalhou ao imaginar Thorn contando cãezinhos, mas, ao entender o motivo, arregalou olhos aterrorizados.

— Você não está pensando em...

— Estou considerando qualquer possibilidade para evitar a fome — respondeu ele, consultando o relógio de bolso. — Se dependesse de mim, escolheria primeiro os ministros mais gordos, mas a antropofagia é uma prática ilegal, mesmo no Polo.

Ophélie olhou de relance para a porta entreaberta da antessala e viu as velhas aristocratas que paravam no meio de preencher os formulários para pentear e elogiar as enormes cadelas.

— Elas sabem o que você quer?

— Saberão assim que eu acabar de falar com você — resmungou Thorn sem emoção, a dureza de sua proposta sublinhada pela de seu sotaque. — Meus cinco minutos se esgotaram, posso saber sua resposta? Você irá me ver, sim ou não?

Ophélie o encarou com uma mistura de repulsa e pena, como se estivesse em frente de um sinistro diretor de funerária.

— Não gostaria nem um pouco de viver no seu lugar.

Thorn era um homem tão pouco expressivo que Ophélie a princípio interpretou sua rigidez imóvel como uma espera; quando notou que ele a encarava intensamente, sem piscar nem respirar, compreendeu que o deixara sem fôlego.

— Devo confessar que não é muito confortável — acabou dizendo, após um longuíssimo silêncio. — Um pouco pior que isso, até. — Ele verificou a gola alta já perfeitamente abotoada, passou a mão nos cabelos já perfeitamente penteados, conferiu o relógio já perfeitamente preciso e pigarreou. — Deduzo que a resposta é não. Por favor?

Thorn estendeu a mão para recuperar os formulários, em um gesto profissional tão mecânico que Ophélie sentiu-se absurdamente culpada. Ela foi obrigada a admitir que Berenilde estava certa: havia sido mais por covardia do que por raiva que ela passara as últimas semanas fugindo de Thorn.

Ao devolver os papéis, Ophélie o olhou nos olhos.

— Você está certo, não podemos passar o resto da vida nos evitando. Devemos chegar juntos a um acordo. Irei à Intendência amanhã, antes de apresentar meus contos. Irei sozinha.

Só um grande observador notaria o relaxamento infinitesimal das sobrancelhas franzidas de Thorn.

— Até amanhã, então — disse ele.

O ESQUECIDO

Como um vento de altitude, Ophélie sobrevoava o velho mundo. Era uma terra intacta, como deveria ter sido no passado, antes de explodir inexplicavelmente em pedaços. Ophélie via do céu as cidades, as florestas, os mares e os campos que não estavam a seu alcance. Desde que se lembrava, ela sonhava esse sonho, mas dessa vez ele teve uma reviravolta inesperada. As nuvens se transformaram em tapete e foi só pisar nele que o mundo velho sumiu, com os mares, as cidades, os campos. Ela se encontrava agora em um quarto. Não um quarto qualquer: seu quarto de infância, em Anima. Ophélie estava em pé em frente ao espelho da parede e seu reflexo tinha rejuvenescido, envolto em um roupão, com cabelos ainda ruivos fazendo cachos ao redor do rosto. O que ela fazia ali, no meio da noite? Algo a acordara, mas o quê? Não era sua irmã Agathe, que dormia na cama de cima da beliche nem os móveis que às vezes se mexiam devagar. Não, era outra coisa. Era o espelho.

Ophélie arregalou os olhos, o coração batendo a mil. Ela olhou confusa para o gatinho listrado que brincava com seu cachecol. Ele pulou da mesa de jantar quando Ophélie se empertigou na cadeira. Tinha dormido no meio do café da manhã e de seu livro de contos.

— Sonhei com uma coisa esquisita — disse à tia Roseline, que chegava com a cafeteira.

— Se viu um gato, não foi um sonho. Ele entrou pela janela. Berenilde se trancou no banheiro até que ele fosse expulso. Ela não gosta nada de animais.

— Não. Quer dizer, vi o gato, mas não no sonho. Achei que... não sei... tinha ouvido alguma coisa — resmungou Ophélie, esfregando os olhos sob os óculos. Agora que acordava, o sonho perdia precisão e intensidade. Ela não se lembrava tão bem do que a perturbara tanto. — Deve ser por causa do acidente de espelho de ontem, me fez lembrar alguma coisa.

— É, é o assunto da seção de estranhezas — suspirou tia Roseline.

Ela deixou na mesa o *Nibelungo* do dia, cuja manchete irônica dizia:

A ESTRANGEIRA LARGA AS EXTREMIDADES POR TODO LADO!

— Na semana passada, falava de um engarrafamento de colchão no elevador — retrucou Ophélie, folheando distraidamente o jornal. — Acho que vou parar de ler esse monte de besteira, não é o que eu chamo de informação.

Ophélie tentou se concentrar na pilha de cartas e de ampulhetas que se misturavam na bandeja reservada à correspondência do dia. Não seria simples encontrar um momento livre entre dois compromissos, escondida de Berenilde e tia Roseline.

— Viu como está vestida? — perguntou sua tia, apontando para a costura das mangas de Ophélie, que estavam do avesso. — Acho que devia evitar os espelhos até descansar — continuou, servindo café. — Você se dá conta de que poderia ficar com sequelas? Como não gosto das ampulhetas, sugiro que peguemos o elevador juntas, tá? Dane-se se for se atrasar para os compromissos.

Ophélie engasgou com o café, fechou o livro com o cachecol dentro e se levantou tão bruscamente que derrubou a cadeira.

— Sinto muito, tia, devo partir. Deixe Berenilde tomar banho tranquilamente, avise depois.

— Perdão? Aonde vai? Como? — gaguejou tia Roseline, confusa.

Sem se dar ao trabalho de responder, Ophélie se dirigiu para as duas Valquírias, sentadas no banquinho de costume, com os braços cruzados sobre os enormes vestidos pretos. Elas estavam tão duras, silenciosas e vigilantes quanto no primeiro dia.

— Archibald? — chamou Ophélie, se curvando sobre as velhas. — Archibald, se estiver escutando, saiba que estarei na frente do seu escritório daqui a um minuto. Se quiser evitar que eu seja interditada pelos guardas, me encontre assim que possível. Venha com seu gerente, explicarei tudo na hora. Obrigada desde já.

As Valquírias se entreolharam, erguendo as sobrancelhas, chocadas por terem sido usadas como central telefônica.

— Que bicho te mordeu? — perguntou tia Roseline, impaciente, seguindo Ophélie até o quarto, ainda segurando a cafeteira.

Como resposta, Ophélie entregou o bilhete que acabara de receber e que só continha algumas palavras rabiscadas com pressa.

R. se meteu numa fria. Você deve a ele, então dê um jeito. Assinado G.

— Quem é R.? Quem é G.?
— Meus amigos do Luz da Lua — disse Ophélie, tirando o vestido para colocá-lo do lado certo.

Até ali, escolhera não falar abertamente nem de Raposa nem de Gaelle. Ela sempre achou que causaria mais mal do que bem se mostrasse interesse nos empregados de outra família. Amizades desse tipo eram proibidas ali no alto, e sua reputação sofreria menos do que a deles. Entretanto, no instante em que leu a mensagem de Gaelle, Ophélie sentiu um fogo se acender dentro de si. Não era mais capaz de refletir friamente sobre as consequências de seus atos e palavras. Raposa a ajudara como ninguém no Luz da Lua. Nenhum convite, ampulheta, protocolo ou educação importava; só a necessidade imperativa de retribuir.

Plantada no meio do corredor, tia Roseline considerou o bilhete, depois a sobrinha, depois a porta do banheiro onde Berenilde cantarolava a última ópera da moda.

— Iremos juntas. De jeito nenhum você vai passear sozinha no covil desse libertino.

Ophélie notou como o rosto da tia enrubesceu. Esse problema era mais eloquente que qualquer aviso: encontrar Archibald era brincar com fogo.

— Não, tia. Você não sabe atravessar espelhos e os elevadores são lentos demais. Incluindo as baldeações e a segurança, levaria quase uma hora para chegar ao Luz da Lua. Meu amigo precisa de ajuda, pode ser urgente — interrompeu com um tom categórico quando tia Roseline tentou retrucar. — Eu não te impedirei de me encontrar lá, mas, por favor, não me atrase.

Tia Roseline fechou e abriu a boca antes de largar sonoramente a cafeteira em um móvel.

— Eu te encontrarei assim que possível. Até lá, não se deixe ser aprisionada pelo sr. embaixador.

Sem perder um instante, Ophélie mergulhou de cabeça no espelho de sua penteadeira. Ela ressurgiu no espelho de um corredor que levava ao escritório particular de Archibald. Na última vez em que se vira refletida ali, havia sido logo antes de subir oficialmente para a corte. Parecia fazer uma eternidade.

Ophélie mal pisara no espesso tapete azul, em meio à paisagem dourada de madeiras, bronzes e luminárias, quando viu um guarda determinado franzir as sobrancelhas sob o chapéu e marchar até ela. A embaixada não era o local mais seguro da Cidade Celeste à toa.

— Volte... ao posto. A senhorita... é convidada do... sr. embaixador.

Um homem sem fôlego havia acabado de surgir da outra ponta do corredor. Ophélie reconheceu Philibert, o gerente do Luz da Lua. Por causa do rosto enrugado, todos os empregados o chamavam de Papel-Machê. Era um homem de pele, roupas e personalidade tão sem graça que tinha normalmente a capacidade de se misturar a qualquer ambiente; nesse instante, entretanto, só se via a peruca torta, o rosto escarlate, o colarinho encharcado de suor e a respiração ofegante.

— Senhorita — ele cumprimentou Ophélie, cambaleando até ela, com o registro debaixo do braço. — Corri... desde que o senhor me ligou. Ele pediu... para levá-la ao escritório. Ele virá... em breve.

Ophélie se sentou empertigada na cadeira que lhe foi oferecida, ergueu o queixo, cruzou as mãos sobre o vestido do lado certo e mostrou uma calma que não sentia. Pela primeira vez, aplicava à risca as aulas de postura nas quais Berenilde insistira há meses. Se fosse preciso agir como a dama mais perfeita do mundo para socorrer Raposa, ela o faria.

— Sr. gerente? — chamou Ophélie, olhando para ele.

— A senhorita precisa de algo?

Philibert estava logo ao lado da porta, com o registro debaixo do braço. Agora que recuperara o fôlego e a tez terrosa, voltara à transparência costumeira.

— O criado Renold faz parte dos criados fixos do Luz da Lua, não é?

— Não entendo bem a senhorita — disse Philibert, em uma voz monótona. — A senhorita tem alguma reclamação sobre um serviço na última visita?

Berenilde não achara de bom-tom revelar a pequena farsa que tinham conduzido por semanas no Luz da Lua, fantasiando Ophélie de pajem. Isso às vezes tornava as conversas um pouco complicadas.

— Não tenho nenhuma reclamação, muito pelo contrário. Apreciei os modos desse empregado e simplesmente gostaria de notícias. Ele continua a servir a sra. Clothilde?

— É um pouco constrangedor, senhorita — disse Philibert, sem parecer nada constrangido. — A saudosa sra. Clothilde nos deixou já há algumas semanas. A senhorita não estava presente no enterro?

Ophélie ficou sem voz. Ela sabia que a saúde da avó de Archibald era frágil, mas havia passado tempo o suficiente sob seu teto para se chocar com a notícia.

— E Renold? O que aconteceu?

Foi a vez de Philibert se chocar. Uma convidada do Luz da Lua dar mais atenção ao destino de um criado do que à perda de uma aristocrata provavelmente desafiava, aos seus olhos, todos os bons costumes.

— Como a senhorita insiste em saber — disse ele, colocando os óculos de aro dourado e abrindo o registro, que nunca soltava. — O criado Renold se encontra atualmente em nossas masmorras.

Os óculos de Ophélie empalideceram.

— Como aconteceu?

— Na coluna "motivo", anotei "falta de chave". As chaves são como documentos de identidade no nosso serviço. Os guardas fazem verificações todo dia por motivo de segurança. É questão de honra na embaixada, senhorita.

— Ora, que ridículo! — protestou Ophélie. — Esse criado trabalha aqui há anos. Não pode ser jogado na prisão por se esquecer de apresentar a chave um dia.

— Ele não esqueceu de apresentar, senhorita — disse Philibert, encarando Ophélie, cada vez mais perplexo. — Pelo que está dito aqui, ele não possuía chave alguma. — Parecendo se dar conta da estranheza desse fato, o gerente leu com mais atenção o registro. — Ah, entendi melhor. Após o falecimento da saudosa sra. Clothilde, Renold entregou a antiga chave, como exige o procedimento. Ele deve ter passado por uma verificação antes de receber um novo posto e uma nova chave. É mesmo muito azar — concluiu Philibert, sem emoção.

— Quer dizer que ele apodrece nas masmorras há semanas pois você demorou a regularizar sua situação?

— Só o senhor pode retirar a queixa, e o senhor anda terrivelmente ocupado, ainda não tive tempo de trocar uma palavra com ele. De qualquer forma, não precisamos mais dos serviços de Renold, nossa equipe está cheia. Além disso, um empregado que esteve nas masmorras daria uma reputação deplorável à nossa casa.

Ophélie estava tão escandalizada que usou todas as forças para não arrancar o registro das mãos de Philibert e rasgá-lo página por página. Archibald, ocupado? Raposa trabalhava para a família há 23 anos e ainda era tratado com menos cuidado do que um cesto de roupa suja.

— Você é muito surpreendente, noiva de Thorn.

Archibald entrou no escritório com um sorriso sonolento. Além da cartola absurda, ele vestia um pijama velho e esburacado de listras pretas e vermelhas. Como de costume, estava despenteado e deixara a barba por fazer. Mesmo com o vestido do avesso, Ophélie pareceria mais educada do que ele.

— Eu te acordei — constatou ela simplesmente.

Na pressa, ela perdera a noção da hora. Ela não se desculpou. Era a primeira vez que sentia tanta raiva de alguém quanto de Thorn.

— De uma maneira pouquíssimo ortodoxa — riu Archibald, se largando na poltrona. — Não te coloquei sob vigilância das Valquírias para fazer uso pessoal delas. — Ele se espreguiçou com um longo bocejo, se apoiou em um braço da poltrona e dirigiu a Ophélie um olhar cintilante. — Veio me ver nos andares mais baixos da Cidade Celeste sem companhia? Está colocando sua reputação em perigo.

— Tenho um serviço urgente a pedir. Farei um serviço em troca como pagamento.

As sobrancelhas e o sorriso de Archibald fizeram o mesmo movimento expansivo.

— Imprevisível, anticonformista e empreendedora. Cuidado, um dia desses é capaz de eu me apaixonar. Que favor posso fazer à noiva de Thorn?

Não seria muito inteligente listar todas as ofensas animistas que ocorriam a Ophélie naquele segundo. Ela se obrigou a respirar profundamente para dissipar o vermelho vivo que cobrira as lentes de seus óculos.

— Estamos em falta de pessoal no Gineceu, vim buscar um homem de confiança emprestado. Por favor — acrescentou após hesitar, utilizando toda a elegância de que era capaz.

Apoiado na poltrona, Archibald encarou Ophélie com uma expressão fascinada.

— Você me tirou da cama às seis da matina por causa de um problema doméstico?

— Já conversei com seu gerente. Um criado desocupado foi vítima de um erro burocrático. Gostaria de contratá-lo, com sua permissão.

— Se trata de Renold, senhor — explicou Philibert, com seu profissionalismo distante. — Ele servia à sua saudosa avó.

Archibald deu de ombros, brincando com a pantufa na ponta do pé.

— Não faço ideia de quem seja, acredito em você. Não vejo problema em cedê-lo à noiva de Thorn. Com uma condição — acrescentou, com um sorriso implicante para Ophélie. — Você me prometeu uma contrapartida: quero recebê-la agora.

Ophélie colocou a mão no cachecol agitado para conter o nervosismo. Ela se esforçou para manter a postura e o sorriso de uma jovem bem-educada. Fingiria o tempo necessário para Raposa ser tirado das masmorras.

— Você me pegou de surpresa. Se me der um pouco mais de tempo...

— Agora — interrompeu Archibald, com uma doçura preocupante.

Ele saltou em suas pantufas, fez uma cortesia teatral e lhe ofereceu galantemente a mão para ajudá-la a se levantar. Ophélie já não queria dar o braço a um homem, muito menos vestido de pijama esburacado.

— Temo não ter trazido nada que possa ser de seu interesse.

— Está enganada — declarou Archibald, dando um tapinha amigável em sua cabeça. — Você trouxe a si mesma, não quero nada mais! Siga-me, noiva de Thorn, e meu gerente fará o necessário para o seu criado no meio-tempo.

Em que meio-tempo?, se perguntou Ophélie. Archibald a levava para fora do escritório, com o braço sobre seus ombros, com uma familiaridade ao mesmo tempo delicada e imperativa.

— O que quer de mim, sr. embaixador?

— Não se preocupe. Tenho certeza que vai adorar.

Na dúvida, Ophélie desviou seu olhar para o mais longe possível de Archibald. Ela vira tia Roseline ceder ao chamado desse céu e não tinha nenhuma vontade de perder a cabeça também. Ele a levou discretamente para a sala de bilhar. Tudo era verde, do tapete aos banquinhos de veludo, passando pelas cortinas pesadas, pelo papel de parede e pelos abajures. Quando Ophélie notou que estavam sozinhos, cobriu imediatamente os óculos com as mãos.

— Ah, não — disse Archibald, gargalhando. — De novo essa?

— Você promete não usar seu charme comigo? Por favor, sr. embaixador, isso me deixaria muito mais confortável para seguir nossa conversa.

Um longo silêncio se fez, durante o qual Ophélie teve todo o tempo do mundo para contemplar as luvas pelas lentes dos óculos.

Eu não fazia ideia de que você me temia a esse ponto.

Ophélie não escutara essa frase com os ouvidos; ela vinha de dentro. Tinha esquecido que Archibald era capaz de lhe transmitir pensamentos e por um instante temeu que sua feitiçaria pudesse se infiltrar nela pelo mesmo caminho.

— Por favor, sr. embaixador.

— Contrário ao que você imagina, noiva de Thorn, não tenho o poder nem o desejo de roubar o coração das mulheres. Se elas o cedem, não é porque me amam, mas porque se sentem sozinhas.

Os olhos de Ophélie se apertaram atrás dos óculos e das luvas. Dessa vez, era a verdadeira voz de Archibald que se expressava, mas soava diferente, quase séria.

— Não acredita? Minha família recebeu de Farouk o dom inestimável da transparência. Você acha essa falta de intimidade constrangedora, mas eu nunca me sentirei sozinho enquanto algum membro do meu clã continuar vivo. O que ofereço a todas essas pobres esposas é justamente isso: um instante de pura transparência, em que apago entre nós a fronteira que separa o "eu" do "outro". Não tenho vontade de fazer uma promessa da qual nós dois poderemos nos arrepender um dia. Uma comunhão de almas... é bastante romântico, não acha?

Ophélie achava isso tudo formidavelmente indecente, muito mais do que imaginara. Detestava a ideia de que Archibald tivesse se imposto à sua tia de tal forma. Ele alegava tirar as mulheres de sua solidão, mas só escutava seu egoísmo. Mesmo que queimasse sua boca, Ophélie se absteve de dizê-lo. Ela não se encontrava em posição de ofender seu anfitrião, estava lá por Raposa e só por Raposa. Portanto, quando Archibald afastou suas mãos para vê-la de frente, ela permitiu. Com a cartola pendurada na cabeça, ele abria um sorriso tranquilo, que não combinava com a gravidade da voz.

— Você está aqui para me fazer um favor, preciso lembrar? — Ele remexeu de repente as sobrancelhas, passou o olhar pela sala de bilhar deserta, e voltou a olhar para Ophélie com uma expressão decepcionada. — Ah, entendi. Você acha que eu te trouxe aqui para colocar chifres no Thorn? Não, não, não é o plano de hoje. Se isso te tranquiliza, tenho outras preocupações no momento. Na verdade, estamos esperando alguém.

Ophélie foi tão surpreendida que esqueceu a raiva.
— Quem?
— Eu.
Uma aparição tenebrosa acabara de adentrar a sala de bilhar.

O CACHIMBO

Ophélie não entendeu mais nada quando reconheceu Madre Hildegarde. Era uma mistura tão caótica de gordura e ossos, de bobes e charutos – ela fumava dois de uma vez –, que era impossível determinar de cara se era um homem ou uma mulher. A pele, qualquer que fosse a cor original, agora era coberta por manchas de velhice. Como imaginar por um instante que atrás dessa aparência mumificada se escondia uma arquiteta genial, a famosa criadora das ampulhetas, uma mulher capaz de remodelar o espaço como se fosse feito de borracha? Só os olhinhos pretos mostravam, em um brilho intenso, uma inteligência fora do comum.

— Não sou muito matinal — resmungou Madre Hildegarde com sua voz gutural e seu forte sotaque estrangeiro. — Vim porque você me convidou pessoalmente, Augustin.

— Archibald, senhora. Archibald. Eu pedi que viesse sozinha.

Ophélie acabara de notar, com o coração batendo mais forte, a moça que acompanhava Madre Hildegarde. Ela usava um uniforme de mecânico e um capacete chato que tentava, em vão, conter os cachos escuros de seu cabelo e disfarçar seus olhos. Na verdade, um olhar assim era impossível de esconder: um olho azul elétrico e um monóculo preto, era difícil determinar que lado do rosto era mais fascinante.

Gaelle.

Será que ela saíra do subsolo do Luz da Lua para cumprimentar Ophélie? Que loucura! Gaelle não era operária de nascença, assim como Ophélie não era nobre: era uma Niilista, a última sobrevivente de uma linhagem cujo poder familiar anulava o de outros clãs do Polo. Seu monóculo permitia filtrar seu "mau-olhado", como ela chamava. O simples fato de se mostrar em público a fazia correr o risco de ser reconhecida e padecer do mesmo destino que a família. Ophélie queria implorar que ela parasse de enfiar a cabeça entre os ombros e de cobrir os olhos com a viseira: era um verdadeiro convite a encará-la.

— É minha neta — declarou Madre Hildegarde. — Tudo que me interessa lhe interessa também.

Não era a primeira vez que Ophélie via essa senhora mentir para proteger alguém. Pelo sorriso cético de Archibald, supunha que ele estava acostumado.

— Poderia ser até sua concubina, não mudaria em nada o fato de que não pedi a presença dela aqui. Mas, já que está aqui, srta. mecânica — disse para Gaelle —, pode verificar o banheiro do primeiro andar? Me disseram que a descarga anda caprichosa.

— Claro, *señor* — resmungou Gaelle com o mesmo sotaque da Madre Hildegarde, como se fossem mesmo parentes.

Ela se foi, grudada na parede, com as mãos no bolso, dando um último olhar furtivo em Ophélie. Ele transmitiu a mensagem com tanta clareza quanto se Gaelle a soprasse em seu ouvido: era sua vez de tirar Raposa das masmorras.

— É a menina de quem me falou ao telefone? — perguntou Madre Hildegarde encarando Ophélie com seus olhinhos pretos. — A que encalha nos espelhos?

Archibald apoiou nos cabelos castanhos de Ophélie uma mão possessiva, como se fosse sua noiva, não de Thorn.

Ele não dava a mínima para os tapas raivosos que o cachecol dava.

— Senhora, permita que eu apresente a melhor *leitora* de Anima. Desde que soube que ela nos visitaria, achei que seria finalmente a ocasião de resolver nossa... situação.

Ele tomava muito cuidado para escolher suas palavras, o que deixava Ophélie cada vez mais confusa.

— Espero, para seu bem, que não demore muito — disse Madre Hildegarde apagando os dois charutos, um depois do outro, em um cinzeiro de pé. — Trabalhei nas plantas do conde Boris até de madrugada.

— Não saia daqui — murmurou Archibald para Ophélie, segurando sua cabeça com mais força.

Madre Hildegarde trancou a porta por precaução, depois de olhar desconfiada para o corredor, e estalou os dedos. Nada se moveu no ar, nenhuma luz piscou, mas o coração de Ophélie pulou com tanta força como se caísse no fundo de um poço.

— Inspire lentamente — disse Archibald, bagunçando seu cabelo amigavelmente. — Vai passar.

Ophélie considerou seu ambiente com atenção renovada. Na sala de bilhar, os estofados verdes e a meia-luz continuavam iguais, mas alguns detalhes eram diferentes. As bolas coloridas, guardadas nos bolsos de bilhar um instante antes, estavam agora em formação de jogo, como se uma partida tivesse sido interrompida. O cheiro do lugar também mudara. Estava impregnado de tabaco frio, com razão: o cinzeiro, cheio de guimbas, não tinha sido esvaziado. Entretanto, quando Madre Hildegarde apagou os charutos, alguns segundos antes, Ophélie jurou que estava perfeitamente limpo.

Uma cópia. Eles se encontravam em um espaço gêmeo à sala de bilhar. Apesar da semelhança perturbadora, não era o mesmo lugar. Ophélie sabia que Madre Hildegarde era capaz de sobrepor dois cômodos – uma vez Ophélie quase ficara presa na cópia da biblioteca –, mas não sabia que a arquiteta podia pular de um espaço ao outro em um estalar de dedos.

Archibald empurrou Ophélie para um sofá onde alguém esquecera um belo cachimbo de porcelana.

— Apresento sua contrapartida, noiva de Thorn! *Leia* este cachimbo. Antes que me pergunte: sim, mesmo que eu o tenha emprestado a um convidado durante sua estadia, continuo a ser o alegre proprietário.

Era um pedido tão inesperado que Ophélie não sabia mais o que dizer. Ela interrogou Madre Hildegarde com o olhar. No meio da cabeça coberta de bobes, os olhinhos pretos examinaram Ophélie de volta. A velha parecia cheia de expectativa, como se esperasse a jovem passar por uma prova. Ophélie notou que tinha também a vontade de ganhar a estima dessa mulher brilhante, dessa personalidade insubmissa, dessa estrangeira que ganhara sucesso em sua profissão.

Ophélie tomou seu lugar no sofá, ao lado do cachimbo de porcelana.

— Você propositalmente evitou tocá-lo desde que aterrissou aqui, não é? Há algo que eu deva saber antes de começar a *leitura*?

— Não — disse Archibald, fazendo um sinal de aviso para Madre Hildegarde. — Daremos explicações mais tarde. Prefiro não te influenciar.

Ophélie examinou o cachimbo à luz da luminária mais próxima: era mesmo marcado pelo brasão do Luz da Lua. Liberando as mãos das luvas de *leitora*, segurou o cachimbo de novo e foi atravessada imediatamente por uma emoção tão forte que precisou apoiar o objeto no vestido para se recuperar.

Não são meus sentimentos, repetiu a si mesma várias vezes. *Não sou eu.*

Por falta de prática, ela cometia erros de principiante. Ela esperou que seus dedos parassem de tremer e retomou a *leitura* onde tinha parado. A ansiedade continuava lá, mas dessa vez Ophélie a contemplou com distanciamento, como uma espectadora vendo uma pintura sombria e atormentada. O tabaco não lhe fazia efeito nenhum. Ela podia fumar, dia após dia (ou dia ante dia, pois as *leituras* se desenrolavam no sentido inverso do tempo), mas não se acalmava em nada. Tudo por causa de duas malditas cartas! Mas ela já estava na embaixada há um mês e até agora nada acontecera. Ophélie não devia parar de fumar. Assim que o efeito do tabaco se dissipava, ela revia os corpos azulados flutuando no lago. Claro, ela não se arrependia de nada. Só tinha feito seu trabalho: caçadores clandestinos eram caçadores clandestinos. Não vamos nos meter em processos intermináveis com essa gentalha. O jornal está certo: os indignos são como baratas. Parece que eles se infiltram lentamente por todos os cantos hoje, pelas muralhas, pelas cidades, pela Cidade Celeste, talvez até pela corte! De qualquer forma, essas cartas ridículas vêm deles. Eles acham que são a justiça divina, esses vagabundos? A justiça é ela, Ophélie! Mas tudo tem melhorado, ela está na embaixada desde ontem, pode dormir tranquila. E um cachimbinho não fará mal.

Ophélie deixou o cachimbo no sofá. Seu coração batia forte.

— Suponho que, se me pediu essa tarefa — disse, com a voz um pouco trêmula —, foi para obter informações a respeito do último usuário. Devo me ater a ele?

Sentado na beira da mesa de bilhar, com os cotovelos apoiados nos joelhos, Archibald observava Ophélie com uma curiosidade divertida.

— Você deixa de parecer uma menininha quando assume ares profissionais. Sim, pode parar por aí.

Ophélie tentou não demonstrar emoções pessoais enquanto abotoava as luvas das duas mãos. Essa *leitura* a perturbara.

— Pode falar à vontade na frente da srta. Hildegarde — garantiu Archibald ao ver Ophélie hesitar. — Afinal, a reputação dela está tão em jogo quanto à minha neste caso.

Madre Hildegarde soltou um ronco que era difícil identificar como riso ou suspiro.

— É bastante delicado — disse Ophélie. — Você é o proprietário do cachimbo, mas o que me garante que não usará o que eu *li* para causar mal a quem o fumou?

— Não é para causar mal a ele — prometeu Archibald, com sua calma imperturbável. — Você sabe que nunca minto. Estou escutando, o que tem para contar?

— Tudo indica que esse senhor estava extremamente ansioso. Ele não tinha a consciência tranquila e por isso pediu asilo aqui, no Luz da Lua. Ele temia... bom... represálias.

— Impressionante — murmurou Archibald, com olhos felinos semicerrados. — Sabe quem ele temia e o porquê?

— Talvez seja preferível que você pergunte a ele diretamente.

— Ophélie, eu não perguntaria se não fosse importante.

Escutar seu nome nessa conversa soou estranho. Até agora, ela sempre havia sido chamada por Archibald de "a noiva de Thorn". Começava a ser levada a sério? Ou ele estava jogando uma cartada sentimental? De qualquer forma, entre ajudar Raposa a escapar das masmorras e proteger a vida privada de um criminoso, Ophélie não precisou pensar muito.

— Caçadores clandestinos. Indignos.

Madre Hildegarde assobiou, admirada.

— Ela é talentosa mesmo, essa *leitorazinha*.

— Vocês já sabiam? — perguntou Ophélie, impressionada.

— Eu me informo detalhadamente sobre todos os meus convidados — disse Archibald com doçura exagerada, ainda sentado na beira da mesa. — Eu sabia que ele tinha se comportado de forma desonesta com indignos e sabia que seu ato tinha sido suficientemente grave para que ele temesse pela própria vida.

— Por que me pediu essa *leitura*, então?

— Para responder a uma pergunta simples. O que meu convidado fazia, exatamente, antes de deixar o cachimbo neste sofá?

Ophélie franziu as sobrancelhas. Para responder à pergunta, precisaria lembrar a primeira impressão do momento em que começou a *leitura*.

— Senti uma forte agitação em toda a estadia dele aqui. Esse senhor fumava muito para se acalmar, mas achava o tabaco cada vez menos eficaz. Foi seu último pensamento: o tabaco não adiantava mais.

— Só isso?

— Só isso.

— Que fato perturbador.

— Por quê?

Archibald trocou um olhar de compreensão com Madre Hildegarde antes de se voltar para Ophélie.

— Porque talvez você tenha *lido* os últimos instantes do meirinho-mor.

Ophélie arregalou os olhos.

— O seu convidado desaparecido! — notou de repente. — Era ele mesmo?

— Ninguém sentirá falta desse velho *señor* — zombou Madre Hildegarde. — É por causa de gente como ele que esta arca é podre até o talo.

Seu sotaque característico a fazia pronunciar o "g" de "gente" como se pigarreasse.

— Sra. Hildegarde — disse Archibald, com um sorriso angelical —, já pedi para guardar seus comentários pessoais.

Ophélie observou por outro ângulo o lindo cachimbo de porcelana, abandonado no veludo verde do sofá.

— Esse convidado... O sr. meirinho-mor... foi assassinado?

— Não sabemos — respondeu Archibald, balançando os ombros. — Ele foi visto pela última vez por seu criado, duas semanas atrás, sentado neste sofá, fumando seu cachimbo. No instante seguinte, não estava mais aqui. Desaparecido sem deixar rastros! Talvez tenha partido por vontade própria, porque lhe deu na cabeça, mas o criado não parece saber de nada. Você entende que, se criminosos foram capazes de se infiltrar na minha casa e sequestrar um de meus convidados, debaixo do nariz dos meus guardas, seria uma ofensa grave à honra de minha família? Assim como à da arquiteta que deveria tornar a embaixada inviolável — acrescentou Archibald, com uma piscadela cúmplice para Madre Hildegarde. — Tivemos a ideia de colocar uma sala gêmea por cima desta durante a investigação. É mais discreto do que bloquear a porta e limita as fofocas. Felizmente para nós, o sr. meirinho-mor não tem parentes para espalhar a história.

— E as cartas? — murmurou Ophélie, pensativa. — Cartas que o sr. meirinho-mor recebia, que o preocupavam. Cartas ameaçadoras.

Ophélie gelou só de falar. Por que esse homem havia pensado na "justiça divina"? Seria possível que o autor dessas cartas fosse o mesmo da carta mandando Ophélie abandonar o Polo? DEUS NÃO A QUER AQUI. Não, ela estava exagerando. Não havia nada em comum entre punir um homem por ter assassinado caçadores clandestinos e impedir uma mulher de se casar.

— Ele me falou das cartas uma vez — confirmou Archibald —, mas não mostrou. Suponho que as achava constrangedoras. Confirmaria a hipótese do sequestro.

Madre Hildegarde estalou os dedos e Ophélie foi tomada por tontura novamente quando o ambiente mudou de aparência repentinamente. As bolas coloridas desapareceram da mesa, voltando aos sacos, o taco estava bem guardado entre os outros e não havia mais cachimbo de porcelana no sofá. Estavam de volta à primeira sala.

— Você deveria pensar duas vezes antes de hospedar um policial corrupto, Augustin — resmungou Madre Hildegarde. — Se tivesse um pouco de orgulho, daria sua proteção aos indignos. Gente que conhece mesmo o frio e a fome.

Ophélie teria aplaudido com vontade se não temesse o desgosto de Archibald. Esperaria até recuperar Raposa.

— Você também não é uma grande filantropa — retrucou Archibald. — Não distribui suas frutas e especiarias gratuitamente.

Ophélie sabia que existia uma Rosa dos Ventos muito especial em algum lugar do Luz da Lua. Esse atalho cobria milhares de quilômetros e permitia conectar o Polo à arca natal de Madre Hildegarde, Arca-da-Terra. Tudo de exótico na despensa da corte vinha de lá.

— Como se eu tivesse escolha — ironizou Madre Hildegarde. — É o *seu* gerente que tem a chave da *minha* Rosa dos Ventos.

— *Meu* gerente, como você diz, senhora, integrou a embaixada por *sua* recomendação.

Madre Hildegarde abriu um sorriso enigmático.

— Um dia desses, Augustin, é possível que minha família feche a passagem e que eu fuja para a árcade. O ar do Polo me desagrada cada vez mais. Fede a arrogância por aqui.

Com essas palavras, ela destrancou a porta e foi embora, mancando.

— Por que ela te chama de Augustin? — perguntou Ophélie.

Com as mãos enfiadas nos bolsos do pijama, Archibald olhou pensativo para os vestígios de charuto no elegante cinzeiro de pés.

— Era o nome do meu bisavô. Parece que sou a cara dele e acho que eles tiveram um casinho. A sra. Hildegarde é uma mulher muito velha, como você sabe. Ela domina o espaço com as pontas dos dedos, mas o tempo é outra coisa. — Archibald suspirou com tanta força que o cabelo loiro que caía em seu rosto voou. — Mesmo assim, ela devia mesmo aprender a ficar quieta, porque leva jeito para fazer inimigos. Eu posso me permitir ser provocador, mas ela... quem a defenderá quando entrar em apuros mais sérios?

Archibald se calou e, no fundo de seus olhos, uma sombra passou como uma nuvem. Ophélie se perguntou como esse homem conseguia ser tão frustrante e sensível ao mesmo tempo.

— O que você fez para Thorn para que ele te odeie tanto?

Quando Archibald se voltou para Ophélie, ajeitando a cartola com um peteleco, seu olhar tinha retomado o brilho ensolarado.

— Ele é a encarnação da ordem e eu sou a do caos. Responde sua pergunta?

— Ele te acusou de ter arruinado a tia — disse Ophélie se lembrando da conversa memorável logo após o massacre dos Dragões.

— Ah, isso?

Com alguns gestos rápidos, Archibald pegou um taco de bilhar e dispôs três bolas no belo forro da mesa.

— Você já começou a me conhecer um pouco, Ophélie. Tenho mania de contradição, é só me proibir que quero desobedecer.

— O que isso tem a ver com Berenilde? — perguntou surpresa.

— É óbvio, não? Ela é a preferida de Farouk, uma mulher magnífica, perigosa, fiel no amor... é o fruto proibido por excelência! Eu era muito jovem na época, não pude resistir. Exagerei um pouco no poder da transparência — confessou ele, tocando de leve a tatuagem. — Berenilde ficou tão absorta por mim que ignorou a torre por uma semana. Farouk não gostou e, exagerado, a dispensou de subir por um ano inteiro. Berenilde quase não se recuperou da humilhação. Seu querido sobrinho me considera responsável, justamente.

Archibald escorregou o taco de bilhar entre dois dedos e a bola branca empurrou uma vermelha para um buraco. O barulho da colisão ressoou com precisão tão perfeita que Ophélie teve a impressão de sair bruscamente de um estado hipnótico.

— Não pense que não me arrependo — continuou Archibald, lançando outra bola no buraco. — Essa história foi longe. Thorn se mostrou ainda mais inconsequente do que eu. Ele me atacou na frente de testemunhas, com socos e garras. Fiquei com duas belas cicatrizes.

Ophélie tinha dificuldade em imaginar a cena. Thorn raramente perdia o sangue-frio e nunca levantava um dedinho pela sua tia. O gesto mais afetuoso que Ophélie vira entre ele e Berenilde foi quando ele lhe passou o saleiro à mesa.

— Um bastardo, que ainda é filho de uma indigna, não deve atacar alguém de berço de ouro — concluiu a voz de Archibald, sobre um último golpe de bolas. — Mesmo que seja para vingar a honra de um membro da família. Não prestei queixa para evitar que ele fosse preso, mas ele recebeu um aviso formal do tribunal: na próxima vez que erguer a mão contra um nobre, será a Mutilação.

No reflexo da janela, Ophélie viu Archibald pronunciar essa palavra imitando uma tesoura com os dedos. A Mutilação. Era a máxima punição, quando o espírito familiar tomava o poder de um filho que o usara mal. Essa pena nunca havia sido aplicada em Anima, mas Ophélie sabia que era praticada em outras arcas. Sempre disseram que uma pessoa só era mutilada se colocasse a família inteira em perigo. Por que tudo era tão excessivo, aqui no Polo? Será que, vivendo do outro lado do mundo, longe das outras famílias, se perdia completamente a noção?

Não sei o que mais me preocupa, pensou Ophélie. *Que eu nunca me acostume, ou que acabe acostumada.*

— Senhor?

Ophélie se assustou ao escutar a voz impessoal de Philibert bem ao seu lado. O homenzinho discreto estava na sala de bilhar, com o registro debaixo do braço, como se estivesse ali desde sempre.

Habituado às aparições súbitas de seu gerente, Archibald abriu tranquilamente uma caixa de rapé e aspirou o pó com as duas narinas. Quando tirou um lenço da manga, Ophélie notou que era tão esburacado quanto o chapéu e o pijama.

— E aí, Philibert! O tal criado?

Como resposta, o gerente fez um sinal indicando a porta. Dois guardas trouxeram um homem curvado para a luz vegetal das luminárias. Cada um segurava um braço, de tanto que as pernas vacilavam sob seu peso. Ophélie achou que seu coração caíra no fundo do estômago. O Raposa que ela conhecia era um fogo de lareira; esse homem parecia uma pilha de cinzas. Ela precisou procurar por muito tempo um sinal de olhar em meio à barba espessa, mas, quando o encontrou, não hesitou. Era mesmo Raposa.

— Você devia tê-lo lavado antes — disse Archibald com uma careta, cobrindo o nariz com o lenço furado. — Ele fede horrivelmente. Não posso oferecer algo assim a uma dama, vá buscar outro.

— Nosso acordo implicava meu conhecimento e este homem — disse Ophélie com firmeza. — Não vamos voltar atrás, por favor.

Perplexo, ele se contentou em enfiar as mãos nos bolsos do pijama e observar com um ar divertido o dedo que saía por um buraco.

— Às vezes não te entendo, mas se é o que quer, que assim seja. Entretanto, há de compreender que não posso te entregar a mercadoria em um tal estado, é questão de honra da embaixada. Philibert, leve este homem para ser lavado, barbeado, saneado, penteado e vestido decentemente.

— Claro, senhor.

— Enquanto isso, minha cara, você é minha convidada! — disse Archibald, oferecendo a Ophélie seu sorriso mais estonteante. — Você já jogou croqué de salão?

Ophélie entendeu que esta última condição não seria negociável e que ela ainda deveria morder as bochechas por algumas horas. Ela se prometeu solenemente que, assim que arrancasse Raposa daquele lugar, mandaria o casaco de sua mãe ao quarto particular de Archibald.

— Um instante, por favor — pediu ela, antes que os guardas levassem Raposa embora.

Ophélie se aproximou lentamente dele, mas ele continuava a passar um olhar perdido pela sala de bilhar. No início, ela achou que Raposa não a reconhecia – afinal, ele só a contemplara em sua aparência verdadeira uma única vez, sem saber quem ela era –, mas acabou entendendo que ele simplesmente não a enxergava. De tão privado de luz, as luzes que atravessavam os abajures o cegavam. Raposa não via nada, não entendia nada e ninguém se dava ao trabalho de explicar a situação. Ophélie lutava contra o desejo de gritar que era Mime, que ele não tinha nada a temer e que ela lhe devolveria a dignidade que lhe tinha sido roubada.

— Bom dia, Renold — disse ela em vez disso, ciente de estar sendo observada de todos os lados. — Sou a noiva do sr. Thorn e a partir de agora você trabalhará para mim. Darei mais explicações em breve.

Em meio aos nós da barba, do cabelo e das sobrancelhas, as pálpebras de Raposa bateram várias vezes, como se ele tentasse encontrar a pessoa que falava através de uma névoa. Os fragmentos de seu rosto, visíveis por entre os tufos imundos, mostraram tanta surpresa que Ophélie soube que finalmente ele a reconhecera. Ela esperou um brilho no olhar, um sorriso cúmplice ou um suspiro aliviado, mas em vez disso Raposa virou o rosto, completamente sério.

— Sim, senhorita — disse ele, em um murmúrio rouco.

Com o coração apertado, Ophélie começou a se perguntar se tomara uma boa decisão.

A PERGUNTA

O silêncio que reinava no elevador era o mais desconfortável que Ophélie já havia vivido. Os metais guinchavam, os móveis rangiam, as taças de champanhe tilintavam, a vitrola tocava e o ascensorista pigarreava.

Enroscada sob as duas voltas de cachecol, Ophélie contemplava dolorosamente Raposa. Com o braço ao longo do corpo em uma postura quase militar, ele se encontrava entre o bufê de degustação e a mesinha do toca-discos, como se fosse também um móvel do elevador. Os cabelos, lavados e penteados, tinham recuperado um pouco do brilho e a barba desaparecera, revelando um maxilar marcado. Os olhos verdes, finalmente acostumados à luz, olhavam para a frente e para lugar nenhum ao mesmo tempo. A coluna vertebral era ereta como uma barra de ferro e, apesar de o corpo emaciado se afogar no uniforme, ele continuava com a estrutura de um armário. A metamorfose que ocorrera naquele dia era espetacular. Ophélie não entendia por que esse homem, que finalmente parecia Raposa, continuava um estrangeiro para ela.

— Pare! — ordenou repentinamente tia Roseline.

Obedecendo à autoridade animista, o freio de mão do elevador se abaixou sob o olhar estupefato do ascensorista. A cabine se imobilizou em uma cacofonia de madeira, vidro e metal.

— Não toque — disse tia Roseline ao ascensorista que estava prestes a soltar o freio. — O elevador não vai andar até que eu o decida.

Ela rangeu os dentes de cavalo, encarando Raposa e Ophélie como crianças culpadas.

— Pelos potes de mostarda, não é possível, é um pior que o outro! Não entendo nada dessas historinhas, mas uma coisa eu sei. Quando essa porta se abrir — disse ela, apontando para a grade dourada do elevador —, precisamos ter a cabeça erguida. Garota, você acabou de estragar sua reputação. Não se atravessa o espelho de um libertino, ignorando todos os outros convites, sem sofrer as consequências. Berenilde está furiosa com você e, dessa vez, concordo com ela. Vou te apoiar, o que quer que aconteça — acrescentou, com um tom menos brutal, ao ver os óculos de Ophélie empalidecerem —, mas pelo menos, por favor, vá até o fim do que pretende!

Raposa, que perdera por um instante a postura profissional, voltou rápido à pose.

— Se eu for um fardo para essas damas, que elas não se preocupem comigo. Não quero...

— Basta — interrompeu Ophélie.

Foi ao escutar o som esganiçado de sua voz que notou a que ponto a atitude de Raposa a fazia sofrer.

— Não tenho o que fazer com um criado. Porém — continuou, vendo Raposa abrir a enorme mandíbula —, proponho contratá-lo como assistente. Você terá casa, comida e salário em troca de opiniões e conselhos.

Ophélie se ouvia falar com um sentimento de irrealidade. Ela dissera tudo, exceto o essencial. Por que as únicas palavras importantes se recusavam a sair? Do que adiantava ser capaz de falar toda noite com um público de nobres venenosos, se não conseguia nem falar sinceramente com um amigo.

— Sinto muito, senhorita — respondeu Raposa. — Sou um simples criado. Não tenho opiniões nem conselhos a dar.

Ophélie tinha a impressão de que cada palavra que ele dizia caía no estômago dela como brasa. Em certos momentos, gostaria de ser capaz de externar suas emoções com a mesma facilidade que as irmãs.

— Pelo menos pense sobre minha proposta. Devo correr para o teatro ótico — disse ela, olhando para o relógio do elevador. — Me acompanhe como teste, conversaremos depois dos meus contos.

— Claro, senhorita.

Essas duas palavras educadas foram tão inflexíveis que Ophélie soube que Raposa já havia feito sua escolha: ele não queria a mão que ela oferecia. Ela gostaria de impedir o freio de ser solto, o elevador de subir e a grade de abrir. Se Ophélie tivesse tal poder, teria parado o tempo para virá-lo do avesso como uma luva. Voltaria a ser uma pessoinha sem responsabilidade. Se esconderia atrás do balcão do museu. Só teria como companhia os objetos. No fundo, talvez só fosse boa nisso.

— Não estamos adiantadas — declarou tia Roseline, ao ver a escada deserta do teatro. — Berenilde já deve estar no lugar. Vou procurar um assento livre. Quanto a você — disse ela espanando o cachecol de Ophélie —, se concentre no que tem a fazer. Sempre temos tempo para preocupação depois.

— Siga-me — disse Ophélie a Raposa. — Minha entrada é nos fundos.

Enquanto contornavam o teatro, um verdadeiro palácio de mármore branco, Ophélie não pensou no palco que a esperava do outro lado dessas paredes. Cada passo era usado para procurar as palavras para ter Raposa de volta.

Ela perdeu o fio da meada quando notou o Cavaleiro em um banco, à sombra de uma palmeira, bem ao lado da entrada dos artistas. Estava brincando de bilboquê e, apesar de todos os seus esforços, não conseguia encaixar a bola. Os enormes cães estavam deitados aos seus pés, com a língua para fora, indispostos pela ilusão climática que não combinava com a raça deles.

— Eu estava esperando — declarou ele, ao notar Ophélie.

Na boca de uma criança dessas, eram três palavras piores que qualquer ameaça de morte.

— Não posso conversar — disse ela, se dirigindo decididamente para a entrada. — Vou me atrasar.

Os dois cães interromperam seu caminho. Eles se moveram em silêncio, sem manifestar qualquer sinal de agressividade, mas eram do tamanho de touros. Até Raposa, que não conhecia o Cavaleiro como Ophélie o conhecia, hesitou, inquieto.

O Cavaleiro ajeitou os óculos redondos e grossos no nariz. Eram completamente idênticos aos que Berenilde quebrara ao jogá-lo no corredor.

— Só tinha uma perguntinha a fazer, srta. Ophélie. Responda e eu lhe deixarei ir trabalhar tranquila. — Ele jogou a bola do bilboquê e, mais uma vez, errou. — Pode me dizer a diferença essencial entre nós dois?

Ophélie já sabia que essa conversa não anunciava nada de bom. Seu cachecol, que até então cochilava no ombro, começou a se agitar.

— Não? — disse Cavaleiro, decepcionado. — Era uma adivinha bastante fácil. A diferença entre nós — disse ele, na maior seriedade — é que a sra. Berenilde gosta de você. Não é um elogio. O seu lugar no coração da sra. Berenilde é pequenininho, entende? Ela gosta de você e é só. Eu e ela somos outra coisa. Somos unidos por um vínculo mais forte do que o amor e o ódio.

As palavras soavam tão absolutas que era difícil acreditar que emanavam de um garotinho.

— É por ela que me tornei cavaleiro, só por ela. Eu a amei mais do que minha própria mamãe. Eu a enchi de presentes. Eu até a livrei da família.

Ophélie se sentiu congelada pelo horror. Era a primeira vez que o Cavaleiro mencionava explicitamente sua responsabilidade no massacre dos Dragões.

— Foi mesmo você, então — murmurou ela.

Uma parte dela sempre se havia se recusado a crer que essa criança era culpada de tais crimes.

— Eles eram horríveis — retrucou o Cavaleiro, dando de ombros. — Todos a detestavam porque ela tinha maneiras melhores. Não queriam que ela saísse viva da caça. Eu *devia* protegê-la — disse ele, errando mais uma tentativa de bilboquê —, é meu papel como cavaleiro. Tomei todas as precauções para que sua sensibilidade não fosse machucada — especificou. — Fiz o necessário para que ela não tivesse parte nas mortes.

Ophélie lembrava. Ele tinha dado um jeito de colocar todos os guardas do Luz da Lua atrás dela e mergulhado tia Roseline em um estado hipnótico quase fatal. Mesmo que Berenilde quisesse, não poderia participar da caça nessas condições.

— Tinha crianças — murmurou Ophélie. — Crianças da sua idade.

Um dia ela havia visto uma foto no *Nibelungo* dos cadáveres dos caçadores meio cobertos de neve, atrozmente mutilados. Ela reconhecera um dos trigêmeos de Freyja. Ainda tinha pesadelos.

— Eram todos caçadores — disse o Cavaleiro, sacudindo os cachinhos loiros. — Os caçadores arriscam a vida sempre que enfrentam as Bestas. Se tivessem sido mais amáveis com a sra. Berenilde, eu não teria me metido. Eu devia prote...

— Você não faz ideia do mal que causou a ela — interrompeu impulsivamente Ophélie. — E do mal que continua a causar.

Muito chocado, o Cavaleiro franziu as sobrancelhas finas e os huskies franziram também os focinhos, mostrando caninos impressionantes.

Notando sua imprudência, Ophélie ia propor a Raposa que se retirasse, mas de repente notou que não estava mais lá. Ela não conseguia acreditar que ele tinha partido assim, sem dizer nada.

— Como você ousa dizer *para mim* que faço mal à sra. Berenilde? — murmurou o Cavaleiro. — Você não deve saber o que significa a palavra "mal". Quer que eu ensine, senhorita?

Ele pronunciou essas últimas palavras com extrema lentidão, enquanto seus olhos, arregalados pelas lentes dos óculos, penetravam no fundo da alma de Ophélie. Com uma sensação enjoada de déjà-vu, ela soube que precisava parar de encarar essa criança. Ophélie não tinha memória nenhuma, mas de repente teve certeza que ele já a prendera dessa forma no passado.

O sol se apagou, a decoração exótica desapareceu e Ophélie se sentiu cair em uma noite escura e gelada.

— Senhorita vice-contista, todo mundo a espera! — exclamou uma voz alegre.

O Cavaleiro se sobressaltou, os cães levantaram as orelhas e a ilusão na qual Ophélie mergulhava se estilhaçou. Ela sentiu vertigem, como se alguém a tivesse salvado de cair em um poço no último instante.

Para sua enorme surpresa, era o barão Melchior que se aproximava, com seus passos distintos. Seu fraque, adaptado às proporções volumosas do corpo, era todo tecido de uma ilusão de Via Láctea. Estrelas cadentes atravessavam sua cartola em rastros luminosos. Ele não era o ministro das Elegâncias à toa. Os bigodes loiros pareciam marcar o rosto redondo com dois pontos de exclamação.

— Bom dia, tio Melchior — disse o Cavaleiro com a educação de uma criança comportada.

— Meu querido sobrinho, você não pode passear com os cachorros aqui. Além disso, já viu a hora? — disse o barão apontando para o relógio público na calçada ao lado. — Você devia voltar para a casa do tio Harold e ir dormir.

Com um sorriso, os bigodes se levantaram como varinhas de um mágico.

— Sinto muito, tio Melchior, o senhor está certo. Boa noite, srta. Ophélie — disse o Cavaleiro. — Nos veremos muito em breve.

Essa promessa murmurada acompanhada por um gesto com a mão e um sorriso de canto de boca, deu a Ophélie a impressão de que seu estômago se havia se enchido de chumbo.

Assim que o Cavaleiro e os cães se afastaram, engolidos pelas sombras listradas das palmeiras, o barão soltou um suspiro de alívio.

— Essa criança está cada vez mais descontrolada. Felizmente, seu assistente foi me buscar.

Ao ver Raposa atrás do balcão, ereto e impassível como qualquer empregado, Ophélie morreu de vergonha. Por um instante, achou que ele a abandonara.

— Meu sobrinho nos preocupa muito — lamentou-se o barão Melchior, alisando os bigodes.

— E o que estão fazendo para melhorar a situação?

Normalmente, Ophélie não teria arriscado se dirigir a um Miragem com um tom desses. Ela deveria se sentir grata, mas os nervos continuavam a mandar impulsos defensivos pelo seu corpo inteiro. Ela também não esquecera que o barão Melchior era o irmão de Cunégonde, e Cunégonde não era nada amigável.

Sem demonstrar qualquer ofensa, o barão Melchior olhou com prudência para demonstrar os arredores do teatro, como se temesse que o Cavaleiro pudesse voltar a atacar.

— Excelente pergunta. Stanislav soltou um dos cachorros na minha sobrinha-neta porque ela disse uma palavra desagradável sobre nossa querida Berenilde. Quatorze anos, srta. vice-contista, e ela nunca mais andará normalmente. Tanto sangue, tanta violência... — disse, com uma careta de nojo. — Tudo por uma palavra só.

— Stanislav — repetiu Ophélie pensativa. — Eu não sabia o nome verdadeiro do Cavaleiro. O senhor sabia que foi ele o assassino dos Dragões?

Ela esperava tanto que o barão Melchior se fizesse de indignado ou ignorante, que se surpreendeu ao vê-lo concordar. Ele olhou mais uma vez por cima do ombro, para garantir que não estavam sendo ouvidos, e murmurou:

— Eu suspeitava. Todos nós suspeitamos. Sabe, são extremamente poucos Miragens que conseguem usar seus poderes contra animais. Stanislav perdeu os pais em circunstâncias um pouco... peculiares. Ele está sob a guarda do meu primo Harold, seu tio, mas suspeito que este tenha ensinado a ele um conhecimento repugnante e perigoso. Harold não é um criminoso — explicou o barão Melchior imediatamente. — Ele nunca teria pedido para Stanislav agir de forma tão imprudente. Mas é possível, é até provável, que involuntariamente tenha criado o evento. É uma enorme pena que o nome dos Miragens seja associado a um assunto tão lamentável.

— Temem ele a esse ponto? — perguntou Ophélie em um tom provocador.

O barão Melchior não parava de girar como um enorme pião, conferindo sempre que ninguém se aproximava. Ele era tão gordo que Ophélie suspeitava que não seguia as medidas de racionamento impostas pela Intendência depois da escassez de carne. Como muitos ministros, o barão passava muito tempo na sala do Alto-Conselho familiar, no primeiro andar da torre: diziam que lá reinava um banquete perpétuo, em que qualquer pretexto servia para comer e beber.

— É um pouquinho mais complicado que isso. Um Miragem nunca denunciaria outro Miragem publicamente. Porém — acrescentou o barão Melchior, com um sorriso discreto —, um Miragem pode dar uma mãozinha para o destino.

— O destino?

— Também chamado de "sr. Thorn". Pelo que entendi, nosso sr. intendente continua recenseando as Bestas domésticas. Se eu fosse ele, iria fuçar pelas bandas do Harold. Mas claro que ele não te disse nada, né?

— Eu... claro — disse Ophélie, que não tinha certeza de ter entendido tudo. — Preciso mesmo ir, agora.

— Só um instante!

O barão Melchior se aproximou dela e mexeu os dedos gordos cobertos de anéis em frente ao seu rosto, como se jogando um feitiço. Um pouco perplexa, Ophélie se perguntou qual seria o problema dele, até notar que ele estava fazendo nascer embriões de ilusão no tecido do seu vestido. As formas etéreas ganharam precisão, cor e movimento e logo borboletas bidimensionais voavam pelo corpo de Ophélie, como estampas de repente acordadas. Era a primeira vez que via uma ilusão eclodir. O barão não tinha falsificado sua reputação de grande costureiro.

— Oficialmente, vim *apenas* para dar este presente. Uma lembrancinha modesta do ministro das Elegâncias à srta. vice-contista. Não conversamos sobre mais nada, certo?

Com essas palavras, dirigidas tanto a Ophélie quanto a Raposa, o barão Melchior partiu, despedindo-se com o chapéu.

— A srta. vice-contista chegou finalmente — suspirou o mordomo quando Ophélie tocou a campainha da entrada dos artistas. — Estávamos ficando preocupados com sua ausência. O sr. contista já começou a apresentação.

— Onde ele está?

— O viajante limitado já mudou o destino dos dois primeiros heróis, srta. vice-contista. Ele está prestes a contar o terceiro.

Ophélie ainda tinha um pouco de tempo. O velho Eric contava sempre a mesma epopeia, toda noite. De tanto escutar, ela sabia quando se aprontar.

— Sinto muito — disse o mordomo, olhando de relance para Raposa —, esta entrada é proibida ao público.

— É meu assistente — retrucou Ophélie com um tom categórico. — Preciso dele imperativamente. Ele ficará nos bastidores. Não me atrase, por favor — acrescentou, pois o mordomo parecia refletir antes de decidir.

— Por favor, me desculpe, srta. vice-contista — disse ele, se afastando para deixá-los entrar.

Fazendo sinal para Raposa segui-la, Ophélie se enfiou na penumbra familiar dos bastidores. Apesar de ter aprendido a conhecer bem a área, ainda esbarrava nas escadas, cadeiras e outros elementos da decoração que enchiam a passagem de obstáculos. A voz de cascalho do velho Eric e a música fúnebre de acordeão, abafadas pela espessura das cortinas pretas, deixavam a escuridão ainda mais escura.

Nessa noite, entretanto, era o silêncio de Raposa que parecia ecoar em cada superfície.

Ophélie se apoiou em um móvel e esperou que os tremeliques nervosos percorrendo seu corpo se acalmassem. As pernas gelatinosas não a sustentavam mais.

— Senhorita? — perguntou a voz de Raposa, que quase trombara com ela.

— Um instante — murmurou Ophélie. — É essa criança. Ele me apavora. Obrigada por ter ido buscar ajuda.

Ela respirou fundo e continuou:

— Você preferia ter continuado no Luz da Lua, né?

Ela se virou lentamente na direção da silhueta enorme de Raposa, que fazia o chão de taco ranger. Eram só sombras entre as sombras, presenças sem rosto, vozes sem boca. Ophélie entendeu que ali, naquela dissolução de formas, talvez conseguisse conversar finalmente. Ela puxou o cachecol para expor o rosto e liberar as palavras.

— Sei que você se sentia em casa — murmurou ela para a massa preta que encarava. — Você se dava bem com todo mundo, conhecia cada canto como a palma da mão, sabia quando e como mexer seus palitinhos. Também tem a Gaelle — balbuciou Ophélie, ainda mais baixo. — Você sempre gostou dela. Foi ela quem me avisou, sabia? E eu, Renold, me dei o direito de te arrancar desse lugar.

Na frente dela, Raposa era só uma respiração tensa.

— Você está livre — suspirou. — Livre para ir embora, livre para ficar. Não te farei trocar uma gaiola por outra, até porque, pelo que você viu, não tenho uma vida nada tranquila. Decidi o seu destino sem ter tempo para pensar ou conversar. Fui egoísta... e ainda sou — admitiu depois de alguns segundos de reflexão. — Ainda sou, porque, no fundo, gostaria que você escolhesse ficar ao meu lado. Sei que me desculpar não mudará mais nada, mas, mesmo assim, peço desculpas.

— Não, senhorita.

Raposa murmurara uma resposta quase inaudível, mas Ophélie se sentiu abalada como se fosse um grito.

— Não, senhorita — repetiu com um tom rude. — Mesmo por todas as ampulhetas do mundo, eu não quereria ficar no Luz da Lua.

As sombras se moveram quando Raposa se apoiou no que devia ser uma escada. O topo da sua cabeça encontrou um feixe de luz que escapava entre as cortinas do teatro. Alguns fios de cabelo ruivo se iluminaram como se pegassem fogo.

— A senhorita parece achar que estou chateado. Não compreende, portanto, que estou simplesmente muito constrangido.

— Constrangido?

Ophélie esperava tudo, menos isso. Ela contemplou o perfil de Raposa, cercado pela luz fraca. Ele esfregava, nervoso, a juba, acreditando estar invisível na escuridão dos bastidores.

— Depois do que aconteceu, nunca poderia me sentir confortável na presença da senhorita, nem do senhor seu noivo. A senhorita pretende que eu a assista? Quer saber minhas opiniões e meus conselhos? Se eu tivesse qualquer decência, não deveria nem olhá-la.

— Do que está falando? — perguntou Ophélie, chocada.

Dois brilhos verdes se acenderam nas sombras, Raposa arregalou os olhos.

— Bom — murmurou ele —, quero dizer que... sabe... — Conforme a máscara profissional fraquejava, sua voz retomava um espesso sotaque nórdico. — Eu... eu me despi completamente em frente à senhorita.

Ophélie ficou ao mesmo tempo tão incrédula e aliviada que a tensão em seu peito parecia explodir como um balão.

— É só isso? — sussurrou ela. — Sinceramente, Renold, eu era só um pajem. Como teria adivinhado?

— Não muda nada, ainda assim faltei ao respeito com a senhorita. Eu falei informalmente, a tratei com familiaridade, peguei suas ampulhetas e, ainda pior, me lavei à sua frente. Claro que não sabia que era a senhorita. Só descobri ao ler o jornal, reconheci em uma foto. A noiva do sr. intendente — suspirou Raposa, destacando cada sílaba. — Já vi pajens enforcados por menos.

Aplausos sacudiram as tábuas sob seus pés. O velho Eric tinha acabado sua história e logo terminaria de guardar o projetor de ilusões.

— Escute, Renold — disse Ophélie, falando alto em meio ao clamor. — Foi você quem me ensinou as engrenagens deste mundo e que me protegeu dos guardas quando eu não era ninguém. São as únicas coisas de que lembro hoje. Não pediria que mais ninguém fosse meu conselheiro. Por isso, pense bem e me responda depois de minha apresentação. O sr. Farouk espera que eu suba no palco.

Quando as lamparinas se acenderam nos bastidores, Ophélie viu que Raposa estava estupefato.

— O Senhor Imortal? *Ele* está aqui?

— É a ele que conto minhas histórias animistas. Fique nos bastidores — sussurrou Ophélie, antes de se esgueirar entre as cortinas do teatro. — Explicarei tudo mais tarde.

Foi só quando ela entrou no palco, cega pelas luzes da rampa, entre os aplausos forçados do público, que Ophélie notou algo desconfortável.

Ela não fazia a menor ideia do que contaria para Farouk.

A AFRONTA

Ao se sentar no lugar de costume, bem na beira do palco do teatro, Ophélie mediu o peso das palavras de sua tia no elevador. Havia muito mais gente do que de costume nas poltronas, e nenhum dândi contendo o bocejo, nobre consultando o relógio, dama brincando com as pérolas. Não, naquela noite, na penumbra aveludada da sala, cada espectador apontava os binóculos para Ophélie. Na véspera, ela era só uma estrangeirinha um pouco besta; um dia com Archibald a havia feito perder qualquer inocência. Ela fizera seu batismo do pecado, seu primeiro passo de depravação, estava se tornando uma igual e agora eles queriam observá-la de perto.

Nenhum dos nobres a preocupava mais do que Berenilde, sentada na primeira fileira, com diamantes cintilando no jogo de luz e sombras. Até então, ela sempre a encorajara com um olhar antes da apresentação. Dessa vez foi diferente.

Era a pior noite para Ophélie esquecer seu livro de contos no Gineceu.

Só Farouk parecia não notar o clima deletério que banhava a sala como água parada. Ele saiu da poltrona e se aproximou do palco. Sozinho. Desde o incidente da pré-estreia, as favoritas ficavam no lugar, dissecando Ophélie com o olhar. Farouk se sentou nas almofadas que o diretor do teatro havia colocado lá para ele, desejando facilitar esse ritual curioso. Os longos cabelos o envolviam como uma capa de seda branca e ele ergueu para Ophélie o rosto de estátua, sem piscar, sem encorajar.

Farouk aguardava o conto; Ophélie aguardava a inspiração.

O silêncio que se instalou entre eles foi tão longo que os espectadores começaram a cochichar entre si, cuidando para não falar alto demais; um copo de leite bastara. Ophélie sabia que devia falar logo, mas sua cabeça ecoava de tão vazia. Até as histórias que ela conhecia de cor, de tanto contar, esvoaçavam em sua memória sem pousar, como as borboletas que o barão Melchior projetou em seu vestido.

— O senhor aceitaria que continuássemos com os contos de objetos amanhã? — perguntou ela, timidamente.

Os cortesãos, sentados longe demais para escutá-la, continuavam a cochichar atrás dos binóculos. Farouk, por sua vez, não mexera um milímetro. Ele continuava a encarar Ophélie com o olhar perturbador, como se também não tivesse escutado. Depois de um momento interminável, ele articulou, com uma voz extremamente grave e extremamente lenta:

— Conte sua história.

— Sinto muito, senhor. Hoje à noite eu não consigo.

As pálpebras pesadas de Farouk se abaixaram um pouco e seu olhar ficou mais atento. Esse simples aumento de atenção propagou ondas mentais na atmosfera. Ophélie se contraiu da cabeça aos pés quando a onda a atingiu. O poder de Farouk atacava diretamente seu sistema nervoso e ela não podia fazer nada para se proteger.

— Não consegue — repetiu ele.

— Não. Peço encarecidas desculpas.

Farouk virou a cabeça lentamente, muito lentamente. Interpretando o sinal, o jovem ajudante de memória correu em passinhos e lhe entregou o diário.

— Aqui — disse ele, de repente. — Escrevi: "a vice-contista contará histórias toda noite".

Ophélie sentiu sua boca secar. Como alguém podia a esse ponto negar as vontades dos outros? Ela se perguntou, olhando para as fileiras de espectadores, se não era o egocentrismo, mais do que o estranho poder familiar, que esse pai transmitira a toda a prole.

Ophélie se escutou falar de repente, como se sua boca soubesse o que fazer melhor do que ela:

— Era uma vez, em Anima, a boneca de uma menininha. Era uma boneca articulada, capaz de mexer a cabeça sozinha, erguer os braços sozinha, andar em duas pernas sozinha. A boneca gostava muito da menininha, mas chegou um dia em que não quis mais ser seu brinquedo. Ela queria seu próprio sonho. Ela queria ser atriz.

— Não gosto dessa história — interrompeu Farouk. — Conte outra.

Ophélie respirou fundo e continuou:

— Certa noite, a boneca saiu do quarto da menininha. Ela viajou pelo mundo inteiro, de arca em arca. Ela só pensava em como realizar seu sonho. A boneca acabou encontrando marionetistas.

Normalmente, Ophélie fazia pausas e misturava vários contos. Nessa noite, entretanto, ela se expressou com voz rápida, em outro estado. A raiva, o cansaço e o medo tomaram o controle de sua língua e ela não sabia muito bem a quem, entre ela e Farouk, o conto se dirigia realmente.

— Os marionetistas prometeram à boneca que a tornariam uma atriz. Foi assim que, toda noite, ela subiu no palco do teatrinho. Todo o mundo vinha vê-la. No entanto, toda noite, depois de cada espetáculo, a boneca ficava triste. Ela pensava cada vez mais na sua menininha. Ela não entendia por que se sentia tão vazia. Não tinha realizado seu sonho? Não tinha finalmente se tornado atriz?

— Basta.

Farouk interrompera Ophélie pela segunda vez. Uma agitação nervosa percorreu a sala.

Ophélie sabia que devia ter parado ali. No entanto, o resto do conto escapou dela, como se dotado de vida própria:

— E um dia, a boneca acabou descobrindo toda a verdade. Ser atriz não era o sonho dela. Era, desde o começo, o sonho da menininha. A boneca nunca deixara de ser seu brinquedo.

Ela mal pronunciara a última palavra do conto quando foi atravessada por uma dor tão violenta que precisou se agarrar na beira do palco para não cair. Ela sentiu o sangue escorrer de seu nariz até o queixo. O poder de Farouk se propagara como uma onda de choque. Enquanto ele saía de uma postura inverossímil, desdobrando um dos membros para ficar de pé, seu rosto perdeu a inexpressividade de mármore. As sobrancelhas brancas se ergueram, os olhos claros se arregalaram e os músculos faciais se distenderam em um único movimento.

Ophélie foi agarrada pelo braço e puxada para trás. Era o velho Eric, que correra das coxias para levantá-la à força.

— Que o meu senhor retome seu lugar, pois contarei uma nova variante do vagabundo errante! — anunciou ele com uma voz tão poderosa que os "r" pareciam trovões. — O espetáculo continua!

No palco, maquinistas já agiam para montar o dispositivo projetor de ilusões. Carregada para o fundo do palco, pisoteando o próprio cachecol enlouquecido, Ophélie viu uma última vez a expressão deformada de Farouk antes da tela branca cair entre eles como uma cortina.

— Você é completamente sem-noção — resmungou o velho Eric por sua barba quando percebeu que não poderia ser ouvido. — Quer levar um raio na cabeça?

Ophélie achou que ele tinha aproveitado a ocasião para voltar ao posto de destaque; ao vê-lo tão assustado quanto ela, começou a entender que talvez ele tivesse salvado sua vida.

— Fiquei sem ideias — resmungou ela, cuspindo sangue. — Não achei que a história o deixaria desse jeito.

— Se eu distraí-lo agora, talvez ele esqueça sua afronta — murmurou o velho Eric, enfiando as alças do acordeão. — Não podemos deixar tempo para ele anotar o incidente no diário. O teatro inteiro poderia sofrer as consequências.

Com essas palavras, ele empurrou Ophélie grosseiramente para as coxias. Assim que ela foi engolida pela escuridão, a voz hipnótica do contista se levantou para cobrir as vaias do público.

Desorientada, Ophélie se afastou, tremendo, entendendo pouco a pouco a dimensão do que havia feito. Quando sentiu as mãos sólidas de Raposa encontrarem as suas no escuro, ela as agarrou como se fossem um bote salva-vidas.

— Acho que dessa vez fiz uma besteira e tanto.

— Ainda quer minhas opiniões e meus conselhos, senhorita? Eis minha opinião: a senhorita precisa urgentemente de conselhos. Eis meu conselho: escute sempre minha opinião.

Foi muito mais tarde da noite que Ophélie pensou em Thorn.

Encolhida na cama, esmagada pelo calor tropical, ela estava entregue a tal ansiedade que seu animismo, excepcionalmente febril, contaminava todos os móveis do quarto. A mosquiteira do dossel se enchia como a vela de um barco, os cabides da arara batiam uns contra os outros, os óculos galopavam pela cama como um siri furioso, o pé esquerdo do sapato batia com o salto no carpete e as dobradiças das persianas se sacudiam, fazendo tremer a luz ilusória do sol nos interstícios.

Ophélie tentou dormir para interromper esse arrasta-móvel, mas, assim que fechava os olhos, via o rosto deformado de Farouk, como se estivesse impresso em suas pálpebras. Ela havia gastado quatro lenços até o nariz parar de sangrar e seu corpo ainda era percorrido por nevralgias doloridas. Ophélie não sabia explicar como um simples conto perturbara a esse ponto o espírito familiar. Quando Farouk dissera que não gostava da história, ela achou que era porque ele reconhecia seus próprios cortesãos como os marionetistas e que a verdade o incomodava. Agora ela entendia que estava redondamente enganada: havia outra coisa no conto. O poder de Farouk se tornara tão incontrolável que o teatro inteiro fora evacuado. Ele havia se trancado no último andar da torre e, de acordo com o ajudante de memória, estava inacessível no momento.

Ophélie também estava.

Até nova ordem, ela era *persona non grata*. Raposa passou metade da noite atendendo o telefone para anotar todos os compromissos desmarcados. Quanto a Berenilde, ela passou o maior dos sermões, chamando Ophélie de atrevida, idiota e ingrata.

— Se perdermos a proteção do nosso Senhor — repetia ela, se curvando com as duas mãos na barriga —, estamos condenadas!

Por todos esses motivos, Ophélie era incapaz de acalmar o nervosismo dos objetos do quarto. Foi ao ver o enorme espelho da penteadeira se balançar furiosamente que de repente lembrou que não compareceu ao compromisso com Thorn.

Ophélie saiu da cama e mergulhou uma mão no reflexo. Ela se chocou por não sentir o forro dos casacos no armário da Intendência. Isso significava que Thorn havia deixado a porta aberta e que ainda esperava sua visita, apesar da hora avançada. Após certa hesitação, ela pegou os óculos que andavam pela cama e vestiu um roupão e as botinas.

Quando Ophélie passou do espelho do quarto ao do guarda-roupa, a diferença da temperatura foi tanta que ficou sem ar. Era como sair do verão e entrar no mais gelado dos invernos.

A Intendência era o próprio arquétipo da disciplina, com pastas perfeitamente alinhadas, arquivos trancados à chave e fichários etiquetados nas prateleiras. Portanto, Ophélie achou que tinha errado o espelho quando descobriu, na luz vacilante de uma lamparina, centenas de papéis dançando pela sala como pássaros em um aviário.

Um vento glacial entrava com força torrencial; apesar do mérito de ser verdadeiro, diferente das brisas que Ophélie respirava o dia todo, arrastava a papelada em redemoinhos brancos descontrolados. Ophélie pisou no chão para não piorar toda essa situação, e se perguntou onde estava Thorn e por que ele abrira a janela.

Ao se aproximar e escutar vidro estilhaçado sob seus passos, Ophélie entendeu que a janela não estava aberta: tinha sido quebrada. Essa surpresa não foi nada se comparada ao choque que a tomou quando finalmente encontrou Thorn, em meio à tempestade de papéis.

Ele apontava a pistola para ela.

AS PROMESSAS

Ophélie ficou tão chocada que não teve a presença de espírito de sentir medo. Thorn estava irreconhecível. Sangue escorria de sua testa, de suas narinas, de sua boca, como os inúmeros afluentes de um único rio, manchando os cabelos, colando as pálpebras, rolando pela ladeira vertiginosa do nariz e pintando longos rastros púrpuras na camisa branca.

— Ah, é você — disse ele, abaixando o cano da pistola. — Devia anunciar sua chegada, não a estava mais esperando.

Thorn se expressava em uma voz grave e séria, pouco influenciada pelo lábio arrebentado, como se um apocalipse não tivesse devastado seu escritório. Com um gesto, ele girou a pistola e a entregou a Ophélie pela coronha.

— Tome. Só aperte o gatilho se for estritamente necessário. Certamente não voltarão, mas vamos ficar atentos.

Ophélie nem olhou para a arma; só via o sangue. Fazia esforços consideráveis para não parecer aterrorizada.

— Quem fez isso?

— Não é uma pergunta que me preocupa muito — disse Thorn, desviando o assunto. — Dei o troco na mesma moeda. Porém, gostaria que tivessem revirado meu escritório com mais cuidado. Levarei horas para arrumar tudo.

Entendendo que Ophélie não tocaria na pistola, Thorn a guardou no cinto e pegou no ar uma folha de papel que rodopiava à sua frente.

— "Pedido de subsídio para decorações externas de habitações" — decifrou entre os dentes. — Isso vai para a pilha do telefone.

Incrédula, Ophélie viu Thorn atravessar o cataclismo administrativo em passos largos e enfiar o formulário sob o que um dia devia ter sido o aparelho de telefone. Ela notou pilhas parecidas na sala toda, sob a lixeira, sob o cinzeiro, sob os pés das cadeiras, como ninhos estranhos tentando escapar do vento. Em todos os papéis, o sangue de Thorn. Ophélie achava extraordinário que um homem tão metódico não tivesse pensado em se cuidar, alertar a segurança e consertar a janela *antes* de arrumar tudo. Agora ele estava sentado no tapete, ocupado em organizar tudo que caísse em suas mãos.

Ophélie amarrou o cachecol para conter os cabelos que o vento agitava para todos os lados e arriscou um olhar pela janela. Primeiro viu a queda vertiginosa do muro que se perdia na bruma, lá embaixo. Se tivessem quebrado o vidro por fora, seriam acrobatas incríveis. Por um instante, ela se perguntou se o Cavaleiro tinha reincidido, mas não parecia seu estilo.

Quando se virou para o guarda-roupa de onde viera, Ophélie entendeu melhor por que ele estava aberto: também tinha sido furiosamente esvaziado. Ophélie pegou um casaco largado no chão, que conseguiu prender na moldura da janela. O vento parou de inundar a sala e os papéis caíram lentamente, como folhas de outono.

Batendo os dentes, Ophélie abriu ao máximo o registro do aquecedor de ferro fundido e das lamparinas a gás, aumentando a luz e o calor das chamas. Como podia fazer tanto frio no começo de junho?

Thorn permitiu que ela fizesse tudo sem uma palavra nem um olhar. Com os membros dobrados como patas enormes de aranha, ele continuava sentado no tapete, ocupado recolhendo, examinando e classificando tudo que parecesse ser papel. Os olhos metálicos, em parte obstruídos pelas casquinhas escuras, cintilavam de concentração em meio à superfície destruída do rosto. Quando afastou o cabelo da face, os deixou em pé, como espinhos vermelhos.

— Thorn — murmurou Ophélie prudente. — Não queria te preocupar, mas... bom... você não está com a melhor cara.

— Corte na testa, fratura no nariz, dois molares quebrados e alguns músculos distendidos — listou Thorn, sem tirar o olhar dos papéis. — Não se preocupe com o sangue, é só meu.

— Você tem uma caixa de primeiros socorros?

— Costumava ter. Última gaveta da escrivaninha.

Ophélie se agachou sob a mesa, encontrou uma caixa de madeira envernizada e acidentalmente virou o conteúdo no chão. Para sua enorme surpresa, só continha dados: dezenas, centenas de dadinhos. Era a coleção mais bizarra e inútil que já havia visto.

Ela acabou encontrando a gaveta de primeiros socorros atrás da poltrona, guiada pelo cheiro enjoativo que dela emanava. Os vidros que continha estavam quebrados. Na esperança de encontrar um sobrevivente, Ophélie remexeu nos restos com precaução, mas nenhuma garrafa estava intacta e não havia curativo, bandagem, compressa nem esparadrapo.

— Você devia ir ao médico — concluiu Ophélie.

— Não — respondeu Thorn. — Preciso arrumar estes documentos. A Intendência abrirá as portas às oito em ponto, sem um minuto de atraso.

Enquanto seu cachecol tremia de frio nos ombros, Ophélie se ajoelhou no carpete, em frente à silhueta aracnídea de Thorn. Ela entregou o monte de folhas que havia pegado no caminho.

— Como quiser. Agora, diga: o que exatamente aconteceu?

Thorn examinou uma cópia na luz da lamparina, enquanto respondia:

— Dois indivíduos mascarados adentraram a Intendência por arrombamento, depois de escalar o muro externo. Eles me fizeram algumas perguntas, às quais evidentemente não respondi, então procuraram aqui o que não conseguiram comigo. As minhas garras abastardas talvez não valham tanto quanto as de minha família paterna, mas, combinadas com uma pistola, podem ser dissuasivas: os homens saíram pela janela com as mãos abanando.

Para ilustrar as informações, enunciadas como um depoimento, Thorn revirou o bolso da camisa e tirou um saquinho de veludo preto.

— Um nariz e um dedo mindinho — anunciou, sacudindo o saquinho. — Meus agressores terão, portanto, sinais distintos que facilitarão uma investigação futura.

— O que eles queriam? — perguntou Ophélie, tentando não se focar no saquinho. — O que procuravam?

— Informações confidenciais. Parece que estou encarregado de um assunto delicado que envolve pessoas importantes.

Ophélie ficou sem ar, lembrando-se da carta de ameaças.

— Por causa do Livro do sr. Farouk?

— Quê? — resmungou Thorn. — Nada do tipo. Atualmente me dedico à reabilitação dos indignos.

Piscando, Ophélie lembrou todos os artigos de jornal que colocavam a população da Cidade Celeste em guarda contra os indignos e a posição ambígua de Thorn a respeito deles.

— Reabilitação? Berenilde me disse que os crimes desses clãs eram graves demais para serem perdoados.

— Não é verdade.

Apesar do corpo desajeitado de Thorn quase não se mexer, entortado com as pernas cruzadas, os braços e as mãos longilíneas iam e vinham sem parar entre o caos e a ordem. Ele alisava, dobrava e alinhava os inúmeros papéis de contabilidade. Sua minúcia era tal que nenhum papel escapava das novas pilhas que ele fazia. Olhando com mais atenção, Ophélie notou que cada uma das pilhas respeitava as linhas horizontais e verticais do carpete quadriculado, em uma simetria visual absolutamente perfeita. Pensou na coleção inacreditável de dados e frascos que havia encontrado sob a escrivaninha e se perguntou seriamente se Thorn não era um pouco maluco.

— Os indignos são excelentes caçadores, os únicos aptos a enfrentar a fauna desta arca e proteger as populações. Se visitar as cidades do Polo, verá que são heróis aos olhos dos sem-poderes. É por causa disso, e só disso, que são temidos aqui em cima.

Ophélie apertou com mais força as mãos ao redor dos braços e enfiou o queixo no cachecol. O frio que a invadiu de repente era mais pernicioso do que o que reinava na Intendência. Ela às vezes sentia que era noiva de uma calculadora.

— Como convencer a corte a dar uma nova chance a eles, nesse caso?

— Graças à lei — respondeu Thorn, atacando outra pilha de documentos. — A constituição prevê a possibilidade de comutar o banimento definitivo em banimento temporário se for do interesse geral. Farei uma apresentação nos próximos Estados Familiares, no primeiro de agosto. O arquivo contém argumentos de peso, bem guardado em um cofre. Até lá, a Intendência representará os indignos e os colocará sob sua proteção oficial, independentemente de quem tente intimidá-los — concluiu ele, com desenvoltura profissional.

Ophélie se lembrou de repente do cachimbo de porcelana que tinha *lido* para Archibald. O meirinho-mor matara indignos por caça ilegal e naquele dia tinha desaparecido. Se Ophélie não seguisse à risca o sigilo profissional, ficaria tentada a compartilhar essa informação com Thorn.

— O que são os Estados Familiares? — perguntou ela, enfim. — Nunca ouvi falar.

— Só acontecem uma vez a cada quinze anos. Nessa ocasião, Farouk preside o Conselho dos Ministros e escuta as queixas de três Estados: os nobres, os indignos e os sem-poderes.

— E por que você representaria os indignos? Afinal, já matou um deles.

Franzindo as sobrancelhas, Ophélie lembrou como se fosse ontem que Thorn contara essa notícia no jantar, entre duas colheradas de sopa, como se fosse o fato mais inofensivo do mundo.

— Legítima defesa — retrucou Thorn, sem emoção. — Se um indigno se coloca a serviço de um nobre para sujar as mãos em seu lugar, deve assumir as consequências. De qualquer forma, os indignos não têm o direito de entrar na corte, mesmo durante os Estados Familiares: eles são obrigados a designar um representante. Fizeram uma escolha muito responsável ao optar por mim.

Ophélie se sentia gelada ao falar com ele assim, com a cara enfiada nos papéis, sem olhá-la de frente. Entre a camisa suja, as entonações neutras e os gestos mecânicos, ele parecia um robô enferrujado preso em um movimento perpétuo.

Após um certo silêncio, Thorn consultou o relógio de bolso, também manchado de sangue.

— Acabou com as perguntas? Ótimo. Agora é minha vez.

Thorn guardou o relógio, enlaçou as mãos nos joelhos e finalmente deixou descansarem os braços, que pendiam dos ombros como peso morto. O corpo inteiro, metade coberto, metade torcido, congelara como uma máquina emperrada; seu rosto sinistro, manchado de sangue e escurecido por hematomas, mostrava uma inexpressividade vagamente irritada.

A calma era só uma fachada. Ophélie se retesou dos pés à cabeça quando Thorn ergueu finalmente o comprido nariz quebrado. O olhar dele penetrou o seu como a lâmina de uma navalha.

— O que fazia hoje na casa de Archibald?

O tom neutro de Thorn deu lugar a uma voz de chumbo. Ophélie foi desestabilizada pela virada pessoal que a conversa tomara. Ela não entendia nem como Thorn sabia disso, isolado aqui o dia inteiro.

— Ah, isso? É um pouco difícil de explicar.

— Tínhamos um compromisso — enfatizou Thorn, com assustadora lentidão. — Por que Archibald, em vez de mim? O que o torna mais atraente?

— Não é esse o problema — respondeu Ophélie, rapidamente. — Foi um imprevisto, só isso.

— O que devo fazer, então, para que acabe com esta punição que me inflige?

Os olhos de Thorn pareciam metal incandescente. Enroscada em si mesma, Ophélie mergulhou o pescoço no cachecol, obrigando-se a não desviar o olhar. Ela não queria demonstrar, mas Thorn frequentemente a assustava um pouco.

— Realmente não foi premeditado. Na verdade, eu te esqueci.

Ao escutar a resposta, Thorn encarou Ophélie com tal intensidade que ela se sentiu encolher dentro do roupão, enquanto ele, ao contrário, só parecia crescer. Ele franziu as sobrancelhas até fazer rachar a máscara de sangue seco.

— Você não gosta mesmo de mim.

Ophélie sentiu um arrepio elétrico se propagar em sua pele. Ela conhecia bem esse efeito: era o que acontecia quando um Dragão estava prestes a mostrar as garras. O gesto instintivo que esboçou para proteger o rosto decompôs completamente a postura de Thorn. A severidade de seus traços deu lugar à consternação.

— É aqui que estamos? Você desconfia de mim a esse ponto?

— Meus nervos passaram por enormes provações hoje — justificou Ophélie. — Além disso, você devia se olhar no espelho com essa cara. Também se acharia assusta...

— Eu nunca te machucaria.

Thorn a interrompeu com uma espontaneidade tão abrupta que Ophélie ficou abalada. Pela primeira vez em muito tempo, acreditou em sua sinceridade.

— Há várias formas de machucar alguém. Só confio em pouquíssimas pessoas e, neste momento, nem você nem Archibald estão na lista.

Thorn contemplou as enormes mãos ensanguentadas e, com um gesto vaidoso, um pouco desajeitado, as esfregou na camisa, como se finalmente notasse sua aparência.

— Tenho muitos inimigos — disse ele carrancudo. — Não quero que você esteja entre eles, então me diga o que devo fazer. É por isso que veio aqui, não? Se você tiver um acordo a propor, estou escutando.

Ophélie preferia conversar em outro lugar, não no carpete desconfortável, com um interlocutor sem feridas e contusões, mas não tinha a intenção de recuar.

— Quero um trabalho.

— Um trabalho — repetiu Thorn, seu sotaque se endurecendo a cada consoante. — Você já tem um trabalho.

— Definitivamente não sou feita para ser vice-contista. Minha apresentação desta noite foi um desastre, acabou muito mal. Acho que o sr. Farouk não quer me escutar de novo.

Se Thorn ficou contrariado com a notícia, não o demonstrou.

— Ele não voltará atrás em sua proteção. Você é importante demais. Ele acabará esquecendo. Ele sempre acaba esquecendo.

Ophélie esperava do fundo do coração que ele tivesse razão. Só de pensar no que aconteceu, ela voltava a sentir nevralgias atrozes.

— Pensei no assunto e gostaria de ter um escritório de *leitura*. Poderia fazer análises para autenticar objetos familiares ou...

— De acordo — disse Thorn, sem escutar o resto.

Ophélie ergueu as sobrancelhas, estupefata por ter conseguido tão rapidamente o que propunha.

— Só evite mostrar seus talentos na frente de Farouk — continuou Thorn. — Isso poderia inspirar nele a ideia de te usar para o Livro, e o Livro é meu trabalho. Mais alguma coisa?

— Contratei um assistente, mas atualmente não tenho como remunerá-lo. Não entendo muito de dinheiro. Até que eu possa retribuir, você poderia pagar um salário para os seus serviços?

— De acordo. Mais alguma coisa?

— Ah... sim — balbuciou Ophélie, que não esperava que tudo corresse tão rapidamente. — Tenho medo de não conseguir mais distinguir ilusões e realidade. Quero rever o mundo externo.

— De acordo — disse Thorn, com sua voz de cutelo. — A noite polar acabou e as temperaturas estão subindo, você logo poderá tomar ar livre. Mais alguma coisa?

— Desde que cheguei, vivo continuamente sob a saia da sua tia. Quero meu próprio domicílio, qualquer que seja o tamanho ou o local.

— De acordo. Mais alguma coisa?

Ophélie sabia que Thorn estava propenso a fazer algumas concessões, mas nem por um instante imaginara que ele cederia a todas as suas propostas, sem objeções. Ele estava mesmo dedicado à reconciliação. Ophélie decidiu fazer o mesmo. Ela desamarrou o cachecol, clareou os óculos e afastou a floresta de cachos castanhos, parando de se esconder.

— Tenho um último favor a pedir, o mais importante de todos. Prometa ser sincero no futuro. Que eu seja só um par de mãos para você, tudo bem, não é mais um problema — disse ela, apertando e soltando as luvas. — Tomarei esse papel que foi claramente estabelecido entre nós e do qual tiraremos proveito. Estou mesmo disposta a ensiná-lo a *ler* quando tiver herdado meu animismo, após a Cerimônia da Dádiva; e você me ensinará a cultivar minhas garras. Será nosso único dever conjugal — articulou ela, insistindo em cada palavra. — Mas é isso, para que eu possa confiar em você novamente, nunca mais me esconda o que me diz respeito diretamente.

Dessa vez, Thorn respondeu com um longo silêncio carrancudo, unicamente perturbado pelo vento que buscava as falhas na costura do casaco, em borrascas e turbilhões.

— De acordo — acabou resmungando.

Eles ficaram um bom tempo se encarando, um de cada lado do carpete, com um novo constrangimento na atmosfera. Ophélie teria iniciado um gesto simbólico, como uma mão estendida ou um sorriso amigável, mas Thorn estava rígido como mármore.

Já que estavam trocando confidências, era melhor aproveitar.

— Você conta com sua memória pessoal para amplificar a *leitura* do Livro. É mesmo tão excepcional?

Thorn fez uma careta ao escutar Ophélie mencionar o Livro.

— Mais do que excepcional, até.

— Mas essa memória — insistiu Ophélie —, eu também vou herdá-la, além das garras, na Cerimônia da Dádiva?

— Tudo depende da sua receptividade. Não é uma ciência exata.

— E a sua receptividade? Afinal, a sua memória não necessariamente te tornará um bom *leitor*. Além disso — acrescentou, lembrando o contrato —, só pediu três meses para aprender a usar meu poder familiar. Eu, por exemplo, levei anos.

— O fracasso é uma possibilidade — concedeu Thorn.

Ophélie o encarou atentamente. Ele fazia de tudo para agradar Farouk, mas não parecia realmente se preocupar com o resultado de tal empreitada...

— O que acontecerá se decepcionar o sr. Farouk após tê-lo prometido tanto? Acredita que ele o tornará nobre, apesar de tudo?

— Claro que não — disse Thorn, com o mesmo tom neutro. — Você se veria finalmente livre do fardo de um marido.

Se era sarcasmo, Ophélie não achava nada engraçado.

— Você não deveria tratar essa *leitura* de forma leviana. Outros a levarão a sério em seu lugar, começando pelo sr. Farouk. Eu recebi uma carta estranha... não importa... o fato é que o Livro e os segredos que contém parecem perturbar certas pessoas. Ainda mais do que os seus indignos — concluiu Ophélie, mostrando os cacos de vidro no chão.

Thorn expulsou um suspiro que, pelas costelas quebradas, pareceu o apito de uma chaleira.

— Pare de falar desse maldito Livro. E, se não for pedir demais, pare de chamar minha atenção — disse ele, empunhando um monte de folhas. — Gostaria de retomar minha arrumação, com a sua permissão.

— Eu vi o Cavaleiro hoje. Ele confessou tudo.

Ophélie não tivera oportunidade de conversar com Thorn sobre como ele lidara com a perda da família inteira. Pelo pouco que sabia, seu meio-irmão e sua meia-irmã eram difíceis com ele na infância e quase não se falavam na vida adulta. Por isso, Ophélie se desconcertou com o modo como o corpo inteiro de Thorn se contraiu de repente.

— Em frente a testemunhas? — perguntou simplesmente.

— Não. Para ser sincera, me pergunto se ele não é um pouco louco.

No momento em que dizia isso, Ophélie foi tomada por um pensamento. Quem, além de um louco, mandaria uma carta de ameaças assinando "DEUS NÃO A QUER AQUI"?

— Mas também tive uma conversa muito interessante com o barão Melchior — continuou ela. — Ele me disse que os Miragens temem o Cavaleiro tanto quanto nós. Ele deixou comigo um recado para você.

— Qual é o recado?

— O sr. barão recomenda que investigue seu primo Arnold... não... Harold. Ele disse que poderia ajudar no censo das Bestas domésticas e talvez até mais. Entende o que ele quis dizer?

— Estou ciente — contentou-se em resmungar Thorn, folheando o que restava de um catálogo.

Ophélie franziu as sobrancelhas. E aí? Era isso? Para alguém que aceitara parar de dissimular, ele não fazia um grande esforço. Ophélie ficou de pé, entorpecida pelo frio, e espanou o roupão. Estava exausta.

— Vou dormir. Não esqueça suas promessas.

— Não esquecerei. Nunca esqueço.

Thorn havia retomado a voz profissional e a organização disciplinada, como se os parênteses de vida particular tivessem se fechado. Ophélie pensou que, em dois meses, estaria ligada a esse tipo até o fim dos dias.

Se sobrevivermos até lá, pensou ela, olhando para o espetáculo apocalíptico da Intendência.

— Você deveria limpar o sangue e consertar a janela antes de receber visitas — não pôde deixar de advertir Thorn. — Não dê aos outros mais motivos para te acharem duvidoso.

Sem erguer o rosto, Thorn tirou o relógio do bolso e, em vez de consultar a hora, o segurou vigorosamente na mão.

— Pediu que eu fosse honesto com você. Saberá, então, que você não é só um par de mãos para mim. Pouco me importa que me achem duvidoso, desde que eu não o seja aos seus olhos. Você me devolverá isto quando eu tiver cumprido todas as minhas promessas — disse ele, entregando o relógio a Ophélie, sem notar sua expressão boquiaberta. — E, se ainda duvidar de mim no futuro, *leia-o*. Eu te ligarei em breve para falar do seu escritório — acrescentou distraidamente como despedida.

Ophélie atravessou o espelho e voltou para a cama, na atmosfera ardente do Gineceu. Ela contemplou o relógio de Thorn, que pulsava como um coração mecânico, e soube que seria mais uma noite com dificuldades de dormir.

O SINO

— Ophélie, é a mamãe... krshhh... Recebi sua última carta... krshhh... Parabéns, muitas palavrinhas educadas para não dizer nada... krshhh... Nunca soube mentir bem... krshhh... Sei quando um dos meus filhos esconde coisas de mim... krshhh... É assim? Quer manter a própria família longe da sua vida?... krshhh... Não nos conhece bem, filha... krshhh... Chegaremos no *Boreal* do quatro de julho, às duas da tarde... krshhh... Inútil cancelar, desta vez, ficaremos até o casamento... krshhh... Como não confio no seu noivo, prefiro usar este animafone... krshhh... Arranje acomodações para 21 pessoas, seu irmão e suas irmãs também vão conosco... krshhh... Ophélie, é a mamãe... krshhh... Recebi sua última...

Com o dedo, Ophélie parou o cilindro que girava sem parar no fonógrafo em miniatura e guardou o animafone no bolso. O mecanismo não tinha nenhum dispositivo de acionamento – nem manivela, chave ou cordão –, então só um Animista conseguia ligá-lo. Ophélie era um pouco lenta com o poder, então precisou de perseverança para finalmente escutar a mensagem da mãe desde que o pacotinho havia chegado pelo carteiro.

— Pronto — disse ela, se dirigindo à tia Roseline e a Berenilde. — O que vocês acham?

Nem Ophélie sabia se era alegria ou pânico que faziam seu coração bater mais rápido.

— Acho que quatro de julho é semana que vem — disse tia Roseline, com ar contrariado. — Já estão todos à borda do *Boreal*. Desta vez, não poderemos atrasar a vinda. E a sua mãe, menina, não vai ser um docinho.

— O que eu acho que não podia ser pior — disse Berenilde com um sorriso suave.

Ela deu um olhar eloquente para a vitrine onde um pintor escrevia "perícia & autentificação", o que deveria ficar lindo se ectoplasmas não tivessem colado caretas horríveis do outro lado dela. As ilusões tinham sido postas ali no meio da noite e nenhuma tinha se dissipado até agora.

— Perdão, senhoras.

Tia Roseline e a Valquíria precisaram se afastar para deixar passar dois operários que carregavam uma escrivaninha. *Não, não é uma escrivaninha*, pensou Ophélie. *É minha escrivaninha*. Ela conseguira com Thorn esse pequeno escritório para lançar sua atividade de *leitora*: ainda estava em obras e já tentavam sabotá-lo. Berenilde tinha razão, não era o melhor momento para receber a família.

Já fazia três semanas que Farouk havia se trancado no último andar da torre sem dar sinal de vida. De acordo com os jornais, um acontecimento desses não acontecia há décadas. A lista de convidados do Passeio, que o grão-camareiro organizava normalmente baseado na agenda de Farouk, foi deixada em suspenso por tempo indeterminado. Os inúmeros salões e jardins do palácio foram tomados por toda a aristocracia da Cidade Celeste, inclusive pelos nobres que nunca tinham sido convidados até então. Reinava no local um clima tenso em que todos se sentiam reis e as disputas protocolares se tornaram cotidianas. Os Miragens e a Teia sempre foram clãs dotados de um senso forte de família: agora, seus membros brigavam sem parar por motivos de sucessão.

Thorn aproveitou a desordem para instalar o escritório de Ophélie em um antigo porta-volumes do Passeio. Era suficientemente bem localizado para atrair um mínimo de clientes, mas suficientemente discreto para escapar à vigilância de Farouk.

Incomodada pelo cheiro de tinta fresca, Berenilde cobriu o rosto com um lenço bordado.

— Provocar nosso senhor com essa história ridícula de boneca... no que estava pensando? Por sua culpa, perdemos quase toda nossa proteção.

Depois do escândalo desencadeado por Ophélie no teatro ótico, a Teia havia retirado sua vigilância pessoal. Archibald tentou intervir em favor dela, mas a família se mostrou inflexível: só uma Valquíria seria delegada à missão única de cuidar de Berenilde e do bebê ainda não nascido.

Ophélie se absteve de comentar que não via muita diferença. As Valquírias não tinham impedido as humilhações nem as ameaças, e era assustador ser seguida por velhas como sombras, sem nunca dizer uma palavra. Se fosse preciso esperar ser assassinada sob seus olhares para ganhar a causa, Ophélie preferia se virar sozinha.

— Não se preocupe, senhora — disse Ophélie, em vez disso. — O sr. Farouk gosta muito de você, ele nunca deixará de te proteger.

— De onde tirou isso? Faz semanas que ele não me toca, ele mal me olha. Assim que for mãe, deixarei definitivamente de existir aos seus olhos. Meu tempo de graça sempre foi contado — murmurou Berenilde, amargamente —, eu sabia desde o começo. Só não achei que fosse acabar deste jeito.

Ophélie olhou culpada para a barriga redonda que Berenilde segurava sem parar, como se a criança que abrigava pudesse escapar a qualquer momento.

— Não podemos mudar o que foi feito — recuperou-se Berenilde, erguendo o queixo. — Para a sua família, Thorn arranjará uma solução. Ah, aqui está ele.

De fato, o sininho da entrada acabara de tocar, pois Thorn inclinava sua silhueta interminável sob o batente da porta. Com o uniforme preto de ombreiras e o cabelo penteado para trás, já estava mais apresentável do que a última vez em que Ophélie o vira, mesmo que as feridas tivessem deixado, aqui e ali, manchas escuras na pele. Ele olhou rapidamente para as ilusões de pesadelo que se espalhavam na vitrine.

— Não espere ser soterrada por clientes — disse ele como cumprimento.

Tia Roseline abriu a boca, pronta para falar, mas Berenilde passou o braço pelo dela e a arrastou para longe.

— Venha, vamos deixar meu sobrinho e sua sobrinha conversarem à vontade.

Ophélie as viu ziguezaguear entre os operários. A intenção era gentil, mas ela não se sentiu nada à vontade.

De frente, Thorn parecia impassível, com o perfil severo cujo enorme nariz se erguia muito acima dos destinos humanos. Nas costas, seu indicador não parava de martelar o pulso do outro braço. Um pouco constrangida, Ophélie se perguntou se ele se sentia tão nervoso na companhia dela quanto ela na dele. Agora que tinham feito negócio, tudo deveria estar nítido entre eles, mas a última conversa havia deixado um gosto indefinível na boca ela. Quanto mais o casamento se aproximava, mais absurdamente ansiosa ela ficava.

— Recebi um recado da minha mãe — disse ela, sem preâmbulos. — Ela chegará semana que vem. Com vinte outros membros da minha família.

Com as mãos cruzadas nas costas, ereto como um púlpito, Thorn ficou tão silencioso que, por um instante, Ophélie achou que ele não tinha escutado.

— Vinte e um — ele resmungou então. — Vinte e um animistas para abrigar, alimentar e proteger por mais de um mês. Essa gente não tem mais o que fazer em casa?

— Nossa família trabalha na conservação do patrimônio. Os serviços fecham no verão. Você nunca tira férias?

Ao ver Thorn franzir as sobrancelhas e as cicatrizes, Ophélie teve a impressão de ter dito uma atrocidade.

— Os seus pais vão tentar te levar de volta a Anima — declarou ele. — Eles não gostam de mim e sua mãe é impulsiva. Por maior que seja a tentação, não dê nenhum motivo para sair do Polo antes de termos nos casado. Se puder evitar abordar certos assuntos em frente à família, seria ideal.

Ophélie franziu as sobrancelhas.

— E as Decanas de Anima? — perguntou ela, rígida. — Você e a sua tia organizaram o casamento por meio delas. Elas já devem saber os verdadeiros motivos.

— Não — respondeu Thorn para sua surpresa. — Elas não fizeram nenhuma pergunta. Na verdade, pareciam aliviadas por saber finalmente o que fazer com você.

Ophélie apertou o animafone no bolso do vestido. "Estamos oferecendo uma última chance", havia dito a Decana logo antes da sua partida. A situação atual não parecia nenhuma chance, de ângulo nenhum.

— Sou má atriz. Até eu tenho poucos motivos para querer ficar. Para convencer meus pais do contrário...

— Você está contratualmente ligada a Farouk. As represálias diplomáticas seriam muito pesadas em caso de desistência, tanto para sua família quanto para a minha.

— Já sei isso tudo — irritou-se Ophélie.

Ela falava de saudades e Thorn respondia sobre assuntos de Estado. Ele sem dúvida havia notado sua irritação, pois finalmente se dignou a abaixar o imenso nariz.

— Prefere me ouvir dizer que eu gostaria de ser seu motivo para ficar? Acho que não.

—... carta... krshhh... Parabéns, muitas palavrinhas educadas para não dizer nada... krshhh... Nunca soube mentir bem...

Ophélie tirou a mão do bolso para calar o animafone. Seu nervosismo tinha ligado o mecanismo.

— Não — disse ela, tensa. — Preciso da sua ajuda para tranquilizar meus pais quando eles estiverem aqui. Não lhe peço para fazer papel de genro exemplar, mas será que sabe pelo menos sorrir?

Ophélie não sabia se Thorn tinha escutado a pergunta: o sininho da porta do escritório interrompera sua voz. Ela não acreditou nos óculos quando viu que o visitante atravessando a porta era o próprio Lazarus, o viajante com fama interfamiliar.

— Toc, toc, está aberto? — perguntou ele, alegre, erguendo a imensa cartola. — Bom dia, caríssimas *ladies*!

Além do sotaque muito peculiar que pulava os "r" e deformava as vogais, Lazarus tinha longos cabelos prateados, um rosto imberbe prolongado em calvície, um enorme fraque branco e dois olhos que brilhavam de malícia atrás dos óculos redondos cor-de-rosa. O ar de velho mágico escondia um viajante incansável e um empreendedor genial. Ele vinha da Cidade de Babel – que ele pronunciava "Babol" –, uma arca cosmopolita de vanguarda sobre a qual Ophélie ouvia falar desde a infância. Era a primeira vez que Lazarus visitava o Polo, mas fazia parte dos raros turistas de passagem que a corte acolhia de braços abertos.

— Vim fazer negócio! — exclamou, olhando cheio de curiosidade para as ilusões fazendo careta na vitrine.

Ophélie vestiu sua expressão mais profissional. Ela não imaginaria um início melhor para sua nova carreira. Lazarus só estaria no Polo por algumas semanas, no máximo, e todos os aristocratas brigavam para recebê-lo. Entretanto, ele escolhera entrar pela porta do escritório dela, a pestilenta.

— Foi você quem disse que eu não deveria esperar clientes? — murmurou Ophélie para Thorn.

Ele não respondeu. No instante em que o sininho tocou, ele retomou a distância recomendada e a postura de guarda, como se falar com a noiva em público fosse inconveniente.

— Bom dia, sr. Lazarus — cumprimentou Ophélie, indo a seu encontro.

Ela tentou não encarar Walter, com medo de parecer mal-educada. Era a primeira vez que cruzava com o mordomo mecânico de quem todo mundo já falava na Cidade Celeste. Fora o uniforme preto, não tinha nada de humano. Na verdade, parecia um manequim articulado usado para aprender a desenhar: a cabeça metálica não tinha rosto e ele tinha rodas aparentes em cada articulação. Pelo que diziam por aí – e principalmente pelo que Raposa dizia sobre o que diziam por aí –, Walter era capaz de carregar malas, servir chá e jogar xadrez, o que já era de uma proeza extraordinária, mesmo que ele não ganhasse nenhuma partida.

— A senhorita é a *miss* Ophélie, a *leitora* de Anima? — perguntou Lazarus, examinado-a por cima dos óculos cor-de-rosa.

— Sim, senhor.

— Que maravilha! — comemorou, entregando a cartola e a bengala a Walter. — Estive em Anima duas vezes, achei tão pitoresca! As casinhas de tijolo têm personalidade... digo literalmente, personalidade mesmo, nem sempre excelente. Uma porta prendeu meus dedos uma vez porque esqueci de limpar os sapatos no tapete da entrada. Você veio do outro lado do mundo para se estabelecer aqui? Tenho enorme estima pelas pessoas que se abrem às culturas de outras famílias!

Enquanto o velho Lazarus sacudia freneticamente sua mão em um aperto, Ophélie se absteve de dizer que não fora o espírito aberto que a trouxera ao Polo. Ele a deixaria com ainda mais saudades de casa se continuasse a falar de Anima dessa forma.

— É como aquela arquiteta incrível de quem ouvi falar na minha chegada — continuou, apaixonado, pronunciando "incrível". — Esta Cidade Celeste é uma verdadeira obra de arte, fico maravilhado a cada andar! Miss Hildegarde, não é? Uma Arcadiana autêntica, acredita? Espero encontrá-la também, mas ela é muito elusiva! Viajei muito, muito mesmo, mas nunca visitei Arca-da-Terra. É uma arca indetectável, como se estivesse presa em uma dobra espacial. Entretanto, os Arcadianos criaram atalhos no mundo inteiro! Conhece as Rosas dos Ventos familiares? — se emocionou ele, como se falasse sobre as maiores maravilhas inventadas pela humanidade. — Tem uma instalada em cada arca e todas levam à Arca-da-Terra. Sim, sim, em todas as arcas, senhorita, até na sua, em Anima! Se os Arcadianos aceitassem abrir suas Rosas dos Ventos ao público, revolucionariam o transporte. Nada mais de dirigível! Infelizmente, é uma família muito secreta, muito mesmo, que não quer ser perturbada. Os Arcadianos importam e exportam aos montes, mas, atenção, na menor turbulência eles empacotam tudo e fecham as Rosas dos Ventos. Já provou as tangerinas de Arca-da-Terra? São as melhores!

— Como posso ajudá-lo? — interrompeu Ophélie com a maior educação possível.

Lazarus havia desenrolado o seu discurso de uma vez sem parar de segurar e sacudir a mão dela, e ela estava começando a sentir dor nos dedos.

— Você? — surpreendeu-se ele. — Nada em especial, não continuarei a te incomodar. Na verdade, estava procurando o sr. intendente, me disseram que o encontraria aqui.

Horrivelmente decepcionada, Ophélie viu Lazarus liberar sua mão para atacar a de Thorn.

— Caro senhor, te encontro finalmente! É tão evasivo quanto a Miss Hildegarde. Esperava te ver desde que cheguei, eu...

— A Intendência não comprará seus autômatos.

Thorn cortou Lazarus com uma voz morna, sem tocar o braço estendido em sua direção. Longe de se ofender, o velho explorador pareceu, ao contrário, se divertir com a recusa.

— O senhor é fiel ao que dizem, sr. intendente. Ceda ao menos um minuto do seu tempo precioso. Não pare nas considerações comerciais e tente entrever o que representa realmente o Walter — declarou Lazarus com um gesto teatral na direção do manequim de uniforme. — Não é um brinquedo de gente grande. É o fim da domesticação do homem pelo homem, sem mais nem menos! Walter cuidará das tarefas mais baixas e o fará com os modos mais civilizados do mundo. Walter — chamou Lazarus, com dois enormes movimentos da boca. — Cumprimento!

Em um movimento rígido, o mordomo mecânico se inclinou na perpendicular... e largou o chapéu e a bengala de Lazarus, como se só pudesse respeitar uma ordem por vez.

— *Blast!* — xingou Larazus, tirando uma chave enorme da casaca. — Esqueci de remontá-lo.

— A Intendência não comprará os seus autômatos — repetiu Thorn.

Ophélie se sobressaltou ao escutar o sininho da entrada tocar mais uma vez. Era Raposa, brandindo triunfalmente um caderno de couro pela porta entreaberta.

— E quatro, senhorita!

Apesar de não ser mais um pajem, Raposa havia optado pelo uniforme amarelo-mel dos empregados da corte para se misturar mais facilmente à multidão. Entre as listras douradas e a crina ruiva, era tão chamativo quanto Thorn era discreto. Ophélie se sentiu colorida só de vê-lo. Graças a ele, as três longas semanas que Ophélie vivera às margens da sociedade tinham sido pelo menos suportáveis.

— Encontrei quatro novos clientes em potencial, senhorita. Os empregados são meus camaradas, basta dizer que é um bom filão — sussurrou ele, folheando o caderno com o dedão. — São agenciadores de obras de arte, penhoristas e banqueiros. Com essas ilusões em tudo quanto é canto, não sabem mais distinguir os originais das falsificações. Suas mãozinhas dirão tudo que precisam saber, será a rainha da desmistificação!

— Em outras palavras, a inimiga pública número um — comentou Thorn, com uma voz fúnebre.

Apesar de Raposa ser do tamanho de um armário, precisou se inclinar para trás para responder ao olhar. Foi como se um vento de inverno tivesse acabado de soprar em sua bela segurança, levando-o de volta à condição antiga.

— Que... que o senhor me perdoe — gaguejou Raposa, abaixando o olhar. — Claro que não tinha intenção de colocar a senhorita sua noiva em nenhuma dificuldade. Só tentava...

— Não o ouça, Renold — se apressou a intervir Ophélie. — Achei uma ideia excelente. Além disso — acrescentou, com um gesto amplo para a vitrine rabiscada de ilusões —, não é como se eu estivesse em ares de santidade.

— Perdão, sr. servo — interferiu o velho Lazarus, com um sorriso amável. — Qual é sua opinião pessoal sobre a domesticação do homem pelo homem?

Olhando hesitante o mordomo mecânico que Lazarus apresentava, Raposa foi interrompido pelo sininho da entrada, que tocou várias vezes. O barão Melchior estava se esforçando, com a maior elegância possível, para passar o corpo enorme pela porta. Inteiramente vestido de arco-íris, parecia um balão bípede. Os longos bigodes gomados se ergueram em um sorriso assim que notou Thorn.

— Sr. intendente, eu me perguntava onde estaria!

— Aqui — respondeu Thorn como obviedade.

— Senhoras — cumprimentou o barão Melchior com um gesto de chapéu para cada uma, atravessando as obras do escritório com cuidado para não sujar os belos sapatos brancos. — Ora, sr. Lazarus, também está aqui? Prazer revê-lo. Ah, ora, ora, sr. intendente, não temos o *Nibelungo*!

— Pegue no chão — sugeriu Thorn, apontando com o queixo para as camadas de jornal que protegiam o chão durante a obra.

— Estou falando do exemplar de hoje. Não saiu. Meu primo Tchekhov dirige o *Nibelungo* há mais de trinta anos e isso nunca aconteceu.

— O que quer que eu faça?

— Nada — concordou o barão Melchior, alegre. — O inconveniente é que meu outro primo, aqui presente, transmitira um pequeno anúncio no jornal do dia, especialmente à sua atenção. Como o *Nibelungo* não saiu, ele veio ditá-lo ao vivo.

O barão Melchior era tão corpulento que Ophélie não notara que era seguido por outro Miragem. Este último não passaria desapercebido normalmente, por causa das joias que o faziam brilhar da cabeça aos pés. Tinha a tatuagem da casta nas pálpebras, anéis em todos os dedos e pérolas em cada trança da barba loira. Até a bela bengala de prata era incrustada de pedras preciosas – ou, mais provável, ilusões de pedras preciosas. Seu rosto, enquadrado por dois brincos compridos de ouro, estava impregnado de uma solenidade ofendida. Como quase qualquer Miragem, carregava uma bela ampulheta azul no bolso do relógio.

Ophélie o reconheceu como o primeiro Miragem com que cruzara na noite em que escapara da mansão de Berenilde para explorar a Cidade Celeste. Na época, ela achara que era um rei.

— Exijo rrrcparrrações!

O Miragem falava com uma voz tão forte que os óculos de Ophélie pularam junto com ela. Impávido, Thorn não balançou nas suas pernas de garça, nem descruzou as enormes mãos das costas.

— Calma, primo Harold — tranquilizou o barão Melchior. — Estamos entre pessoas civilizadas, vamos resolver isso tudo de forma amigável.

Ophélie prendeu os óculos de volta no rosto. Era ele o conde Harold, o tutor do Cavaleiro? Ele não parecia disposto a ouvir os conselhos do primo, pois continuou com uma voz ainda mais alta, martelando o chão com a bengala e rolando os "r" como terremotos:

— Eu rrrecuso que um bastarrrdo prrreste queixa contrrra um homem do meu calibrrre e imporrrtância!

— Não fui eu, foi a Intendência que prestou queixa — corrigiu Thorn, com enorme calma. — Por "criação não declarada de diversas Bestas domésticas e experimentações animais sem autorização" — recitou de memória. — Os seus cães foram submetidos a manipulações hipnóticas frequentes. Tais práticas são rigorosamente proibidas pela lei.

— Rrrestitua meus cães! E rrrestitua meu sobrrrinho!

— Não cuidei pessoalmente de sua prisão — respondeu Thorn, tranquilamente. — O senhor pode visitá-lo na delegacia.

Ophélie arregalou os olhos. O Cavaleiro tinha sido preso? Tia Roseline deixou escapar um "pelos alfinetes de fralda!" e até Berenilde precisou se sentar em uma cadeira coberta de gesso, abafando uma exclamação surpresa.

— Você ensinou mal ao seu pupilo como usar seu poder — continuou Thorn, antes que o conde Harold fizesse tremer as paredes do escritório de *leitura* novamente. — Ele se tornou responsável por feridas graves que podem levar à morte. A Intendência decidiu começar um inquérito de Mutilação — concluiu, com uma impessoalidade profissional. — Poderá recuperar seu sobrinho assim que essa questão for resolvida.

— Rrrestitua meus cães e rrrestitua meu sobrrrinho, bastarrrdo! — exigiu o conde Harold, que visivelmente não escutara nada. — Se não me rrrestituirrr — disse ele, apontando para Ophélie com a bengala —, pegarrrei esta porrrquinha estrrrangeira!

— Conde Harold! — se indignou o barão Melchior, sem parar de sorrir. — Como ministro das Elegâncias, não tolerarei esse tipo de linguagem na frente de um funcionário de alto escalão e de uma convidada diplomática. Como primo, imploro que não constranja nossa família. O seu sobrinho já dá trabalho o suficiente.

O conde Harold apertou por um instante os dedos cobertos de anéis na ampulheta azul, como se lutasse contra a tentação de abri-la naquele momento. De fato, uma veia saltava em sua têmpora e Ophélie se perguntou se ele acabaria explodindo. Ela não teria se incomodado em vê-lo usar a ampulheta, desaparecer por alguns instantes e reaparecer em um estado de doce euforia.

— O que querrr fazerrr, bastarrrdo — insistiu ele. — Prrrovocarrr um Mirrragem?

— Colhi testemunhos interessantíssimos — respondeu Thorn, sem se exaltar. — Dois mercenários afirmaram terem sido contratados em seu nome para me dissuadir de defender os indignos nos próximos Estados Familiares. Considere-se sortudo por não ter conseguido confissões assinadas.

— Você não é de nada — disse o conde Harold acariciando as pérolas da barba com os dedos cheios de anéis, em um gesto cheio de desprezo. — Seu pai errra um bárrrbarro e sua mãe uma conspirrradora. Onde estão agorrra? Os Mirrragens são o Estado!

Lazarus, que já tinha parado de remontar Walter, observava a cena fazendo anotações com curiosidade quase científica. Ophélie achava que parecia um zoólogo estudando o comportamento de uma espécie animal rara.

O barão Melchior, cada vez mais constrangido, decidiu tomar as rédeas da situação. Ele mesmo revirou os bolsos do conde Harold, tirou uma magnífica trombeta de prata e a enfiou na orelha dele.

— Já escutamos — articulou no bocal. — Deixe que eu cuide dos detalhes com o sr. intendente.

O conde Harold apertou os lábios em ultraje, mas finalmente se tranquilizou, dando descanso para os tímpanos de todos. Um operário aproveitou a calmaria para passar atrás dele com um balde de cola e rolos de papel de parede; continuar a trabalhar nessas condições revelava um admirável profissionalismo.

— Perdoe o comportamento de meu primo, sr. intendente — continuou o barão Melchior, com as mãos nos bolsos da jaqueta de arco-íris. — Ele ficou muito chocado com a prisão do sobrinho e a apreensão dos huskies. Os Miragens não serão obstáculo — garantiu, falando mais baixo para que o conde Harold não escutasse, apesar da trombeta. — As Bestas são mais imprevisíveis que os animais ordinários e sua inteligência não combina com nossas ilusões. Condenamos formalmente esses experimentos clandestinos.

Presa entre a silhueta alta de Thorn e o barrigão de Melchior, Ophélie se conteve para não interferir. Ela via os esforços que o barão fazia para não se comprometer demais. Apesar dos sorrisos e da mania de alisar o bigode interminável entre o polegar e o indicador, ele parecia ainda mais nervoso do que no último encontro. Os olhos não paravam de se revirar, como se temesse ser esfaqueado pela própria sombra. Ophélie achava essa inquietude um pouco excessiva, mas não esquecia – nunca esqueceria – que o barão Melchior tornara possível a prisão do Cavaleiro. Fazia muito tempo que ela não se sentia tão aliviada.

Ela se chocou por não encontrar a mesma emoção nos olhos de Berenilde, ainda sentada na cadeira, encarando a estampa do papel de parede recém-colado. Ela acariciava a barriga, pensativa.

— Porrrtanto, quanto à rrretirrrada da queixa? — brigou o conde Harold, voltando ao ataque, brandindo a trombeta ao contrário. — O que decidiu, bastarrrdo?

— E quanto aos meus autômatos? — prosseguiu Lazarus, agitando a chave de Walter.

— E quanto à nossa família? — exasperou-se tia Roseline.

Ophélie estava tonta. Ela tinha a impressão de que o mundo inteiro havia marcado reunião no seu escritório de *leitura* para tratar de qualquer assunto menos *leitura*. Como se o ambiente já não estivesse confuso o suficiente, o telefone começou a tocar como um sino. Era a primeira vez que Ophélie o escutava. Ela o procurou por um momento sob as folhas de jornal que protegiam os móveis da tinta e acabou o encontrando, novinho em folha, no último degrau de uma escada.

— Alô? — falou no bocal do telefone.

Por causa da barulheira ambiente, Ophélie não escutou o nome que a telefonista anunciou. Ela cobriu a orelha e a voz de Archibald soou finalmente, com um eco de cobre.

— Você parece tão desamparada, querida senhorita, que não resisti à vontade de me meter também! Assim, aproveito e estreio sua nova linha telefônica.

Ophélie olhou com reprovação para a Valquíria que escoltava Berenilde com a austeridade de uma governanta, como se Archibald se escondesse atrás de seu enorme vestido preto. Saber que ele estava sempre à espreita, do outro lado daquele olhar, a deixava desconfortável. Além da atenção de Archibald, Ophélie notou que também chamara a de Thorn, apesar das solicitações barulhentas e repetitivas feitas a ele. Ao vê-lo contrair cada traço de seu rosto sinistro, Ophélie lhe deu as costas e mostrou intenso interesse na saída de gás que um operário estava instalando na parede.

— O momento foi mal escolhido. Ligue mais tarde, por favor.

— Você vai precisar falar mais alto para que eu te escute — riu a voz de Archibald. — Ou melhor não, fique em silêncio e me ouça. Lembra o servicinho que fez para mim outro dia?

— Ah, lembro, por quê? Teve notícias do sr. meirinho?

— Não — respondeu a voz alegre de Archibald. — Voltou a acontecer.

— O que aconteceu? — balbuciou Ophélie, colando a boca no bocal de cobre. — O que você fez?

— O problema não é o que eu fiz, é o que não consegui impedir. Ia pedir para chamar Thorn, mas é inútil — acrescentou Archibald, em tom casual. — Ele está bem atrás de você.

Ophélie não teve tempo de se virar antes de o telefone ser arrancado de suas mãos.

— Quem está falando? — perguntou Thorn, com uma voz autoritária.

Ele estava tão ereto sobre as pernas compridas que Ophélie precisou subir os degraus da escada para chegar à mesma altura. Pela tensão muscular que se espalhava pelo maxilar, ela entendeu que toda atenção dele estava dedicada ao interlocutor telefônico. Ele nem parecia ouvir Lazarus, o conde Harold e tia Roseline, que continuavam a falar de autômatos, cães e famílias, como um disco de opereta arranhado.

Ophélie pegou o segundo aparelho de telefone para escutar o que Archibald contava a Thorn.

—... toda a diferença entre nós dois. Você é previsível como um relógio astronômico! Quer controlar tudo, cheguei a apostar que não resistiria à tentação de pegar o telefone.

— Já basta — sibilou Thorn. — Dou dez segundos para me convencer a não desligar na sua cara.

— Quanto ao sr. Tchekhov, o insuportável diretor do *Nibelungo*: é melhor os primos pararem de procurar, ele provavelmente foi sequestrado. Convenci você a não desligar? — ironizou a voz de Archibald.

Empoleirada na escada e agarrada ao fone de cobre, Ophélie tinha uma vista impecável dos olhos de Thorn, normalmente estreitíssimos, se arregalando lentamente.

— Quando, onde, por quem e por quê? — perguntou metodicamente.

— Na noite passada, no Luz da Lua, não sei e não sei — respondeu Archibald com a mesma leveza de uma brincadeira de adivinhação.

Ophélie entendia lentamente o peso da notícia. Depois do meirinho-mor, era o segundo Miragem que desaparecia no ventre da fortaleza mais segura de toda a Cidade Celeste. Se a embaixada não pudesse mais oferecer asilo diplomático aos seus hóspedes, as intrigas da corte não teriam limite.

Por quê?, perguntou-se Ophélie, fechando os olhos. *Por que isso acontece agora que os Dragões morreram e que o Cavaleiro foi preso? Por que novos ódios devem tomar o lugar dos antigos?*

— O que o sr. Tchekhov fazia no Luz da Lua? — perguntou Thorn, mais pragmático. — E o que te permite afirmar que foi um sequestro?

No instante em que pronunciou essas palavras, um silêncio brutal caiu sobre o escritório de *leitura* e os operários pararam de trabalhar. Só o conde Harold, apesar dos sinais do barão Melchior para que se calasse, continuava a vociferar, exigindo que Thorn se desculpasse.

— O sr. Tchekhov estava recebendo cartas mal-intencionadas — declarou a voz despreocupada de Archibald no telefone. — Quando lemos o lixo dele, entendemos o porquê. Ele disse temer pela própria vida e pediu asilo. Suspeito que ele tenha aproveitado a desculpa para xeretar na minha casa. Ele mudou para cá todo o jornal, com rotativa, bobinas de papel e companhia.

— Resuma — ordenou Thorn.

— O fato é que ontem à noite organizei um baile à fantasia... Por sinal, agora que parei para pensar, eu te convidei e você não veio.

— Resuma — repetiu Thorn, rangendo os dentes.

— No meio do baile, o sr. Tchekhov foi ao banheiro e nunca mais voltou. Meus guardas reviraram o terreno de cabo a rabo e não encontraram nada. Se precisar fazer um aviso: na última vez em que foi visto, ele usava uma peruca branca e um vestido feminino com babados azuis.

Pela forma como Thorn franziu a testa larga, Ophélie soube que ele estava refletindo a todo vapor e que as perspectivas que entrevia não o alegravam em nada. Um pouco a contragosto, sentiu uma certa admiração pela capacidade que ele tinha de administrar qualquer crise sem perder o sangue frio.

— Aconteceu algum incidente notável antes do desaparecimento? Uma discussão? Uma ameaça?

— Estamos falando do sr. Tchekhov — gargalhou Archibald. — Discussões e ameaças são seu ganha-pão! Eu estava prestes a expulsá-lo, ele não parava de insultar a sra. Hildegarde e não permito que ninguém insulte minha arquiteta pessoal sob meu próprio teto.

— Você falou de cartas — lembrou Thorn.

— Ah, sim, nós as encontramos entre os objetos pessoais dele. Patience!

— Sou paciente — disse Thorn, que perdia a paciência a olho nu.

— Não, não estou falando com você, estou falando com minha irmã. Patience, me passe uma daquelas cartas. Pode ser qualquer uma. Obrigada.

Ophélie escutou um som de papel.

— "Sr. Tchekhov" — leu Archibald. — "O senhor não respondeu às minhas advertências anteriores. Se insistir em produzir esse jornal deplorável, eu mesmo tomarei as medidas apropriadas". Datilografado, sem assinatura, mas tem uma frase esquisita em letras maiúsculas logo embaixo: "DEUS EXIGE SEU SILÊNCIO".

Thorn ficou tão chocado que, pela primeira vez na vida, não soube o que responder imediatamente.

Ele não se deu conta de que Ophélie, por sua vez, quase caíra da escada. A carta. Tchekhov havia recebido a mesma carta que ela. E acabara desaparecendo.

— A Intendência precisará abrir um inquérito e escutar todas as testemunhas — decretou Thorn. — Estarei aí daqui a meia hora. Até lá, proibição formal de sair da embaixada.

Thorn mal havia desligado o telefone quando o sininho da entrada voltou a tocar. Ophélie prometeu retirá-lo para nunca mais ter que ouvi-lo.

— As visitas acabaram — anunciou Thorn com um tom categórico. — Minha presença é necessária em outro lugar.

— Não estou aqui para isso, sr. intendente. Vim em busca da srta. *leitora* — respondeu uma voz fraca e educada. — Um cliente deseja vê-la.

Dessa vez, Ophélie caiu da escada. Era o jovem ajudante de memória de Farouk na soleira do escritório.

— Nosso senhor a aguarda aqui fora — disse ele, abrindo a porta com um sorriso angelical. — Ele deseja conversar.

O CLIENTE

Se a vitrine não estivesse coberta de camadas de ilusões, talvez Ophélie tivesse notado o quanto a atmosfera lá fora tinha mudado. O porta-volumes onde seu escritório havia sido instalado se encontrava no fundo de uma galeria do palácio do Passeio. Era preciso atravessar praticamente um quilômetro de tapete, de portas de vidro, de mesas de chá e de colunas até chegar lá. Por isso, Ophélie ficou chocada ao ver toda a corte reunida em frente à porta. A multidão era tão densa, e a galeria tão estreita, que os nobres tinham tomado os mezaninos, armados de binóculos de teatro, para não perder nada do espetáculo. Entretanto, não foi a quantidade de pessoas que impressionou Ophélie, mas o silêncio. Ela não suscitara tal atenção em nenhuma das apresentações como vice-contista.

— Que reunião de família impressionante — comentou Lazarus, penteando a cartola branca, como se assistisse a um costume local. — Walter, acrescente esta cena à minha fototeca, por favor.

O mordomo mecânico pegou uma câmera fotográfica e, em um raio de luz e uma nuvem de fumaça, registrou os próprios sapatos.

Ophélie, por sua vez, perguntava-se se não teria batido a cabeça ao cair da escada: os óculos não paravam mais de escurecer e clarear. Quando ela os tirou dos olhos, entendeu que não eram os óculos que estavam malucos, mas o palácio inteiro. O sol do quinto andar, que ela nunca vira nascer ou se pôr, piscava atrás dos vitrais como uma lâmpada mal-enroscada. Essas variações de luz deixavam ver, nas intermitências, a verdadeira natureza do ambiente. Ophélie descobriu, no tempo de um piscar, um teto cinza no lugar da cúpula de vidro e uma parede de tijolos onde o mar cintilava do outro lado da janela. Sem a maquiagem, o Passeio tomava ares de hangar.

No instante em que notou Farouk, entre dois piscares de sol, Ophélie soube que era ele que perturbava a ilusão. Esse gigante que ela sempre vira curvado, bocejando para sim ou para não, erguia-se no meio da galeria com a gravidade de uma estátua comemorativa. Nesse instante, seu olhar era tão imperial, sua beleza tão inumana, sua brancura tão brilhante e sua expressão tão glacial que ele encarnava o Polo por si só.

Ophélie foi tomada por arrepios quando ele fez ressoar o trovão de sua voz:

— Finalmente a encontrei.

Sem nenhum constrangimento, Thorn se apresentou a Farouk, escondendo Ophélie atrás dele.

— Acabo de ser informado de eventos preocupantes no Luz da Lua — expôs ele com o timbre mais administrativo. — Apresento meu relatório.

Ophélie contemplou as costas pretas do uniforme, estupefata. Onde Thorn encontrava a coragem de desviar para ele a atenção de Farouk? As emanações psíquicas eram tão opressoras que ela mal conseguia respirar.

— Quem é você? — perguntou lentamente Farouk.

— Seu intendente.

— Não vim aqui para isso.

— O sr. Tchekhov desapareceu ontem à noite — prosseguiu Thorn com a impassibilidade de uma máquina de escrever. — Talvez seja um alarme falso, mas precisamos abrir uma investigação.

— Não vim aqui para isso.

— Se o desaparecimento for verificado, recomendo que se reforce a segurança em todos os andares da Cida...

O grande corpo de Thorn titubeou para o lado, como se tivesse sido desequilibrado por um tapa na cara. A onda mental de Farouk se propagara com tal violência que até Ophélie sentiu os ouvidos ecoarem como sinos. Ela mal escutou os aplausos dos nobres nos balcões e a exclamação horrorizada de Berenilde. Porém, viu muito bem o sangue jorrar do nariz de Thorn.

— Não vim aqui para isso — repetiu Farouk. — Quero falar com ela.

Se todos os músculos do seu corpo não estivessem paralisados, Ophélie teria seriamente considerado fugir pelo primeiro espelho que encontrasse. Incrédula, viu Thorn pegar a ombreira dourada que caíra do uniforme, tirar do bolso um lenço e tampar as narinas com a calma de quem assoa o nariz congestionado.

— Fui informado das apresentações medíocres de minha noiva no palco. Estou dedicado a encontrar uma nova ocupação para ela. Peço que me permita mais um pouco de tempo.

Faltava delicadeza à formulação, sem dúvida, mas Ophélie teria ficado mais tranquila se Farouk tivesse concordado. Em vez disso, ele contornou Thorn devagar e se dirigiu diretamente a ela. O silêncio estava tão denso ao redor deles que Ophélie escutou as próprias vértebras estalarem quando ergueu os olhos para o magnífico rosto de mármore. Farouk soprou uma nevasca polar nas profundezas mais ocultas de seu ser.

— Como ousa? — articulou ele, rangendo os dentes. — De onde tira o direito de colocar suas mãos a serviço de outros além de mim?

Ophélie gostaria de se defender, mas o psiquismo de Farouk petrificava sua determinação. Ela não conseguia falar, nem se mover, nem pensar. Seu corpo e sua alma eram um único bloco de gelo.

— Você se considera superior a mim? Acha que sou um brinquedo?

Ophélie já sentira medo na vida. Ela já engasgara com um caroço de pêssego, eletrocutara-se ao trocar uma lâmpada, esmagara os dedos em uma janela de guilhotina e tudo ficava cada vez pior desde que viera de Anima para o Polo. Entretanto, nada do que havia vivido até então se comparava ao pavor que sentia aqui e agora. Ela não lia no olhar de Farouk nenhuma ira, nenhum desdém, nada que se aproximasse minimamente de uma emoção.

Não, no fundo desse olhar só se via um deserto.

Ophélie se sentiu sugada pelo espaço infinito. Em um batimento de coração, mediu o vão que separava suas duas temporalidades: um imortal destinado à eternidade; uma humana condenada a desaparecer. "Você é só uma coisinha efêmera", sussurrou uma voz no fundo de Ophélie. "E Farouk tem o poder de te tornar ainda mais." Bastava o espírito familiar franzir as sobrancelhas que o espírito de Ophélie explodiria como geada.

Farouk mergulhou uma mão no enorme casaco e tirou o Livro.

— Pretende ter seu próprio escritório? Tudo bem, serei o primeiro cliente.

— Não está em nosso contrato.

Ophélie mal escutou a voz tensa de Thorn. Ela estava completamente presa no gelo de Farouk; tudo além de seus olhos parecia distante e irreal.

— Tome o Livro.

— Ela não está pronta — enfatizou Thorn, com a voz pesada. — Eu não estou pronto. Releia seu diário.

— Não acho razoável, meu senhor — interveio Berenilde, controlando ao máximo o tremor na voz. — Essa jovenzinha não está apta a ser sua *leitora*. Mas meu sobrinho em breve estará.

— Além disso, o escritório de minha sobrinha ainda não abriu — acrescentou tia Roseline, com o pragmatismo de costume.

Farouk ignorou todos. Ophélie gostaria de virar-se para tranquilizá-los com um sorriso, dizer que tudo correria bem, que seria só uma análise e que, se ela falhasse, tudo bem, se desculparia profissionalmente.

Não conseguiu.

Farouk a terrorizava. Ela ousara desafiá-lo publicamente e publicamente ele cobraria o preço.

— Aceita cuidar do meu Livro, sim ou não? — perguntou ele, encarando-a com todo sua força.

— Não.

Ophélie gorgolejou a palavra com uma voz que a envergonhou. A aura glacial fluiu novamente como uma maré abaixando e Farouk guardou o Livro no casaco. Ophélie quase fugiu correndo quando ele estendeu a enorme mão na direção dela. Ele contraiu os dedos contra seu crânio como as garras de uma águia.

— Eu te assustei. Peço perdão.

Murmúrios estupefatos se espalharam como pólvora por toda a zona de pedestres, mas ninguém estava mais chocado do que Ophélie naquele instante. Seu corpo cambaleava tanto que ela se concentrou nos próprios pés para não ser esmagada sob o peso da mão de Farouk.

— Parece que você me lembrou alguém — explicou Farouk, distraído. — Tudo indica que não é quem eu pensava.

Ophélie era incapaz de determinar se era decepção ou alívio que notava na voz dele.

— Eu retiro seu cargo de vice-contista. Você me deixa nervoso demais.

Se não estivesse à beira de lágrimas, Ophélie teria caído na gargalhada.

— Eu te deixo nervoso? — ouviu-se responder, com a voz sufocada. — Faz ideia do que eu sinto agora em sua presença?

— Olhe para mim.

A mão enorme soltou a cabeça de Ophélie para passar pelo seu queixo e erguer seu rosto com autoridade. Apesar do de Farouk continuar uma máscara de beleza inexprimível, os olhos tinham recuperado um pequeno brilho de humanidade. Agora que a força mental a soltara, Ophélie ganhava consciência do mundo ao seu redor. O sol parara de piscar como lâmpada e o teto voltara a parecer uma estufa a céu aberto. A luz cintilava nos binóculos dos nobres, projetava a sombra listrada das palmeiras nas roupas das damas, e acentuava tanto a palidez de Berenilde quanto a vermelhidão de tia Roseline. Aonde quer que Ophélie olhasse, só via tensão e ansiedade. Ela esperava que Thorn fosse o mais tenso de todos, por isso não acreditou nos próprios óculos quando o encontrou todo torto, tentando abotoar a ombreira, como se a simetria do uniforme fosse mais importante que todo o resto.

— Ainda agora — murmurou Farouk, apertando o queixo mais forte com seus dedos. — Ainda agora, você me lembra um pouco...

— Quem? — impressionou-se Ophélie.

— Não sei — confessou, vagamente perturbado. — Ártemis, suponho. O fato é que prefiro acabar com o seu serviço.

— Era a contrapartida de sua proteção — lembrou Ophélie baixinho. — O contrato...

— Pare de me perturbar com contratos. Não tenho a menor intenção de me desfazer de você. Encontrarei uma forma melhor de usar seus serviços, só isso. Pensarei no assunto.

Com essas palavras jogadas displicentemente, Farouk soltou o queixo dela e partiu, lentamente. Boquiaberta, Ophélie o seguiu muito, muito, muito tempo com o olhar, enquanto ele saía da galeria, levando todos os cortesãos com ele. Até Lazarus começou a correr atrás dele, chamando Walter: o mordomo mecânico seguia um homem que usava o mesmo chapéu de seu mestre.

Ainda chocada pelo que vivera, Ophélie se sobressaltou quando Thorn declarou:

— Hoje mesmo você vai abandonar a Cidade Celeste.

FRAGMENTO:
SEGUNDA REPRISE

Deus se divertia muito conosco, mas logo se cansava e nos esquecia.

Pedrinhas. Elas caem sobre ele como chuva. Ele as vê voar no céu e quicar contra seu corpo. Julgando por esta lembrança, não faltam pedrinhas onde ele se encontra: o solo é uma mistura de tijolos, telhas e vidro quebrados. Aqui e ali, alguns pedaços de fachada continuam quase de pé, com buracos escancarados no lugar de janelas. Ele lembra da silhueta de uma grua de obras na distância. A passagem de uma guerra. Homens reconstroem o que outros homens destruíram.

Onde está a parede desenhada? Onde está o quarto? Onde está Deus?

Ele obriga sua memória a traçar o trajeto inverso das pedrinhas, do impacto do seu corpo, subindo pelo arco no céu, até chegar no ponto de origem. Crianças. São quatro entre os escombros. Correção: são cinco. Uma menininha chora no chão. Estão todos malvestidos e despenteados.

Eles se parecem?

Não. Agora que pensa, ele se lembra das roupas impecáveis, dos cabelos bem trançados e das mãos de uma brancura brilhante. Ele é tão limpo quanto os outros são sujos. As crianças gritam palavras que ele não entende. Quanto mais se concentra na lembrança, mais nota o quanto lhe pareceram estranhas essas crianças quando ele as viu pela primeira vez. Tão pequenas, tão magras, tão frágeis... Extremamente frágeis.

A menininha chorando no chão, agora ele lembra: é culpa dele. Ele não quis machucá-la, ele nem mesmo a tocou; só se aproximou para olhá-la, por simples curiosidade, e ela começou a soluçar. As pedrinhas provavelmente são por isso. As crianças querem afastá-lo dela.

Ele pensa que essa lembrança não é tão interessante quando, de repente, Ártemis surge na cena. Dessa vez, não é mais um olho no fundo de um buraco. Os cabelos ruivos são tão volumosos que só deixam entrever sapatos envernizados, rendas do vestido e óculos de armação dourada. Ela anda calmamente sobre os escombros, na direção das crianças. Elas pararam de jogar pedrinhas, surpresas pela aparição, mas estão em guarda.

Ártemis se agacha perto da menininha. As duas são crianças, mas a primeira é grande, chamativa e elegante enquanto a segunda é pequena, imunda e miserável. Ártemis seca as lágrimas com um gesto firme, desprovido de carinho. Quando tem certeza de ter toda a atenção, solta uma fita dos cabelos e lhe dá vida. As crianças arregalam olhos fascinados e gritam de alegria. Ártemis lhes dá a fita de presente e elas fogem como coelhos, tagarelando na língua bizarra.

Ártemis vem na direção dele. Os tijolos formam um caminho sob seus pés conforme ela avança.

— Não somos como eles, Odin.

Odin? Era assim que ele se chamava antes? A lembrança não foi completamente inútil, no fim das contas.

— Não — escuta-se responder. — São eles que não são como nós. Quero voltar para dentro.

— Não pode.

— Por que somos punidos? Primeiro nos separam, agora nos abandonam.

Ártemis tira os óculos e ele nota o que será um dia seu rosto: uma beleza masculina.

— Você é sempre tão dramático — diz ela, com calma imperturbável. — Devemos nos misturar aos homens, compreender seu funcionamento. É menos emocionante que as estrelas, mas é informativo. Veja como um novo desafio. É a última vez que te ajudo, Odin. É preciso que aprenda sozinho a se entender com os homens.

— Não entendo nada do que dizem.

— Ensine nossa língua.

— Eles choramingam quando me aproximo.

— Controle seu poder.

— Por que deveria eu ser quem se esforça?

Ártemis franze imperceptivelmente as sobrancelhas ruivas e afasta de novo os óculos dos olhos.

— Eles já não são adaptáveis. Notou como nossos corpos mudam rápido? Mal posso esperar para acabar de crescer. Esses vestidinhos de renda definitivamente não combinam comigo.

— Por quê? — escuta-se insistir. — Por que devemos sempre obedecer ordens?

Ártemis o olha de repente com seriedade, mergulha a mão nos meandros de seus cabelos e tira um livro de carne.

— Porque está escrito.

A lembrança acaba aqui.

Nota bene: "Guarde seus encantos". Quem pronunciou essas palavras? O que elas significam?

O TREM

Ophélie observava o velho mundo das nuvens. Ela queria perder altitude, mergulhar no labirinto das cidades, misturar-se à velha humanidade e penetrar os mistérios do passado, mas tudo continuava inacessível. Enquanto ela se concentrava com todas as forças no mundo lá embaixo, um tapete se desenrolou sob seus pés e Ophélie se encontrou no quarto de infância, em Anima. Ela estava em frente ao espelho da parede, encarando seu reflexo. Era bem jovem, de robe, com cabelos cacheados ainda claros e olhos bons que não precisavam de óculos. O que estava fazendo acordada a essa hora?

Ah, é. Ela tinha sido acordada. Estava lá, no espelho, logo atrás do reflexo. Queria fazer uma pergunta.

— Por favor, que horas são?

Ophélie acordou em um sobressalto e virou o rosto para tia Roseline, agitada no banquinho do trem.

— Ah, perdão, estava dormindo?

— Só cochilando — resmungou Ophélie.

O que não a impedira de sonhar com aquilo de novo. Desde o último acidente de espelho, era sempre a mesma imagem final: o quarto, o espelho, o reflexo. Ela realmente se perguntava o que significava.

Ophélie puxou a corrente do relógio que guardava no bolso e, com um gesto desconfortável, levantou a tampa. Havia quatro miniquadrantes incorporados no quadrante principal: um cronógrafo, um calendário e dois cujas funções Ophélie ainda não entendia. O relógio de Thorn. "Se ainda duvidar de mim no futuro, *leia-o*". Esse homem tinha um jeito bem peculiar de tentar ganhar a confiança de alguém.

— Quase meia-noite — disse ela, ajeitando os óculos no nariz.

— Ah, esses trens! — reclamou tia Roseline. — Tudo está chato como um pires. Passe mais uma revista para cá. Encontre uma em péssimo estado, para eu ficar acordada.

Ophélie procurou, entre as edições velhas do *Jornal das damas e das modas*, o exemplar mais amassado e rasgado. Certos viajantes passavam o tempo folheando jornais; tia Roseline, cujo animismo se destacava na restauração de papel, passava o tempo nessa tarefa.

O Expresso Setentrional não parava de entrar e sair de túneis. Quando acabavam os túneis, muralhas intransitáveis se erguiam dos dois lados do trilho. Ophélie só via muros desde a partida precipitada da Cidade Celeste na semana anterior. Um dirigível as havia deixado em uma cidadezinha mineira cercada de usinas na semana anterior. De manhã, elas tinham pegado o trem para Areias de Opala, uma estação balneária situada no sul da arca, e, no trajeto inteiro, Ophélie não havia visto a paisagem nenhuma vez. As vias ferroviárias do Polo eram verdadeiras fortalezas, concebidas para proteger os viajantes de Bestas selvagens.

Ophélie levou o olhar para o relógio e seu coração começou a bater mais rápido que o ponteiro dos segundos. De acordo com o telegrama que Thorn enviara para o último hotel, os 21 membros de sua família tinham aterrissado durante o dia e sido convidados a pegar uma conexão para Areias de Opala. Se o trem não tivesse atrasado, eles todos já deveriam ter chegado.

— Continua decidida a não contar nada para a sua mãe? — perguntou tia Roseline, como se interceptasse os pensamentos de Ophélie.

— Não tenho a intenção de mentir para ela, mas não vejo a utilidade de entrar em detalhes.

Tia Roseline passou os dedos compridos por uma página amassada. Um ferro de passar teria sido menos eficaz que seu animismo paciente e minucioso.

— Não escrevemos nada sobre esses *detalhes* porque a via postal não era confiável — lembrou ela. — Ficarei muda como um sino sem badalo se você quiser, mas você, querida, devia falar sinceramente quando tiver a oportunidade. É lindo que Thorn a mantenha afastada da corte até o casamento, mas não resolve o problema principal.

Tia Roseline olhou rapidamente para Ophélie, que mordiscava nervosamente as costuras da luva.

— Farouk se encantou por você — disse ela.

Um arrepio percorreu toda a pele de Ophélie.

— Eu o lembro de alguém, é diferente. É um pouco como se ele buscasse por si mesmo através de mim e através do Livro.

Sempre que pensava no confronto com Farouk, era atravessada por emoções contraditórias. Uma parte dela, provavelmente seu instinto de sobrevivência, queria se manter o mais distante possível do Livro. Qualquer que fosse a verdade que Farouk buscava confusamente entre as páginas, Ophélie sentia que se aproximar era se colocar em risco. Entretanto, outra parte dela, irracionalmente profissional, sentia-se frustrada por ter deixado passar a *leitura* mais emocionante de toda sua carreira.

— Se ainda fosse só essa história de Livro — resmungou tia Roseline. — Mas agora nobres estão sendo sequestrados debaixo do nariz dos guardas! O Luz da Lua pode ser o lugar menos recomendável no Polo, mas é também o mais protegido. Sinceramente, o que acontece nesta arca não vale de nada.

Ophélie foi tomada por um interesse súbito pelas faíscas de cinzas atrás do vidro. Mesmo que não houvesse conexão oficialmente estabelecida entre o desaparecimento do diretor do *Nibelungo* e as cartas místicas encontradas nos seus pertences, Ophélie não ousara dizer a ninguém que recebera um aviso muito parecido. Fazia três meses e ela não desaparecera, mas, mesmo assim, pensava muito nisso.

— Mamãe, papai e os outros irão embora daqui a um mês — disse ela. — Não quero enlouquecê-los na estadia aqui. Se tudo correr bem, eles não verão a corte nem o sr. Farouk. Quanto menos gente se meter nessas histórias, melhor.

— E eu? Você vai esconder tudo de mim também quando eu não fizer mais parte da sua vida?

Ophélie encarou, estupefata, o perfil amarelado e seco que se concentrava em um rasgo do *Jornal das damas e das modas*.

— Tia... não queria...

— Não, sou eu — murmurou tia Roseline. — Peço desculpas. Daqui a um mês, você será uma mulher casada e minha missão de acompanhante chegará ao fim. Depois de tudo que vivi aqui com você... bom, meu ateliê de restauração será até entediante.

Tia Roseline sempre foi, na visão de Ophélie, uma mulher tão firme quanto a viga de um prédio. Vê-la desmoronar assim, naquele banquinho de trem, gerou um nó na garganta de Ophélie. Ela queria encontrar as palavras certas agora para preencher essa brecha e devolver tia Roseline à sua solidez, mas Ophélie não soube o que dizer. Era sempre assim com ela: quanto mais cheio estava seu coração, mais vazia ficava sua cabeça.

Tia Roseline sorriu um pouco, mostrando os dentes de cavalo.

— É irônico, né? Você só quer voltar a morar em Anima e eu quase me arrependo de não poder ficar aqui.

No impulso do momento, Ophélie quase confessou que também não queria vê-la partir, mas se conteve a tempo. Ela não desejava a ninguém, muito menos à sua tia, viver entre as mesmas paredes que ela.

Quando tia Roseline levantou finalmente o olhar da revista, foi para virar um rosto preocupado para o fundo do vagão-quarto.

— E quem cuidará dela?

Ophélie se curvou para observar Berenilde, lânguida em um monte de almofadas, com a Valquíria sentada a seu lado como uma governanta sinistra. Berenilde acariciava a barriga inchada com um ar profundamente sonhador. Quando Thorn decidiu mandar Ophélie para a outra ponta do Polo, Berenilde tomou as rédeas da situação. Ela mesma escolheu o destino, organizou a viagem e reservou todo um hotel para acolher a família de Ophélie até o casamento. Entretanto, desde que partiram da corte, Berenilde mergulhara em uma estranha melancolia e parecia mais preocupada quanto mais desciam. Seria o afastamento de Farouk que a deixava triste?

— Um sobrinho sobrecarregado, um marido morto e um amante impossível — comentou tia Roseline. — Promete confiscar os cigarros e as taças de vinho dela quando eu for embora?

Ophélie concordou. Não era a primeira vez que sentia que tia Roseline e Berenilde tinham se aproximado, mas só então teve certeza: apesar de todas as diferenças, uma amizade muito real crescera entre as duas viúvas.

— Preciso esticar as pernas — disse Ophélie, se levantando.
— Não se afaste demais, devemos chegar logo.

Os vagões particulares eram muito bem protegidos. Ophélie precisou apresentar sua passagem a quatro guardas arrogantes antes de acessar a parte de trás do trem. Diferente da primeira classe, onde qualquer lâmpada vacilante era trocada imediatamente, aqui não havia nenhuma iluminação. Porém, todos os outros sentidos eram tomados por tagarelices, transpiração e tabaco. Os vagões de segunda e terceira classe eram ocupados unicamente por operários e lavradoras que voltavam para casa do trabalho.

Os sem-poderes pertenciam a uma categoria da população que não tinha vínculo de descendência com um espírito familiar e que não tinha, portanto, herdado poderes familiares. Eram tão diferentes dos cortesãos que Ophélie tinha dificuldade de acreditar que vivessem na mesma arca. Na Cidade Celeste, devido ao alto grau de consanguinidade, todo mundo era igual: os nobres eram brancos da cabeça aos pés. Naqueles bancos de trem, a paleta de cores estava inteiramente representada, do loiro-platinado ao castanho-café, das peles rosadas às peles acobreadas, dos olhões claros aos olhinhos escuros; eles tinham no rosto traços de carvão, gesso ou lodo, que indicavam que estavam em minas, canteiros de obras ou usinas. E todas as cores se animavam, discutiam, cantavam. O sotaque dos sem-poderes era tão pronunciado, o dialeto tão particular, que Ophélie mal os entendia.

Ela usou cotoveladas para atravessar o vagão e chegar à passarela no fundo do trem, onde estava escorada a enorme silhueta de Raposa. O vento agitou o vestido e bagunçou os grampos do cabelo.

— A senhorita vai pegar friagem! — gritou Raposa, mais alto que o vento, ao ver Ophélie se agarrar à grade.

— Preciso do seu conselho.

— Ah, é? Com o quê?

Ophélie não respondeu imediatamente. Ela contemplou, entre as muralhas gigantescas, o desfile de trilhos que pareciam se desenrolar sem fim sob as rodas do trem. Apesar da hora avançada, ainda estava claro, mas a claridade não tinha nada a ver com a ilusão tropical do Passeio e do Gineceu. Era um crepúsculo interminável que não era nem noite nem dia.

— Estou nervosa como uma chaleira.

— Perdão, senhorita? — gritou Raposa.

— Estou extremamente nervosa — repetiu Ophélie, forçando a voz. — Não consigo gostar da minha nova vida. E ver minha mãe, meu pai, meu irmão e minhas irmãs de novo... tenho medo de não conseguir fingir que estou bem.

— Pamonha!

Ophélie levantou as sobrancelhas antes de entender que Raposa não falava com ela. Ele tinha prendido entre o polegar e o indicador uma bolinha de pelo listrada que tentava escapar do chapéu de viagem. Pamonha era um gatinho atrapalhado; ele entrava no apartamento delas no Gineceu com tanta frequência, que Raposa não teve coragem de se livrar dele, apesar da insistência de Berenilde.

Raposa colocou Pamonha no meio da massa de cabelo ruivo e voltou a vestir o chapéu.

— Ele é tão bobo que seria capaz de cair do trem. Sabe, garoto, também estou fervilhando por dentro — declarou Raposa, se curvando na direção de Ophélie. — Nunca saí por mais tempo do que uma volta de ampulheta e é a primeira vez que me afasto tanto da Cidade Celeste. É como se eu não respirasse como de costume.

Ele inspirou a plenos pulmões o perfume do ar, uma mistura curiosa de trilho quente e neve fundida, e franziu as sobrancelhas ruivas.

— Eu... eu te chamei de "garoto" de novo?

— Eu gosto — garantiu Ophélie.

— Fiquei confuso, senhorita, é por causa do Mime, peguei tanto o hábito...

A sirene da locomotiva cobriu a voz de Raposa e o sopro barulhento de um túnel os envolveu.

— Fale sinceramente com seus pais! — esgoelou-se Raposa para cobrir o estrondo do trem. — Reserve o teatro agradável e os segredinhos para a corte! Se seu coração está pesado, conte para eles!

Ophélie estava refletindo sobre o conselho quando perdeu o equilíbrio. O peso do seu corpo caiu bruscamente contra a grade da passarela e, se Raposa não a tivesse segurado na escuridão, sem dúvida teria caído do trem.

— O que está acontecendo? — perguntou ela, inquieta. — O trem capotou?

— Está subindo — disse Raposa. — É uma ladeira íngreme à beça, se segure bem. Pamonha, você está me escalpelando!

Ophélie se agarrou com as duas mãos na grade. A subida na escuridão parecia interminável até, enfim, a via férrea reencontrar sua horizontalidade e o túnel se abrir em uma torrente de luz.

— Puxa! — ofegou Raposa.

Ophélie não tinha palavras. Não havia mais muralhas ao redor deles. Agora o trem passava pelo cume de uma imensa fortaleza. Basta de muros! O mundo era só mar e montanha a oeste, floresta e céu a leste: o encontro de todas as imensidões. Ophélie afastou o turbilhão de cachos castanhos que se enroscavam nos óculos. Com os olhos arregalados, ela queria captar cada detalhe da paisagem-surpresa: as geleiras que refletiam uma brancura deslumbrante nos espelhos d'água, o voo de uma coruja-das-neves sob a onda de nuvens, o carrilhão de uma torre do sino entre casinhas multicoloridas, o cheiro de resina forte dos pinheiros e de sal delicioso do mar. Ophélie até notou, no sopé da muralha, com os pés enfiados em um pântano, um alce gigante que sacudia os chifres e era, por si só, do tamanho do vagão de bagagens.

— Nasci na arca mais linda do mundo — disse Raposa com um sorriso orgulhoso. — E nem sabia.

Ophélie continuou com os olhos arregalados para se encher de paisagem. Saber que esses espaços infinitos eram todos compostos de um mosaico de elementos minúsculos, gotas, espinhos, seivas, faíscas e galhos, a deixava tonta. Era isso, o Polo, visto para além dos muros e das ilusões? A coexistência do infinitamente pequeno com o infinitamente grande?

— Renold, ainda preciso da sua opinião sobre um assunto.

— Diga, senhorita.

— Você acredita em Deus?

Raposa levantou os tufos de sobrancelha.

— Calma lá — disse, segurando a viseira para impedir que o vento carregasse o chapéu e o gato. — Deus, como você diz, tem um quê de folclore antigo. Sou como a maioria das pessoas, acredito principalmente nos espíritos familiares.

Claro. Quando tínhamos um imortal encabeçando uma arca, ele era a figura divina. As mitologias do velho mundo tinham caído em desuso. Quem era então esse "Deus" citado nas cartas anônimas, se não fosse Farouk? Outro espírito familiar?

Ophélie estava tão absorta em seu pensamento que não se deu conta de que o trem desacelerava para entrar na estação. Portanto, ficou abobalhada quando sua mãe apareceu na plataforma em meio a uma nuvem de vapor, com as mãos no quadril, como uma bomboniere, usando seu belo vestido de domingo:

— Eu sabia! Não está nem usando o casaco que te dei!

A FAMÍLIA

A mãe de Ophélie era uma mulher naturalmente cheia, com as bochechas rechonchudas, um papo de sapo e um enorme coque arruivado que saía da cabeça como um cogumelo. Ela sempre vestia chapéus absurdos e vestidos vermelhos grandes como sombrinhas, como se tentasse ocupar o máximo de espaço possível. Ophélie teve a impressão de ser inteiramente engolida por uma mistura de pele e pano quando sua mãe a abraçou com força:

— Que cara horrível! De onde veio essa cicatriz? Você emagreceu, não estão te alimentando? E que filha ingrata! Vim do outro lado do mundo te ver e nem para me receber na aeroestação? Esperei duas horas nesta plataforma congelante até minha filha resolver mostrar a cara! Como posso te dar uma boa bronca, exausta desse jeito?

— Bom dia, mamãe — expirou Ophélie com o ar que ainda restava.

Ophélie foi passada de abraço em abraço. O pai murmurou timidamente que ela tinha mesmo emagrecido um pouco. O irmão Hector, pragmático, perguntou por que não nevava no Polo e por que o sol ainda não se pusera desde a chegada. A avó Antoinette examinou as luvas sujas com desaprovação e a avó Sidonie, sorridente, deu-lhe um par de luvas novas. As irmãzinhas se agarraram ao seu cachecol e falaram sem parar. Os tios e tias, um de cada vez, disseram que a corte não a mudara em nada, no fundo um pouco decepcionados por não encontrarem a sobrinha transformada em princesa de conto de fadas. Já seus primos, bem agasalhados, cumprimentaram-na à distância com caretas de constrangimento; provavelmente prefeririam passar as férias em uma arca tropical.

— Bom dia, minha filha! — exclamou jovialmente uma senhora de meia-idade. — É um prazer te conhecer, mal posso esperar para escutar suas aventuras! Nossas queridas mães de todos, as Decanas, infelizmente não puderam fazer a viagem, mas estou aqui em nome delas. Sou a Relatora do Familistério, já ouviu falar?

Ah, claro, Ophélie a conhecia. A Relatora era uma personalidade pouco popular em Anima. Ela estava sempre de olhos e ouvidos abertos nas ruas, lojas e portas entreabertas e contava para as Decanas tudo que testemunhava.

Ophélie cumprimentou de volta, desajeitada, apertando a mão das mulheres e beijando a bochecha dos homens, respondendo a perguntas feitas por outros e trocando o nome de todo mundo. Encontrar sua família depois de tudo que vivera dava uma impressão curiosa de descompasso.

— Irmãzinha querida, como senti saudades! — gritou Agathe, apertando Ophélie com tanta força que os cabelos arruivados fizeram cócegas em seu nariz. — Todo dia eu lamento não estar no Polo com você!

— Jura?

— Vestidos suntuosos, bailes incessantes, uma vida de salão, nasci para isso! Se não fizesse tanto frio...

Ophélie se perguntou o que Agathe acharia se tivesse vindo ao Polo em pleno inverno.

— Ora, ora, meu amor — protestou gentilmente Charles, tentando acalmar o bebê que se remexia no colo. — Você não fica triste comigo e com o pequeno Tom, né?

— Você não entende, se satisfaz com qualquer coisa. Funcionário de uma fábrica de renda, que ambicioso!

— Diretor-adjunto, meu amor. Não quer carregar o Tonzinho? Ele quer seu colo.

— Eu *já* estou carregando um bebê — brigou Agathe, apontando para a barriga.

— Cadê meu padrinho? — preocupou-se Ophélie. — Ele não veio com vocês?

— Ai, ai, ai, tenho tantas perguntas! — exclamou Agathe, sem escutar. — Você acha que este vestido servirá pra dançar? Claro que trouxe outros, mas engordei muito nas últimas semanas. A gente vai ver nobres daqui a pouco? Estamos na corte?

— Não, querida. Estamos em uma estação balneária.

Foi Berenilde quem falou, ronronando soberbamente os "r" enquanto descia do trem. Por mais grávida que estivesse, parecia tão leve quanto as bagagens eram pesadas.

— É um prazer conhecê-los — ronronou Berenilde, dirigindo aos pais de Ophélie seu sorriso mais iluminado. — Sou a tia de Thorn.

— Ainda não vi seu sobrinho, nem suas propriedades — resmungou a mãe de Ophélie.

Frente à brancura reluzente de Berenilde, ela parecia fazer questão de ser ainda mais vermelha e materialista do que de costume.

— Nosso espírito familiar precisa dos serviços de Thorn na capital, sra. Sophie. O seu genro chegará logo para apresentar seu respeito, como é devido. Por enquanto, por favor, permita que eu o represente.

— Como você é linda e elegante! — exclamou Agathe.

Ela esqueceu a existência da irmã no instante em que seus olhos encontraram Berenilde.

— Você também é um charme, querida — respondeu ela, passando um dedo na bochecha de Agathe. — A sua pele está gelada, você está com frio?

— Como numa sorveteira, senhora.

— Já está tarde — disse Berenilde, consultando o relógio da estação. — Todas as bagagens estão aqui? Perfeito, vou mandar transportá-las com as minhas. Venham, caros amigos, vamos ao hotel! Será melhor para conversar.

— Nossa pequena Ophélie não poderia esperar encontrar no Polo uma parente melhor que a senhora — elogiou a Relatora com uma voz açucarada. — Ela está honrando nossas duas famílias?

— Claro — respondeu tia Roseline no lugar de Berenilde.

Ophélie duvidou. Tanto havia se passado entre ela e Berenilde desde a sua chegada no Polo que não sabia como era vista atualmente. Além disso, havia no fundo do olhar de Berenilde uma misteriosa melancolia que a tomara desde a partida precipitada da corte. Ophélie não era um pouco responsável?

Enquanto os membros da sua família corriam atrás de Berenilde, falando uns por cima dos outros em um alvoroço geral, Ophélie os observou se distanciar na plataforma com a mesma impressão persistente de descompasso. Qual era seu lugar?

— Não importa o que eles dizem, eu acho que você mudou.

Com o coração batendo rápido, Ophélie procurou com o olhar quem havia dito aquelas palavras. Ela o encontrou atrás dela, um pouco afastado na plataforma, com o boné enfiado na cabeça e os bigodes flutuando no vento como bandeiras brancas. Sem pensar, Ophélie se jogou de cabeça no barrigão do tio-avô.

— Nossa! Quase me derrubou, menina.

— Achei que você não tinha vindo. Estou feliz de te ver.

Era dizer pouco. Só de respirar o cheiro de papel velho impregnado na lã das roupas do arquivista, só de escutar a voz que vibrava de afeto ranzinza e dialeto antigo, Ophélie sentiu os olhos coçarem. Ela precisou inspirar fundo várias vezes contra o barrigão para impedir a si mesma de chorar que nem uma criancinha. Ele tinha razão: ela mudara completamente. Ela sentiu a mão grossa enluvada acariciar seus cabelos despenteados.

— E aí, o Polo — murmurou o tio-avô. — É tão horrível quanto eu acho?

Ophélie hesitou, mas lembrou o conselho de Raposa.

— É — murmurou com um sorriso triste. — Horrível.

Ela se afastou a contragosto, ajeitou os óculos que entortara e franziu as sobrancelhas quando notou que os olhos do tio-avô expressavam um certo constrangimento.

— O que foi, tio?

— Eu também tenho uma má notícia para te dar, querida.

A estação de Areias de Opala se situava no cume da muralha ferroviária, então era preciso pegar o teleférico para descer para a cidade. Eram várias cabines por comboio, mas não podiam transportar muitos passageiros, o que não era tão ruim: Ophélie e seu tio-avô tinham se ajeitado para ficar cara a cara nesse espacinho suspenso acima do mundo.

Era no momento em que a cabine do teleférico saía do terraço que a vista era a mais espetacular. Nessa altura, o viajante podia ver que a estação de Areias de Opala ficava no cruzamento de duas muralhas: uma protegendo a cidade da floresta, outra protegendo a cidade do vão. Era impossível ir mais ao sul da arca sem cair no vazio. A estação balneária era ao mesmo tempo à beira-mar e à beira-céu.

Acotovelada na janela da cabine, com os cabelos esvoaçando no rosto, Ophélie queria se encher dessas sensações reais da qual estivera privada por muito tempo. A vertigem de grandes espaços. O vento ululante nos cabos do teleférico. O ar agridoce dos pinheiros, das ondas e da montanha. As cores agitadas do mar visto do céu. Nada de artificial. Nenhuma ilusão. Nenhum disfarce.

Claro, Ophélie teria tentado saborear melhor essas verdades se não estivesse impactada por preocupações completamente diferentes.

— Não acredito que fecharam meu museu.

Ela se virou do mar para se voltar ao tio-avô, que a encarava com seriedade no banquinho em frente.

— Mas por quê? — protestou Ophélie.

— Por causa do inventário, já disse. Foi o que escreveram na placa da porta quando você saiu de Anima.

— Não, eu quero saber *verdadeiro* motivo. As coleções do museu não mudam há décadas. É tão difícil encontrar artefatos do velho mundo... E quem está cuidando do inventário, por sinal? — acrescentou Ophélie, franzindo as sobrancelhas. — Nem tenho substituto.

O tio-avô se contentou em cruzar os braços na barriga, o olhar dourado encarando Ophélie com um ar entendido.

— Ah — disse ela. — As Decanas, claro.

Só de imaginar os aeroplanos do museu enferrujando por falta de manutenção, Ophélie ficou enjoada.

— Não bastava me mandarem morar no outro lado do mundo? — murmurou ela, apoiando a testa nas mãos. — O museu pertence à família inteira, as Decanas não têm o direito de monopolizá-lo. Por que elas implicam comigo desse jeito?

— Porque você é uma simpatizante.

Ophélie encarou o tio-avô sem entender, mas, dessa vez, foi ele quem olhou pela janela. O vento brincava com seus cabelos, sobrancelhas e bigodes.

— O que vou dizer, querida, é só uma intuição pessoal. Gostaria que você me escutasse, mas, depois, chegue à própria opinião. Na verdade, quase me tranquilizaria se não concordasse.

— Concordar com o quê?

Ophélie nunca ouvira o tio-avô falar com tanta gravidade, sendo que ele já não era o tipo de homem que ria a ponto de estapear as pernas.

— Vivemos uma situação *engraçada*, sabe. Um dia, o mundo é redondo, e no outro, cataploft, quebra que nem um prato! Então, claro, nós tivemos tempo para nos habituar com a ideia. Arcas penduradas no vazio, espíritos familiares impenetráveis, poderes para tudo quanto é lado, hoje em dia tudo parece normal. Mas, no fundo, vivemos uma situação *engraçada*.

O sol de meia-noite entrou na cabine por todas as aberturas. A luz crepuscular obrigou o tio-avô a apertar os olhos, cego, mas não desviou o olhar. Ophélie notou que ele não contemplava a paisagem, mas seu próprio interior.

— Eu era um jovem arquivista quando aconteceu. Você não tinha nascido, querida, nem a sua mãe. Eu tinha acabado meu treinamento, mas já conhecia tudo como se fosse meu bolso. Na época, não era que nem agora: os arquivos familiares ficavam no térreo e a coleção particular de Ártemis no primeiro subsolo.

— Ainda não existia o segundo subsolo?

Um brilho se acendeu no olho do tio-avô.

— Existia. Era meu canto preferido. Todos os arquivos do velho mundo estavam depositados lá. Ah, era essencialmente só documento de guerra, tá? — acrescentou com um sorriso triste, sem notar a expressão estupefata de Ophélie. — Correspondências de exército, jornais de campanha militar, registros de matrícula e fichas pessoais de soldados. Como estava escrito na velha língua, uma língua que a gente ensina cada vez menos, ninguém vinha consultar esses arquivos. Eu achava uma pena...

— Você nunca me contou sobre esses arquivos — murmurou Ophélie. — O que aconteceu com eles?

— Eu era jovem e besta — continuou o tio-avô, cujo olhar continuava voltado para dentro. — Isso tudo me fazia sonhar! Eu não via guerra, via aventura humana. Comecei a traduzir todos os documentos, metade com minhas noções de velha língua, metade *lendo* com as mãos. Passei anos nisso! Tinha tanto orgulho de minhas traduções e estava tão impaciente para ser reconhecido, para ser sincero, que submeti meu trabalho ao conselho das Decanas. Ainda me pergunto o que esperava. Uma medalha, talvez?

Ophélie sentiu, pela forma como a voz ficava rouca, que ele estava tocando uma ferida que nunca cicatrizara.

— Simpatizante — articulou ele, encarando o céu. — Foi assim que as Decanas me classificaram e, acredite, não tinha carinho algum. "Obsessão mórbida pela guerra", "comemoração criticável do passado", "exemplo deplorável para a juventude", "pensamento antifamiliar" e assim por diante! Aconselharam que eu me dedicasse aos papeizinhos de família. Nunca vi minhas traduções de novo.

— Sinto muito — cochichou Ophélie.

O tio-avô se virou para ela com um olhar chocado, piscando, como se voltasse a tomar consciência de sua presença.

— Ah, isso não é nada. O mais frustrante foi o que aconteceu depois. Alguns meses após o incidente, um novo decreto familiar foi promulgado. Na época, eu não sei que bicho picou as Decanas, mas elas não paravam de fazer reformas aqui e acolá. Ah, elas até tinham boas ideias, hein, não nego, mas, no que me diz respeito, eu me senti traído. "Qualquer documento sem relação direta com a descendência de Ártemis não sairá mais da competência dos Arquivos Familiares e deverá ser entregue a um serviço especial previsto para a tarefa" — recitou o tio-avô de uma vez só. — Tudo que datava de antes do Rasgo, claro.

— Os arquivos do segundo subsolo foram transferidos — disse Ophélie. — Para onde?

— Uma cidade nos Grandes Lagos. Só que eles nunca chegaram ao porto. O barco que os transportava pelo rio sofreu uma dificuldade técnica. Ninguém se afogou, mas todos os papéis caíram na água. Irremediavelmente perdidos para a posteridade. Mais tarde eu soube que meu trabalho de tradução também estava todo nas caixas.

Ophélie fechou os olhos. Ela só conseguiria chegar perto do que o tio-avô sentiu na época se toda a coleção do museu fosse destruída em um incêndio. Ela se perguntou se era por causa dessa história que ele havia se tornado tão ranzinza.

— Uma dificuldade técnica — repetiu ela, pensativa. — Você não acreditou.

— Olha, até acreditei — resmungou o tio-avô, inclinado para a frente, apoiando os cotovelos no joelho e cruzando os dedos. — As Decanas, por mais metidas que sejam, são sagradas. Para mim, era só azar. Os anos passaram, tentei esquecer esse fracasso. Até dar de cara com a placa no seu museu: "Fechado para inventário". Quando li, foi como se estivesse escrito "Fechado por ser *simpatizante*". As Decanas se livraram de você por causa do seu gosto pronunciado pelo velho mundo, minha filha.

Você *lia* um pouco bem demais o passado que elas não aprovam. Enfim, é minha intuição pessoal — apressou-se a especificar. — Claro que não contei nada disso para a sua mãe, que já se preocupa horrores, mas colocaria minhas mãos de *leitor* no fogo. O que você acha?

— Eu não sei... Não sei mais.

Ophélie olhou pelas Areias de Opala. A costa era uma mistura de rochedos e grama rasa, uma terra selvagem onde não se devia passear sem calçar sapatos firmes. Ao longo da superfície irregular, casinhas esmagadas umas nas outras serviam de fachada unida contra os ataques do vento, do frio e da umidade. Eram como os passageiros do trem, as casinhas: robustas, unidas e coloridas. E tinha o mar, de onde a cabine do teleférico se aproximava agora. Um mar de verdade, com cheiro e barulho, como um ser vivo.

— Você não perdeu seus maus hábitos — suspirou o tio-avô, ao ver Ophélie roer as costuras das luvas. — Não as estrague, são instrumentos de trabalho.

Ophélie se sentia perdida. Ela tinha tanto rancor contra as Decanas desde que lhe arranjaram esse noivado forçado com Thorn que seu julgamento estava alterado. Enquanto pensava furiosamente, os óculos passaram por todas as cores da sua alma.

— Claro, isso tudo é perturbador — admitiu, finalmente. — Mas... não faz sentido. Não se pune alguém por ter "simpatia" pelo velho mundo. O Rasgo aconteceu há séculos, por que umas senhoras temeriam um passado tão distante?

— Você já foi à biblioteca, menina?

— Hum... uma ou duas vezes.

Ophélie não tinha orgulho disso. Seus pais, tios e tias trabalhavam todos na enorme Biblioteca Familiar de Anima, no serviço de restauração e catalogação, mas Ophélie sempre preferira as histórias contidas nos objetos. Ela era péssima leitora, para uma *leitora*.

— Já eu dei uma boa xeretada ultimamente — resmungou o tio-avô. — Coleções educativas, romances morais, só literatura bem-pensante! Nenhuma cena de crime, nenhum palavrão, nenhuma ilustração safada. E não estou falando só das edições vagabundas publicadas pelos escritorezinhos mais toscos de Anima. Não, falo também das traduções do velho mundo: poemas, ensaios, memórias, peças de teatro. Por esses livros, parece que nossos ancestrais antes do Rasgo só se ocupavam com lirismo pastoral e assuntos românticos.

O cachecol deu um tapinha impaciente na mão de Ophélie, que tinha parado de acariciá-lo.

— Você acha que meus pais... que os bibliotecários...

Ophélie não conseguia falar. Nesses últimos meses, ela se agarrara com força total nos valores transmitidos por sua educação: a sinceridade, a honestidade e o amor pelo trabalho bem feito. Se sua família fosse de censores, ela acharia uma traição.

— Ah, sabe, os seus paizinhos são que nem todo mundo — suspirou o tio-avô. — Eles se contentam com consertar o que mandam consertar, classificar o que mandam classificar, ponto final. Não, minha filha, pense mais alto. Todos os livros arquivados na biblioteca passam primeiro por um comitê de aprovação. E quem dirige o comitê? As Decanas. Está começando a entender por que estou tão pensativo?

— Todos os livros — repetiu Ophélie, lentamente. — As Decanas já te deram alguma advertência ou recomendação sobre o Livro, por acaso? O com L maiúsculo.

— O Livro da coleção particular de Ártemis? — chocou-se o tio-avô. — Nada de especial, não. De qualquer forma, ele é indecifrável e *ilegível*.

— E Ártemis? — insistiu Ophélie. — Ela já te pediu, ou pediu para outra pessoa, investigar o Livro?

— Nunca, até onde eu sei. Ela sempre deu mais importância ao vasto universo das estrelas do que ao meu mundinho de papel. Por que todas essas perguntas?

Ophélie abriu e fechou a boca. Ela não saberia explicar o porquê, de tão louco, mas, por uma fração de segundo, tinha tido a intuição que havia, entre o museu fechado, o Livro de Farouk, o acidente dos arquivos, os complôs da biblioteca e o recente desaparecimento dos nobres um único denominador comum.

É completamente absurdo, repreendeu-se esfregando os olhos por baixo dos óculos. *As Decanas não são responsáveis pelos assassinatos corriqueiros do Polo e Farouk se preocupa tanto com meu museu em Anima quanto com seus velhos casacos.*

Ophélie via o hotel crescer conforme o teleférico chegava ao destino. Erguido em uma saliência de rochedo, era ligado por um longo passeio a um estabelecimento termal. O conjunto parecia mais uma usina industrial do que um ambiente de lazer, com as enormes paredes de tijolo e as chaminés altas cuspindo nuvens de fumaça. Ophélie temia que a estação balneária de Areias de Opala fosse uma imitação fajuta do quinto andar da corte. Agora ela sabia que não havia comparação possível. Aqui, entre essa gente, não seria necessário estar sempre atenta ou fingindo, o que era um verdadeiro alívio.

— Porque também tem coisas engraçadas se tramando no Polo — acabou respondendo ao tio-avô. — Meus pensamentos andam todos embaralhados. Acho que vou aproveitar estas férias à beira-mar para arrumar as ideias.

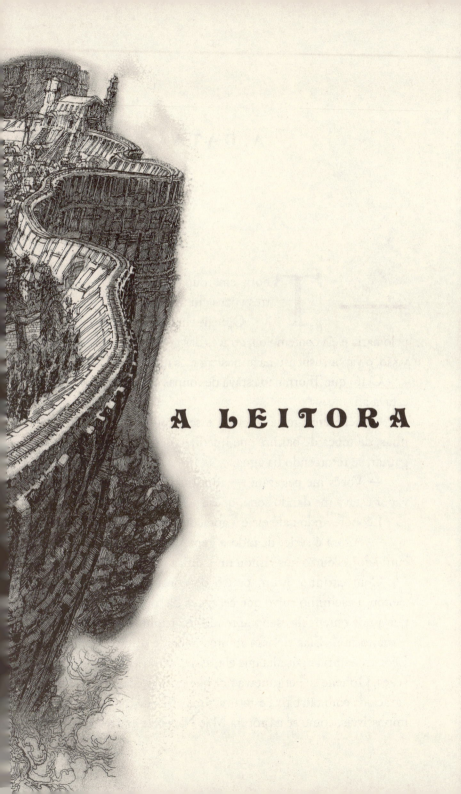

A LEITORA

A DATA

— Thorn em roupas de banho! — gritaram três vozes em uníssono.

Ophélie engoliu água quente, que saiu pelo nariz e ela contemplou, através das gotas que deformavam sua visão, o vapor suspenso na atmosfera e os mosaicos das termas.

Claro que Thorn não estava de roupas de banho, porque nem estava ali.

Ophélie enxugou os óculos e se virou para as três irmãzinhas, de touca de banho, que imediatamente começaram a gargalhar, se retorcendo na água.

— Vocês me pegaram — admitiu Ophélie, sorrindo. — O vapor estava me dando sono, quase acreditei.

Léonore andou até ela e a abraçou pela cintura.

— Agora é sério: quando a gente vai encontrar nosso novo cunhado? Ele não nos visitou uma única vez!

Com carinho, e um pouco de constrangimento, Ophélie ajeitou o cachinho ruivo que escapava da touca da irmã. Parecia que ainda ontem ela estava aprendendo a animar seus brinquedos – muito mal. Elas tinham muitos anos de diferença, mas logo Léonore estaria mais alta que ela, assim como as outras irmãs. Às vezes, Ophélie se perguntava por que era a única filha da família agraciada com tão baixa estatura, uma visão de toupeira e cabelos impossíveis, como se a própria Mãe Natureza estivesse doente.

— Ah, é — falou. — Thorn é um homem terrivelmente ocupado.

— E terrivelmente mal-educado — interveio Domitille, com um tom severo. — A mamãe está cada vez mais desesperada. É verdade que ele não quer nos encontrar?

Béatrice soprou furiosamente sob a água para fazer bolhas, para enfatizar a declaração.

As irmãzinhas de Ophélie pareciam trigêmeas, mas cada uma tinha a personalidade bem definida. Léonore, a mais jovem, era sensorial, amava tocar os materiais e grudar o ouvido no mecanismo dos objetos. Béatrice expressava todas as emoções em estado bruto: ria, chorava, gritava, xingava, mas era impossível tirar dela uma frase completa. Quanto a Domitille, a mais velha das três, ela era dotada de um forte instinto protetor.

— Não é exatamente essa a questão — disse Ophélie. — Ele só... hum... tem muito trabalho.

Thorn não respondia aos telegramas de Berenilde há duas semanas e os Animistas começavam a considerar esse silêncio uma profunda falta de respeito. Será que ele tinha escutado Ophélie quando ela pedira para causar uma boa impressão em sua família? O casamento era daqui a cinco dias...

— Você não parece notar — disse Domitille, franzindo as sobrancelhas. — Já vai fazer um mês que estamos aqui. É legal mergulhar, passear nos rochedos e colher frutinhas juntas, coisa e tal, mas você nunca conta nada!

— Não tenho muito a contar — balbuciou Ophélie.

Ela já se arrependia de ter falado com o tio-avô sobre as chantagens, ameaças, garras, mentiras, intrigas, ilusões, dos desaparecimentos e assassinatos que tinham ritmado sua vida na Cidade Celeste. Ela precisou fazê-lo prometer segurar a língua na frente da família. Por enquanto, ele estava furioso em silêncio, mas contaminava com raiva todos os objetos que tocava. No hotel, um primo havia levado um tombo por causa de uma escada que o fizera tropeçar.

— Thorn pelo menos te trata de forma galante? — insistiu Domitille. — Ele cuida bem de você?

— Vocês já têm intimidades? — apressou-se a perguntar Léonore. — Vão nos dar muitos, muitos sobrinhos?

Béatrice, por sua vez, pigarreou com um ar professoral, esperando respostas à altura das perguntas. Ophélie procurou reforços com tia Roseline, que nadava a braçadas na piscina, mas ela assentiu.

— Suas irmãs não estão tão erradas. Querendo ser uma acompanhante boa demais, fui uma péssima madrinha. O sr. Thorn é o oposto do marido de Agathe. Eu acho... é... que você precisa se preparar para os próximos acontecimentos.

Ophélie queria desaparecer nas águas termais. Quanto mais a data do casamento se aproximava, mais ela recebia recomendações conjugais das tias. E não podia confessar, por medo de causar um escândalo, que Thorn e ela nunca teriam um casamento além da fachada.

Por sorte, foi salva do assunto pela funcionária dos banhos que se curvou sobre a piscina:

— Chegou uma mensagem na recepção para a senhorita.

Thorn se havia se manifestado finalmente.

Ophélie escorregou nos degraus, tirou a touca de banho, enfiou as luvas de *leitora* e atravessou o longo corredor de azulejos, queimando os pés nas fugas de canalização que espalhavam gotas no chão. Essa água de fonte soltava um cheiro forte, mas era excelente para a saúde e tão quente que nunca congelava, mesmo no pior inverno.

— Obrigada — disse Ophélie à recepcionista que entregou a mensagem.

Estava abrindo o envelope quando sentiu uma presença às suas costas. Uma cliente do estabelecimento a observava com uma insistência e proximidade muito constrangedoras. Usando um casacão vermelho, um gorro de pele e botas pretas compridas, nem estava vestida para os banhos. Seus olhos, duros como diamantes em estado bruto, encontraram a correspondência de Ophélie como se tivessem direito sobre ela. Talvez estivesse imaginando coisas, mas parecia que essa curiosa não parava de aparecer e desaparecer de trás dela desde que chegara às Areias de Opala.

Ophélie saiu das termas em busca de um pouco de privacidade e se sentou em um degrau da escada externa, tirou a carta do envelope e a colocou de volta antes mesmo de olhar. Tinha acabado de notar as sete irmãs de Archibald, alinhadas em um banco do passeio como uma coleção de bonecas na estante. Da menor à mais velha, eram tão iguais que pareciam uma só jovem em épocas diferentes da vida. Douce, Clairemonde, Mélodie, Gaîté, Friande, Grâce e Patience arregalaram os olhos para Ophélie. Enquanto o olhar de Archibald evocava um céu radiante de verão, os delas eram o inverno mais glacial.

— Bom dia — disse Ophélie, com um tom prudente.

As irmãs não responderam; elas não respondiam nunca. Era raro vê-las por aí. Normalmente elas passavam o dia trancadas no quarto de hotel. Acostumadas aos veludos do Luz da Lua, detestavam a costa batida pelo vento aonde o irmão as enviara para afastá-las do perigo. Apesar de buscarem a companhia de Berenilde, que era para elas a única representante da civilização ali, não dirigiram a palavra a Ophélie nenhuma vez, como se ela fosse pessoalmente responsável pelos desastres na moradia delas. Às vezes, ao fazer uma curva, todas se viravam às gargalhadas, como se ao mesmo tempo tivessem pensado em algo hilário sobre ela.

Ela não tinha nenhuma vontade de ler uma carta, muito menos uma carta de Thorn, em frente a um público desses.

Ophélie se afastou da escada e atravessou o passeio coberto que ligava as termas ao hotel, em busca de um canto protegido dos olhares. À esquerda, o mar rugia contra as praias rochosas da cidade; à direita, na sombra das coníferas, a água das salinas refletia as nuvens sem perturbação. As dunas de sal cintilavam em frente à refinaria: a cidade devia o nome a essas formações que pareciam feitas de areia brilhante. Acima desse mundo de água, sal, vegetação e tijolo, o céu febril passava constantemente do sol à chuva. Ophélie inspirou profundamente; não fazia mais de quinze graus e sua pele úmida já estava avermelhada, mas essa mistura agridoce de pinheiros e sal a fazia sentir um calafrio delicioso... Depois de todas as ilusões da Cidade Celeste, aqui Ophélie se sentia bem real.

Ela parou um instante para olhar os homens da sua família, que jogavam bola ao lado do passeio. Como dignos Animistas, riam às gargalhadas, gesticulavam muito e xingavam alto, especialmente quando o gol mudava sozinho de lugar. Com as mãos nos bolsos, os únicos espectadores eram o pai e o tio-avô de Ophélie, o primeiro por timidez e o segundo por mau-humor.

— Ei, Ophélie! Não fique sozinha! Vem jogar!

Os tios e primos a tinham notado no meio do passeio. Ela recusou com um gesto educado, escondendo o envelope nas costas, e respondeu à expressão inquieta do pai com um sorriso.

De certa forma, estava aliviada por ver que continuava fazendo parte da família apesar da distância. No entanto, ainda tinha a impressão de não conseguir equilibrar esse leve descompasso instalado entre eles. Ninguém parecia notar que ela não era mais ela mesma. Ou que, talvez, no fundo, nunca tivesse sido.

Ophélie se sentou sob a balaustrada do passeio, com as costas contra uma coluna, e tirou pela terceira vez a carta de Thorn. Agora que estava finalmente confortável para lê-la, não ousava desdobrá-la. Ela se sentia terrivelmente nervosa. Thorn anunciaria a sua chegada iminente? Era bem possível que ele esperasse o dia do casamento para aparecer no altar, carregando pastas debaixo dos dois braços.

Em três de agosto, dali a cinco dias, só cinco dias, eles estariam casados.

Ophélie, por sua vez, só pensava nessa data fatídica. Como seria uma vida comum com alguém como Thorn? Ophélie era incapaz de imaginar, assim como era incapaz de se imaginar com garras de caçador em cada nervo e talvez ainda um suplemento de memória.

Ela olhou um pouco envergonhada para as silhuetas de suas tias e avós, que se dedicavam aos preparativos com grandes gestos. O animismo delas estava tão excitado que Ophélie via dali as fitas sacudindo no teto e as toalhas brancas tremendo como fantasmas. Operários instalavam lustres de cristal, transportavam instrumentos musicais, alinhavam centenas de candelabros de ouro. Berenilde havia gastado sem computar valores, desejando oferecer a seu sobrinho um casamento digno dos que ocorriam na corte.

Inspirando fundo, Ophélie decidiu finalmente desdobrar a mensagem. Não levou muito tempo para entender que, diferente do que imaginava, não vinha de Thorn.

Srta. ex-vice-contista,
Por força maior, devo constatar que não levou suficientemente a sério meu primeiro aviso. É minha obrigação apresentar este ultimato. Rompa seu noivado e nunca mais pise na corte. Dou até o dia 1º de agosto para tomar as devidas providências, a não ser que queira que o sr. intendente fique viúvo antes mesmo de casar.
DEUS DESAPROVA ESSA UNIÃO

Ophélie inspirou para acalmar os batimentos do coração. Dessa vez, começava realmente a ter medo.

O CATA-VENTO

Ophélie subiu correndo a escadaria das termas. Quem havia deixado esse recado para ela? Um simples carteiro, garantiu a recepcionista. Ele não deu nenhuma indicação de onde vinha? Nenhuma, senhorita. Sem perder tempo no vestiário, Ophélie enfiou a carta dentro da luva e correu para o hotel. Precisava conversar com Berenilde e só Berenilde. Era a única que entenderia a situação.

Na pressa, Ophélie bateu com o nariz, os joelhos e as costas na porta giratória do hotel. Ela percorreu os mostruários e guichês do saguão. Além de recepcionar os hóspedes, o térreo também servia como prefeitura, usina, correio, central telefônica, banca de jornal e até, ocasionalmente, como loja de ferragens. Estava sempre cheio de gente e vários operários levantaram as sobrancelhas ao ver Ophélie passar. Ela estava tão perturbada com a carta que havia esquecido que ainda perambulava de maiô.

— Ora, ora, ora! — arrulhou uma voz rouca. — Você não é tão pudica quanto parece, pombinha.

Enjoada, Ophélie respirou o forte perfume de Cunégonde antes mesmo de vê-la. A Miragem estava no balcão da recepção, ocupada em preencher o registro do hotel. Sob o costumeiro véu de penduricalhos dourados, não tinha a melhor das caras, apesar da maquiagem.

— O que está fazendo nas Areias de Opala? — perguntou Ophélie, na defensiva.

Ela se sentia incapaz de ser educada.

— Doença profissional — suspirou Cunégonde. — Manipulo ilusões por tempos longos e os efeitos nos meus nervos não são dos mais felizes. Conheço quem diz vir aqui para reumatismo. A verdade — disse ela, entregando o registro à recepcionista — é que vêm para desintoxicar o espírito longe dos outros olhos.

Ophélie devia admitir que, fora Berenilde e as irmãs de Archibald, os raros nobres com quem cruzava ali tinham caras suadas de viciados em ópio.

— Só falam de você na corte depois da cena memorável com nosso Senhor — continuou Cunégonde, em tom de confidência. — Ele está fascinado por você, pombinha. Quando voltar, esteja pronta para enfrentar o inferno.

Ao escutar as palavras, Ophélie quase sentiu a carta queimar suas mãos. Estava prestes a perguntar a Cunégonde se ela era a autora quando um escarcéu a interrompeu. O carregador de bagagens, aplicado demais, havia pegado a enorme bolsa de tapeçaria sem notar que estava aberta. Ele virou no carpete uma quantidade impressionante de ampulhetas azuis.

— Desajeitado! — sibilou Cunégonde entre os dentes, olhando furtivamente ao redor e fazendo os pingentes tilintarem como sinos. — Guarde isso imediatamente! Cuidado para não abrir nenhuma!

O carregador se apressou para guardar todas as ampulhetas na bolsa, desculpando-se sem parar. Ophélie não sabia o que a impressionava mais: que Cunégonde perdesse a calma ou que tivesse todas aquelas ampulhetas. Para alguém que planejava se desintoxicar das ilusões, era inesperado.

— Eu sei, pombinha, que esta coleção pode parecer um pouco incoerente, mas é de uso puramente profissional. As ampulhetas azuis da querida Hildegarde são uma enorme concorrência às minhas delícias eróticas! Não cairia bem se eu não... bom... "estudasse", digamos. Já acabou de guardar essas ampulhetas? — perguntou impaciente, dirigindo-se ao carregador. — Ah, meus imagineiros não andam bem, pombinha — ronronou Cunégonde, voltando-se para Ophélie. — Um crítico de arte me acusou de fazer ilusões de má qualidade, acredita? Já ouviu falar em bolhas de confusão?

— Hum... não.

Ophélie não entendia por que Cunégonde contava tudo isso. Desde que havia recusado sua oferta no Jardim do Ganso, era sempre tratada como inimiga.

— São ilusões que produzem exatamente o mesmo efeito de uma bebedeira alcóolica. Foi com isso que esse crítico detestável comparou minha última criação: meu paraíso sensorial, meu palácio do prazer colocado na mesma categoria que um vinho de mesa ruim!

— Acabei, senhora — disse o carregador, fechando bem a bolsa. — Se a senhora me seguir, posso levá-la ao quarto.

— Peço, por favor, que guarde isso tudo entre nós — sussurrou Cunégonde a Ophélie, piscando os enormes cílios. — Não quero que acreditem que estou desesperada a ponto de me refugiar nas ilusões da minha maior concorrente.

Ophélie concordou com a cabeça. Na verdade, ela estava preocupada demais com a carta para se importar com essas histórias. Entretanto, não pôde deixar de sentir pena, observando Cunégonde se dirigir lentamente para as escadarias do hotel, fazendo tilintar os pingentes dourados do véu.

— Com licença — disse Ophélie na ponta dos pés para se inclinar sobre o balcão da recepção. — Procuro a sra. Berenilde.

— Que coincidência boa — respondeu o recepcionista. — A sra. Berenilde também te procura.

— Ah, é? Sabe onde posso encontrá-la?

— Ela está passeando com a sua irmã, mas voltará em breve. Ela me encarregou de pedir que espere aqui.

Ophélie se sentou em um dos banquinhos desconfortáveis do saguão do hotel, curiosa para saber o que Berenilde queria dizer de repente. Folheou o jornal que alguém esquecera ali. Era só uma gazeta local que não tinha o prestígio do *Nibelungo*, mas serviria para distrair a impaciência de Ophélie.

Ela arregalou os olhos ao cair, entre duas fofocas de corte, em uma foto de Thorn.

O livro do senhor Farouk em breve não terá nenhum segredo para este homem, anunciava o artigo em letras enormes. *O sr. nosso intendente, atualmente em turnê de inspeção em nossas províncias, sempre foi mesquinho em suas confidências. Entretanto, mostrou-se excepcionalmente eloquente quando interrogado ontem sobre o estado da corte. O sr. intendente escapou de alguns assuntos espinhosos, como os encontros dos Estados Familiares neste 1º de agosto e os sequestros preocupantes que parecem afetar o clã dos Miragens, mas não fez mistério sobre o papel fundamental que terá em breve para o senhor Farouk. É de conhecimento público que nosso senhor dá uma importância central ao seu Livro, uma peça de coleção única, até hoje indecifrada. Nossos leitores mais antigos talvez se lembrem das tentativas anteriores para decodificar esse documento enigmático, tentativas sempre fracassadas. "Terei sucesso onde todos os outros fracassaram", declarou o sr. Thorn, muito seguro de si. Seu casamento com uma animista, neste dia 3 de agosto, será a chave deste empreendimento ambicioso, mas o sr. intendente não quis se estender sobre esse "detalhe", como ele mesmo descreveu. Vamos ficar de olho!*

Ophélie não acreditava nos próprios óculos. Por que Thorn ordenara que ela não falasse do Livro, se ele próprio se gabava para a imprensa? Felizmente nenhum membro da sua família tinha lido o artigo: teria levado a um monte de perguntas constrangedoras...

Ela estava refletindo sobre isso quando notou o enorme vestido púrpura de sua mãe, em plena discussão com a Relatora de Anima. Ophélie se escondeu imediatamente atrás do jornal, cuidando para disfarçar bem a foto de Thorn.

— Você poderia ao menos destacar a ausência deste homem que pretende se tornar meu genro! — gritou sua mãe. — Ele deve casar com minha filha daqui a cinco dias e nos deixou encarregados de todos os preparativos do casamento! Que mundo é esse!

— Vejamos, Sophie queridinha, a sra. Berenilde nos explicou que isso estava além da vontade dele. O garoto tem um trabalho importante, não tenho motivos para demonstrar reservas a seu respeito.

A Relatora não era uma velha senhora, mas tratava todo mundo como se estivesse cercada de crianças inexperientes. Ela fazia questão de vestir as mesmas roupas pretas e os mesmos óculos dourados das Decanas de Anima, apesar de não ter o mesmo título. Por sua vez, o chapéu que usava era completamente único. Apoiado nos cabelos armados como um abajur, carregava um cata-vento em forma de cegonha que girava permanentemente. O cata-vento não respondia ao sentido do vento, mas ao animismo da dona: era tão curioso quanto ela e não hesitava em apontar o bico de pássaro a qualquer coisa que parecesse interessante.

— Vamos falar dessa Berenilde! — exclamou a mãe de Ophélie. — Ela tenta nos distrair desde que chegamos, mas não confio nem um pouco nela.

— Estamos sendo perfeitamente bem tratados — respondeu a Relatora, sacudindo um papelzinho. — É a única coisa que pretendo dizer ao Familistério.

— Só eu vejo que alguma coisa está errada aqui? — deixou-se levar a mãe de Ophélie, cuja pele ficava mais roxa que o vestido. — Tenho certeza que minha filha está sendo maltratada. Ela está tão frágil e reservada!

Dissimulada atrás do jornal, Ophélie sentiu vergonha. Desde o encontro na plataforma da estação, ela aguentava a possessividade da mãe como um fardo. Alguns meses longe do domicílio parental a deixaram desabituada à autoridade que interrompia sem parar sua fala, escolhia vestidos no seu lugar e sempre queria saber onde ela estava e com quem. Várias vezes, Ophélie havia se surpreendido discutindo quando, pouco antes, teria se contentado em dar de ombros.

No fundo, elas nunca pararam de querer proteger uma à outra, sem serem capazes de conversar.

— Esse casamento não vale nada! — insistiu a mãe de Ophélie, enquanto a Relatora se aproximava do telegrafista. — Desde que conheci esse mal-educado do sr. Thorn, me contenho para não me opor. Talvez as Decanas possam estudar a questão, investigar ou...

— Sophie, queridinha — interrompeu a Relatora, com uma voz enjoada —, você está tentando ditar a conduta de nossas caríssimas madres?

Sobre o jornal, Ophélie viu o enorme perfil da mãe empalidecer tão rápido quanto arroxeara. A cegonha do chapéu da Relatora de repente apontara para ela com o bico metálico, como um dedo em riste de acusação.

— Claro que não — balbuciou ela, como uma garotinha pega no flagra. — Não queria parecer insolente. É só que...

— Ninguém, nem as nossas veneráveis madres, pode reconsiderar este casamento. Devo te lembrar, queridinha, que o contrato conjugal foi ratificado pela sra. Ártemis e pelo sr. Farouk em pessoa? Só eles têm a autoridade de impedir essa aliança e as consequências diplomáticas seriam gravíssimas se nossos pombinhos dessem um único motivo para anular esse contrato. Bom dia, sr. telegrafista! — cumprimentou alegremente a Relatora ao entregar o papel no guichê. — Seria possível transmitir a seguinte mensagem, por favor? O destinatário é o Familistério de Anima — falou bem alto para o telegrafista, que entendia mal o sotaque. — Fa-mi-lis-té-ri-o de A-ni-ma.

A mãe de Ophélie saiu do saguão, horrivelmente frustrada. Apesar de Ophélie ter conseguindo escapar de sua vigilância, não conseguia fugir do cata-vento: ele havia se virado bruscamente para seu jornal e a cegonha, respondendo a um mecanismo diabolicamente inteligente, começou a picar o chapéu da Relatora para chamar sua atenção.

— Ora, ora, está aqui, queridinha? Pode deixar a leitura de lado por um instante? Gostaria de conversar com você.

Entendendo que não tinha escolha, Ophélie deixou o jornal de lado e se aproximou do guichê do telegrafista.

— Essa roupa não convém à sua idade — suspirou a Relatora, com um olhar de reprovação para o maiô. — Você me escutou falando com a sua mãe?

— Infelizmente.

Atrás do guichê, o telegrafista batucava no aparelho com impassibilidade profissional.

— Ah, sim, eu também vejo e escuto muitas coisas, infelizmente — riu a Relatora, com um ar cúmplice. — Saiba que não quis alimentar a briga com a sua mamãe, mas a verdade é que até eu me preocupo com a ausência do seu noivo. Sabe por que ele tarda tanto em aparecer?

Sob a massa de cabelos armados, cortados como uma cerca viva, o rosto da Relatora tinha uma expressão preocupada. Os enormes olhos redondos brilhavam de forma estranhamente ávida, como se quisessem absorver os segredos mais íntimos de sua interlocutora. Se havia alguém a quem Ophélie não queria contar nada, era essa fofoqueira.

— Não, sra. Relatora. Não sei.

Ophélie se sentia desconfortável. A cegonha metálica, aninhada no chapéu ridículo da Relatora, não retomara o giro habitual e continuava a apontar o bico.

— Mas minha queridinha — suspirou a Relatora com uma voz caridosa. — Como posso escrever relatórios detalhados às Decanas se você não se esforça? Se beneficiou de um período probatório para conhecer seu noivo devagar porque nós, do Familistério de Anima, não queríamos te assustar. Entretanto, podíamos fazê-lo.

Friccionando os braços nus, Ophélie consultou o relógio do guichê. Berenilde demorava a voltar da caminhada. Ela começava seriamente a considerar tirar a carta anônima da luva e erguê-la contra o bico da cegonha. As Decanas não queriam assustá-la? Outras pessoas o fariam no lugar!

— Estudei bem o seu arquivo, você sabe, antes de embarcar para esta viagem — continuou a Relatora, sorrindo de canto de boca. — Soube que você já rejeitou dois pedidos de casamento, de primos com quem você poderia ter levado uma vida bem cômoda se mostrasse alguma boa vontade.

— O passado é o passado — disse Ophélie.

O sorriso da Relatora se acentuou.

— É mesmo? Talvez não seja culpa do sr. Thorn ele não se encontrar entre nós hoje. Tem certeza de estar fazendo o necessário para satisfazê-lo? — perguntou ela, inspecionando Ophélie por cima dos óculos redondos. — Porque vou dizer uma coisa, queridinha, e é uma advertência que as Decanas passam pela minha boca: se descartar este casamento como descartou os anteriores, sob qualquer pretexto, enfrentará sozinha as consequências impostas pelo sr. Farouk. Não espere nenhuma ajuda de nossa parte, nem pense em voltar para Anima depois de nos desonrar. Entendido?

A Relatora fez essa declaração em uma voz infinitamente doce, quase dolorida, como se achasse realmente uma pena ter que dizer coisas do tipo.

Ophélie não sabia que emoção a deixava mais enjoada, a revolta ou a aflição. Dou até o dia 1º de agosto para tomar as devidas providências, havia escrito o autor da carta. Isso não deixava nem três dias direito para encontrar uma resposta ao ultimato e ela não sabia a quem procurar.

— Seu telegrama foi enviado, senhora — anunciou o telegrafista. — Cinco coroas, por favor.

— O que esse senhor quer? — perguntou a Relatora a Ophélie, franzindo as sobrancelhas. — Esses estrangeiros todos têm um sotaque horrível, não entendo uma palavra do que dizem!

— Você deve coroas pelo telegrama — repetiu Ophélie.

— Cinco — insistiu o telegrafista, mostrando todos os dedos da mão. — Normalmente, são quatro, mas aconteceu um eco. Os ecos custam papel.

O telegrafista mostrou a fita de papel perfurado que o telégrafo cuspira sozinho.

— Acontece direto, agora — resmungou ele. — Estraga os instrumentos.

Os ecos eram fenômenos que provocavam imagens dobradas em fotos ou voltas intempestivas de ondas radioelétricas: ninguém entendia exatamente como funcionava, mas todo mundo concordava que eram um saco.

— Coloque na conta da Intendência — propôs Ophélie ao telegrafista, esperando que essas cinco coroas não falissem Thorn.

Ela podia até casar com o maior contador do Polo, mas as moedas e notas constituíam para ela um mistério esotérico.

Ophélie se sentou de novo no banquinho. Acreditando ter acabado a conversa com a Relatora, exasperou-se ao vê-la se sentar a seu lado. Quando essa viciada em broncas agarrava alguém com o cata-vento, não soltava mais.

— Queridinha, sei que a gente daqui é muito desconcertante — disse ela, com um olhar significativo para o telegrafista —, mas você não pode afastar seu noivo sob o pretexto de não ser da nossa família. Nem as Decanas, em sua sabedoria infinita, hesitam em abrir as portas para influências estrangeiras, para benefício de Anima inteira!

— Que influências estrangeiras? — perguntou Ophélie.

— Claro que não posso entrar em detalhes — murmurou a Relatora com a expressão enigmática de uma grande iniciada. — O que acontece no Conselho das Decanas é estritamente confidencial e até eu, Relatora que sou, não posso entrar. Pelo menos por enquanto — se apressou a corrigir. — Daqui a quatro anos farei o concurso público familiar de novo e sinto que desta vez vai dar certo! O que eu posso dizer, voltando ao assunto em questão, é que nossas caríssimas madres recebem ocasionalmente a visita de um estrangeiro verdadeiramente... — começou a Relatora, tentando encontrar o adjetivo mais adequado, enquanto o cata-vento girava de maneira hesitante no chapéu. — Um estrangeiro verdadeiramente estranho, na verdade. Nunca vi um poder familiar como o dele... nem saberia dizer sua idade. Ah, não posso ficar escutando na porta — garantiu com tanta ênfase que Ophélie duvidou muito —, só estava servindo chá. Mas sei que nossas caras madres levam os conselhos desse estrangeiro em muita consideração. Ele não as visita sempre, mas quando vai, elas votam uma nova lei familiar ou acabam com outra. Use o exemplo dessa bela abertura de espírito!

Ophélie franziu as sobrancelhas. Promulgar leis porque um visitante aconselha, entre xícaras de chá. Era um pouco além de abertura de espírito. Ophélie tinha o suficiente para pensar, entre as ameaças de morte e seu casamento futuro, mas não foi capaz de conter por mais tempo o sarcasmo que escorreu pela boca:

— Entendo. É também pelo conselho de um estrangeiro que as Decanas decidiram transportar arquivos, censurar a biblioteca e fechar meu museu?

Os olhos redondos da Relatora se arregalaram tanto que em um instante ela pareceu um sapo vestindo peruca frisada.

— Eu te acho bem insolente e ingrata, queridinha. O seu museu recebe, como os arquivos e a biblioteca antes dele, uma renovação bem merecida.

— Que renovação? — preocupou-se Ophélie. — Sempre tratei as coleções com o maior cuidado.

— Mas sem nenhum discernimento! — suspirou a Relatora, batendo nos óculos com um ar profissional. — Isso também eu li no seu arquivo. Os homens de antes do Rasgo criaram verdadeiras obras-primas, mas também cometeram atrocidades. Atrocidades que perpetuaram na forma de armas e livros. Colocar essas coisas na cara de jovens, mesmo que velhas há séculos, poderia semear o gérmen da guerra em espíritos influenciáveis. Nossas caríssimas madres tomam uma boa decisão ao só valorizar o patrimônio no qual todos devem se inspirar! De qualquer forma, isso não lhe interessa mais — concluiu a Relatora, enquanto o cata-vento se afastava firmemente de Ophélie.

Ophélie apertou as mãos até as luvas guincharem. Ela tinha se aperfeiçoado na arte da *leitura* porque nunca se sentia tão próxima da própria verdade quanto quando explorava a dos objetos. O passado não era sempre bonito, mas os erros de quem viera antes dela sobre a terra também se tornavam os dela. Se Ophélie tinha aprendido alguma coisa na vida, era que os erros eram indispensáveis para construir.

Ela se lembrou de repente da intuição que a tomara no teleférico, do denominador comum que pressentira entre as ações das Decanas em Anima e as ameaças que flutuavam ali, no Polo, ao redor do Livro de Farouk. Essa impressão colava na pele dela como piche, sem que conseguisse formular um vínculo de causalidade entre as duas.

Ophélie não teve a oportunidade de aprofundar a questão. Uma voz aguda atravessou o saguão do hotel como uma sirene:

— Fi-nal-men-te! Te procuramos em to-do lugar!

Agathe trotava entre os carrinhos de bagagens em uma impressionante confusão de pérolas. Ela usava os mesmos colares, o mesmo vestido aéreo, a mesma boina e o mesmo lenço de algodão de Berenilde, que também atravessava a porta giratória.

— Irmãzinha, estávamos mor-tas de preocupação! Bom dia, sra. Relatora, podemos falar com a Ophélie, por favor?

A relatora visivelmente não recusou. Ela aproveitou a distração para escapar discretamente, procurando um novo destino com o cata-vento.

— Meu amor, o que está fazendo de maiô aqui, na frente de todo mundo? — exclamou Agathe, com os punhos no quadril. — É in-de-cen-te.

Para a tristeza de seu marido, que a seguia por todos os lados com um ar cansado, carregando o Tonzinho no colo, Agathe havia desenvolvido manias estranhas. De um dia para o outro, começou a separar sílabas como uma atriz de teatro e a usar novos vestidos. Louca de admiração por Berenilde, Agathe tentava seguir seu molde, se vestir como ela, falar como ela e andar como ela.

— Agora que en-fim te encontramos — continuou Agathe com a voz animada —, aonde quer nos levar, senhora? Vamos finalmente à corte? Estou tão im-pa-ci-en-te para ver alguma coisa além de rochedos!

Curvada pelo peso do ventre, Berenilde olhou para ela com enorme indulgência.

— Peço perdão, querida, mas ainda não será hoje. Na verdade, gostaria de conversar com a sua irmã.

— Como assim? — disse Agathe, decepcionada. — Não vou com vocês?

— Desta vez não. Aproveite a companhia do seu marido e do Tonzinho — sugeriu Berenilde, com doçura.

Seu olhar dispensou toda meiguice quando se virou para Ophélie.

— Vista um casaco.

AS MÃES

Berenilde convidou Ophélie a subir em um trenó puxado por três cavalos brancos como a neve. A Valquíria já estava sentada, radiante como se preparada para seguir um cortejo fúnebre. Ophélie hesitou levemente ao notar uma grande mala no fundo do carro. Elas não iam viajar, iam?

O trenó saiu do hotel e atravessou as avenidas agitadas da cidade, recebido por homens que tiravam os chapkas de pelo e por mulheres que erguiam as camadas de vestido em reverência. Como uma verdadeira santa padroeira, Berenilde dava sorrisos bondosos para cada um deles. Atravessando as ruelas de Areias de Opala, Ophélie notou que Berenilde tinha todo um lado cuja existência ela ignorava. Não havia um muro, nem uma vitrine onde não figurassem cartazes antigos com seu nome: "O sopão de Berenilde", "O asilo de Berenilde", "A escola de Berenilde". Essa aristocrata que Ophélie sempre via dormir em lençóis de seda e nunca levantar um dedinho para fazer nada havia se transformado ali em uma benfeitora que usava toda sua energia para fazer bater o coração da estação.

Entretanto, a misteriosa melancolia estava sempre ali, na sombra de seu olhar.

— Precisamos conversar — disse Ophélie. — Recebi uma...

— Aqui não — cortou Berenilde. — Espere até chegarmos.

Ophélie precisou ser paciente. O trenó andava bem devagar por causa da gravidez de Berenilde. Pegou uma estrada que se afastava da cidade, ladeava as salinas e subia por um fiorde. A neve nunca derretia nos cumes, então logo os pinheiros tomaram uma cor entre esmeralda e prata. Ophélie apertou um pé contra o outro; tinha pensado em pegar o cachecol, mas esquecido os sapatos.

De um lado da estrada, a muralha ferroviária prolongava a rocha natural da costa; do outro, o fio de mar refletia as falésias como um espelho. Era um mar tão salgado que, além de plâncton e algas, nada mais vivia ali; no entanto, era o soberano do lugar. Assim que o sol atravessou as nuvens e jogou seu ouro na água, as cores da paisagem passaram, em um instante, de pastel a guache. Ophélie via esse espetáculo todo dia, mas tinha sempre o mesmo efeito.

O charme foi interrompido quando o trenó atravessou um caminho de pinheiros e parou em frente ao alpendre de uma casa de janelas redondas.

SANATÓRIO
ENTRADA DE VISITANTES

Essas quatro palavras gravadas no frontão da fachada deram a Ophélie a vontade de se esconder.

— Nós... viemos visitar sua mãe?

Ophélie acabara se esquecendo completamente da existência dela. Uma pessoa com quem Ophélie não tinha a menor vontade de conversar era essa velha atriz. Ela nunca tinha sido capaz de confessar para Berenilde que a própria mãe detestava ela e Thorn a ponto de ter colocado suas vidas em perigo. Uma única ameaça de morte já bastava naquele momento.

Escoltada pela Valquíria, Berenilde entrou no sanatório com a majestade de uma rainha. Ophélie não entendia como uma mulher dotada de uma barriga tão considerável conseguia se mover de forma tão graciosa; ela mesma se sentia horrivelmente deslocada, com as perninhas nuas que apareciam sob o casaco. Uma vez lá dentro, Ophélie apertou os olhos, cega pela brancura imaculada do local. O sanatório, cheio de janelas de vidro e azulejos limpos, deixava entrar a luz do dia. Planava na atmosfera um odor de desinfetante que fez Ophélie sentir falta do perfume de resina do lado de fora.

Ela seguiu Berenilde e a Valquíria ao longo de um interminável desfile de espreguiçadeiras, onde pessoas de idade pegavam sol, inertes nas poses reclinadas. O que ela devia dizer à avó de Thorn quando a encontrasse? Como vai, minha senhora. Tem alguma intenção de me matar hoje?

Berenilde entrou em outra ala do estabelecimento, perfeitamente deserta. Ou quase: uma enfermeira usando um chapéu branco de pano com abas em ponta se dirigiu a elas, fazendo os tamancos ecoarem nos azulejos.

— Bom dia, sra. Berenilde. Sua mãe ficará feliz em vê-la.

— Trouxe alguns pertences pessoais. Tem certeza que não há risco para o bebê?

— Nenhum, senhora. Tratamos patologias respiratórias, mas nada contagioso. Estará perfeitamente bem instalada aqui, fique tranquila.

— Não vamos voltar ao hotel? — chocou-se Ophélie, enquanto a enfermeira as conduzia por um corredor.

— Você vai — respondeu Berenilde. — Explicarei em breve, mas primeiro gostaria de conversar com minha mãe.

A enfermeira deu batidinhas discretas em uma porta e a abriu sem esperar resposta. Berenilde entrou no quarto, segurando a barriga com duas mãos, e, antes que Ophélie e a Valquíria pudessem segui-la, fechou devagar a porta atrás de si.

— Esperem — murmurou pela porta entreaberta. — Não vou demorar.

Ophélie concordou em silêncio. Ela teve o tempo de notar, atrás de Berenilde, um espetáculo que não esqueceria tão cedo: o corpo murcho de uma senhora, mais branca que os lençóis, encarando o teto com olhos saltados, a respiração reduzida ao estado de um assobio. Se Ophélie não soubesse que essa mulher era a avó de Thorn, não a teria reconhecido.

Abalada, Ophélie andou alguns passos no corredor e sentou-se no parapeito de uma imensa janela redonda. Pensar que alguns minutos antes ela se sentia ameaçada por aquela mulher...

— Não sabia que a saúde dela estava tão ruim — confessou à Valquíria, que a seguira, fazendo o vestido farfalhar. — Sabia que estava com problema de pulmão, mas... mas isso...

Ela foi sacudida por uma série de espirros antes de terminar a frase.

— Aqui.

Ophélie considerou com olhos arregalados o lenço oferecido pela Valquíria. Elas viviam juntas há meses e era a primeira vez que escutava o som de sua voz. Ophélie assoou o nariz de leve, um pouco constrangida por sujar um objeto tão belo; parecia que o lenço tinha sido confeccionado do mesmo material preto e finamente bordado da crinolina.

— Obrigada, senhora.

Sua surpresa redobrou quando a Valquíria abriu um sorriso cheio de malícia que propagou rugas nas duas bochechas.

— Ora, ora, nada de "senhora" entre nós. Sou eu, Archibald.

— Quê?

Ophélie tinha aprendido que uma jovem bem educada nunca dizia "quê?", mas achava que algumas circunstâncias permitiam falta de educação. A Valquíria sentou-se ao lado dela. Era um espetáculo surrealista ver essa velha senhora, normalmente tão digna e empolada, debater-se no vestido bufante com gestos desajeitados.

— Peguei este corpo emprestado por um instante. Não é muito confortável, mas queria conversar em particular.

Quando viu o olhar da Valquíria examinar seus tornozelos nus com interesse sem-vergonha, Ophélie não teve mais dúvidas. Era mesmo Archibald.

— Você pode fazer isso? — balbuciou ela, apertando o casaco o máximo que podia. — Possuir o corpo de outra pessoa?

— Posso — respondeu Archibald com a voz rouca da Valquíria. — Quando o proprietário é membro da Teia e me dá consentimento. Mas não dura muito tempo, então me escute bem. Estou no meio da minha investigação sobre os desaparecimentos no Luz da Lua. O que suspeito não parece nada bom.

— O que está acontecendo aí? — preocupou-se Ophélie. — De quem você desconfia?

— Digamos que tenho uma pista de reflexão, mas prefiro explorar sozinho por enquanto. Não falarei com ninguém, nem com minha família, até ter mais certeza.

Ophélie pensou que não devia ser muito confortável esconder segredos de quem podia monitorar suas ações e gestos permanentemente. O rosto velho da Valquíria foi repentinamente percorrido por espasmos, mas sem parar de sorrir; era a expressão mais bizarra que Ophélie havia visto no rosto de um ser humano.

— Eu te convido a ser extremamente prudente. Fique longe da corte pelo tempo que puder.

Ophélie ficou tensa. Depois da carta que havia recebido, não pediria outra coisa. Até agora, Farouk não havia mandado nenhuma mensagem a respeito do novo cargo que prometera, mas isso não resolvia em nada seu problema. Será que Ophélie poderia confiar em Archibald? Deveria falar da chantagem a qual estava sendo submetida?

— É bom Berenilde tomar conta do bebê quando nascer — acrescentou ele, antes que ela decidisse. — Quero ser padrinho de uma criança saudável! Quanto às minhas irmãs, cuide para que não se afastem de você.

— Elas só estão aqui porque você as obrigou. Não tenho nenhuma autoridade sobre elas, a gente mal se fala.

— Elas estão com ciúmes — gargalhou Archibald.

Se já era surpreendente ver uma Valquíria falar, era ainda mais perturbador vê-la rir.

— Ciúmes?

— Minhas irmãs não entendem por que tenho tanta curiosidade por você. Elas te acham desinteressante e pouco estética.

— Ah — respondeu Ophélie, simplesmente. — Você tem notícias do Thorn por aí?

A Valquíria abriu uma careta sorridente, as pálpebras agitadas em solavancos nervosos. A possessão de Archibald exigia muito do corpo.

— Até onde eu sei, ele não é meu noivo. O sr. intendente está fazendo sei lá o quê, sei lá onde. Não quero ofender, mas ele não parece se preocupar mais com meus desaparecidos do que com o seu casamento.

Ophélie enfiou a mão no bolso do casaco, onde o relógio de Thorn pulsava discretamente. Ela quase o quebrara, desregulara e travara inúmeras vezes, mas até agora a mecânica delicada sobrevivera à sua falta de jeito. Ophélie tinha colocado o silêncio de Thorn na conta da investigação do Luz da Lua, mas se Archibald também não sabia onde ele estava... De repente, ela se lembrou dos papéis voando para todos os lados e de Thorn, coberto de sangue, apontando a pistola para ela. E se ele também tivesse recebido cartas?

— Não temos conexão com a Cidade Celeste por telefone. Será que você pode contatar a Intendência, sr. embaixador? Só para garantir... como dizer... que não há nada grave.

A Valquíria levantou tanto as sobrancelhas que sua testa se enrugou como uma sanfona.

— Ah, fala sério. Você está preocupada com o Thorn?

— E com você também — suspirou Ophélie, a contragosto. — Não sei se vocês merecem, nenhum dos dois, mas tomem cuidado com onde se metem.

Ela se assustou quando a Valquíria se curvou sobre ela, beijou sua testa e deu uma piscadela.

— Evite aparecer na corte, pequena Ophélie. E fique longe das ilusões.

— Ilusões? Por que das ilusões?

O rosto da Valquíria se fechou como uma janela, seus olhos pararam de brilhar e as mãos enrugadas ajeitaram as saias do vestido.

— Seu correspondente não está mais aqui.

— Mas eu não entendi — insistiu Ophélie. — O que Archibald quis dizer?

— Muito felizmente, não compartilho os pensamentos com ele — declarou a Valquíria, pegando o lenço de volta. — Fui contratada para ficar de olho na sra. Berenilde, não para conversar com você.

Com essas palavras, a velha se afastou da janela e retomou um silêncio decoroso. Ophélie retorceu as luvas. Talvez ela devesse ter falado da carta com Archibald. Será que ele ia ligar para a Intendência, como ela pedira? A Cidade Celeste flutuava longe demais de Areias de Opala para Ophélie chegar de espelho. Ela se virou e contemplou a floresta de coníferas pela janela. Cada vez que o sol saía de uma nuvem, encharcava Ophélie de luz e reverberava o seu reflexo no vidro: uma mulherzinha de cabelos bagunçados, expressão angustiada e, enrolado no pescoço, um cachecol que começava a se sacudir de impaciência.

Ophélie se levantou como uma mola ao escutar uma porta se abrir e fechar no corredor. Era Berenilde, agarrando a barriga como uma boia, tão pálida que parecia anêmica.

— Senhora? — preocupou-se Ophélie.

— Eu quero... pegar um pouco de ar — disse Berenilde, com uma voz cansada, se apoiando no braço que ela oferecia. — Venha comigo, por favor. Quanto à senhora — acrescentou para a Valquíria. — Será que pode nos seguir a uma distância respeitável, por favor? Precisamos de um pouco de privacidade.

Preocupada, Ophélie acompanhou Berenilde até sairem do sanatório. Elas caminharam em silêncio pelos jardins. A grama úmida grudava nos pés de Ophélie, mas Berenilde estava tão pesada no seu braço que ela nem pensou em reclamar.

— Não quer se sentar, senhora?

— Vamos andar mais um pouco, por favor.

Berenilde olhava ao redor; seus olhos estavam menores e menos azuis que de costume. Ela analisou as silhuetas estendidas nas espreguiçadeiras, que tomavam sol nos terraços do sanatório. Ao que parecia, ela procurava alguém.

Ophélie a sentiu se retesar quando um riso soou perto de onde se encontravam. Ajoelhada na grama, com o vestido branco encharcado pela umidade, uma mulher colhia amoras-árticas sob o cuidado vigilante de uma enfermeira. A mulher examinava cada fruta na luz do sol com a expressão maravilhada de uma criança, antes de mordê-las e gargalhar orgulhosa, como se nunca tivesse provado algo mais extraordinário. Seus longos cabelos loiros tinham fios grisalhos e ela não devia ter muito mais de cinquenta anos. Tinha a tatuagem mais perturbadora que Ophélie já havia visto: uma enorme cruz preta que cruzava seu rosto da testa ao queixo.

Era óbvio que era essa mulher-criança quem Berenilde procurava nos jardins; entretanto, ela se contentou em observá-la de longe, sem se aproximar mais.

— Nunca fui uma boa mãe.

Ophélie esperava qualquer tipo de declaração, exceto essa. Ela ergueu o olhar para Berenilde esperando encontrar o dela, mas ela continuava a mostrar seu perfil, puro e altivo. Ophélie tinha a impressão de segurar o braço de uma estátua.

— Observei a sua com muito interesse — continuou Berenilde, lentamente. — Aposto que, quando você era criança, ela já queria estar sempre de olho em você. Os costumes são um pouco diferentes na corte do Polo. Mandamos nossos filhos para o campo, os confiamos a amas de leite e tutores e esperamos que eles cheguem à idade suficiente para chamá-los de volta e mostrá-los em sociedade. Foi assim que minha mãe me criou e foi assim que criei meus filhos.

O sorriso de Berenilde se acentuou, sem conseguir acender o menor brilho de alegria no olhar que continuava focado na mulher das frutas.

— Thomas me foi tirado primeiro. Eu não estava lá quando aconteceu, ele morreu envenenado nos braços da ama de leite. Acha que eu mudei meus hábitos de alguma forma? — perguntou com uma calma olímpica. — Claro que não. Redobrei minha tristeza e deixei meu pequeno Pierre e minha pequena Marion longe de mim. Eu dizia a mim mesma que eles estariam mais seguros no campo do que na corte. Eu prometi reencontrá-los logo, quando me recuperasse.

Ophélie já conhecia o desenrolar da história, mas não a interromperia por nada no mundo. Depois de semanas de silêncio, ela finalmente se abria.

— Não há um dia em que eu acorde sem me perguntar a mesma coisa: será que eles ainda estariam vivos se eu não tivesse demorado tanto para cumprir minha promessa?

O sol desapareceu atrás das nuvens. Um vento baixo varreu a grama e gelou os tornozelos de Ophélie. O chapéu de Berenilde saiu voando como um lírio-do-vale; a mulher-criança o seguiu com o olhar, entretida, e abandonou a colheita para persegui-lo, apesar dos protestos da enfermeira. Berenilde, por sua vez, não mexeu nem um milímetro, enquanto seus belos cabelos dourados ondulavam livremente na altura dos ombros.

— Eu me vinguei. Assim que descobri a identidade dos culpados, me dei o presente de provocá-los em duelo e destruí-los em pedacinhos. Os dois, um depois do outro.

Os dois? As palavras do barão Melchior voltaram a Ophélie como um tapa. "Stanislav perdeu os pais em circunstâncias um pouco... peculiares."

— O pai e a mãe do Cavaleiro — murmurou Ophélie. — Foram eles quem atacaram seus filhos? É por isso que herdou o terreno deles?

— Sou responsável pelo que aquele pequeno Miragem virou — afirmou Berenilde, sem abandonar a doçura. — Ele sempre esperou que eu compensasse o vazio que criei em sua vida. Soube por telegrama que sua pena de Mutilação ocorrerá em breve, e ele provavelmente será mandado para longe da corte. É uma página da minha vida que se vira com a dele.

Berenilde respirou o perfume vegetal do vento e, com um gesto cheio de graça, acalmou os cabelos agitados.

— As memórias mais belas que tenho da infância se encontram aqui, nesta cidade, no fundo desses bosques, nessas praias. É a única coisa que quero preservar hoje.

Ophélie não precisou de mais nada para entender de onde vinha a melancolia que envolvia Berenilde desde a descida ao sul da arca e por que ela se oferecia de corpo e alma a este lugar. Era uma peregrinação.

Ophélie tremeu ao vê-la contrair a mão na barriga.

— Dor?

— Nada fora da ordem natural das coisas. O nascimento é iminente. E veja como estou — murmurou Berenilde, com uma covinha de sorriso. — Vou finalmente ser mãe de novo e não aprendi nenhuma lição com meus erros passados. Levo uma vida de excesso e hedonismo, não mudo em nada meus hábitos. Se a sua tia não me vigiasse de tão perto...

Berenilde suspirou, sem fechar o sorriso tranquilo.

— Minha mãe vai morrer. Seus pulmões estão em péssimo estado. Não é mais uma questão de dias, mas de horas. Preciso ficar ao lado dela.

— Sinto muito.

Ophélie dissera isso com uma espontaneidade irreprimível, mesmo se não soubesse exatamente o que a entristecia. Esse drama caía na pior hora possível. Berenilde tinha preocupações demais e ela não ousaria compartilhar seus problemas com ela.

— Não precisa sentir — declarou Berenilde, com uma voz sensivelmente menos suave. — Mamãe acaba de confessar para mim. Lembra aquelas laranjas que quase envenenaram a sra. Hildegarde e te condenaram à morte? Foi ela a responsável. Ela não quer se desculpar — especificou Berenilde. — Ela até se arrepende de ter falhado em te desacreditar, mas quis me contar enquanto podia.

— Ah? — balbuciou Ophélie, tomada de surpresa. — É... Eu...

Berenilde, que em geral dominava perfeitamente suas garras, transmitia-lhe agora uma enxaqueca. Nada no seu rosto mostrava que estava contrariada: ela continuava a observar, com uma curiosidade distante, a mulher-criança que acabara de pegar o chapéu e parecia se perguntar para que servia.

— Desde a juventude, minha mãe era uma mulher muito temida — continuou Berenilde. — Na opinião dela, só importava o clã dos Dragões, o destino dos Dragões, a honra dos Dragões. Eu achava que ela tinha se acalmado com a idade, mas fui chocada pela hipocrisia. Nunca a perdoarei por ter causado mal a você... já tenho dificuldade em me perdoar.

O olhar de Berenilde se abaixou finalmente para Ophélie e ela entendeu imediatamente, com o coração batendo como um tambor, que a sombra que alterava seu brilho nunca lhe foi destinada.

— Eu peço perdão, Ophélie. Por todas as vezes em que te constrangi, intimidei e repreendi. Naquela noite, no palco do teatro, quando você enfrentou Farouk, notei que você nunca deixou de ser a mais forte entre nós duas. Foi uma lição de humildade sofrida que você me deu, mas finalmente a digeri. Eu tinha a pretensão de protegê-la, mas sou eu quem precisarei de sua ajuda.

— Minha ajuda?

Berenilde era superior a ela em charme, poder e influência; era difícil para Ophélie imaginar no que podia ser útil. Ela deixou Berenilde pegar carinhosamente sua mão e levá-la ao ventre.

— Escolha um nome.

— Eu? Mas não é o padrinho...

— Não. Não quero que seja a escolha de Archibald, mas a sua, Ophélie. Quero que você seja madrinha do meu filho.

Os óculos de Ophélie arroxearam de tanta emoção. Ela fez seu melhor para não mostrar a que ponto o pedido a apavorava. Era a primeira vez que alguém considerava oferecer a ela tal responsabilidade. Até Agathe preferira se voltar para uma tia, achando a irmã desastrada demais para segurar um bebê no colo.

— Um nome de menina — especificou Berenilde, acariciando a barriga. — Sempre fui capaz de sentir antes do nascimento. Você sabe o que isso significa?

Ophélie não respondeu. Ela tinha tantos pensamentos em mente que não conseguia mais se concentrar em nenhum.

— No Polo, são os filhos homens que herdam tudo — explicou Berenilde. — Como darei à luz uma filha, isso já torna Thorn o proprietário não oficial de todo o patrimônio dos Dragões. Será oficial quando sua condição de bastardo for anulada, após o cumprimento do contrato com o sr. Farouk.

— E você? E sua filha?

— Ah, não me preocupo com isso. Thorn cuidará de nossas necessidades. Além disso, continuo sendo a proprietária da minha mansão na Cidade Celeste. Então, Ophélie, aceita ser madrinha de minha filha?

— Quer dizer, senhora... é uma enorme responsabilidade.

— Você é a pessoa mais responsável que conheço. Por favor, querida Ophélie, me ajude a ser uma mãe melhor e nosso senhor Farouk a ser um pai melhor. Mas, mais do que tudo isso, ajude Thorn — implorou Berenilde, a voz falhando de repente. — Aquele garoto me preocupa demais, às vezes acho que não o conheço totalmente. Não sei o que ele pensa, mas, de resto, acredite em mim, eu entendo melhor do que ele. Ele precisa mesmo é do seu coração, não das suas mãos.

Ophélie balbuciou uma resposta sem pé nem cabeça. Ela, que temia não ter o respeito de Berenilde, se sentia agora esmagada sob o peso de suas expectativas.

— Por enquanto, infelizmente não serei de nenhuma ajuda — suspirou Berenilde, passando um dedo pelo rosto de Ophélie. — Tenho uma mãe a enterrar e uma filha a dar à luz. Fique bem quieta no hotel me esperando. Eu gostaria que a Valquíria te acompanhasse para cuidar da sua segurança na minha ausência, mas a Teia só ofereceu a proteção ao meu bebê. Entretanto, prometo estar do seu lado no dia do casamento. Você em breve terá, além do animismo, as garras de Thorn. Vamos te ensinar a usá-las para se proteger dos seus inimigos.

Ophélie se forçou a sorrir, mas não foi convincente: Berenilde colocou as duas mãos em seus ombros, como um adulto tentando reconfortar uma criancinha.

— Se a lei permitisse, eu lhe daria meu próprio poder familiar. Talvez você me veja como uma força da natureza, mas minhas garras de jovem não valiam nada antes de serem unidas às do meu marido. A Cerimônia da Dádiva sempre apresentou a vantagem de tornar um mesmo poder duas vezes mais forte. No entanto, não subestime as vantagens que a mistura do seu animismo com os talentos de Thorn pode causar. O resultado pode te surpreender.

Ophélie sobressaltou-se quando um rosto atravessado por uma cruz grudou-se bruscamente ao seu. Era a mulher-criança que, sob as direções pacientes da enfermeira, entregava o chapéu de Berenilde.

— Obrigada, senhora — disse Ophélie, pegando o chapéu timidamente.

A tatuagem dessa mulher era ainda mais impressionante de perto. Pintava uma linha vertical tão espessa que cobria inteiramente o nariz, e outra horizontal que parecia uma máscara sobre os olhos. O rosto ainda seria magnífico se não cruzado dessa forma. Pintada sobre o fundo de cabelos loiro-grisalhos, pele pálida e vestido branco, só se via a cruz preta. A mulher-criança não parecia em nada envergonhada. Assim que afastou o olhar de Ophélie, pareceu esquecer sua existência e, tomada por uma nova ideia, saiu correndo pela grama.

— Ah, sim, é verdade — disse Berenilde, com a voz mais alegre. — Ophélie, te apresento à sua sogra.

A CARAVANA

Não é fácil dormir em uma arca onde as noites são claras como dias por metade do ano. Nesse instante, Ophélie tinha também outros motivos para ficar acordada na caminha do hotel. Ela escutava o mar, escutava o vento, até escutava às vezes a respiração de uma coruja ou os guinchos de lemingues, em algum lugar das paredes, como se toda a natureza tivesse combinado de se encontrar naquele quarto. Para piorar, Ophélie não respirava bem por causa do nariz entupido. De tanto passear descalça, tinha ficado doente de vez.

No tempo todo que Ophélie ficava sem dormir, ela revia, na escuridão das pálpebras, o rosto marcado pela cruz. "Nem eu nem você a conheceremos, nunca", Thorn lhe disse uma vez, quando ela perguntou sobre a mãe dele. Agora ela entendia o significado dessas palavras. A mãe de Thorn havia sofrido a Mutilação e sua tatuagem era uma marca de infâmia impossível de esconder com maquiagem ou ilusão.

"Como todos os Cronistas, o poder do seu clã é ligado à memória", havia explicado Berenilde nos jardins do sanatório. "Ao perder o primeiro, ela perdeu a segunda. Não tenha tanta pena dela, querida, ela tem mais de uma morte na consciência."

Era difícil imaginar que essa criatura inofensiva, presa em um eterno instante presente, sem passado ou futuro, já havia sido tão temida. Berenilde contou para Ophélie como a mãe de Thorn carregara todos os Cronistas em sua queda, uns quinze anos antes. O clã tinha como principal vocação preservar e transmitir a memória coletiva, como o ramo familiar de Ophélie. Após um longo processo, fora demonstrado que os Cronistas tinham usado a sua função para deformar o passado e assumir feitos de outros.

Eles teriam sido liberados com uma advertência do tribunal se a mãe de Thorn não tivesse cometido o crime supremo. Ela tinha aproveitado sua posição de favorita para falsificar o diário do espírito familiar. As desgraças começaram a chover sobre os cortesãos, Farouk não confiava mais na própria descendência. As coisas poderiam ter ido muito longe se a mãe de Thorn não tivesse sido desmascarada, julgada e destituída como indigna.

"O que eu nunca perdoarei", concluíra Berenilde com um ódio mal dissimulado. "É o que essa mulher fez com Thorn. Ao seduzir meu irmão para ter um filho com ele, ela queria reforçar a própria linhagem, dar aos Cronistas a força de nossos caçadores. Quando notou que o filho era fraco, o tratou como lixo."

Ophélie se perguntava se havia pelo menos um membro de sua futura família que ela poderia apresentar aos pais um dia sem temer enlouquecê-los completamente. Depois de muito pensar, perguntou-se também até que ponto as conspirações das Decanas em Anima se assemelhavam ao tráfico de lembranças dos Cronistas.

O tique-taque do relógio de bolso ecoou no silêncio e logo, no lugar do rosto atravessado pela cruz, Ophélie foi assomada pela imagem de uma ampulheta que escorria grão a grão, hora a hora.

A ampulheta de sua vida. Chegando ao fim no 1º de agosto. Ela estava decidida a jogar a carta de ameaças na lareira, depois de ter falhado em desvelar seus segredos: o autor conhecia muito bem seus limites como *leitora* e não havia deixado nenhuma marca no papel. Ophélie não via solução ao ultimato. Se rompesse o noivado, ela teria que assumir sozinha as consequências e, dessa vez, não poderia contar com a clemência de Farouk. Se não rompesse, provavelmente encontraria o mesmo destino do meirinho-mor e do diretor do *Nibelungo*. Não era o que ela chamaria de escolha. Só lhe restavam quarenta e oito horas para tomar uma decisão. Quarenta e oito horas na ampulheta da vida.

Ophélie esfregou as pálpebras, decidida a afastar a imagem, mas foi automaticamente substituída pela da mulher de vestido vermelho e chapéu preto. Ophélie a notou mais uma vez, passeando bem embaixo da janela do quarto na hora de fechar a persiana, mas quando se curvou para segui-la com o olhar, a mulher tinha sumido. Ela tinha certeza que estava sendo observada.

Deus desaprova essa união.

Ophélie enfiou o rosto no travesseiro. Por que temiam tanto seu casamento? Por que Thorn não dava sinal de vida? Por que nobres desapareciam sem deixar rastros? Por que Archibald de repente desconfiava das ilusões?

— Por que você nunca faz nada comigo?

Ophélie se sentou na cama, enfiou os óculos e olhou para Hector, que a encarava com atenção, na meia-luz do quarto. Ele usava seu pijama preferido, uma combinação azul de gola branca que crescia com ele. Ao contrário de Ophélie, Hector nunca parecia desleixado: os sapatos se amarravam sozinhos, os rasgos das roupas se costuravam por conta própria e os bolsos, que tinham muitas besteiras a esconder, não deixavam absolutamente nada transbordar. Ele sabia fazer obedecer qualquer elemento do guarda-roupa... e qualquer porta de hotel trancada a chave.

— Você acompanhou as meninas nos banhos e passeou com a sra. Berenilde. Por que não é minha vez?

— Estou ouvindo — disse Ophélie, consultando o relógio de Thorn. — O que o sr. Por Quê tem para sugerir às cinco e doze da manhã?

— Encontrei isso ontem à noite no quadro de avisos do hotel.

Hector entregou um folheto amassado e rasgado.

Finalmente de volta ao polo:
a Caravana do Carnaval!
venham ver os mais belos espetáculos interfamiliares

Ophélie se sentiu repentinamente tomada por nostalgia. A Caravana do Carnaval era um circo ambulante composto de homens e mulheres dos quatro cantos do mundo que viajavam de arca em arca. Na última passagem em Anima, Ophélie era só uma criancinha, mas tinha uma lembrança deslumbrada.

— Eu não tinha nascido quando vocês foram — lembrou Hector, como se há muito tempo fosse vítima de uma infeliz injustiça. — Por que você não iria comigo?

Ophélie hesitou, mas notou que não só queria ir ao circo com seu irmão: ela precisava fazê-lo.

— Vamos, claro — prometeu ela. — Só eu e você.

A Caravana do Carnaval estava instalada perto da cidade de Asgard, na boca de um fiorde vizinho, a meia hora de barco de Areias de Opala. No momento, essa escapada com seu irmãozinho parecera uma boa ideia. Agora que corria de estande em estande em busca de Hector, Ophélie se arrependia de não ter sido escoltada por um exército de adultos. O garoto era mais escorregadio que sabão! Ele se esgueirava na gôndola de uma adivinha da Sereníssima, desaparecia no ateliê fotográfico dos alquimistas de Chumbouro, se escondia sob o piano da dupla de Faraós jazzistas e saía voando na poltrona de um psicocinesista de Ciclope. A Caravana oferecia uma paleta muito variada de poderes familiares e Hector era insaciavelmente curioso, perguntando seus "por quês" a quem quisesse ouvir.

— E aí? — exclamou Raposa ao ver Ophélie passar pelo estande de necromancia. — Está aproveitando as festividades?

Ele estava conversando com uma treinadora na gaiola das quimeras.

— Não muito — respondeu Ophélie. — Estou procurando meu irmão.

— Ainda? Olha, é bom botar uma coleira nele, porque prefiro não levar palmada da sua tia e da sua mamãe. É que hoje eu sou responsável por vocês dois! Três contando esse pateta — resmungou Raposa, sacudindo Pamonha pela pele do pescoço. —

Eu o peguci por um triz antes de entrar na gaiola das quimeras. Se a sra. Totemista não estivesse aqui...

A treinadora sorriu de orelha a orelha. Era uma mulher magnífica, com a pele escura como a noite e os cabelos dourados como o sol.

— Não consigo nem cuidar do meu próprio irmão — suspirou Ophélie. — Como serei uma madrinha tão boa quanto Berenilde espera?

— Ah, não se preocupe — disse Raposa, com um sorriso enorme. — Já vi seu irmãozinho, ele está logo ali, com o colosso de Titã.

Ele apontou um estrado onde um homenzinho fracote erguia uma enorme cristaleira com uma mão só, como se não pesasse nada. Hector estava mesmo lá, juntando-se aos aplausos educados dos espectadores.

Fora eles e alguns curiosos, não tinha muita gente circulando entre os estandes e as vans. A maior parte da multidão era composta de membros do circo, vestindo fantasias extravagantes e máscaras brilhantes.

Ophélie olhou para a imensa muralha ferroviária, maior que os maiores pinheiros, que seguia os contornos do fiorde à distância. Felizmente a Caravana estava protegida das Bestas desse lado.

— Você faz sucesso — disse ela a Raposa.

Ela acabara de notar a piscadela eloquente que a bela treinadora havia dado para ele.

— Claro, garoto, por que não? — gargalhou Raposa, apoiando Pamonha na cabeça. — Só uma maldita boa mulher não se deu conta ainda. Faz anos que a cobiço! Ela acabará cedendo um dia.

Ophélie observou, pensativa, o disco claro de sol que aparecia discretamente atrás das nuvens. Desde que saíra do Luz da Lua, Raposa mandava uma avalanche de cartas para Gaelle, mas nunca recebia resposta.

— Eu também sinto saudades dela — disse Ophélie.

Ophélie se absteve de acrescentar que estava muito preocupada com Gaelle depois de saber o que Archibald andava investigando. Os desaparecimentos no Luz da Lua provavelmente o levariam a observar seu pessoal com uma lupa. O que aconteceria se descobrisse que a mecânica da Madre Hildegarde tinha ao mesmo tempo excelentes motivos para detestar os nobres e um poder capaz de anular os deles? Seria uma culpada perfeita. Ophélie queria muito poder conversar livremente com Raposa, mas prometera a Gaelle que nunca revelaria seu segredo a ninguém.

— Você está sendo seguida por uma indigna.

Raposa declarou isso sem mexer o sorriso, com o gato no cabelo, fingindo espanar areia dos sapatos. Ophélie precisou fazer muita força para não revelar sua surpresa e criou um interesse súbito pelos aquários de peixes fosforescentes pelos quais passavam.

— Uma mulher de casaco vermelho — continuou Raposa, com um tom falsamente distraído. — Perto dos biombos dos Zéfiros. Ela anda colada no seu rabo. Com todo o respeito.

— Então eu não estava imaginando — disse Ophélie, sem ousar desviar dos aquários. — Por que acha que é uma indigna?

— Ela não faz nada para ser discreta, mas desaparece assim que a olhamos perto demais. Se não é uma Invisível, garoto, não sei o que é.

— Um poder de invisibilidade?

Raposa colocou Pamonha de volta nos cabelos, depois de o gato tentar audaciosamente escalar as mangas do casaco, intrigado pelos peixes fosforescentes.

— Que dá ilusão de invisibilidade. Essas coisas são sempre na cabeça.

Ophélie concordou. Ela já entendera há muito tempo que o poder familiar de Farouk só agia de espírito para espírito, como uma onda radioelétrica entre um transmissor e um receptor. Contrário ao animismo, não tinha nenhum efeito tangível na matéria.

— Espero que essa Invisível continue a manter distância.

— Pode se aproximar — grunhiu Raposa. — Posso ser sem-poderes, mas não sou sem-músculos.

O nariz de Ophélie voltou a escorrer com abundância. Ela aproveitou o lenço no rosto para arriscar um olhar rápido para os biombos. Não viu ninguém além de uma garotinha de roupa brilhante que jogava açúcar em um turbilhãozinho. Se a Invisível estivesse mesmo ali, o poder era diabolicamente eficaz.

— Os indignos normalmente não têm direito à cidade — continuou Ophélie. — No entanto, encontrei a mãe de Thorn em um sanatório e nossa mulher de casaco vermelho se esgueira por onde quiser.

Com um gesto acostumado, Raposa beliscou a pele do pescoço de Pamonha, que descia metodicamente suas calças, e o levou de volta ao ninho aconchegando dos cabelos.

— Não sou especialista no assunto, mas notei algumas bizarrices desde que chegamos no campo. O sapateiro de Areias de Opala, por exemplo. Fui só consertar uma sola e, antes mesmo de entender o que fazia, comprei dois pares de sapatos novos. Depois, tinha uma... hum, é... uma mulher fácil, sabe? Ela me abordou na rua, linda que só! Eu recusei educadamente, porque, né, sabe como é, estou me guardando para outra. Acredite se quiser, assim que ela perdeu o interesse por mim, perdeu de repente todos seus atrativos. E ainda encontrei um garoto que me fez apagar de sono no meio de um jogo de cartas, bem quando eu estava ganhando e cobrando o que me devia. Ele olhou pra minha cara, né, com um sorrisão inconsolável, e puf!, caí de cara. Enfim, ainda dava para contar um monte de historinhas esquisitas do tipo.

— Seriam todos indignos? — chocou-se Ophélie.

— Não necessariamente da nobreza pura, mas tem uns restos de poderes aqui e acolá. Os Persuasivos e os Narcóticos, por exemplo, eram clãs muito temidos na época em que brincavam de cortesãos, mas olha, sabe, já faz muito tempo. Os Invisíveis também, um tempão. Nem sobrou quem lembre por que se tornaram indignos exatamente.

Ophélie gostaria de continuar a conversa, mas havia acabado de se dar conta que o irmão tinha sumido de novo.

— Me ajuda a procurar Hector? — perguntou ela.

Enquanto Raposa interrogava os pirocinestesistas que faziam malabarismos com bolas de relâmpago, Ophélie revirava a estufa das plantas-fumacê. Não era uma tarefa fácil procurar um garotinho no meio de uma multidão de flores gigantes que soltavam uma névoa espessa de incenso. Ophélie saiu da estufa lacrimejando, com o cabelo cheio de pétalas.

Quando deu uma olhada na tenda seguinte, não encontrou um, mas dois Hectors. Estavam se encarando com uma curiosidade divertida.

Eles se viraram para Ophélie em um movimento simétrico ao vê-la. O Hector da direita de repente ganhou muito mais cabelo, cresceu alguns centímetros e logo ficou igual a Ophélie, como uma gêmea. Ela soube imediatamente que tinha encontrado o Mil-Caras, o mais prodigioso de todos os Metamorfos.

— É de longe o mais impressionante — disse Hector, com a tranquilidade costumeira. — O Mil-Caras pode imitar qualquer um. Que cara é essa?

— Cara de quem não para de correr atrás de você — repreendeu Ophélie. — Estamos prestes a perder o barco da volta, então não se afaste.

Não era a primeira vez que assistia ao trabalho do Mil-Caras, mas não achava muito menos perturbador ser encarada pela própria cópia.

— Você é minha filiar — declarou repentinamente o Mil-Caras.

— Perdão? — perguntou Ophélie.

Ele não só parecia com ela em todos os traços, como também falava com a mesma voz abafada. Porém, a frase não fazia nenhum sentido.

— Familiar — corrigiu o Mil-Caras. — Você parece familiar. Já nos encontramos em algum lugar.

O tom era mais de constatação do que de pergunta.

— Quando vocês estavam fazendo turnê em Anima — respondeu Ophélie, com admiração sincera. — Eu era uma garotinha na época e achei seu trabalho impressionante, senhora... é... senhor...

Um brilho de luz a cegou. Tinha sido projetado por uma enorme máquina fotográfica que Hector carregava no pescoço.

— Onde encontrou isso? — perguntou Ophélie, arrastando o irmão para fora da tenda do Mil-Caras, meio cega por causa do flash.

— Um alquimista de Chumbouro me deu em troca de um dos meus piões de movimento perpétuo. É uma máquina de revelação instantânea, olha.

Hector agitou o papel que a caixa acabara de cuspir com muito barulho e fez uma careta.

— Droga, por que minhas fotos sempre saem erradas?

De fato, no lugar das duas Ophélie previstas, a foto mostrava quatro, metade no lugar, metade ao contrário.

— Deve ser um eco — explicou ela. — O telegrafista do hotel falou que estão acontecendo o tempo todo e que estragam os aparelhos. Deve ser uma tempestade magnética, alguma coisa assim.

Ophélie ergueu o rosto para ver se o céu estava mesmo ameaçador. Ela achou estar confusa com a luz quando, no lugar das nuvens, viu a figura sinistra de Thorn.

OS INDIGNOS

O que você está fazendo aqui?
—— Thorn fez a pergunta com firmeza e sem preâmbulos. O uniforme austero, a silhueta ossuda, as olheiras escuras e a expressão carrancuda lhe davam uma aura mais lúgubre do que a dos necromantes da tenda ao lado. Ele segurava o melhor que podia uma quantidade impressionante de papéis, que o vento agitava entre seus dedos.

Ophélie foi pega tão de surpresa ao vê-lo ali, entre as atrações e as crianças, que respondeu mecanicamente:

— Vim trazer meu irmão ao circo.

— Minha tia está com vocês?

— Não, ela ficou em Areias de Opala — balbuciou Ophélie. — Quer dizer, no sanatório. A sua avó não vai nada bem.

Ela hesitou por um instante antes de mencionar a mãe de Thorn, mas ele não lhe deixou tempo:

— Voltem ao hotel — ordenou sem nem olhar para Hector. — Esse pessoal viajante não está regular. Ainda me faltam 88 documentos de identidade e três cópias de um visto de trabalho. Isso sem contar os animais.

Dizendo isso, ele tentou guardar a papelada em uma pasta de couro, o que não era uma manobra fácil com o vento que jogava as folhas para todos os lados.

Ophélie acabou entendendo que esse encontro não era fruto de uma coincidência milagrosa: Thorn vinha da van logo em frente, onde uma bandeira, brilhando sob a névoa, indicava "ES-CRITÓRIO DO DIRETOR". Em uma mistura tumultuosa de alívio, decepção e indignação, ela se tornou plenamente consciente que não só Thorn estava bem ali, na frente dela, em perfeita saúde, mas que ainda estava lá para ser estraga-prazeres.

— Você precisa mesmo encher essa gente com tanta burocracia? — repreendeu ela.

Thorn franziu as sobrancelhas, olhando para os dirigíveis coloridos flutuando acima da praia.

— É inevitável pedir identidade, hoje mais do que nun...

Um brilho ofuscante interrompeu Thorn antes que ele terminasse a frase. Piscando furiosamente, em busca da fonte de luz que o atacara, ele encontrou o olhar de Hector.

— Por que você tem essas cicatrizes?

— Ei — sussurrou Ophélie, colocando a mão no ombro do irmãozinho. — Nada de "por quês" sobre aparência física, lembra?

Hector guardou a foto estragada no bolso e olhou Thorn dos pés à cabeça com calma, nada impressionado pela altura.

— Tá. Por que você é detestável?

Ophélie estava preocupada. Era a primeira vez que ouvia palavras assim na boca de seu irmão. Thorn, por sua vez, não parecia nada afetado. Com a pasta na mão, ele olhava para o horizonte com um ar entediado.

— Você pode perguntar se seu irmão acabou?

— Pergunte você mesmo — disse Ophélie. — Ele te entende perfeitamente.

Ela tinha cada vez mais dificuldade de lembrar por que exatamente se preocupava com o silêncio de Thorn.

— Não falo com crianças — retrucou, evitando cruzar o olhar implacável de Hector. — Porém, gostaria de conversar com você um instante. Peça para o seu irmão ir brincar num canto. Você aí, venha cá! — mandou Thorn de repente, com força.

Ele tinha acabado de notar Raposa, que saía do palácio do riso com uma cara beatífica. Ele devia estar sob o efeito de um feitiço da euforia, pois abriu um sorriso radiante para Thorn, nada surpreso de encontrá-lo aqui.

— Leve essa criança para passear.

— Ficaremos a poucos passos de vocês — disse Raposa, com uma piscadela exagerada para Thorn. — O senhor não precisa se preocupar, não ficarei de olho. Afinal, o amor é uma doce delícia e não é fácil reprimir os impulsos do coração! — declarou, beijando apaixonadamente as pontas dos seus próprios dedos.

Ophélie escondeu o constrangimento assoando o nariz. Thorn esperou que eles estivessem finalmente sozinhos para se voltar para ela com um olhar invernal. Os cabelos bagunçados pelo vento, brilhando com a umidade, lhe davam um ar ainda mais arrepiado do que de costume.

— Tenho feito de tudo para te deixar protegida, então adoraria que pudesse facilitar meu trabalho e não sair mais do hotel.

— Facilitar o seu trabalho? — repetiu Ophélie incrédula. — Você devia facilitar o meu, causando uma boa impressão nos meus pais. Você nem veio nos ver. Vamos nos casar daqui a quatro dias, lembra?

— Não posso estar em dois lugares ao mesmo tempo — disse Thorn, apontando para a pasta. — Estou cuidando das minhas inspeções provinciais anuais. Não vamos ficar aqui — acrescentou murmurando.

Ophélie teve dificuldade de acompanhar o passo de Thorn, cujas pernas compridas andavam duas vezes mais rápido que as suas. Ele esperou o momento exato em que passavam por um gigantesco piano pneumático para perguntar:

— O que dizia a mensagem?

— Que mensagem?

— A carta que você recebeu ontem.

— Como você sabe?

— Tenho minhas fontes. E a carta?

— Não devo casar com você nem voltar à corte.

— Quem mandou? — insistiu Thorn, ignorando a última resposta.

Ophélie devia se esforçar consideravelmente para escutá-lo e ser ouvida em meio à música infernal e aos cliques metálicos das engrenagens do piano.

— Não sei. A carta foi toda datilografada na máquina e manipulada com pinças. Ela é *ilegível* para minhas mãos. É a segunda do tipo que recebo. Ela dizia "DEUS DESAPROVA ESSA UNIÃO", tudo em maiúsculas — detalhou com a garganta apertada.

Após um breve silêncio, Thorn voltou a andar.

— Você não viu mais nada de suspeito?

Era típico de Thorn conduzir o interrogatório como um policial. Ele avançava reto, carregando a pasta, como se atravessasse um prédio administrativo em vez de um circo.

— Uma mulher... de casaco vermelho — ofegou Ophélie sem ar. — Renold acha... que é indigna. Ele a viu aqui. Não quero me afastar... do meu irmão. Você anda rápido demais.

Thorn se dignou a diminuir o passo, olhando ao redor. Ele parecia especialmente tenso, como se fosse observado.

— Eu leio o jornal, sabia? — acrescentou ela. — Por que você foi se gabar sobre o Livro do sr. Farouk? Me pede para ser discreta, mas enquanto isso você, você...

— Eu te protejo de mais ameaças de morte — completou Thorn. — Toda a atenção que concentro em mim se afasta de você.

Pega de surpresa, Ophélie não soube o que responder. De qualquer forma, Thorn não lhe deu a oportunidade.

— O conde Harold desapareceu — anunciou abruptamente.

— O tutor do Cavaleiro? — chocou-se Ophéile. — O homem que fez aquele escândalo por causa dos cachorros?

— Ele sumiu ontem à noite na banheira. Os empregados acharam que ele tinha passado mal, precisaram arrombar a porta.

— Ele foi sequestrado de um cômodo trancado por dentro?

— Isso não é o mais estranho. A água do banho estava visivelmente usada, mas o chão estava seco. Em outras palavras, o conde entrou na banheira e nada parece indicar que saiu. Até as roupas ficaram no mesmo lugar. Precisei abrir de novo a investigação no Luz da Lua, como se já não tivesse trabalho o bastante.

Ophélie se assustou com essas palavras.

— No Luz da Lua?

— O conde Harold pediu asilo — explicou Thorn. — Ele se sentia vulnerável ao perigo sem os cães. Deve ser o único nobre de toda a Cidade Celeste que não entendeu que a embaixada não é mais segura.

Ophélie se assustou. Na véspera, Archibald lhe dissera para tomar cuidado! Será que suspeitava que outro delito seria cometido na casa dele?

— Ele também, não é? — perguntou ela. — O conde Harold também recebeu cartas ameaçadoras.

— De fato, as encontramos entre os pertences dele.

Thorn respondeu a contragosto. Ele examinava cautelosamente os óculos de Ophélie, azuis de emoção.

— Cartas como as minhas? — insistiu ela. — Cartas com menções a "deus"?

— Não vai te acontecer a mesma coisa.

O tom de Thorn era completamente categórico. Ophélie queria ter a mesma convicção; ela sentia seu corpo inteiro retorcido em nós.

— E você? — perguntou ela. — Recebeu cartas?

— Não desse tipo.

— Por quê? Se o problema é mesmo nosso casamento, por que eu estou sendo chantageada, mas você não?

— Não sei.

Ophélie de repente olhou atentamente para Thorn.

— Você vai representar os indignos nos Estados Familiares.

— Amanhã à noite — respondeu ele, levantando uma sobrancelha.

— O meirinho-mor, o diretor do *Nibelungo* e o sr. conde eram todos contra o projeto, cada um a seu modo. Quer dizer... — gaguejou Ophélie sob o olhar penetrante de Thorn. — O meirinho assassinou indignos, o sr. Tchekhov publicou artigos contra eles e o conde Harold... bom... ele mandou pelo menos dois mercenários atrás de você.

Thorn concordou com a cabeça, mas não disse nada.

— Você não teme...

Ophélie espirrou no meio da frase e assoou o nariz com um barulho úmido do qual sentiu vergonha.

— Você não teme que isso faça de você o principal suspeito? — perguntou.

Uma breve convulsão agitou os lábios finos, quase invisíveis, de Thorn. Ophélie era incapaz de determinar se era um sorriso fracassado ou uma careta bem-sucedida.

— Você acha que eu organizei esses sequestros para me livrar de opositores? Acha que sou o autor das cartas e que quero sabotar meu próprio casamento?

— Claro que não — irritou-se Ophélie. — Mas outras pessoas talvez achem.

— Não. Quanto aos indignos, eu os represento de forma totalmente neutra.

Cansada de levantar a cabeça para olhar para Thorn, Ophélie virou o rosto para a o horizonte prateado do mar, visível entre os estandes do circo, para além da imensa praia pantanosa. Ela se lembrou da marca de infâmia no rosto da mãe de Thorn e uma lufada de raiva a tomou. Ela não entendia como um só homem conseguia causar nela tantas emoções contraditórias ao mesmo tempo.

— Você começou de novo.

— Comecei o quê? — resmungou Thorn.

— A falar de má-fé. Você é metade Cronista, não é? Ao tentar reabilitar os indignos, também está defendendo os interesses da sua família. Tenha pelo menos coragem de assumir.

Thorn franziu tanto as sobrancelhas que uma fenda se formou no meio da testa.

— Você tem uma opinião completamente errada sobre mim. Os Cronistas não aparecem no meu dossiê.

— O que é uma pena, primo querido!

Ophélie se virou, assustada. A voz exageradamente doce pertencia a uma mulher comprida e magra, cujos olhos brilhavam de malícia sob uma franja loira grossa. Ela usava um vestido cor-de-rosa de babados e carregava uma sombrinha combinando que a protegia mais da garoa do que do sol. Era escoltada por quatro homens parecidos demais com ela para não serem parentes. Todos tinham a mesma silhueta esguia, as mesmas roupas excêntricas e a mesma franja loira.

— Você me reconhece, primo amado? — cantarolou a mulher. Thorn não respondeu.

— Eu te reconheço — riu ela. — Mas devo admitir que você cresceu consideravelmente. A última vez que te vi, era um molequinho de quatro anos. Não vai nos apresentar a essa senhorita? — perguntou a mulher, com uma piscadela sugestiva para Ophélie. — É ela a coitada da sua noiva?

— Você não deveria estar aqui.

Thorn fez essa declaração com um tom equilibrado, mas seus dedos estavam contraídos na alça da pasta. Ophélie, por sua vez, ergueu as sobrancelhas. Esses eram os Cronistas?

— Por quê, primo? — perguntou a mulher, com um sorriso afetado, apontando as muralhas de Asgard do outro lado do rio com a sombrinha. — Estamos a mais de um quilômetro da cidade, como estipulado pelo artigo onze da "lei relativa às condições de vida dos indignos". Estamos bem comportadinhos há quatorze anos, cinco meses e dezesseis dias!

— O que você quer comigo? — perguntou Thorn, impassível.

A Cronista fez beicinho, mostrando lábios tão rosados quanto o vestido e a sombrinha. Ela devia ter alguns anos a mais que Thorn, mas tinha os modos de uma jovem adolescente.

— Como assim? Nunca lê nossas cartas?

— As que vocês começaram a me mandar quando virei intendente? Nunca.

— A gente suspeitava, na verdade — suspirou a Cronista, trocando um olhar tristonho com os quatro homens que a acompanhavam. — Pensamos, ao ver os dirigíveis aterrissarem na praia, que você não demoraria para vir inspecionar. Você é tão previsível, priminho! Precisamos conversar.

Ophélie começava a se sentir muito desconfortável, sem saber se era preferível falar ou se calar. A Cronista se aproximou lentamente de Thorn, arrastando a cauda do vestido de babados na areia úmida. Uma borrasca de vento levantou sua franja loira e revelou, por um momento fugaz, uma tatuagem em forma de espiral no meio da testa.

— Por que você se recusa a representar a própria família nos Estados Familiares?

— Porque é a lei — retrucou Thorn, reforçando a impassibilidade de funcionário perfeito. — Só podem ser representados os clãs cuja destituição já passa de sessenta anos: artigo 24, parágrafo terceiro. Apresentem um novo pedido de reabilitação daqui a 46 anos, seis meses e treze dias.

— Você é fiel à reputação! — gargalhou a Cronista. — Sempre pronto para se esconder atrás dos números e evitar confronto. Você é um covarde, primo amado, um covarde mentiroso. Nos mantém deliberadamente afastados da corte, assim como a sua mãe sempre nos manteve afastados dos segredinhos dela. Ela não te contou um ou outro? — sussurrou a mulher, piscando. — Talvez até mais? Para quem uma Cronista transmitiria sua memória, e que memória!, antes de perdê-la para sempre, senão para o único filho? Estou curiosa, curiosíssima para saber o que esconde uma testa tão grande...

Ophélie segurou a respiração. A mulher tinha ficado na ponta dos pés calçados em sapatos cor-de-rosa para enfiar delicadamente a unha, também rosa, na cicatriz facial de Thorn, traçando o desenho até a sobrancelha. Os homens da escolta tinham se aproximado discretamente, para impedir qualquer tentativa de fuga. Um longo silêncio se fez, durante o qual Ophélie teve todo o tempo do mundo para se sentir minúscula: será que devia pedir ajuda? Thorn e a Cronistas se desafiavam com o olhar, como se uma batalha estivesse em jogo no interior das íris. Ninguém parecia notar essa cena destacada no fundo de parque de diversões; o grande desfile de fantasias passando ao lado deles atraía todas as atenções.

— Não é brincadeira, primo! — suspirou enfim a Cronista, com um biquinho de irritação. — Você é uma porta blindada! Mas todas as portas, por mais sólidas que sejam, têm um ponto fraco — cantarolou ela, com um sorriso brincalhão. — E acho que sei a sua.

Ophélie não teve tempo de reagir antes de a Cronista se virar para ela em um turbilhão de vestido rosa.

— Olha essa carinha inocente — falou com voz de bebê, beliscando carinhosamente sua bochecha. — Conte tudo, fofura... Que sombras e segredos aterrorizantes esse homem compartilhou com você?

Ophélie teria sofrido para responder; ela não conseguia mais mexer os lábios, nem os dedos, nem as pestanas. Até o cachecol, que antes se sacudia nervosamente, estava repentinamente imóvel, como o pêndulo de um relógio parado. Ophélie só via os olhos arregalados, pintados de cor-de-rosa, que a Cronista encostava nos seus óculos. Na fronteira do sono, escutava a voz aguda de longe, enquanto lembranças subiam à superfície como bolhas. Thorn arrancando o telefone da mão dela. Thorn apontando a pistola em meio a uma tempestade de papéis. Thorn oferecendo o relógio como mostra de confiança. Thorn segurando o braço da Cronista.

Ophélie piscou. Não, isso não era uma lembrança. Thorn acabava mesmo de agarrar o braço da prima. Ele o fizera sem violência, muito calmamente, obrigando-a a se afastar de Ophélie centímetro a centímetro.

— Revistas memoriais — disse ele, lentamente — são expressamente proibidas pela "lei relativa às restrições de uso de poderes familiares", artigo 53b. Não torne sua situação mais grave, senhora.

A Cronista puxou o braço de volta com um gesto tão raivoso que deixou cair a sombrinha.

— Não se dirija a mim com esse tom condescendente, bastardo! Eu tinha treze anos quando me jogaram na rua como uma vagabunda. Eu era jovem, linda e rica... perdi tudo por causa da sua mãe! Você sabe quantos de nós morremos desde o primeiro inverno? Faz ideia do que nós precisamos passar, eu e meus irmãozinhos, para viver decentemente? — perguntou ela, agitando todos os enfeites do vestido. — Nossos pais eram a elite da corte e morreram como ratos sem nem ter tempo de transmitir suas memórias. E você — cuspiu a Cronista com desprezo. — Você se pavoneia na frente de Farouk, enquanto a sua mãe descansa em um estabelecimento luxuoso... O que ela te revelou? — implorou de repente, agarrando o casacão preto de Thorn. — Você nos deve essa memória! É nossa única herança!

Ainda tonta por causa da revista memorial a qual fora submetida, Ophélie assistia a esse monólogo como se não fosse real.

— Não lhes devo nada — respondeu Thorn, sem elevar o tom.

A Cronista soltou o casaco, como se tivesse se tornado repugnantemente imundo.

— Dane-se. Vou arrancar suas lembranças à força, se for preciso.

Ela ajeitou o belo vestido cor-de-rosa, recuperou a sombrinha na praia, alisou a franja com um gesto vaidoso e trocou um olhar cúmplice com os outros Cronistas.

— Vamos lá, irmãos, podem se jogar com vontade contra nosso priminho querido. E nada de poupar essa fofura de noivinha.

Os quatro homens fizeram ranger as manoplas cravejadas de metal ao avançar.

O coração de Ophélie começou a bater tão forte que ela sentia o sangue pulsar. *Fugir.* O pensamento se acendeu em sua alma como uma faísca.

Thorn foi ainda mais rápido. Com as costas do braço, ele empurrou Ophélie de volta e anunciou, com uma voz unicamente pragmática:

— São todos seus.

O CONVITE

Ophélie sentiu o choque macio da areia nas costas e encarou perdida, sem ar por causa da queda, a linha embaçada de duas guirlandas de bandeirinhas atravessando as nuvens. Quando a garoa pinicou nos olhos, ela entendeu que tinha perdido os óculos. Recuperou a energia ao escutar gritos de dor em meio à fanfarra do desfile de fantasias.

Ela rolou de lado, mas não viu nada ao redor além de silhuetas indistinguíveis. Parecia que uma delas aparecia e desaparecia sem parar, em brilhos avermelhados, distribuindo golpes temíveis.

Ophélie tateou em busca dos óculos na areia; foi o cachecol, contaminado pelo seu desespero, que os encontrou e os colocou de volta em seu rosto. Quando recuperou a visão, olhou para Thorn primeiro. Ele estava empertigado como sempre, impávido como uma estátua de bronze, ainda segurando a pasta. Provavelmente não era ele quem tinha gritado. Ele não parecia machucado ou mesmo cansado.

— Fique deitada — recomendou ele, com a voz firme.

Ophélie se deu conta então que três dos irmãos também estavam largados na areia, gemendo, enquanto o quarto, ajoelhado no chão, cobria o nariz com a manga para estancar o sangue. As lindas franjas loiras estavam completamente descabeladas.

A Cronista parecia tão chocada quanto Ophélie. Com razão: ela estava imobilizada por uma mulher que apoiava uma adaga contra seu pescoço. Ophélie não entendeu nada quando reconheceu a indigna de casaco vermelho, cujos olhos brilhavam com frieza mineral sob o gorro de pelo preto. Era essa Invisível quem pusera os irmãos nesse estado? De que lado ela estava, afinal?

Thorn parecia saber.

— Sugiro que paremos por aqui — falou com sobriedade, como se fosse uma reunião burocrática.

A Cronista apertou os lábios, pálida de fúria, mas se tensionou ao sentir a adaga da Invisível acariciar a pele palpitante de seu pescoço. O espetáculo dessas duas mulheres entrelaçadas, uma rosa e feminina, outra vermelha e guerreira, poderia ser confundido com uma apresentação de circo cuidadosamente coreografada.

— T-tudo bem — murmurou enfim a Cronista, retorcendo um sorriso frustrado. — Paremos por aqui, primo.

O quarto irmão, que enxugava o nariz em silêncio, dobrou-se como uma mola e jogou o punho de metal contra Thorn. Largada na areia, Ophélie abriu a boca, mas nenhum som teve tempo de sair: a cabeça do Cronista foi violentamente jogada para trás e todo o seu corpo caiu com ela, como se ele tivesse recebido um soco brutal no meio da cara. No entanto, Thorn não tinha levantado um dedo, nem largado a pasta. Ele tinha se contentado em dirigir ao agressor um olhar incisivo. Era a primeira vez que Ophélie o via usar as garras. Ela se chocou com a repugnância evidente que ele sentia ao recorrer a elas.

— Pronto para sacrificar sua irmã e se apropriar da minha memória — disse Thorn, contemplando desdenhosamente o corpo retorcido de dor a seus pés. — E ainda se pergunta por que o seu clã está fadado a desaparecer? Que patético.

Com um sinal dele, a mulher de casaco vermelho soltou a Cronista e obrigou os irmãos a se levantarem um a um. Seu modo de agir era como seus olhos: duro e frio como diamante bruto.

Após um último olhar venenoso para Thorn, a Cronista foi embora, em um farfalhar deliberado de vestido, com a sombrinha no ombro e os irmãos mancando tristemente atrás dela. Eles logo foram completamente engolidos pelo carro alegórico multicolorido do desfile.

— Volte ao seu posto — ordenou Thorn. — Não devemos vê-los tão cedo.

— Sim, senhor.

A mulher de casaco vermelho respondeu batendo as botas uma contra a outra e recuou discretamente. No primeiro passo, estava lá; no segundo, não estava mais. Tudo aconteceu com uma tal velocidade que Ophélie, atordoada, nem teve tempo de se levantar.

— Você devia ter me dito que ela estava trabalhando para você. Eu achei que fosse uma inimiga. Suponho que é ela a sua "fonte"?

— Contratei essa Invisível para ficar de olho em você. O clã dela é um dos que defenderei em breve. Arranjei uma isenção especial para que ela possa ir e vir pela cidade de forma completamente legal.

Ophélie pensou que se esses indignos recuperassem os títulos de nobreza, prometiam dar graça à corte. Por enquanto, seriam ótimos caçadores.

— Ela me protege há semanas — disse Ophélie, procurando a Invisível em vão —, mas nem fomos apresentadas. Como ela se chama?

— Vladislava — respondeu Thorn, que parecia achar a pergunta completamente desnecessária.

— Ela é eficaz, mas não passa despercebida. Quer dizer, para uma Invisível.

— Não é para passar. A presença dela ao seu lado é dissuasiva.

— Não entendi exatamente o que aconteceu — murmurou Ophélie com a voz tensa. — Os seus primos... queriam sua memória?

Thorn franziu a boca, contrariado.

— Os Cronistas podem inocular e absorver lembranças. Alguns deles sabem até falsificá-las.

— Você também?

— Não sou praticante, mas sei me proteger contra as intrusões. Brincar com a memória alheia não é só repreensível, como perigoso para o equilíbrio mental.

Ophélie notou que Thorn pensara um instante para escolher as palavras. Ele se concentrava muito no desfile de fantasias, cuja música de fanfarra enchia a atmosfera, como se o espetáculo popular fosse um problema só para ele.

— Bom, vamos reformular — disse Ophélie, manipulando os óculos. — Minha pergunta de verdade é: você de fato herdou as lembranças da sua mãe e essas lembranças valem o esforço feito por eles?

Thorn esmagou um mosquito no pescoço com um tapa impaciente.

— Eu te prometi toda a verdade, nada além da verdade — resmungou ele —, mas apenas do que lhe dissesse respeito diretamente. Você já sabe muito mais do que devia.

Ophélie tinha se acostumado a ver Thorn como ambicioso e calculista, mas era preciso se render às provas: ele era sem dúvida o funcionário menos corrupto de todo o judiciário. Talvez tivesse motivos – motivos obscuros e tortuosos – para defender a causa dos indignos, mas pelo que Ophélie podia observar, o dossiê era um presente envenenado. Thorn colocava a vida em risco para representar gente que não fazia parte da família, não tinha influência nenhuma no alto escalão e que aumentava a quantidade, já considerável, de inimigos. Será que ele achava que, caso fosse bem-sucedido e a posição deles fosse restituída na corte, os indignos lembrariam a ajuda e retribuiriam? Se Ophélie não era mais ingênua o suficiente para acreditar, ele certamente era menos ainda.

Não, certamente, por mais que ela considerasse a questão por todos os ângulos, essa força que eletrizava permanentemente o corpo de Thorn parecia ser um senso de dever.

Ophélie esfregou os braços um contra o outro, refrescada pelo vento, pela garoa e por uma sensação fria que vinha de dentro. Ao abandonar seu corpo, a raiva dera lugar a uma estranha melancolia.

— Essa prima não deve mesmo te conhecer para me ver como seu ponto fraco. A verdade é que você nunca se apoia em ninguém — ela fez uma pausa e continuou com a voz rouca. — Você quer resolver todos os problemas sozinho, mesmo que use os outros como peças de xadrez, mesmo que seja odiado pelo mundo inteiro. Até por mim — concluiu após um silêncio pensativo.

— E você ainda me odeia?

— Acho que não. Agora não.

— Que bom — resmungou Thorn, rangendo os dentes. — Porque nunca me esforcei tanto para não ser odiado por alguém.

Ophélie mal o escutou, mas não era por má vontade. Do outro lado do desfile, além dos jatos de confete e serpentina, Hector se dedicava a escalar uma enorme construção metálica. Raposa se dirigia a ele com gestos de desaprovação.

— Precisamos voltar — disse Ophélie, impaciente. — Já perdemos o barco do meio-dia, minha mãe vai nos receber apavorada.

Ela suspirou de alívio quando Hector aterrissou na areia após uma última cambalhota. Notou então que Thorn o observava com enorme concentração, como se finalmente visse esse jovem cunhado de carne e osso, não mais como uma noção abstrata de genealogia. Seus olhos cinzentos brilhavam de forma estranha sob a luz flutuante do céu, em uma mistura de amargor e curiosidade.

— Realmente não sei nada desses problemínhas de família — disse ele, com uma voz distante.

Neste segundo, Ophélie entendeu por que ele atrasara tanto para vir a Areias de Opala. O cotidiano de Thorn era feito de hipocrisia, fraude, chantagem e traição: para uma família como a de Ophélie, ele não tinha referência.

Movida por um impulso irresistível, Ophélie puxou a comprida manga preta de Thorn.

— Volte com a gente.

Se ela foi a primeira a se chocar com a própria familiaridade, não tinha comparação com a reação de Thorn, que perdeu completamente o chão. Ele de repente pareceu muito desconfortável com a pasta pendurada no braço, enquanto a outra mão, em um reflexo enraizado demais, mergulhava no forro do casaco em busca do relógio que não se encontrava lá – porque, claro, estava no bolso de Ophélie.

— Agora? Mas tenho... preciso ir... meus compromissos.

Ophélie mordeu as bochechas. Só mesmo na Caravana do Carnaval ela podia ver Thorn gaguejar assim, com confetes trazidos pelo vento no cabelo despenteado.

— Fique para almoçar, pelo menos — propôs ela. — Considere uma exigência diplomática, se for realmente necessário aliviar sua consciência profissional.

A boca de Thorn tremeu mais uma vez daquele jeito que Ophélie não sabia interpretar. Quando ele finalmente tirou a mão do bolso, evidentemente não segurava o relógio, mas um molho de chaves.

— Como se trata de uma exigência diplomática — disse ele, rigidamente —, suponho que eu possa usar a chave-mestra da Intendência. Tem uma Rosa dos Ventos na alfândega, na entrada de Asgard. Vá buscar seu irmão.

Ophélie concordou com a cabeça, satisfeita.

— Prometo que não será tão horrível quanto você imagina.

A VERTIGEM

Enquanto sorvia com prudência do copo de água, Ophélie pensou que devia evitar fazer promessas levianamente.

As refeições de família normalmente eram muito animadas. No sentido literal: os saleiros pulavam de um prato para o outro, as rolhas de garrafa tremiam de impaciência e quase sempre havia um duelo de colheres antes do fim da sobremesa. Os funcionários tinham ficado chocados no começo com a maneira que os Animistas brincavam com os objetos do hotel, mas agora não se impressionavam mais. Até tinham criado alguma simpatia pelos clientes capazes de consertar instantaneamente as fechaduras emperradas e os relógios descompassados do estabelecimento.

Hoje, entretanto, convivas e utensílios estavam tão calmos que Ophélie tinha a impressão de só escutar, além do rugido distante do mar, os mosquitos que quicavam nas janelas da sala de jantar com um som de choque elétrico.

Ophélie observou cuidadosamente a silhueta vermelha da mãe do outro lado da jarra de cristal; seu silêncio não era um bom sinal... pelo menos não mais do que uma panela esquecida no fogão. As irmãzinhas de Ophélie se acotovelavam quando uma delas encarava Thorn por tempo demais, com olhos arregalados. O tio-avô, ao contrário, não se constrangia em fitá-lo sem parar, esmigalhando sua torrada pedacinho a pedacinho, como se fosse um corpo que desmembrava metaforicamente. Os primos, os tios e as tias trocavam entre eles olhares pesados de subentendidos, enquanto engoliam o ragu de lemingue o mais discretamente possível. Até a Relatora se mantinha imóvel sob o chapéu de abajur, mas o cata-vento não parava de apontar o bico de cegonha na direção de Thorn.

Ophélie revirou os olhos até Thorn, sentado na cabeceira da mesa. Sentado? *Retorcido* era mais apropriado. A cadeira era pequena demais para o seu tamanho e ele penava para manusear os talheres sem dar cotoveladas nos vizinhos mais próximos. Ele mastigava cada pedaço com repulsa maldisfarçada, como se o próprio ato de comer fosse um sacrifício. Em intervalos regulares, tirava um lenço do uniforme, enxugava os cantos da boca, limpava os cabos do garfo e da faca, apoiava os talheres em simetria milimétrica, dobrava o lenço de modo impecável e o guardava de volta. Em nenhum momento pensou em usar o guardanapo do hotel.

Ophélie abafou um suspiro. Thorn tinha um conceito muito pessoal do que significava causar uma boa impressão. Depois de tanta espera, cairia bem se ele tivesse se desculpado com a futura família, dito pelo menos algumas palavras agradáveis. Era preciso conhecê-lo para saber que o simples fato de estar sentado ali, naquela mesa, era a maior amostra de respeito de que era capaz.

— O circo foi divertido — murmurou Ophélie, virando-se para Hector. — Você mostrou as fotos?

O irmãozinho levantou as sobrancelhas sob o cabelo de tigela, de boca cheia.

— Por que moxtraria? Extão todas extragadas por causa do eco.

A conversa murchou como um suflê. Ophélie olhou com tristeza para as duas cadeiras vazias ao seu lado. Berenilde continuava à cabeceira da mãe e tia Roseline havia ido ao sanatório levar roupas limpas. Só elas poderiam ajudar Thorn a se apresentar de forma menos desfavorável ou, no mínimo, tornar a atmosfera respirável.

— Nove e quatro.

Dos dois lados da mesa, todas as cabeças se viraram lentamente, em um mesmo movimento simétrico, com garfos suspensos. A voz sepulcral de Thorn havia se elevado em meio ao silêncio, para o estupor de todos.

— Repita, por favor, sr. Thorn?

— Nove — disse ele, sem tirar o olhar do prato. — São quantas propriedades familiares temos. Principalmente castelos, quase todos em excelente estado. Três deles estão instalados na Cidade Celeste e um deles é destinado à sua filha, como presente de casamento.

Thorn ergueu finalmente os olhos semicerrados, como listras de prata, mas só se dirigiu à mãe de Ophélie.

— Sugiro que visite nossas propriedades. E, se encontrar lembranças que deseje levar para Anima — acrescentou sem nenhuma emoção —, fique à vontade para se servir.

Ophélie arregalou tanto os olhos que os óculos quase caíram do nariz. Por que, de todos os assuntos possíveis e imagináveis, Thorn escolheria esse?

O efeito na família de Ophélie não demorou. Enojados, uns afastaram os pratos, outros tiraram os guardanapos, o tio-avô esmagou o que restava do pão e os mais jovens, entendendo que hostilidades tinham sido declaradas, dirigiram a Thorn gestos horríveis. Só Agathe, com o bebê no colo, tinha começado a tremer de empolgação no segundo em que surgira o assunto "castelos". Contudo, ninguém ousou falar. Todos os rostos estavam agora voltados para os pais de Ophélie, os únicos com direito à palavra. O pai estava pálido, encolhido na cadeira, enquanto a mãe, em um movimento oposto, estava inchada e visivelmente mais vermelha.

— Sr. Thorn — disse ela, pronunciando o nome como se doesse —, está mesmo tentando *comprar* nossa indulgência, como parece?

— Sim.

Thorn fez circular o olhar metálico por cada conviva, arrancando caretas nervosas de uns e sobrancelhas franzidas de outros. A única pessoa que evitou foi Ophélie, apesar de ela não poupar esforços para chamar sua atenção e implorar silenciosamente que parasse por ali.

— Nunca serei o genro ideal — continuou ele em tom de constatação. — Também não tenho o charme necessário para convencê-los do contrário. Essas propriedades são as únicas qualidades das quais posso me gabar com vocês.

— É só isso? — brigou o tio-avô, entupido de raiva sob o bigode. — É só isso mesmo que tem a dizer? Está decidido a semear discórdia então?

— Escutem — interveio Ophélie. — Eu quero...

— Não — interrompeu Thorn, sustentando o olhar do tio-avô sem piscar, do outro lado da mesa que os separava. — Não é só isso. Nove era meu primeiro argumento para ser bem-visto por vocês. Quatro é o segundo.

— Quatro o quê, sr. Thorn?

Ophélie encarou o pai como se ele finalmente tivesse encontrado alívio. Tinha falado com uma voz incerta, como sempre, mas se levantara da cadeira, apoiando as duas mãos na mesa e olhando nos olhos de Thorn. A seriedade extrema que manifestava nesse instante quase fez esquecer a cabeça careca e os traços apagados.

— Quatro dias — respondeu Thorn, cortando mais um pedaço de torta. — É o tempo que nos separa do casamento. Durante esse intervalo, não importa o quanto minha atitude com sua filha os choque ou desagrade, peço para não se meterem.

— Thorn, talvez você não deva...

Mais uma vez, Ophélie não teve tempo de terminar a frase. Como uma panela pegando pressão, a mãe explodiu em um redemoinho espetacular de vestido e joias.

— Eu me meto na vida dos meus filhos como bem entender! Não posso me opor a esse casamento — admitiu com um olhar para a Relatora, cujo cata-vento havia voltado a girar. — Mas você é mais frio que um cubo de gelo, não tenho medo de dizer.

— Quatro dias — insistiu Thorn sem levantar a voz. — Depois do casamento, pode pedir para sua filha visitar Anima com a frequência e pelo tempo que bem entender.

Com essas palavras, a mãe voltou a uma cor normal, o pai se sentou na cadeira, os tios e tias se consultaram silenciosamente. Ophélie, por sua vez, não acreditou no que ouviu.

— Parece — disse ela, armando-se de paciência — que eu podia pelo menos...

— É uma promessa? — interrompeu a mãe. — Poderei chamar minha filha de volta quantas vezes decidir?

Era demais para Ophélie. Ela começava a achar insuportável que todos falassem dela como se não estivesse ali. Tinha enfrentado o público do teatro ótico dezenas de vezes e era incapaz de ser ouvida na própria família! Ela inspirou profundamente, apesar do nariz entupido, bem decidida a se impor, mas a resposta irrevocável de Thorn esvaziou seus pulmões:

— Prometo.

— Você nunca se oporá à minha vontade?

A mãe de Ophélie tinha sublinhado cada sílaba martelando a toalha de mesa com o indicador; o pimenteiro, um pouco assustado, afastou-se aos pulinhos.

— Não — disse Thorn. — Nunca me oporei.

Seu olhar atravessou a atmosfera como uma faca para atingir os óculos de Ophélie. Pais, avós, irmão, irmãs, tios, tias e primos fizeram ranger as cadeiras, voltando-se para ela também.

— Se minha opinião ainda interessar — irritou-se Ophélie —, acho que...

— Você é solícito demais, sr. Thorn.

Dessa vez, foi a Relatora que cortou sua fala. Ela falava com um sorriso bondoso e uma xícara de chá na mão, enquanto a cegonha metálica concordava com o bico em cima do chapéu.

— É muito admirável que queira nos deixar confortáveis — continuou ela. — Mas você não deveria fazer essas promessas. O lugar da nossa pequena Ophélie é aqui, ao seu lado. Se deixar que ela tenha liberdade demais, ela nunca honrará os deveres que tem com você e fará desta aliança diplomática uma piada.

Thorn bufou com desdém. Seu olhar passou lentamente de Ophélie à mãe, sem parar no cata-vento da Relatora que apontava o bico para ele.

— Em resumo — disse, apoiando os longos dedos uns nos outros. — Ofereço o que tenho de mais vantajoso, meus bens, e poupo vocês do que tenho de menos vantajoso, minha companhia. Em contrapartida, peço esses quatro dias durante os quais não interferirão nos meus assuntos.

A Relatora não sorria nem um pouco, terrivelmente ofendida por ter sido ignorada. A mãe de Ophélie, por sua vez, contraiu todos os traços do rosto. Apertou as pálpebras, retorceu as sobrancelhas, esmagou os lábios de tanta concentração, procurando sem cessar a pegadinha, fazendo os grampos do enorme coque se sacudirem no mesmo ritmo dos pensamentos.

Acabou relaxando os músculos no impulso de um sorriso triunfante.

— Eu adoraria mais sobremesa. Quer outro pedaço de torta, sr. Thorn?

Na cabine do teleférico, Ophélie encarou Thorn em silêncio, por cima dos óculos escurecidos. Dobrado como podia no banquinho da frente, com a pasta no colo, ele também não dizia nada. Agathe se encarregou de conversar por eles durante toda a subida:

— Nove castelos, que ex-tra-or-di-ná-rio! Não tem nenhum castelo em Anima, não é, irmãzinha? Só barracos cheios de personalidade e, no melhor dos casos, per-fei-ta-men-te entediantes. Uau, nossa cabine range muito, não acham? Estou im-pa-ci-en-te para finalmente ver algo grandioso, sr. Thorn! Visitei Areias de Opala de cabo a rabo: o mar cinza, os rochedos sinistros, todas as usinas, é lú-gu-bre… Pelo balanço, a gente não sacode um pouco demais? O fato é que não entendo por que a sua tia nos obriga a ficar tanto tempo aqui, sr. Thorn. Eu gostaria muito de encontrar verdadeiras damas do mundo, como as irmãs do embaixador. Elas são tão lindas, tão graciosas, tão de-li-ca-das! Um pouco estranhas, verdade. Cruzei com elas hoje de manhã no Passeio e me perguntei se elas não tinham exagerado na sauna: Pareciam com-ple-ta-men-te perdidas. Ah, ufa, chegamos!

A tagarelice de Agathe acompanhou Thorn e Ophélie até desembarcarem do teleférico e ressoou por todos os corredores de tijolo da estação de Areias de Opala. As palavras morreram na boca dela quando, em vez de descer para as plataformas, Thorn se enfiou em um túnel atravessado por uma corrente de ar fortíssima.

— Aonde vamos? — gaguejou Agathe, segurando o chapéu de plumas. — O sr. Thorn não vai pegar o trem? Ele não vai voltar a pé, né?

— Tem um local especial fora da estação, na muralha — respondeu Ophélie. — É por onde voltamos do circo mais cedo.

— Um local? Na muralha? Eu... eu não entendi.

— Como intendente, Thorn tem chaves especiais. Enfim, as chaves não são especiais por si só, mas dão acesso a Rosas dos Ventos e Rosas dos Ventos, sabe, são atalhos. Embora sejam atalhos, é claro que não podemos nos confundir no labirinto de portas.

Pela forma como Agathe arregalava os olhos, Ophélie soube que ela estava completamente confusa com a explicação.

— Não é longe — concluiu ela, simplesmente.

Agathe soltou um gritinho assustado, agarrando o chapéu com as duas mãos. O túnel acabava em uma cortina, guardada por duas fileiras de ameias e decorada com estátuas erodidas demais para lembrar seres humanos. Apesar de a largura do caminho ser totalmente confortável para andar, a vista era muito menos confortável.

À direita, a muralha passava sobre a costa das Areias de Opala de uma tal altura que era possível admirar cada rastro de espuma no mar prateado. A estação termal parecia uma maquete de urbanismo e o hotel das termas, erguido ao longe no promontório rochoso, era como uma miniusina. Essa vista por si só daria vertigem, mas o outro lado da muralha era ainda mais espetacular. À esquerda, o mundo só existia em estado gasoso. As nuvens se formavam e deformavam em perpétuo movimento. Às vezes deixavam ver, através das rendas flutuantes, sinais de céu, um brilho de sol, mas nunca, de forma alguma, o solo. Aqui acabava a arca, aqui começava o vão. Nem o suicida mais desesperado se jogaria desse lado da muralha.

Thorn avançava entre esses dois infinitos tão impassível como se estivesse entre calçadas de uma avenida. Ele não perdia tempo, só se via dele um casaco preto distante que balançava no vento como um estandarte. Ao notar que ninguém o seguia, ele se virou de leve.

— Não consigo — decretou Agathe com a voz assustada. — Impossível. Vamos nos despedir do sr. Thorn aqui.

— Ele acabou de assinar um tratado de paz com a mamãe — retrucou Ophélie. — Não seria muito diplomático.

Ela apontou para uma guarita de pedra, um pouco mais à frente na muralha.

— Não consigo — repetiu Agathe, apoiada no muro do túnel, como se o mundo inteiro tivesse se tornado instável. O teleférico ainda dá. Mas isto daqui é além do que sou capaz.

— Fique aqui, não vou demorar muito. Vou acompanhar Thorn e voltar, você pode ficar de olho em mim no caminho inteiro.

— Eu… tá bom. Não conta para a mamãe que deixei vocês sozinhos, tá? Você sabe como ela é firme nos princípios.

— Prometo.

Desequilibrada pelo vento que enchia seu vestido, Ophélie se juntou a Thorn com a impressão de andar sobre um tsunami de pedra que dividia o universo em dois. Até para ela, que não era sensível à vertigem, a experiência era impressionante.

Thorn voltou a andar quando Ophélie chegou a seu lado, dessa vez com passos menos apressados.

— Entendo melhor por que, entre todos os acompanhantes possíveis, você escolheu essa faladeira.

Havia um tom quase apreciativo na voz dele, mas Ophélie, por sua vez, não sentia orgulho. Ela tinha contado com o medo de altura da irmã; era uma manipulação um pouco mesquinha.

— Tenho algo a te pedir — disse ela. — Queria que fosse em particular.

— O que é?

— Queria que você me pedisse desculpas.

Incomodada pelo vento, Ophélie prendeu tudo que conseguiu do cabelo no cachecol e ignorou como pôde o olhar oblíquo de Thorn em sua direção. Tinha tentado encher as palavras de dureza, acordar nela mesma as brasas de uma raiva justa e merecida, mas não tinha conseguido. A melancolia estranha que a tomara na praia de Asgard não ia embora.

— Por que eu me desculparia? Você me pediu moradia, eu lhe ofereci um castelo. Cumpri todas as minhas promessas.

— Estou falando dos meus pais. Você devia tranquilizá-los. Bastava causar uma boa impressão por uma hora, Thorn. Só uma horinha. Em vez disso, você fez negócios com a minha mãe.

— E ela está tranquilizada.

— Tranquilizada? Está exultante. Você deu a ela poder completo sobre a minha vida.

— Eu prometi não me opor à vontade dela. A promessa é só minha.

Ophélie se deu um instante de reflexão, por alguns passos na muralha, e precisou admitir que Thorn escolhera termos realmente cuidadosos durante a refeição. Curiosamente, isso não melhorou nada. Assim, a escolha de ficar ou partir era dela e só dela? Não podia ser tão simples.

— Vamos supor que eu acredite em você — murmurou ela. — Vamos supor que eu abandone o Polo após a Cerimônia da Dádiva e nunca mais volte. Isso te tornaria o marido mais ridículo de todos.

— Já vou me esforçar para que você sobreviva até o casamento — resmungou Thorn, irritado. — Você me transmitirá seu animismo, eu te liberarei das obrigações conjugais, estaremos quites. O que decidir fazer depois só diz respeito a você.

Ophélie sentiu que ele ia acrescentar mais alguma coisa, mas foi interrompido por duas detonações seguidas, que atravessaram os uivos do vento. Ao longe, além da beira do mar e dos bairros industriais, lá no limite da floresta boreal, duas plumas de fumaça se erguiam das ameias. Nunca era reconfortante ouvir os canhões da muralha. Em geral, significava que uma Besta estava próxima demais da cidade. Alguns dias antes, um carcaju gigante tinha atacado a muralha. Muitas balas de canhão foram necessárias para derrubá-lo. Os grunhidos eram tão fortes que foram ouvidos até nas termas. Apesar dos funcionários e banhistas não terem se preocupado, acostumados aos barulhos da natureza, tinha sido uma experiência bem chocante para a família de Ophélie. A vida no Polo era assim: aonde quer que fosse, o que quer que fizesse, o perigo era parte do cotidiano.

Entretanto, pensou Ophélie, não detestava essa vida tanto assim.

— E a aliança diplomática? Você e a Berenilde não param de sacudir esse argumento na minha cara para que eu fique quieta. Acha que o sr. Farouk concordará com que eu passe todo o meu tempo do outro lado do mundo?

— Ele vai te esquecer, desde que não dê de cara com você o tempo todo — afirmou Thorn. — Só importa o Livro, e o Livro é...

— Problema seu, eu já sei.

Com o retorno do resfriado, Ophélie assoou o nariz com força antes de tomar um tom severo.

— Você só recebeu três meses para enfrentar a *leitura* — lembrou ela. — Acha que vai conseguir sem ninguém para te ensinar a dominar o novo poder? Pare de querer carregar o mundo inteiro nas costas.

Ophélie demonstrou intenso interesse pelos turbilhões gigantes de nuvens, mas pelo canto de olho via o olhar profundamente perplexo de Thorn.

— O que aconteceu com o muro lá embaixo? — acrescentou ela.

Apoiada no parapeito de pedra, Ophélie apontou uma área distante da muralha, mal visível a olho nu na névoa prateada. A fortaleza casava com o relevo da borda da arca, equilibrada entre o mar de água e o mar de nuvens, mas o caminho parecia se interromper brutalmente na beira do vazio, voltando um pouco mais longe. Dava a impressão de um buracão cheio de nuvens no meio da paisagem.

— Desmoronou — disse Thorn, olhando para Ophélie com muito mais atenção do que para o muro em questão. — Um bloco de terra se soltou daquele pedaço há quatro anos.

Ophélie se afastou imediatamente do parapeito, como se ele ameaçasse de repente desabar sob seus pés.

— Desmoronou? — repetiu ela, incrédula. — Um pedaço desse tamanho?

— Não foi tão grande — observou Thorn. — Um bloco de vários quilômetros desabou de uma arca menor de Heliópolis há dois anos. Você nunca lê os jornais interfamiliares?

Ophélie sacudiu a cabeça. Ela sempre considerara as arcas como plantinhas sólidas e imutáveis. Era chocante aprender que fragmentos inteiros podiam escorregar no vazio assim, de um dia para o outro.

"Vivemos uma situação *engraçada*, sabe", dissera o tio-avô.

Agora que a conversa voltava à sua memória, Ophélie se sentiu carregada em um redemoinho de perguntas. Será que o Rasgo do mundo tinha mesmo acabado? O que o provocara? Uma dessas guerras das quais as Decanas não queriam mais ouvir falar? Os espíritos familiares sabiam alguma coisa importante antes de esquecer? Os Livros detinham informação sobre o que tinha acontecido? E se fosse essa a verdade que perturbava certas pessoas?

Ophélie foi arrancada de seu questionamento pela chuva. Uma gota pingou na testa, outra no nariz e em alguns instantes um aguaceiro frio caiu sobre a muralha inteira.

— Vivemos em um mundo realmente enigmático — disse ela, protegendo os óculos com a mão. — Faz anos que *leio* todo tipo de objeto e tenho a impressão de não saber nada. Uma terra despedaçada. Espíritos familiares esquecidos. Livros indecifráveis. Você.

Um brilho atravessou os olhos de Thorn, um músculo se tensionou no maxilar e, por um instante, Ophélie teve certeza que ele finalmente lhe faria confidências.

Enquanto abria a boca, uma nova detonação se ergueu à distância – os artilheiros deviam estar lidando com uma Besta particularmente obstinada – e a interrupção trouxe Thorn de volta à realidade. Ele protegeu a pasta sob o enorme casaco preto.

— Vamos andar mais rápido — disse ele, carrancudo. — Não posso me atrasar mais e você vai ficar mais resfriada.

Enquanto Thorn se dirigia para a guarita, cujas pedras velhas e teto bulboso se destacavam no fundo nublado de céu, Ophélie foi, mais do que nunca, perturbada pela aura de solidão que o cobria da cabeça aos pés. "Ajude Thorn", suplicara Berenilde. Como conseguir tal proeza com um teimoso desses?

Ophélie fez sinal para Agathe, que lhe dirigia gestos irritados e exagerados do túnel, pedindo para esperar. Vista dali, através da chuva, a irmã se resumia a ondulações de vestido branco e cabelo ruivo. Ophélie correu em seguida para se juntar a Thorn na cobertura da guarita. Era um abrigo muito relativo: as lacunas entre pedras deixavam escapar goteiras e a proximidade do vazio criava um vento ainda mais forte.

— Quando você vai voltar? — perguntou ela.

— Ainda tenho muitas inspeções a conduzir nas províncias.

Com os óculos completamente encharcados, Ophélie só via Thorn como uma sombra borrada. Parecia que a voz soara mais cavernosa do que de costume, e não era só pela acústica ecoante da guarita.

— Quando você quer que eu volte?

— Eu? — perguntou Ophélie surpresa, sem esperar que ele pedisse opinião. — Suponho que depende principalmente das suas obrigações. Só tente não esquecer o casamento.

Era uma piada, claro, mas Thorn respondeu com a seriedade indefectível:

— Nunca esqueço nada.

— Você acabou de me lembrar que esqueci de te contar a nova loucura da sua tia — exclamou Ophélie. — Berenilde me pediu para ser madrinha da sua filha!

Thorn arqueou as sobrancelhas e a feia cicatriz seguiu o movimento.

— Não é nenhuma loucura. Você agora é parte da família.

O estômago de Ophélie se revirou. Que ideia era essa de fazer uma declaração assim com um tom tão solene?

— A proposta não me surpreende — continuou Thorn. — Minha tia vai dar à luz o descendente direto de Farouk. Os parentes próximos da criança terão lugar cativo garantido na corte. É também a minha posição que ela reforça.

Ophélie de repente notou que, se Archibald não tivesse se imposto como padrinho, o papel provavelmente seria de Thorn.

— Entretanto, minha opinião é que você deve recusar a oferta — acrescentou ele, depois de pensar. — O seu lugar não é, nem nunca foi, na corte.

Ophélie, claramente irritada, quase retrucou "Meu lugar é o que eu escolher", mas o que disse foi:

— Encontrei sua mãe ontem.

Ophélie se perguntou o que a levara a fazer isso. Não era o lugar nem a hora de abordar o assunto, mas ela pressentia que esse tabu era a engrenagem central da mecânica de Thorn. Se Ophélie conseguisse captar a natureza profunda do vínculo que ele tinha com a mãe, poderia finalmente entendê-lo. E talvez até ajudá-lo.

— Berenilde me contou o que aconteceu — continuou ela com um tom menos confiante ao ver Thorn se fechar completamente. — Eu estava me perguntando... se você realmente herdou a memória dela antes da Mutilação, seria possível... enfim... devolver? Não quero insinuar que ela merece nenhum gesto de afeto seu — correu para especificar, pois o rosto de Thorn se endurecia visivelmente. — Sei que a sua mãe não lhe ofereceu nenhum. Só tinha a sensação de que a memória dela era um fardo a mais.

— Você não sabe de nada.

Thorn pronunciou essas cinco palavras com uma calma glacial. Uma eletricidade perceptível estremecia ao redor dele; as garras estavam ali, à flor da pele, afiadas como seus olhos de lâmina. A reação hostil causou em Ophélie o mesmo efeito da chuva que continuava a pingar na cabeça pelas goteiras do teto.

— De fato — admitiu ela, rangendo os dentes. — Não sei de nada.

No entanto, ela começava a entender uma coisa. A mãe de Thorn era próxima de Farouk e tinha um segredo: não seria por isso, e só por isso, que Thorn queria decifrar o Livro? O vínculo entre essas duas histórias parecia claro.

Thorn pegou o chaveiro da Intendência e, depois de conferir as chaves, enfiou uma na fechadura da guarita. O interior do local era como todas as Rosas dos Ventos que Ophélie conhecia: uma sala circular quase inteiramente composta de portas, cada uma levando a um destino distante. As Rosas dos Ventos frequentemente levavam a outras Rosas dos Ventos, o que oferecia um leque enorme de possibilidades de deslocamento.

— Não saia do hotel de novo — ordenou Thorn. — Preste atenção nas pessoas com quem convive, na comida que ingere e no ar que respira até minha volta. A Invisível cuida da sua segurança, evite complicar o trabalho dela. Se você seguir minhas recomendações ao pé da letra, nada acontecerá.

Ophélie deu uma olhada atrás dela, se perguntando se Vladislava estava na muralha com eles, mas não viu nada além da grossa cortina de água. Ela sentiu um calafrio quando o vento soprou nas suas roupas encharcadas. Agora que não enxergava nem a irmã nem os abismos, quase tinha vertigem.

— Espere — murmurou Ophélie, tirando o relógio do bolso do casaco. — Antes de ir embora, eu gostaria de lhe devolver isso. Você precisa dele mais do que eu e, de qualquer forma, não vou *lê-lo*. Escolhi confiar em você, não no seu relógio.

Essas palavras teriam tido um efeito muito mais bonito se a voz de Ophélie não falhasse nas últimas. Ela tinha acabado de notar que o ponteiro dos segundos não pulsava mais.

— Eu... eu não entendo — balbuciou enquanto Thorn fechava o punho ao redor do relógio com uma expressão tensa. — Eu dei corda hoje de manhã... Um grão de areia deve ter emperrado o mecanismo.

Ophélie se sentiu completamente idiota. A intenção era acalmá-lo, não irritá-lo de vez.

— Meu tio-avô sabe curar qualquer objeto — disse ela, desconfortável. — Parando para pensar, deve ser melhor deixar comigo mais um pouco.

Thorn se curvou em um movimento vertebral interminável, mas não devolveu o relógio a Ophélie. Em vez disso, pousou a boca na dela.

Ophélie arregalou os olhos, sem ar. Era um beijo absolutamente inesperado que a mergulhou em estado de estupor. Incapaz de pensar, percebeu todas as sensações do ambiente com nova precisão: o barulho da chuva nas pedras, o vento enroscando seu vestido, os óculos que apertavam a pele, os cabelos molhados de Thorn na testa, a pressão desajeitada dos lábios. E, de repente, quando finalmente tomou consciência do que acontecia, Ophélie foi assolada por uma vertigem violenta.

Uma onda de pânico se formou dentro dela e sua mão voou sozinha.

Era a primeira vez que Ophélie dava um tapa em um homem e, mesmo que o gesto fosse mais instintivo do que brutal, ela se chocou pela própria reação. Thorn pareceu muito menos surpreso. Ele se afastou rigidamente, massageando a bochecha com um ar pensativo, olhando para o lado, como se desde o começo estivesse preparado para tal eventualidade.

— Olha — murmurou Ophélie depois de um silêncio envergonhado. — Eu não queria... Você não devia...

— Eu tinha uma dúvida — interrompeu Thorn, com os olhos ainda distantes. — Você a solucionou.

Ophélie reprimiu como pôde a agitação perturbada do cachecol. Será que ela realmente havia agido de forma confusa? Horrivelmente constrangida, ela viu o corpo comprido de Thorn se curvar para passar pela porta da guarita sem olhar para trás.

— Vou me dedicar a te manter viva até o casamento — prometeu ele pela segunda vez. — Quando tudo acabar, volte para casa com sua família. Ser ridículo nunca me matou.

Após essas palavras, ele fechou a porta depois de passar e o som da fechadura indicou que ele trancou a porta duas vezes. Com as orelhas queimando e os óculos arroxeados, Ophélie contemplou fixamente as letras desbotadas da placa de madeira velha, SOMENTE PESSOAL AUTORIZADO, como se Thorn pudesse a qualquer momento voltar por onde fora, beijá-la de novo e deixar o relógio de bolso como ela propusera. Os gritos histéricos de Agathe interromperam sua reflexão.

— Ei! Ei! Irmãzinha! Volte i-me-dia-ta-men-te!

A princípio, Ophélie achou que Agathe tinha atingido o feito improvável de assistir à cena toda, apesar da distância e da chuva. No entanto, acabou entendendo que outra coisa acontecia, conforme atravessava a cortina no sentido oposto. A irmã apontava para a paisagem com gestos empolgados, o que era surpreendente conhecendo seu medo de altura, e os canhões da muralha soaram pela terceira vez. Ophélie se curvou sobre o parapeito. O aguaceiro parou tão de repente quanto começara e o sol já rasgava as nuvens para encher de luz as salinas de Areias de Opala. As ruas estavam estranhamente agitadas e, por um instante, Ophélie temeu que um animal selvagem tivesse entrado na cidade.

Ela empalideceu quando ergueu o olhar para o horizonte e notou, acima do mar, entre o movimento de duas nuvens, um entrelaçado gigantesco e caótico de torres, arcobotantes e chaminés. Os canhões não anunciavam a chegada de uma Besta, mas a chegada da Cidade Celeste.

— Sra. Vladislava, está aqui comigo? — chamou Ophélie.

— Sim, senhorita — respondeu uma voz um pouco distante, com um característico timbre militar.

Ophélie quase notava a presença de uma sombra vermelha pelo canto do olho, mas não via ninguém se virasse o rosto. Talvez depois ela ficasse envergonhada por essa Invisível ter testemunhado o que acontecera com Thorn, mas nesse momento havia assuntos mais urgentes.

— Pode avisar a Thorn que ocorreu um imprevisto?

— Às suas ordens, senhorita.

FRAGMENTO:
TERCEIRA REPRISE

Deus podia ser tão cruel e indiferente que me apavorava. Deus também sabia ser carinhoso e eu o amei como nunca amei ninguém.

— Por quê?

Esta lembrança começa com essa pergunta. Quando ele se concentra, quando sua memória veste o "por quê?" com modulação de voz e uma silhueta que se destaca com cada vez mais precisão no fundo de luz, ele entende que vem de Ártemis. Ela mudou muito desde a última lembrança, vários anos devem ter se passado. Ela não usa mais óculos, a voz ganhou profundidade e o corpo, apesar das roupas masculinas incongruentes que usa, é sem dúvida o de uma adolescente em plena puberdade. Uma enorme adolescente; sua altura e envergadura são bastante superiores à média. Ártemis está sentada no peitoril de uma janela, um pouco apertada para ela: seu animismo faz girar um globo terrestre equilibrado no colo. O sol ilumina seu perfil sério e a longa trança ruiva.

— Por que me pergunta por quê?

A voz dele também mudou. Tem um timbre ainda mais grave que a de Ártemis, como se sua caixa torácica tivesse tomado proporções impressionantes.

— Por que todas as caixas que você me dá estão vazias? — especifica Ártemis. — Sempre que lhe presto um serviço, você me dá uma caixa vazia. Se for dar um presente, dê direito.

Ela explica com um tom livre de repreensão. Parece mais uma recomendação de irmã mais velha ao irmão menor. Ela continua a fazer girar o globo no eixo, sem tocá-lo. Um mundo redondo, ainda intacto. O mundo dessa época?

— Acho que as caixas são o presente ideal — escuta-se responder após um instante de silêncio. — Se tivesse algo dentro, qual seria a chance de corresponder ao que você esperava encontrar? Você ficaria certamente decepcionada. Eu lhe dou o recipiente, você bota o conteúdo que quiser.

Conforme pronuncia as palavras, sabe que não é o único motivo. A verdade é que ele não tem nenhuma imaginação. Às vezes, ele se sente tão vazio quanto as caixas que oferece à irmã.

— Eu me pergunto onde irei viver quando chegar à idade adulta — diz Ártemis, examinando o globo sem entusiasmo. — Se fosse possível, eu escolheria as estrelas. É irônico, né? Meu poder só tem afinidade com materiais artificiais e só me interesso pelo mundo celestial. Vai saber, talvez as estrelas sejam mais decepcionantes do que as suas caixas vazias. O único jeito de ter certeza é aprender a conhecê-las melhor — acrescentou ela, em um tom pensativo. — Quando eu for adulta, vou escolher uma montanha ou construir o melhor observatório do mundo. E você?

Ele? Ele se contenta em encarar o globo de Ártemis sem responder. Ele não sabe. Ele não gosta nada da perspectiva de precisar sair de casa um dia, que nem na época da aprendizagem forçada entre os humanos.

— Você devia treinar que nem os outros em vez de enrolar — declara Ártemis de repente, parando de girar o globo. — Ainda está longe de dominar seu poder, Odin.

Os outros? Seu ângulo de visão desvia até voltar à posição inicial, antes de Ártemis perguntar "Por quê?", e ele nota que tem o rosto meio enfiado nas mangas. Está largado em uma mesa, com os braços cruzados à sua frente. Entre as cortinas de cabelo branco, só a névoa, um embaçado induzido pelas falhas na memória. O observador escondido bem no fundo dele, a consciência que hoje se esforça para reconstituir o quebra-cabeças do passado, vai e volta nesse movimento ocular, de Ártemis para "os outros", da janela para o resto da sala, na esperança de achar um detalhe, engatilhar um clique que o permita recompor a cena.

Soldadinhos de chumbo.

Sim, ele vê soldadinhos de chumbo alinhados na mesa ao lado. Não são dele, mas do seu irmão, Midas. Ele está em plena tentativa de transmutação, encarando o coronel de chumbo com todas as forças para transformá-lo em ouro. No momento, parece mais com cobre.

Certo: à esquerda, Ártemis e o globo; à direita, Midas e os soldadinhos de chumbo. E depois?

Lápis de cor. Flutuam no ar, mas não de forma anárquica... como satélites em miniatura, giram em órbita ao redor do seu outro irmão, Urano, o artista da família, em uma mesa mais distante.

Certo: à esquerda, Ártemis e o globo; à direita, Midas e os soldadinhos de chumbo; na frente dele, Urano e os lápis de cor. E depois?

O perímetro da visão se alarga conforme ele se apropria da cena. Ele entrevê as silhuetas dos gêmeos, Hélène e Pólux, que conduzem experimentos acústicos com um diapasão, e também de Vênus, que tenta encantar um escaravelho brilhando como uma joia na luz do sol. Onde estão todos eles? Fora das mesas e das janelas ensolaradas, ele não lembra.

Esses adolescentes desajeitados, todos ocupados em trabalhos práticos como estudantes exemplares, têm consciência de que um dia serão os reis e rainhas do mundo, um mundo que não se parece em nada com o globo no colo de Ártemis?

Ele se pergunta, enquanto seu olhar tenta chegar à sombra erguida no fundo da sala, onde a névoa da memória ainda não se dissipou.

Quem é Deus? O que quer Deus? Qual é a aparência de Deus?

Todas as lembranças gravitam ao redor desse personagem central, mas não conseguem lhe dar rosto. A emoção que o toma pela garganta, quando, como nesse instante, ele observa Deus da mesa, os braços cruzados, a cortina de cabelos, é, ao contrário, de uma nitidez evidente.

Medo.

Ele não entende, nunca entendeu o que Deus espera dele. Para seus irmãos e irmãs, tudo parece simples! Eles aceitam os poderes, respeitam as instruções, fazem o que está escrito nos Livros sem questionar. Odin, no entanto, não entende nada de nada. Ele teme virar o que Deus espera e também teme nunca virar. São emoções complexas demais para ele.

Uma turbulência atravessa de repente a lembrança. Vem de um calafrio que percorre seu corpo inteiro. Deus acaba de se mover na direção dele. Ele tem mais medo do que nunca, então por que Deus continua no estado de sombra disforme? Precisa definitivamente se lembrar dele, é essencial.

Deus avança muito lentamente entre as mesas, a menos que a lentidão seja uma deformidade da memória. Deus passa pelas experiências acústicas de Hélène e Pólux, pelo escaravelho de Vênus, pelos lápis de Urano, pelos soldadinhos de chumbo de Midas. Deus está atrás dele, só dele. Deus viu que ele não trabalhava nos poderes como os outros. Deus está decepcionado. Deus vai pegar o Livro de volta. Deus vai renegá-lo e expulsá-lo da casa.

Deus ergue a mão.

A mão de Deus: é a primeira manifestação física que ele consegue lembrar. Esse personagem, pelo qual nutre emoções tão exacerbadas, é realmente dotado de uma mão tão pequena e comum?

Ele acha que a mão de Deus se abaixa para bater, mas só bagunça seus cabelos em provocação.

Enquanto Deus se afasta sem uma palavra, ainda desprovido de forma própria, ele se sente cheio de um calor fervente. O medo deu lugar a um amor louco. Uma verdade se impõe a seu espírito, a única que importa no mundo: hoje ele ainda pode ficar na casa com Deus e os outros.

A lembrança acaba aqui.

Nota bene: "Guarde seus encantos". Quem pronunciou essas palavras? O que elas significam?

OS AUSENTES

Apesar de a Cidade Celeste dar a ilusão de imobilidade, como uma colmeia arquitetural suspensa entre as nuvens, na realidade estava em movimento contínuo. Metade empurrada pelos ventos, metade impulsionada por milhões de hélices, os deslocamentos eram quase sempre aleatórios. Nesse instante, a enorme cidade orbital mergulha na sombra os bairros industriais de Areias de Opala. Com o nariz colado no vidro do teleférico, que descia lentamente até o hotel, Ophélie não a abandonava com o olhar, nutrindo a pequena esperança de que a presença da capital fosse por acaso e que ventos contrariados a mandariam logo de volta para o Norte.

— Que pena! — gemeu Agathe. — Não me diga que a corte fica lá em cima!

— Está vendo a torre mais alta? — perguntou Ophélie. — É lá.

— Não é possível! Primeiro a viagem in-ter-mi-ná-vel de dirigível, depois o trem na muralha, os passeios à beira de penhascos, as idas e vindas de teleférico, e agora isso? Estou quase com saudades do nosso vale... Caramba! — gritou Agathe de repente, batendo com a luva de renda no vidro da cabine. — Tem gente caindo da cidade!

Ela mostrou um enorme trenó cintilante que deslizava nos ares, puxado por renas.

— Não estão caindo — tranquilizou Ophélie. — A Cidade Celeste tem corredores aéreos muito eficazes. É um pouco como as Rosas dos Ventos. Eles têm uma arquiteta que manipula o espaço como massinha de modelar.

— Ah, o trenó aterrissou bem na frente do nosso hotel! — exclamou Agathe, que achava o assunto apaixonante. — Tem homens descendo. Os uniformes são mag-ní-fi-cos! Imagina se o Charles pudesse se vestir assim, todo de branco e dourado! São príncipes?

— Não — resmungou Ophélie, muito menos entusiasmada. — São sargentos da polícia.

— Eles não vieram por nossa causa, né?

Elas mal tinham descido do teleférico quando Agathe recebeu a resposta. Os sargentos ocupados interrogando a família convidaram Ophélie a se instalar no enorme trenó da polícia, todo de ouro e pelos, estacionado na frente do hotel.

— O sr. Farouk pediu para vê-la, senhorita.

— Eu? Por quê?

— Porque ele pediu para vê-la — responderam com uma educação impassível. — A sra. Berenilde não está com você?

— Não, ela não será encontrada aqui — disse Ophélie evasiva.

— Uma pena. Suba, senhorita.

Ophélie se esforçou para não mostrar preocupação à família. Farouk tinha finalmente perdido a paciência? Será que pediria para ela *ler* seu Livro, de verdade? Thorn, sem dúvida, já estava do outro lado da arca, e Berenilde ainda não tinha voltado do sanatório; só de pensar em enfrentar Farouk sozinha, Ophélie ficava enjoada.

Ela se sentiu ao mesmo tempo surpresa e tranquilizada ao ver as irmãs de Archibald também sentadas nos banquinhos forrados do trenó. Elas não estavam nem penteadas, nem maquiadas e os vestidos tinham sido amarrados com negligência inesperada.

— O que houve, srta. Patience? — murmurou Ophélie, sentando-se em frente à mais velha. — O que querem conosco?

Como resposta, de modo perfeitamente inusitado para uma jovem tão distinta, Patience bocejou na cara de Ophélie.

Ophélie notou, ao olhar para o hotel, a silhueta voluminosa de Cunégonde observando-a da janela do quarto. Ela imediatamente fechou as cortinas, como se não quisesse ser vista. Com doença nervosa ou não, essa Miragem se comportava de forma verdadeiramente suspeita.

— Uma única pessoa para acompanhar a senhorita — anunciou um sargento em tom formal quando todos os Animistas se agruparam ao redor do trenó.

— Eu — decidiu a mãe. — Espírito familiar ou não, o sr. Farouk ainda é um homem. Se quiser encontrar minha filha, precisa me pedir permissão primeiro.

Se pudesse escolher, Ophélie preferia ser acompanhada por Raposa. Ele estava curvado sobre a rampa do trenó para enchê-la de documentos e recomendações:

— Aqui, seus documentos de identidade. Você os esqueceu no bolso do outro casaco, mas vai precisar. Aqui está a cópia do contrato do sr. seu noivo com o sr. Farouk e aqui o visto de trabalho para o escritório de *leitura*, mas de jeito nenhum o apresente a não ser que o sr. Farouk aborde o assunto. Pode deixar que eu avisarei a sra. Berenilde e a sua tia. Até lá, nenhuma imprudência, garoto.

Segurando o chapéu de plumas, a mãe de Ophélie se sentou no banquinho com a dignidade de uma duquesa. Alguns instantes depois, quando o trenó da polícia subiu por um corredor aéreo na velocidade do vento, o chapéu foi levado para longe.

Após a aterrissagem na Praça Central da Cidade Celeste, seguiu-se uma interminável subida de andares escoltada por sargentos. A cada uma das muitas baldeações de elevador, um policial de uniforme branco e dourado verificava os documentos de identidade e fazia sinal para entrarem na próxima cabine. Ophélie nunca havia visto um sistema de segurança assim e ninguém se dava ao trabalho de lhe explicar qualquer coisa.

Sua mãe ficava mais vermelha a cada andar e fazia sem parar a mesma pergunta ultrajada:

— O que vocês querem com minha filha?

Um sargento dava sempre a mesma resposta imperturbável:

— O sr. Farouk pediu para vê-la, senhora. Ela e as senhoritas da embaixada. Ele também pediu pela sra. Berenilde, mas já que ela não está...

— Não é assim que se comporta com jovens moças, ouviu? — indignou-se a mãe de Ophélie. — Você me diria se tivesse feito uma besteira, não diria, filha? Ai, ai, ai, se eu soubesse, teria ido ao banheiro antes. Quantos elevadores ainda precisamos pegar?

Ophélie não respondeu, pois ela mesma estava um pouco perdida. Ela se dava conta que estavam pegando um itinerário desviado para subir à torre de Farouk sem passar pelo Luz da Lua, o que ela nem sabia ser possível. A embaixada era oficialmente a antessala da corte; deveria ser uma passagem obrigatória.

— Pelas cornetas! — gritou de repente a mãe de Ophélie, cobrindo a boca com dedos esmaltados.

A grade dourada do elevador finalmente se abriu no quinto andar. Ophélie, acostumada com a luz deslumbrante e as cores exageradas da corte, foi tomada de surpresa pela mudança de atmosfera. O sol, que ela sempre vira no ponto mais alto, como uma agulha de ouro congelada no meio-dia, estava afundando no mar, deixando um longo rastro de fogo na água. O céu era um degradê sinfônico de rosas, azuis, violetas e laranjas. Até a textura do ar tinha mudado, ao mesmo tempo leve, morna e doce como as melhores noites de verão.

— É aqui que você passa o tempo, filha? — perguntou a mãe de Ophélie com a voz transformada, enquanto elas seguiam os sargentos pela beira do mar.

— A maior parte, é.

Ophélie respondeu com um tom distante, inteiramente concentrada no palácio flutuante do Passeio, cujos vidros refletiam o pôr do sol no outro lado da orla. O que ele estava tramando aqui? E por que, perguntou-se ao olhar para as irmãs de Archibald, por que tinham sido convocadas todas juntas? As sete jovens andavam como sonâmbulas, olhos entreabertos, sem nenhuma atenção, pelo extravagante salão da corte do qual o irmão sempre as mantivera afastadas.

— Você devia ter dito! — exclamou a mãe de Ophélie. — Se eu soubesse que você frequentava um lugar tão impressionante, eu não teria me feito de difícil com o sr. Thorn! Olha só, parece até um cartão-postal! O que aqueles caras ali em cima estão fazendo?

Ela tinha acabado de notar os homens de casaca em cima de andaimes ao longo do calçadão em frente à praia. Todos faziam gestos teatrais de maestro de orquestra, mas não dirigiam nenhum músico: davam toques finais no pôr do sol, puxando um rastro de nuvens, acrescentando um círculo de luz, dando cada vez mais nuance para as cores. Pareciam pintores impressionistas cujos dedos faziam as vezes de pincel.

— São artistas Miragem, mamãe. Eles detalham o cenário.

Ophélie via, no olhar maravilhado da mãe, que ela estava considerando o casamento sob uma nova perspectiva. Por sua vez, ela já estava com saudades do céu autenticamente cinzento do ar livre de verdade.

Os raros pedestres que se viravam para vê-las passar eram cortesãos de pouca influência, o que não era bom sinal: todos os poderosos estavam reunidos ali aonde elas se dirigiam. "Nunca mais pise na corte", ordenara o autor da carta. Se ele estivesse entre o grupo que Ophélie se preparava para enfrentar, saberiam logo que ela o desobedecera. Ophélie olhou ao seu redor, se perguntando se Vladislava ainda a escoltava ou se tinha se encarregado pessoalmente de avisar Thorn do que acontecera. Era um pouco inconveniente ter uma guarda-costas invisível: nunca dava para saber se ela estava lá.

Os sargentos as fizeram atravessar a ponte sobre a colunata que levava ao Passeio. A rotunda principal do palácio estava cheia de mulheres e murmúrios. A mãe de Ophélie, que não tinha se preparado para as roupas sofisticadas das damas da corte, ajeitou o enorme coque com gestos nervosos, como se estivesse nua sem o chapéu.

— Boa noite, senhora, boa noite, senhorita — cumprimentava todas por quem passava, preocupada com causar uma boa impressão. — O habitual é dizer bom dia ou boa noite? — sussurrou, aproximando-se de Ophélie. — Estamos bem no meio do dia, mas, com o pôr do sol, estou misturando tudo e tenho a impressão de irritar todas essas metidinhas.

Ophélie notou o brilho perigoso nos olhares que lhes davam. "Quando voltar, esteja pronta para enfrentar o inferno", havia previsto Cunégonde.

— Elas não dizem bom dia nem boa noite — disse Ophélie, passando o braço pelo da mãe, decidida a não a perder de vista. — Os empregados são as únicas pessoas educadas aqui.

Os sargentos as ajudaram a abrir passagem entre as crinolinas, por uma das cinco galerias principais da rotunda, que se abriam em estrela. Desde que Ophélie começara a frequentar o Passeio, ela tinha visitado várias vezes os muitos salões de jogo. Nenhum deles a deixava mais desconfortável do que aquele onde entravam agora.

O Salão da Roleta.

Era um salão de proporções gigantescas com cara de leilão, com inúmeras cadeiras viradas para a tribuna onde Farouk se sentava. Ou onde Farouk *desmoronava*, na verdade. Ao ver a enorme silhueta curvada, cujos longos cabelos brancos quase tocavam o chão, Ophélie sentiu as pernas vacilarem. Ela guardara do último confronto uma vontade irreprimível de fugir.

— É ele, o famoso sr. Farouk? — perguntou a mãe, um pouco perplexa. — É um bom-bocado, mas não é a melhor postura.

O Salão da Roleta devia o nome a uma ilusão decorativa no teto, mostrando uma roda imensa dividida em casas numeradas, que girava sem parar, percorrida por uma bolinha branca. Bastava erguer o olhar para a roleta para ter a impressão de apostar a vida. Não era infundada, pois era ali que Farouk julgava litígios, dava seu veredito e executava as penas uma vez por mês. As decisões eram tão contraditórias e aleatórias que eram objeto de bolões contínuos, como se a justiça fosse um jogo como qualquer outro.

O julgamento em curso envolvia o ministro do Aquecimento Central, que administrava todos os aquecedores da Cidade Celeste. Instalado na cadeira da testemunha, de frente para o trono de Farouk, ele estava se queixando de um papel emitido por Thorn.

— Sim, eu sou o feliz proprietário de uma mina de carvão! — pleiteava com uma voz vibrante de dignidade ofendida. — Sim, fiz a proposta modesta de ser o fornecedor oficial de combustíveis da corte! Mas onde estão os conflitos de interesse pelos quais a Intendência me critica? Se minha empresa puder servir meu ministério, faltaria ao meu dever se me abstesse!

Prostrado no trono de ouro e veludo, como uma criança sentada contra sua vontade, Farouk lia o papel que motivava o problema com um ar profundamente entediado. As favoritas estavam atrás do trono, imóveis e silenciosas como estátuas de diamante. O datilógrafo registrava tudo que era dito na máquina de escrever.

Esmagada entre sua mãe e as irmãs de Archibald, Ophélie se retorceu no banco para olhar com cuidado para a sala. Ela conhecia a maioria dos membros da assembleia: eram quase todos juízes, ministros e funcionários do governo. O barão Melchior, que vestia um simples terno branco, batucava com os dedos gordos cobertos de anéis o castão da bengala, presa entre as pernas. Nenhum sorriso erguia seus bigodes compridos e os cabelos loiros não estavam gomados, o que era tão incomum quanto a sobriedade da roupa.

Ophélie suspirou, decepcionada por não ver Thorn. Porém, ficou surpresa ao ver que as primeiras fileiras eram ocupadas por membros da Teia. De braços cruzados, escutavam com esforço as lamentações do ministro do Aquecimento Central. Ophélie franziu as sobrancelhas ao observá-los melhor: abafavam bocejos, coçavam os olhos sem parar ou se sobressaltavam quando pegavam no sono. O que era essa estranha sonolência que parecia ter tomado conta de toda a família? E por que Archibald não foi convocado ao mesmo tempo que as irmãs? Será que ele sabia que elas estavam aqui?

— Posso resumir a alternativa em algumas palavras, meu senhor — disse o ministro em uma voz lisonjeira ao ver que Farouk não conseguia julgar. — Se validar, espere sentir muito frio no próximo inverno.

Farouk rasgou o papel da Intendência com um gesto displicente. No Salão da Roleta, ampulhetas azuis foram trocadas de acordo com quem ganhara ou perdera o bolão. Ophélie esperava, pelo bem de Thorn, que os Estados Familiares não se desenrolassem assim.

— Próxima questão! — exclamou o comissário, batendo o martelo.

Ophélie se levantou, mas logo se sentou de novo. Não era sua vez ainda: para sua enorme surpresa, dois sargentos conduziram o Cavaleiro até a tribuna. Dado que ele era pequeno demais, teve que subir em uma cadeira. Finalmente instalado, ele contemplou os sapatos envernizados, roendo as unhas. Sem os cães, parecia uma criança tão vulnerável quanto qualquer uma.

— O que um garotinho tão novo está fazendo aqui? — perguntou a mãe de Ophélie, sob o olhar de desaprovação dos nobres mais próximos. — Ele tem a idade de Hector! Coitadinho, deve estar muito assustado!

Ophélie teria sentido vergonha de responder, mas foi salva pelo barão Melchior. Quando as notou, na sombra do assento coberto, ele abandonou a cadeira na ponta do pé e se dirigiu até elas da forma mais discreta possível dado seu tamanho.

— Como vão elas? — preocupou-se ele, olhando atentamente para as irmãs de Archibald.

— Não sei — sussurrou Ophélie. — Elas não respondem ninguém e não reagem a nada. Sr. barão, o que está acontecendo? Por que fomos convocadas? Onde está Archibald?

— Quê? — chocou-se Melchior. — Não lhe disseram?

Ele não teve tempo de continuar: o comissário começou a leitura dos fatos do caso.

— O sr. Stanislav, aqui presente, é acusado de ter usado seu poder de forma imoderada, afetando Bestas e comprometendo a segurança de seus sujeitos. Um pedido de Mutilação foi apresentado pela Intendência em decorrência de um incidente que ocasionou feridas que podem levar à morte...

Vários Miragens olharam furibundos para o lugar de Ophélie: sua mãe acabara de soltar um soluço incrédulo ao ouvir falar de Mutilação.

— Notem — prosseguiu o comissário, olhando com prudência para Farouk — que os fatos parecem envolver a responsabilidade da sra. Berenilde.

— É mentira! — protestou o Cavaleiro, manifestando-se pela primeira vez.

— Quê? — resmungou o comissário. — Nega os fatos?

— Não os nego — balbuciou Cavaleiro, mexendo desajeitado nos óculos grossos. — Só queria dizer que a sra. Berenilde nunca me pediu nada. Tudo que fiz, fiz por ela, mas sem sua permissão.

Ele se virou, perigosamente inclinado na cadeira, procurou por entre os assentos com o olhar e parou em Ophélie quando a encontrou. Ela não distinguia bem os olhos do Cavaleiro naquela distância, sob a grossura dos óculos, mas o viu morder os lábios com um ar desamparado. *Ele queria ver Berenilde comigo*, entendeu Ophélie, apertando o cachecol. Ele estava com medo e era um medo sincero.

— Parece que a sra. Berenilde também foi ferida pelo meu comportamento — balbuciou o Cavaleiro finalmente, com uma voz frágil, mas forte o suficiente para ser escutada por todos.

Ophélie ficou surpresa. Será que a conversa entre eles o afetara mais do que ela achava?

— Vai... vai doer? — acrescentou Cavaleiro em uma voz fraca, descendo da cadeira.

— Tire os óculos — disse Farouk simplesmente, levantando-se do trono com uma lentidão predadora.

O Cavaleiro mal tinha tirado os óculos, piscando os olhinhos míopes, quando soltou um grito agudo; Farouk tinha curvado o corpo imenso e engolido completamente o rosto da criança com a palma da mão, mergulhando os dedos nos cachos loiros. O Cavaleiro convulsionou e se agarrou à manga de Farouk, como se não conseguisse mais respirar. O corpo, reduzido à sua expressão mais minúscula frente ao gigantismo de Faoruk, não parava de se retorcer. Era impossível determinar se era por dor, asfixia ou pânico.

Ophélie não tinha carinho pelo Cavaleiro, mas sentiu medo de verdade por ele. Ninguém entre os Miragens, entre os membros da própria família, emocionava-se. Ela se levantou instintivamente, dando uma cotovelada na barriga do barão Melchior no caminho.

— Não intervenha — murmurou ele. — Vai ficar tudo bem, eu prometo.

De fato, ocorreu então um fenômeno ao qual Ophélie nunca havia assistido: um vapor prateado se ergueu do corpo do cavaleiro, como se uma substância escapasse. O poder familiar acabava de abandoná-lo, como uma alma saindo do corpo de um morto. Farouk o soltou finalmente, com um gesto negligente, e o cavaleiro caiu, ofegante, no chão de madeira. Uma cruz preta atravessava seu rosto, como se a mão de Farouk tivesse marcado sua pele.

— A partir de agora — disse Farouk lentamente, com a voz de trovão, voltando ao assento no trono —, você nunca mais machucará Berenilde.

Todo sinal de fascínio desapareceu dos olhos da mãe de Ophélie. A emoção chegara até as joias: o perfil de Ártemis, traçado em fundo vermelho no seu camafeu preferido, abria uma boca horrorizada.

— Sr. Stanislav — continuou o comissário, em um tom monocórdio sem deixar tempo para o Cavaleiro se levantar —, você foi considerado culpado de traição contra sua própria família. O seu poder lhe foi tomado. Onde está seu tutor legal? — perguntou, com um olhar morno para a assembleia.

— Ele desapareceu na banheira.

O próprio Cavaleiro respondeu, fraco, procurando no chão os óculos que deixara cair. O pouco que se via de sua pele, através da marca da infâmia, estava tão esverdeado que ele parecia prestes a vomitar. Ophélie ficou consternada ao ver ampulhetas azuis trocarem de mão na sala. Agora que o Cavaleiro tinha sido destituído do poder do qual fazia um uso tão ruim, o alívio geral era perceptível.

Quanto ao misterioso desaparecimento do conde Harold, ele pareceu contrariar o comissário mais do que preocupá-lo.

— De fato, de fato, tenho aqui um arquivo que menciona essa situação — resmungou, examinando os documentos no púlpito. — Bem, sr. Stanislav, como seu tutor escolheu desaparecer inesperadamente, você será enviado a Helheim hoje mesmo.

— Não! — implorou o cavaleiro, que nunca parecera tão patético, varrendo o chão com as mãos em busca dos óculos. — Quero ficar perto da sra. Berenilde, vou me comportar, por favor!

— Helheim? — murmurou Ophélie ao barão Melchior, enquanto o auditório aplaudia.

— É um estabelecimento muito especializado — explicou ele. — Helheim fica em uma arca menor do Polo. É para onde enviamos as crianças perturbadas que não queremos que reapareçam tão cedo.

Os sargentos levaram o Cavaleiro, que continuou a gritar por Berenilde até a voz se perder na distância. Ophélie devia se sentir aliviada por nunca mais vê-lo. No entanto, sua única satisfação foi Berenilde não ter assistido à cena; teria dilacerado seu coração.

— Próximo assunto! — anunciou o comissário, olhando para a sala. — Ah, você chegou? — acrescentou com um tom mais calmo ao reconhecer Ophélie. — Aproxime-se, cara senhorita, é sua vez. Tragam também as irmãs do sr. embaixador — ordenou aos sargentos.

Enquanto subiam juntas os degraus do estrado, Ophélie se sentiu mais desconfortável do que se sentia no teatro ótico. Cunégonde não tinha exagerado: o brilho no olhar dos Miragens era ódio puro.

Farouk, por sua vez, examinou Ophélie atentamente do trono, apoiando o queixo no punho. As ondas mentais já deixavam os nervos dela à flor da pele. O jovem ajudante de memória se ergueu na ponta dos pés para murmurar ao pé do ouvido de Farouk e dar trechos do diário para que ele lesse. Ophélie ficou um pouco chocada ao perceber que não era o mesmo adolescente de costume: ele não tinha a tatuagem da Teia entre as sobrancelhas.

— Por que fomos convocadas? — perguntou ela, cada vez mais inquieta.

O comissário sorriu, tenso. Ophélie ficou surpresa pelo homem emperucado ser tão delicado; não era bom sinal.

— Uma questão muito singular, cara senhorita! Estamos muito agradecidos por ter vindo tão rápido...

— Cadê Berenilde?

Farouk interrompeu o comissário com uma voz extremamente lenta e pesada, afastando o ajudante de memória com a mão como se afastasse uma mosca inoportuna. Ele não parecia nada contente, mas, felizmente para Ophélie, ele não tinha saído do trono. Até a distância, seu olhar dava tanta dor de cabeça que ela tinha a impressão de que seus óculos iam rachar.

— Ela está presa a outras obrigações, senhor — respondeu Ophélie, escolhendo as palavras com cuidado.

— E você? Que obrigações te ocuparam a tal ponto que eu não tivesse mais notícias suas?

Ophélie se absteve de comentar que era ela quem não tinha recebido notícias dele e que isso não tinha caído mal.

— Estou recebendo minha família. Viemos aos banhos juntos.

— Eu teria colocado meus banhos à sua disposição se me pedisse — disse Farouk, com a voz arrastada. — Em vez disso, você me obriga a me deslocar até você.

Era para encontrá-las, ela e Berenilde, que Farouk migrou a capital inteira para o sul? Ophélie começava a entender por que o ar ambiente estava tão envenenado.

Ophélie queria conter sua mãe, que avançava de repente em direção a Farouk com um movimento imponente do vestido, mas ignorou o gesto com um tapa nos dedos.

— Não fomos apresentados, caro senhor — disse ela solenemente. — Sou a mamãe de Ophélie. Admito que sou sensível ao interesse evidente que apresenta por minha filha, mas tenho algumas observações a fazer. Para começo de conversa, não sei se aprecio a forma como as mulheres são tratadas nesta reuniãozinha — disse ela com um gesto significativo para a assembleia masculina, que a julgava com o olhar. — Além disso, eu te acho excessivamente severo com os descendentes mais jovens. E finalmente — concluiu, dessa vez dirigindo-se às favoritas —, vocês deveriam aprender a se vestir de modo apropriado, senhoras. Nessa idade, não se esconde as partes íntimas atrás de diamantes. Que exemplo deplorável dão à minha filha! São essas minhas observações — disse ela, voltando-se para Farouk com um tom mais contido. — Agora tenha por favor a bondade de dizer por que seus sargentos vieram arrancar essas senhoritas de suas ocupações. Ah, e será que alguém pode me dar uma aspirina? — perguntou ela, esfregando a testa. — Não sei se já te disseram, caro senhor, mas o seu olhar dá um pouco de dor de cabeça.

Nas fileiras de cadeiras, os monóculos tinham caído dos rostos dos nobres de tanto que arregalavam os olhos. O comissário deixou cair o martelo, as favoritas apertaram os lábios e Douce, a mais nova das irmãs de Archibald, soltou um enorme bocejo em meio ao silêncio desconfortável que se instalara.

Ophélie contemplou a silhueta arredondada da mãe, forçando-se a admitir que ela nunca tinha se sentido tão orgulhosa de ser sua filha. Agora só podia esperar que sobrevivessem a essa sessão de tribunal.

Com os dedos tamborilando os braços do trono, Farouk não se dignou nem a uma resposta nem a um olhar para a mãe de Ophélie:

— Filha de Ártemis, tenho uma nova ocupação para você. Eu...

Ele se interrompeu, franziu as sobrancelhas em um movimento sem fim, e releu a última página do diário, como se fosse o romance mais entediante.

— Ah, é — continuou. — Eu gostaria que você encontrasse meu embaixador. Ele desapareceu — acrescentou, notando que tinha esquecido de se explicar.

O coração de Ophélie deu um pulo. Archibald desapareceu? Não, Archibald não *podia* desaparecer. Ele pertencia à categoria de homens invasivos de quem é impossível se livrar.

Foi com uma incredulidade crescente que Ophélie ouviu o comissário expor os fatos, com o nariz enfiado nos documentos:

— É inútil ser misterioso, todos sabemos dos sequestros inexplicáveis e preocupantes que ocorreram nessas últimas semanas. O meirinho-mor desapareceu no 20 de abril, em uma sala de bilhar. O diretor do *Nibelungo* desapareceu bem no meio de um baile à fantasia, no dia 25 de junho. O conde Harold, de quem ouvimos falar um pouco mais cedo, desapareceu dentro de um banheiro, no dia 29 de julho. E o sr. embaixador acabou de desaparecer também, no próprio quarto. Quatro desaparecimentos — resumiu o comissário, fechando uma pasta —, sem nenhum pedido de resgate, sinal de luta ou indício de invasão. As vítimas todas desapareceram no seio do Luz da Lua, um lugar até então conhecido pelo alto nível de segurança, e, exceto pelo sr. embaixador, são todas Miragens. Acalmem-se, senhores! — suspirou o comissário, batendo com o martelo, cansado.

À medida que ele falava, os Miragens se levantaram dos assentos para pedir justiça, mas um só olhar de Farouk os deixou em silêncio. Cada vez mais curvado no trono, sem parar de tamborilar os dedos, ele começava visivelmente a achar o tempo demorado.

— Pronto — disse ele sem deixar transparecer qualquer emoção. — Filha de Ártemis, peço que encontre todas essas pessoas o mais rápido possível.

— Eu? — engasgou Ophélie.

— Ela? — insistiu a mãe.

Farouk virou devagar as páginas do diário.

— Escrevi que você queria ter o próprio escritório de *leitura*.

— Não tem nada a ver — desesperou-se Ophélie. — Sei analisar objetos, não elucidar casos criminais. Além disso — notou ela de repente, virando-se para as irmãs de Archibald —, não seria melhor perguntar para essas senhoritas? Elas têm mais capacidade de encontrar o irmão.

Ophélie começava a suspeitar que o desaparecimento de Archibald e a sonolência da família estavam ligados, mas teve certeza quando viu o comissário curvar a grande cabeça emperucada sobre o púlpito para se dirigir diretamente às irmãs de Archibald:

— Senhoritas! — gritou, como se falasse com surdos. — Ouviram o que foi dito agora? Alguma de vocês gostaria de tomar a palavra aqui e agora?

Nem Grâce, nem Friande, nem Gaîté, nem Mélodie, nem Clairemonde, nem Douce reagiram. Só Patience piscou por um instante, como se seu instinto de mais velha a mandasse prestar atenção, mas mergulhou imediatamente no torpor. Com os olhares vítreos, os braços estendidos ao lado do corpo, mais pálidas que velas, as sete irmãs pareciam só ficar de pé no estrado porque as pernas queriam. Nesse instante, mais do que nunca, elas pareciam uma coleção de frágeis bonecas de porcelana.

— Não as assuste.

Na primeira fileira, um diplomata da Teia interveio com movimentos tão vacilantes que derrubou a cadeira. Ophélie cruzara com ele duas ou três vezes nos salões de jogos do Passeio. Normalmente, era um homem de inteligência viva e modos tensos, mas hoje dava a impressão de ter abusado dos narcóticos. Durante um instante, ele não pareceu lembrar por que tinha se manifestado, erguendo as sobrancelhas com um ar perturbado, depois seu olhar recobrou um pouco de lucidez atrás do pincenê.

— Não as assuste — repetiu ele. — A empatia delas com o sr. embaixador é maior que a nossa, elas são ainda mais afetadas.

— Afetadas por quê? — impacientou-se Ophélie.

A mãe a olhou com espanto, mas Ophélie se sentia em tal estado de ebulição que não se preocupava mais com os bons modos. Nesse magma de emoção, a raiva começava a ganhar de todo o resto. Ainda na véspera, ela tinha recomendado a Archibald que fosse prudente. Por que o imbecil não a escutou? Em que confusão tinha se metido?

— A única coisa que *sentimos* é que o sr. embaixador está mergulhado em um sono próximo da inconsciência — respondeu o diplomata, e seus vizinhos de fileira concordaram lentamente com a cabeça. — É pelo menos uma prova de que ele ainda está vivo, então talvez os outros desaparecidos também estejam. Mas é isso, a natureza do sono é anormal e não nos dá nenhuma indicação do local onde se encontra, como ocorreu ou por causa de quem.

— Ele está nos contaminando! — rosnou o vizinho de cadeira entre dois bocejos. — As libertinagens, os deboches, os problemas: esse patife não nos poupou de nada!

— Até o ajudante de memória do nosso senhor está fora de serviço — destacou o comissário, fazendo um sinal para o adolescente ao lado de Farouk, como se fosse um mero material de substituição. — Normalmente a função só é autorizada a membros da Teia. Começa a entender a seriedade da situação, senhorita?

Sim, Ophélie entendia aos poucos as implicações do que diziam. Não era só a vida de Archibald que estava em perigo, mas o equilíbrio do clã inteiro e, consequentemente, de toda a corte.

— Eu ajudarei no que puder — prometeu ela, retorcendo as mãos —, mas não sou a pessoa mais habilitada...

— Você é.

Farouk afirmou isso com a voz de trovão, espalhando um novo silêncio respeitoso por todo o Salão da Roleta.

— Eu te nomeio grã-*leitora* familiar — declarou ele, riscando uma página do diário com a pena. — Sua única prioridade será reencontrar meus desaparecidos. Eu te dou...

Farouk hesitou interminavelmente, relendo as últimas anotações.

— Até amanhã à meia-noite — disse ele, com riscos sofridos de pena. — Depois de meia-noite, são os Estados Familiares, e não posso me ocupar com tudo ao mesmo tempo.

Aplausos tensos ecoaram pela sala e o grau de ódio nos olhares da assembleia aumentou. Os Miragens, em particular, não tinham um apreço particular por ver o destino da família confiado às mãos de uma estrangeira.

Ophélie sentiu os joelhos baterem um no outro. Essa sessão de tribunal parecia um pesadelo. Parecia inconcebível pensar que, ainda naquela manhã, ela levara o irmãozinho ao circo.

— Honestamente, você não pode pedir uma coisa assim para a minha filha! — protestou a mãe de Ophélie. — É só uma garota, e ainda por cima desajeitada! Ela nem sabe encontrar calcinhas na gaveta, então seus pobres senhores...

— Minha mãe tem razão em um ponto — interrompeu Ophélie. — É uma responsabilidade pesada demais para mim.

— Você é a grã-*leitora* familiar — disse Farouk, apoiando a pena no chapéu do ajudante de memória. — Nenhuma responsabilidade é pesada demais para você. Se isso te tranquilizar, posso designar um assistente.

O olhar semicerrado de Farouk percorreu as fileiras de nobres que, um de cada vez, mostraram interesse repentino pelos sapatos, relógios, perucas ou caixas de rapé. Ser assistente de Ophélie parecia tão degradante quanto uma Mutilação pública. O olhar de Farouk se imobilizou no barão Melchior, provavelmente porque ele era o mais visível de todos, com o terno branco brilhante e a silhueta de balão.

— Você é?

— Seu ministro de Elegâncias, meu senhor.

O barão Melchior se inclinou para a frente com uma graça infinita, apesar da corpulência.

— Eu te encarrego de assistir a filha de Ártemis em sua tarefa.

— Farei meu melhor, meu senhor.

O barão Melchior provavelmente não estava animado com a perspectiva, mas, como ministro exemplar, teve a delicadeza de não mostrar nada. Ophélie não tinha nada contra ele, mas não via no que poderia ser útil.

— E se eu fracassar mesmo assim? — perguntou ela. — Se amanhã à meia-noite eu não tiver encontrado nenhum dos desaparecidos?

— Pararemos de procurá-los.

Farouk não fez nenhuma ameaça ou chantagem, mas Ophélie achou a resposta ainda pior do que tudo que ele poderia argumentar.

— Peço mais tempo.

— Não podemos permitir, senhorita.

Foi o diplomata da primeira fileira quem retomou a palavra. Ele segurava o pincenê em uma mão e, com a outra, esfregava vigorosamente as pálpebras para acordar.

— Não aguentaremos muito mais tempo neste estado. O que acontece com Archibald afeta a integridade de toda a Teia e devemos estar em plena posse de nossos poderes para assistir aos Estados Familiares. Se até lá você não o encontrar, romperemos a conexão empática que nos une. É um procedimento irreversível que será provavelmente fatal para ele.

Ophélie sentiu o coração se acelerar ainda mais. Com uma lentidão inversamente proporcional, Farouk se levantou e ergueu o olhar pálido para a imensa roleta que girava no teto.

— Se eu fosse você, srta. grã-*leitora* familiar, eu não perderia mais um minuto.

O SELO

O chão brilhava como madeira de violino. Os passos de Ophélie e do guarda dos selos ecoaram musicalmente enquanto avançavam juntos na antessala. Os lustres de cristal faziam cintilar cada detalhe dourado das estantes, dos quadros, dos relógios, das poltronas e das janelas; era como atravessar um mundo de ouro maciço. Entretanto, nenhuma superfície brilhava mais do que a porta à qual o guarda dos selos conduzia Ophélie.

— Aqui estamos, srta. grã-*leitora* familiar! — declarou ele com uma voz contrita e solene, como se estivessem se aproximando de um caixão. — O quarto de nosso desafortunado embaixador.

Ophélie concordou sem conseguir articular uma palavra. Ela tinha passado centenas de vezes na frente da porta, na época em que Berenilde estava instalada ali, no segundo andar do Luz da Lua, mas nunca tinha atravessado o batente.

— Será preciso um pouco de paciência, srta. grã-*leitora* familiar — ronronou o guarda dos selos. — Tenho que obter permissão da família para abrir o selo.

Ele apontou o selo de cera vermelha, grande como um prato, colado no meio do painel da porta. Devia dissuadir qualquer invasor de entrar no quarto, mas não estava conectado por nenhuma fita ou fio ao mecanismo da maçaneta.

— Não toque na porta até que eu desarme o selo — insistiu mesmo assim o guarda dos selos. — A ilusão ativada seria das mais desagradáveis. Posso te convidar a conhecer os elementos da investigação? — sugeriu, entregando uma pasta grossa a Ophélie. — Isso deve te ocupar durante o tempo necessário para eu me encarregar das últimas formalidades, srta. grã-*leitora* familiar.

Na boca do guarda dos selos, o título de Ophélie parecia uma piada de mau gosto. O Miragem compensava a baixa estatura com uma imponente peruca de fitas e entonações grandiosas. Ele saiu da antessala martelando o chão com os saltos altos de prata.

Ophélie se sentou a uma mesinha, tão dourada quanto o resto da decoração, e abriu a pasta. Ela olhou por alto para o interminável processo: o texto era tão repleto de jargão jurídico que não entendia nem a primeira linha. Porém, se preocupou com muita atenção com as cartas guardadas em envelopes de proteção. Eram todas mensagens datilografadas, algumas endereçadas ao diretor do *Nibelungo*, outras ao conde Harold e Ophélie até encontrou uma endereçada ao meirinho-mor, provavelmente atualizada após uma revista aprofundada de seus pertences. As mensagens sempre terminavam em um imperativo: "DEUS EXIGE SEU SILÊNCIO"; "DEUS CONDENA SUA ATITUDE"; "DEUS RECLAMA SUA PENITÊNCIA".

Não havia dúvidas. Era a mesma pessoa que chantageava Ophélie. Ela ficou ainda mais perturbada quando notou, em cada carta, as mesmas marcas de pinça. O chantagista não deixara absolutamente nada ao acaso, nem mesmo a possibilidade de Ophélie ser indicada para analisar as cartas.

— Aqui o registro, srta. grã-*leitora* familiar.

Ao ver Philibert bem na frente dela, Ophélie se perguntou há quanto tempo esteve assim, com o caderno de couro na mão. O gerente simples e apagado sempre tinha o dom de surpreendê-la.

— Obrigada — disse Ophélie, folheando o registro.

— Como a srta. grã-*leitora* familiar pode ver — comentou Philibert —, o Luz da Lua não recebe convidados há um bom tempo, exceto pelo infeliz conde Harold. Os senhores e as senhoras da corte só fazem breves passagens entre baldeações de elevador.

— Suponho que têm medo de desaparecer também — disse Ophélie, devolvendo o registro a Philibert. — Archibald... quer dizer, o sr. embaixador entrou por esta porta e não saiu?

— Isso, srta. grã-*leitora* familiar. O senhor anunciou que desejava descansar e pediu para ser acordado para o jantar. Quando os empregados entraram, a cama estava vazia.

— E... é... ele descansava sozinho?

— Sim, srta. grã-*leitora* familiar.

— E... é... ele não podia sair sem ser visto?

Ophélie achava um pouco frustrante sentir-se tão confortável *lendo* objetos e tão pouco interrogando pessoas.

— Não, srta. grã-*leitora* familiar. O sentinela do Luz da Lua guarda os corredores continuamente.

Ophélie se sobressaltou. Com essas palavras, os guardas presentes na antessala tinham batido os sapatos como se fossem um só homem.

— E... é... ele não podia ter saído por outra porta?

— Não, srta. grã-*leitora* familiar. Não há outras portas além dessa para acessar o quarto do senhor.

Ophélie se perguntou por um instante se Philibert não zombava dela também, mas ele parecia muito mais perturbado pelo desaparecimento de Archibald do que ela o acreditava capaz.

— Sabe se o sr. embaixador recebeu cartas como estas? — perguntou Ophélie, mostrando a pasta aberta na mesa.

— Não que eu saiba, srta. grã-*leitora* familiar.

O leve tremor na voz de Philibert levou Ophélie a se perguntar se ele dizia a verdade completa.

— Esqueçamos as formalidades — propôs ela. — Você tem sua própria opinião sobre o que aconteceu?

Philibert a encarou com uma expressão chocada.

— A senhorita insinua que sequestrei meu próprio chefe?

— Não, claro que não — gaguejou Ophélie, desconcertada.

— Que bom — disse Philibert se inclinando. — Com a permissão da srta. grã-*leitora* familiar, vou ver se meus serviços são necessários em outro lugar.

Com passos exageradamente apressados, ele abandonou a antessala e bateu na porta do outro lado do corredor. Ele não pareceu fechá-la bem ao passar, pois Ophélie escutou de repente o que se dizia do outro lado:

— Por favor, Philibert, não nos imponha essa cara de enterro! Que eu saiba, meu irmão ainda não morreu.

Ophélie ergueu as sobrancelhas ao reconhecer a voz implacável de Patience. Das sete irmãs de Archibald, ela era a primeira a emergir graças ao café milagroso, uma inovação desenvolvida pelo ministério da Gastronomia. Era só água quente, mas impregnada de uma ilusão gustativa excitante mais eficaz que o café natural.

— Como a senhorita se sente? — perguntou a voz de Philibert, quase inaudível de onde Ophélie se encontrava.

— Mais séria que minhas irmãs. Todo mundo anda desleixado nesta casa, alguém precisa ser um bom exemplo.

— A senhorita teve novidades do senhor?

— Philibert, pare de me perguntar a mesma coisa. Já disse e repito que Archi está fora do meu alcance agora. Já tenho dificuldade em me manter acordada, então me concentrar nele me dá um sono insuportável.

— Mas talvez uma lembrança... algum detalhe voltou à senhorita?

— Tudo ocorreu tão rápido que não tive tempo de entender o que acontecia. Vai, seja útil e me dê um pouco mais de café milagroso.

Tilintar de porcelana ecoou através do silêncio. A acústica do lugar, todo de madeira encerada e placas de ouro, amplificava cada som. Mesmo que Ophélie não quisesse escutá-los, não poderia impedir.

— O que faz nossa grã-*leitora* familiar?

— Ela aguarda, srta. Patience.

— Ela continuará a aguardar. Não tomarei nenhuma decisão precipitadamente, pois é a primeira vez que devo fazê-lo. Normalmente, é Archi que cuida de todas essas coisas... Você me recomenda, sr. guarda dos selos, a não consentir com essa *leitura*?

A pasta que Ophélie estava lendo quase caiu de suas mãos. Não era este o homem que devia pedir permissão?

— Se preserve, cara senhorita — disse a voz exageradamente doce do Miragem. — Tudo indica que é uma perfeita amadora. Aguardemos o retorno do sr. intendente. Ele também é incompetente, mas um pouco menos.

— Não permitirei que ninguém, nem mesmo você, querido primo, chame o sr. Thorn de incompetente. Claro, ele não tem bons modos, mas é o homem mais capaz que conheço.

Dessa vez era a voz do barão Melchior, reconhecível pelo timbre delicado, que intervinha. Ophélie se sentia tão esmagada pelo peso das novas responsabilidades que teria gostado de ouvir o assistente defendê-la com o mesmo fervor.

— Eu também ficaria mais tranquilo se o sr. intendente estivesse aqui conosco — acrescentou o barão Melchior com um tom preocupado —, mas, por enquanto, ninguém sabe onde ele está, nem quando voltará. Por sua vez, nosso sr. Farouk ficará irritado se souber que nós, Miragens, criamos obstáculos ao desenvolvimento desta investigação. Não esqueça que estou pessoalmente envolvido. E você também, querido primo.

— Uma investigação? Que investigação, sr. ministro das Elegâncias? Essa estrangeirinha não faz a menor ideia do que tem que fazer.

— Talvez não faça, sr. guarda dos selos — admitiu o barão Melchior —, mas foi para encontrar essa estrangeirinha que nosso sr. Farouk deslocou a Cidade Celeste inteira. Por falar em estrangeira, sabe onde está a sra. arquiteta? Ela sempre foi bem próxima do sr. embaixador e conhece o Luz da Lua melhor que ninguém: sua ajuda poderia ser preciosa.

— A Madre Hildegarde é uma mulher muito independente, senhor. Faz semanas que negligencia todas as obras na Cidade Celeste... e não estou nem falando dos consertos que deve fazer no Luz da Lua há meses! Mal nos cruzamos em uma esquina, e ela desapareceu na primeira Rosa dos Ventos que encontrou.

Ophélie ergueu as sobrancelhas. Mesmo de longe, podia perceber uma certa hostilidade na voz de Philibert.

— É um comportamento estranho — observou o barão Melchior. — Ela pelo menos foi informada sobre nosso sr. embaixador?

— Não sei, senhor, assim como não sei onde ela se encontra neste momento. O sr. meu chefe lamentava não conseguir mais uma simples reunião com a própria arquiteta.

— Não há nada mais inatingível que um Arcadiano que não quer ser encontrado — zombou o guarda dos selos. — Cá entre nós, acho isso tudo bem suspeito.

— Além disso, temos outro problema, senhores. Se trata da Rosa dos Ventos interfamiliar, a que conecta o Polo à Arca da Terra. Sou pessoalmente responsável pela chave que abre a passagem, uma passagem cujo acesso é rigorosamente controlado no Luz da Lua.

— O que foi, Philibert?

— Por um motivo ou outro, senhores, a passagem foi condenada. Só constatei agora há pouco. Agora a porta só leva a um depósito.

— Isso é mesmo preocupante — disse o barão Melchior após um instante de silêncio. — Se a Madre Hildegarde voltou à arca natal e fechou a passagem atrás dela, não a veremos de novo tão cedo.

— Nunca entendi por que meu irmão gostava dessa velha — declarou de repente a voz calma de Patience. — É uma ambiciosa intrigueira. Acho que nossa grã-*leitora* familiar também é — acrescentou, para a surpresa de Ophélie. — Com esses ares distantes, essa estrangeira se infiltra em nossas vidas do mesmo modo que a Madre Hildegarde se infiltrou em nossas casas. Ela...

Um bocejo interrompeu Patience no meio da frase.

— Mais um pouco de café milagroso, por favor — pediu. — Ela ocupa hoje uma posição de destaque na corte, como tinha também na confiança do meu irmão. É mesmo uma boa ideia deixar essas mãos revirarem nossa embaixada?

Ophélie estava consternada. Ambiciosa? Ela não tinha pedido para ser responsável pelo destino de quatro homens! A corte inteira a detestava por ter sido designada a encontrá-los e a detestaria ainda mais se não os encontrasse, e Farouk não daria proteção a ela e à família se não cumprisse sua parte do contrato. Para piorar, ela tinha recebido as mesmas ameaças que aqueles que devia salvar. Na verdade, sua principal ambição era ficar viva o maior tempo possível.

— Até você, sr. ministro — continuou Patience com uma certa perplexidade na voz. — Suspeito que tenha sido infiltrado por essa *leitora*. E não estou aludindo à sua função de assistente.

— Eu? — protestou o barão Melchior. — Como assim...

— A srta. Patience não está errada, querido primo. Você foi surpreendido várias vezes compactuando com esse bastardo intendente e a estrangeirinha dele. Devia vigiar suas amizades. Está negligenciando os interesses do próprio clã.

Ophélie se sobressaltou ao escutar a voz do barão Melchior, normalmente tão refinada, estourar como um trovão:

— O clã, o clã, o clã! Sou ministro de um governo, não de um clã! Só dedico minha vida a uma causa, sr. guarda dos selos: nos tornar uma sociedade civilizada. E você não facilita meu trabalho! Feche essa porta, Philibert — acrescentou de repente o barão Melchior, em um tom mais moderado. — Só falta a srta. grã-*leitora* familiar nos ouvir.

As vozes se abafaram e Ophélie mergulhou novamente no silêncio da antessala. Sem ter o que fazer, mordiscou as costuras da luva, refletindo furiosamente. Enquanto essa gente tentava determinar se ela era competente ou ambiciosa, Archibald agonizava em algum lugar.

"Fique longe das ilusões."

Foram as últimas palavras que ele dirigira a Ophélie, mas o que queria dizer exatamente? Por que Archibald não contara o que tinha descoberto em vez de ficar de frescura?

Ophélie mordiscou o dedão da luva. Ela tinha vinte e quatro horas. Vinte e quatro horas até a abertura dos Estados Familiares. Vinte e quatro horas antes da ruptura da conexão com Archibald. Vinte e quatro horas antes da execução do seu próprio ultimato. Ela contemplou os elementos da pasta espalhados pela mesa. Será que o nome dela apareceria ali em breve?

Ophélie ajeitou os óculos no nariz. Ao querer ter o próprio escritório de *leitura*, não queria usar as mãos a serviço da verdade? É, era agora ou nunca. Se ela tinha a chance, por menor que fosse, de descobrir quem era o chantagista que usava o nome de Deus para aterrorizar as pessoas, ela devia aproveitá-la.

— Três vezes!

Ophélie se virou. Sua mãe tinha acabado de entrar aos tropeços na antessala, martelando o chão de madeira com passos pesados de salto.

— Três vezes os guardas quase me pararam do banheiro até aqui. E claro que você não se preocupa com nada! Está ficando tarde — acrescentou ela, consultando um relógio de pêndulo. — *Leia* rápido o que tiver que *ler*, filha, para voltarmos ao hotel.

— Mamãe, você devia voltar antes — aconselhou Ophélie.
— Corro o risco de demorar.

Sua mãe se aproximou dela em um redemoinho de vestido e não parou antes de grudar a cara na dela.

— Nós duas sabemos exatamente que você não tem a coragem para fazer o que o estranho sr. Farouk espera de você. Não leve esse teatro a sério demais. Jogue o jogo até o casamento, uma ou outra *leitura*, uma enrolação, e depois eu te levo para casa.

Jogar o jogo? Era o último conselho que Ophélie queria receber, em particular de uma mulher que sempre a ensinara a importância do trabalho bem feito.

— Mamãe, por favor, é a primeira vez que peço: confie um pouco em mim. Hoje eu preciso mesmo.

— Que besteira é essa?

Ophélie guardou precipitadamente a pasta sobre a qual a mãe já se curvava. Ela não queria vê-la encontrar as cartas de ameaça.

— É confidencial, mamãe.

Incapaz de ficar no lugar, a mãe de Ophélie se jogou na direção da porta de Archibald.

— É aqui que você precisa fazer a *leitura*?

— Não, mamãe, não toque...

Ophélie não escutou o fim da própria frase. Sua mãe mal tocou a maçaneta quando um concerto de sinos ecoou em toda a antessala e o selo ficou mais vermelho, como metal fundido. Era a ilusão auditiva mais confusa que Ophélie já havia escutado. Ela viu a mãe tampar os ouvidos e falar com gestos articulados, mas nenhum som chegou. Seu crânio havia se tornado um sineiro.

O barão Melchior, o gerente Philibert e o guarda dos selos acorreram logo do cômodo vizinho. Este último atravessou a antessala em passinhos lentos, silenciou o selo com um simples estalido e verificou se sua imensa peruca não tinha se desequilibrado.

— Você não deve abrir a porta, srta. grã-*leitora* familiar — falou com uma voz açucarada. — Ainda não acabamos de deliberar. Por que não lê o arquivo, como sugeri, hein?

— Talvez a srta. grã-*leitora* familiar queira que eu me apresse a tomar uma decisão?

Com um pires de porcelana em uma mão e uma bela xícara na outra, Patience entrou na antessala. A jovem parecia um cisne com o longo pescoço delicado, o vestido branco e o cabelo loiro-prateado sedoso como plumagem. Patience era, como indicava o nome, a personalidade mais moderada e pensativa dentre os irmãos. A lágrima preta entre as sobrancelhas contribuía para tornar seu rosto mais sério do que já era naturalmente. Mesmo que ela se esforçasse para não mostrar, parecia exausta.

— Ou talvez — continuou ela, após um gole de café milagroso — a srta. ex-vice-contista queira tomar a decisão em meu lugar?

Ophélie ficou tensa. *Srta. ex-vice-contista?* Claro, podia ser uma coincidência, mas era exatamente a fórmula que o autor anônimo usou na última carta.

— Sou eu quem decide por ela — interveio a mãe de Ophélie, enchendo o enorme peito. — Entendo que esteja sacudida pela desgraça, mas nos deixar esperar assim não está correto. Venha, filha, deixemos essa gente fazer o que querem.

— Não.

Ophélie tirou o lenço de bolinhas de um bolso do vestido, assoou o nariz muitas vezes, decidida a não deixar que o resfriado atrapalhasse a conversa, e ergueu o queixo com determinação. Se uma vez na vida a experiência no teatro ótico serviria para ser ouvida, era agora.

— Escutei o que falavam de mim há pouco.

O guarda dos selos e o barão Melchior trocaram olhares constrangidos, mas Patience se contentou em beber placidamente mais um gole de café milagroso. Ophélie concentrou toda sua atenção nela, apontando para a porta selada:

— Você acha que sou incompetente? Se um único objeto naquele quarto for testemunha do que aconteceu com seu irmão, eu o farei falar. Você acha que sou ambiciosa? Sou uma *leitora* profissional e, portanto, tenho um código de ética. Os assuntos particulares da embaixada continuarão particulares. Não irei embora antes de fazer o que vim fazer, mas também não o farei sem seu consentimento. Peça para abrir o selo, srta. Patience, e peça agora. Só tenho 24 horas para encontrar seu irmão. Não o faça por mim, faça-o por ele.

A mãe de Ophélie encarou a filha com um ar chocado e uma mão no coração, como se não a reconhecesse. No entanto, ninguém teve tempo de reagir: um rangido de chão desviou todos os olhares para a entrada da antessala. Uma sombra imensa se apoiava no batente dourado da porta.

Com o casaco pingando de chuva, Thorn ofegava.

O PINO

Ophélie sentiu seu sangue bater nos tímpanos, mas não sabia dizer se isso era causado por um alívio brutal ou por uma tensão ainda maior. Apesar das circunstâncias, ela não conseguia esquecer o que tinha acontecido na muralha. Precisou inspirar várias vezes para se dirigir a Thorn com uma voz menos vergonhosa:

— Você chegou na hora certa. Estávamos todos te esperando.

O sorriso de Ophélie morreu em seu rosto. Quando Thorn avançou na antessala, pingando em poças que um pajem do Luz da Lua secava discretamente atrás dele, seus olhos brilhavam como céus de tempestade.

— Não autorize essa *leitura* — ordenou Thorn a Patience. — Vou retomar a investigação por conta própria. Quanto a você — disse ele, virando-se para Ophélie —, considere-se livre de suas funções. Volte ao hotel imediatamente.

Os óculos de Ophélie empalideceram. Não era exatamente o reforço que esperava.

— Você não pode me pedir isso.

Thorn se ergueu em toda a sua altura na frente de Ophélie, o que não era pouca coisa: ela foi literalmente coberta por sua sombra. Instintivamente, ela ficou na ponta dos pés para sustentar o olhar incandescente.

— Sou o intendente e seu futuro marido. Claro que posso.

— Preciso fazer essa *leitura*, quer você queira ou não.

Sob o casaco encharcado de chuva, o peito de Thorn se movia em ritmo irregular, mas era difícil saber se estava ofegante por causa da corrida desenfreada pela Cidade Celeste ou pela fúria que eletrizava seu corpo inteiro. Qual era o problema dele? Ophélie entendia que estivesse contrariado, mas por que ele parecia ter tanta raiva dela?

— Eu te proíbo de *ler* o que quer que esteja conectado com os desaparecimentos — disse Thorn, rangendo os dentes. — Esses problemas não têm nada a ver com você, entendeu? Cale a boca! — acrescentou enfurecido, interrompendo com um gesto a mãe de Ophélie, que já abria a boca para opinar. — Lembre-se do nosso acordo: não se meta em mais nada até o casamento. *Nada*.

Ophélie já tinha visto a mãe prender os dedos em uma porta de carruagem: ela fazia exatamente a mesma cara nesse instante.

O barão Melchior interveio com uma leve tosse envergonhada.

— É… tecnicamente, intendente, o senhor não pode proibir a sua noiva de conduzir a missão a qual foi confiada. Foi o sr. Farouk em pessoa quem a nomeou grã-*leitora* familiar, e fui designado como assistente. Como o cargo nunca foi ocupado antes dela, ninguém conhece as prerrogativas. Nosso ministro do protocolo estuda a questão neste exato momento.

Thorn fulminou o barão Melchior com os olhos, mas a resposta foi um sorriso de levantar bigodes, antes de o barão se virar para Patience em um movimento plácido de balão.

— A decisão é sua. A srta. grã-*leitora* familiar tem ou não sua autorização?

Todos estavam concentrados na boca de Patience. A jovem contemplou longamente o fundo vazio da xícara e ergueu o olhar para Thorn.

— Você foi incapaz de encontrar o que quer que fosse até agora e hoje se trata do meu irmão. Por mais que me doa admitir, se ele estivesse aqui, ele confiaria em você para essa *leitura* —

disse ela, dirigindo-se a Ophélie. — Eu te dou minha permissão. Rompam o selo.

Thorn encarou Patience como se lutasse contra a vontade de enfiar a cara dela na xícara de porcelana.

O guarda dos selos varreu o ar com um movimento rápido de mão; o selo, que parecia um pedaço espesso de cera, desapareceu da porta como giz em um quadro-negro.

— Obrigada pela confiança — murmurou Ophélie.

Patience abriu ela mesma a porta e a luz da antessala rasgou a escuridão como uma lâmina de ouro.

— Não confio em você. Se fracassar na procura pelo meu irmão, tornarei sua vida um inferno.

Após essas palavras surpreendentemente calmas, Patience girou o botão do interruptor elétrico. Ophélie ficou sem voz ao descobrir pela primeira vez o quarto de Archibald. Se tivesse que imaginar a intimidade de um homem como ele, ela teria pensado em uma selva de travesseiros, instrumentos de prazer, obras libertinas, uma bagunça inconfessável onde flutuaria permanentemente o perfume de todos os tabus.

Ela certamente não estava preparada para entrar em um cômodo vazio.

No quarto inteiro, só havia uma cama velha de ferro forjado bem no meio do piso. Rachaduras se espalhavam pelas paredes e pelo teto; o quarto de Archibald tinha uma aparência negligenciada fiel ao seu estilo de roupas. Até a temperatura ambiente era glacial se comparada à da antessala, como se a ilusão térmica não funcionasse ali.

— Não entendo — disse Ophélie, virando-se. — Onde estão guardados os pertences de Archibald?

— Em lugar nenhum, srta. grã-*leitora* familiar — declarou Philibert do batente da porta. — O senhor sempre manteve o lugar neste estado.

— Honestamente — suspirou o barão Melchior, analisando o quarto com o olhar crítico de costureiro. — É um pouco conceitual demais para o meu gosto. O sr. embaixador não podia usar uma ou duas ilusões? Um toque de rococó transforma qualquer cômodo.

Todo mundo tinha se agrupado perto da porta, para não interferir com a investigação. Ophélie tinha a impressão de estar sendo examinada por jurados. A confiança que manifestara mais cedo escorreu pelas suas mãos. Um quarto sem objetos? Não poderiam ter arranjado um desafio mais espinhento! Ela desabotoou as luvas, determinada a não se desencorajar antes mesmo de começar.

— Você será obrigada a *ler* a cama? — perguntou Patience.
— Seria indecente para uma garota da sua idade.

Sua expressão severa era desproporcional à de Thorn: ele não tirava os olhos de Ophélie, como se a qualquer instante ela pudesse cometer uma besteira irreparável. Sua mãe, por sua vez, olhava de um para o outro com os olhos apertados, como se ainda não conseguisse decidir qual deles a ofendera mais. Curiosamente, quem parecia esperar mais da *leitura* era Philibert.

— Não tenho tanta escolha — respondeu, enfim, Ophélie.
— E o chão? — perguntou Patience. — E as paredes? Não deve ser tão diferente das suas leituras *habituais*, não?
— São sim. São superfícies vastas e vagas demais. Nós influenciamos os objetos ao entrar em contato direto com eles. Raramente tocamos as paredes de um cômodo, e também usamos sapatos para andar. Solas são ótimos isolantes.

Ophélie se aproximou da cama de ferro forjado sem saber muito por que ponta começar. Não parecia ter sido desfeita. Só a coberta esburacada estava ligeiramente amassada no centro, indicando que um corpo tinha deitado por tempo suficiente para imprimir a forma. Não era preciso ser detetive para adivinhar que Archibald simplesmente se deitara ali, sem nem entrar debaixo do lençol.

O que interessava Ophélie eram os últimos instantes de Archibald antes do sequestro, não as milhões de noites que ele havia passado sob as cobertas, só ou acompanhado. Isso reduzia muito o campo de investigação.

Ophélie colocou a palma da mão na coberta e sentiu um ínfimo formigamento na ponta dos dedos. O sentimento ainda era muito distante para ser definido. Ela deslizou lentamente a mão pelo tecido, como uma varinha de mágico, em busca das zonas mais impregnadas pela impressão emocional de Archibald. De repente, Ophélie se sentiu invadida por um tédio tão profundo que parecia mergulhar na própria essência da melancolia. Quanto mais Ophélie se perdia em festas, se enchia de prazer, desafiava as convenções, maior era o tédio.

Os pensamentos não eram seus; eram os de Archibald. Ela teria achado menos indecente assistir aos encontros amorosos. Descobrir o que se escondia atrás dos sorrisos despreocupados dava a impressão de que ela passou por ele sem nunca conhecê-lo de verdade. Entretanto, Ophélie insistiu, cada vez mais, percorrendo com os dedos cada centímetro da coberta, esperando encontrar uma anomalia, um choque, uma surpresa, o que quer que pudesse indicar uma preocupação no tédio sem fundo que impregnava cada malha do tecido.

Quando uma onda de desespero subiu pela espinha e amarelou seus óculos, Ophélie soube que dessa vez a emoção vinha dela. A cama não ensinava nada, absolutamente nada, sobre o desaparecimento de Archibald!

— Sei que você não consegue mais se comunicar com seu irmão — disse Ophélie, virando-se um pouco para Patience. — Mas seria possível possuí-lo? Uma vez vi Archibald... é... *pegar emprestado* o corpo de uma Valquíria. Talvez você possa...

— Não — cortou Patience em um tom categórico. — Um membro da Teia só pode possuir outro com seu consentimento explícito. Não é questão de princípio: se meu irmão não me der passagem, é fisicamente impossível tomar seu lugar.

— Devemos então concluir que a sua *leitura* foi um fracasso?

Ophélie encarou Thorn com frieza. Com olhos de rapina, o casaco preto escorrendo de chuva e o imenso nariz, cuja sombra triangular engolia metade do rosto, ele lembrava um pássaro de mau agouro. Ela não esperava encorajamentos, mas ele podia pelo menos poupá-la desse tipo de reflexão.

— Não. Não acabei.

Ophélie se perguntou se finalmente estenderia a *leitura* aos lençóis, aos travesseiros e ao colchão quando o barão Melchior se aproximou dela.

— Ah, não é minha imaginação! Tem mesmo alguma coisa cintilando aqui.

Com a ponta dourada da bengala, ele apontou sobre a coberta para um anel metálico. Ophélie morreu de vergonha por não tê-lo notado antes. Ela o segurou cuidadosamente com a ponta dos dedos, na mão ainda enluvada, para examiná-lo de perto. O que era? Um anel? Um chaveiro? Um brinco?

Ophélie respirou profundamente para calar a ebulição de suas emoções. Essa *leitura* provavelmente era a última oportunidade de entender o que acontecera com Archibald, ela não podia deixar passar. Quando se sentiu suficientemente concentrada, tocou o anel com o dedo.

Uma imagem explodiu em sua mente como uma bolha de sabão. No espaço de um batimento de coração, Ophélie foi Archibald. Ela viu, sentiu e pensou o que ele vira, sentira e pensara.

Ampulheta. Júbilo. Perigo.

— Não é um anel — murmurou ela, mais para si mesma do que para os outros.

Era o pino de uma ampulheta. Ophélie vira claramente a luz do lustre refletido no vidro do frasco, como se ela mesma estivesse ali, deitada na cama. A ampulheta azul tinha a placa característica: Manufatura familiar Hildegarde & Cia. Ophélie acariciava a ampulheta com o polegar, pensativa. Ela finalmente encontrara uma. A ampulheta tinha a aparência de todas as outras, exceto por um detalhe, uma diferença ínfima terrivelmente viciosa: uma mecânica complexa e minúscula, na altura da virada, que mal se notava a olho nu. Ophélie a viu porque a tinha procurado em todas as ampulhetas por semanas. E agora que havia encontrado a armadilha, o que devia fazer?

Quando ela ergueu o olhar, Ophélie notou que todo mundo havia se reunido ao redor dela com uma tensão geral.

— E aí? — perguntou Patience, que, pela primeira vez, parecia perder o sangue-frio. — O que foi? O que você viu?

"Fique longe das ilusões."

— As ampulhetas azuis — ofegou Ophélie. — São elas que levaram os desaparecidos. E Archibald sabia.

A FÁBRICA

Ophélie espirrou no cachecol. Poças fedidas escorriam pela calçada e, quanto mais ela procurava evitá-las, mais enfiava os pés nelas. As calças começavam a ficar úmidas – e nem tinha certeza se era água –, mas ela continuava a andar o mais rápido que suas perninhas permitiam. Era o mínimo para seguir o ritmo da patrulha de guardas, cujas botas ecoavam juntas por toda a rua.

— A fábrica de ampulhetas está longe? — perguntou Ophélie.

— Dois elevadores ainda, senhorita — respondeu um dos sargentos sem olhar para ela nem diminuir o passo.

Ela procurou com o olhar, no fundo da rua, a grade da próxima baldeação. Ophélie nunca tinha se enfiado tão fundo nos subsolos da Cidade Celeste. Quanto mais desciam os andares, mais ela tinha a impressão de mergulhar nos esgotos da cidade. A atmosfera era tão espessa, saturada de vapor refrigerado e cheiros nojentos, que absorvia a luz dos raros postes. Às vezes, Ophélie notava rostos grudados nas janelas embaçadas de casas de máquinas e ateliês industriais. No subsolo da capital, centenas de operários, mecânicos e artesãos cuidavam dos aquecedores, consertavam as tubulações, evacuavam a água suja, além de produzir as pratas, porcelanas e costuras próprias do estilo de vida dos bairros altos.

Ophélie ergueu os óculos para Thorn, que marchava à direita sem uma palavra.

— Quanto mais penso, menos entendo — murmurou ela. — Que interesse a Madre Hildegarde teria em usar as próprias ampulhetas para sequestrar cortesãos? Nem todo mundo a aprecia... — Ela tinha acabado de lembrar que o meirinho-mor, o diretor editorial do *Nibelungo* e o conde Harold detestavam abertamente estrangeiros como ela —... mas não imagino que ela chegasse a tal extremo. Certamente há algo mais nesta história.

O olhar de Thorn continuava inatingível. Será que ele ouvia?

— Por um lado — disse Ophélie, elevando a voz —, Archibald tinha notado a armadilha. Isso eu senti claramente. Mas, se estava certo, por que se deixou sequestrar mesmo assim?

— Como quer que eu saiba? — resmungou Thorn.

Ophélie não insistiu. Tinha uma dor de cabeça atroz e não sabia se era por causa do resfriado, da falta de sono ou das garras de Thorn. Talvez ele não soubesse, mas a raiva irradiava dele e subia pela espinha de Ophélie em pulsações doloridas.

Desde que saíram do Luz da Lua, ela não podia dar um passo, entrar em um elevador ou amarrar os cadarços sem esbarrar em Thorn. Ele a seguia como uma segunda sombra, como se a patrulha de guardas não bastasse. Era uma proximidade desconfortável, com ele rangendo dentes e franzindo sobrancelhas. Ele parecia realmente furioso com ela, talvez ainda mais desde que ela *lera* o pino.

O que Thorn imaginava? Que ela tinha esperado que ele virasse as costas para se jogar na frente de Farouk, implorar para ser a *leitora* oficial e se vangloriar de ser a única capaz de salvar os desaparecidos? Ela estava morrendo de medo de só encontrar cadáveres ou, ainda pior, de não encontrar nada. O pior era que, em vez de se irritar pela falta de compreensão de Thorn, ela se sentia realmente culpada, como se, de alguma forma, merecesse sua raiva.

Ophélie sabia que era por causa do que acontecera na muralha, mas não podia pensar sem que as suas orelhas queimassem.

— Você pode... me dar... um instante... por favor?

Ophélie, Thorn e a patrulha de guardas, todos se viraram em um mesmo movimento, chocando-se uns contra os outros. Atrás deles, sob a luz flutuante de um poste, o barão Melchior secava o queixo triplo com um lenço de renda. Ele suava tanto que seu rosto brilhava.

Ele tinha parado bem na frente da entrada de um imagineiro. Deveria ser um imagineiro, pelo menos. As guirlandas de lanternas vermelhas que enquadravam a placa DELÍCIAS ERÓTICAS estavam apagadas há muito tempo. Quanto às vitrines, estavam cobertas de poeira e de propagandas datadas.

— Você não está... tentando se livrar... dos guardiões dos bons costumes? — ofegou o barão Melchior, abanando-se com a cartola, com certa malícia.

Isso tinha sido a última invenção da mãe de Ophélie. Ela só aceitou voltar ao hotel na condição formal de que o ministro das Elegâncias em pessoa cuidasse da sua filha. Ophélie já achava suficientemente constrangedor tê-lo como assistente.

— Precisamos chegar à fábrica o mais rápido possível — resmungou Thorn. — Se souberem que estamos a caminho, esta inspeção surpresa não será mais surpresa.

— Não estou habituado a andar tanto — desculpou-se barão Melchior. — Vou acabar sujando meus sapatos novos.

O tempo perdido era um suplício para Ophélie. A cada andar, baldeação e calçada, novos guardas pediam seus documentos, assim como pediam uma justificativa da presença deles fora das zonas de circulação autorizadas – uma autorização que só a escolta pessoal de sargentos podia fornecer. As medidas de segurança eram tais que teria sido impossível para um lemingue albino atravessar a rua sem ser parado.

— Isso é tudo delicado — declarou barão Melchior. — Você tem noção, sr. intendente?

O barão Melchior olhou ao redor dele várias vezes, através dos vapores da rua, como Ophélie já o vira fazer. Sob a aparente calma e apesar da proteção que os cercava, ele parecia temer incessantemente um ataque repentino.

— Claro, como Miragem, me preocupo com o desaparecimento dos meus primos e quero que a justiça seja feita — continuou com a voz baixa. — Mas, como ministro, devo lembrar que devemos à Madre Hildegarde nossa Rosa dos Ventos interfamiliar e que a passagem atualmente está condenada. Se maltratarmos um deles, os Arcadianos nunca reabrirão a passagem e nós deveremos nos despedir das especiarias e das deliciosas frutas cítricas. A pista das ampulhetas azuis até agora nos leva à Madre Hildegarde, mas, até sua culpa ser verificada, devemos cuidar para que seja tratada com elegância — cantarolou o barão Melchior, articulando essa última palavra melodiosamente para os guardas. — Se tivermos a sorte de encontrá-la na fábrica, sugiro que ela seja colocada em estado de prisão, em uma cela de onde nem seu poder pode escapar, mas somente pelo tempo de desenrolar essa questão, sem nenhuma brutalidade. Nos entendemos bem, senhores?

Os guardas se mantiveram em atenção, com o queixo erguido, sem trocar uma palavra nem um olhar; era provavelmente como diziam "sim".

— Se a Madre Hildegarde estiver de alguma forma envolvida no desaparecimento de Archibald — disse Thorn —, eu entregarei flores para ela na prisão pessoalmente.

— Não escutei nada — filosofou o barão Melchior. — Podemos ir, já recuperei o fôlego. Vamos, srta. grã-*leitora* familiar?

Antes de mergulhar novamente no vapor da rua, Ophélie olhou uma última vez para o imagineiro, com vitrines poeirentas e lanternas vermelhas apagadas. Ela acabara de se lembrar de um detalhe importante. Esperou que estivessem todos no elevador, após um enésimo controle de documentos, para pronunciar ao barão Melchior a pergunta que queimava sua boca:

— Aquele imagineiro era da sua irmã?

O barão Melchior, que penteava os cabelos no espelho da cabine, fez uma careta constrangida.

— Por mais que eu me envergonhe, era. Muito felizmente, foi fechado. Cunégonde é uma artista impressionante, mas devia usar sua arte ao serviço do estético, não do vulgar.

Ophélie sacudiu a cabeça. Não era a isso que queria chegar.

— A sua irmã acredita que os imagineiros vão à falência por causa da concorrência. A concorrência das ampulhetas da Madre Hildegarde — explicitou.

O barão Melchior tirou de um bolso um belo potinho de metal, pegou uma gota de cera perfumada e ajeitou os longos bigodes com um deslizar gracioso de dedos.

— É a dura lei do mercado — suspirou ele. — Posso confessar que eu mesmo investi algumas ações na fábrica da sra. Hildegarde? Começo a me perguntar se fiz mesmo bom negócio — acrescentou após um segundo de reflexão. — Se tivermos provas que as ampulhetas azuis são perigosas, imagine só o escân...

— Na última vez que nos cruzamos, a sra. Cunégonde estava em posse de ampulhetas azuis — interrompeu Ophélie. — Demais para consumo próprio. Ela me pediu para ser discreta, mas, visto o que aconteceu, não posso guardar a informação.

Os bigodes do barão Melchior murcharam de estupefação. Se a situação não fosse tão dramática, seria quase cômico.

— Você tem certeza? Que problema! Concordo que minha irmã não é sem seus defeitos, mas juro pelos meus sapatos novos que ela não é traficante nem criminosa.

Ophélie interrogou Thorn com o olhar para saber o que sentia, mas ele desviou o rosto e franziu as sobrancelhas ainda mais, como se não parasse de se irritar. Será que ela tinha mesmo cometido outra gafe?

Depois de um último elevador e três controles de identidade, eles passaram sob um alpendre onde estava escrito, em enormes letras desbotadas: Manufatura familiar Hildegarde & Cia.

A fábrica era uma construção tão vasta que demandava um subsolo inteiro só para ela. A dimensão era a única coisa notável: as fachadas se resumiam a paredes sinistras e cinzentas sem janelas, e colchões velhos tinham sido dispostos na laje úmida do pátio.

Thorn precisou acionar várias vezes o batente da entrada principal antes que uma porteira abrisse.

— Pois não? Quer falar com quem?

— Sou o intendente — declarou Thorn. — Preciso ver a sra. Hildegarde urgentemente.

— A Madre não está no ateliê — disse a porteira.

— Quando ela foi embora? Que horas vai voltar?

A porteira se contentou em dar de ombros lentamente.

— Quem fica responsável pela fábrica na ausência da sra. Hildegarde? — insistiu Thorn.

A porteira foi embora sem uma palavra. Alguns instantes depois, um senhorzinho se apresentou em seu lugar e assobiou de admiração ao levantar o olhar para Thorn. Ele ajeitou o chapéu de trabalho com o polegar.

— Sr. intendente em pessoa! — exclamou ele com um sorriso de canto de boca. — Sou o chefe do ateliê. Como posso te ajudar?

— Deixe-me inspecionar o prédio — disse Thorn, entregando o mandado de busca.

Se ficou chocado ou preocupado com o pedido, o chefe de ateliê não mostrou. Ophélie não o achou especialmente nervoso para alguém que recebia uma brigada inteira na porta. Ela notou no chapéu uma insígnia em forma de laranja. A laranja era a fruta preferida da Madre Hildegarde, que servia como sinal entre todos que formavam uma aliança com ela. Ophélie não ia esquecer; foi depois de entregar uma cesta de laranjas que ela mesma tinha acabado apanhando dos guardas.

Quando observou o mandado de busca, o chefe do ateliê encarou Thorn, o barão Melchior e Ophélie com uma curiosidade divertida.

— Ora, ora, reconheço a senhorita. Nunca subi lá nos andares mais altos, mas leio o jornal. Você é aquela contista que vem de Anima. E você é ministro — continuou o chefe de ateliê, virando-se para o barão Melchior. — ministro da Alta-Costura, alguma coisa assim. Que coisa, quanta gente famosa! Entrem, entrem! Quando meus colegas virem quem estou trazendo...

Thorn fez sinal para Ophélie entrar primeiro.

— Fique no meu campo de visão — sibilou ele entre os dentes. — Nada de fugir, de iniciativa, de catástrofe. Entendido?

— Farei tudo que achar necessário para a investigação — irritou-se Ophélie.

Ela estava com tanta raiva que via vermelho. Literalmente: os óculos tinham ficado avermelhados em seu nariz.

O barão Melchior, por sua vez, limpou cuidadosamente os pés no tapete, resmungando:

— Ministro da Alta-Costura... ora, fala sério... já ouvi de tudo.

— Posso ao menos perguntar o motivo da busca? — perguntou simpaticamente o chefe do ateliê.

— O embaixador desapareceu depois de ativar uma das ampulhetas.

— É a ideia das ampulhetas, sr. intendente.

— O embaixador nunca reapareceu — resmungou Thorn.

— Que pena — comentou o chefe de ateliê sem perder o sorriso de canto de boca. — É provavelmente um terrível mal-entendido. Suponho que vocês queiram investigar o ampulhetário? Normalmente não deixamos ninguém acessá-lo, mas já que vocês têm um mandado...

Ophélie teve a impressão desagradável de que o homem recitava – ainda por cima, mal – um texto preparado. Ela se perguntou, enquanto isso, o que era um ampulhetário.

— Quero inspecionar tudo — corrigiu Thorn.

O interior da fábrica não tinha nada em comum com a fachada lúgubre da parte externa. O *hall* dava para um corredor de limpeza incriticável. As paredes eram compostas de inúmeros compartimentos de madeira, cada um com uma bela etiqueta: "DEIXE AO DESTINO", "LUFADA DE AR FRESCO", "COM AS DAMAS", "QUARTO VERMELHO", "FAÇA SUAS APOSTAS", "NOITE EXÓTICA", e assim por diante. Eram todos destinos de ampulhetas.

— É aqui que nossas ampulhetas são confeccionadas — anunciou o chefe de ateliê entrando em uma sala iluminada por belos lustres. — Neste estado da produção, são só ampulhetas comuns, que não interessam. É a Madre Hildegarde que, somente na próxima etapa, lhes confere propriedades locomotivas.

A primeira coisa que chamou a atenção de Ophélie foram as estantes envidraçadas. Dezenas, centenas, milhões de pequenas ampulhetas estavam enfileiradas até perder de vista, cada uma delas um verdadeiro trabalho de ourives.

A segunda coisa que chamou a atenção de Ophélie foram os operários instalados às mesinhas, apesar da hora avançada. Nenhum tirou a cara das lupas articuladas, das chaves de fenda e dos fornos para vidro enquanto os guardas circulavam entre eles. Eram só velhos e velhas, com aventais estampados com o emblema da laranja. Que o embaixador tivesse desaparecido, que as ampulhetas fossem o motivo e que um exército de guardas invadisse o local, nada disso parecia afetá-los.

A terceira coisa que chamou a atenção de Ophélie, dessa vez atingindo seu coração, foi um olho cintilando em um canto escuro, no fundo do ateliê, através de uma bagunça de cachos pretos. Gaelle estava curvada sobre um banquinho. Com um cigarro preso entre os dentes e os suspensórios do macacão largados no cinto de ferramentas, ela fingia consertar o que parecia um comunicador portátil. O monóculo refletia a luz dos lustres como um farol, mas o brilho nem se comparava ao do olho azul elétrico.

Ophélie precisou usar todas as suas forças para não se jogar em Gaelle e sacudi-la pelos ombros. O que estava fazendo ali agora mesmo? Onde estava a Madre Hildegarde? E por que, finalmente, ninguém naquele ateliê parecia se impressionar? Ophélie engoliu com dor todas as perguntas que queimavam sua garganta: ela teria criado problemas para Gaelle se chamasse a atenção dos guardas para ela. Uma identidade falsa, nos tempos atuais, poderia custar muito caro.

— O ampulhetário fica por aqui — disse o chefe de ateliê, abrindo uma porta no fundo da sala. — Sigam-me, por favor.

Gaelle olhou rapidamente para ela e, por um instante, pareceu surpresa. No entanto, seu choque não era com Ophélie, nem Thorn, nem com o barão Melchior, nem os guardas: o que ela via era um ponto suspenso no vazio, em algum lugar atrás deles.

Ophélie ficou tensa sob o cachecol. Ela tinha se esquecido completamente de Vladislava! A Invisível conseguira segui-los até aqui? Gaelle era uma Niilista, o que significava que os poderes familiares dos outros descendentes de Farouk não tinham nenhum efeito sobre ela. Será que tinha acabado de descobrir a guarda-costas sob o véu transparente? Será que entendia que não devia vê-la? Será que ela conseguia distinguir entre realidade e ilusão? Bastava uma palavra para traí-la, então Ophélie suspirou de alívio quando Gaelle voltou a cara para o trabalho e os guardas abandonaram o ateliê sem notar nada.

A fábrica levava a um escritório administrativo pelo qual Thorn passou um olhar questionador. Ophélie também procurava com o olhar o que seria um ampulhetário – reservas de areia? ampulhetas vazias? –, mas só estavam ali documentos contábeis.

— Confiscarei isso tudo — declarou Thorn, pegando uma caixa de arquivos.

— Duvido que encontrará qualquer coisa interessante, mas fique à vontade — insistiu o chefe do ateliê com o sorriso sem fim. — O ampulhetário fica aqui — acrescentou, abrindo mais uma porta de vidro fosco.

Ophélie estremeceu quando saiu do escritório. Seu espirro ecoou como um trovão no silêncio, espalhando-se interminavelmente. Eles tinham acabado de sair para uma passarela de metal que sobrevoava, de muito alto, um hangar gigantesco, onde a temperatura caiu bruscamente. O local estava iluminado por lâmpadas de vidro azul que mal deixavam distinguir, em uma claridade aquática, uma quantidade impressionante de caixas enormes. Eram realmente estranhas as caixas, com tampas elegantes de madeira esculpida e cortinas de musselina branca. Ophélie levou alguns segundos para entender que as caixas eram camas de dossel e mais alguns para ver que, atrás da cortina, estavam silhuetas deitadas. Não era possível: tinha gente *dormindo* aqui?

— O ampulhetário — comentou o chefe do ateliê, divertindo-se com a expressão perturbada de Ophélie.

O AMPULHETÁRIO

— Pelas ilusões dos Miragens! — exclamou o barão Melchior. — É para cá que suas famosas ampulhetas azuis trazem? As condições de higiene são horríveis! — indignou-se ele.

Thorn, por sua vez, nem piscou: ele já tinha mergulhado o narigão nos documentos de contabilidade da fábrica.

— Ah, isso é porque vocês estão vendo o ampulhetário por fora — disse tranquilamente o chefe de ateliê. — Garanto que estão todos completamente dentro dos conformes das normas de saúde pública. Além disso, varremos todo dia — destacou, com um toque de malícia na voz, dirigindo-se para a escada metálica que saía da passarela. — O acesso ao hangar é por aqui, senhores e senhora. Temos um elevador, mas ele precisa de manutenção.

— Tome cuidado com onde pisa — mandou Thorn.

Ophélie não sofria de vertigem, mas levou a advertência a sério. Os degraus eram muitos, estreitos e mal iluminados, e era preciso passar por muitos andares até o térreo do hangar.

A cada lance de escada, ela se curvava para observar melhor as camas do hangar, silhuetas surgindo e sumindo de trás das cortinas de musselina, pelo tempo de uma volta de ampulheta. Ophélie ainda estava alto e longe demais para distinguir na luz azulada, mas ela se perguntou como essa gente não tinha consciência do ambiente. Nenhum deles tinha a curiosidade de abrir as cortinas das camas de dossel?

Enquanto descia mais um lance, Ophélie sentiu novamente um hálito quente contra sua orelha. Ela se virou e viu Thorn no lance de cima. Não era a respiração dele que sentira, pois ele estava longe demais. Seria Vladislava, grudada nela de tão perto? Ela mal formulou o pensamento e um golpe violento no peito a deixou sem ar. A surpresa foi tanta que ela demorou a entender por que o corrimão escorregava, seus pés soltavam o chão e seus cabelos caíam na frente dos óculos.

Ela estava caindo. Ia quebrar os ossos em uma escada interminável.

Com um sentimento completamente irreal, Ophélie caiu para trás sem ter no que se agarrar além do olhar de Thorn virando mais uma página do registro. Quando caiu com o peso todo, os pulmões se esvaziaram e um choque atravessou seu cotovelo como uma corrente elétrica. Ela encarou confusa, através dos óculos tortos, o rosto bigodudo curvado sobre ela.

Um guarda se precipitou para segurá-la.

— Bem tudo, senhorita? Quer dizer... tudo bem, seronhita? Não quebrou nada?

O guarda falava com voz confusa sob os bigodes grossos e compridos e sofria de um leve estrabismo. Ophélie não estava pronta para esquecer esse rosto; talvez lhe devesse a vida.

— T-tudo — gaguejou com a voz fraca, ainda sem ar. — Obrigada. Mesmo.

Finalmente levantando o rosto, Thorn franziu as sobrancelhas ao ver o guarda ajudá-la a ficar de pé.

— Eu disse para tomar cuidado.

— Eu tomei cuidado — defendeu-se Ophélie. — Não foi minha...

Ela se calou antes de terminar a frase e olhou para os degraus que quase desceu de costas. Tinha certeza de ter sido derrubada por uma presença invisível, mas se recusava a acreditar que era um ato deliberado de Vladislava. A indigna os protegera dos Cronistas e Thorn estava se preparando para defender o clã. Atacar Ophélie agora não fazia sentido nenhum. *Nunca mais pise na corte.* E se não fosse Vladislava entre eles agora?

Ophélie se manteve próxima dos guardas, especialmente do que a tinha salvado no ar, enquanto o chefe de ateliê conduzia a visita.

— É o princípio do abra e aproveite! — comentou com uma voz alegre que ecoou por todo o hangar. — Por muito tempo, só produzimos ampulhetas clássicas, das coleções verde e vermelha. Ida e volta para destinos padrão, sabe. Um dia, Madre Hildegarde falou assim: "Ei, *viejecitos*, e se inventássemos uma ampulheta que transporta direto para um sonho?". Ela é assim, a Madre. Sempre tem ideias completamente loucas e sempre encontra um modo de realizá-las.

Congelados pelo ar glacial do hangar, todos avançaram juntos entre as fileiras de camas. Ophélie as achou impressionantes quando vistas de perto: pareciam barcos, com a estrutura esculpida como uma proa e imensas cortinas brancas que lembravam velas. O único modo de se localizar no meio dessa frota naval imóvel era seguir as placas: "ILUSÕES PADRÃO PARA DAMAS", "ILUSÕES PADRÃO PARA HOMENS", "ILUSÕES DE JUVENTUDE", "ILUSÕES ESPECIAIS PARA CRIANÇAS", "ILUSÕES RESERVADAS AOS EMPREGADOS", "ILUSÕES BÔNUS DE FIDELIDADE" etc.

— Para criar uma ampulheta, Madre Hildegarde apenas pega uma amostra de espaço no colchão e a coloca no frasco da ampulheta.

— Uma amostra de espaço? — interrompeu Ophélie.

— Isso, senhorita. Não sei explicar o que é exatamente, mas a Madre Hildegarde nunca erra. O ateliê confecciona as ampulhetas, para que ela só precise parafusar a tampa e instalar o pino quando acaba o trabalho. Depois instalamos o colchão aqui, em uma bela cama de madeira, com cortinas limpas, como é preciso — destacou o chefe de ateliê, sorrindo para o barão Melchior. — Quando acabamos, um ilusionista profissional vai lá para o depósito — acrescentou, apontando para uma porta dupla industrial no fundo do hangar. — Ele transforma essas camas comuns em países das maravilhas. Podem julgar o resultado por conta própria.

Ophélie olhou com atenção para o ampulhetário ao seu redor. Sombras apareciam e desapareciam sem parar atrás das cortinas: um vestido de crinolina do avesso de onde saíam duas pernas se sacudindo de rir; um velho quicando no colchão como criança; uma silhueta de peruca soluçando de alegria no travesseiro. Era a fantasmagoria mais grotesca que Ophélie já vira. Ela se sentiu constrangida por todo mundo quando os guardas entreabriram as cortinas para inspeções rápidas, mas nada parecia tirá-las do encanto.

— E pensar que ontem mesmo estava aqui, entre eles! — suspirou o barão Melchior consternado.

— Mas você é um Miragem — disse Ophélie, surpresa. — Vocês não são capazes de desfazer esse tipo de feitiço?

— Miragens só são imunes às próprias ilusões, srta. grã-*leitora* familiar. Também só nós podemos anulá-las. Na verdade, todas as criações de um Miragem desaparecem após sua morte. Praticamos uma arte efêmera — disse ele com um sorriso melancólico atrás do bigode. — Todo dia fico triste por saber que nem minhas gravatas musicais, nem minhas joias perfumadas, nem meus vestidos caleidoscópicos sobreviverão depois de mim!

— As ilusões precisam de uma mãozinha para funcionar, sabe? — continuou o chefe de ateliê. — Um sinal, digamos. Entra primeiro pelos olhos, antes de chegar ao cérebro. Se não enxergar nossa "mãozinha", não vê a ilusão nem sente seus efeitos.

— Você está simplificando demais — protestou o barão Melchior em tom professoral. — Nossas ilusões agem *preferencialmente* pela vista, mas também podemos usar estímulos auditivos, táteis ou olfativos. Podemos criar obras de arte muito completas, mesmo que não tenhamos todos as mesmas especialidades. Paisagistas, decoradores e costureiros, por exemplo, priorizam algumas sensações em vez de outras. Concordo, no entanto, que os olhos continuam sendo nosso amplificador preferido.

Ophélie pensou no monóculo preto de Gaelle, que tinha a propriedade de filtrar todas as ilusões.

— Posso saber o nome do colega que trabalha aqui? — perguntou o barão Melchior, apontando com a bengala para a cama mais próxima. — Como degustei essas ilusões por dentro, posso afirmar que são diabolicamente eficazes. Sempre saí delas perturbado, mas nunca me lembrei do porquê. É como sair de um sonho maravilhoso que só deixa uma impressão forte.

O chefe de ateliê engoliu em seco, levantando o chapéu com o polegar.

— Não faço a menor ideia. Nunca nos cruzamos no ateliê, ele vai direto ao depósito. Só Madre Hildegarde poderia dizer a identidade dele.

Ophélie se assustou. Um guarda foi tomado de repente por um ataque de riso incontrolável, inspecionando uma das camas. Ele lançou o chapéu para o ar, fez passinhos de dança e mandou beijos para um público imaginário, exclamando aos gritos:

— A vida é bela, senhoras e senhores!

— Ah, ele encontrou nossa mãozinha — comentou o chefe de ateliê. — Ele deve ter olhado para o teto da cama.

Thorn estava tão concentrado nos documentos que não prestou a menor atenção no guarda que tentava conduzir um dos colegas em uma valsa louca.

— Com isso tudo, ainda não encontramos ninguém — murmurou ela. — O que está procurando nessas contas?

Thorn soltou um resmungo irritado, e Ophélie pensou que ela própria gostaria de ter algo para *ler*, qualquer coisa que a ajudasse a acelerar a investigação e se sentir menos impotente.

— E as ampulhetas amarelas? — perguntou ela, virando-se para o chefe de ateliê. — Renold... um amigo me falou delas. Ele disse que eram exatamente como ampulhetas azuis, mas só de ida, sem limite de tempo. Vocês as produzem aqui?

— Definitivamente não — afirmou o chefe de ateliê, em um tom categórico. — Seria perigoso demais. As ampulhetas amarelas são um mito para fazer os empregados sonharem, só isso. Imagine por um momento que você ficasse presa em uma dessas ilusões — disse ele, apontando para o guarda que ainda sorria com uma expressão beatífica. — Morreria de rir antes mesmo de morrer de desidratação! Dito isso, qualquer pessoa mais hábil poderia modificar as ampulhetas — admitiu ele com um brilho malicioso no olhar. — Instalar um dispositivo de retorno automático não é simples, mas também não é impossível.

Ophélie concordou com a cabeça, pensativa. Um dispositivo de retorno automático? Provavelmente era isso, a armadilha que Archibald detectou na ampulheta cujo pino ela tinha *lido*.

— Inspecionamos todo o ampulhetário, senhor — anunciou um guarda batendo os calcanhares na frente de Thorn. — Os desaparecidos não se encontram aqui.

— Nenhum indício no depósito também — disse um segundo guarda, que voltava do outro lado do prédio.

Ophélie sentiu os músculos da garganta se contraírem. Claro, ela estava preparada para aquele resultado, mas realmente tinha esperança de ver Archibald abrir as cortinas de uma cama e bocejar.

O chefe de ateliê, por sua vez, não pareceu nada decepcionado. Ele abriu um sorriso que revelou dentes em péssimo estado.

— Ótimo! Como vocês veem, nossa fábrica não está envolvida no problema.

— É mentira — declarou Thorn, como simples constatação.

O IMPASSE

Thorn avançou em passadas largas até o chefe de ateliê, obrigando-o a erguer o rosto para vê-lo, e apresentou três dos registros que tinha folheado.

— Este documento aqui — protestou ele, agitando o primeiro documento — lista a quantidade de ampulhetas fabricadas no ateliê por dia neste ano.

— Exato — disse o chefe de ateliê. — Não entendo por que...

— Este documento aqui — interrompeu Thorn, agitando o segundo documento —, lista a quantidade de ligações ampulheta-cama feitas pela sra. Hildegarde, também neste ano.

— Isso, mas...

— E este documento aqui — continuou Thorn, agitando o terceiro documento — lista a quantidade de camas ilusionadas após conexão com ampulheta.

— E daí?

— E daí que os números não batem. Quatro ampulhetas azuis e quatro camas foram perdidas no caminho, em algum lugar entre a saída do ateliê e o uso.

— Ah, isso se explica tranquilamente — disse o chefe de ateliê, sem perder o sorriso de canto de boca. — O material deve estar no depósito ainda. Nosso ilusionista encanta as camas quando tem tempo e não vendemos ampulhetas de camas que ainda não foram tratadas.

— Você tem outro registro das camas em espera de tratamento — disse Thorn, implacável. — Obviamente levei isso em conta para fazer meus cálculos e o total não corresponde. Quatro ampulhetas e quatro camas desapareceram do seu estoque.

Pela primeira vez, o chefe de ateliê pareceu levar Thorn a sério. Ele tirou óculos tão velhos como ele mesmo do bolso do avental e revisou as colunas de números.

— Tem certeza? — perguntou ele, virando as páginas. — Talvez as ampulhetas tenham quebrado ou sido consideradas inutilizáveis. Temos um registro do material danificado.

— Tenho muita certeza. Procurei quando exatamente ocorreu o desvio da contabilidade e localizei a data do 23 de maio. Olhe por conta própria — ordenou Thorn, entregando um dos registros ao chefe do ateliê. — Na lista de conexões ampulheta-cama feitas por Madre Hildegarde nessa data, o número 9 foi corrigido como 5. A tinta é diferente, então a correção foi feita posteriormente.

— Alguém falsificou nossas contas? — murmurou o chefe de ateliê, que não parecia considerar isso possível. — Ora, quem faria algo assim?

— Um colega, um intruso, você mesmo ou a própria sra. Hildegarde — enumerou Thorn, sem emoção. — Esta fábrica é uma verdadeira zona, todo mundo pode ir e vir sem ser percebido.

— Mesmo assim... roubar camas debaixo do nosso nariz e da nossa barba.

Thorn fungou irritado.

— Se fizesse os registros direito, com números de série únicos para cada ampulheta e cada cama, o erro não lhe teria escapado.

Ophélie encarou Thorn incrédula. Como ele tinha notado uma anomalia tão pequena em tão pouco tempo?

— O fato é que as ampulhetas e as camas deixaram a fábrica após serem conectadas, mas antes de serem ilusionadas — recapitulou Thorn. — Nosso sequestrador pretendia usá-las para enviar pessoas específicas a um destino de sua escolha. Ele mesmo provavelmente modificou o mecanismo das ampulhetas para tornar qualquer volta impossível.

— Quatro ampulhetas, quatro camas, quatro desaparecidos — resumiu o barão Melchior. — Isso não nos diz onde estão, mas pelo menos não devemos ter que lidar com mais um sequestro.

Ele alisou os bigodes aliviado, como se Thorn acabasse de avisar que ele não precisava temer pela própria vida.

— Mas como o sequestrador tinha certeza de que as ampulhetas seriam usadas? — perguntou Ophélie. — Dar uma de presente é uma coisa. Ter certeza que fosse usada é outra.

— Não é difícil ganhar essa aposta — afirmou o barão Melchior com um tapinha no bolso do terno, contendo a sua própria ampulheta. — Quando um artigo se torna moda aqui em cima, podemos contar com os cortesãos para fazer uso sem moderação. Eu em primeiro lugar.

O chefe de ateliê não parava de folhear o registro falsificado e de compará-lo com os outros. Ele não sorria mais.

Congelada até os ossos, Ophélie cobriu o rosto com o cachecol e somou o que tinha descoberto até então. Se não levasse em conta o caso particular de Archibald, os desaparecidos estavam todos sentindo enorme ansiedade e, portanto, suscetíveis a tomar euforizantes. Não tinham todos pedido asilo ao Luz da Lua exatamente porque temiam pela própria vida? Todos tinham recebido ameaças. O autor possivelmente usava as cartas para oprimir as vítimas: quanto mais inquietas, mais a vontade de virar ampulhetas azuis. Era realmente uma manipulação cruel.

— Não imagino o diretor do *Nibelungo* usando ampulhetas — disse Ophélie em voz alta. — Ele fez péssima propaganda delas e incitava os leitores a não consumi-las.

— Meu contraditório primo Tchekhov! — suspirou o barão Melchior com um sorriso agridoce. — Se o conhecesse na intimidade, saberia que é viciado na areia. Os oponentes mais virulentos de uma tentação às vezes são seus maiores adeptos.

— Mas Archibald não devia ser o quarto alvo — lembrou Ophélie. — Quando *li* o pino, vi que ele tinha pegado a ampulheta de outra pessoa.

Seria destinada a mim?, perguntou-se ela de repente, impactada pelo pensamento.

O barão Melchior observou em um silêncio hesitante e soltou um suspiro tão longo que seu corpo parecia murchar como uma bexiga inflável.

— Era minha.

— Sua? — chocou-se Ophélie.

Thorn ergueu as sobrancelhas, relaxando seus traços por um breve instante.

— Minha — confirmou o barão Melchior. — Eu tinha inexplicavelmente perdido uma ampulheta azul na minha última passagem pelo Luz da Lua. O sr. embaixador deve ter aproveitado um instante de distração para me furtar.

— Ele pode ter salvado sua vida — disse Ophélie. — Mas por que você seria sequestrado? O meirinho-mor, o diretor do *Nibelungo* e o conde Harold todos tinham posições políticas... ahn... bastante extremas.

O barão Melchior abriu um sorriso sem alegria, que não chegou a levantar os bigodes.

— Você me lisonjeia, mas não sou o santo que você acha, srta. grã-*leitora* familiar.

Ophélie recordou das várias vezes em que o vira olhar inquieto ao redor, como se temesse ser atacado pela própria sombra. Mesmo agora, não parecia totalmente tranquilo.

— Você recebeu cartas ameaçadoras?

O barão Melchior desviou o olhar de repente, e Ophélie se chocou com a solidão que notou naquele instante. Era exatamente a mesma solidão que via em Thorn.

— Peço perdão, srta. grã-*leitora* familiar. Apesar de todo o respeito que tenho por você, não posso responder a essa pergunta.

Para Ophélie, era como se a resposta fosse "sim". Ela quis insistir, mas Thorn a dissuadiu com um olhar, claramente pedindo para ela não se meter. O cachecol de Ophélie bateu no ar como o rabo de um gato irritado. Por que todo mundo se trancava nos segredos? Não seria muito mais simples confiar uns nos outros?

— Tome cuidado, por favor — murmurou Ophélie, ignorando a careta irritada de Thorn. — Acho que você está em perigo.

O barão Melchior olhou para Ophélie, os bigodes imobilizados pela perplexidade. Com a distinção extrema que o caracterizava, ele se apoiou com as duas mãos cobertas de anéis na bengala e curvou para Ophélie o corpo redondo como a lua cheia.

— O perigo é parte da nossa vida — disse ele, solene. — Eu luto por um destino diferente e acho que você também, do seu modo e na sua medida. Não abandonarei meu posto, assim como você não abandonou o seu. Devemos assumir nossas escolhas até o fim, não é mesmo?

Ophélie encarou em silêncio o barão Melchior na luz aquática e não pôde deixar de achá-lo incrível, a seu próprio jeito.

— Perdão por insistir — disse ela devagar —, mas, se estiver sendo vítima de chantagem, deveria realmente falar. Eu mesma recebi...

— Basta — interrompeu Thorn com uma voz feroz. — Se o sr. ministro tiver uma queixa a fazer, será com a Intendência.

Ophélie se calou um pouco chocada, e o barão Melchior pareceu desconfortável.

— Podemos desconsiderar minha irmã? — perguntou ele devagar. — No fundo, a quantidade de ampulhetas azuis que viu com ela só é problema dela, não é? Cunégonde parece ter feito uma compra de forma legal, como qualquer cliente da sra. Hildegarde. Claro — acrescentou rapidamente, girando o corpo de pião para Thorn —, o sr. intendente pode verificar os clientes um a um se achar necessário.

Thorn tirou um caderno de relatório de um bolso interno do casaco.

— A responsabilidade por esta fábrica é oficialmente parte da investigação. Não importa que a sra. Hildegarde seja ou não a instigadora dos sequestros, ela deverá se entregar à justiça o mais rápido possível. A partir de agora, e até que o assunto seja esclarecido, ordeno a interrupção da fábrica. As ampulhetas, de todas as cores, serão proibidas para venda e consumo até segunda ordem.

— Esta medida não te tornará popular, sr. intendente — suspirou o barão Melchior. — Vai privar muita gente do pecado preferido.

Thorn assinou e arrancou o registro do caderno antes de entregá-lo ao chefe de ateliê.

— Quanto a você, deve ser colocado em detenção preventiva.

— Eu?

— A sra. Hildegarde está ausente e você é o suplente — disse Thorn, como se explicasse tudo.

O velho parecia cada vez mais confuso e Ophélie sentiu uma pontada de compaixão por ele. Implacável, Thorn pegou os registros de volta abruptamente e os entregou ao guarda estrábico, que o encarou, visivelmente se perguntando o que devia fazer.

— São provas documentais. Se a sra. Hildegarde quiser recuperar os documentos, deverá fazer um pedido oficial na Intendência.

— Thorn, por favor.

Sem aguentar, Ophélie puxou a manga do casaco de Thorn para mostrar o chefe de ateliê: ele vacilava, com o olhar grudado no processo, como se o solo desmanchasse sob seus pés.

— Ah, vai, é inútil ter uma síncope! — irritou-se Thorn. — É uma ordem de detenção provisória, não uma condenação. Você será solto assim que a sra. Hildegarde for ouvida e que a investigação estabelecer que você não compromete a segurança pública. Se a sra. Hildegarde é a empregadora modelo que você descreve, ela mesma se entregará à justiça no seu lugar.

— Ai, ai — soltou o chefe de ateliê, coçando o cabelo grisalho sob o chapéu. — É minha mulher que vai puxar minhas orelhas, né. E meus artesãos, o que farão na minha ausência?

Os olhos de Thorn brilharam como relâmpagos.

— Espero que eles contratem um contador digno do cargo e coloquem as coisas em ordem. Para a sua informação, você tem catorze frascos sem uso, 23 camas desalinhadas, e acho aberrante que tenha uma quantidade de degraus diferentes em cada lance de escada.

Ophélie ergueu as sobrancelhas. Ela não sabia o que se passava atrás da testa enorme de Thorn, mas ele decididamente não estava em seu estado normal. Ela não teve cabeça para contar os degraus da escada, quando subiram todos juntos para o ateliê. Com o braço machucado dobrado contra a barriga, ela queria garantir que não cairia de novo; até entender o que tinha acontecido com Vladislava naquele momento, Ophélie não ficaria tranquila.

Se todos os dias de Thorn parecessem com o que ela tinha acabado de viver, ela entendia por que ele tinha olheiras tão grandes.

Ophélie se sentia ansiosa demais para pensar em descansar e ficou exasperada quando, chegando ao escritório de Madre Hildegarde, Thorn apontou autoritariamente para uma cadeira, como se Ophélie fosse uma criança desobediente.

— Preciso conduzir uma investigação aprofundada da contabilidade. Não saia daqui nem toque em nada até eu acabar — disse ele rangendo os dentes. — Quanto a vocês — falou, dirigindo-se aos guardas. — Confisquem todas as ampulhetas do ateliê, inclusive as que estão em processo de fabricação.

Os guardas bateram os calcanhares calçados de ferro em uníssono, entrando no ateliê como soldados no campo de batalha. O barão Melchior os seguiu, implorando, como ministro das Elegâncias, para não tratar ninguém de forma violenta.

O humor de Thorn estava tão horrível que Ophélie não quis piorá-lo. Ela se sentou, frustrada e inerte. O relógio de pêndulo indicava que só tinha mais dezoito horas até a Teia romper o vínculo com Archibald. Ophélie ainda não sabia onde ele estava e não tinha mais nenhuma pista, nenhum sinal.

Era um novo impasse.

Enquanto Thorn destrinchava a contabilidade, Ophélie examinou o cômodo. Se pareceria com qualquer escritório administrativo, com arquivos metálicos, uma caixa registradora e três telefones, se não fosse da Madre Hildegarde. Cada espaço de armazenamento se mostrou muito maior do que deveria ser logicamente: Ophélie viu várias vezes o braço comprido de Thorn se enfiar até o cotovelo nas gavetas minúsculas da escrivaninha. Também tinha naturezas-mortas em todas as paredes, todas, invariavelmente, de cestas de laranjas. Ophélie nunca havia visto outra pessoa tão obcecada por uma fruta.

— E eu, *sonher… nhessor…* senhor? — gaguejou o guarda estrábico depois de um instante.

Carregando os registros que Thorn entregara, ele tinha ficado no escritório, mexendo o bigode como se reprimisse uma vontade de coçar o nariz.

— Não me desconcentre — resmungou Thorn, acrescentando na pilha um monte de cadernos.

Apesar de Ophélie ter sentido gratidão pelo guarda que salvou sua vida, agora ele a deixava desconfortável. Não eram os olhos tortos que a incomodavam, mas a forma nada amigável com que a encarava, como se observasse uma criatura inusitada nas prateleiras de um gabinete de curiosidades.

Ophélie se levantou da cadeira e grudou o rosto no vidro que permitia ver o ateliê. Seguindo o que Thorn mandara, os guardas estavam jogando todas as ampulhetas da fábrica em sacos de lona. Os velhos artesãos não protestavam, só tinham um brilho atordoado no olhar. Quanto ao chefe do ateliê, estava docilmente sentado em um banquinho, algemado.

Só Gaelle se agitava em meio a essa imobilidade, batendo com a palma da mão em uma mesa. Ophélie leu distintamente nos seus lábios, enquanto ela reclamava com o barão Melchior, a palavra "inocência". Continuariam amigas depois disso? Ophélie tinha a sensação desagradável de se encontrar do lado errado da barreira, como se a justiça fosse a verdadeira culpada. Os empregados de Madre Hildegarde não eram mais vítimas do que cúmplices na história?

Ophélie se virou com firmeza para Thorn, batendo com o joelho na cadeira.

— A Intendência é a dona dos registros, não é?

— Recuso.

— Perdão?

A resposta fulminante de Thorn desestabilizou Ophélie. Ele folheava com rapidez todas as páginas de uma pasta, decorando instantaneamente a lista de contatos de Madre Hildegarde.

— Você ia me pedir autorização para fazer uma *leitura* — disse ele, sem olhar para ela. — Não autorizo. Ponto final.

Ophélie não acreditava no que ouvia.

— Mesmo que a *leitura* possa determinar a identidade do sequestrador? Mesmo que possa salvar vidas e empregos?

Thorn fechou a gaveta com um gesto frustrado.

— Se você *ler* o registro falsificado, pode identificar oficialmente o autor da suposta falsificação do dia 23 de maio?

— Não — admitiu Ophélie. — Quando entro no estado de espírito de alguém, isso raramente me permite acessar seu nome, seu rosto e a data em que entrou em contato com o objeto. Mas posso tentar reconstituir uma identidade a partir de uma série de pistas.

Thorn abriu mais uma gaveta e precisou usar a luminária da escrivaninha para enxergar o fundo. Circunspecto, armou-se de um lenço e tirou da gaveta várias laranjas podres, que soltaram um cheiro abominável.

— Você faz a menor ideia da quantidade de gente que deve ter circulado neste escritório e manipulado este registro desde maio? Devo considerar culpados todos que a srta. grã-*leitora* familiar acreditar ter "reconstituído a identidade"? Você me propõe um testemunho inadmissível do ponto de vista legal — respondeu no lugar de Ophélie, sem a menor paciência. — Precisamos de objetividade e fatos agora, não de suposições que nos farão perder tempo precioso.

Ophélie não era especialmente orgulhosa, mas nunca havia se sentido tão humilhada. Principalmente porque sabia, no fundo, que Thorn estava certo. Quanto mais camadas de experiência o objeto tinha, menor era a precisão da análise. Um pino de ampulheta e um registro contábil eram duas *leituras* completamente diferentes. E, agora, vidas humanas estavam em jogo.

— Só queria ser útil — disse ela.

— Você já foi útil demais, se quiser minha opinião. Mal posso esperar para o casamento passar e você abandonar o Polo com toda a sua família.

No ateliê, alguém tinha ligado o rádio, e uma voz artificial cantarolou: "Por que dormir quando posso dançar? Por que deitar quando posso jogar? Ele é espetacular, meu, meu, meu café milagroso!".

Ophélie sentiu um estrondo, cuja natureza não entendia, percorrer seu corpo. A barriga começou a vibrar, os pulmões se inflaram, as têmporas latejaram, os olhos marejaram. Apesar do nariz entupido, ela se obrigou a inspirar profundamente para controlar a maré, mas as barragens acabaram cedendo e a voz saiu de seu corpo em um fluxo incontrolável:

— Muitas coisas aconteceram comigo desde que você me tornou sua noiva. Recebi uma quantidade absurda de ameaças de morte e quase a mesma quantidade de propostas indecentes. Fui sequestrada, disfarçada, ludibriada, insultada, escravizada, infantilizada, humilhada, submetida a manipulações hipnóticas e vi minha tia perder a cabeça bem na minha frente. Entretanto, nunca senti tanto medo quanto agora. Temo pela minha família, por mim, por Berenilde e também por Archibald. E isso tudo, Thorn, eu devo a você. Então será que você pode, por favor, parar de falar comigo como se eu fosse a fonte de todos os seus problemas?

A surpresa levantou de uma vez as sobrancelhas de Thorn, e sua cicatriz, esticada pelo movimento brutal, parecia prestes a se romper em pedacinhos.

Ophélie estava tão estupefata quanto ele. A voz, a boca, as mãos e as pernas continuavam a tremer e ela até achava que uma lágrima estava a ponto de escorrer. Ela não tinha mais a menor ideia do que acontecia, mas queria se controlar imediatamente. Não era hora de causar um escândalo.

Thorn a encarava com tal concentração que parecia que o corpo enorme tinha enguiçado. Só o maxilar, extremamente contraído, entreabria-se e fechava sem um som, como se ele quisesse falar algo sem saber o que era.

O guarda estrábico estava tão fascinado pela cena que não notou que a pilha de documentos se inclinava cada vez mais em seus braços, prestes a cair a qualquer momento.

Foi no meio desse silêncio desconfortável que a voz do apresentador de rádio ecoou no ateliê:

—... hoje à noite, em um sanatório, perto da estação balneária de Areias de Opala que a Cidade Celeste sobrevoa atualmente. As enfermeiras não respondem nossas perguntas, mas surpreendemos murmúrios inquietos entre elas. Este parto se anuncia mais do que incerto. Sejamos lúcidos, senhoras e senhores ouvintes, a primeira favorita do Polo não é tão franca quanto quis nos fazer acreditar e a forma como fugiu da corte não enganou ninguém. Sabem como é: se não vier à corte, a corte vem até você! É que o evento é importante, senhoras e senhores ouvintes. Este bebê, caso venha ao mundo são e salvo, é o primeiro descendente direto do nosso Senhor Farouk em três séculos. Será que isso prometerá um belo destino? Nada é menos garantido, já que conhecemos a aversão de nosso senhor pelas crianças. Fiquem ligados, senhoras e senhores ouvintes! *Fofoquinha*, seu programa preferido, os manterá informados assim que soubermos mais.

Ophélie pulou como uma mola. Berenilde estava dando à luz! Era só entrar em trabalho de parto que os jornalistas já esperavam atrás da porta do quarto.

Thorn reencontrou instantaneamente o poder sobre seus movimentos e suas palavras. Ele abriu a porta de vidro que separava o escritório do ateliê e se dirigiu ao grupo de sargentos:

— Confisquem tudo que é transportável e preparem um aeróstato. Seis voluntários ficarão aqui para analisar cada centímetro da fábrica. Se encontrarem qualquer coisa notável, uma abotoadura, uma pegada, uma pena de travesseiro, tanto faz, entrem em contato com Areias de Opala por telégrafo. Só ficarei ausente pelo tempo estritamente necessário.

Thorn falou com um tom distante, quase mecânico, mas não enganou Ophélie. Ele tinha tirado o relógio de bolso compulsivamente do casaco, lembrando depois que estava parado. Para alguém que nunca esquecia nada, essa distração por si só traía uma enorme desordem interna: o senso macabro de dramaturgia do *Fofoquinha* tinha surtido efeito.

— As chaves? — perguntou Ophélie, tentando acalmar os sobressaltos do cachecol.

— Nenhuma Rosa dos Ventos leva ao sanatório, e passar pela estação ferroviária nos fará perder tempo — disse Thorn categoricamente. — O aeróstato é nossa opção mais rápida. Vou arranjar um salvo-conduto.

Thorn tirou o telefone do gancho e se dirigiu à telefonista como se fosse um guarda sob suas ordens.

— Vou na frente — decidiu Ophélie. — Apesar dos controles de segurança, nenhuma lei do Polo proíbe atravessar espelhos.

Ela se dirigiu ao espelho na parede do escritório e apoiou as duas mãos no reflexo. Sem muita fé, concentrou-se em um espelho da sala de espera do sanatório onde já estivera refletida. O espelho não deu passagem, era um destino distante demais. Ophélie ficou mais desconcertada, entretanto, quando encontrou a mesma resistência ao tentar voltar ao quarto de hotel. A Cidade Celeste sobrevoava Areias de Opala, então a distância não era tão grande, era? Ficou ainda mais inquieta quando tentou destinos cada vez mais próximos: a sala da estação de dirigíveis, o corredor espelhado perto da Grande Praça, a cabine do último elevador que tinham usado. Ela sequer conseguiu chegar ao espelho do hall da fábrica, a poucos metros dali, apesar de ter certeza de ter olhado para o reflexo ao entrar.

— E aí? — resmungou Thorn, desligando o telefone. — Você ainda está aqui?

— Não entendi — balbuciou Ophélie encarando o rosto chocado do próprio reflexo. — Não consigo mais passar por espelhos.

FRAGMENTO:
QUARTA REPRISE

*A*cho que todos poderíamos ter vivido felizes, de certa forma, Deus, eu e os outros, sem este livro maldito. Ele me enojava. Eu conhecia o vínculo que me ligava a ele da forma mais repugnante, mas esse horror só veio depois, muito depois. Eu não entendi na época, era ignorante demais.

Eu amava Deus, sim, mas detestava esse livro que ele abria para dizer sim e não. Deus, por sua vez, se divertia demais. Quando Deus ficava contente, ele escrevia. Quando Deus ficava com raiva, ele escrevia.

A memória se jogou em uma nova visão. Um livro para crianças.

A lembrança não dá nenhuma indicação do lugar em que se encontra, mas os detalhes do livro são abundantes. É o que importa.

As grandes ilustrações coloridas representam um palácio oriental com decoração sobrecarregada, um oásis perdido no meio da areia, mulheres nuas sob véus turquesa e, em cada cena, o mesmo personagem: um cavaleiro com a pele coberta de ouro.

A princípio, nenhum interesse.

Através da espessura da lembrança, ele consegue decifrar as emoções que lhe causam as imagens. Fascínio e inveja. O Odin de antigamente queria parecer o personagem do livro infantil. Não gosta de quem é.

É só isso?

As imagens não ensinam nada, então ele decide concentrar seu esforço de memória no texto. É uma língua antiga, daquelas usadas antes do Rasgo. Não é a língua que Odin fala, que Deus ensinou em casa, que um dia todos os descendentes usarão, com algumas variações. Entretanto, de alguma forma ele tentou assimilar a língua do livro infantil, pois se viu decifrando os caracteres do título sem dificuldade de compreensão: As aventuras extraordinárias do príncipe Farouk.

Era isso. Ele entende agora a motivação por trás da lembrança. Uma crise de identidade. Ele queria que este livro infantil fosse o Livro dele.

Pela primeira vez nessa viagem pelas ramificações da memória, ele o vê enfim. Seu Livro. Não o de Ártemis, não o dos outros; o dele. Com gestos minuciosos, ele o segura e vira as páginas grossas de pele. Repulsa. O Livro foi redigido em um alfabeto que Deus nunca ensinou. Só Deus compreende essa língua: não é falada, só escrita. Deus a usa sempre que é tomado por nova inspiração criativa.

Ele coloca lado a lado o belo livro do príncipe Farouk e seu próprio Livro medonho. Obra de papel e obra de carne. O primeiro fala de países quentes, o outro o destina a um mundo de gelo.

De repente, ele sente no corpo inteiro o chamado que o empurra para o norte, para um mundo branco como ele, sem oásis nem palácio oriental. Quando chegar a hora, ele precisará ir como uma ave migratória. Porque está escrito. Por quê? Por que deveria seguir as ordens de uma língua que nem entende? Ele não quer o destino ditado por Deus, essa história que não o pertence, esse poder que não domina. Ele não quer abandonar a casa, Deus e os outros, não quer virar o que deve virar, não quer ser quem deve ser. Nem quer seu nome. Odin.

A lembrança toma um caminho interessante. Algo aconteceu naquele dia, algo essencial. O que foi mesmo?

Ah, é. A faca. Ele lembra agora. Ele segura uma faca. Olha para As EXTRAORDINÁRIAS AVENTURAS DO PRÍNCIPE FAROUK e para o Livro medonho de pele.

— Eu me chamarei Farouk — escuta-se murmurar.

Ele apunhala o Livro por trás e a dor o domina completamente.

A lembrança acaba aqui.

Nota bene: "Guarde seus encantos". Quem pronunciou essas palavras? O que elas significam?

O GRITO

Lá fora, o sol se transformava visivelmente. Tinha passado a noite flutuando na linha do horizonte sem nunca descer, fraco como a chama de uma vela, espalhando uma cor crepuscular sobre os rochedos e as águas dos fiordes. Agora, subia lentamente sobre a floresta boreal, brilhando mais que uma tocha olímpica.

Ophélie nem olhou para ele. Encolhida em um assento dobrável, com a cara colada no vidro da cabine do piloto, ela procurava desesperadamente o sanatório com o olhar, como se ajudasse o dirigível a andar mais rápido. Ainda era cedo demais para encontrar. Eles mal tinham decolado e, naquele instante, o piloto manobrava lentamente sobre Areias de Opala, para contornar a Cidade Celeste e pegar a direção norte.

Esmagada entre Thorn e barão Melchior, Ophélie tinha cãibras no corpo inteiro de tanto se contrair. O parto de Berenilde estava se mostrando difícil, a vida de Archibald estava por um fio e os espelhos de repente se fecharam como portas. Ophélie tinha a impressão que todo o material sólido de seu mundo ameaçava se estilhaçar de um segundo ao outro.

Quando o dirigível foi desestabilizado por um potente vento oeste, Ophélie caiu para trás, quicou na barriga do barão Melchior, e quase bateu com força no ombro de Thorn. A dor no cotovelo foi tanta que estrelas piscaram nos seus olhos. O pequeno aeróstato não era projetado para acolher tantos viajantes. Como perfeitos profissionais, os guardas trabalhavam na cabine do piloto como se estivessem na delegacia. Metade deles revistava o material confiscado na fábrica e a outra metade submetia cada artesão a um interrogatório formal. Arrancados do universo familiar do ateliê, os velhos fabricantes estavam perdidos, mas mostraram notável coerência em suas respostas: nenhum deles havia visto nada de suspeito em Madre Hildegarde, nem em seus colegas.

Embarcada com os outros funcionários, Gaelle se mantinha agachada em um canto da cabine, com os braços cruzados ao redor das pernas, o olho azul elétrico lançando raios furiosos sob a viseira do boné.

Com o nariz coberto pelo lenço de renda, o barão Melchior olhava do relógio de bolso para Ophélie, e depois para Thorn.

— Longe de mim questionar seus métodos, mas vocês têm certeza que este contratempo não prejudicará a investigação? Só temos até meia-noite. Nossa única pista séria é a sra. Hildegarde e duvido muito que a encontremos em uma sala de parto.

Ophélie não soube o que responder; parecia que ela seria incapaz de pensar direito antes de ver Berenilde e o bebê em boa saúde. Ela se virou para Thorn e entendeu imediatamente que ele também não responderia. Retorcido como arame farpado no assento vizinho, com a gola do casaco cobrindo o rosto, ele olhava para dentro. Uma camada de barba começava a marcar suas feições. Ele não tinha pronunciado uma palavra desde a decolagem e não parava de abrir e fechar a tampa do relógio com o dedão, em um *tac-tac* obsessivo. A raiva parecia ter diminuído completamente e, com ela, toda sua energia vital.

— Você ainda não consegue? — perguntou educadamente o barão Melchior.

Ele tinha acabado de notar a forma como Ophélie batucava sem parar o espelhinho de dois lados que um artesão lhe emprestara.

— Não. Ainda não.

— Com todo o respeito, srta. grã-*leitora* familiar — insistiu ele lentamente. — Você pelo menos ainda consegue... é... *ler*?

— Já conferi — resmungou Ophélie. — Ainda consigo *ler*, ainda consigo animar, mas, por uma razão que não entendo, não consigo mais atravessar espelhos. Cada ramo do poder exige uma disposição de espírito específica. Perdi essa.

Era precisamente o que a atormentava. "Passar espelhos", o tio-avô dissera uma vez, "exige enfrentar a si próprio. Aqueles que escondem seu rosto, que mentem para si, que se veem melhores do que são, nunca conseguiriam."

Desde quando Ophélie tinha parado de ser honesta?

O dirigível começou enfim uma manobra de descida e todos os viajantes caíram como dominós. Depois de muitos pés pisados e cotoveladas nas costelas, todo mundo conseguiu evacuar o veículo pela passarela de trás.

O ar fresco, impregnado de sal e resina, teve o efeito de um saudável tapa na cara em Ophélie. No entanto, quando colocou os pés na grama, o vestido ondulando com o vento da hélice, por um instante achou que o piloto do dirigível tinha confundido os destinos.

No lugar dos internados estendidos em espreguiçadeiras com que ela cruzara no último passeio pelo parque do sanatório, ela só via Miragens dando voltas alegres entre bufês de caviar e vodka, carregados pela música animada de uma orquestra de baile. Chuvas de flores, balés pirotécnicos, fontes perfumadas: uma multidão de ilusões tinha sido improvisada pelo parque inteiro, como se estivessem comemorando uma verdadeira festa nupcial.

Em um estrado digno de palco de teatro, um comentador descrevia tudo que ocorria atrás das janelas redondas do sanatório:

— Vejo mais uma enfermeira — ecoou a voz suave no microfone de carbono. — Ela se aproxima de uma janela do segundo andar. Será que vai fazer um anúncio oficial? Alarme falso, senhoras e senhores ouvintes, ela fechou as cortinas. Será o quarto da sra. Berenilde? Seriam tantas as precauções, se o parto estivesse se desenrolando normalmente? Que suspense insustentável, que suspense! Fiquem ligados, senhoras e senhores ouvintes, pois *Fofoquinha* será, como sempre, seus olhos e ouvidos!

— O que esses cortesãos todos estão fazendo aqui? — perguntou Ophélie chocada. — As idas e vindas da Cidade Celeste não são rigorosamente controladas? Levamos uma hora para obter um salvo-conduto.

O barão apontou, flutuando no céu, um aeróstato dourado amarrado no teto do relógio. Inicialmente cega pela reverberação do sol nessa ourivesaria voadora, Ophélie acabou reconhecendo os brasões familiares. Farouk em pessoa estava ali!

— Eu achava que ele não ligava para o filho...

— Um pai é sempre um pai — filosofou o barão Melchior. — Especialmente um espírito familiar.

Thorn analisou a festa com um olhar triste.

— Confisquem imediatamente todas as ampulhetas em circulação aqui — ordenou aos guardas. — Não deem explicações. Dois de vocês fiquem comigo para escolher os funcionários da sra. Hildegarde. Aconteça o que acontecer, mantenham-se em silêncio, a investigação em curso deve continuar confidencial. O primeiro a desobedecer minhas ordens dividirá a cela com o chefe do ateliê na delegacia.

Gaelle enfiou as mãos nos bolsos do macacão.

— Claro, a gente abre e fecha a válvula a seu bel-prazer.

Thorn não respondeu. Ele atravessou os turbilhões de dançarinos e as ilusões festivas como uma sombra abrindo passagem em um mundo de luz. O cortejo de velhos não passou despercebido: com as expressões chocadas e os aventais de trabalho, os artesãos provocaram rapidamente um movimento de hilaridade pelos jardins. Os risos logo se tornaram protestos quando os guardas circularam entre os Miragens para confiscar as ampulhetas.

— Simples medida de segurança, senhoras e senhores — repetiam com cortesia profissional.

Thorn não honrou ninguém com seu olhar: nem os ministros que vieram a seu encontro em passinhos furiosos, nem os empregados que ofereceram ilusões gustativas, nem os fotógrafos que correram até ele com flashs de magnésio.

Tentando parecer o menor possível sob as três voltas de cachecol, Ophélie seguiu Thorn de perto. Ela constatou, um pouco inquieta, que ele se curvava a olho nu. Por mais que, às vezes, o achasse intragável, se arrependia um pouco do que tinha jogado na cara dele em um acesso de raiva. Tinha sido a hora errada.

Ophélie notou entre os valsistas alguns diplomatas da Teia e suas esposas. Eles titubeavam mais que dançavam, mas o atordoamento era sinal que Archibald continuava agarrado à vida, em algum lugar entre dois estados.

Ophélie aproveitou o clima de confusão que reinava no gramado do sanatório para se aproximar de Gaelle.

— Você não faz ideia de onde encontrar a sra. Hildegarde? Não a acuso de nada, mas o que ela sabe poderia nos ajudar muito.

Gaelle assoou o nariz na manga. Com a postura de operária e o olhar perigoso, era difícil notar que ela era nobre.

— Já te disse uma vez — sussurrou ela. — Por que chamam Hildegarde de "Madre"? Porque ela nunca abandona os filhos.

Ophélie não entendeu nada da resposta. Ela queria insistir, mas sua voz foi coberta pela do *Fofoquinha*:

— Façam suas apostas, senhoras e senhores ouvintes! Quais serão as capacidades da criança recém-nascida? Herdará exclusivamente as garras maternas? Desenvolverá uma nova variante de poder familiar? Com descendências diretas, tudo é ab-so-lu--ta-men-te imaginável! Ah, esperem! — exclamou de repente o comentador, fazendo o microfone chiar. — Quem vejo ali, escondida na sombra do senhor nosso intendente? Não seria a grã-*leitora* familiar que nos honra com sua presença?

Em um instante, os jornalistas que assediavam Thorn correram para Ophélie e a cercaram, jogando perguntas sobre o assunto dos desaparecimentos. Ophélie nunca conseguiria escapar se o barão Melchior não atraísse a atenção geral:

— Como assistente da grã-*leitora* familiar, seria um prazer responder às perguntas! — interveio com uma voz exagerada, enquanto empurrava Ophélie discretamente na direção do sanatório com a bengala. — Pelo menos as que não comprometerão a investigação em curso. Sou todo ouvidos, senhores!

Ophélie se fundiu aos funcionários de Madre Hildegarde e entrou apressadamente no prédio com eles. Assim que Thorn fechou a porta pesada, a música de baile e os comentários do *Fofoquinha* ficaram tão distantes quanto o vento que soprava entre as coníferas. O sanatório podia ser um mundo de ladrilhos, vidros e colunas, mas as paredes grossas protegiam os internados de todas as agressões externas.

A recepcionista, que estava ocupada com um telégrafo, tirou os fones de rádio, vestiu o capuz branco e surgiu de trás do balcão, batendo os tamancos com força:

— Repito que vocês não podem entrar — sussurrou ela. — Nossos pacientes precisam de calma. Só os parentes são autorizados a visi… ah, é você! — disse mais calma ao reconhecer Thorn. — O sr. intendente não costuma vir com tanta companhia.

— Onde está minha tia?

— A sra. Berenilde está em pleno trabalho de parto. Ainda assim… — disse a recepcionista, com um olhar desconcertado para os velhos artesãos que tinham invadido seu hall. — São muitos visitantes para um estabelecimento de saúde. Será que poderiam…

— São todos testemunhas de uma investigação importante — interrompeu Thorn. — Não quero deixá-los lá fora.

Vigiados por dois guardas, os artesãos contemplavam passivamente a decoração branca e luxuosa do sanatório. Desde que o chefe de ateliê havia sido preso, eles pareciam incapazes de qualquer iniciativa.

Só Gaelle foi incapaz de conter a raiva e cuspiu nos ladrilhos brancos:

— Vamos dar nomes aos bois. Somos reféns, não testemunhas!

— Eu te proíbo de gritar aqui — indignou-se a recepcionista em voz baixa. — E, se cuspir de novo, vou lavar sua boca com detergente.

— Onde está minha tia? — perguntou Thorn, imperturbável.

— Você não pode vê-la neste momento, sr. intendente. Proponho que aguarde na sala de espera... Ah, não — corrigiu-se a recepcionista com um suspiro. — Acabamos de reorganizá-la toda para receber o sr. Farouk. Veja só, não estávamos preparados para que ele viesse visitar a sra. Berenilde pessoalmente.

— Como ela vai? — interrompeu Ophélie.

— Não sei dizer, senhorita. Não estou no quarto dela, como você pode constatar.

— Eu posso vê-la? Sou a madrinha do bebê.

Foi ao pronunciar essas palavras que Ophélie tomou consciência que tinha decidido aceitar essa responsabilidade. Se tinha um destino pelo qual ela estava pronta para lutar, era esse.

— Você é casada?

— Perdão? — perguntou Ophélie, chocada. — É... ainda não.

— Neste caso, não, não pode vê-la. Nossas regras são formais: homens e moças não têm o direito de assistir aos partos. O sr. Farouk, aqui, imagine só! — continuou a recepcionista como se não tivesse sido interrompida. — Nossas enfermeiras estão fervilhando! Os pacientes foram todos confinados nos quartos até segunda ordem. Falando nisso... — murmurou a recepcionista, cobrindo a mão com a boca. — Permita que eu apresente meus pêsames, sr. intendente. A sua avó se foi durante a noite. Os pulmões, entende? Sei que o momento não é ideal, mas poderia nos ajudar a cumprir certas formalidades? O atestado de óbito, a organização do velório, a convocação do tabelião, esse tipo de coisa. Não podemos pedir à sra. Berenilde no estado atual, mas como você é o neto...

— Onde está minha tia?

Algo na voz de Thorn incitou a enfermeira a responder dessa vez:

— No segundo andar, no pavilhão leste, quarto doze.

As pernas de Ophélie se moveram sozinhas. Ela entrou na escada à direita e escutou, sobre o eco acústico dos passos, a voz de Thorn soando atrás dela:

— Vigiem os artesãos no hall — ordenou aos guardas. — Ninguém deve entrar ou sair do prédio sem que eu seja avisado.

A escada em espiral dava inevitavelmente na rotunda da sala de espera, então Ophélie e Thorn aproveitaram as colunas do peristilo para contorná-la sem serem vistos. As enormes janelas de vidro tinham sido calafetadas, mergulhando o andar inteiro em uma suave penumbra, e um gigantesco sofá de veludo foi instalado, onde as favoritas, estendidas em poses lânguidas, fumavam narguilés.

A sala de espera do sanatório havia tomado ares de bordel.

Ophélie não teve nenhuma dificuldade em encontrar Farouk naquela bagunça de corpos e almofadas. Ele encarava, sem parecer enxergar, um espetáculo de imagens animadas que um projetor de ilusões mostrava continuamente em uma tela. Perdido, com a testa franzida, ele não parecia fazer a menor ideia de onde estava nem por que estava ali.

No entanto, pensou Ophélie, ele estava. Apesar de todas as negligências e da péssima memória, seu instinto o mandara ir até lá.

Ela seguiu Thorn pelo corredor que atravessava o pavilhão leste do sanatório. Precisaram passar por uma procissão de salas numeradas e janelas redondas antes de encontrar o quarto particular de Berenilde. A placa só PARTEIRAS, MULHERES CASADAS E VIÚVAS estava presa à porta. Thorn pegou uma cadeira do corredor e se instalou perto da porta, aparentemente com a intenção de ficar ali.

Incapaz de se sentar, Ophélie se sentia tão febril que seu animismo faria qualquer assento fugir galopando. Ela apertou a orelha contra a porta e ouviu, através da madeira grossa, exclamações enérgicas.

A voz de tia Roseline dominava todas as outras:

— Respire como um fole... Isso, ótimo, continue...

Com o coração batendo rápido, Ophélie segurou a própria respiração para escutar melhor. Por que não ouvia Berenilde? Ela lutou contra a tentação de desobedecer à regra. A ideia de assistir a um parto a aterrorizava, mas ela achava ainda pior ficar no corredor. Quando a porta começou a tremer nas dobradiças, Ophélie precisou se resignar e se afastar. Enquanto seu animismo não se acalmasse, ela precisaria evitar qualquer contato próximo com objetos; a última coisa de que Berenilde precisava, naquele momento, era de uma garota em pânico na cabeceira.

Ophélie deu voltas no corredor, limpou várias vezes os óculos, mordiscou as costuras da luva, entreabriu a cortina da varanda para olhar para fora e a fechou assim que *Fofoquinha* apontou para ela da plataforma gritando no microfone, provocando uma metralhada de flashes fotográficos.

Os sinos do sanatório badalaram dez vezes, depois uma, depois onze.

Ophélie se perguntou como Thorn ficava tão calmo.

— A sua tia está silenciosa demais — disse ela.

Thorn emergiu do poço de pensamentos e acenou com a cabeça de forma quase imperceptível.

— Ela não gritaria nem sob tortura.

Ele estava curvado na cadeira, com os cotovelos apoiados nos joelhos, o casaco aberto como asas de corvo. Era um espetáculo raro vê-lo assim, com os traços alongados, sem sobrancelhas franzidas, boca contorcida ou maxilar tenso. Só o aço de seus olhos brilhava intensamente sob pálpebras escuras de insone.

Ophélie de repente se lembrou da familiaridade com que a recepcionista se dirigira a ele. Thorn já tinha vindo ao sanatório no passado, e vinha com frequência. Em algum andar desse estabelecimento, dentro de um quarto fechado, atrás de uma tatuagem em cruz, estava sua mãe. Uma mulher que o rejeitara como experimento fracassado, mas a quem ele continuava ligado mesmo assim.

Ophélie hesitou. Haveria alguma conexão entre a memória da mãe de Thorn, o Livro de Farouk e os crimes na Cidade Celeste? Ela ficou tentada a aproveitar o relaxamento de Thorn para perguntar, mas acabou pensando que não era a melhor forma de se reconciliar.

— Você está em guarda — disse ela, em vez disso. — Acha que Berenilde está em perigo?

— Em posição vulnerável. Se eu cheguei até aqui, qualquer um poderia fazer o mesmo. A Teia atualmente não é capaz de oferecer proteção.

Ophélie acreditou plenamente. Se a Valquíria estivesse no mesmo estado dos diplomatas titubeando lá fora, ela não ajudaria muito em caso de tentativa de assassinato. Além disso, ela não esquecia que a amizade da Teia se devia à de Archibald.

— Só temos mais treze horas para encontrar o embaixador — disse ela, massageando o braço, nervosa. — Tenho a impressão de que cada segundo que não dedico à sua busca é uma forma de abandono.

Ophélie contemplou o corredor. Portas pintadas de branco, paredes de lambril branco, chãos de azulejo branco, janelas de cortina branca: a monocromia silenciosa era congelante. Em Anima, quando uma mulher paria, a atmosfera era diferente. As salas formigavam de gente. Os vizinhos vinham sem parar atrás de notícias. Os móveis não paravam no lugar. O bairro inteiro ficava agitado.

— No entanto — murmurou Ophélie, após um momento —, não posso deixar de pensar que nosso lugar é aqui.

Thorn virou o olhar. Foi um simples movimento ocular, sem usar qualquer músculo do corpo, mas era como se de repente se sentasse na ponta oposta do corredor.

— Não notei que você era tão ligada à minha tia.

Ophélie quase disse que pensava a mesma coisa dele. Thorn a acostumara a tratar Berenilde como uma adulta capaz de se proteger sozinha. Entretanto, acabara de suspender uma ordem e pular em um dirigível por ela.

— Você está errada ao achar que estamos comprometendo a investigação — continuou Thorn. — Não temos nenhuma chance de encontrar Hildegarde no seio da Cidade Celeste. Aqui, tudo ainda é possível.

— A Madre nunca abandona seus filhos — repetiu Ophélie, finalmente entendendo o que Gaelle queria dizer. — Os artesãos... são mesmo seus reféns?

— Hildegarde nunca teria abandonado o Polo sem eles. Estou convencido que ela não usou a Rosa dos Ventos interfamiliar e que se encontra nos arredores. Ela já, já, sairá da toca. Só preciso esperar.

Ophélie franziu a boca; Thorn e sua mania do singular!

— Ela tem perfeito domínio do espaço — lembrou Ophélie. — Não poderia arrancar os funcionários dos seus guardas e desaparecer com eles em um estalar de dedos?

— Hildegarde não tem nem metade do poder que você imagina. Apreendê-la é difícil, mas não é nada impossível.

Thorn se expressou com uma tranquilidade distante. Longe de sentir a mesma calma, Ophélie voltou a andar em círculos. Apesar da noite virada, ou talvez por causa dela, ela não conseguia impedir os pensamentos de quicarem furiosamente uns nos outros. Mesmo que Thorn encontrasse Madre Hildegarde, mesmo que ela estivesse envolvida nos sequestros, o que garantia que ela os ajudaria? O que fariam eles se ela não *pudesse* ajudar e pessoas continuassem a desaparecer? Se o autor das cartas usasse métodos além das ampulhetas azuis? Afinal, o barão Melchior seria o próximo da lista se Archibald não tivesse sido levado em seu lugar. Isso sem falar nela, Ophélie.

De tanto morder, ela arrancou um fio da luva. E por que, finalmente, não conseguia mais atravessar espelhos?

— Desabotoe seu vestido.

Ophélie parou de andar e encarou Thorn. Com os dedos cruzados, ele a observava impassível, sentado na cadeira. Ela se perguntou se tinha ouvido direito.

— A manga basta — especificou Thorn, sem emoção. — Você parece estar sentindo dor no braço. Deixe-me dar uma olhada.

Ophélie desabotoou a manga e a arregaçou o quanto pode. A articulação do cotovelo quase dobrara de volume e a pele tinha uma cor horrível. Ophélie estava acostumada aos acidentes, mas não esperava que estivesse tão ruim.

— Devo ter batido no corrimão ao cair na escada. Se o guarda não estivesse lá, eu teria quebrado o pescoço.

Thorn apalpou o braço intumescido.

— Nenhuma luxação, nem mesmo parcial — resmungou, rangendo os dentes. — Consegue esticar o braço?

— Com dificuldade.

Ophélie fechou os olhos para não precisar observar as manipulações de Thorn. Talvez fosse por causa da dor ou da fome, mas seu estômago começava a se revirar.

— A sra. Vladislava ainda nos escolta?

— Não — respondeu Thorn, sem hesitar. — Ela me alertou quando você foi convocada por Farouk, mas não podia se juntar a nós na Cidade Celeste. Não sei onde está agora. Quando aperto, você sente pontadas? Formigamento?

— As duas coisas.

Ophélie manteve os olhos fechados. Ela esperava que Thorn acabasse logo; o estômago propagava ondas de calor em todo seu ventre.

— Não perdi o equilíbrio na escada. Fui empurrada.

Os dedos e a voz de Thorn se tensionaram ao mesmo tempo:

— Por um Invisível?

— Por alguém que não vi, pelo menos. Nem você, aparentemente. Não digo que foi intencional, mas se não foi um acidente com a sra. Vladislava, começo a me perguntar. O autor da carta me proibiu diretamente de voltar à corte — lembrou à meia-voz. — Eu desobedeci.

Ophélie pensou rapidamente no Cavaleiro. O garoto a acostumara com tantos golpes que ela o suporia completamente capaz de ameaçar vidas, mesmo depois de ser mutilado e banido. Mas eles claramente estavam lidando com alguém cujas intenções eram bem mais complexas.

— Os Estados Familiares acontecem hoje, depois da meia-noite — declarou Thorn. — Os Invisíveis não teriam nenhum interesse em me provocar, já que defendo a causa deles.

— Eu sei. Não mude nada dos seus planos.

Ophélie abriu os olhos quando sentiu Thorn largar seu braço. Uma das favoritas tinha escapado da companhia de Farouk para entrar furtivamente no corredor. Ela parou no instante preciso em que notou Thorn e Ophélie. Principalmente Thorn, na verdade. Sem nem tentar esconder sua frustração, ela deu meia-volta em um farfalhar de diamantes.

— Eis uma que não tem a consciência tranquila — murmurou Ophélie. — Você estava certo, algumas pessoas estão verdadeiramente prontas para se aproveitar da vulnerabilidade de Berenilde.

Thorn posicionou o antebraço de Ophélie em um ângulo reto, como se nada de notável tivesse acontecido.

— Não acho que foi uma fratura, mas, por via das dúvidas, fique com a articulação dobrada assim e evite carregar o peso do braço.

Ophélie abotoou a manga com dificuldade. Ela preferia não perguntar a Thorn de onde vinha tal aptidão médica. De qualquer forma, ele tinha voltado a se curvar na cadeira. Mesmo que não dissesse nada, Ophélie via que ela o assustara ao revelar o que tinha acontecido na fábrica.

Ela deu um beliscão no cachecol, que desenrolou preguiçosamente os anéis, escorregou pelo ombro e sustentou o braço como uma tipoia. Ophélie reconheceu que sentia muito menos dor assim. No entanto, o estômago continuava a agonizar no fundo da barriga.

— Thorn, falando do que contei agora há pouco...

Ela parou por conta própria. Thorn não movera uma sobrancelha, um traço, uma cicatriz, mas só seus olhos a interromperam no ato.

— Sou responsável por você e estou longe de me mostrar à altura. Você tem razão sobre tudo, então não falemos mais disso.

— Você me levou ao limite. Eu queria entender o que te contrariou de tal forma.

— Você quer entender o que me contrariou.

Thorn repetiu as palavras lentamente, o sotaque fazendo os "r" rangerem como engrenagens de relojoaria. Ele se permitiu um momento de reflexão, parecendo procurar a melhor maneira de formular a resposta. Para a surpresa de Ophélie, ele acabou tirando dados de um bolso interno do casaco. Eram dados de boa qualidade, muito diferentes daqueles que o meio-irmão de Thorn esculpira quando eram crianças, mas Ophélie não conseguiu deixar de comparar.

— Não acredito na sorte nem no destino — declarou Thorn. — Só confio na ciência da probabilidade. Estudei estatística matemática, análise combinatória, função massa, variáveis aleatórias e elas nunca me surpreenderam. Você não parece medir o efeito desestabilizador que alguém como você pode causar em alguém como eu.

— Não estou acompanhando — balbuciou Ophélie com sinceridade.

Thorn rolou os dados na palma da mão e os guardou de volta.

— Não posso dar as costas por um instante sem que você apareça onde nunca deveria estar. Acho que você tem... digamos... uma predisposição sobrenatural para catástrofes.

— É só isso? — insistiu Ophélie. — Não tem mais nada? É por causa disso que você quer que eu abandone o Polo? É por causa disso que você ficou nesse estado?

Thorn deu de ombros e se calou, os olhos voltados para o fundo de seus pensamentos. O silêncio entre eles foi tal que só escutavam as exclamações abafadas das enfermeiras no quarto de Berenilde e a valsa distante através das janelas.

Ophélie não aguentou mais:

— Você está chateado comigo porque te rejeitei?

— Não — respondeu Thorn, sem olhar para ela. — Estou chateado comigo mesmo por ter ousado acreditar, por um instante, que você não o faria. Você foi claríssima, o recado foi dado. Também é inútil voltar a esse assunto.

Com essas palavras, ele mergulhou de novo em reflexão, como em águas profundas.

Ophélie não soube mais o que dizer. De repente, ela teve certeza, sem entender o fundamento, que era Thorn, mais do que ela, quem pulava na frente das catástrofes. Era ligado aos sequestros? À memória da mãe? Ao Livro de Farouk? A tudo de uma vez? O fato é que Ophélie teve o pressentimento repentino que Thorn acabaria esmagado por uma máquina forte demais para ele. E que era dessa máquina, cuja natureza verdadeira só ele parecia saber, que ele tentava mantê-la afastada a qualquer custo desde o começo.

— Thorn... contra quem você está lutando exatamente?

— Eu fiz uma promessa — murmurou, como se falasse sozinho. — Não vou dissimular nada que lhe diga respeito diretamente. Enquanto eu não tiver completa certeza que há uma conexão entre o que te ameaça e o que eu sei, respeitarei essa promessa.

Se Ophélie tivesse suspeitado, por um momento, que Thorn aplicaria o acordo tão literalmente, ela teria usado outra formulação.

— Srta. Ophélie?

Uma enfermeira surgiu no corredor com uma bandeja. Trazia um telefone cujo fio comprido se desenrolava atrás dela.

— É... sim?

— É para você, senhorita.

Ophélie trocou um olhar breve com Thorn, e pegou o aparelho de bronze que já tinha sido tirado do gancho.

— Quem fala?

— Que alegria saber que, desta vez, *Fofoquinha* não conta só besteiras. Você está mesmo no sanatório, pombinha.

— Sra. Cunégonde? — perguntou Ophélie, surpresa.

Thorn pegou o segundo fone para acompanhar a conversa e fez sinal para que continuasse.

— Como posso te ajudar? — perguntou Ophélie.

— Não, não, pombinha. Eu que posso te ajudar. Vamos nos encontrar daqui a uma hora em frente ao farol das Areias de Opala. Claro que o querido sr. Thorn está convidado, mas vamos evitar os guardas e jornalistas, que tal?

— Eu... quê? — gaguejou Ophélie, cada vez mais perdida.

— É que não podemos nos deslocar tanto agora.

— Daqui a uma hora, pombinha. Tenho certeza que você não perderia um encontro com a sra. Hildegarde por nada neste mundo.

Cunégonde desligou. No mesmo instante, um grito retumbante se espalhou pelo sanatório. Um grito de bebê. O grito da vida.

O NÃO LUGAR

Farouk tinha uma filha! Em poucos segundos, a notícia atravessou os andares, percorreu os jardins e monopolizou as ondas do rádio. Foi preciso ainda menos tempo para todos os nobres dos arredores tomarem o sanatório de assalto, apesar dos protestos desesperados das enfermeiras. Cada um queria ser o primeiro a dar parabéns ao pai e à mãe; os mais apressados foram aqueles que, uma hora antes, já estavam enterrando Berenilde.

Berenilde? Enterrada? Sentada perto do berço, com os cabelos bem penteados, o rosto radiante e a boca sorridente, ela já estava pronta para receber visitas. Foi pelo menos a imagem breve que Ophélie viu, quando as parteiras abriram a porta do quarto. Os cortesãos chegaram tão rápido e em tanto volume que ela foi jogada para a outra ponta do corredor sem mesmo ver o bebê. Esmagada entre vestidos de crinolina e casacos de pele, tossindo por causa dos vapores fotográficos, Ophélie teria sido asfixiada se Thorn não viesse tirá-la dali.

— Vamos — resmungou ele. — Minha tia agora é capaz de se defender sozinha e nós temos um compromisso.

Andar contra a corrente de uma multidão, em um corredor estreito, exigia muita perseverança. Finalmente, Ophélie e Thorn chegaram à sala de espera, transbordando de gente, onde os nobres faziam fila para o sofá de Farouk: a filha mal nascera, mas os pedidos de noivado já se acumulavam, ofertas de fortuna, valores dos filhos. Olhando ao redor sem expressão, Farouk visivelmente não entendia o que todos esses pais de família queriam com ele.

Ophélie pegou a escada atrás de Thorn. Eles cruzaram com os guardas e os velhos artesãos da manufatura, carregados pelos movimentos da multidão. Gaelle tinha subido no corrimão como um marinheiro na gávea de um navio; maior que as contingências humanas, ela mordiscava um cigarro bem ao lado da placa de PROIBIDO FUMAR.

Vários empurrões foram necessários para que Thorn e Ophélie saíssem do estabelecimento. O barão Melchior, cujo tamanho não lhe permitira entrar, veio imediatamente ao encontro deles, batendo no seu belo relógio.

— Sem querer assustá-los, já é meio-dia. Só temos doze...

— Sua irmã ligou — interrompeu Thorn. — Ela arranjou um encontro com a sra. Hildegarde. Não me pergunte como — acrescentou ao ver o barão Melchior soltar o relógio surpreso. — Onde está nosso piloto?

Fora alguns empregados que arrumavam as mesas do bufê, não havia mais ninguém nos jardins. As ilusões festivas começavam a se apagar sob a chuva.

— Eu dirijo!

Gaelle saiu do sanatório levantando com o dedo a viseira do boné. Sem esperar por autorização, ela esmagou o cigarro, subiu a passarela do dirigível e fez sinal para que se juntassem a ela.

— A patroa marcou um encontro, não a deixem esperando.

Alguns minutos depois, o dirigível saía do sanatório em um zumbido de hélices. Ophélie olhou uma última vez para a fachada luxuosa, para a décima segunda janela do primeiro andar da ala leste, onde uma nova vida palpitava, pela qual já se sentia responsável.

— Nem escolhi o nome ainda — murmurou ela.

A chuva que crepitava no casco parou quando o dirigível sobrevoou Areias de Opala. Acima dele, gravitando nos níveis superiores do céu, a Cidade Celeste servia como um guarda-chuva gigante para toda a estação balneária. A sombra que pesava sobre os tetos, sobre as salinas e sobre os rochedos era tão densa que parecia inverno em pleno verão. Gaelle manobrou o leme para evitar os vapores das termas e os cabos do teleférico e começou a descer na direção do farol. Colada no vidro, Ophélie se perguntava onde ia pousar o dirigível, já que não havia planície nem parque nas Areias de Opala. Gaelle escolheu a praia de rochedos mais longa, a uns cem metros do Grande Deque, e abriu a passarela. O vento, carregado de sal e maresia, invadiu imediatamente a cabine de pilotagem.

— Podem ir, vou amarrar o aparelho.

— Espero que não seja uma armadilha — preocupou-se o barão Melchior, descendo e segurando o chapéu. — Vocês têm mesmo certeza que era a voz da minha irmã no telefone?

Ophélie afastou os cabelos grudados nos seus óculos e olhou para além da orla, no finzinho do píer, aos pés da torre branca do farol, onde o mar fazia turbilhões de espuma. Uma silhueta extravagante os observava.

— É ela mesmo — disse Thorn, andando.

Ao redor deles, o mar rugia como uma tempestade líquida. Quanto mais avançavam no píer, mais a silhueta que os esperava no pé do farol ficava redonda e excêntrica. Cunégonde vestia o que Ophélie supôs ser uma roupa de férias. Com o turbante de plumas, os colares misturados, o véu preto e o vestido brocado de ouro, ela teria combinado mais com um fundo tropical.

— Sabia que podia contar com sua pontualidade infalível, sr. intendente! — arrulhou Cunégonde quando eles se aproximaram. — Sabe, a querida Hildegarde não tem tempo para gastar.

Ao dizer isso, Cunégonde tirou do véu uma bolsa impressionante de ampulhetas pretas.

— Enfim, Cunégonde, você pode me explicar o que significa isso tudo? — exigiu o barão Melchior, com os belos bigodes bagunçados pelo vento. — Desde quando você se meteu com a sra. Hilde... foi você! — exclamou de repente, arregalando os olhos. — A ilusionista anônima das ampulhetas é você!

Cunégonde sorriu, esticando os lábios vermelhos.

— Meus imagineiros vão à falência, irmãozinho, então ofereci meus serviços a quem os aprecia verdadeiramente. Hildegarde não é só minha concorrente, é também uma mulher de negócios. Claro, eu sabia que a colaboração seria mal-vista e por isso fiquei discreta, mas, bom, suponho que já não importe mais — suspirou ela. — As ampulhetas já são coisa do passado.

— Provei seus feitiços tantas vezes sem saber! — disse o barão Melchior, enojado, como se fosse um ato incestuoso.

— Então não sou a artista fracassada que você supunha.

— Onde está Hildegarde? — interveio Thorn, com a voz cortante.

Cunégonde tirou três ampulhetas pretas da bolsa e entregou uma para cada um deles. Incomodada com o braço preso no cachecol, Ophélie pegou a dela com um gesto desconfortável.

— Sério? — indignou-se o barão Melchior, segurando a ampulheta preta com a ponta dos dedos. — Você acha mesmo que vamos usar coisas tão suspeitas nos tempos atuais.

— Não vamos tocar nessas ampulhetas antes de ouvir explicações — disse Thorn. — Comece a falar da sua implicação pessoal nos sequestros.

Cunégonde se envolveu em uma paródia de dignidade, com as plumas esvoaçando no alto do turbante, os inúmeros colares se misturando, enquanto levava solenemente a mão ao peito volumoso.

— Não tenho nenhuma conexã...

Ophélie nunca escutou o fim da frase. Cunégonde, Thorn, o barão Melchior, o farol, o vento e o céu tinham desaparecido e o mar inteiro tinha se calado.

Ophélie estava mergulhada em uma sala escura.

Seu olhar confuso identificou tábuas aos seus pés, vigas no teto e a ampulheta preta que ainda segurava. Ela viu, apesar da luz fraca, que os grãos tinham começado a escorrer. Quando Ophélie encontrou o pino agarrado em um fio do cachecol, entendeu que tinha ativado a ampulheta sem querer. Claro, no momento em que ninguém prestava atenção nela... Quanto tempo Thorn levaria para notar que tinha desaparecido?

Ophélie precisou piscar algumas vezes para se acostumar com a penumbra e desenhar os contornos da sala. Era inteiramente construída em madeira, com cheiro forte de pinho úmido, lembrando um chalé abandonado. Um chalé sem porta ou janela, pelo que Ophélie podia ver. No fundo da sala, atrás de uma mesa, na luz fraca de uma luminária, se encontrava uma sombra imóvel.

O chão emitiu um rangido monstruoso quando Ophélie esboçou um passo. A sombra se mexeu atrás da mesa, como se tirada do sono.

— Pode se aproximar, *niña* — murmurou a voz gutural da Madre Hildegarde. — Aproxime-se, mas não cruze a linha.

Ophélie guardou a ampulheta em um bolso. Ela fez ranger o chão até chegar a um cordão de segurança que a mantinha a uma distância respeitável da mesa. A Madre Hildegarde parou de ser uma sombra. Ela tinha dois olhinhos pretos, enfiados em uma pele velha e manchada, que a encaravam com atenção firme. Com os cotovelos à mesa e os dedos entrelaçados, ela usava um vestido horroroso de bolsos e botões grandes. Tinha um envelope selado na frente dela, assim como um cinzeiro transbordando de guimbas.

— Bem-vinda ao meu não lugar. Está sozinha, *niña*?

— Não por muito tempo — respondeu Ophélie, esperando com todas as forças que estivesse certa.

— Está nervosa — constatou Madre Hildegarde, satisfeita. — Nem pense em quebrar a ampulheta para encurtar esta reunião. É vidro inquebrável de chumbouro, você ficará aqui até toda a areia escorrer.

Ophélie decidiu não enrolar.

— Você sabe onde estão os desaparecidos?

— Não, mas sei por que desapareceram.

A resposta de Madre Hildegarde, pronunciada com o sotaque característico, decepcionou Ophélie profundamente.

— Isso não ajuda muito. Também sabemos...

— Não — interrompeu Madre Hildegarde. — Vocês sabem como. Eu sei o porquê.

As madeiras da sala rangeram furiosamente e uma tábua da parede rachou atrás de Madre Hildegarde. Ophélie estava absorta demais na conversa para se preocupar com os caprichos do não lugar.

— Por que, então?

Madre Hildegarde descruzou os dedos, para agitá-los como marionetes.

— Com a mão direita, livramos a corte dos maiores agitadores. Com a mão esquerda, botamos a culpa na mamãe Hildegarde.

— Foi um golpe? — disse Ophélie circunspecta.

— Isso. Podemos até falar de golpe de Estado.

Um estrondo na sala. Por um instante, Ophélie achou que Thorn finalmente se juntava a ela, mas era só uma prateleira que tinha se soltado da parede.

— Você conhece o espaço como se fosse seu bolso — comentou, voltando à Madre Hildegarde. — Não pode pelo menos nos ajudar a encontrar Archibald e os Miragens? Seria a melhor maneira de provar sua inocência.

— O que acha que tenho feito, *niña*? Eu procurei seu Augustin por tudo quanto é canto. Mas fiz meu trabalho de arquiteta um pouco bem demais, a Cidade Celeste é um verdadeiro labirinto. É que nem buscar agulha no palheiro.

— Ouvi dizer que a passagem para Arca-da-Terra foi fechada.

— É. Também ouvi dizer.

— Não foi sua iniciativa? — perguntou Ophélie, chocada. — Sua própria família te abandonou aqui?

Madre Hildegarde deu de ombros, pouco emocionada.

— É a regra. Ao menor sinal de perigo, a alfândega fecha a Rosa dos Ventos. Eu tinha prometido que o Luz da Lua era o lugar mais seguro do Polo. Fui traída pelas minhas próprias ampulhetas. Devo confessar que não imaginei que isso aconteceria.

— Mas e os desaparecidos — insistiu Ophélie. — Se alguém os tiver levado para Arca-da-Terra antes de fechar a passagem? E se estiverem todos lá, do outro lado do mundo, enquanto os procuramos aqui.

— Seria um baita azar.

Ophélie quase atravessou o cordão de segurança. As tábuas do chão balançaram sob seus pés e toda a madeira da sala rugiu em uníssono. O choque sísmico parou tão rápido quanto começou. O não lugar parecia submetido a uma pressão externa que tentava esmagá-lo como uma noz.

— Você disse que é um golpe — murmurou Ophélie, massageando o braço preso no cachecol. — Não sei que clã ganharia com manipulações tão perversas. Além disso, quem te detesta a esse ponto?

— Não é questão de sentimentos, *niña*. Amor e ódio não têm lugar nesta história.

Madre Hildegarde cortou a ponta de um charuto e o acendeu com um fósforo que iluminou todas as rugas de seu rosto.

— É mais uma partida de pique-esconde — continuou. — Uma partida que vou perder, pois não conheço o esconderijo do outro jogador. Estou velha. É só ver este lugar — falou, soprando uma nuvem de tabaco. — É minha última criação e claramente apodrece. Transgredi leis naturais demais, não vou poder me esconder aqui por tanto tempo. Com tantos guardas e controles, vou ser parada assim que pisar lá fora. Estou presa, menina. É só questão de horas. O outro jogador vai me encontrar e querer me entregar ao único mestre que serve.

— Que mestre é esse? — murmurou Ophélie, atenta.

Madre Hildegarde apontou, com um movimento de charuto, para o cordão de segurança entre elas.

— O que arde para atravessar essa linha.

— O Deus das cartas?

— É melhor evitar cruzar com esse cara, querida — riu Madre Hildegarde como resposta. — Mas é o que acontece com aqueles que se interessam um pouco demais pelos Livros.

— Os Livros? — repetiu Ophélie. — Porque você também...

Os olhinhos de Madre Hildegarde se acenderam como brasa, e seu sorriso propagou ondas de rugas por toda a superfície do rosto.

— Não, eu não tenho nada a ver com essas histórias de Livro. Sou procurada por outro motivo, mas não posso contar. É, digamos, um problema de família. Se quiser levar uma vidinha tranquila, escute meu conselho: não faça perguntas e xerete o mínimo possível. Veja só o que aconteceu com Augustin. Veja só o que acontecerá em breve com o sr. Thorn.

Ophélie foi percorrida por um calafrio gelado. Ela observou Madre Hildegarde e o envelope da escrivaninha, cada vez mais perturbada.

— Por que quis nos encontrar?

— Já disse, *niña*. Sou uma velha cansada.

A madeira do chão rangeu com força. Dessa vez, foi mesmo Thorn quem apareceu no meio da sala, segurando a ampulheta. A silhueta alta bateu em uma viga do teto e seus olhos, apertados por causa da mudança de luz, se viraram para todos os lados antes de encontrar Ophélie.

— Há quanto tempo está aqui? Não podia me esperar?

O barão Melchior surgiu do nada e girou como um pião desorientado. Ele pulou quando o chão cedeu um pouco sob seus belos sapatos brancos.

— Onde estamos? Ah, sra. Hildegarde! — suspirou ele ao vê-la atrás da mesa. — Finalmente!

Sem sair da poltrona, Madre Hildegarde apagou o charuto no cinzeiro e acendeu outro imediatamente.

— Não cruzem a linha, *señores*, por favor.

— A sra. Hildegarde me disse coisas realmente perturbadoras — falou Ophélie. — Vocês devem escutá-la.

— A *niña* está certa, não vamos perder mais tempo. Isto aqui é minha confissão escrita — declarou Madre Hildegarde batendo no envelope selado na mesa. — Confesso todos meus crimes. Usei minha fábrica para sequestrar Miragens e fugi assim que deu errado.

— Quê? — balbuciou Ophélie. — Mas…

— Agi sozinha o tempo inteiro — explicou Madre Hildegarde, jogando o envelope para Thorn como se lançasse um frisbee. — Está tudo escrito aí. Desde já agradeço se soltarem meu chefe de ateliê, deixarem meus artesãos em paz e não arranjarem problemas para Cunégonde.

Ophélie se sentiu como se perdesse um passo. Ela sabia que Madre Hildegarde era capaz de atuar para proteger os seus, mas não esperava esse teatro.

— Quem diria, está tudo resolvido — disse o barão Melchior, tamborilando a barriga com uma expressão de alegre surpresa. — Talvez a senhora possa nos fazer o favor de contar onde estão os prisioneiros?

Madre Hildegarde soltou uma longa baforada de charuto.

— Eles estão ótimos lá onde estão. Que lá fiquem.

— Não a escute — disse Ophélie agarrando o braço de Thorn. — Não foi nada disso que ela me contou.

Thorn não respondeu. Ophélie sentiu, sob a manga preta do casaco, que todos os músculos dele estavam tensos como molas. Ele encarava intensamente o cordão de segurança que o separava da mesa de Madre Hildegarde. Na verdade, desde o instante em que seu olhar o encontrara, ele não se desviou, como se o cordão fosse a coisa mais fascinante do mundo. Ele nem parecia notar que o não lugar se desmontava ao redor deles a cada minuto, a cada centímetro, em um terrível estrondo de madeira quebrada.

Thorn acabou guardando o envelope selado em um bolso interno do casaco.

— A senhora está presa. Dadas a gravidade das ocorrências e a propensão à fuga, a senhora será colocada em uma cela de segurança máxima. Cuidarei pessoalmente para que não receba visitante nenhum pelo tempo necessário.

Ophélie ficou consternada com a decisão de Thorn. Madre Hildegarde, ao contrário, pareceu se divertir.

— Ah, não, acho que não, garoto. E nem pense em atravessar a linha — advertiu ela quando Thorn segurou o cordão de segurança. — Só vai precipitar o inevitável.

Ela saboreou uma última bufada de charuto antes de esmagá-lo no cinzeiro. Dessa vez, não acendeu outro.

— Gostaria de trocar uma palavrinha sobre todo o espaço que deformei aqui nos últimos 150 anos. As cópias, os atalhos, os aumentos e as seguranças continuarão operacionais. Fiz um bom trabalho, é tudo sólido. Porém, pode esquecer a Rosa dos Ventos interfamiliar. A passagem para Arca-da-Terra nunca se abrirá novamente.

Os bigodes do barão Melchior murcharam.

— Quê? Nada de especiarias, cítricos, café e cacau?

Ophélie não gostava do caminho que a conversa tomava, mas Madre Hildegarde continuou, imperturbável:

— A Cidade Celeste não deverá se soltar do céu por séculos. Eu assinei um contrato com uns caras de Ciclope na época. Eles podem dar um ou outro reforço de leveza, se necessário. Quanto a este não lugar — disse ela passeando o olhar ao redor —, desaparecerá por conta própria daqui a algumas horas. As ampulhetas evacuarão o local muito antes.

Madre Hildegarde gargalhou.

— Nunca fiz nada tão errado, já é hora de me aposentar — concluiu.

Todos os tendões da mão de Thorn apertaram o cordão de segurança, como se não atravessá-lo fosse um ato violento. Ele insistiu, com uma voz carregada de eletricidade:

— Senhora, peço que seja razoável e me siga.

Madre Hildegarde se levantou lentamente da poltrona, as articulações protestando tanto quanto as tábuas do não lugar.

— Começo a ver bem seu jogo, garoto. Você é grande, mas, acredite em mim, não tem a envergadura. Quanto a você, *niña* — acrescentou Madre Hildegarde voltando seu sorriso para Ophélie. — Diga à minha Gaellita que ela vai precisar aprender a descascar as próprias laranjas.

Com essas palavras, Madre Hildegarde enfiou a mão em um dos bolsos. Seria um gesto comum se o resto do braço não seguisse o movimento, como se aspirado pelo vazio. Punho, cotovelo, ombro, o busto inteiro de Madre Hildegarde se retorceu sob o vestido com um estalo assustador das costas. A coluna vertebral quebrou ao meio no momento em que a cabeça entrou no bolso, depois o resto do corpo se contorceu, revirou e deslocou até ser completamente engolido pelo vazio em um som grotesco de sucção.

Só restou de Madre Hildegarde um botão de vestido quicando no chão.

A cena se desenrolou com tal velocidade que Ophélie nem teve o reflexo de gritar. Quando ela notou ao que assistira, a sala começou a girar e, dessa vez, não era uma falha do espaço. Ophélie se segurou em uma cadeira. Um espasmo tomou seu estômago. Nunca, na vida inteira, ela tinha sido tomada por um sentimento de tamanho horror.

O barão Melchior afastou o cordão de segurança com a bengala, pegou o botão do vestido e se voltou para Thorn com os olhos cheios de crítica.

— Você perturbou a mulher com suas maneiras, sr. intendente.

Thorn não respondeu. Ainda segurando o cordão de segurança, congelado no lugar, ele encarou onde Madre Hildegarde estava antes.

Ophélie foi incapaz de lhe dirigir a palavra, pelo simples motivo que seu tempo de ampulheta tinha acabado. A penumbra do não lugar voou em estilhaços e uma borrasca de vento salgado invadiu sua boca, seus cabelos e seu vestido. Ela se encontrou de volta no ponto de partida. Sozinha. Cunégonde tinha ido embora e nem Thorn nem o barão Melchior podiam quebrar as ampulhetas antes do fim.

Estava tudo acabado. Madre Hildegarde tinha o único poder que seria capaz de localizar os desaparecidos antes da meia-noite, mas tinha acabado de voltá-lo contra ela mesma. Quem era esse Deus, afinal, para que ela preferisse essa morte atroz?

Ophélie se virou para o dirigível flutuando acima dos rochedos da praia. Alguns curiosos circulavam a passarela. Um deles, usando um estranho pompom na cabeça, interessava-se mais na piloto do que na aeronave, e Gaelle fazia sinal para que ele fosse embora. Ophélie teria coragem de lhe transmitir as últimas palavras de Madre Hildegarde?

Ela não teve tempo para estudar a questão. Uma força invisível a jogou contra o muro do farol e depois a derrubou de barriga no chão. O cotovelo soltou uma descarga pelo corpo inteiro, mas a dor nem se comparou ao desespero que tomou Ophélie quando ela parou de respirar.

— Chegou sua hora — ofegou uma voz familiar contra sua nuca.

O PRETO

Brilhos nos olhos. Trovão nos ouvidos. Sem ar, Ophélie quase não via nem ouvia. Sentado nas costas dela, o Invisível a esmagava com o peso, apertando seu pescoço em uma chave de braço.

— Me perdoe... não tive escolha... pelo sr. Archibald...

Esses murmúrios chegavam a Ophélie através de quilômetros de névoa. Ela conhecia a voz, mas seu campo de visão se fechou na velocidade de um obturador fotográfico.

Ophélie teria perdido a consciência se o ar não invadisse bruscamente seus pulmões. Ela inspirou, tossiu, soluçou. Por algum motivo, o Invisível tinha soltado o seu pescoço, mas o corpo dele continuava pesando sobre o dela. Com a ajuda do braço saudável, Ophélie tentou se virar de lado para desequilibrar o Invisível, mas só conseguiu virar a cabeça. O que viu por cima do ombro pelo menos explicou o que a salvara.

O cachecol apertava o vazio como uma jiboia.

— Me solte e ele te soltará — prometeu Ophélie, rouca.

A chantagem não valia a pena. A julgar pelos movimentos do cachecol, o Invisível se debatia e logo ganharia a vantagem. Ophélie procurou uma solução ao redor. Os paralelepípedos? Impossíveis de soltar. O farol? Não tinha guarda no verão. Ela avistou uma bacia branca ao lado, ligada a uma trombeta vermelha. Um alarme de névoa.

O cachecol começava a se distender, deformando a malha, como se dedos puxassem furiosamente o tricô.

Ophélie esticou o braço o mais longe e alto que conseguiu para apertar a válvula do alarme de névoa. O ar comprimido da bacia se soltou e fez vibrar a trombeta, mas a sirene só soou por uma fração de segundo. Uma mão transparente esmagou a de Ophélie.

— Por que me obriga a fazer isso? — ofegou a voz familiar, enrolando o cachecol no pescoço de Ophélie. — A queda na escada não bastou? Não sou um criminoso, era só sair do Polo. Eu teria cumprido minha missão e liberado o sr. Archibald, como previsto. Você se condenou à morte sozinha.

O cachecol lutava com força para não estrangular a dona. Ophélie queria socar o Invisível, mas só conseguia estapear o ar ao acaso. Ela ficou sem oxigênio de novo. Quando achou que estava perdida, sentiu um peso se lançar contra o Invisível e fazê-lo soltar.

Pela segunda vez, Ophélie teve a impressão de tossir até botar os pulmões para fora. Ela puxou o cachecol para liberar o pescoço. Em meio aos pontinhos luminosos que piscavam em sua vista, ela acabou reconhecendo Raposa. Ele devia ter subido o passeio correndo ao escutar o alarme, pois estava sem ar. Era ele, o homem que Ophélie vira com Gaelle; o que ela tinha visto como pompom na verdade era Pamonha, agarrado com todas as unhas no cabelo de Raposa. Ele estava agachado no chão, socando o vazio com raiva. O punho acertava o chão três vezes em cada quatro tentativas, mas, quando encontrava o Invisível, fazia ele soltar grunhidos de dor.

Ophélie queria ajudar Raposa, mas as pernas dormentes não responderam. Ela só conseguiu soltar um gemido estrangulado.

— Ele vai fugir! — gritou Gaelle, que chegava apertando a lateral do corpo. — Bata nele!

— Como? — rugiu Raposa varrendo o ar com as mãos enormes. — Nem sei onde está a cara dele! Ai...

Raposa se dobrou em dois, como se tivesse levado um soco na boca do estômago, e Pamonha rolou no chão, cuspindo. No instante seguinte, uma silhueta surgiu no vazio. Um homenzinho de uniforme cinza, sem ar e machucado, apoiado no muro do farol. Ophélie demorou para reconhecer Philibert, o gerente muito respeitado do Luz da Lua. Quando ele notou que todos os olhares convergiam em sua direção, foi o primeiro a se chocar por perder o véu de invisibilidade.

Passada a surpresa, Raposa o agarrou pelo forro do uniforme e o tirou do chão.

— Não bastou me deixar mofando nas masmorras, Papel-Machê? Precisava se meter também com minha senhorita? E desde quando você é um Invisível, hein? Parece que o seu poderzinho pifou, né!

Philibert se debateu para escapar de Raposa, mas, ao perder a camuflagem, também tinha perdido a vantagem. Ophélie entendia melhor agora por que esse homem sempre parecia desaparecer no fundo da decoração. Nesse instante, estava irreconhecível. A peruca estava completamente despenteada e seus olhos, normalmente inexpressivos, brilhavam de raiva.

— Você me traiu! — sibilou ele entre os dentes. — Por uma estrangeira e um sem-poderes!

Ophélie só entendeu o sentido das palavras ao ver Gaelle se aproximar. O vento tinha carregado seu boné de mecânica e revirava os cachos pretos, como se quisesse expor o rosto que ela sempre se esforçava para disfarçar.

Agora, no entanto, Gaelle não se escondia.

Ela tinha tirado o monóculo, revelando a verdadeira natureza de seu olhar: um olho de Niilista, tão preto e insondável quanto o outro era claro. Gaelle encarava Philibert sem piscar. Enquanto o mantivesse à vista, seu poder anularia o dele.

— Foi você quem nos traiu — declarou ela, séria. — Desde quando os estrangeiros e sem-poderes são inimigos? Se eu soubesse no que você estava pensando quando te vi atrás da garota, teria te denunciado antes.

— Espera aí, espera aí — gaguejou Raposa. — Perdi alguma coisa?

Ele não parava de encarar Gaelle, indo da heterocromia dos olhos ao monóculo que ela segurava entre dois dedos. Raposa começou a sacudir Philibert, olhando para ele com força, como se quisesse forçá-lo a se tornar invisível, e acabou suspirando, frustrado:

— Achava que todos os Niilistas tinham batido as botas. É minha cara isso. Faz anos que quero essa mulher e ela é uma aristocrata!

O rosto de Gaelle queimou de constrangimento e raiva.

— Não me insulte, Renold! E não se meta, o problema é entre esse traidor, a *leitorinha* e eu. A Madre não nos ofereceu proteção para fazê-la passar vergonha — disse Gaelle, voltando-se para Philibert. — Você escolheu renunciar seu clã há anos, como é seu direito. Queria uma vida nova: a Madre te deu uma. O passado fica para trás, lembra? Agora, recorrer ao poder da sua família para se acertar, isso é inaceitável.

Philibert tinha parado de se debater. Ele agora pendia como um peso morto entre as mãos fortes de Raposa e olhava firmemente para baixo, para não cruzar com o olhar de ninguém. Seu rosto estava dividido entre emoções tão contraditórias – raiva, medo, culpa, amargura – que ele parecia mesmo feito de papel.

— A proteção da Madre não vale nada — disse ele com a voz lúgubre. — Ela não foi capaz de salvar meu mestre, e é ele minha nova vida. Essa reunião com ampulhetas pretas, você sabe tão bem quanto eu o que significa.

Uma sombra passou pelo rosto de Gaelle e seu olho azul ficou quase tão escuro quanto o outro.

— Foi escolha dela — disse, irritada. — A Madre morreu como viveu: até o último momento, protegeu todos nós.

— Ela nos abandonou — retrucou Philibert, sombrio. — Fui obrigado a me virar sozinho. Ontem eu recebi uma carta. O sr. Archibald será solto se eu me livrar dessa *leitora*.

— Uma carta? — explodiu Gaelle. — Você ia matar por uma carta?

Ophélie estava tão tonta que mal conseguia acompanhar a conversa, mas se sentiu no dever de intervir. O cotovelo soltou uma descarga elétrica quando ela tentou se levantar. Só conseguiu cair no parapeito, com a respiração sibilante.

— O chantagista… também tenho… problema com ele.

Ophélie inspirou várias vezes para encontrar um semblante de voz. O nariz começou a escorrer, mas dessa vez não era por causa da gripe; sangrava em abundância. Até o pobre cachecol se arrastava a seus pés como um animal ferido. Philibert não tinha pegado nada leve.

— O *audor* da *carda* — continuou Ophélie, apertando a manga contra o nariz. — Se souber o que quer que seja sobre ele, fale logo.

— O que está acontecendo aqui?

Thorn tinha acabado de aparecer ao pé do farol em um estalo de casaco preto. Ele levou um segundo para fotografar a cena com o olhar e outro para desembainhar a pistola, que apontou para Gaelle, para Raposa e para Philibert, alternadamente.

— Quem fez isso com você? — perguntou a Ophélie.

Havia algo perigosamente metódico na sua voz, o que incitou Ophélie a não respondê-lo tão rapidamente.

— Guarde a *bistola brimeiro* — propôs ela, com o nariz na manga. — Vamos *dodos* nos *exblicar calmamende*.

Foi o momento que a terceira ampulheta escolheu para trazer o barão Melchior de volta ao ponto de partida. O ministro se materializou bem no meio da cena, imediatamente rompendo a conexão visual entre Gaelle e Philibert. Ele aproveitou o efeito surpresa para se tornar invisível nas mãos de Raposa.

— E isso são modos, mocinha? — indignou-se o barão Melchior.

Gaelle tinha acabado de empurrá-lo sem cuidado, mas era tarde demais. Raposa só segurava um uniforme cinza abandonado pelo proprietário, que tinha voltado a ser translúcido. Gaelle virou o olho preto em todas as direções, soltando uma série de palavrões, mas Philibert não reapareceu.

— Já era — disse Raposa, jogando o uniforme no chão com raiva. — Ou ele se escondeu, ou já está longe.

— De quem estão falando? — perguntou o barão Melchior, cada vez mais confuso. — Pelos bigodes!

Ele tinha acabado de notar Ophélie, jogada no canto do parapeito, com os cabelos desgrenhados, os óculos tortos e o queixo pingando sangue.

— Era o sr. Philibert — respondeu rouca. — O gerente de Archibald.

— Que barbaridade! — disse o barão Melchior com uma careta.

Ele não teria usado outro tom para descrever uma ilusão de mau gosto. Ophélie se levantaria para parecer melhor, mas sentia o passeio inteiro girar a seu redor. Ela rebobinou o cachecol, que se destricotava rapidamente, e pensou que deviam estar ambos em péssimo estado.

— Foi ele o Invisível que me empurrou da escada — disse ela, dirigindo-se a Thorn. — Só que ele não o fez pelo clã. Também foi vítima de chantagem.

Ficando sem voz, ela tossiu várias vezes na manga.

— Isso não desculpa seus atos, mas também não o torna o único culpado — concluiu ela.

Ophélie tinha esperado que as explicações incitariam Thorn a guardar a pistola. Apesar de ter se dignado a baixar o cano para o chão, continuava a segurar a arma com as duas mãos, pronto para usá-la ao primeiro sinal. Os olhos de gavião não paravam de quicar de um lado para o outro, como se o inimigo estivesse ao mesmo tempo em todo lugar. O casaco e os cabelos, agitados pelo vento, faziam-no parecer ainda mais perturbado. Ophélie pensou que Thorn não tinha saído ileso do não lugar.

— Gaelle e Renold salvaram minha vida — disse ela. — Você pode confiar neles.

A declaração teria tido mais efeito se Gaelle não tivesse desviado o olhar para evitar perguntas e Raposa não tivesse olhado para baixo em um silêncio irritado. Até Pamonha estava de má vontade: ele afiava as garras furiosamente na bela calça branca do barão Melchior.

O barão não prestou atenção. Ele puxou a corrente do relógio e encarou o dirigível em torno do qual se agrupavam cada vez mais curiosos. Com a testa franzida e os bigodes murchos, o barão Melchior parecia profundamente desencorajado. Ophélie viu seus dedos cobertos de anéis tremerem ao fechar a tampa do relógio. Ele também parecia ter sido sacudido pelo suicídio inesperado da Madre Hildegarde.

— Acho que só podemos desistir — suspirou ele, guardando o relógio em um gesto fatalista. — Temos uma confissão escrita e, de resto, não há nada a fazer. A não ser que você tenha uma sugestão, sr. intendente?

Thorn não respondeu. Ele estava inteiramente preso à pistola, com os olhos arregalados em uma enorme reflexão interna. Ophélie franziu as sobrancelhas. O Thorn que ela conhecia já teria tomado as rédeas da situação, criado um novo plano de ação, dado ordens e feito telefonemas.

— Srta. grã-*leitora* familiar? — perguntou o barão Melchior. — Sugestão?

Ophélie tinha a impressão de ter quase todas as peças do quebra-cabeça. Se sua cabeça parasse de girar por um instante, talvez ela conseguisse montá-las...

— Já sei — declarou Thorn de repente.

A sombra de um sorriso, um sorriso que não era uma careta nem um esgar, flutuava em seu rosto, enquanto ele examinava a pistola com atenção.

— Demorei, mas finalmente sei o que fazer — continuou ele, calmamente.

Não só Thorn tinha recuperado o sangue-frio, como seu corpo inteiro parecia tomado por uma nova determinação. Ophélie podia até jurar que ele tinha ganhado alguns centímetros a mais, antes de notar que ele simplesmente havia parado de se curvar.

— Sabe mesmo o que fazer? — repetiu ela, cheia de esperança.

Quando Thorn se voltou para ela, com as sobrancelhas arqueadas de satisfação, Ophélie soube que não era imaginação:

ele sorria. Um sorriso quase imperceptível, mas ainda assim um sorriso.

— Basta te tirar da equação — disse ele.

Ophélie se levantou, no susto. No instante seguinte, o chão vacilou e tudo ficou preto.

O ANÚNCIO

Ophélie estendeu a xícara para Archibald se servir de chá e o viu sentar do outro lado da mesa. Ele␣sorria com uma tranquilidade alegre que ela achava um pouco deslocada, sem saber o porquê.

— Como vai seu fio? — perguntou ela, adoçando o chá.

Archibald enfiou uma mão na abertura da cartola e tirou um aparelho telefônico. O fio estava cortado.

— Parece que passaram a tesoura! — gargalhou ele.

Ophélie não se divertia; era sempre chato quando cortavam um fio. Assim como quando o açúcar não dissolvia. Por mais que mexesse com a colherzinha, parecia não se misturar. Talvez fosse porque a xícara estava cheia de areia.

— Espero que tenha previsto um monóculo — disse Archibald, apoiado despreocupadamente com os cotovelos na mesa. — Está começando a chover.

Ophélie seguiu seu olhar e viu que, de fato, colchões caíam ao redor deles como meteoritos. Ela mergulhou a boca na xícara de areia. Sentia que algo estava estranho, mas não conseguia entender o quê.

— Você mudou a decoração?

Ophélie tinha acabado de notar que a sala não tinha chão nem parede. A mesa flutuava no meio do céu, sobrevoando de muito alto uma cidade do velho mundo. Ela esperava que a chuva de colchões não machucasse ninguém lá embaixo.

— Foi ideia da boa e velha Hildegarde — explicou Archibald, servindo mais areia na xícara de Ophélie. — Ela criou tudo inteiramente em memória.

— Quer dizer *de* memória?

— Não, *em* memória. A memória é um material muito mais sólido do que parece.

— Depende de quem é a memória — observou Ophélie profissionalmente. — De Thorn ou de Farouk?

Archibald se curvou sobre a mesa e, com um gesto malicioso, bateu com o chapéu na cabeça de Ophélie.

— A sua, bobinha.

Desequilibrada, Ophélie caiu para trás. Não restava Archibald, mesa, areia, colchão ou velho mundo. Ela estava de camisola, em frente ao espelho do quarto de infância, em Anima. O reflexo mexia a boca. *Me liberte.*

Ophélie abriu os olhos com o coração batendo forte.

Uma vez ela tinha caído de um bonde andando e acordado no hospital, em uma mistura indescritível de dor e confusão. Era pouco comparado ao que sentia naquele momento preciso. Ela estava com dor de cabeça, dor de garganta, dor nas costas, dor de estômago, dor no braço, dor nos joelhos e nenhuma lembrança do que a deixara em tal estado.

Apoiada no travesseiro, Ophélie passeou o olhar míope ao seu redor. A sala era banhada por uma luz alaranjada que entrava por todos os intervalos da persiana. O mar rugia como um vulcão e um cheiro de água sulfurosa flutuava na atmosfera. Ophélie entendeu que estava em seu quarto do hotel das termas.

Sem mexer a cabeça, virou o olhar para a porta. Apesar da visão ruim, notou que estava entreaberta, e parecia que a voz de Thorn vinha dos andares inferiores, distante e cavernosa como o rugido do mar.

— Acordou?

Ophélie virou os olhos para o lado contrário e notou uma silhueta magra e embaçada, sentada à beira de uma cadeira, pertinho da cama larga. Ela sorriu ao reconhecer o pai. Esse homenzinho nunca seria chamado de pai intrometido; ele nunca fazia perguntas pessoais e nada o constrangia mais do que ter que se meter na intimidade das filhas. Entretanto, no primeiro sinal de febre, no primeiro machucado, ele grudava na cabeceira delas.

Ophélie precisou tentar várias vezes antes de conseguir expirar uma frase audível:

— Você também era um passa-espelhos, papai.

Desconcertado, o pai de Ophélie coçou a cabeça careca.

— É... atravessei alguns armários espelhados quando era jovem, sim, mas nunca fui tão talentoso quanto você.

— Por que você parou? Nunca me contou.

— Ah, não foi realmente uma escolha — sussurrou ele com certo pudor. — Foi mais... como explicar... uma mudança de olhar. A gente cresce e envelhece e pronto, de um dia para o outro, fica definitivamente de mal com o espelho.

Ophélie levou o olhar ao teto e acariciou o cachecol que acordava lentamente entre seus dedos. Durante um longo silêncio, escutou a voz distante de Thorn, seu timbre grave e monótono, sem ser capaz de discernir uma única palavra que ele dizia. Estava curiosa para saber com quem ele falava assim.

— Um tempo atrás, eu fiquei presa em vários espelhos — continuou Ophélie. — Parece estranho, mas me lembrou da minha primeira passagem. Ou de alguma coisa que teria acontecido naquele momento. Como se... como se, ao entrar no espelho, eu tivesse deixado alguém sair. Mas não é possível, né? Um passa-espelhos não pode permitir que outro ser vivo atravesse junto. Mesmo se quisesse, não pode.

Ophélie viu a silhueta embaçada do pai sacudir a cabeça.

— Só encontramos você naquela noite. Para ser preciso, duas partes suas, cada uma presa em um espelho diferente, e já era muito pra gente.

Ele coçou mais uma vez a cabeça nua, hesitou timidamente e se curvou sobre a cama.

— Filhinha, o sr. Thorn tem te maltratado?

— Thorn? — chocou-se Ophélie.

— Você não estava o que chamamos de sã quando ele te trouxe ao hotel. Ele não deu nenhuma explicação. Sabe... esse casamento... se você pedir, eu e sua mãe faremos o possível e o impossível para anulá-lo. Vamos irritar as Decanas, claro — admitiu o pai de Ophélie com uma voz medrosa. — Mas... bom... vamos irritá-las juntos.

Ophélie se levantou dolorosamente no travesseiro. Ela de repente notou que Hector, Domitille, Béatrice e Léonore dormiam profundamente ao seu redor, em uma rede improvável de braços, pernas e pijamas. Ophélie tinha a impressão de ter um moinho entre as orelhas, mas começava a retomar a energia. Para que todos os irmãos sentissem o dever de invadir sua cama, ela devia tê-los preocupado mesmo. Essa história velha de espelho pareceu bem secundária.

— O que estou fazendo aqui, papai? Com quem Thorn está falando agora?

— Você não se lembra de nada?

O pai estendeu os óculos para Ophélie, como se pudessem devolver a memória. Funcionou. Assim que viu o cachecol nos mínimos detalhes – a malha deformada, a lã descosturada, as franjas imundas – tudo voltou.

Ignorando os protestos do corpo todo, Ophélie saiu da cama evitando acordar o irmão e as irmãs e abotoou um vestido por cima da camisola.

— Você devia descansar mais um pouco — sugeriu o pai com um tom prudente. — Está tarde, podemos conversar de manhã cedo.

Agora que Ophélie o via com clareza na luz crepuscular da janela, entendia o quanto ele parecia ansioso. Ela teria corrido para tranquilizá-lo se não estivesse igualmente desesperada. Tinha acabado de consultar o relógio da lareira: não *podia* ser três da manhã. Farouk tinha dado até meia-noite para recuperar os desaparecidos... para encontrar Archibald. Que direito tinha Thorn de deixá-la dormir assim?

Ela enfiou o cachecol e pegou os sapatos.

— Já descansei demais.

Ophélie abaixou a cabeça e passou por Raposa, que estava em frente à porta, vigilante como uma sentinela, com um monóculo preto enfiado na cara. Estava de guarda?

Ela tinha muito a dizer, mas Raposa apoiou um dedo sobre seus lábios. A voz de Thorn ecoava pela escadaria do hotel como um trovão:

—... representatividade ao seio do conselho ministerial deve ser proporcional ao peso demográfico de cada ramo familiar. O conselho contabiliza atualmente cinco deputados do clã Miragem, três deputados do clã da Teia e um deputado do povo sem-poderes. O clã dos Dragões perdeu seu único delegado com o falecimento do sr. Vladimir no último mês de março. Estes números não refletem em nada as realidades sociais da arca e encorajam uma situação de monopólio...

Confusa, Ophélie seguiu a voz de Thorn de escada em escada, corredor em corredor. O pai não parava de oferecer o braço, apavorado que ela pudesse desmaiar de novo.

— Não se afaste demais — resmungou Raposa atrás deles. — O Papel-Machê pode aparecer para acabar a tarefa imunda. Só tenho um monóculo para te vigiar.

— Foi Gaelle quem te deu? — perguntou, então, Ophélie. — Cadê ela?

— Foi embora de dirigível. Tem coisa melhor pra fazer.

Ophélie observou Raposa por cima da rampa, virando um lance de escada. Ele estava com um humor tão ruim que não notou Pamonha descendo as escadas no mesmo ritmo, quase esmagado a cada passo.

— Você tem tanta raiva dela por ser quem ela é?

— Não — resmungou Raposa. — Estou com raiva por ela nunca ter me dito. Uma mulher da elite é areia demais pro meu caminhãozinho, né.

O pai de Ophélie não parava de coçar a cabeça: essa história de monóculo, Papel-Machê e elite eram incompreensíveis.

Eles chegaram ao térreo e avançaram pelo saguão do hotel, onde o cobre cintilava sob a luz do sol poente. Apesar da hora, a sala estava cheia de gente. Todos os membros adultos da família de Ophélie e uma parte dos funcionários do hotel estavam aglutinados ao redor de um enorme posto de radiotransmissão, em uma mistura abafada de cochichos. O nervosismo dos Animistas era perceptível, pois contaminava todos os objetos do saguão: os tapetes tremiam, as cadeiras se sacudiam, as luminárias piscavam e os mostradores jogavam folhetos no chão.

Ophélie se impressionou ao ver Berenilde ali. Ela estava instalada em uma poltrona de veludo, com o bebê no colo, fresca como uma rosa, como se não tivesse parido ainda de manhã.

Ophélie procurou Thorn com o olhar antes de entender que a voz emanava dos enormes alto-falantes do rádio:

—... o que nos traz ao estado atual da despensa. Os fatos são os seguintes. A Rosa dos Ventos interfamiliar não abrirá as portas e a importação de alimentos por via aérea implicaria um custo exorbitante. Distribuam, por favor, um exemplar por pessoa.

Um barulho de papel foi seguido por murmúrios de impaciência no rádio e no saguão do hotel, mas Thorn continuou, imperturbável, a conferência.

— Como podem constatar no documento que acabo de fornecer, a taxa de câmbio de nossa moeda familiar não joga a nosso favor. Precisamos contar com nossos próprios recursos. As pescas intensivas dos últimos anos esvaziaram nossos lagos. A temporada de caça começará em breve e o cargo de monteiro-mor ainda está vago. Considerando que os indignos são, em sua maioria, caçadores altamente qualificados...

— Ele vai estragar o maldito anúncio! — exasperou-se o tio-avô, batendo no rádio com a palma da mão.

— Que anúncio? — perguntou Ophélie.

Todo mundo se virou para ela em um só movimento. Alguns segundos de silêncio desconfortável se seguiram, e Ophélie se perguntou se os hematomas, o cabelo desgrenhado, o cachecol furado, os sapatos na mão e a barra da camisola aparecendo embaixo do vestido tinham alguma responsabilidade.

A tia Roseline foi a primeira a reagir. Ela obrigou Ophélie a se sentar em uma cadeira e enfiou autoritariamente uma torrada na boca dela.

— Você pula refeições, passa uma noite inteira em claro, apanha e depois se surpreende por chamar atenção? Você precisa de um exército inteiro de madrinhas, menina.

Em instantes, toda a família que cercava o rádio se reuniu ao redor da cadeira de Ophélie. As avós trouxeram um casaco cada uma, o cunhado serviu licor de bordo e os tios, tias e primos fizeram tantas perguntas ao mesmo tempo que Ophélie não entendeu nenhuma. Agathe levantou seus cabelos grossos e embaraçados com a ponta dos dedos, como se fosse um conglomerado de algas.

— Ah, irmãzinha! — gemeu ela. — Você está hor-ro-ro-sa.

A mãe empurrou todo mundo com o enorme vestido vermelho para chegar primeiro.

— Mastigue bem e conte tudo — ordenou ela. — Thorn lhe disse qualquer coisa de especial?

Ophélie engoliu o pão com dor e dirigiu um olhar irritado para o rádio, que agora transmitia um interminável texto legislativo, como se fosse Thorn em pessoa. *Vou me livrar de você*. A única declaração que esse homem havia se dignado a fazer, já tinha colocado em prática.

— Não — respondeu Ophélie para a decepção de todos. — O que aconteceu?

— Estamos escutando a transmissão pública dos Estados Familiares, direto da Cidade Celeste — explicou lentamente Berenilde da poltrona. — Uma assembleia plenária acontece neste momento na corte e estão tratando da questão dos indignos. Thorn informou no início da sessão que, após o pleito a favor da reabilitação, ele faria um anúncio. Um anúncio *pessoal* — explicitou Berenilde, acariciando com o dedo o rosto do bebê adormecido. — Tem certeza que ele não te contou nada, minha filha?

O coração de Ophélie pulou.

— Talvez seja sobre os desaparecidos!

— Realmente, não me importo com eles mais do que com minha anágua— irritou-se a mãe de Ophélie, revirando os olhos para o teto. — Você viu em que estado você voltou? Coberta de hematomas da cabeça aos pés! Renold contou que você foi atacada por causa do sr. Thorn.

Raposa deu um tapinha no monóculo, constrangido.

— Com todo o respeito, não acho que falei "por causa de".

— Thorn não tem culpa nenhuma — confirmou Ophélie, categoricamente.

O tio-avô bufou furioso sob o bigode. Ele empunhou a cadeira de Ophélie pelo encosto e, com uma força notável para a idade, a virou inteira para a Relatora.

— Olha essa carinha, por favor! Você veio aqui como testemunha, né? Testemunhe isso para as Decanas, então!

Sentada perto do rádio, a Relatora se absteve de qualquer comentário. Ela estava inesperadamente discreta sob o chapéu de cata-vento, e a cegonha girava em cima dela sem parar em lugar nenhum, indicando uma certa confusão.

— Minha filha estava saudável quando a confiei ao sr. Thorn! — acrescentou a mãe de Ophélie, apontando para o rádio com um dedo acusador. — Esse indivíduo sinistro a devolveu completamente estragada e voltou para os trabalhinhos dele como se isso não fosse nada!

— Os Estados Familiares não são um trabalhinho, sra. Sophie — argumentou Berenilde. — Acontecem uma vez a cada quinze anos e todos os assuntos envolvidos são de extrema importância. É a primeira vez que meu sobrinho trabalha neste evento como intendente. É uma responsabilidade pesada, apreciaria que a levasse em consideração.

A voz de Thorn prosseguia, sem parar:

—... Invisíveis, Narcóticos e Persuasivos, para citar só alguns, foram reconhecidos como utilidade pública. Se nos referirmos à lei da Reabilitação propriamente dita, artigo dezesseis, parágrafo quatro...

Ophélie puxou a cadeira até o rádio e escutou com atenção. Qual era esse tal anúncio pessoal que ele se preparava para fazer?

— Ele deve ter descoberto alguma coisa — murmurou ela. — Será que a Teia deu notícias de Archibald?

Berenilde trocou um olhar fugaz com tia Roseline, que rangeu os dentes equinos, antes de se voltar para Ophélie em um movimento gracioso de cachos loiros.

— A Valquíria responsável pela minha proteção foi chamada pela Teia no começo da noite. Só soube a razão há duas horas, ao escutar o rádio. As irmãs de Archibald fizeram uma declaração a respeito do irmão. Uma declaração bem triste — avisou Berenilde, olhando no fundo dos óculos de Ophélie. — Não sei todos os detalhes, mas Archibald não foi encontrado. Seu estado de consciência estava, ao que parece, perturbando a família inteira. A Teia rompeu a conexão em uma cerimônia particular. É, querida — murmurou Berenilde, ao ver Ophélie empalidecer —, temo que nunca mais vejamos de novo nosso extravagante embaixador.

Ophélie se abraçou; sua temperatura corporal tinha caído abruptamente. Ela viu Archibald no sonho, agitando o cabo cortado do telefone. "Um procedimento irreversível que será provavelmente fatal para ele", avisara o diplomata no Salão da Roleta.

Primeiro Madre Hildegarde. Agora Archibald. Ophélie estava com frio, muito frio.

— Por que me deixaram dormir?

Tia Roseline serviu mais um pouco de licor.

— Você não tem do que se culpar, menina. A sua mãe contou tudo. O sr. Farouk nunca deveria ter lhe dado essa tarefa.

— Enquanto isso, vou precisar de outro padrinho para minha filha — suspirou Berenilde, beijando a testa do bebê. — Assim como um nome, querida Ophélie, assim que você se sentir melhor. Ora, ora, se acalme — disse ela, com um sorriso agridoce. — Eu também tinha um certo carinho por aquele brincalhão, mas precisamos nos concentrar no nosso futuro.

Congelada até as entranhas, Ophélie se grudou no alto-falante do rádio. Ela não podia deixar de esperar um milagre de Thorn. Ele parecia tão determinado e confiante no passeio: certamente tinha um plano em mente. Ophélie se agarrou à voz grave que concluía a apresentação recitando a constituição interfamiliar, lembrando os deveres paternos de um espírito familiar para com todos os membros de sua descendência.

— Finalmente! — exclamou o telegrafista do hotel. — O intendente acabou o discurso!

Todo mundo prendeu a respiração ao redor do rádio. A argumentação de Thorn tinha sido substituído por barulhos de cadeiras e murmúrios indistintos. O silêncio se fez quando a voz de Farouk se ergueu arrastada no fundo da sala:

— Agradecemos por essa fala longuíssima. O seu pedido de... é...

— Reabilitação, meu senhor.

Ophélie reconheceu o sussurro característico do jovem ajudante de memória. Agora que a conexão com Archibald tinha sido rompida, a Teia não tardaria em retomar o serviço.

— Isso — disse Farouk. — O seu pedido de reabilitação foi levado em consideração e inscrito no Caderno de... de...

— De queixas, meu senhor.

— Isso. Será objeto de uma deliberação, depois de um voto dos... é...

— Dos deputados, meu senhor.

— Isso. Está dispensado.

— Tenho um anúncio a fazer — lembrou a voz de Thorn.

Um longo farfalhar de papel. Ophélie quase conseguia ver Farouk consultando o diário.

— Está na ata do dia?

— Não — respondeu a voz de Thorn. — Peço três minutos suplementares para minha fala. Não preciso de mais do que isso para o que tenho a declarar.

— Seja breve.

O rádio deixou ouvir um tilintar de vidro e um líquido escorrendo. Thorn bebia um copo d'água. Ele pigarreou e continuou com a voz clara:

— O que tenho em mãos aqui é o contrato que assinamos no ano passado. Prometi casar com uma *leitora* de Anima, juntar seu poder familiar ao meu e fornecer uma análise completa do seu Livro em troca de um título de nobreza.

— Que história é essa? — exclamou a mãe de Ophélie. — Qual é a desse contrato?

Ophélie fez sinal para que ela se calasse e grudou a orelha no rádio. Até Berenilde estava tensa na poltrona, como uma estátua de porcelana.

— Sim — soltou a voz de Farouk, depois de hesitar. — Lembro bem. Por sinal, acho que a espera é interminável.

Um som de rasgo foi seguido por exclamações chocadas em toda a assembleia.

— Pronto — declarou calmamente a voz de Thorn. — Acabo de destruir meu contrato. Anulo o casamento, não *lerei* seu Livro e peço demissão. Quero destacar que tomei a decisão sozinho. Portanto, assumirei as consequências sozinho. Obrigado pela atenção.

Nos fones de ouvido, as exclamações se transformaram em clamor geral, mas nenhum grito foi tão espantoso quanto o de Farouk. Golpes de martelo ecoaram enquanto alguém pedia calma e a transmissão foi substituída por um interlúdio musical.

Ao redor do rádio, o estupor foi total.

— Por quê?

Todo mundo se virou para a poltrona de Berenilde. Com os olhos proeminentes, o queixo tremendo, a testa enrugada, as sobrancelhas franzidas e a boca estremecendo, estava irreconhecível. A máscara de dama do mundo perfeito havia acabado de se estilhaçar.

— Por quê? — perguntou atordoada. — Por que ele fez isso? Ele perdeu a cabeça!

Ela foi tomada por tremores tão violentos que Agathe correu para pegar o bebê no colo. Encolhida na poltrona como se tivesse levado um soco na boca do estômago, Berenilde se virou para Ophélie com um olhar suplicante.

— Eu imploro. Não abandone meu menino.

Tudo estava imóvel na superfície de Ophélie: ela não se mexia, não piscava, não falava. Entretanto, cada molécula de seu corpo começava a se mover. O anúncio de Thorn tinha desbloqueado um freio interno e a escuridão que pesava em sua cabeça há horas, há dias, desfez-se de uma vez em uma nuvem de vapor. Ophélie inspirou profundamente.

Tudo parecia incrivelmente claro de repente.

Ophélie se levantou da cadeira e se aproximou de Berenilde, que a encarava com desespero.

— Faço duas promessas, senhora. Não abandonarei Thorn e encontrarei um nome digno da sua filha.

— Posso saber o que exatamente você planeja fazer? — perguntou sua mãe, chocada, com as mãos no quadril. — Você escutou o sr. Thorn. Essa farsa horrível acabou, vamos voltar para casa.

— Não, mamãe. Eu vou voltar lá para cima.

A declaração de Ophélie propagou reações incrédulas ao seu redor: caretas, resmungos, indignação e até risos nervosos, mas ninguém parecia notar que ela estava completamente séria.

Ninguém além de Raposa:

— Lá para cima? — repetiu ele, um pouco em pânico. — Quer dizer a Cidade Celeste? Com os Estados Familiares e a pompa toda, não tem nenhum dirigível, nenhum trenó circulando. Até o pessoal da Caravana do Carnaval, lá em Asgard, está sem autorização para voar agora — disse Raposa, apontando para a janela com o polegar. — De qualquer jeito, o seu noivo... seu ex-noivo me mandou não deixar que você saísse pela porta do hotel — concluiu ele, cruzando os braços musculosos. — Lá fora está perigoso demais.

— Você não vai precisar desobedecê-lo — garantiu Ophélie. — Não vou sair pela porta. Vou por ali.

Ela apontou para um espelho do saguão. Sentia com o corpo inteiro que conseguiria passar. Tinha mentido para si mesma e entendia o motivo, mas agora tinha acabado.

— Ah, não, não, não! — protestou Raposa, agarrando seus ombros. — Não vou poder te seguir por ali, garoto!

Ophélie pediu para o recepcionista um espelho de bolso e um estojo. Ela entregou o primeiro para Raposa e guardou o segundo com ela.

— Consulte regularmente o espelho. Vou mandar mensagens, você pode seguir meus movimentos.

Raposa franziu as sobrancelhas como dois arbustos em chamas, e tirou o monóculo.

— Fique com isso em troca. Preste muita atenção para não ser estrangulada de novo, tá? — resmungou ele. — Você é minha patroa e quero continuar empregado por muito tempo.

— Obrigada — disse Ophélie com um sorriso incontrolável. — Pelo monóculo e pelo que você fez lá no passeio.

A mãe de Ophélie abriu a boca como uma lareira, mas tia Roseline a interrompeu antes da explosão:

— Acredito que estou expressando a opinião geral ao dizer que o seu projeto não é nada razoável. Você quer ir aonde assim, exatamente? À assembleia dos Estados Familiares? Duvido que te deixem entrar. Todos os guardas foram convocados à corte para garantir a segurança.

— Melhor assim — disse Ophélie. — Não vou para a corte, vou poder evitar os controles.

Tia Roseline ficou desconcertada.

— Agora não entendi mais nada. Aonde você vai?

— Os colchões — explicou Ophélie. — Você se lembra daquele artigo no *Nibelungo*? Sobre o engarrafamento de colchões no elevador? Na hora achei ridículo, mas acabei de entender. Quatro camas ligadas a ampulhetas foram roubadas da fábrica da Madre Hildegarde. Sabemos que foram usadas para os sequestros. São elas que causaram o engarrafamento, entendeu? Se eu encontrar os colchões, encontro os desaparecidos. Se eu encontrar os desaparecidos, ainda posso salvar Thorn. Tomei minha decisão — decretou Ophélie com a voz firme, para acabar com os protestos que surgiam entre toda a família. — Estou indo, quer vocês concordem ou não.

— Minha filha enlouqueceu! — explodiu a mãe de Ophélie finalmente. — Você não entendeu que o seu querido sr. Thorn acabou de te repudiar publicamente? Eu te proíbo de se colocar em perigo por ele de novo!

Ophélie amarrou com firmeza o cachecol ao redor do pescoço para não ficar incomodada com o cabelo, e olhou para a mãe bem nos olhos.

— Quem não entendeu foi você, mamãe. Thorn não é o monstro egoísta que você acha... que eu também achava que era — foi obrigada a reconhecer. — Fui persuadida que ele queria *ler* o Livro do sr. Farouk por ambição pessoal, mas tem outro motivo, sempre teve outro motivo. Thorn acaba de renunciar para nos proteger, não podemos deixá-lo na mão agora.

— Como assim? — preocupou-se Berenilde, agitada na poltrona. — Que outro motivo?

— Ainda não sei — admitiu Ophélie —, mas vou descobrir.

Ela já pressentia que tinha a ver com o que Madre Hildegarde contara no não lugar e com o Deus das cartas. "É melhor evitar cruzar com esse cara, querida. Mas é o que acontece com aqueles que se interessam um pouco demais pelos Livros." Quanto mais Ophélie considerava a questão, mais lhe parecia evidente que Thorn estava investigando isso desde o começo. Quando quis prender Madre Hildegarde, estava oferecendo proteção.

Enquanto Ophélie se dirigia para o espelho do saguão com passos decididos, sua mãe fez um gesto autoritário com o braço para segurá-la. Seu pai a impediu.

— Querida, acho que devemos deixar nossa filha tomar as próprias decisões dessa vez. Já impusemos as nossas demais.

A Relatora, que até então observava discretamente, não aguentou mais. Ela se levantou no caminho de Ophélie com um redemoinho de vestido preto. O cata-vento do chapéu se voltou para ela, enquanto os olhos arregalados a encaravam com frieza por cima dos óculos dourados.

— Como tudo indica que seus pais não têm nenhuma autoridade sobre você, me vejo obrigada a intervir. Você não vai se meter mais nas histórias desse indivíduo. Se eu soubesse desde o começo que ele estava envolvido com assuntos suspeitos, teria enviado às nossas caras mães um relatório desfavorável. Ele enganou as Decanas e insultou toda nossa família. Você não vai atravessar este espelho por ele, ouviu bem, queridinha?

Ophélie sustentou com dureza o olhar da Relatora, pronta a desafiá-la mais do que qualquer outro, mas seu tio-avô entrou entre elas.

— Para impedi-la, vai precisar passar por mim. Vá, minha filha — murmurou ele debaixo do bigode. — Aquele seu varapau estranho parece também um famoso *simpatizante* do jeito dele, né? Só por isso, vou te ajudar a ajudá-lo.

— Obrigada, tio.

Ignorando a expressão ultrajada da Relatora e os olhares estupefatos do resto da família, Ophélie se aproximou do espelho do saguão do hotel até se ver refletida nele. Ela olhou bem de frente seu rosto determinado sob arranhões e hematomas, finalmente pronta para enfrentar a verdade que não queria ver.

Não era Thorn que precisava dela. Era ela que precisava de Thorn.

Ophélie mergulhou de corpo e alma no espelho.

OS COLCHÕES

Ophélie emergiu no escritório da MANUFATURA FAMILIAR HILDEGARDE & CIA. As luzes estavam apagadas e o local, silencioso.

Ela atravessou a penumbra até a luminária e revirou as gavetas impossivelmente profundas de Madre Hildegarde. Depois de alguns minutinhos de inspeção, encontrou o que procurava: os folhetos de transporte público que Thorn tinha lido naquela manhã!

Instalada sob a luz da luminária, Ophélie deixou de lado a rede das Rosas dos Ventos metropolitanas: esses atalhos só tinham sido instalados nos andares mais altos da Cidade Celeste e Ophélie sabia que eram estreitos demais para os colchões.

Ela desdobrou o folheto das linhas de elevador da Cidade Celeste.

A fábrica ficava nos andares mais fundos da cidade, entre o esgoto e as inúmeras casas de máquina. Por motivos de manutenção, muitos elevadores serviam os subsolos e Ophélie não tinha tempo de inspecionar todos. Era preciso reduzir ao máximo o campo de pesquisa. A fábrica só dispunha de um ponto de elevador, pois as outras duas linhas subiam e desciam sem parar no andar; o elevador da fábrica só permitia acesso aos andares superiores.

Portanto, os ladrões de camas necessariamente tinham subido.

Ophélie tinha um princípio de pista, mas ainda lhe faltava um sinal, uma marca que pudesse seguir passo a passo.

Ela abriu a porta que levava ao hangar e entrou na passarela da escada onde Philibert a empurrara na noite anterior. Dominando de cima as fileiras de camas iluminadas do ampulhetário, Ophélie viu que não havia mais nenhuma sombra atrás das cortinas; as ampulhetas azuis já tinham sido tiradas de circulação. Ela se curvou sobre o parapeito e procurou com o olhar o elevador de carga sobre o qual o chefe de ateliê tinha falado. Ficava bem mais longe, à direita, sem acesso, bloqueado no meio do caminho entre o chão do hangar e uma grade enorme. Estava em manutenção, de acordo com o chefe de ateliê, mas não devia ter sido o caso em maio, e Ophélie tinha certeza que as quatro camas roubadas tinham passado por ele para sair da fábrica. Restava saber aonde, exatamente, o elevador levava.

Depois de atravessar o escritório, o ateliê e o hall, Ophélie chegou ao pátio externo. Felizmente, a porta não tinha sido trancada nem selada pelo guarda dos selos. Pilhas de colchões usados mofavam ali há anos; evidentemente não eram os que ela procurava. Ela seguiu as fachadas cinzentas da fábrica. O escritório e o ateliê eram adjacentes a um enorme prédio industrial; as portas altas estavam entreabertas e presas com uma corrente, mas Ophélie conseguiu olhar pelo vão. Ela notou, no fundo da sala, a grade que vira da escada do hangar. Era precisamente por este espaço que chegava o elevador de carga; as camas roubadas tinham passado por ali.

Foram colchões que engarrafaram o elevador, não camas inteiras. Os ladrões provavelmente se livraram da estrutura e do dossel ali mesmo, não em frente às janelas do ateliê. Ela revirou o material usado mofando no chão e acabou encontrando um pedaço de musselina. Uma cortina de cama. Não levou muito tempo para encontrar blocos de madeira preciosa do mesmo tipo usado no ampulhetário do hangar.

Ophélie desabotoou as luvas. Não tinha o hábito de *ler* sem permissão do proprietário, mas era lixo abandonado e seu cargo de grã-*leitora* familiar a autorizava a exercer *leituras* em bens públicos.

Ela sondou os pedaços da cama um depois do outro. Como esperava, as últimas pessoas a manipulá-los tinham sido os próprios ladrões. Impressões fulguraram em sua alma, enquanto ela mergulhava na percepção. Luvas de couro. Rostos barbados. Respirações rápidas. Olhares repetidos para o ateliê do outro lado do pátio. Eram três, talvez quatro. Ela não podia penetrar em seus pensamentos, mas os objetos emanavam um estado de espírito bem particular: vigilância extrema, uma certa noção metódica e muita tensão nervosa. Ela tinha encontrado o sinal.

Um barulho a fez sobressaltar-se. Um arminho fuçava os escombros, sem dúvida em busca de comida. Por precaução, Ophélie tirou o monóculo de Gaelle do bolso e, fechando o olho direito, o encostou na lente esquerda dos óculos. Ela girou várias vezes para garantir que não tinha nenhum Invisível escondido ou nenhuma ilusão-armadilha, e se dirigiu ao único elevador do andar.

Consultando o folheto das linhas, Ophélie percebeu que o elevador só levava a dois andares. Pelo mapa, um dos dois era um local sem saída, dedicado ao estoque de carvão. Os ladrões provavelmente tinham subido para o próximo andar e feito baldeação.

Ela acionou a manivela, subiu dois andares e saiu em uma rua fedida onde uma confusão de máquinas e canos projetavam jatos de vapor fervente. Era agora que o trabalho ficava sério: ela estava em um cruzamento de correspondências. O andar tinha cinco paradas de elevador, além do que ela tinha usado. Os ladrões de colchão podiam ter pegado qualquer um deles. Ophélie não tinha opção além de *ler* cada cabine para seguir a pista.

Ela revirou os bolsos do vestido, rabiscou um bilhete no bloquinho e o passou pelo espelho emprestado por um dos fabricantes de ampulheta. Caso Raposa estivesse de olho no próprio espelho, já devia estar lendo a mensagem: "Tudo bem, estou progredindo na investigação". Não era uma bela prosa, mas pelo menos tranquilizava a família.

Ophélie se dirigiu ao elevador mais próximo e puxou a corda para chamá-lo. Nos andares inferiores da Cidade Celeste, não havia ascensoristas circulando em horários fixos. Pelo menos Ophélie ficaria à vontade para fazer o que precisava.

Quando entrou no elevador, inspirou profundamente e empunhou a manivela com a mão nua. Imediatamente se sentiu submergida, como se um cortejo de fantasmas possuísse seu ser em sequência. Ela ficou irritada, exausta, excitada, preocupada, atormentada, inquieta, chateada, humilhada, cansada sem que qualquer uma das emoções lhe pertencesse. Ophélie já tinha *lido* objetos de domínio público, mas nada equivalente àquela manivela de elevador manipulada dezenas de vezes por dia toda semana de todo mês de todo ano. Ela só podia voltar no tempo esperando cair, cedo ou tarde, no sinal dos ladrões.

Quando acabou soltando a manivela, com as mãos abanando, levou alguns segundos para lembrar quem era e por que estava lá.

Ela saiu da cabine, atravessou os vapores quentes da rua e puxou a corda para chamar o próximo elevador. Mais uma *leitura* infrutífera.

No terceiro elevador, Ophélie precisou fazer uma pausa. As mãos tremiam e os óculos estavam embaçados. Todas essas emoções estranhas a atravessavam como correntes galvânicas, testando os limites dos nervos. Ela começava a duvidar do fundamento dessa iniciativa quando finalmente, no quarto elevador, reconheceu o sinal. Vigilância, método, nervosismo.

Ophélie tinha encontrado os ladrões.

Agora era preciso refinar a *leitura* para determinar em que andar exatamente eles tinham chegado. Ela sondou a manivela mais uma vez, voltando dia a dia, semana a semana, mês a mês. Assim que encontrou o sinal, mergulhou o mais profundamente possível no espírito do ladrão.

Finalmente o último... Pesados demais, os colchões... Foco na recompensa... Só mais três... Mais operários... Eles resmungam, estamos atrasando... Foco na recompensa... Só mais dois... Merda, operários... Não dá para subir todo mundo...

Foco na recompensa... Vamos lá, primeiro... Aproveita, está livre... Foco na recompensa.

Ophélie soltou a manivela e relaxou todos os músculos em um só movimento. O esforço de concentração a deixou com enxaqueca, mas tinha material suficiente para reconstituir a cena. Ela examinou a meia-lua que indicava os andares que observara através dos olhos dos ladrões; eles iam fazer quatro viagens de ida e volta, uma por colchão, entre os subsolos 25 e 13. Ela fechou a grade do elevador e puxou a manivela para seguir o mesmo itinerário.

O subsolo treze inspirou uma impressão de déjà-vu em Ophélie. Eram as mesmas ruelas sombrias, os mesmos canos fedidos, os mesmos vapores úmidos que reinavam lá embaixo, mas ela tinha a sensação familiar de já ter estado ali.

De acordo com o folheto, só havia uma baldeação para esse andar. No entanto, quando Ophélie fez uma *leitura* minuciosa do elevador, ela não encontrou mais o sinal. A mistura característica de vigilância, método e nervosismo tinha desaparecido; o fenômeno só se explicava por uma mudança radical de espírito.

Os ladrões tinham se livrado da carga ali mesmo, entre as duas paradas de elevador.

Ophélie sentiu o coração bater como um metrônomo: um batimento de alegria, um batimento de medo. Ela desceu a rua com cuidado, olhando com atenção para as vitrines esfumaçadas. Apesar de ser o meio da noite, ela via silhuetas em pleno trabalho, em meio a jatos cintilantes e nuvens de fumaça. Onde tinham sido entregues os colchões? Nessa fundição de chumbo? Naquele ateliê de porcelana? Na usina de gás?

Ophélie parou em frente a uma fachada de luzes vermelhas apagadas e vidros cobertos por propagandas velhas. Não era só impressão, ela já tinha estado ali. As delícias eróticas, o imagineiro falido de Cunégonde.

O esconderijo ideal.

Não havia ninguém na rua enevoada. A ideia de entrar lá sozinha deixava sua boca seca, mas ela não tinha tempo. A escrita tremeu quando ela rabiscou mais um bilhete para Raposa, antes de enfiá-lo no espelho de bolso.

"Imagineiro de luzes vermelhas, 13º subsolo: vou dar uma olhada e volto."

Ophélie estava preparada para entrar por arrombamento, então surpreendeu-se ao sentir a porta ceder no primeiro empurrão. Era a primeira vez que ela entrava em um imagineiro. A luz só era distribuída pelas guirlandas de lanterninhas no teto, provavelmente ilusões de segurança no caso de falta de energia. Tapete vermelho, papel de parede vermelho, veludo vermelho, estofo vermelho, escada vermelha: o saguão parecia a entrada para um mundo orgânico.

Até agora, Ophélie não via colchões nem desaparecidos.

Ela avançou discretamente até o balcão da entrada e pegou o telefone. Sem sinal. Ophélie acalmou o cachecol, que se debatia nervoso no ar. Eles iam precisar se virar sozinhos.

Painéis na forma de luvas vermelhas apontavam para o único andar do imagineiro. Tinham títulos sugestivos, provavelmente nomes de salas:

O CAVALHEIRO DO LEQUE

A QUADRILHA DAS MÃOS

AS MEIAS DE VELUDO PRETO

TRÊS MULHERES VISTAS DE COSTAS

Ophélie pegou a escada da esquerda; a da direita tinha sido bloqueada, desmoronada por causa da umidade. Mesmo que o andar fosse banhado pela mesma penumbra leve do saguão, a atmosfera era muito diferente. Estátuas enormes de mármore branco, com corpos nus e rostos mascarados, enquadravam quatro portas pretas. As lanternas projetavam sombras redobradas e distorcidas em um labirinto de biombos.

Ophélie se esgueirou por entre os biombos do corredor central. Cada um era uma obra de arte na qual ilusões provocantes piscavam para os visitantes, despiam os ombros ou mandavam beijos. Ela se aproximou da porta O CAVALHEIRO DO LEQUE. Um calafrio de nervosismo a percorreu quando ela notou, sob as máscaras, que os olhos das esculturas seguiam seus menores gestos e movimentos. Ela pegou o monóculo de Gaelle e o pressionou contra os óculos. A realidade voltou ao normal, reduzindo as ilusões ao estado de imagens desbotadas e desenhadas.

Guardando o monóculo, abriu a porta e entrou sem barulho.

Ophélie entrou na sala escura e sua enxaqueca imediatamente ficou mais forte. Os pensamentos se embolaram como fios, ela tropeçou nas almofadas amontoadas no chão e se segurou por um triz em uma mesinha de centro, derrubando o vaso de flores artificiais. Ela olhou ao redor, confusa. A sala era só uma mistura variada de almofadas, mesinhas, tapetes, cortinas, sombras e luzes.

Ophélie não se lembrava mais por que tinha entrado ali, mas teve a vaga intuição que era melhor sair. Agarrada à mesinha, que se tornava cada vez mais gelatinosa, ela procurou a porta sem encontrar. A sala de repente se tornara hermeticamente fechada.

Ela buscou um espelho na sala com o sentimento desagradável de atravessar várias poças de areia movediça. Tropeçando em um travesseiro comprido, ela caiu de cara, tão profundamente exausta que nem prestou atenção na explosão de dor no braço.

Depois de piscar e se contorcer várias vezes, Ophélie precisou revisar sua análise. Ela não tinha tropeçado em um travesseiro: tinha tropeçado em um homem de barba comprida e penhoar de cetim. O que o conde Harold fazia dormindo em um lugar tão desconfortável?

No fundo, ele estava certo. Esse mar de travesseiros era agitado demais, era melhor ficar deitado no chão. Ophélie teria ficado muito tempo assim, jogada no tapete, olhando para o teto, se o cachecol não se dedicasse a estapeá-la até arrancar os óculos.

O monóculo, pensou Ophélie, lentamente. *Preciso colocar o monóculo.*

Ela revirou o bolso, fechou o olho direito e enfiou a lente preta na outra órbita. Conforme o mundo ao redor dela ficava mais escuro, seus pensamentos ficavam mais claros e o chão voltava ao estado sólido. Ilusões capazes de provocar o mesmo efeito de uma bebedeira: Cunégonde já tinha falado disso com ela.

Esse lugar era uma bolha de confusão.

Ophélie se ajoelhou perto do conde Harold, deitado no meio das almofadas, e examinou o melhor que pode através da opacidade do local e do monóculo. As pálpebras tatuadas do Miragem estavam fechadas.

— Sr. conde? — murmurou Ophélie.

Ele não respondeu, mergulhado em uma profunda letargia. Com alguns olhares pelo monóculo, Ophélie constatou que ele se beneficiava de todas as comodidades: as mesinhas estavam cheias de livros, caixas de rapé, potes de bombom, garrafas d'água e frascos de perfume. A cena tinha algo de excessivamente atencioso e ironicamente refinado que gelou Ophélie.

Ela notou uma caminha no chão, provavelmente um dos quatro colchões roubados. A informação foi confirmada quando ela distinguiu, suspensa acima da cama, como um móbile de berço, a ampulheta azul correspondente. Sem um mínimo de lucidez, era impossível atingi-la e quebrá-la.

Quanto à porta, agora Ophélie entendia por que não conseguia encontrá-la depois de entrar na sala. O monóculo permitiu que ela distinguisse, como uma marca d'água, a ilusão de parede que a camuflava.

O cúmulo da perversidade.

— Sr. conde? — repetiu Ophélie. — Consegue me ouvir?

Nenhum pelo da barba loira e longa do Miragem se moveu. Por mais que o homem fosse surdo, a falta de resposta era preocupante. Cuidando para manter o monóculo sob os óculos, Ophélie curvou um ouvido até a boca dele.

Ele não respirava.

Ophélie sentiu sua própria respiração falhar. Teria chegado tarde demais? O conde Harold não apresentava nenhum sinal de ferida ou dor. Teria sucumbido ao choque da ilusão? Com gestos desordenados, Ophélie tirou a luva e sentiu o pulso na mão e no pescoço, mas precisou aceitar. O antigo tutor do cavaleiro estava morto... e tinha morrido recentemente, pelo calor do corpo.

Ophélie se levantou. Não podia fazer nada por ele, mas talvez ainda pudesse salvar os outros.

Ela seguiu para a segunda sala escura, A QUADRILHA DAS MÃOS. Segurando o monóculo entre o polegar e o indicador, dessa vez Ophélie estudou o local a partir da porta. Não restava mais nada do que deveria ter sido a antiga sala de projeção. Cada canto tinha sido despido do mínimo resquício, real ou ilusório, de libertinagem. Era a mesma decoração respeitável da sala do conde Harold: uma profusão de flores, caixas de rapé, docinhos, almofadas, livros, frascos e, maliciosamente suspensa acima de um colchão, fora de alcance, uma ampulheta azul que girava automaticamente. Apesar do monóculo que filtrava ilusões, Ophélie sentia um peso na atmosfera que pressionava seu crânio. Outra bolha de confusão funcionava ali. Se encontrar preso neste *delirium tremens* perpétuo, em meio a mil e uma delicadezas, era uma tortura pior que qualquer violência física.

Ophélie acorreu quando notou um homem caído sobre uma mesinha. Não reconheceu o rosto, mas ele tinha a tatuagem dos Miragens nas pálpebras fechadas. Provavelmente o meirinho-mor, a primeira vítima dos sequestros.

Ele também não respirava. O homem estava morto, sem rastros de sangue, sem sinal de luta, como uma marionete cujo fio fora cortado.

Entretanto, a pele ainda estava quente.

Ophélie se afastou com extrema lentidão, cobrindo a boca com a mão para reprimir um grito de pânico. Não era por negligência que a porta de entrada estava aberta lá embaixo. Alguém mais estava no imagineiro nesse mesmo instante. Alguém com a função especial de matar os prisioneiros.

Ela abandonou correndo A QUADRILHA DAS MÃOS, esgueirou-se entre os biombos e entrou na escada, pronta para se distanciar o máximo possível do lugar. O corpo inteiro a forçava a fugir, mas ela não conseguia. Não tão perto do fim. Desistir agora seria abandonar ao mesmo tempo Thorn e Archibald.

Só mais uma sala. Mais uma sala e ela iria embora.

Com precauções infinitas, pronta para correr no primeiro som suspeito, Ophélie empurrou a porta AS MEIAS DE VELUDO PRETO. Ela observou o lugar através do prisma do monóculo. A sala era exatamente igual às outras duas. O coração de Ophélie bateu mais forte quando ela descobriu, entre as mesinhas e almofadas, um corpo largado em uma poltrona, com a cabeça pendendo para o lado.

Archibald!

Na pressa, Ophélie quase derrubou uma vitrola. Ela precisou se ajoelhar na frente da poltrona para distinguir o rosto de Archibald, caído no ombro, atrás dos cabelos loiros embaraçados. Ele estava horrível. Ophélie o sacudiu com tanta força que quase perdeu o monóculo.

— Por favor — sussurrou ela. — Esteja vivo, eu imploro.

Um braço se soltou da poltrona e pendeu no vazio. Archibald não acordou. Ophélie procurou um pulso, desesperada. Ela nunca se perdoaria se tivesse chegado tarde demais para salvá-lo também.

Ela abafou um soluço de alívio. O coração ainda batia; fraco, mas batia. Archibald tinha sobrevivido ao assassino do imagineiro e à ruptura da conexão com a Teia.

— Vou te tirar daqui — prometeu Ophélie.

Ela buscou, na bagunça de almofadas, o colchão pelo qual Archibald tinha chegado ali. Manter o monóculo no lugar enquanto ficava com o outro olho fechado estava cada vez mais difícil. Ophélie encontrou o colchão, mas levou mais um tempo para achar a ampulheta. Tinha caído no tapete. Aparentemente não houve tempo para prendê-la acima da cama, como nos outros casos.

Ophélie quebrou a ampulheta; o corpo de Archibald desapareceu da poltrona.

Bastava esperar que fosse encontrado logo no quarto do Luz da Lua, para receber primeiros socorros. Com um pouco de sorte, seu testemunho seria decisivo para identificar o chantagista. Ophélie guardou os restos da ampulheta no bolso do vestido para uma *leitura* futura. Talvez assim pudesse também chegar à fonte.

Agora, precisava ir embora o mais rápido possível.

Ophélie atravessou a sala escura na ponta dos pés, escorregou pela porta entreaberta, escondeu-se atrás dos biombos e se dirigiu para a escada, tornando-se o menor que podia.

Todas as precauções foram supérfluas: uma silhueta de balão bloqueou sua passagem.

— Srta. grã-*leitora* familiar — suspirou o barão Melchior. — Eu gostaria de ter evitado esta situação.

A ARTE DE MORRER

O barão Melchior avançou, batendo musicalmente com a bengala de castão de ouro no chão de madeira. Ele vestia um fraque comprido de penas de pavão que fazia Ophélie sentir-se observada por dezenas de olhos arregalados. Já os do barão Melchior mostravam um arrependimento profundo.

— Fique com as mãos bem à mostra — disse ele com extrema doçura.

Ophélie foi forçada a soltar o caderninho que tentava alcançar no bolso. Ela devia ter alertado Raposa enquanto podia. Agora era tarde demais.

— Você veio sozinha?

— Não — sussurrou Ophélie.

Os bigodes pontudos do barão Melchior subiram em um sorriso. Era, no entanto, um sorriso sem qualquer ironia, quase triste.

— Veio sozinha. Com todo o respeito, você mente mal.

Ophélie sentiu a raiva embrulhar suas entranhas. Ela tinha visto aquele homem como uma presa, mas era o predador o tempo todo.

— Não é o seu caso. Você é um ator impressionante.

— Não me julgue tanto. Minhas intenções sempre foram excelentes.

— A sua irmã sabe para que o imagineiro está sendo usado?

— O ex-imagineiro — corrigiu barão Melchior. — Não, Cunégonde não faz ideia do que está acontecendo aqui. Este lugar era uma vergonha, cheio de ilusões vulgares — disse ele com uma careta, mostrando um biombo no qual uma ninfa emergia das vitórias-régias, fazendo sinal para quem ele se juntasse a ela. — Eu redecorei como pude para torná-lo um pouco mais respeitável.

Ophélie recuava enquanto barão Melchior avançava, até que suas costas bateram no labirinto de biombos. O barão estava entre ela e a escada. Se ela pulasse o guarda-corpo, quebraria as pernas. A outra escada estava bloqueada por tábuas intransponíveis. E, pelo que Ophélie tinha visto, não havia nenhum espelho por ali. Não parecia ter saída.

Com a mão coberta por luva preta e anéis dourados, o barão Melchior apontou para a placa TRÊS SENHORAS VISTAS DE COSTAS segurada pelas estátuas.

— Estava acabando com o querido Tchekhov quando escutei um barulho na sala ao lado. Não esperava te encontrar. O que te trouxe até aqui? E como atravessou minhas bolhas de confusão? Honestamente, srta. grã-*leitora* familiar, você me pegou desprevenido.

Ophélie foi tomada por uma sensação congelante. O barão Melchior não a deixaria sair viva do imagineiro.

— Eu achei que você detestasse violência.

— Odeio. Se soubesse que Philibert te maltrataria desse jeito, nunca teria convocado ele para o serviço.

Ophélie encarou barão Melchior na luz vermelha das lanternas. Ele parecia sincero. Ela teria ficado emocionada se não tivesse notado a forma como ele se deslocava, lentamente mas com firmeza, para impedir sua fuga e distanciá-la cada vez mais da escada.

— Eu dou muita importância à arte de viver, senhorita, mas dou igual importância à de morrer. Podemos matar direito, como pessoas civilizadas, e foi o que eu esperei de Philibert. Eu teria me encarregado por conta própria — afirmou barão Melchior, dando de ombros com um ar fatalista —, mas o sr. Thorn não tirava os olhos de você. Até agora, pelo menos.

— Tudo isso para que ele não possa *ler* o Livro do sr. Farouk? — disse Ophélie.

— Acho infinitamente lamentável que um homem tão competente queira meter o nariz onde não foi chamado. O casamento de vocês é um erro, um erro que me forcei a corrigir. Claro, poderia ter optado por matar o sr. Thorn no seu lugar — admitiu barão Melchior de bom grado. — Não se ofenda, mas eu te acho menos indispensável do que ele.

— Isso não me explica por que você especificamente tem medo do Livro?

Barão Melchior balançou a cabeça com um ar melancólico.

— Medo? Ora, ora, não fale do que não entende.

— Você tem medo — insistiu ela. — Medo do julgamento. Medo do seu Deus. Medo de decepcionar expectativas. Você não para de falar de dignidade humana, mas me faz pensar em um escravo que só sonha em satisfazer o mestre.

Por um instante de silêncio, Ophélie escutou o coração bater como um tambor.

— A julgar pela sua expressão, eu diria que você está com muito mais medo do que eu — murmurou enfim o barão Melchior.

Ele se deslocava com paciência estudada, como um pavão gigante, parecendo esperar que Ophélie se rendesse. Será que ele ia jogar uma ilusão surpresa? Com as costas contra os biombos, ela apertou a mão ao redor do monóculo que não tinha soltado, pronta para usá-lo a qualquer instante. Ela precisava ganhar tempo para encontrar uma escapatória.

— Quem é Deus?

— Isso, cara senhorita, não cabe a mim responder.

— Você assassinou seus próprios primos para agradá-lo — disse Ophélie.

O barão Melchior fez uma careta ofendida.

— Eu fiz *com cuidado* — insistiu ele. — Nenhuma gota de sangue derramada, nenhuma única ferida infligida. Prometo que, se você não se fizer de difícil, seu fim será igualmente estético. *Tsc-tsc*, cuidado com o cachecol — advertiu ele. — Ele tem energia de sobra para um trapo de lã maltricotada.

De fato, o cachecol se agitava tanto que Ophélie não conseguia contê-lo.

— Você o deixa nervoso.

— É recíproco. Amarre-o, por favor.

O barão Melchior apontou com a bengala o pé de um biombo. Ophélie precisou se debater com o próprio cachecol, tentando não deixar cair o monóculo. Por um instante, esperou poder derrubar um dos biombos sobre o barão Melchior, mas estavam todos aparafusados no chão.

— Não entendo — murmurou ela. — Como você se rebaixou a isso?

Barão Melchior se esvaziou de ar como uma bexiga.

— Fico tristíssimo de te ouvir dizer isso. Já falei: estou lutando por um futuro diferente. Um assassino que derramou sangue inocente e um difamador que manipula a opinião pública — listou ele, apontando para as portas do meirinho-mor e do diretor do *Nibelungo*. — Quanto a esse irracional do conde Harold, não contente em perverter a criança sob sua tutela, assim como todo um canil, ainda fez observações escandalosas em público. Esses três manchavam o brasão dos Miragens há muito tempo. Os Estados Familiares só acontecem uma vez a cada quinze anos, sabia? Era a ocasião de finalmente ver a corte se abrir para novos horizontes! Meus primos teriam imposto sua força por inércia, eu tinha o dever moral de afastá-los.

— E Archibald? Também era um dever moral mantê-lo aqui, enquanto a família rompia o vínculo? Você quase o matou.

Barão Melchior abaixou o rosto com um ar aflito, fazendo saltar o queixo triplo, como se ele próprio fosse vítima de preconceito.

— O sr. embaixador colocou nós dois em uma situação embaraçosa. A ampulheta que ele roubou era o único meio de que eu dispunha para ir e vir à vontade. Sou bastante hábil com os dedos, sabe. Instalei um mecanismo que inventei para reutilizar a ampulheta à vontade, sem precisar puxar o pino. Mas o garoto a usou de qualquer jeito! Claro, eu considerei a possibilidade de um inoportuno puxar o pino de minha ampulheta, de propósito ou sem querer, e por isso tinha instalado uma bolha de confusão. O que eu não previa era que o inoportuno seria o embaixador em pessoa. O desaparecimento dele deslanchou um dispositivo de segurança máxima com guardas a cada esquina. Fui forçado a assistir aos Estados Familiares para finalmente visitar meus hóspedes, sem me preocupar com controles de identidade e perguntas difíceis! Acho que seu cachecol já está bem amarrado — declarou o barão de repente, com um tom carinhoso. — Levante-se, por favor, com as mãos à mostra. Ai, ai, ai, acredite, esta situação não agrada a mim mais do que lhe agrada!

Amarrado, o cachecol se revirava como uma enguia, piorando o buraco do tricô. Ophélie se afastou, fingindo evitar os chutes. O passo de lado permitiu que ela se reposicionasse; não estava mais encurralada contra os biombos, o que liberava uma abertura à esquerda de barão Melchior. Ele era pesado e lento: se Ophélie conseguisse contorná-lo, podia chegar à escada antes dele.

— Ao contrário, acho que você gosta desta situação.

Os bigodes de barão Melchior murcharam.

— Como pode pensar isso?

— A arrumação das salas. O tom das cartas. A forma como levou a sério o papel de assistente perfeito. Você foi perverso a ponto de conversar comigo e com Thorn bem na frente deste imagineiro, a poucos passos das vítimas.

Palavra a palavra, centímetro a centímetro, Ophélie se movia para aumentar a distância entre eles.

— Você diz que desaprova nosso casamento? — continuou ela. — Uma vez eu te ouvi se oferecer para fazer meu vestido de casamento. Na verdade, você brinca conosco como uma criança brinca de boneca. É para ter a impressão de não ser, você mesmo, um brinquedo?

O barão não perdeu a calma, mas Ophélie podia jurar que as plumas do fraque começavam a tremer. Ele apertou a bengala com as duas mãos até a madeira ranger.

— Você não foi tão crítica quando fiz o necessário para neutralizar nosso impetuoso Cavaleiro. Já que você quer saber de tudo, senhorita, eu não planejava matar ninguém. Meu projeto inicial era manter meus primos bem calmos aqui até o fim dos Estados Familiares. Era a mesma ideia para você, querida: esperava que seria razoável o suficiente para abandonar o Polo por vontade própria. Mandei cartas a todos vocês, cartas amigáveis, para evitar um confronto doloroso. Você não faz ideia das precauções que tomei por meses para escapar da sagacidade das suas mãozinhas. Admito ter corrido um risco ao te permitir *ler* o pino da minha ampulheta, mas sabia que era mínimo.

— Se o assassinato era só uma opção entre muitas, por que escolhê-lo? — retrucou Ophélie.

A tristeza que brilhava no olhar de barão Melchior se apagou como a chama de uma vela.

— Lembra o que falei ontem? "Devemos assumir nossas escolhas até o fim." Ao ignorar minhas cartas, vocês todos aceitaram serem mortos. Por isso, aceitei ser o assassino.

O cachecol se sobressaltou violentamente, distraindo o barão por um breve instante. Ophélie talvez não tivesse outra chance. Ela se jogou para a escada o mais rápido que suas pernas permitiram.

Ela tinha contado com o peso dele. No entanto, foi com um gesto suave, quase casual, que a segurou pelo punho e a jogou no chão. Ophélie gritou quando ele torceu metodicamente seu cotovelo para trás; o osso, já deslocado pela queda na escada, fez um som horrível.

— Quebrei seu braço — constatou barão Melchior, entediado. — Você podia ter se poupado disso se obedecesse gentilmente.

Através das lágrimas de dor que enchiam seus olhos, Ophélie viu o monóculo preto rolar pelo chão e girar como uma moeda. Sem nem soltar a mão, barão Melchior o quebrou com a bengala.

— Um monóculo de Niilista — comentou com apreciação.
— Não sabia que ainda existiam. Essas coisas são infalíveis contra ilusões de gatilho ótico. Foi assim que você conseguiu ir e vir nas minhas bolhas de confusão! Então, srta. grã-*leitora* familiar — murmurou ele, apoiando-se com o peso todo sobre Ophélie —, ainda acha que tenho medo? Devo admitir que você talvez tenha razão sobre uma coisa.

Ele se curvou ainda mais, acariciando a orelha de Ophélie com o bigode.

— No fundo, até gosto um pouco desta situação — completou.
— Mesmo assim, vou ter que te interromper.

Esmagada no chão, com o braço torcido para trás, Ophélie ergueu o olhar para a sombra que subia a escada.

O CORAÇÃO

Ophélie só via o reflexo das lanternas vermelhas nos botões de um uniforme. Era mesmo Thorn ali na escada, ou seria ela vítima de uma ilusão?

Barão Melchior devia se perguntar a mesma coisa, pois levou vários segundos para recuperar a capacidade de responder:

— Para um casal que combina tão pouco, vocês são mesmo inseparáveis. Achei que você estivesse a dezenas de andares daqui, sr. Thorn. Como nos encontrou?

Thorn subiu os últimos degraus que o separavam do andar tranquilamente, sem se apressar. Do chão, Ophélie foi incapaz de erguer o olhar até seu rosto; porém, tinha uma vista perfeita dos seus sapatos.

— Graças a essa mulher que você pregou no chão — respondeu a voz grave de Thorn acima dela. — Ela comunicou sua posição a seu assistente, que se comunicou comigo por telegrama prioritário. Precisei recusar a companhia de um grupo de funcionários e policiais para me juntar a vocês. Não se preocupe, vim sozinho. Quero negociar com você, sem testemunhas constrangedoras.

Ophélie não acreditava no que ouvia. Com todos os guardas presentes nos Estados Familiares, Thorn tinha decidido não trazer nenhum? Ela mordeu a língua quando o barão puxou seu braço para forçá-la a se levantar não se preocupando com a dor insuportável que causava. Ele apertou Ophélie contra a plumagem da barriga, em uma paródia de valsa.

— Assim ficarei mais confortável para *negociar*. Estou ouvindo, sr. Thorn.

O cabelo de Ophélie tinha caído em sua cara, mas ela via o suficiente para notar que Thorn evitava cuidadosamente olhar para ela.

— Por quê?

— Por que me pergunta por quê? — retrucou o barão, defensivo.

— Eu tenho me beneficiado do seu apoio desde o início de minha carreira. Provavelmente nunca teria me tornado intendente sem que você dissesse as palavras corretas nos ouvidos corretos no momento correto. Você sempre me ajudou, em processos e assuntos onde não tinha nenhum interesse pessoal em jogo. E nunca, em momento algum, me cobrou retribuição. Por quê?

O barão Melchior se tranquilizou, os traços de repente foram tomados por uma bondade paternal, o que não o impedia de esmagar o braço de Ophélie.

— Porque sempre pressenti as maravilhas que você seria capaz de fazer. Acredito em você, meu garoto, mais do que em qualquer Miragem.

— Você acredita em mim — repetiu Thorn.

Ele manteve uma distância respeitável. Sem mexer um pé, observou ao seu redor os biombos, cujas ilusões dirigiam olhares provocantes, e as quatro portas enquadradas por estátuas mascaradas. Ophélie entendeu que ele tentava descobrir se havia cúmplices escondidos no local.

— O pino de ampulheta que encontrou milagrosamente na cama de Archibald — continuou Thorn após um silêncio. — Você o encontrou por já saber que estaria lá. Aproveitou a ocasião para me encorajar a investigar a fábrica e, se não fosse o pino, teria imaginado outro estratagema. Evidentemente, contava comigo para identificar a falsificação dos registros e, por consequência, implicar a fábrica nos sequestros. Cada nuance do seu comportamento ditou minha conduta até a acusação da sra. Hildegarde. Você não me apoiou na carreira porque acredita em mim — concluiu calmamente. — Você o fez para poder me manipular melhor quando chegasse a hora.

— Ora — suspirou o barão Melchior. — Quer dizer que eu também te decepcionei, sr. intendente?

— Não sou mais intendente. E esta mulher não é mais minha noiva — acrescentou Thorn sem olhar para Ophélie. — Seus pais a esperam para levá-la de volta a Anima. Nossas briguinhas de família não dizem respeito a ela. Vamos conversar entre nós, só nós dois, que tal?

O barão Melchior refletiu por um tempo, enquanto Ophélie teve o prazer de escutar o osso do seu braço quebrar ainda mais.

— Você renunciou definitivamente ao casamento?

— E à *leitura* do Livro, isso mesmo. É o que queria de mim, não? Não há mais o que temer com esta Animista.

— Bem na hora! — exclamou o barão Melchior, alegremente.

No entanto, ele não soltou Ophélie, só a apertou com mais força, a ponto de sufocá-la contra a gola jabô de renda.

— Você tem três qualidades essenciais, sr. Thorn — continuou ele. — Você é eficiente, íntegro e pacífico. A forma como se dedicou ao assunto dos indignos foi e-xem-plar! Essas guerras de clã, essas vinganças perpétuas, todo esse sangue derramado à toa — listou ele com uma voz vibrante de indignação. — Precisamos acabar com isso! Precisamos de homens como você, capazes de resolver os problemas mais espinhosos com as engrenagens de uma administração civilizada.

— Não sou mais intendente — lembrou Thorn. — E continuarei para sempre bastardo.

O barão Melchior abanou o ar com a bengala com tanto entusiasmo que Ophélie escutou o ar assobiar perto dela.

— Detalhes! Eu te ofereço uma vida nova! Ou, melhor, uma nova responsabilidade, que te colocará acima do sr. Farouk e ao abrigo da obsessão doentia dele pelo Livro. Você se beneficiará de uma proteção absoluta, nunca mais precisará se preocupar nem com você nem com sua tia. Entende, sr. Thorn? Não proponho que seja meu peão. Proponho que seja meu sócio.

Thorn arqueou lentamente as sobrancelhas e sua cicatriz pareceu crescer ainda mais.

— Minha mãe também se beneficiava dessa responsabilidade e proteção. Veja só onde ela está hoje. Gostaria de saber — continuou com extrema seriedade. — É você que me faz essa oferta, ou o Deus a que você serve?

O barão Melchior gargalhou, sacudindo todas as penas do pavão com ele. Ophélie mordeu a boca para não gritar; cada movimento fazia parecer que seu braço explodiria em milhões de pedacinhos.

— Ah, sr. Thorn, se sua mãe tivesse tido a metade da sua visão, ela não teria acabado indigna e mutilada — entusiasmou-se o barão. — O rumor é verdade, você herdou mesmo as memórias dela? Isso te torna um iniciado bem selecionado. Nós teremos sucesso, *você terá sucesso*, onde ela falhou. Eu e você salvaremos o Polo de toda essa corrupção que o gangrena. Assim como salvaremos o sr. Farouk das más influências — disse, batendo no ombro de Ophélie com a bengala. — Agora, sr. Thorn, faço-lhe uma pergunta que poucos escolhidos têm o privilégio de ouvir: deseja conhecer Deus?

— É meu maior desejo.

Ophélie encarou Thorn na esperança de finalmente captar sua atenção. A resposta dele havia sido tão espontânea, o olhar brilhando de tão vivo e interessado, que ela via bem que ele estava falando sério.

— Vou arranjar um encontro — prometeu o barão Melchior. — Isso pelo menos me permitirá compensar o que não pude arranjar com a sra. Hildegarde. No entanto, agora precisamos cuidar desta jovem senhorita — suspirou ele, erguendo o queixo de Ophélie com a bengala. — O assassinato causa tanta repugnância em mim quanto em você, mas temo que ela tenha visto e ouvido demais.

Thorn acariciou o lábio inferior com o indicador. Ao contrário de Ophélie, cujos óculos ficavam cada vez mais azuis, ele não se preocupava em nada.

— Compartilho da sua opinião, mas sugiro que, em vez disso, falsifiquemos a memória dela. Sou parte Cronista, posso fazer com que ela esqueça tudo que aconteceu aqui.

Ophélie sabia que era mentira. O próprio Thorn dissera que nunca tinha se envolvido com esse tipo de prática, mas ela devia admitir que, naquele instante, ele era muito convincente. O barão Melchior pareceu considerar a questão com cuidado, rodando a bengala. Ele devolveu o braço de Ophélie ao ângulo natural, acabando com seu suplício, e levou o galanteio ao ponto de beijar sua mão.

— Senhorita, foi uma honra conhecê-la.

Com essas palavras, ele a deixou ir em um gesto teatral, como um pássaro solto da gaiola e devolvido aos céus.

Longe de sentir alívio, Ophélie sentia seus nervos queimarem. Com passos incertos, ela se dirigiu para Thorn, que a aguardava impassível em frente à escada. Quanto mais Ophélie se distanciava do barão Melchior, mais pressentia que ele ia mudar de ideia e quebrá-la com a bengala, como havia feito com o monóculo de Gaelle.

Ele não fez nada.

Ela sentiu que alguma coisa estava estranha. O braço doía horrivelmente e não era só por causa da fratura. Um calor intenso subia até seu ombro, até seu peito. O beijo do barão Melchior tinha acendido um incêndio sob sua pele. O coração de Ophélie batia tão forte e rápido que era incômodo.

No instante em que Thorn notou como ela se contraía, ele a segurou pelo ombro.

— O que você fez com ela?

— Talvez você tenha o poder de modificar as suas memórias, mas não pode mudar a natureza dela — respondeu tranquilamente o barão Melchior. — Essa criança é dotada de uma curiosidade e de uma obstinação que a levarão cedo ou tarde a causar novas dificuldades. Sem ofensa, caro parceiro, mas prefiro meus métodos.

Ophélie mal o escutou. O calor se transformava pouco a pouco em dor, como se uma faca entrasse lentamente entre suas costelas. Ela escorregou das mãos de Thorn e caiu ajoelhada, encolhida em si mesma.

— É uma ilusão que eu mesmo fabriquei — explicou o barão Melchior, aproximando-se com passos tão calmos quanto seu tom. — Fica inoculada diretamente dentro do organismo. Enlouquece o coração até um ataque cardíaco. Uma morte limpa, sem violência, sem falha, da forma mais correta. Claro, nós vamos disfarçá-la de acidente para evitar problemas. O Grande Tribunal Interfamiliar não brinca com essas coisas.

Prostrada no chão, coberta de suor frio, Ophélie apertou o peito para conter os batimentos. É uma ilusão, uma *ilusão*, repetiu ela. *Não é real. Meu coração se comporta perfeitamente bem. É uma ilusão, uma ilusão, uma ilusão, uma ilusão.*

A dor parecia intoleravelmente real.

— Então, que tal minha oferta? — disse o barão Melchior, estendendo a mão para Thorn. — Negócio fechado, parceiro?

Um jato de sangue respingou nos óculos de Ophélie. Ela viu cinco dedos enluvados caírem no chão, bem ao lado dela, em uma avalanche de anéis.

O barão Melchior contemplou a mão mutilada com um ar incrédulo.

— Eu... quê?

— Anule sua ilusão.

A voz de Thorn vinha do fundo do ventre dele, como um rugido animal. Ele não tinha movido um dedo, mas, apesar do caos interior, Ophélie sentiu a eletricidade estática que ele carregava subitamente.

O barão Melchior arregalou os olhos, cada vez mais chocado. A visão de seu próprio sangue, escorrendo sem parar sobre o fraque, a calça e os sapatos, o fez empalidecer.

— Você utilizou suas garras contra mim? — balbuciou ele, sem ar. — Você perdeu a cabeça? Eu ia conceder o seu maior de...

Thorn o segurou pela gola jabô de renda com tal violência que o barão parou de respirar.

— Renuncici a esse desejo no mesmo instante em que pedi demissão — sibilou entre os dentes. — Anule a ilusão!

De pálido, o barão Melchior se tornou escarlate. Ele rasgou o rosto de Thorn com um golpe raivoso de bengala.

— Você nunca quis se aliar a mim, nunca! Você me abusou para recuperar sua cadela. Uma cadela, sendo que eu te ofereci Deus! Estou soltando sangue por aí, olha só para isso — indignou-se ele, agitando a mão mutilada. — Que mau gosto, sr. Thorn! Estou profundamente decepcionado!

O barão Melchior estava prestes a atacar Thorn com a bengala mais uma vez, mas ela caiu no chão com o resto de seus dedos. As garras de Thorn tinham atacado novamente. Desequilibrado pela surpresa e pela dor, o barão titubeou para trás até a balaustrada, que se curvou perigosamente sob seu peso, presa só por uns poucos parafusos.

Ophélie assistiu à cena através da bagunça dos cabelos e das gotas de sangue nos óculos. Sua visão se tornava cada vez mais embaçada. O coração, tomado por uma loucura furiosa, não aguentaria muito mais.

— Anule sua ilusão! — ordenou Thorn.

O barão Melchior foi sacudido por uma risada cética, com as duas mãos transbordando sangue, como se fosse tudo uma piada de mau gosto.

— Ora, ora, você não planeja matar o ministro das Elegâncias e o delegado de Deus. Seria um verdadeiro desrespeito à arte da morte.

Com um chute em plena pança, Thorn jogou barão Melchior contra a balaustrada, que, dessa vez, cedeu sob seu peso. Ophélie fechou os olhos ao escutar o barulho da queda, uma mistura de eco metálico e de ossos quebrados.

Na escuridão das pálpebras, ela sentiu um grande silêncio invadi-la. Seu sangue voltou a fluir como a maré de um rio. O incêndio sob sua pele se apagou em fogueirinhas. A dor diminuiu, até desaparecer inteiramente. O ritmo cardíaco desacelerou, de pulsação em pulsação. *A ilusão desaparece com o criador.* O coração de Ophélie continuaria a bater pois o do barão Melchior tinha parado.

Quando ela abriu os olhos, Thorn estava ajoelhado à sua frente.

Ele afastou os cabelos dela, tirou os óculos e examinou suas pupilas atentamente, sem pronunciar uma palavra. Com um gesto médico, um pouco brusco, virou o queixo dela de um lado para o outro para verificar se o olhar dela se mantinha estável no dele.

Ophélie esperava que Thorn não notasse que ela estava à beira de lágrimas. Até sem óculos, ela via que ele estava com uma ferida funda no rosto, cruzando a antiga cicatriz, onde tinha sido atingido pela bengala do barão Melchior. As sobrancelhas estavam tão franzidas e o maxilar tão contraído que Ophélie preferia que Thorn explodisse de vez e parasse de conter a fúria.

Sua pergunta foi lacônica:

— E seu coração?

— Vai bem — balbuciou Ophélie. — A ilusão passou. Me sinto m...

Ophélie não terminou a frase. Thorn a abraçou com tanta força que a deixou sem ar. Ela arregalou os olhos para essa estranheza que produzia batimentos precipitados. Ela não entendia. Thorn deveria enchê-la de broncas, sacudi-la furiosamente. Por que a abraçava?

— Quando eu disse que você tinha uma predisposição sobrenatural à catástrofe, não era um convite para provar que eu estava certo.

Ophélie não conseguiu controlar por muito tempo o choro. Os braços de Thorn ficaram tensos de surpresa quando ela se agarrou de volta. Ela grudou o rosto contra o peito dele e gritou como nunca, na vida inteira, tinha gritado; era um berro que vinha do fundo das entranhas e subia pelo corpo como um tornado. Thorn a deixou engasgar, soluçar, fungar contra o uniforme até que acabasse o fôlego. Eles ficaram um bom tempo em silêncio no chão do imagineiro, envoltos pela luz vermelha das lanternas.

— Eu queria te ajudar — disse Ophélie enfim, rouca. — Estraguei tudo.

— Você se arrepende? Eu não.

Despido da frieza invernal, o sotaque de Thorn tinha uma sonoridade muito diferente.

— Você deu as costas para nossas duas famílias e acabou de matar um homem — murmurou Ophélie. — Tudo por minha causa.

Ela sentiu os dedos de Thorn acariciarem seus cabelos, sua nuca e suas omoplatas em gestos indecisos, como se ele não soubesse onde e como tocá-la. Ele não tinha experiência em consolar ninguém.

— Eu nunca deveria ter te envolvido nos meus problemas. Sabia que seria perigoso. Me convenci que estava com a situação sob controle, mas esse erro quase custou sua vida.

Thorn ficou em silêncio no que Ophélie supôs ser uma hesitação, pelo modo como ele prendia a respiração.

— Eu ensaiei te dizer uma coisa muitas vezes — retomou. — Não fico muito à vontade com esse tipo de formalidade, então vamos acabar com isso e deixar para trás.

Ele pigarreou, como se as palavras estivessem engasgadas, e acabou resmungando:

— Peço seu perdão.

Ophélie encarou a escuridão quente contra a qual estava esmagada. Nesse segundo, ela soube finalmente, com certeza absoluta, onde era seu lugar. Não era no Polo, não era em Anima. Era no lugar exato em que estava agora. Ao lado de Thorn.

Ela sentiu sua própria voz mudar ao perguntar:

— Quem é Deus?

Thorn se calou, mas Ophélie sentiu os músculos do braço dele se tensionarem.

— A memória da sua mãe — respondeu por ele. — Ao lhe transmitir as lembranças, ela te transformou em testemunha? É este passado que você investiga confidencialmente? Você descobriu a existência de alguém ainda mais poderoso do que os espíritos familiares? O Livro do sr. Farouk contém informações a respeito disso?

— Não conte para ninguém o que escutou esta noite, e tente esquecer — interrompeu Thorn. — Melchior era só um elo de uma corrente muito, muito longa. Estou convencido que há outros elos em todas as arcas, em todas as famílias.

Com um choque, Ophélie de repente se lembrou do "estranho estrangeiro" de quem a Relatora havia falado um dia, um homem capaz de influenciar as decisões das Decanas. Sua intuição estava correta: existia mesmo um denominador comum entre os eventos do Polo e de Anima.

— Você prometeu — disse Ophélie. — Você prometeu nunca mais me esconder o que me envolvesse diretamente. Estou mais do que envolvida agora. Você me deve a verdade.

— Estou quebrando a promessa — decretou Thorn, sem a menor hesitação. — É muito mais do que uma intriga de corte — insistiu ele com a voz pesada. — É uma engrenagem na qual basta tocar para nunca mais viver em paz, falo com conhecimento de causa. Você ainda tem tempo para voltar atrás.

Ophélie não tinha vontade alguma. No entanto, ela voltou à realidade imediata quando escutou o cachecol, ainda amarrado no biombo, bater no chão com impaciência.

Com uma pontada dolorida no braço, Ophélie se afastou de Thorn e colocou os óculos no lugar. Ela estava com a visão embaçada por chorar demais, mas sua mente, porém, estava perfeitamente límpida.

— Não podemos ficar aqui. Tem três cadáveres neste imagineiro, quatro se contarmos o barão. Consegui libertar Archibald a tempo, mas ele sofreu os efeitos de uma bolha de confusão: não podemos contar com ele como testemunha. Nós precisamos fugir.

— Não — respondeu Thorn.

— Não? Você tem uma ideia melhor?

Através das manchas de sangue nos óculos, Ophélie cruzou o olhar inflexível de Thorn.

— Não existe mais "nós". O casamento foi anulado. Você vai voltar para a casa dos seus pais e levar a vida que eu nunca deveria ter interrompido. Eu vou me entregar à justiça do Polo e assumir as consequências das minhas ações. Era, de qualquer forma, o que eu me preparava para fazer quando recebi o telegrama do seu assistente. No que diz respeito a este indivíduo — acrescentou Thorn, olhando para o ponto em que a balaustrada tinha cedido —, eu fiz o que precisava fazer. Não é a primeira vez que mato alguém por legítima defesa, isso nunca me impediu de me responsabilizar.

— Você sabe que é diferente — protestou Ophélie. — É um Miragem e, para todo mundo, você é só... só um...

Thorn franziu os lábios daquele jeito difícil de interpretar.

— Um bastardo, eu sei. Não tenho nenhuma ilusão, não terei direito a um processo imparcial. Lutei para impedir que os nobres se colocassem acima da lei — interrompeu em um tom categórico quando Ophélie abriu a boca. — Não fugirei da justiça hoje.

Ele a segurou pelos ombros para olhar no fundo de seus olhos.

— Você respeitará minha decisão? — perguntou ele.

Após um longo silêncio insistente, Ophélie aquiesceu.

— Respeitarei.

O NEGÓCIO

Na corte, a desordem tinha atingido o ponto de ebulição. Sob os jardins suspensos, em meio aos vapores das termas, nos balcões da Ópera Familiar ou nos salões de jogos do Passeio, os nobres não se aguentavam no lugar. Eles se juntavam frequentemente ao redor das bancas de jornal para seguir cada revelação do escandaloso "Caso do imagineiro", no qual Thorn fazia o papel de traidor, assassino e mentiroso. Os Miragens, particularmente chocados, estavam ávidos por detalhes, mas não tinham tempo para o luto. O mundo mudava, e mudava rápido.

De um dia para o outro, uma nova população apareceu na cena. Invisíveis, Narcóticos e Persuasivos, antigamente indignos, apresentavam-se por todos os lados com a cabeça erguida. Três novos clãs, três novos rivais na competição pelos favores de Farouk. Era uma nobreza de estilo muito diferente, que conhecia as dores do frio e da fome há muitas gerações. Essa gente não tinha o refinamento dos Miragens nem a diplomacia da Teia, preferia a espada à renda, a ação à conversa, a caça aos salões. Eles eram tão apegados à realidade que, logo que chegaram à corte, começaram a reivindicar as antigas posses familiares, há muito redistribuídas para outros ramos aristocráticos.

Como se o ambiente não estivesse suficientemente febril, a trupe da Caravana do Carnaval desembarcou na Cidade Celeste sem que ninguém soubesse quem, exatamente, fizera o convite inicial. Não era mais possível dar um passo nos bairros altos sem cruzar com um nobre furioso, um advogado histérico ou um treinador de quimeras.

Só Farouk brilhava em sua ausência. Após os Estados Familiares, ele se trancou nos apartamentos particulares com ordens de não deixar entrar ninguém.

Entretanto, era ele quem Ophélie vinha encontrar hoje, com passos decididos.

Ela subiu o Passeio, onde o falso sol se punha sem fim sobre o falso mar. Cada empurrão era um suplício para seu braço preso no cachecol, mas Ophélie continuava a andar rapidamente e, quando um cortesão a atacava com perguntas, ela mergulhava de volta na multidão. Ela já tinha contado sua versão dos fatos à família, aos policiais, à justiça e à imprensa, e agora não tinha nenhum segundo a perder.

A tia Roseline surgiu bem no momento em que o ascensorista se preparava para fechar a grade do elevador particular de Farouk. Ophélie achava que ela estava no hotel com o resto da família.

— Talvez você tenha conseguido fugir da família toda, mas você não vai dar o golpe do espelho em mim outra vez. Você precisa de companhia mais do que nunca, menina.

— O sr. Farouk deseja me ver sozinha — disse Ophélie.

— Isso não me impedirá de te escoltar até o último instante.

A cabine, decorada como recepção, subiu lentamente, fazendo tilintar os lustres de cristal.

— A Relatora está com o cata-vento apontado para você — advertiu a tia Roseline. — Ela enviou o relatório para as Decanas e espera uma resposta muito breve. O Familistério de Anima não vai aprovar o que você planeja fazer. Nem eu tenho certeza se aprovo.

— Enquanto o telegrama não chegar, ainda não desobedeci ninguém — retrucou Ophélie, firme. — Foi por isso que pedi uma reunião com extrema urgência.

— O sr. Farouk aceitou rápido demais, o que não me cheira nada bem. Berenilde pediu cem vezes para vê-lo sem que ele desse uma única resposta educada. A mãe do filho dele! Ela precisou se rebaixar a correr de salão em salão, com o bebê no colo, em busca de apoio. Berenilde implorando, imagina? Nunca a vi tão desesperada.

A tia Roseline notou que Ophélie estava obstinadamente silenciosa, com a mão apertada no braço machucado, olhando bem para a frente.

— Não tenho muita simpatia pelo sr. Thorn — acrescentou ela com uma voz mais doce —, mas o que aconteceu com ele é revoltante. Nenhum direito de visita, proibição de comparecer ao julgamento e um processo tão resumido que os jurados provavelmente nem tiveram tempo de se sentar. Até os indignos... os antigos indignos, perdão, abriram mão dele. Entendo que você esteja perturbada.

Ophélie não respondeu, deixando a música da vitrola preencher o silêncio.

Perturbada? Era pior que isso. Não era comum que ela odiasse alguém, mas o que sentia ao pensar no barão Melchior, mesmo *post mortem*, estava cada vez mais perto do ódio.

Ninguém na corte tinha acreditado que um homem pacífico tivesse planejado o sequestro dos próprios primos e o assassinato de uma jovem; porém, todo mundo estava de acordo em dizer que Thorn era perfeitamente capaz disso. A impressão que ele causara ao pedir demissão para Farouk e ao romper a aliança diplomática com Anima não tinha funcionado ao seu favor. Thorn tinha se tornado o culpado por excelência, não só acusado pelo assassinato do ministro das Elegâncias, como também pelo do conde Harold, do diretor do *Nibelungo*, do meirinho-mor e até da Madre Hildegarde, desaparecida em circunstâncias completamente ocultas. As confissões escritas dessa última tinham sumido misteriosamente.

Ophélie tinha pedido para testemunhar, claro, mas não permitiram que ela o fizesse no tribunal. Um datilógrafo se contentou em colher seu testemunho e ela estava convencida de que o papel nunca saíra da gaveta.

O veredito saiu de manhã cedo, com a agilidade de uma guilhotina. Declarado um traidor da família, Thorn havia sido condenado à Mutilação de seus dois poderes familiares, depois seria jogado para fora das muralhas. Entregue às Bestas sem as garras nem a memória. E, como se essa mecânica judicial não tivesse sido suficientemente rápida, a pena seria aplicada na semana seguinte.

Ophélie engoliu o pânico e a fúria que subiam de seu estômago. Ela não permitiria que acontecesse. Quando Thorn escolheu se entregar à justiça, ela disse que respeitaria a decisão; mas em nenhum momento prometeu não se meter.

— O Gineceu! — anunciou o ascensorista.

Ophélie ia pedir para que continuasse a subir, mas alguém puxou a cordinha para entrar.

Era Archibald.

— Belíssimo dia, senhora e senhorita — cumprimentou, tirando a velha cartola.

Despenteado, com a barba por fazer e malvestido, parecia um vagabundo. Até o ascensorista franziu as sobrancelhas ao vê-lo entrar no elevador.

— A sua cara está horrível — disse tia Roseline. — Como você se sente?

— Um pouco como minha cara, senhora.

O sorriso brincalhão de Archibald deu lugar a olhos apagados. Ele não parecia mais um vagabundo; parecia o fantasma de um vagabundo. Não só a Teia tinha rompido o vínculo, como ele continuava em luto, como se a presença corpórea não bastasse mais para considerá-lo vivo. As próprias irmãs o tratavam como um estranho, seu gerente tinha desaparecido na natureza e Madre Hildegarde, que era parte integrante do seu universo desde seu nascimento, tinha morrido. O mundo dele também tinha mudado da noite para o dia. Ophélie queria sentir pena dele, mas não tinha tempo.

— Você tem novidades? — perguntou ela.

Archibald colocou a cartola de volta com um gesto afirmativo e se serviu de champanhe no bufê do elevador.

— Acabo de *me encontrar*, para ser decente, com a sra. Frida. A princípio ela se mostrou reservada quando soube o que me levava a ela. Thorn nunca foi tão pouco popular. Felizmente, não é meu caso: ninguém resiste a Archibald por muito tempo!

Ophélie acreditou plenamente. Nenhum outro homem podia entrar e sair impunemente do Gineceu de Farouk, como ele havia acabado de fazer.

— A sra. Frida é uma favorita muito interessante — prosseguiu Archibald, depois de um gole de champanhe. — Ela não só tem as pernas mais belas da corte, como braços incrivelmente compridos. Com alguns telefonemas, conseguiu uma reunião de cinco minutos na sala de visitação. Para uma prisão de Estado, era o melhor que podia esperar.

— Vamos poder falar com Thorn? — exclamou Ophélie, sentindo o estômago se revirar.

A tia Roseline olhou para ela com um leve tremor, um pouco preocupada, mas não disse nada.

Archibald sacudiu a cabeça, sorrindo com o canto da boca.

— Você não. A sra. Frida só aceitou oferecer este serviço para mim. Usarei os cinco minutos o melhor que posso — prometeu, esforçando-se para parecer sério. — Se Thorn tiver uma mensagem para você, me encarregarei de transmiti-la.

— Diga que não vamos abandoná-lo — murmurou Ophélie, apertando com força a manga de Archibald. — O que você está fazendo é muito gentil. Thorn ficará agradecido.

Archibald piscou. Seus olhos começaram a cintilar como uma taça de champanhe antes de se apagar novamente, em uma breve ressurgência do antigo olhar.

— Thorn agradecido? — repetiu ele. — Até este segundo, nem sabia que era possível usar essas duas palavras na mesma frase. Para não ficarmos mal-entendidos, Ophélie, não faço isso por ele. Tenho uma dívida com você e detesto esta ideia. É muito mais divertido quando os papéis estão invertidos.

Era sua forma de agradecer.

Desde que Archibald ressurgira, eles não tinham se falado muito e Ophélie suspeitava que ele tinha certa vergonha. Ele só conservara da estadia do imagineiro uma lembrança delirante. A última vez que vira o barão Melchior tinha sido no Luz da Lua, quando ele havia roubado sua ampulheta. Archibald viu nele a próxima vítima de Madre Hildegarde, que ele estava convencido equivocadamente ser a responsável pelos sequestros. Ele tinha decidido virar a ampulheta em segredo, sem avisar ninguém, acreditando que ela fosse levá-lo à Madre Hildegarde. Supunha que, ao chegar, poderia argumentar com ela e resolver a situação sem escândalo.

Ainda hoje, pagava pelo erro.

— Último andar! — anunciou o ascensorista, puxando o freio do elevador e abrindo a grade de ouro. — Apartamentos particulares do sr. Farouk. Só a senhorita é autorizada a entrar.

A tia Roseline beliscou o ombro de Ophélie para segurá-la por um instante.

— Eu me enganei, você não é mais uma menina... Vá — disse com um tom ranzinza, soltando seu ombro. — Mostre ao sr. Farouk do que uma Animista é capaz.

Ophélie não tinha disposição para sorrir, mas não conseguiu conter seus lábios.

— Conte comigo.

Ela pisou nos azulejos xadrez de uma antessala. O ascensorista fechou a grade e Ophélie viu o elevador descer, levando embora Archibald, que erguia uma taça figurativa em sua homenagem, e tia Roseline, dirigindo-lhe gestos de encorajamento.

Era a primeira vez que Ophélie pisava no sétimo andar da Torre. Entrando no covil de Farouk, ela esperava encontrar o cúmulo do conforto e da extravagância. A antessala se resumia a um cômodo sem móveis, mais alto do que largo, muito fresco, cuja única vocação era levar a uma imensa porta de ouro. Como não havia nenhum empregado e Ophélie não tinha paciência para esperar, ela abriu a porta sem ser anunciada.

O apartamento de Farouk se revelou ainda mais surpreendente do que sua antessala. Estantes gigantescas de livros cruzavam a sala, formando corredores vastos como ruas. Os passos de Ophélie ecoaram nos azulejos xadrez enquanto ela andava entre as fileiras de volumes com três vezes sua altura. Essa coleção particular era quase digna da grande Biblioteca Familiar de Anima, onde seus pais trabalhavam. Alguns livros estavam em tão mau estado, apesar dos consertos visíveis, que pareciam prestes a se despedaçar.

Ophélie se sentiu sem bússola naquele mundo composto unicamente de linhas verticais e horizontais.

— Olá? — chamou ela.

Sua voz ecoou entre os azulejos xadrez e o teto alto sem receber resposta.

Ophélie acabou encontrando Farouk mesmo assim, em um dos últimos corredores de livros. Ele estava em pé, completamente absorto na leitura de uma obra, tão silencioso, imóvel e branco que Ophélie primeiro achou que se tratava de uma estátua de mármore.

— Senhor?

Com lentidão infinita, Farouk tirou o olhar claro do livro para se voltar a Ophélie. A força de seu psiquismo a atingiu como uma chuva congelante.

— Agradeço por ter aceitado me receber, senhor.

Como Farouk não respondia, Ophélie sentiu o cachecol se apertar nervosamente contra seu braço quebrado.

— O seu ajudante de memória não está aqui? — perguntou ela, procurando o jovem com o olhar.

— Eu o liberei. Queria estar sozinho com você.

A voz arrastada de Farouk propagou calafrios por toda a pele de Ophélie, mas ela não se deixou dominar pelo medo. Não dessa vez.

— Senhor, eu vim vê-lo porque...

— Olhe.

Farouk a interrompeu para mostrar o livro que tinha em mãos. Ophélie notou que era o diário dele. Farouk tinha colado na última página, mais sem jeito do que o resto, uma foto recortada de um jornal. Um bebê de pele clara e olhos fechados. O comentário de Farouk, escrito à mão entre duas manchas de tinta, era sucinto: "filha de Berenilde".

Ophélie devia admitir que não esperava isso.

— Senhor, eu vim...

— Queria esquecer essa menina — interrompeu Farouk, voltando à contemplação meditativa da foto. — As crianças são tão barulhentas, tão irritantes, choram tão fácil — listou ele, devagar. — Não suporto a companhia delas em geral, mas queria esquecer esta ainda mais do que as outras. Ela tomou meu lugar na existência de Berenilde e pressinto que me causará muitos problemas. Queria realmente esquecê-la, então por que não consigo parar de pensar nela?

Farouk fechou o caderno e o guardou na estante à frente dele. Ophélie notou então que a biblioteca era composta unicamente de diários; centenas, milhares de cadernos. Aquele lugar era a memória escrita de Farouk.

— Senhor — insistiu Ophélie. — Eu vim propor...

O fim da frase morreu em seus lábios. Farouk tinha se curvado sobre ela em um movimento interminável de pele, pelo e cabelo branco; Ophélie teve a impressão de ver cair sobre ela uma avalanche de neve. Ele tirou os óculos dela com um dedo para encará-la com uma curiosidade que beirava o fascínio. A proximidade de seu psiquismo era tão opressora que Ophélie sentiu seus ouvidos entupirem, como se tivesse passado sob um túnel ferroviário.

— Digo o mesmo de você, pequena de Ártemis — murmurou Farouk, destacando muito lentamente cada sílaba. — Não consigo parar de pensar em você. Você parece chateada — constatou ele de repente.

Ophélie soltou o ar que segurava há muito tempo.

— O homem com quem eu devia me casar será mutilado e jogado às Bestas daqui a uma semana. Thorn sempre lhe serviu com a maior honestidade e você não se preocupou nem um instante em garantir um processo justo.

Farouk soltou os óculos, que caíram bruscamente no nariz de Ophélie. Seu rosto seráfico, sem uma dobra, sem uma ruga, sem uma imperfeição, endurecera como gelo.

— Não sou rancoroso pela simples razão de minha memória ser muito ruim. A forma como aquele ingrato quebrou a promessa que me fez... — reclamou ele, com uma tempestade no fundo da garganta. — Não estou pronto para perdoá-lo. Espero, pelo seu interesse, pequena de Ártemis, que não tenha vindo me pedir clemência por ele. Não gosto de você o suficiente para me humilhar.

A ameaça sussurrada foi acompanhada de uma onda psíquica que desencadeou uma nevralgia no corpo todo de Ophélie. Ela soube que era completamente inútil explicar para Farouk que Thorn tinha rasgado o contrato para protegê-la, não para desafiá-lo.

— Não — respondeu ela com firmeza. — Pedi para vê-lo para propor um negócio.

Com gestos ainda mais desajeitados pelo braço quebrado, Ophélie desdobrou uma folha que tinha guardado como se fosse preciosa.

— Isto é a cópia do contrato de Thorn — explicou ela. — Aquele no qual ele prometeu casar comigo, se apropriar de meu poder familiar de decifrar seu Livro. Eu vim honrar o contrato no lugar dele.

Farouk franziu um pouco as sobrancelhas, como se, de repente, fizesse um esforço de concentração excepcional. Ele levou um tempo infinito a percorrer a cópia, buscando um golpe ou uma cláusula escondida. Quando ergueu os olhos para Ophélie, um brilho perigoso tinha se acendido.

— Você quer *ler* meu Livro?

— Quero respeitar o que está previsto no contrato — corrigiu Ophélie. — Em troca do meu serviço de *leitora*, você manterá o casamento hoje.

— Você não tem outras exigências?

— Não, senhor.

Um sorriso se desdobrou lentamente, muito lentamente, no rosto de Farouk. Longe de suavizar os ângulos, os tornou ainda mais duros e frios.

— Negócio fechado.

A LEITURA

Com uma lentidão paquidérmica, Farouk convidou Ophélie para atravessar uma imensa porta que levava a outra região de apartamentos.

O universo ordenado e retilíneo da biblioteca deu lugar ao apocalipse. Tapetes de todas as cores estavam enterrados sob um caos de objetos discrepantes: móveis de proporções gigantescas, autômatos de tamanho humano, pirâmides de caixinhas, narguilés grandes como árvores e uma cama vasta como uma casa. As paredes tinham desaparecido inteiramente sob sobreposições de folhas de livros ilustrados mal rasgadas.

Ophélie tropeçou várias vezes em enormes peças de quebra-cabeça e seu sapato grudou no que um dia deviam ter sido bombons de caramelo; ela começava a entender por que Farouk via no nascimento da filha uma rivalidade.

— Se instale aqui — disse ele. — Você ficará mais à vontade.

Ele endireitou uma poltrona caída e, com um gesto forte de mão, varreu de uma mesa tudo que a cobria: bule, açucareiro, leiteira, pires e xícaras sujas caíram no tapete em um estrondo de porcelana.

Ophélie subiu com dificuldade na poltrona grande demais para ela, enquanto Farouk colocava o Livro sobre a mesa. Ele passou a mão como se para espanar a poeira: a capa incrustada de pedras preciosas, que na verdade era só uma ilusão, evaporou-se em uma nuvem de fumaça, deixando a pele do Livro inteiramente nua.

Concentrada, Ophélie ajeitou os óculos no nariz, e dobrou e esticou os dedos para amaciar a luva de *leitora*; ela tinha vestido um par novo para a ocasião. A impaciência revirava seu estômago, mas ela deixaria essa emoção entre parênteses até cumprir sua parte do contrato. O destino de Thorn dependia do seu serviço.

Com gestos profissionais, ela abriu a primeira página. O Livro de Farouk era assustadoramente semelhante ao que Ártemis havia colocado nos Arquivos Familiares de Anima. Parecia inteiramente feito de pele, uma textura suave e lisa sem nenhum traço de mofo, nem mesmo um leve odor, apesar de o objeto datar de muitos séculos antes. À luz da luminária da mesa, o Livro de Farouk parecia mais claro do que aquele de Ártemis, mas a diferença era uma nuance verdadeiramente ínfima.

Ophélie se curvou para examinar o texto. Era mesmo só um texto? Aquele alfabeto, todo em arabescos sofisticados e diacríticos, não tinha equivalente conhecido. Tinha sido impresso de forma indelével na pele do Livro, seguindo uma técnica semelhante à da tatuagem. Alguns símbolos se repetiam às vezes nos cabeçalhos, mas era o único indício de lógica em meio ao caos literário.

Ao virar uma página, Ophélie franziu as sobrancelhas.

— E aí? — perguntou Farouk.

Ele estava instalado na cabeceira da mesa, com um diário novo em folha e uma caneta-tinteiro em mãos, pronto para registrar tudo que sua memória pessoal não permitia guardar. Era um espetáculo impressionante ver esse imperador gigantesco no papel de estudante. Os cabelos brancos e compridos, que escorriam ao redor dele como um rio de leite, mal deixavam entrever o feixe fixo de seu olhar.

— O Livro foi danificado alguma vez desde que você o possuiu? — perguntou ela.

Farouk não respondeu. Ophélie deslizou o dedo enluvado em um longo rasgo quase invisível na costura, entre duas folhas. O pouco de pele que restava parecia uma ferida mal cicatrizada.

— Falta uma página. Já tive a oportunidade de manipular várias vezes o Livro de Ártemis e ele apresenta a mesma anomalia, no mesmo lugar. Devemos confessar que a coincidência é estranha.

Farouk ficou impassível por um longo momento, depois arranhou lentamente o papel do diário com a caneta.

— É só isso que tem a me ensinar? — disse ele, com uma voz lenta como sua escrita. — Seria muito, muito decepcionante.

— Foi uma simples observação. Ainda não comecei.

Ophélie desabotoou a luva e pressionou a palma no Livro, pele contra pele.

Nada.

O Livro de Farouk era tão *ilegível* quanto um organismo vivo. Não era nenhuma surpresa, já que o Livro de Ártemis tinha a mesma particularidade, mas como Ophélie deveria fazer sua análise? Ela tomou muito cuidado para não mostrar frustração na frente de Farouk, cuja atenção contínua sentia da outra ponta da mesa. Ophélie virou as páginas uma a uma, apalpando cada centímetro de pele, sem conseguir sentir nada além da própria inquietude. Thorn nunca teria proposto uma *leitura* se não fosse possível. Havia sem dúvida uma falha a explorar.

Ela acabou encontrando-a depois de virar a última página, incrustada na lombada do Livro: uma pontinha de metal, tão antiga que estava completamente enferrujada.

— Esta incrustação é original? — chocou-se Ophélie.

Farouk a observou pela fresta dos cabelos, a caneta suspensa acima do diário.

— Parece que você é quem devia me dizer.

— Bom. Eu não posso garantir uma tradução do conteúdo textual desta obra, mas vou voltar no tempo o mais longe que este estilhaço de metal puder me levar.

Farouk se calou por tanto tempo, com sua aura carregada de tanta tensão, que Ophélie temeu uma recusa. Portanto, ficou desconcertada ao ouvir a resposta:

— Há, a respeito do Livro, alguma questão que esqueci e não deveria ter esquecido. Pressinto que tem uma importância primordial. Se você me ajudar a descobrir o que é, pequena de Ártemis, considerarei seu contrato como honrado.

Ophélie desamarrou o cachecol, que corria o risco de desconcentrá-la. Ela posicionou o braço quebrado como pôde; seria preciso abstrair a dor até o fim da *leitura*.

— O senhor pode desviar o olhar?

Farouk ergueu as sobrancelhas em um movimento interminável.

— Por quê?

— O seu poder familiar é forte demais. Sempre que me olha, é... perturbador — explicou Ophélie, escolhendo bem as palavras. — Se quiser uma análise de qualidade, afaste um pouco a atenção.

Após um silêncio desconfortável, Farouk virou a cabeça até atingir um ângulo que teria quebrado as vértebras de qualquer ser humano de constituição normal.

Assim que tocou com o dedo o estilhaço de ferrugem, Ophélie soube que a *leitura* estaria entre as mais longas e difíceis de sua carreira. A maioria dos objetos passava por períodos de inatividade: esquecidos em uma estante, em uma gaveta, no fundo de uma mala. Esses longos períodos de silêncio permitiam aos *leitores* algumas paradas ao longo da viagem temporal. Não era o caso daquele Livro. Por carregá-lo contra o peito dia após dia, mês após mês, ano após ano, década após década, século após século, Farouk tinha incutido na peça metálica uma vivência acumulada tão profunda e densa quanto uma sucessão de camadas geológicas.

Quem sou eu? Quem sou eu?

Quanto mais Ophélie voltava no tempo, mais ela se sentia afogada em um abismo cujas águas agitadas eram unicamente compostas de insatisfação. O sentimento inacabado dava a impressão de se dissolver em uma eterna não consumação, como se ela estivesse condenada a nunca ser nada nem ser qualquer coisa. Sim, Ophélie sentia plenamente no momento, na sua carne, no seu ventre, nas suas veias: faltava uma peça central no quebra-cabeça de Farouk, um vazio que desejava desesperadamente ser preenchido.

Às vezes, por um breve instante, ela mudava de ponto de vista. Curiosidade científica, esperança de recompensa, perplexidade profunda: as impressões passageiras de todos os especialistas que precederam Ophélie.

Quem sou eu? Quem sou eu?

Ophélie subiu o rio do tempo pelo que lhe pareceu uma eternidade até, sem sinal ou anúncio, uma agonia intolerável a deixou sem ar. Era uma sensação atroz, como se uma mão invisível se enfiasse em sua barriga para arrancar as vísceras. *Minha página!*, pensou Ophélie, tomada por um terror que não era seu. *A* página, corrigiu imediatamente. A página que faltava do Livro: Farouk sentira seu rasgo como uma amputação em si mesmo. Ophélie se esforçou para manter a distância, para ficar na posição de espectadora, em repetir que essa agonia e esse terror eram de Farouk antigamente, em um tempo extremamente longínquo, mas ela quase soltou o livro. Ela pensou em Thorn. Ela viu a mão imensa de Farouk sobre sua cabeça, aspirando seus poderes familiares, o esvaziando de memória, roubando até a lembrança de si próprio, e o jogando, vulnerável como uma criança, entre as patas de um urso-polar gigante.

Ela apertou os dentes e prosseguiu com a *leitura*.

A agonia cessou tão bruscamente quanto tinha começado e Ophélie teve a impressão surpreendente que sua visão interior estava consideravelmente mais límpida. A névoa que recobrira a existência de Farouk por séculos tinha se dissipado: havia um antes e um depois da página arrancada. Ophélie viu a bela mão branca de Farouk acariciando sonhadoramente o estilhaço de metal na lombada do Livro, agora nada enferrujado. Ela se sentia plena de emoções mais fortes, ideias mais claras. Não podia ver o rosto de Farouk, pois revivia o passado afunilado por sua percepção, mas sentiu sua juventude, suas esperanças, suas dúvidas, seus questionamentos no âmago de si mesma, enquanto ele contemplava fixamente o Livro.

Quem sou eu? Quem sou eu?

Ophélie foi atravessada por imagens fugazes de forte intensidade. Um soldado sem cabeça em frente ao sol. Vozes gritando nos corredores de uma antiga escola. E um perfume, um perfume que Ophélie nunca havia sentido na vida, mas que foi capaz de identificar com certeza: acácia.

De repente, após um sobressalto de tempo, Ophélie viu Farouk. Ou pelo menos uma versão adolescente de Farouk, no meio do caminho entre a infância e a idade adulta. Ele estava jogado no chão e dirigia a ela um rosto em que brigavam emoções contraditórias: desafio e medo, revolta e adoração, orgulho e angústia. Ela o via porque deixara de ser ele. O Livro tinha mudado de mãos e essa nova protagonista examinava tanto o estilhaço de metal preso à carne quanto Farouk, a seus pés, que a devorava com o olhar. Ophélie se tornara outra pessoa sem nem mesmo notar, como se simplesmente tivesse escorregado para uma pele mais antiga de si mesma, como se fosse ela, ela em pessoa nesse passado, curvada sobre o jovem Farouk. Ela nunca tinha vivido algo equivalente e o choque que sentiu cobriu por um instante a cena com sua própria emoção.

— Por quê? — perguntou Farouk, desafiando-a com o olhar.
— Por que devo fazer o que está escrito? Quem sou eu para você, Deus?

Deus?, chocou-se a voz interna de Ophélie, sobre a de Farouk. Ela queria poder rebobinar a cena, passá-la de novo como no projetor de ilusões do Velho Éric. Em vez disso, foi arrastada mais profundamente no passado, até à noite em que Farouk apunhalou o próprio Livro com uma faca de cozinha, prendendo ali a ponta de metal. Naquela noite, enquanto a dor lhe atravessava o corpo, ele entendeu plenamente quem ele era, o que ele era. E ele soube também que nunca, nunca o aceitaria.

Ophélie liberou finalmente a pressão do dedo no estilhaço de metal e, com gestos lentos, um pouco trêmulos, vestiu a luva de *leitora*. Seu serviço estava terminado. E sua vida nunca mais seria a mesma.

Ela pigarreou. Farouk reposicionou a cabeça em um ângulo humanamente aceitável, ainda suspendendo a caneta-tinteiro sobre o diário.

— Sou todo ouvidos.

Ophélie suportou a pressão psíquica de seu olhar sem pestanejar. Ela não devolveu o Livro como o protocolo pedia após uma análise, preferindo deixá-lo na mesa. Agora que sabia com que estava lidando, não conseguiria mais tocá-lo sem sentir que profanava algo supremamente íntimo.

— Eu descobri a "questão" que você esqueceu sobre o Livro.

— Sou todo ouvidos — repetiu Farouk.

As palavras eram as mesmas, mas a voz tinha mudado completamente: várias oitavas mais grave, quase inaudível.

Sem dúvida, Ophélie deveria ter tomado precauções, preparado Farouk cuidadosamente para o que lhe anunciaria, mas não tinha nem o tempo nem o talento. Ela se escutou recitar o que a *leitura* tinha revelado, com a impressão de escutar uma completa desconhecida:

— Este Livro é um prolongamento do seu próprio corpo. A carne é sua carne, a história é sua história. Ele descreve nos mínimos detalhes o que você é e o que você será levado a se tornar.

Farouk não moveu nada em sua expressão, não anotou nada no diário.

— Em outras palavras — insistiu Ophélie, ainda com a sensação curiosa de se ouvir falar de longe —, você não foi concebido por meios naturais. Provavelmente foi assim para todos os espíritos familiares.

Silêncio obstinado na outra ponta da mesa. Até Ophélie achava difícil acreditar que dizia o que dizia.

— Pergunte-se sobre a página que falta. Em algum momento do seu passado, uma parte de si mesmo foi amputada. Tenho todos os motivos para supor que a página continha... é... *instruções* relativas ao funcionamento da sua memória. Não afetou seu poder familiar, pois você pôde transmitir grandes capacidades de memorização a vários dos seus descendentes.

Farouk parecia ter se transformado de vez em estátua. Ophélie, por sua vez, tinha se transformado em vitrola, cujo disco continuava a tocar por conta própria:

— O que tento dizer, senhor, é que os seus problemas de amnésia foram deliberadamente provocados. Assim como os de Ártemis, pois a mesma página falta no livro dela, e não acredito que estou passando dos limites ao afirmar que todos os espíritos familiares foram vítimas da mesma amputação. Alguém, no passado, quis condenar todos vocês ao esquecimento perpétuo.

Farouk continuou impassível.

— Desconheço quem é este alguém — prosseguiu Ophélie. — Talvez seja quem concebeu os Livros... quem concebeu vocês, os espíritos familiares.

Ela engoliu em seco, antes de concluir:

— Aquele que vocês chamam de "Deus".

Ophélie ficou chocada: Farouk grudou o rosto no dela. Ele tinha agarrado as costas da poltrona para incliná-la para trás com Ophélie junto. Como um gigante tão lento podia se mover em uma velocidade tão prodigiosa? A madeira do assento rangeu sob a força de seus dedos, mas não era nada em comparação à pressão que seu espírito exercia no de Ophélie. Parecia que o crânio dela ia explodir como uma casca de noz.

— Dê um motivo para que eu não te mate aqui e agora.

A voz de Farouk era só um murmúrio; seus olhos, fendas predadoras. Ele estava tão perto dela que seu fôlego embaçava os óculos quando falava.

— Você roubou minha memória — sussurrou ele. — Você me livrou de mim mesmo. Quem sou eu para você?

— Você está me confundindo com outra pessoa — disse Ophélie, com um fio de voz.

O brilho aterrorizante no olhar de Farouk vacilou, mas se reacendeu com mais força.

— O que você me disse, pequena de Ártemis, não é o que eu queria ouvir. Deve haver outra coisa.

— Você queria conhecer o segredo contido no Livro. Eu o revelei.

A madeira do assento de Ophélie rachou mais um pouco sob os dedos de Farouk. A proximidade entre eles era esmagadora demais, Ophélie não suportaria por muito tempo. Os ouvidos zumbiam, a vista se dividia, ela tinha a impressão que uma lâmina invisível tentava atravessar seu crânio. Ela tinha sobrevivido por pouco de uma queda na escada, uma tentativa de estrangulamento e um ataque cardíaco, mas o corpo tinha, mesmo assim, seus limites.

— Você está me machucando — disse ela com firmeza.

Farouk soltou o assento, que pousou bruscamente em seus quatro pés, e Ophélie achou que receberia o golpe da misericórdia. Em vez disso, ele se virou. Com gestos lentos, quase metódicos, ele jogou um por um todos os objetos de arte do quarto: vasos, luminárias, armários, relógios, espreguiçadeiras, narguilés, bomboneiras, autômatos e caixas se quebraram em mil pedaços no chão. Quando Farouk acabou, só a poltrona de Ophélie e a mesa continuavam de pé.

— Algum problema, meu senhor? — perguntou uma voz fina e educada.

Era o ajudante de memória. Sua silhueta jovem e delicada se destacava no batente da porta. Ele olhou para o caos dos arredores com total neutralidade. Ophélie nunca ficara tão feliz ao ver um membro da Teia.

— Acompanhe a pequena de Ártemis — murmurou Farouk.

Ele se mantinha afastado, com os punhos cerrados, decididamente voltado para uma parede recoberta de imagens, os cabelos brancos compridos escondendo a expressão do perfil. Ophélie teve certeza que, naquele instante, qualquer um que cruzasse com seu olhar seria fulminado imediatamente.

Ela enfiou como pôde o cachecol aterrorizado ao redor do braço e se deixou escorregar da cadeira. Suas pernas mal a aguentavam, mas ela não podia ir embora sem ter certeza de ter ganhado a causa.

— Você cumprirá sua promessa? — perguntou ela.

Os cabelos de Farouk se moveram ligeiramente, mas ele continuou virado para a parede.

— Que promessa?

— O contrato, senhor — lembrou Ophélie com toda a paciência de que ainda se sentia capaz. — Você se comprometeu a manter meu casamento com Thorn hoje em troca da *leitura*.

Farfalhar de papel. Farouk tirou a cópia do contrato do casaco de pele para lê-lo mais uma vez. Isso tomou um tempo considerável.

— Case-se com o sr. Thorn — declarou ele, finalmente.

Ophélie aspirou uma lufada profunda de ar. Ela esperava o veredito com tanta apreensão que tinha se esquecido de respirar.

— Obrigada.

— Case-se com o sr. Thorn — repetiu Farouk, sem desviar o olhar da cópia do contrato ou da parede. — Transmita seu poder. Ele tem até amanhã de manhã para aprender a usá-lo.

— Aprender a usá-lo? — repetiu Ophélie, confusa.

— O que você me disse não era o que eu queria ouvir — murmurou Farouk, destacando cada sílaba. — Tem outra coisa. Você não honrou inteiramente seu contrato. Confio ao seu marido a tarefa de completá-lo para você, amanhã de manhã. Se ele conseguir, eu o perdoarei. Se falhar, eu o mutilarei. Ajudante de memória?

— Sim, meu senhor?

— Cuide para que minha decisão seja aplicada ao pé da letra. Agora podem partir.

Ophélie estava apavorada.

— Você pede o impossível! Minha análise já foi muito completa. Thorn não poderá se tornar um *leitor* profissional em uma única noite. Você não pode...

— Eu posso tudo — interrompeu Farouk.

O tom de sua voz, enquanto ele guardava a cópia do contrato no casaco, não aceitava nenhuma resposta.

Ophélie respondeu mesmo assim:

— Você é a melhor pessoa no mundo para saber como é ser privado de memória. Como pode condenar Thorn ao mesmo destino?

— Mais uma palavra, pequena de Ártemis, e não lhe darei mais nenhum tempo. Até amanhã.

Ophélie contemplou longamente as costas de Farouk, depois o Livro sobre a mesa. Ela precisou se resignar a seguir o ajudante de memória, que a acompanhou até o elevador. Ele relatou os eventos ao ascensorista, o encarregando de transmitir a notícia a todos os andares, e se voltou para Ophélie com um deslizar gracioso de pés.

— Vá à delegacia, senhorita. Cuidarei das formalidades.

Ophélie se encontrava em tal choque que não prestou atenção nem na grade dourada que se fechava atrás dela, nem nas vibrações cristalinas da cabine. Ela não notou os movimentos bruscos do elevador, imputáveis à falta de jeito incomum do ascensorista, que parecia usar a manivela como um amador. Ao longo da descida interminável aos andares inferiores, Ophélie arregalou os olhos, incapaz de ver algo além do sentimento indizível do horror que a tomara.

Quando o ascensorista abriu a grade para permitir que ela descesse, ela saiu do elevador em um passo mecânico.

— Guarde seus encantos.

Após hesitar, Ophélie se voltou para o ascensorista. Era o mesmo homem que levara ela e tia Roseline ao sétimo andar, mas estava irreconhecível. Ele segurava a manivela em uma posição improvável, que dobrava seu braço ao contrário, e sua boca se retorcia em um sorriso bizarro, como se tivesse perdido todo seu profissionalismo.

— Perdão?

— Guarde seus encantos — repetiu o ascensorista. — Quer dizer, resguarde seus prantos. O que foi feito, foi feito e o que deverá ser feito, será feito.

O ascensorista fechou a grade e subiu com o elevador. Ophélie não tinha entendido nada.

FRAGMENTO:
QUINTA REPRISE

E um dia, quando Deus estava em um péssimo humor, ele fez uma besteira enorme.

Uma porta se bate. É nessa imagem que a lembrança começa. Ele revê a cena sem parar, revê a porta batendo, de novo e de novo, na esperança de atualizar o detalhe que desencadeará uma nova dinâmica de memória. Quem bate a porta? É ele? Não. Ele assiste à porta batendo. É outra pessoa.

Bom.

A porta se bate com violência. Raiva? Sim, a lembrança se torna mais precisa. Deus está com raiva. É ele quem bate a porta. O que deixou Deus com raiva? Ele não lembra.

Bom.

Procede metodicamente, uma coisa depois da outra. Deus bate a porta para entrar ou para sair? Dessa vez, a resposta se impõe sozinha: para sair. Sim, ele lembra. O dia da porta batida foi um dia de separação. A vida nunca mais foi a mesma.

Bom.

Aonde foi Deus? Ele saiu ou foi para outro lugar lá dentro? Disso, impossível lembrar. Entretanto, ele sente que é essencial. Ele precisa absolutamente saber o que se encontra do outro lado da porta.

Bom.

Abordar a lembrança. Sobre outro ângulo de ataque. Ele, Odin, encontra-se onde nesse instante preciso? Ainda ali, a resposta surge com prova: na casa. Esse pensamento mal se forma no seu espírito antes de imagens serem associadas. Estilhaços de vidro no chão. Espelhos rachados. Janelas arrombadas. Colheres todas jogadas. Até a água foi cortada. Por quê? O que aconteceu?

Ele precisa abrir a porta.

Ele vai abrir a porta.

Ele abre a porta.

O vazio.

Do outro lado da porta, aonde Deus foi, é só céu até perder de vista. Um céu sem terra. Um mundo rasgado.

A lembrança acaba aqui.

Nota bene: "Guarde seus encantos". Quem pronunciou essas palavras? O que elas significam?

A MEMÓRIA

A delegacia era um enorme estabelecimento, decorado com um frontispício digno dos tempos antigos. Ficava no coração da Cidade Celeste e era acessada por oito elevadores grandes o suficiente para transportar vários esquadrões. Foi sob a escolta de um deles que Ophélie subiu a grande escada principal e atravessou o hall. O ajudante de memória de Farouk tinha sido de uma eficiência notável: Ophélie via todas as portas se abrirem sem precisar pronunciar uma palavra.

Depois de deixar Farouk, ela tinha sido imediatamente levada pelos guardas. Eles não lhe tinham permitido fazer um telefonema, enviar um telegrama ou falar em público. Ophélie tinha procurado desesperadamente tia Roseline entre o cortejo de curiosos criados ao redor, mas só tinha encontrado cortesãos que a observavam através dos binóculos de ouro.

Ela se casaria na prisão, pelas costas da própria família.

Ophélie foi levada ao subsolo, onde os prisioneiros de Estado eram detidos. Após ser revistada por uma senhora, ela foi convidada a aguardar em uma sala de espera sob a vigilância de quatro guardas. Ela sentou-se em um banquinho de mármore, frio como gelo, e contemplou o relógio de pêndulo que compunha sozinho a mobília. Trezentos e dezessete minutos depois, o coronel voltou na companhia de um jovem juiz de toga preta e peruca branca.

— Ah, eis a feliz escolhida! — exclamou ele ao ver Ophélie congelando no banquinho. — Siga-me, cara senhorita, serei o seu Celebrante. Ah, vejo que está machucada. Não é a mão com a qual você escreve, é? Tenho um monte de papéis para você assinar.

Ele bateu na pasta de couro vermelha que carregava debaixo do braço.

— Peço perdão pela pequena espera, mas precisávamos preparar o prisioneiro, convocar o mestre de cerimônias e as testemunhas, essas coisas todas. Um casamento é um casamento e a lei é a lei! — cantarolou ele, alegremente.

Ophélie atravessou vários corredores de alta segurança, guardados por uma série de portas blindadas, antes de chegar à cela de Thorn. A última entre elas foi a mais impressionante que ela já tinha visto. Era uma porta redonda que devia chegar a três metros de diâmetro e parecia inteiramente moldada de um ouro tão puro que refletia; era trancada por um mecanismo complexo de barras e engrenagens, como se prendesse o inimigo público número um.

Os guardas estavam parados como autômatos. Ophélie teve a surpresa de notar Archibald entre eles, com as mãos nos bolsos, relaxado como um turista. Ele devia ter sido levado ali por um caminho diferente do dela.

O juiz se inclinou na frente dele com deferência.

— Obrigada por se oferecer como voluntário, sr. embaixador! Você se encontrou com o prisioneiro há pouquíssimas horas. É uma enorme honra que tenha se deslocado outra vez até aqui para celebrar este casamento improvisado. É a vida na corte! O teatro é nosso cotidiano. Coronel — continuou solenemente, dirigindo-se ao policial. — Pode dar a ordem de abrir.

A porta da caixa-forte exigia três homens, cada um manipulando uma chave e uma alavanca, para ser destrancada. Os fortes cliques metálicos ecoaram por todo o mármore da sala.

— O que está fazendo aqui, sr. embaixador? — murmurou Ophélie durante a manobra de abertura.

Archibald apertou a cartola velha no peito.

— Sou o mestre de cerimônia e as testemunhas.

— Sozinho?

— Sozinho. Se sonhava com um casamento cheio de pompa, corre o risco de se decepcionar.

— Fico feliz por você estar aqui — declarou Ophélie com tal impulsividade que Archibald levantou as sobrancelhas. — Mas... a Cerimônia da Dádiva? Você é capaz?

O sorriso de Archibald se acentuou e seu olhar, em um efeito inverso, pareceu ainda mais vazio.

Minha linha com a Teia foi rompida, respondeu em pensamento. *Mas não perdi meu poder familiar. Você e Thorn em breve serão unidos por vínculos mais interessantes do que os do casamento.*

A porta da caixa-forte, com espessura de dezenas de centímetros, finalmente se abriu. Levava a uma grade dourada, que o coronel destrancou à chave.

O interior da cela era feito do mesmo mármore e do mesmo revestimento de ouro do resto do subsolo. Ophélie sentiu suas entranhas se retorcerem ao ver Thorn no meio da sala. Ele tinha sido colocado em uma mesa baixa demais para ele e as algemas de couro prendendo seus punhos o obrigavam a se curvar. Ele tinha no rosto marcas de pancadas dissimuladas sob várias camadas de pó. Até a bela camisa branca que tinha sido obrigado a vestir não era do seu tamanho, e as mangas desabotoadas chegavam à metade dos antebraços, revelando as antigas cicatrizes.

Era isso, "preparar o prisioneiro"?

— Sente-se, por favor, senhorita — disse o juiz, apresentando uma cadeira a Ophélie. — Podemos começar.

Ele mantinha uma boa distância de Thorn, como se temesse ser decapitado pelas garras. Os guardas e sentinelas tinham adentrado na sala com cassetetes nas mãos, prontos para intervir ao primeiro sinal. Quanto a Archibald, ele encarava o próprio dedão do pé pelo furo do sapato; para uma suposta testemunha, ele não era muito atencioso.

Ophélie tomou seu lugar do outro lado da mesa. Quando cruzou o olhar de Thorn à sua frente, ela o achou tão indecifrável quanto uma ave de rapina. A única luz da sala vinha de uma lâmpada incandescente na mesa, soprando sombras inquietantes em todos os ângulos da cara dele.

O juiz entoou o discurso:

— Estamos aqui reunidos para celebrar o casamento do sr. Thorn, descendente de nosso sr. Farouk, ainda que por vias de linhagem pouco convencionais, e da srta. Ophélie, descendente da sra. Ártemis. O casamento é mais do que a festa familiar, é ao mesmo tempo a base e a coroa, é a família em si mesma, em essência e perpetuidade!

O juiz entrou em um discurso sem fim sobre os deveres do casamento e recitou um texto legislativo longuíssimo. Ele visivelmente não abria mão de nenhum recurso para perder o máximo de tempo possível.

Presa no gelo do olhar de Thorn, Ophélie nunca se sentiu tão desconfortável. Não só ela o desobedecera, como não consertara nada na situação. Na hora de assinar os documentos, ela estava tão nervosa que quebrou a ponta de uma caneta, rasgou uma folha e derrubou o tinteiro duas vezes. Thorn, por sua vez, assinou cada papel com gestos mecânicos, pouco incomodado com as algemas, sem pronunciar uma palavra nem desviar o olhar de Ophélie.

— Eu vos declaro marido e mulher! — exclamou o juiz. — Deixo ao sr. embaixador o cuidado de proceder à Cerimônia da Dádiva.

Archibald avançou para a mesa com desenvoltura.

— Aproxime sua cadeira da de seu marido, srta. Oph… sra. Thorn. Isso, perfeito. Agora vou servir como ponte entre vocês para permitir que seus poderes familiares se conjuguem. Talvez vocês sintam um leve desconforto, mas logo passa.

Ophélie se retorceu na cadeira. Ela tinha passado os últimos meses temendo esse instante e agora esperava um milagre. Se Farouk estivesse certo, se houvesse "outra coisa" no Livro que ela não tinha sido capaz de encontrar, Thorn precisava se tornar um *leitor* melhor do que ela. E precisava logo: de tanto enrolar com as coisas, o juiz já tinha roubado parte da noite.

Archibald apoiou uma mão na cabeça de Ophélie e outra na de Thorn, com uma cara absolutamente sinistra. Ophélie estremeceu quando o polegar de Archibald pressionou a testa dela, entre suas sobrancelhas, onde ele mesmo tinha uma tatuagem. Ela não sentiu nada em particular no início, mas pouco a pouco uma onda de calor tomou seu corpo, que parecia atravessado por uma corrente elétrica cuja intensidade aumentava de segundo a segundo. Ophélie ergueu os olhos para Thorn. Será que ele sentia o mesmo? Curvado à frente dela, algemado à mesa, ele não deixou transparecer nenhuma emoção. Ophélie se contraiu, enquanto um formigamento se expandiu por todas as veias, como se fosse a própria natureza do sangue que mudasse. O formigamento acabou se limitando só à testa, no local preciso onde pressionava o polegar de Archibald. Imagens cuja natureza ou proveniência ela desconhecia escorreram em seu espírito a uma velocidade tão entorpecente que ela não conseguiu segurar nenhuma.

Quando Archibald finalmente tirou a mão, Ophélie sentiu uma enxaqueca fortíssima latejar em suas têmporas.

— Bem, bem, bem — cantarolou o juiz, guardando os papéis na pasta. — Acho que está tudo em ordem. Vamos nos retirar para deixar... vocês... fazerem o que tiverem pra fazer. O coronel virá liberá-la amanhã de manhã, às seis, cara senhora — concluiu ele se voltando para Ophélie.

— Seis horas? — perguntou, indignada. — Precisamos de mais tempo.

— As regras são as regras, cara senhora — respondeu o juiz, se afastando e arrastando a toga.

Archibald ergueu a cartola para se despedir também.

— Vou me encarregar de avisar os seus pais e Berenilde. Parabéns, sr. ex-intendente! — Archibald cumprimentou Thorn, apertando as mãos algemadas nas deles. — Aproveite bem a curta lua de mel!

— Afaste-se do prisioneiro, sr. embaixador — recomendou o coronel. — Ele é perigoso.

Ele esperou que Archibald, o juiz e os guardas tivessem saído da cela para soltar os punhos de Thorn e trancou a grade à chave. Olhou atormentado para Ophélie, como se a abandonasse às garras de um criminoso da pior estirpe. Ele apontou para um aparelho de telefone preso na parede da cela.

— Se tiver qualquer problema, senhora, ligue para a segurança.

A porta blindada pesada da caixa-forte se fechou e, após inúmeros cliques de engrenagens, um silêncio ensurdecedor caiu sobre eles.

Ophélie se viu só, em frente a Thorn e seu olhar de chumbo. Apesar de as algemas terem sido tiradas, ele continuava com os punhos na mesa e as costas curvadas, a luz da lâmpada destacando as feridas e os inchaços sob o pó no rosto.

— Não é de jeito nenhum o que eu queria. Quer dizer, eu queria continuar com o casamento, mas não queria adiantar a sua sentença. Contava completamente com a semana de atraso para apelar, entende? O barão Melchior tinha falado do Grande Tribunal Interfamiliar, o que... o que me deu uma ideia. Não é só a mim que você está conectado, agora, como a todos os Animistas. Juro que, se o sr. Farouk tivesse me dado tempo, eu teria conseguido te colocar sob outra jurisdição. Você teria tido direito a um processo de verdade, ninguém teria te maltratado, eu teria testemunhado, e... e... Thorn — sussurrou ela, aproximando-se da cadeira. — O que eu *li* naquele Livro, nem sei por onde começar.

Ophélie relatou enrolada tudo que tinha acontecido no sétimo andar da torre. O acordo que tinha negociado com Farouk. O grande mergulho no passado. A verdadeira natureza dos espíritos familiares e dos Livros. A página faltante responsável pelos buracos de memória. Ela falou também do soldado sem cabeça, da escola antiga e do perfume das acácias, convencida que até esses detalhes absurdos eram importantes.

Thorn a escutou sem abrir a boca. Ele nem mesmo piscou quando Ophélie contou sua visão de "Deus".

— Fiquei um pouco incerta com essa lembrança — admitiu ela. — Tenho a impressão de ter passado direto por alguma coisa e é isso que você deve encontrar em meu lugar. Acha que pode ter conexão com o que você falava com Melchior?

Ophélie se sobressaltou quando Thorn se endireitou finalmente, esticando as costuras da camisa apertada demais.

— Posso tomar um copo d'água, por favor?

— É... pode, claro — balbuciou Ophélie.

Ela tropeçou no fio da lâmpada, bateu com o joelho no ferro da cama e esbarrou na pia de porcelana. A enxaqueca a deixava mais desajeitada do que nunca. Seria devido à inoculação do novo poder familiar nela?

Ela encarou o reflexo exausto na parede, feito do mesmo ouro reflexivo da blindagem da porta. Os óculos não estavam com a melhor cor, mas, fora isso, ela não se sentia diferente ao de costume.

Ao se virar para Thorn, Ophélie quase derrubou o copo no chão. Ela não tinha notado até então, mas o osso da perna esquerda dele estava horrivelmente deformado.

— O que... o que fizeram com você?

Thorn se ajeitou desconfortavelmente na cadeira e a perna tomou um ângulo ainda mais horripilante.

— O barão Melchior tinha muitos amigos — disse ele, com um tom despreocupado. — Se você não tivesse "adiantado minha sentença", como disse, todo meu esqueleto teria passado pelo mesmo tratamento. Não me olhe assim — resmungou ele. — Tenho uma resistência excelente à dor.

Ophélie tremia como uma folha: ela não ousava imaginar aquela perna sob as calças.

— Eu não quero te apressar, mas devemos começar sua aula — preocupou-se, olhando para o relógio da cela.

Thorn se demorou, bebendo a água, um gole depois do outro. Ophélie não entendia como ele estava tão calmo em um momento daqueles; no que lhe dizia respeito, ela fazia esforços consideráveis para não ceder ao pânico.

Quando acabou de beber, Thorn mergulhou o olhar no fundo do copo vazio. Com um cotovelo na mesa, o indicador pressionando a pele da têmpora, ele parecia perdido em reflexão profunda.

— No princípio, éramos um — declarou ele de repente. — Mas Deus não nos achava suficientes para satisfazê-lo, então Ele começou a nos dividir.

— Perdão? — balbuciou Ophélie, completamente desconcertada.

— Minha mãe foi mutilada quinze anos atrás — continuou Thorn com uma voz distante. — Aconteceu pouco depois dos últimos, Estados Familiares. A última vez que a vi foi aqui mesmo, nesta prisão. Ainda não sei por que ela me escolheu, sabendo que nunca fui nada para ela. Suponho que ela não tinha alternativa. O fato é que ela aproveitou os três minutos de visita cedidos para me transmitir uma fração da memória. Uma pequena fração — articulou Thorn, contemplando o vazio contido em seu copo —, mas bastou para mudar minha vida para sempre.

Ele ergueu o olhar para Ophélie como metal cintilante.

— As memórias pessoais de Farouk. Alguns fragmentos a menos, que passei anos a destrinchar para extrair toda a substância. O que você aprendeu com a *leitura* eu já sabia nos mesmos detalhes. Um pouco mais do que isso, até.

Impressionada, Ophélie engoliu uma inspiração profunda depois de prender a respiração por muito tempo.

— Um pouco mais do que isso?

— Deus quebrou o mundo.

Thorn anunciou isso como outros comentariam o clima. Tonta, Ophélie precisou se apoiar na mesa.

— O Rasgo... foi obra de uma única pessoa?

— Não sei como, mas Deus partiu o mundo — repetiu Thorn com uma calma soberana. — Depois, ele dominou completamente os detritos que restaram. Melchior vendeu a alma para ele e não foi um caso isolado. Homens e mulheres espreitam as sombras para garantir que espíritos familiares, assim como o conjunto de suas descendências, ajam conforme o plano definido por Deus. Minha mãe estava entre eles, o que a corrompeu até a medula, a ponto de mesmo Deus renegá-la. Não ficarei chocado se as suas Decanas estiverem envolvidas, ou até membros da sua própria família, e é por isso que te convido a ser extremamente prudente.

Ophélie fechou os olhos. A enxaqueca tomava proporções de tempestade na sua cabeça, como se algo nela estivesse ressurgindo.

— Quem é Deus, afinal?

— "O que ele é" seria uma pergunta mais apropriada — corrigiu Thorn, apoiando o copo na mesa. — Eu me pergunto a mesma coisa desde o dia em que herdei a memória de minha mãe e, até agora, não tenho resposta satisfatória. Só sei que ele detém uma ciência sem comparação com a nossa. Ele criou os espíritos familiares, destroçou o mundo e pôs a humanidade sob tutela. Ele é dotado de uma longevidade excepcional e, por algum motivo, não quer que conheçamos seu verdadeiro rosto. Infelizmente, as raras lembranças que compartilho com Farouk são turvas no que se trata de Deus.

— É por isso que você queria tanto *ler* o Livro? — murmurou Ophélie.

Thorn franziu as sobrancelhas. Talvez fosse um efeito da lâmpada, mas um brilho ameaçador atravessou o céu de chumbo de seus olhos.

— Todo homem devia ter o direito de apostar a vida nos dados. Eles geram resultados aleatórios que ultrapassam qualquer predeterminação. Isso não faz sentido se os dados estão viciados. A corte inteira trapaceia. Não pode ser diferente, já que o nosso espírito familiar, o próprio molde da nossa sociedade, é um trapaceiro. Farouk distribui favores e desgraças à mercê de seus humores, não para impor as leis. O que acontece com esse quebrador de mundo é ainda pior — sibilou Thorn entre os dentes. — Ele roubou os dados da humanidade sem nunca, nunca mesmo, sair da sombra.

Ophélie se sentiu intimidada. Era a primeira vez que Thorn se confidenciava a ela dessa forma. Finalmente, ele falava sinceramente, olhos nos olhos, de igual para igual.

— Você estava investigando Deus desde o começo — disse ela. — E depois? O que planejava fazer?

Thorn deu de ombros como se fosse óbvio.

— Devolver os dados ao mundo. O que o mundo faria depois, não é problema meu.

Ophélie estava cada vez mais boquiaberta.

— Quer dizer... enfrentar Deus?

— Não negligenciei nada para chamar a atenção dele. Melchior estava pronto para fazer qualquer extremismo para me impedir de *ler* o Livro de Farouk. E com razão: Farouk e Deus têm um passado em comum. Eu esperava secretamente provocar um encontro ao seguir por esse terreno. Deus certamente tem um ponto fraco, todo mundo tem. Bastaria encontrá-lo para resolver o assunto.

— Mas por que você? — insistiu Ophélie. — Por que o assunto deveria ser resolvido por você, só você?

Thorn fez uma careta, tentando mudar de posição. Gotas de suor se acumulavam na raiz do seu cabelo. Por mais que negasse, a perna devia causar um verdadeiro suplício.

— Deformação profissional — acabou grunhindo. — Um senso de dever ridículo ou uma rigidez intelectual incurável.

Fascinada, Ophélie olhou longamente Thorn na luz crepuscular da luminária. Ela nunca tinha se sentido tão pequena e ele nunca lhe parecera tão grande: ela estar de pé e ele dobrado na cadeira não mudava nada. Esse homem era um completo misantropo, mas pensava tudo de forma mais vasta e profunda que os outros, muito além dos seus interesses pessoais.

— Você guardou tudo isso em segredo por quinze anos?

Thorn concordou com a cabeça, seus olhos resumidos a brilhos de prata.

— Eu me recuso categoricamente a envolver minha tia nessa história. A ignorância é menos perigosa que o conhecimento. No seu caso, isso deixou de ser verdade desde que você *leu* o Livro. No entanto, lembre que a verdade tem um preço, e é caro. Não esqueça nunca o que aconteceu com Hildegarde. Ela parecia saber ainda mais do que eu e preferiu se suicidar a aceitar minha proteção. Não paro de me perguntar por que Melchior se preocupava tanto com Deus conhecê-la — acrescentou com um tom pensativo. — Ele levou esse segredo para o túmulo.

Um relâmpago brilhou de repente no meio da enxaqueca de Ophélie. Com um atraso, o poder familiar de Thorn transbordou nela e soprou nas brasas da própria memória. Ela viu de novo o jovem Farouk ajoelhado a seus pés, olhando para ela com avidez, como se esperasse dela, dela e só dela, um sentido para a vida. *Por que devo fazer o que está escrito? Quem sou eu para você, Deus?* Inúmeros detalhes lhe voltavam, detalhes que ela tinha certeza que não percebera durante a *leitura*: janelas sem vidro, espelhos cobertos de pano e ela, Deus, dirigindo-se a Farouk, explicando algo essencial.

Os badalos do relógio trouxeram Ophélie bruscamente de volta ao presente.

— Não podemos perder mais tempo.

— Nunca perco tempo — afirmou Thorn, arqueando as sobrancelhas. — Tudo que lhe falei, precisava falar agora. Caberá a você fazer melhor uso disso do que eu.

Com essas palavras, ele desdobrou os dedos que ainda estavam fechados no punho, revelando uma pequena pistola de bolso. Ophélie sentiu dor no coração ao vê-la. Ela tinha certeza que Thorn tinha as mãos vazias na hora de assinar os documentos do juiz.

— Archibald — entendeu ela por fim. — Quando ele te cumprimentou...

— Apesar de ser divertido, ele é eficiente. Eu pedi esse favor durante a visita mais cedo.

Ophélie se sentiu ao mesmo tempo glacial e fervente.

— Por que pediu uma arma?

— Não tenho intenção nenhuma de acabar como minha mãe — decretou Thorn, em um tom categórico. — Quero ser o único a decidir quando e como morrer.

— Você não vai acabar como a sua mãe, prometo, então jogue isso fora imediatamente.

Ela se expressou com tanta emoção que os traços severos de Thorn se relaxaram sob efeito da surpresa.

— Você não tem nada a prometer. Tem um detalhe neste objeto que vai te interessar.

Thorn olhou incisivo para a arma que cintilava na luz da lâmpada.

— Desde que o seguro na mão, ainda não o *li* — completou.

— Quê?

— Eu não *leio* — repetiu Thorn. — Eu o toco, mas não sinto nada de especial. Claro que não sou experiente, mas tendo a achar que não é bom sinal.

Ophélie notou um copo de flandre na mesa e o empurrou na direção dele. Thorn o segurou, o girou entre os dedos e o devolveu.

— Nada.

— Se concentre bem — recomendou Ophélie, tentando não mostrar desespero. — *Ler* um objeto é como atender o telefone. É preciso se dispôr a escutar o que ele tem a contar.

Thorn repetiu o manuseio, dessa vez com o botão da luminária, que girou para um lado, depois para o outro, aumentando e diminuindo a luminosidade da lâmpada.

— Nada.

— Nenhuma visão? — balbuciou Ophélie. — Nenhuma sensação particular? Nem mesmo uma vaga impressão?

— Não.

Ophélie tirou os óculos.

— Aqui. É mais fácil *ler* um objeto que ainda não está impregnado do nosso próprio estado de espírito.

Thorn devolveu os óculos após apalpá-los algumas vezes.

— Nada ainda. É até irônico, mas parece que realmente não levo jeito para a *leitura*. Agora, preste atenção. Tenho um serviço a te pedir.

— Não.

A resposta escapou de Ophélie quase a contragosto, o que não impediu Thorn de continuar, imperturbável:

— Leve minha tia com você para Anima. Nenhuma de vocês deve receber a ira de Farouk no meu lugar. Não fale do que sabe com ninguém e viva sua vida como antes. A verdade é um fardo pesado, não pode ser colocada em qualquer ombro.

— Não — repetiu Ophélie.

Ela procurou ao seu redor por objetos que poderiam ainda servir para *leitura*, mas a cela da prisão não possibilitava muita escolha.

Thorn guardou a pequena pistola no bolso da camisa.

— Não usarei esta arma na sua frente. Chame a segurança e vá embora.

Ophélie sacudiu a cabeça com tanta força que seu coque cedeu e seus cabelos se desenrolaram às suas costas. O terror começava a tomar conta dela.

— Não, não, não — gaguejou ela, cada vez mais incrédula. — Você precisa continuar tentando... nós precisamos continuar tentando. Vou convencer o sr. Farouk a me deixar *ler* o Livro outra vez. Certamente tem uma solução, sempre tem uma solução.

— Ophélie.

As mãos de Thorn envolveram seu rosto para obrigá-la a olhá-lo de frente. Mal sentado na cadeira, ele a observava com extrema seriedade. As cicatrizes que sulcavam seus braços brilhavam como meia-luas na luz fraca da sala.

— Não torne esta tarefa mais dolorida. Nenhum de nós é capaz de satisfazer Farouk, você sabe. Ele vai tirar de mim minha memória e, com ela, tudo que sou. Não quero acabar como minha mãe, entende?

Seus dedos pressionaram com mais força as bochechas de Ophélie.

— Não sofrerei — prometeu ele.

— Por favor...

A voz de Ophélie era só um sussurro suplicante. Thorn a encarou com perplexidade franca e seus lábios estremeceram entre sorriso e careta. Com um movimento hesitante, um pouco tímido, ele convidou Ophélie a se aproximar da cadeira, para encontrar o melhor intermédio entre o braço quebrado dela e a perna rachada dele. Quando ela chegou suficientemente perto, ele apoiou a testa contra seu ombro.

— A primeira vez que te vi, tive uma péssima opinião sobre você. Achei que te faltava bom senso e personalidade, que você seria incapaz de aguentar até o casamento. Isso será, para sempre, o maior erro da minha vida.

Ophélie se sentiu dividida entre a angústia e a fúria. Ele não tinha direito! Não tinha direito de entrar na existência dela assim, de virar tudo do avesso e depois partir como se fosse nada.

Ela teve a impressão de que se quebrava por dentro quando Thorn a segurou com mais força.

— Não caia mais de escadas, evite objetos cortantes e, acima de tudo, por favor, proteja-se de pessoas pouco recomendadas, entendeu?

Uma lágrima escorreu pelo rosto de Ophélie. As palavras de Thorn cavavam um vazio abissal em seu corpo. Ela sabia com certeza completa que, no instante em que ele se afastasse, ela nunca mais conheceria calor.

Thorn engoliu em seco contra seu ombro.

— Ah, e por sinal: eu te amo.

Ophélie soltou um soluço sufocante de choro. Ela não conseguia mais falar. Respirar doía.

As mãos de Thorn se perderam na massa volumosa dos cachos de Ophélie. Sua respiração ficou mais curta. Ele apertou o corpo dela contra o dele, o mais perto que era fisicamente possível, e se afastou com uma força quase brutal.

Ele pigarreou, de repente rouco.

— É... é um pouco mais difícil do que eu achava.

Ele empurrou os cabelos claros para trás, fugindo decididamente do olhar de Ophélie. A borda das pálpebras dele estava vermelha: essa imagem, mais do que o resto, transtornou Ophélie como nunca antes.

— Vá, agora — resmungou Thorn. — Eu odeio despedidas tristes.

Ele soltou a mão que Ophélie agarrara à sua camisa. Ela queria poder usar os dois braços para segurá-lo melhor.

— Vá — insistiu Thorn, com uma voz surda, ao ver que ela não se movia. — Quanto mais demorar aqui, mais difícil será...

O fim da frase morreu em seus lábios. Ele arregalou lentamente os olhos e sua cicatriz facial se esticou até o limite. Ophélie se virou em um sobressalto e também viu.

Um pé tinha saído da blindagem dourada da porta.

O PAI

Ophélie não estava sonhando. Um corpo estava mesmo atravessando os quarenta centímetros de espessura da porta. O ouro brilhava como lava fundida, mas o homem que saía dali não mostrava nenhum traço de queimadura; uma vez na cela, ele espanou os flocos dourados que tinham caído nas roupas. Ele tinha a pele negra e vestia um tecido xadrez característico dos clãs alquimistas de Chumbouro. O metal da porta já tinha retomado uma consistência sólida, mas uma crosta desagradável tinha se formado onde, um minuto antes, o ouro era impecavelmente limpo.

O homem olhou placidamente para Ophélie e Thorn, através das barras da grade de segurança, como se não houvesse nada incomum em atravessar uma porta de prisão como se ela fosse de manteiga. De repente, a pele dele ficou mais clara, os olhos se estreitaram e as roupas se orientalizaram. No intervalo de um instante, ele se tornou outra pessoa completamente. Ele passou entre as barras com uma flexibilidade sobrenatural, como se todo seu corpo fosse feito de borracha.

— Nos encontramos de novo, Animistinha — cantarolou ele com uma voz musical.

Ophélie entreabriu a boca, mas seus lábios formaram as três palavras sem deixar escapar um som: "o Mil-Caras!". Um membro da Caravana do Carnaval se perder em um lugar tão improvável ia além da sua compreensão. No entanto, sua surpresa não se comparava com a que se apossara Thorn. Ele se apoiou na mesa para tentar se amparar na perna funcional e só essa manobra encharcava sua camisa de suor. Com as mandíbulas apertadas como alicates, ele encarou Mil-Caras com um olhar cintilante.

Com uma indiferença soberana, Mil-Caras pegou uma cadeira. Entre o instante em que iniciou um movimento de sentar e aquele em que se encostou no assento, seu corpo se esticou como elástico. Um bigode grosso e pontudo cresceu do rosto como um cogumelo, as roupas orientais se metamorfosearam em uniforme militar e um dos seus olhos entrou na órbita. Cada vez mais chocada, Ophélie reconheceu o guarda estrábico que a salvara na escada da fábrica de ampulhetas.

Ele cruzou as pernas e enrolou os dedos ao redor do joelho em uma atitude que não tinha nada de militar.

— Segui os *últimos acontecimentos*... os últimos acontecimentos com certa curiosidade — disse ele em uma voz completamente diferente, dessa vez marcada pelo sotaque do Norte. — Vocês dois, em especial. Vocês já me intrigam há um tempo.

O coração de Ophélie pulou um batimento. Thorn falou por ela, em um murmúrio quase inaudível, o pensamento inverossímil que acabara de se formar em sua alma:

— Você é Deus.

O bigode cheio de Mil-Caras subiu em um sorriso. Era o sorriso menos humano que Ophélie já testemunhara e ela sentiu um calafrio de corpo inteiro quando notou que se dirigia a ela.

— Você *leu* o Livro do meu filho. Pelo menos tentou. Minhas obras não estão ao alcance da primeira *leitora* que aparecer.

Mil-Caras percorreu a cela com o olhar estrábico e dirigiu toda a atenção para Thorn. Este último fazia esforços consideráveis para permanecer de pé; ele tinha agarrado a borda da mesa com tal força que suas falanges pareciam prestes a se romper.

— Você, por sua vez, não é o primeiro *leitor* a aparecer. Usar sua memória como amplificador foi uma ideia audaciosa.

Dizendo isso, Mil-Caras soluçou sonoramente e levou a mão à boca. Ele tirou dela, da forma mais natural do mundo, um pedacinho de ferrugem.

Ophélie se sentiu carregada em um turbilhão de choque, pavor e fúria. A última vez que vira esse objeto tinha sido na carne do Livro de Farouk. Se o objeto tinha se tornado posse desse indivíduo, não importava se ele se chamava "Deus" ou "Mil-Caras", era um inimigo, pois acabava de tornar qualquer *leitura* definitivamente impossível.

— Tenho mais conhecimento que todas as bibliotecas reunidas — declarou Mil-Caras. — Mas este detalhezinho... — disse ele, contemplando tranquilamente a ponta enferrujada da faca entre seus dedos. — Devo admitir que fugiu à minha atenção.

Ele a engoliu de novo, com um barulho molhado de digestão.

— O ascensorista — murmurou Ophélie. — Foi você, não foi? Você foi ver o sr. Farouk depois de mim.

Mil-Caras abaixou um pouco as pálpebras sob a sombra do chapéu de duas pontas.

— Normalmente, evito me meter nos problemas das minhas crianças, mas Odin me traz problemas desde sua pontuação... sua concepção. Ele nunca teve a docilidade dos seus irmãos e irmãs. Acho que a lição de hoje não será inútil: ele fará tudo que eu lhe escrever agora.

Os olhos assimétricos de Mil-Caras giraram na direção de Thorn, agarrado na mesa, arrastando a perna quebrada como peso morto em uma desordem atroz de ângulos rachados, como se estar de pé fosse mais importante que todo o resto.

— Enquanto conversamos, Odin se dirige para cá. Ele vem para executar a sua sentença, garoto. Você *hatou* um *momem*... matou um homem. E não foi um homem qualquer.

Dizendo isso, o corpo de Mil-Caras inflou na cadeira, os bigodes se esticaram como pontos de exclamação, o chapéu de duas pontas se transformou em cartola e o uniforme de guarda deu lugar a um fraque mais elegante. Ophélie sentiu o estômago revirar. Ver barão Melchior sentado ali, na frente deles, era espetacularmente mórbido.

— Temos duas perguntas interessantes — continuou Mil-Caras com o arrulho do barão Melchior. — A primeira: este homem merecia viver? A segunda: você merece morrer? Na verdade, acho que você seria um Tutor melhor do que ele.

Ophélie prendeu a respiração e ergueu o olhar para Thorn. Equilibrando-se precariamente em sua a perna, ele se mantinha obstinadamente silencioso. Tensionava tanto as mandíbulas, cujos ossos se sobressaíam na pele, que parecia incapaz de relaxá-las.

Mil-Caras torceu perigosamente a inclinação da cabeça de queixo triplo para examinar o interlocutor sob outro ângulo. Ophélie se impressionou pela semelhança entre as suas poses grotescas e as de Farouk, como se os dois tivessem corpos que não respondiam às mesmas leis naturais dos vertebrados comuns.

— Você está hesitando? Não parece medir bem a honra que te ofereço. Os Tutores são os escolhidos entre os escolhidos, os únicos aos quais ofereço uma *fiança consoluta*... confiança absoluta. Só nesta arca ainda não encontrei crianças dignas de me representar. Foram todas tão decepcionantes. Melchior foi além do dever e usou meu nome em vão. Quanto à sua mãe...

No momento preciso em que articulou essa última palavra, Mil-Caras começou a perder peso. Seu corpo se afinou e se tornou mais feminino, até parar na aparência de uma mulher de beleza angular. Ela tinha na testa a tatuagem em espiral dos Cronistas.

— A sua mãe negligenciou o dever dela — continuou ele, com uma voz feminina.

Por um instante, Ophélie achou que Thorn ia perder o equilíbrio de vez. Ele estava lívido, encarando a versão rejuvenescida da mãe sem a marca da infâmia nem os problemas de memória.

— Seja o Tutor do meu filho — disse Mil-Caras. — Seja meus olhos e ouvidos nesta arca. Me ajude a colocar minha família no *raminho perto*... caminho certo. Seja minha criança mais querida.

Ophélie sentiu seu sangue pegar fogo. Usar a boca de uma mãe para emitir tais palavras era de uma crueldade inacreditável. Mil-Caras sorriu, deformando seus belos lábios de mulher sem conseguir imprimir neles a menor sensualidade.

— O que acha, garoto? Devo sugerir a Odin agraciá-lo? Está pronto para me dar a vida, ou devo lhe dar a morte?

— O que acho — repetiu Thorn.

Ophélie arregalou os olhos ao vê-lo tirar a pistola do bolso da camisa e mirar em Mil-Caras. Com a outra mão, ele se agarrava à mesa, que tremia sob a tensão extrema dos dedos.

— Acho que já passou da hora de a humanidade recuperar os dados.

Mil-Caras encarou o cano da pistola sem pestanejar.

— Você ainda não entendeu, garoto? Eu sou a humanidade.

— Mentira! — cuspiu Thorn entre os dentes. — Você reproduz a aparência e o poder dos outros para dissimular melhor seu próprio rosto e sua própria fraqueza. Acabo de entender por que Hildegarde tinha instalado aquela corda de segurança — acrescentou em um murmúrio odioso. — Você cobiçava a maestria dela com o espaço, não é? Você a cobiçava, pois não a possuía. Você não é todo-poderoso.

Ophélie deu um pulo ao escutar o disparo: Thorn tinha atirado na cara da mãe. Seu estupor se transformou em horror quando Mil-Caras revirou os olhos, observando o impacto da bala que se instalara no meio da testa, exatamente na tatuagem do clã. Nenhuma gota de sangue escorreu do buraco e a pele se fechou até não restar nenhum traço de ferida.

— Você é tão decepcionante quanto sua mãe. Você é tão decepcionante quanto Odin.

Thorn perdeu a compostura. Ele atirou mais uma vez, depois outra, até esvaziar o pente, apontando para todos os órgãos vitais de Mil-Caras, mas o corpo absorvia os impactos como se fosse feito de creme.

Quando Thorn ficou sem munição, Mil-Caras se levantou da cadeira em um movimento de vestido desprovido de graça.

— A guerra — suspirou ele. — Sempre a guerra. O que devo fazer para livrar minha prole dessa mania horrível?

Thorn jogou a arma, segurou Ophélie pelo cachecol e a empurrou com toda a força.

— Corra!

Sem deixar tempo para Mil-Caras reagir, Thorn apoiou as duas mãos na mesa e soltou todas as garras armadas em seu sistema nervoso. No intervalo de alguns segundos, o rosto, a garganta e os braços de sua mãe foram cobertos de feridas abertas, como se dezenas de tesouras invisíveis tivessem sido jogadas em cada pedaço de pele nua. A cada entalhe que se fechava, outro se abria, deixando o corpo continuamente em carne viva. Alguns cortes infligidos pelas garras de Thorn eram tão profundos que faixas inteiras de músculo se soltavam, mas a capacidade regenerativa de Mil-Caras o permitia reconstruir seu corpo sem parar.

Com as costas contra a parede, Ophélie só ousava se deslocar um passo por vez. Era a primeira vez que via o poder de um Dragão em seu potencial pleno e não saberia dizer, entre Thorn e Mil-Caras, quem a impressionava mais. Ela se sentia uma pessoinha insignificante presa em uma pinça entre as forças da criação e as forças da destruição.

Quando ela conseguiu finalmente chegar ao telefone, Ophélie o tirou do gancho para pedir ajuda e implorar aos guardas para abrirem a porta, mas só escutou em resposta o som da própria voz. A linha tinha sido cortada. Ela sentiu o coração pular quando cruzou com o próprio olhar na parede dourada à frente. Ela se via, via Thorn, mas não via mais ninguém na cela. Mil-Caras não tinha reflexo?

Ophélie não teve tempo de se concentrar na pergunta. Uma força prodigiosa, como uma verdadeira borrasca de vento, a jogou contra a parede. A blindagem de ouro gelou seu rosto. Os óculos se entortaram. O braço enfaixado no cachecol apertou seu estômago. Ela se sentia de repente como um alfinete puxado por um ímã. O telefone que ainda segurava também estava grudado na parede, esmagando seus dedos.

Todos os móveis tinham sido jogados aos quatro cantos da sala. O aço da cama rangeu e se virou, as cadeiras estavam presas no teto e a mesa estava com os pés enfiados nas barras da grade de segurança. Só a luminária flutuava no ar, presa ao fio elétrico como um balão de parque de diversões, o abajur girando em volta de si mesmo. A luminária projetava uma luz oscilante em Mil-Caras, que dessa vez tinha a aparência de uma criança de cabeça raspada, característica dos habitantes de Ciclope. Os mestres do magnetismo e da gravidade.

Onde estava Thorn? Retorcendo-se, Ophélie viu o corpo enorme dele enroscado sob a pia. Seu crânio tinha quebrado a porcelana da bacia e a tubulação jogava sobre ele uma mistura tumultuosa de água e sangue. Imobilizado pela força de repulsão de Mil-Caras, ele estava meio preso ao chão, meio à parede.

— Destruidor de mundo.

Ophélie estremeceu ao ver Mil-Caras se aproximar de Thorn e se agachar. A lâmpada o seguia docilmente, suspensa com leveza como uma água-viva.

— Não *instruí* o *dumbo*... destruí o mundo — disse Mil-Caras, com voz infantil. — Eu o salvei. Sou o pai e a mãe de todos os espíritos familiares, sou o pai de todos vocês. Sempre só quis o seu bem. Você escolheu o adversário errado, meu filho.

Thorn se apoiou nos cotovelos para se soltar da parede, mas Mil-Caras estalou o dedo e a intensidade da força gravitacional o empurrou violentamente para trás.

— Ainda acha que sou fraco?

Neste instante, Mil-Caras parecia mesmo uma criança: uma criança que pegou um grilo se preparando para arrancar as suas patas.

Ophélie se apoiou na parede para se soltar; o braço quebrado, dobrado na barriga, pressionava suas costelas. A gravidade estava tão torta que ela não diferenciava mais vertical e horizontal.

Ela contemplou o reflexo no ouro blindado. Um espelho. As paredes da caixa-forte eram espelhos como qualquer outro.

Se permitindo engolir pelo revestimento, Ophélie saiu pela parede do outro lado, onde estava Thorn. O campo magnético que Mil-Caras emanava imediatamente comprimiu seus pulmões.

— Já basta — expirou ela. — Você fez sua oferta, Thorn recusou, pare por aqui.

Ophélie sentiu nela o olhar surpreso de Thorn, mas concentrou toda a atenção na criança agachada na frente deles. Mil-Caras se virou para ela com um ar mais irritado do que curioso, como se observasse uma paisagem monótona pela janela do trem. Entretanto, pouco a pouco, seu olhar mudou. Em um mesmo movimento expansivo, suas pálpebras, sobrancelhas, testa e cabeça raspada se levantaram. Pela primeira vez, uma emoção verdadeira surgiu na superfície do rosto.

— Você é uma *peça-espelhos*... passa-espelhos. Eu sabia. Sentia que você tinha algo de familiar. Você tem a marca.

— Marca?

Se Ophélie não estivesse esmagada pelos caprichos da gravidade, teria articulado uma pergunta de verdade. Ela se sentiu soltar o ar, enquanto Mil-Caras mudava de forma novamente. Enquanto encarava Ophélie, ele adotou sua aparência. Ondas de cachos escuros surgiram da cabeça raspada e óculos cresceram no rosto infantil. Atrás dele, todos os móveis colados ao teto e às paredes caíram no mármore como uma chuva de meteoritos. A luminária se apagou após a queda, deixando a cela em total escuridão por vários segundos, antes de a lâmpada se acender novamente, piscando hesitante.

— Foi você quem o deixou escapar — disse a segunda Ophélie, com uma voz indecifrável. — Você liberou o Outro. Por sua causa, o equilíbrio deste mundo foi abalado.

Assim que se soltou da força magnética, Thorn se agarrou à pia para ficar de pé, mas as palavras de Mil-Caras o interromperam em pleno movimento e a água da tubulação continuou a escorrer em seu rosto estupefato.

Ophélie levou alguns batimentos caóticos de coração para entender do que o Mil-Caras falava.

Me liberte.

— Minha primeira passagem de espelho — sussurrou ela. — Não era só minha imaginação. Naquela noite, tinha mesmo alguém do outro lado.

Ophélie queria se levantar para encarar o sósia, mas escorregou no mármore molhado e só conseguiu machucar mais o braço.

— Supondo que você esteja certo — continuou, ela fazendo uma careta de dor —, quem é este Outro e o que ele estava fazendo no espelho do meu quarto?

Mil-Caras pareceu refletir intensamente. Ser analisada com tal severidade pelo próprio rosto deixava Ophélie profundamente desconfortável.

— O Outro causará o *desarcamento* das *moronas*... o desmoronamento das arcas. Já começou e vai piorar. Quanto mais tempo o Outro ficar livre, mais o mundo vai desmoronar.

Primeiro, Ophélie achou que Mil-Caras estava rindo dela, mas então sentiu um calafrio de pavor se propagar até o cachecol. Ela se lembrou do pedaço de terra que tinha se soltado da beira do Polo quatro anos antes. "Não foi tão grande", Thorn tinha dito. "Um bloco de vários quilômetros desabou de uma arca menor de Heliópolis há dois anos."

Não.

Não podia ser por causa das suas passagens por espelhos. Não podia ser por causa dela.

Mil-Caras se virou lentamente para o relógio da cela, milagrosamente a salvo do caos ambiente. Para alguém que tinha acabado de prever o apocalipse, ele não parecia especialmente nervoso. Ele se transformou em um velho de pele acobreada e se dirigiu a Thorn com um olhar indiferente.

— Odin já vai chegar. Vou deixá-lo cuidar do seu destino, assim como ele cuidou do da sua mãe quinze anos atrás. Quanto a você — acrescentou Mil-Caras, dessa vez se dirigindo a Ophélie —, você precisa refazer o que desfez. Você e o Outro estão conectados. Cedo ou tarde, quer queira ou não, você me *elevará* a *leve*... me levará a ele. Ficarei de olho até lá.

Com essas palavras proféticas, o corpo velho de Mil-Caras passou do estado sólido ao gasoso. Ele subiu no ar como um ectoplasma vermelho e desapareceu pela ventilação.

A PENA

Na caixa-forte, Ophélie só escutava o próprio batimento cardíaco, a água pingando no chão, o chiado da lâmpada derrubada piscando e, aqui e ali, o tremor dos móveis desordenados. Ela estava tão chocada pelo que tinha acontecido que precisaria de meses, anos, uma vida inteira para se recuperar. Imediatamente, porém, um só fato se impunha:

— Preciso falar com o sr. Farouk.

Ophélie se virou para Thorn, que continuava impressionantemente silencioso. Ele escondia o olhar com a mão, contraída sobre o rosto como uma aranha enorme.

— Thorn? — preocupou-se ela.

Ele tensionou mais os dedos ossudos e compridos, mergulhando o rosto na sombra. Seu peito começou a se sacudir, como se lutasse contra um ataque de tosse, seu pomo de adão se agitou e, de repente, ele caiu na gargalhada. Era um som áspero, completamente absurdo, que parecia vir do âmago de seu corpo.

Assustada, Ophélie se perguntou se ele tinha enlouquecido. Entretanto, quando Thorn finalmente abaixou a mão, relevou um olhar afiado como uma flecha. Uma flecha que finalmente tinha encontrado o alvo.

— Esse simulacro divino me deu uma aula das mais instrutivas — disse ele.

Através das mechas de cabelo que a água e o sangue tinham colado na testa, os olhos de Thorn brilharam intensamente.

— Você também — continuou. — Você me ensinou muito.

O sorriso foi interrompido no instante em que ele tentou mudar de posição. As feridas tinham acabado de se lembrar dele.

— Não se mexa — disse Ophélie. — Vou procurar ajuda. Vou falar com o sr. Farouk.

As botinas escorregaram em vão na poça d'água: Thorn tinha se agarrado ao vestido para segurá-la.

— Não. Deixe que ele venha. Não importa mais.

Ele fechou os olhos, respirou fundo e entreabriu as pálpebras, revelando um pouco do brilho dos olhos.

— Escute bem — continuou. — Deus não será o único a ficar de olho em você.

Ophélie não fazia ideia do que ele tentava dizer, nem queria saber. Talvez fosse a febre dos últimos acontecimentos, mas uma lufada de determinação subiu do fundo do estômago dela como vapor fervendo. Ela puxou o vestido em um gesto brusco para obrigar a mão de Thorn a soltá-la.

— Vamos conversar de novo quando você estiver livre, não antes disso. Proibirei o sr. Farouk de te atacar. Eu prometo, então prometa não fazer nada impulsivo até eu voltar.

Thorn apoiou a cabeça na parede em um movimento de abandono e seu olhar pareceu se perder em um horizonte interior distante. A água do cano quebrado continuava a arrastar sangue pelo chão de mármore. Para Ophélie, ele parecia um fantoche desmontado e, de repente, ela teve medo de deixá-lo só.

— Prometa — insistiu ela.

Thorn suspirou pelo nariz grande.

— Nunca faço nada impulsivo.

Sem perder mais um instante, Ophélie mergulhou no ouro da parede e saiu pelo revestimento externo da porta. Ela viu a crosta de metal fundido por onde Mil-Caras tinha entrado e se perguntou como os sentinelas não o tinham visto. Soube a resposta assim que tropeçou em um corpo de uniforme: o sentinela ativo estava jogado no chão. Ophélie notou que ele respirava profundamente, mas foi incapaz de acordá-lo. Mil-Caras devia ter recorrido à narcolepsia para mergulhá-lo em um sono artificial.

Para evitar a série de portas blindadas que tinha atravessado na vinda, Ophélie usou os painéis dourados como espelhos e passou diretamente da primeira à última. Se Mil-Caras estivesse falando a verdade, Farouk já estava a caminho da delegacia; restava saber onde, precisamente, ele se encontrava naquele instante.

A resposta veio na forma de uma confusão barulhenta enquanto ela subia a escadaria de mármore que saía do subsolo. No alto dos degraus, um grupo de cortesãos chegava no sentido contrário, em uma avalanche de perucas, fraques e vestidos. Estavam todos atrás de Farouk, que descia a escada com lentidão infinita. Por mais que os guardas tentassem conter a maré de visitantes, eram submergidos pela quantidade.

— Por favor, meu senhor! Eu imploro!

Era a bela voz de Berenilde que se erguia acima de todas as outras. A longa cauda do seu vestido escorria de degrau em degrau e ela olhava suplicante para Farouk.

— Dê um salvo-conduto ao meu sobrinho. Pense em tudo que ele já fez por você durante seu serviço.

Ela franzia dolorosamente as sobrancelhas, agitava os brincos em gestos febris e arregalava os olhões marejados. Ophélie nunca a vira se mostrar tão vulnerável na presença da corte.

Enquanto Berenilde era a emoção personificada, Farouk encarnava a própria indiferença. Sem nem lhe agraciar com um olhar, ele descia impassível a escada, como se fosse feito do mesmo mármore.

Quando Berenilde avistou Ophélie no pé da escada, ela parou e todo o cortejo a imitou, como uma orquestra de sapatos. Algumas vozes lá atrás murmuraram "O que aconteceu? Por que não estamos andando?", mas o rumor impaciente acabou se apagando e o silêncio que caiu sobre a escada logo se tornou absoluto.

Só Farouk continuava lentamente a descida, com os olhos entreabertos, a longa cabeleira branca ondulando como uma capa de seda.

Ophélie subiu os degraus para ir a seu encontro. Ela devia ser um espetáculo lamentável, com o vestido encharcado, os cachos embaraçados e o braço quebrado, mas não importava. Levantou o olhar o mais alto que pode, procurando o de Farouk sob as pálpebras caídas.

— Eu também o encontrei — declarou Ophélie com a voz amplificada pela acústica do mármore. — Sei o que ele espera de você, mas você não precisa obedecer.

Os cortesãos trocaram olhares confusos e até Berenilde ficou boquiaberta. Ophélie estava ciente que poucos ali entendiam a quem e a quê ela aludia. Farouk continuava a descer na direção dela, um degrau depois do outro, em câmera lenta, como um sonâmbulo gigantesco. Ele estava tão perto, agora, que ela se chocou por não sentir ainda as primeiras ondas de seu poder. Não era bom sinal: ela não tinha chamado a atenção dele.

— Declare sua liberdade — insistiu ela. — Declara sua liberdade ao poupar Thorn.

Quanto mais Farouk se aproximava, mais Ophélie tinha a impressão paradoxal que ele estava longe. Ele mantinha o olhar distante e, quando respondeu enfim, sua voz ecoou como no fundo de uma geleira:

— Devo fazer o que está escrito.

Ophélie entendeu então que não só Farouk não pararia de descer, como também não faria nada para contorná-la. Ela teria acabado pisoteada se Berenilde não a afastasse do caminho a tempo.

O grupo de cortesãos retomou a procissão atrás de Farouk. As favoritas estremeciam sob os conjuntos de diamantes, impróprios para o universo glacial da delegacia. Até o ajudante de memória, que apertava o diário de Farouk entre os braços, olhava ao redor com incerteza.

Berenilde arrastou Ophélie para um canto da escada onde não seriam empurradas. Ela segurou suas mãos como uma náufraga se agarra a um bote.

— Não reconheço nosso senhor! Ele não está em estado normal. "Devo fazer o que está escrito": é tudo que ele diz. Parece... parece que ele só pensa em punir o pobre do meu menino. Por que você disse aquilo para ele? Sabe o que está acontecendo? O que vai acontecer com Thorn?

— Eu as vejo! — exclamou uma voz potente. — Me deixem passar! É minha filha!

Para a enorme surpresa de Ophélie, sua mãe surgiu na multidão de nobres em uma explosão de vestido vermelho. Seu pai, seu tio-avô, tia Roseline e sua irmã Agathe vinham atrás dela.

— Não é invencionice?
— Você casou mesmo com o sr. Thorn?
— Na prisão?
— Sem a gente?
— Sem cerimônia?
— Sem vestido de renda?

Archibald emergiu do cortejo em seguida, a cartola à beira de cair para trás. Ele carregava o bebê de Berenilde debaixo do braço, como se tivesse sido encarregado de levar um fogo de artifício prestes a explodir.

— Não devemos ficar aqui. Thorn me pediu para tirá-la do local se as coisas dessem errado.

Archibald olhou atentamente para a inundação de nobres entrando no subsolo.

— Do meu ponto de vista, estão dando muito errado — concluiu.

— Vamos voltar para casa, irmãzinha! — implorou Agathe, puxando o cachecol de Ophélie. — Não era bem assim que eu imaginava a corte.

Tonta, Ophélie deu as costas a todos, fechou as pálpebras, abstraiu o barulho e trancou seu espírito. Farouk tinha mesmo se tornado inacessível?

Ela se virou para o tio-avô, que xingava em dialeto sempre que um nobre o empurrava.

— Os contos de objetos que você me mandou... nenhum perturbou o sr. Farouk tanto quanto o da boneca.

— Da boneca? — resmungou o tio-avô sob o bigode. — A boneca que queria virar atriz?

Ophélie concordou com a cabeça, mais para si mesma do que para ele. No final do conto, a boneca descobria que o sonho que queria realizar era na verdade o sonho da proprietária.

— O sr. Farouk confunde a própria história com a do conto. Eu devia ter inventado outro final.

No instante preciso em que Ophélie disse essas palavras, um raio de dor atravessou sua testa de ponta a ponta. A memória de sua *leitura* se desbloqueou com a força do poder familiar de Thorn. O soldado sem cabeça. A escola antiga. O cheiro das acácias. As janelas arrombadas. Os espelhos cobertos. Ophélie foi aspirada pelo turbilhão do tempo e viu o jovem Farouk ajoelhado a seus pés com olhar ávido. *Por que devo fazer o que está escrito? Quem sou eu para você, Deus?*

— Já sei — murmurou Ophélie, virando-se para Berenilde. — Sei finalmente o que dizer. Afaste seu bebê deste lugar. Irei ao seu encontro mais tarde.

Enquanto Ophélie descia precipitadamente os degraus da escada, sua mãe a segurou pela manga.

— Opa, pera lá!

Com um olhar inflexível, Ophélie a desafiou a impedi-la de partir, mas a mãe se aproximou e, com gestos fatalistas, apertou o nó do cachecol ao redor do braço e afastou os cabelos embaraçados para liberar o rosto.

— Que peça, esse seu sr. Thorn. Não vou me convencer que você se agarra a ele porque eu não o engulo. Mas é seu marido agora e seu lugar é ao lado dele. O meu lugar é te esperar aqui. Se cuide.

Ophélie apertou a mão da mãe antes de se afastar.

— Obrigada, mamãe.

Atravessando a correnteza da multidão, Ophélie pensou que a mensagem que carregava contradizia tudo que tinha visto de Deus naquela noite. Entretanto, ela sabia com certeza absoluta que não havia erro possível. Era isso, só isso e nada mais, que devia dizer a Farouk.

Ela o avistou na outra ponta do corredor, entre um mar de perucas, como um cume nevado. Farouk estava em frente à caixa-forte de Thorn e aguardava que fosse aberta. Reinava no lugar um clima de confusão geral: os guardas tinham acabado de descobrir o colega dormindo no chão e a crosta de ouro fundido na porta. A palavra "fuga" já corria de boca em boca, mas o coronel foi claro:

— A cela ficou hermeticamente fechada, meu senhor. Apesar da tentativa de invasão, a porta continua trancada por fora. A abertura exige três chaves especiais e eu detenho uma delas pessoalmente.

Chegando às primeiras fileiras, Ophélie viu o coronel mostrar orgulhosamente o chaveiro brilhando em seu pescoço. Ela poderia explicar que há várias formas de ir e vir da cela sem chaves, mas provavelmente isso não teria servido aos seus interesses.

— Abra — mandou Farouk, com a voz átona.

— Espere!

Às cotoveladas, Ophélie conseguiu se soltar do cortejo e se colocar entre Farouk e a porta blindada, ignorando os murmúrios de desaprovação que se propagavam ao redor dela. Ela levantou a cabeça até o pescoço doer e ficou na ponta dos pés, na esperança de encontrar o olhar de Farouk, lá no alto, do alto de sua interminável estatura. Ela não conseguiu. Ele olhava para a frente, por entre as pálpebras fracas. Ophélie podia ser um tapete.

— Libere a passagem, senhora — interveio o coronel.

A ordem foi dada em uma voz educada, mas autoritária. Por um instante, ele ergueu as sobrancelhas, perguntando-se como era possível que Ophélie tivesse saído da cela; provavelmente decidindo que a guarda já tinha sido suficientemente humilhada naquele dia, absteve-se de comentar.

— Ontem, não fui capaz de honrar o contrato — disse Ophélie, concentrando-se unicamente em Farouk. — Você não se lembrava de uma coisa sobre o Livro e eu não a encontrei. Agora sei o que é.

Farouk não se dignou a abaixar o olhar. Ele continuava encarando a imensa porta circular, toda de aço reforçado, engrenagens e parafusos.

— Devo fazer o que está escrito — articulou lentamente, sem a menor entonação.

Os óculos de Ophélie se escureceram. Ela sabia bem demais a forma como Mil-Caras tinha colocado Farouk sob seu poder de novo. Ele tinha tocado o Livro. O que Ophélie não entendia era o porquê. Era completamente contra a verdade que ele tinha tentado transmitir antes.

— Você não é uma boneca — afirmou Ophélie com todo o ar que podia. — Você não precisa realizar o sonho de outros.

— Devo fazer o que foi escrito — repetiu Farouk, imperturbável. — Abra a porta.

Os três guardas responsáveis pelo mecanismo de abertura avançaram na direção de Ophélie, mas ela firmou as pernas e as palavras de Deus saíram de seu corpo, como se inexplicavelmente estivessem sempre ali, escondidas em um canto do seu ser, aguardando a hora:

— O Livro é só o começo da sua história, Odin. Só você pode escrever o final.

Exclamações de surpresa saíram de todas as bocas. O efeito produzido pelas palavras de Ophélie foi repentino e espetacular. Farouk titubeou para trás e levou uma mão ao peito, no local preciso onde guardava o Livro sob o manto imperial; parecia que seu coração havia acabado de ser partido. Ele caiu de joelhos em um monte de cabelo e pele. A impassibilidade se estilhaçou e seus olhos, arregalados por uma emoção forte demais, concentraram-se em Ophélie, como se ele a visse finalmente.

Ela devia ter medo: medo do que fizera com ele, medo do que ele podia fazer com ela. Não era nada. A memória da *leitura* fizera Ophélie penetrar tão intimamente na história de Farouk que não fazia mais distinção entre o passado dele e o passado dela.

Ela se aproximou e, com um gesto que escandalizou a corte inteira, afastou os longos cabelos brancos dele, exatamente como sua mãe fizera com ela na escada. Ajoelhado no mármore, apertando o Livro na mão, o rosto de Farouk expressava uma confusão indescritível. Seu psiquismo irradiava de novo ao redor dele, como uma poderosa aura invisível. Ophélie sentiu pontadas de dor, enquanto seu sistema nervoso recebia o choque, mas se manteve firme. Farouk tinha deixado de ser um imperador imortal; era só uma criança perdida e dar as costas para ele nesse instante poderia ter sido fatal.

— Pequena Ártemis — murmurou ele, desnorteado. — O que... o que devo fazer?

— É você quem sabe.

Ophélie fez sinal para o ajudante de memória se aproximar; após uma breve hesitação, o jovem trouxe o diário com o profissionalismo de costume. Ao redor, guardas e cortesãos trocavam olhares suspeitos, entre o desejo de intervir e de fugir.

Jogado no mármore, Farouk abriu o diário e virou as páginas lentamente. O relatório do processo de Thorn, a cópia do contrato de *leitura* e uma mistura de rabiscos indecifráveis estavam ali. Farouk releu as anotações com uma expressão assustada; ele ainda parecia viver um rasgo interior, arrancado por instruções contraditórias. Além do farfalhar das páginas entre seus dedos e de algumas tosses nervosas na multidão, um silêncio sepulcral tomou conta do lugar.

De repente, Farouk parou no meio da leitura. Seu olhar ficou imóvel ao ver um recorte de jornal. Apesar de só poder vê-lo de cabeça para baixo, Ophélie reconheceu a silhueta de Berenilde sentada ao lado de um berço.

Houve um sobressalto geral quando Farouk finalmente fechou o diário e se levantou.

— Abra a porta — ordenou ele.

Ophélie parou de respirar por um instante. Ela sentiu a mão gigantesca de Farouk se apoiar com todo o peso na cabeça dela, mas era um gesto de apaziguamento, não de dominação. Os papéis estavam agora invertidos: ele era o pai e ela era a filha.

— Você honrou o contrato, pequena Ártemis. Outorgo ao sr. Thorn um título de nobreza e o libero da condição de bastardo. Por consequência, ele será submetido a um novo processo, desta vez seguindo o protocolo correto. Abra a porta — repetiu Farouk para os guardas.

Os murmúrios de protesto que se ergueram entre os Miragens se apagaram como velas sob o olhar invernal de Farouk. Com o coração batendo forte, Ophélie o considerou pela primeira vez como um verdadeiro espírito familiar. O alívio foi tão brutal que suas pernas derreteram como manteiga e ela precisou usar tudo que lhe restava de força para ficar de pé. Ela logo veria Thorn de novo. Ele poderia receber cuidados, julgado de forma justa e, juntos, ela e ele poderiam partir em novos caminhos.

Enquanto a porta pesada de ouro, manobrada pelos três guardas, emitia cliques intermináveis de metal, Ophélie só se agarrou a essa ideia. Ela não queria pensar em Mil-Caras, nos Tutores, no *Outro* que supostamente soltara e que provocaria o desmoronamento das arcas. Não, ela não queria pensar em nada disso ainda. Ela só queria saborear o instante de alegria pura com Thorn, por mais efêmero que fosse.

Quando a porta da caixa-forte se abriu finalmente, Ophélie sentiu o sangue parar nas veias.

Ela viu os móveis revirados nos quatro quantos da sala.

Ela viu a luminária piscando fraca no chão.

Ela viu a água escorrendo sem parar da pia.

Thorn, por sua vez, não estava em lugar nenhum.

O PASSA-ESPELHOS

O vento agitou o cachecol de Ophélie como uma bandeira. Com a malinha na mão, ela andou pelo cais sem conseguir tirar o olhar da paisagem. A estação de dirigíveis ficava pendurada na beira da Cidade Celeste, dando vista profunda para a arca lá embaixo. Ophélie não sabia quando veria de novo essas florestas de pinheiro e montanhas brancas, então se dedicou a encher uma última vez os pulmões desse vento único em que se misturavam resina, neve, sal e carvão.

E Thorn nisso tudo? Onde estava ele?

"Você também. Você me ensinou muito", tinha dito ele.

Ophélie tinha levado tempo, mas finalmente entendia o sentido das palavras. Ela tinha fracassado em fazer de Thorn um *leitor*, mas ela fizera dele um passa-espelhos. Ele tinha saído da cela de prisão da mesma forma que ela, usando a superfície reflexiva das paredes. Por qual espelho tinha saído depois e como tinha desaparecido de circulação com a perna quebrada? Isso continuava um mistério.

O primeiro apito do capitão chamou Ophélie de volta à realidade. Ela entregou a mala ao irmãozinho, que insistia em carregá-la, e entrou na plataforma do dirigível, onde entravam, um por um, todos os membros da família. Ela ficou com um nó na garganta quando viu o comitê agrupado na beira do cais para se despedir.

Archibald avançou primeiro e lhe dirigiu um cumprimento de chapéu, cujo fundo se abriu e fechou como uma válvula.

— Vou pensar em te contratar da próxima vez que for sequestrado. É brincadeira, sra. Thorn, não faça essa cara — disse ele, curvando-se com uma piscadela. — Se não voltar rápido ao Polo, o Polo irá até você, dou minha palavra de embaixador!

Ophélie sorriu sem grande convicção e estendeu a mão para Raposa, que fazia biquinho de chateado.

— Por favor, Renold, não vamos nos despedir brigados.

O vento bagunçava tudo que ele tinha de ruivo – sobrancelhas, bigodes, cabelos, até o pelo de Pamonha na cabeça –, dando a ele um ar ainda mais irascível.

— É, bom, não é pedir demais — resmungou ele. — Você é minha patroa, lembra? Como será minha vida se eu não te acompanhar aonde quer que você vá?

— É provisório — prometeu Ophélie.

Ao pronunciar essas palavras, ela sentiu a garganta se apertar mais. Na verdade, era impossível quantificar esse "provisório". Ophélie olhou nervosa para a Relatora que a esperava a poucos passos dali, usando o vestido preto como a justiça personificada, o cata-vento do chapéu severamente apontado para ela. No instante em que tinham sido informadas sobre os últimos acontecimentos, as Decanas tinham ordenado sua repatriação imediata para Anima e Ophélie não tinha escolha além de obedecer. Thorn não tinha dado sinal de vida, nem por telegrama, desde que desaparecera da cela; ele tinha se tornado um fugitivo fora da lei oficialmente e o Familistério de Anima tinha usado esse pretexto para chamar Ophélie. Ela não podia desobedecer sem exacerbar as tensões diplomáticas entre Anima e o Polo. No entanto, suspeitava outra motivação por trás desse endurecimento. Assim que caísse nas mãos das Decanas, seria objeto de vigilância assídua.

"Deus não será o único a ficar de olho em você"

Será que Thorn pensava nas Decanas ao dar essa advertência a Ophélie?

— O seu lugar é aqui — acrescentou Ophélie estendendo insistentemente a mão para Raposa. — Diga a Gaelle, quando a encontrar, que estou lhe devendo um monóculo.

A enorme mão de Raposa engoliu a dela.

— Não. Você precisa voltar para dizer por conta própria.

O capitão apitou outra vez. Ophélie se virou para Berenilde e seu lindo carrinho branco. Ela imediatamente esqueceu as palavras que tinha preparado cuidadosamente para a ocasião.

— Senhora, eu... vou sentir...

Berenilde a abraçou com tanta força que o perfume a envolveu como um segundo vestido.

— Eu sei — murmurou ela em seu ouvido. — Sei que você não me disse tudo e que não pode dizer ainda. Não entendo tudo, Ophélie, mas lhe dou minha confiança total, assim como Thorn deu a dele.

A Relatora tossiu seco e Ophélie sentiu a resistência falhar.

— Não quer mesmo ir comigo para Anima? — perguntou à Berenilde, abraçada nela.

— Meu dever exige minha presença aqui. Você teve uma influência bastante notável em nosso caro senhor, mas ele é tão esquecido! Precisamos ficar perto dele, eu e minha filha, para lembrá-lo do que você ensinou. Além disso — acrescentou Berenilde, com a voz ainda mais baixa —, preciso ficar por Thorn também. Não sei onde ele está agora, mas não se preocupe: aquele garoto é doentiamente pontual. Quando chegar a hora, ele voltará. Até lá, não o esqueça.

Ophélie secou os olhos sob os óculos e soltou um risinho.

— Thorn teria respondido que nunca esquece nada. Falando nisso, não esqueci a promessa que lhe fiz. Devo um nome à minha afilhada.

O capitão apitou uma terceira e última vez. Ophélie ia precisar embarcar no dirigível. Ignorando a tosse cada vez mais impaciente da Relatora e o chamado da mãe na plataforma, ela se curvou sobre o carrinho de bebê. A pele dela era tão branca quanto a de Farouk.

Ophélie fez uma promessa silenciosa à afilhada. Ela encontraria Thorn. Mesmo que para isso ela precisasse desafiar as Decanas, o Deus da humanidade ou um destruidor de mundos.

— Ela se chamará Victoire.

FRAGMENTO: POST-SCRIPTUM

Eu lembro, Deus foi punido. Naquele dia, entendi que Deus não era todo-poderoso. Nunca mais o vi.

"Guarde seus encantos." Thorn entende agora. Foram as últimas palavras de Deus antes de desaparecer de sua vida. Guarde seus encantos. Resguarde seus prantos. Deus governa o mundo e comete deslizes.

Ainda falta uma última peça no quebra-cabeça de Thorn, aquela que o impede, por sua ausência, de enxergar finalmente a verdade em seu todo. Por que Farouk estava convencido que Deus fora punido? Porque, caso ele estivesse certo, a pergunta levava a outra infinitamente mais perturbadora.

Por quem?

NOTA DA AUTORA

Usei todas as minhas emoções pessoais para dar vida a esta história: empolgação, dúvida, fervor, desordem, euforia e muito mais. Para seu próprio conforto, convido que manuseie esta obra com luvas de *leitor*. Se, apesar das precauções, constatar alguma disfunção (livro que esmaga os dedos, páginas que viram rápido demais etc.), convido a consultar o site: www.passe-miroir.com

AGRADECIMENTOS

Para meu caro e querido Thibaut, que me apoiou em cada palavra de cada frase de cada página deste livro. Para nossas respectivas famílias, verdadeiros batalhões de anjos da guarda. Para Stéphanie Barbaras, com quem divido meu cérebro, e para todos os meus amigos de Plume d'Argent, na França e na Bélgica. Para toda a equipe da Gallimard Jeunesse que deu asas à Passa-espelhos. Para Laurent Gapaillard, que faz as capas mais lindas do mundo. Finalmente, para todas as *leitoras* e *leitores* que me motivam todo dia com entusiasmo, comentários e perguntas. Sem vocês, este livro não seria o mesmo.

ÍNDICE

FRAGMENTO: LEMBRANÇA — 12

A CONTISTA

    A PARTIDA — 14
    A CRIANÇA — 23
    OS CONTRATOS — 33
    FRAGMENTO: PRIMEIRA REPRISE — 46
    A CARTA — 49
    O TEATRO — 61
    A BONECA — 71
    OS CONTOS — 78
    O ESQUECIDO — 89
    O CACHIMBO — 99
    A PERGUNTA — 111
    A AFRONTA — 123
    AS PROMESSAS — 129
    O SINO — 141
    O CLIENTE — 158

FRAGMENTO: SEGUNDA REPRISE	164
O TREM	167
A FAMÍLIA	175

A LEITORA

A DATA	188
O CATA-VENTO	194
AS MÃES	206
A CARAVANA	219
OS INDIGNOS	228
O CONVITE	238
A VERTIGEM	244
FRAGMENTO: TERCEIRA REPRISE	260
OS AUSENTES	265
O SELO	283
O PINO	293
A FÁBRICA	300
O AMPULHETÁRIO	309
O IMPASSE	315
FRAGMENTO: QUARTA REPRISE	327
O GRITO	330
O NÃO LUGAR	346
O PRETO	358
O ANÚNCIO	366
OS COLCHÕES	381
A ARTE DE MORRER	392
O CORAÇÃO	399
O NEGÓCIO	410
A LEITURA	420

FRAGMENTO: QUINTA REPRISE	431
A MEMÓRIA	433
O PAI	448
A PENA	457
O PASSA-ESPELHOS	467
FRAGMENTO POST-SCRIPTUM	471
NOTA DA AUTORA	473
AGRADECIMENTOS	475

2ª REIMPRESSÃO

ESTA OBRA FOI COMPOSTA EM CASLON PRO E
IMPRESSA EM PAPEL PÓLEN SOFT 70g COM CAPA EM
CARTÃO TRIP SUZANO 250g PELA CORPRINT PARA
A EDITORA MORRO BRANCO EM ABRIL DE 2022